バナナボーイズ・カフェ

南国果実小説集

目次

写真・装丁・巻末イラスト／千葉和広

マンゴー姉妹

2004年作

サミットが終わって四年になる。あれは私たち沖縄県民にとっていったい何だったのだろう。サミットとはもちろん沖縄サミットのことであって、今年も去年もその前もどこの国の何という都市で開かれたのか全然覚えていない。今高校生である私に限らずほとんどの県民がそうだと思う。

トラック運転手の父は、あのサミット前、島じゅうに警察官がうろうろしていたころ、一日にひどい場合は五、六回も検問でとめられて配送の荷物をじっくり調べられるのでこれじゃ仕事ができないと嘆いていたし、ガソリンスタンドを経営している伯父《おじ》は、本土からせっかく大勢派遣された警官らが「知事とべったりの特定系列のSS」にしかガソリンを入れに来ないから何の得もなくて本気で怒っていた。あちこちで街路樹が増やされたりして道路がきれいになったことだけは、おそらく誰の目にも心地よいことだった。それとうるさい暴走族があのころ消えるか減るかした町も多かったようだ。

……と、ここまで読んで、まじめな作文が始まったのだと思う人もいるかもしれないが、私が書こうとしているのはとてもくだらない想い出だ。サミット以上にくだらないと思う。

なぜ私が「里菜《りな》ぁ」とわりときちんと呼ばれ、片割れの利香《りか》が「りーかぁ」と長く呼ばれるようになったのかといえば、一卵性双生児で名前も似ているから呼び方ぐらいは変化をつけようという意識が両親、兄、一番上の姉らの頭にあったせいだろう。りーかぁと私は、小六ぐらいまでミンタマーのウーマクーチョーレー（目玉がとても目立つおてんば姉妹）として学校や地域で有名で、栄養を横取りしてしまったのか一才上の雄哲《ゆうてつ》兄よりも数年前まで身長も体重も大きかった。K1ごっこや大ずもうごっこをよくするこんな二人組がすぐ下にいて、本当のケンカ好きである兄はいくらか憂うつだったはずだ。最近は私たちも〝年ごろ〟だから家でも女座りなどをするようにはなった。ほかに、かわいいようなかわいくないような弟二人がいる。共働きでも八人家族だから家計はずっと余裕がないままだ。

中学一年だった私は、りーかぁと二人で海近くの道を歩いていた。一学期の期末試験がやっと終わった週末の、梅雨明けしてかなり経つ晴れた午後のこと。左手にはウージ※畑やアダンの茂みが続き、右側はそらいろの壁の家などがぽつんぽつんとある、車はわりとよく通るけれどのんびりできる道だ。りーかぁが、道端に落ちていた小さな日の丸を拾った。私もほぼ同時に見つけたのだが先に取られてしまった。国際マラソンの応援とかに使われるのと似た、しかし紙でなく布でできた立派な小旗だ。誰かが落としたばかりなのか、ほとんど汚れていない。サミットが近くなってきて、県内のいたるところで参加各国の旗を見かける機会が増え、それまで国旗なんて星条旗とあといくつかしか知らなかった私も「あれがフランス」「あれがドイツ」とりーかぁや友達と当てっこするようになってきていたころだ。

りーかぁは「ニッポン、チャチャチャチャ」などと言いながらその落としものを振って歩いた。私にも少し触らせたが、十五秒ぐらいで「もう返せ」といばった。食堂から出てきた女の人が私たちをちらっと見た。旗を胸の高さで振り続けるりーかぁが「……あれナイチャー※だね」と言ったので私は数秒観察してから「だはず※」と答えた。

さらに行くと車の外でカップルが立ち話していた。今度のは顔だけではどこともいえずタオルと島ぞうりで地元系と察したが、私が「……あの二人、やがて別れそうな気がする。男の方がかっこよすぎるから」と言い、りーかぁも同調した。

だいたい私たちは似たことを考える。どちらかが先走ればもう一人がすぐ合わせる。家での二人だけでの質素な昼食後、友達との約束もなくスーパーファミコンに飽きた私が久しぶりに岬へ行こうと提案し、「ちょうど高いとこ登りたいと思ってた」と私と同じコノハズクふうの目を輝かしたのだ。家から徒歩二十数分のその岬には灯台がある。

曇り時々雨だった午前中とちがってすごく暑い。

ふいに、道沿いの芝生の上にマンゴー売りの露台を見つけた。ベニヤ板に赤ペンキで「安売り」「完熟マンゴー」とスプレーしてあり、一畳ぐらいの広さの台上に箱やカゴに入って七、八十個のっている。人はいない。まるで紅イモの無人販売所のように。この果物は比べものにならない高級品なのに。

「番する人がトイレに行ってるのかな」

編者註

ウージ…サトウキビ／**ナイチャー**…本土の人。「ヤマトゥンチュ」と言う時以上に排他的意識のこもった語とされているが、外国人を「外人」と呼ぶのと同じくごく気軽に使われる場合も多い／**だはず**…たぶんそう

「※だあるだはず」

「食べたいね」

「もう二年ぐらい食べてないよねー」

うちは貧乏な上に父がマンゴーアレルギーなので、お中元で来た時以外はこの果物が食卓に上ることなど絶対になかった。

「人が戻ってくるまで待ってようか」

「買うわけ？」

信じがたいという声を向けられ、私は少しやるせない気持ちで答えた。

「『いくらですか』ってききたいだけさー」

「どうせ一個八百円ぐらいするはずよ。こづかい約十日ぶんよー」

「もっとずっと安くて四百円ぐらいだったら、お母さんに言う。お父さんに内緒で買ってくれるかもしれんから」

「ありえん。スイカさえめったに買ってくれんのに」

「…………戻ってこないね」

赤っぽくかわいらしい、そして憎らしいマンゴーのひしめきに目を落としているうちに、私はせめて少し触ってみたくなった。日差しの強さで何だかクラクラしてしまい、額の汗を腕でぬぐったあと、右を左を見、そして思い切ってぐるっと八方を、木立の奥をも見回した。

自分とりーかぁ以外の人影がまったくなく車も来ないのを確かめると、カゴの中の中くらいのマンゴーに手を伸ばした。……重いということぐらいはよく知っていたが、手りゅう弾か何かを持ったような怖さに一瞬とまどい、隠す感じでむなしく腹に押し当てた時、ふと変なことが頭にひらめいてしまった！

Ｔシャツのえりを強く引き、触るだけのつもりだったマンゴーをブラジャーのカップの中に落とした。意外にたやすくコロッと納まった。手に取ってからそこまで五秒ぐらいだ。一個だけだとおかしいから、すばやくつかんだ二個目のマンゴーを同様にもう一方のカップの中に押しこんだ。そして何気なく歩きだした。

道の遠くに向かって鼻唄うたっていたりーかぁは、私の早わざに気づいた様子もなくついてきた。私は荷物背負った時と同じに肩が固まり、胸がきつくて、どこかくすぐったくて、前へと固く突き出て少し垂れ下がった左右のモノを強く意識しながら歩き続けた。二個は大きさに少し差があったはずだが、上から見る限りはべつに違和感はなかった。それより、いつも必ず見えている自分の腹部が隠れてしまったのが不気味だった。

百歩ほども行ってから、りーかぁが「お前、盗んでそこ入れたな」とやっと気づいた。

「……わじられても知らんよ」※

「触らん限り誰もわからないはず」

「そうか。触ったらチカンになるもんね。リナ、お前バカかと思ったら頭いいね」

だあるだはず…たぶんそのとおりよ／**わじられて**…怒られて

「お前だってフラー※のくせに※ジンブナーだろー」

前の年、六年生の夏休みの宿題の一つは写生画だった。私はせっかく完成させた首里城の絵が自分で気に入らず、それを※チリ箱に捨てて全然別の海辺の絵を描いて提出したのだが、めんどうくさがったりーかぁがチリ箱の中から首里城の絵を拾って彼女の名を書いて出したら、その首里城の方が校内コンクールで入賞してしまった。りーかぁは「お前、誰にも言うなよ」と私に何度もクギさす一方で、賞状を近所の子供たちに見せびらかしていた。

助け合ったり張り合ったりは、双子だからいろいろある。ブラジャーについてはこうだ。中学に上がる春休みに母にジュニア用のを三つずつ買ってもらい、名前を書き、りーかぁと私は「朝時間かかるのイヤだし、苦しいから、夏休みからしよう」と約束していたのだが、りーかぁが春の身体測定の日にさっさと着けていったので、抜け駆けされた悔しさで私も翌日から毎日着用するようになった。(ちなみに、二人は顔ばかりでなく背丈も体つきもほぼ同じだ。) 高二の今はかなり慣れてきているけれど、この当時はわずか十分間ブラをしただけでそのあと何十分も肩の後ろとかが痛くて痛くて、それは肩こりよりも「激痛」に近く、何でこんなの着なきゃいけないのかと大人たちにききたくてならなかった。苦節三カ月、思わぬところでその下着が役立ったわけだ。

ただ、マンゴーのせいでサイズが突然狂い、まるで初めて試着だけしてみた日のように私は締めつけられて吐き気がしてきた。それでなくても、暑い。ハンカチを持たず帽子もかぶってこなかったのを後悔した。岬にだいぶ近づき、片側に野菜畑が、前方には薄い色の海が広がっている。いろいろなものが光る。遠い白い灯台の少し手前で風力発電の白い巨大な風車が回っている。

…………えっ。

向こうから警察官が一人歩いてきて、私は顔も体もこわばった。本当にこわばった。なぜこんなところに現れるのかと舌打ちしたくなった！　風車のそばにあるリゾートホテルにサミットの要人が泊まる関係で、このあたりのパトロールが特にさかんだというのはわかる。彼ら制服警官を必ず毎日どこかで見かけた。

「どうしよう。捕まる」

小声でりーかぁに助けを求めたが、彼女は平然とおどす。

「おまわりさんだからボディーチェックするはずよ」

「今のうちに逃げようか」

「あのおまわりさん、長そではいてる※からナイチャーだよ」

りーかぁは楽しそうに観察などしている。私も少しは見た。銀の細ぶちメガネをかけた、色白の、キツネのような細い目をしたいかにも内地の人という感じの背の高い警官は、私たちと同じ側の路肩を早くも遅くもない足どりで来る。気のせいか私の胸元に視線が何度も刺さる！　何食わぬ顔ですれちがえる自信は全然なく、「ちょっと」とりーかぁの腕をつかんで立ち止まった私は、畑の方を向いて胸は自分のひじで隠しぎみにして、おしゃべりか何かに熱中しているふりを懸命に始めた。

警官は「……こんにちは」と声をかけてきた。すぐ横に立ち止まって!!　首より少し下をまたちら

フラー…バカ／**ジンブナー**…知恵がある人／**チリ箱**…ごみ箱／**はいて**…身に着けて

っと見られた気のする私が震えそうに見つめ返すと、彼は細い目をりーかぁの方に向け直し、意外に優しそうに明るく言った。

「その旗は、どうしたの？」

まさか自分が標的だと思っていなかったりーかぁは、私にも聞こえる音を立ててつばを飲み、引っくり返った声でどもりに近い感じで答えた。

「……あっちで、拾ったんです。落ちてたから」

「そう？　きれいないい旗だね」

連行しようという感じではなかった。私の張りに張ったところについての質問もない。私たちが無言でなおも怖がっていると、警官ははっきりとした笑顔をつくってこう言った。

「このあたりで、誰か怪しい人とか変なものとか見たりしてない？」

「……い、いいえ、べつに……」

りーかぁだけがそう答えた。

「もし何かあったらためらわずに僕たちに声かけてくださいね。爆弾しかける人とかいたら大変だから。ご協力お願いします」

「はい」

警官が去ると、私たちは静かにゆっくり歩きだし、「……捕まらんでよかったー」「どうなることかと思った」とささやき合ってなおも神妙に歩き続けたあと、どちらからともなく早足になり、いつしかカーブを走っていた。解放感とまだ逃げきれていないという不安が同時に体を満たし、走る以外思いつかなかったのだ。きっとああ追ってくる！　マンゴー二つは重いままにけっこう激しく揺れ、片腕で押さえたりしながらも誰かにばれそうでますます速度を上げたら、肩ひもの厳しい食いこみが耐えがたくなり、家で冷やすつもりだったその重い物体をすぐもう岬公園で食べてしまおうと決めた。

　内地からの観光客がかなりいてピクニック場的な岬。うっすら汗をかいてしまった私たちに関係なく、近くで真っ白な風車は涼しげに回っている。ホテルも白いけれど、風車や雲よりは暗い。地元の貧乏人に縁遠いああいうホテルを眺めの中でジャマに思う時がたまにある。私とりーかぁは迷わず灯台に向かった。本当は金を払わなければいけないのだが、ここの受け付けのおばさんの一人が親せきなので、彼女がいる時は「こんにちはー」と言うだけで入ってしまう私たちだ。

　幸運にもこの日も彼女がいてくれた。

「あんたたち、何カ月か見ないうちにとっても大人なって」

言われてすぐ、体形の異変に気づかれたとわかってあせり、りーかぁに返事を任せて急階段を先に上がっていった。

　頂上の展望台へ出た時には息がとても荒れていた。下からだと大した高さではないこの灯台も、こうして登りつめてみるとでもなく高い。歩く人々や釣り人たちがみんな親指姫に見える。町も見渡せるけれど、薄いあいいいろの海がものすごく広い。ホテルは今さっき暗かったくせに風車と同じに光っている。私は何となく言った。

「サミットで泊まる人たち、ここに登るかね？」

「そんなヒマないんちがう？」

「……さっきのおまわりさんさ、若かったよね」

「二十五ぐらいなんじゃない？　リナー、あんなのタイプか？」

「ウォー。やめて。メガネ嫌い。ナイチャーってメガネ多いね」

「※ウチナーンチュはさー、みんな海の前で酒飲んで※どぅるばってばかりいて、本とか読まんから目がいい※ばーよ。ニーニィがそう言ってた」

「酒のことは知らんけど、こんな青い海があれば誰だって毎日眺めたくなるさー」

展望台にはほかに手をつないだカップル客らもいて、足のすくむこの場所でマンゴーを食べ始めるのはいくら何でもまずいと私は思い、りーかぁと海面や険しい岩場や町のあちこちを指さしたりしてなおしばらく過ごし、汗もひいたのでおとなしく下りた。叔母《おば》さんに体形のことで話しかけられたくはないので最後は駆け足で出た。今度もあとから来たりーかぁは何か苦笑いしながら叔母さんに受け答えしていた。

そのあと、駐車場わきの少し高くなっているコンクリの上にりーかぁとともに座り、シャツのすそから手をつっこんで、待ちに待ったマンゴーをブラジャーから出した。一個全部を食べてしまえるなんて生まれて初めてだ！　もう一個はりーかぁにあげる以外考えなかった。少しは湿って見えたこの赤というより朱色系の手りゅう弾が、肌に接していたところを除くと、まるでからぶきしたみたいに光と迫力をも失っておちついている。とはいえ端の濃い朱から反対の端の黄緑までの淡く移り変わるいろどりが豪華だ。そしてハムのような少しの弾力がある。

「お前の体温がしみついてて気持ち悪いよ」

「ぐーぐー言うなー」※

ブラの中が汚れたかもしれず、私の方こそ気持ち悪い。実際、自分のえりあたりから花の香りが漂うようだった。食べる前に気になって自分の元どおりの小さな胸に触ってみたけれど、べたついてはいなかった。

皮を手で少しだけむいてかじってみたら、よくうれたイエローオレンジの果肉がみずみずしく崩れ、生臭《なま》さのようなものが口の中に広がった。皮の外へあふれ逃げる果汁がもったいなくて、すする。体に悪いのではないかと思うほど甘みは強い。隣でりーかぁもすっかり黙って音を立ててむしゃぶりついている。………どうしても腕を伝ってひじからポタポタと果汁が落ち続ける。歯の間に繊維がつまる。沖縄よりももっと暑いどこかの国の、殺したての小さな獣にかぶりついている感じがする！　平べったくて中ほどにかけて膨らんだ、まるで骨のように白っぽい巨大な一つ限りの種ももちろん動物的だ。その種と皮は草むらに捨てた。口の周りも手も黄色くべたべたに染まっていた。

手を洗おうとしたら、なぜか岬のトイレの手洗いが断水中だった。このままでは用足しもできない。困ってパーラーの前などを二人歩き回り、きれいそうな水たまりを見つけたのでそこにひじまで浸した。ハンカチがないからきょろきょろし、私はりーかぁのGパンの腰にささった日の丸の旗に気づいたが、それを使うのは……さすがにひかえた。でも、とてもやわらかにちがいない布の白いところを見れば見るほど、濡れた手をくっつけたくなる。結局自分の髪の毛でふいた。りーかぁはクサトベラ

ウチナーンチュ…沖縄人／**とぅるばって**…ぼーっとして／**～ばーよ**…～わけよ／**ぐーぐー言うな**…不平を言うな

の厚い葉でふいていた。双子でもやることはこのように少しずつちがう。それから二人ともトイレに入り、また水たまりに手をつけ、今度は二人ともパーラーのアイスクリームののぼりをハンカチにした。最初からそうすればよかったのだった。

あまりにも暑いから、来た道をまっすぐ帰った。観光客が多い。警官の姿もやはり目につく。

「……サミットだから、内地だけじゃなくて世界じゅうのおまわりさんが来たらおもしろいね」と私が言うと、「国名のシリトリしよう」とりーかぁが学校にいる時のような遊びを思いついた。私はすぐに「じゃあ、イギリス」と言い、実物のイギリス人なんて生まれてから一度も見たことないなぁと十三年たらずをふわっとふりかえった。

「スイス」

「……………………スってほかにあった？」

「………………出てこないね」

「…………スなんてないよ」

「…………あ、一つだけある」

「何？」

「リナーの番だよ。私キープだから、リナーが言えんかったら私の勝ちよー」

「…………負けでいい。教えて」

「スウェーデン」

「ンで終わるやしぇー！」※

「アイヤー、気づかんかった」

「超フラーやっさー※」

平和すぎる……。ともかくも、サミットのおかげで世界にはアメリカ以外の主要国もちょっとはあるのだと実感できるようになった私たちだ。りーかぁは腰にさしっぱなしだった旗を再び持って振るのだった。

家の前の小道で、小三の将也《しょうや》と小一の晴也《せいや》がフリスビーをしていた。二人とも私たちを楽しい顔で見た。路上の様子が変だと思ったら、彼らの投げ合う円盤は白い本物の小皿だ。アスファルトの上にまた一枚落ちて粉々に砕けたので、私はあきれてなじった。

「いったー※、バカか。芝生か砂の上でやれば落としても割れんってわからんの？」

「……じゃあ、公園行こう」

将也がまだ二枚持っている小皿を左右に掲げながら歩きだした。従ってばかりの晴也は手ぶらで追いかける。下の二人を注意するのがわりと好きなりーかぁが、私以上に母親っぽい声を出す。

「待て。それどこで手に入れた皿ね？」

「回転ずし！」

「シーッ」

皿を持ったまま将也が弟の口を押さえた。りーかぁは歩み寄って将也を正面から見て両手を自分の

~やしぇー…~だろう／~やっさー…~だなぁ／いったー…お前たち

腰にやった。

「何ねー、すしって。あんたたちお昼いなかったけど、すし食べに行ったの？」

「温美《はるみ》ネーネエが『何でも食べていいよ』ってお金くれたんだもん」

「ネーネエが？」

「アイスクリン※でお金入ったからって、五百円ずつくれたわけ。『回転ずし行ってもいい？』ってきいたらOKしてくれた」

すしがやはり大好きなりーかぁは黙ってしまい、彼女に加勢するとかではないけれど私は「はっはっ」と笑い声をつくって間に入り、こう言った。

「わったー※はさっきマンゴー食べたもんね。丸ごと一個ずつよ。おすしより高いはずよ。お前今年一口でも食べたかー？　去年食べたかー？　悔しいだろ？　回転ずしなら慰霊※の日にみんなで行ったばかりやっさー」

将也は「悔しいだろ」のあたりでおちつきがまったくなくなり、「誰にもらったばー？」と泣きそうなまゆ毛になり始めた。ところがそれから、下の晴也がほほえんだまま言った。

「慰霊の日よりもっといっぱいいっぱい食べたよ！　エビ一人で四皿。タマゴも三皿。ほかにも」

「何で五百円でそんなに食べれるんだよ」

りーかぁにつめ寄られて末っ子はあけっぴろげにかわいい声で叫んだ。

「皿ぐゎーばん※ない隠した！」

だからフリスビーして割って遊んでいるのだと、私はもちろんとっくに気づいていた。

「もーぉ、あんたたち三人よー、親に言えんことばっかりしよってからに」とマンゴーを一緒に食べたくせにりーかぁは、彼らが合計八枚もの小皿をこっそりとバッグやポケットなどにねじこんで会計をごまかしたのだと白状させてから、嘆いた。しかし私は、自分の方がはるかにうわてだと誇りたくて、マンゴー盗みの場所と手口を彼らに詳しく教えてやった！

「いったーは男だから永久にこんなことできんよ。悔しいやしぇー？　悔しかったら髪伸ばして手術して女になれば？」

晴也はブラジャーというものからしてまだ理解できないらしく、半分ほほえんだまま目を白黒させるばかりだったが、この双子に何かと踏みつけられて育った将也は不愉快きわまりないという目で私を見つめ、「公園行こう」とそっぽを向きながら弟の手を引いた。

私とりーかぁは家に入り、水を飲んだりテレビをつけたりした。しかし、りーかぁは変にすっかりまじめになってしまって、弟たちが散乱させた皿五、六枚ぶんの破片を竹ボウキではきに行った。「家族で悪事ばっかりしてるとご先祖さまにぬらーりーんどー※。でーじどー※」などと少し前に亡くなった祖母のようにぶつぶつ言いながら。

ところで、祖父もうかなり前からこの世にいないが、生きて同居していたころ祖父母とも私とりーかぁを毎日のようにまちがえるので、私は二人がぼけ始めているのだと決めつけていた。両親もき

アイスクリン…日曜ごとに沖縄県内あちこちの路上に青と白のパラソルを立て、ぽつんと座る若い女の子が売り子をするアイスクリーム屋／**わったー**…私たち／**慰霊の日**…沖縄県独自の祭日である六月二十三日。全戦没者追悼式が行われる／**皿ぐゎーばんない**…お皿いっぱい／**ぬらーりーんどー**…叱られるぞー／**でーじどー**…大変だよー

ようだいも、私たちを暗がり以外でまちがえることなど半年に各いっぺんぐらいしかなかったからだ。

それはまあどうでもいいことで、私はりーかぁに「ご先祖さま」を持ち出されたのが少しシャクだった。

「ネーネエがあれたちに突然千円もあげるのがまちがってると思うよ。高校生だからって大人ぶってよ。サミットのボランティア登録したっていうから、記念のTシャツか何かもらえると思って『私も一緒にやりたい。やりたい』って言ったらさ、『あんたはまだ子供でしょ』なんて笑いよった。ネーネエは近ごろ何考えてんのかわからん」

すしも食べたかったと思わないでもなかった私が、戻ってきたりーかぁにそんな意見をぶつけると、

「わったーにもネーネエお金くれるかも。優しい人だから」と楽天的に彼女は言った。

「ないない。アイスクリンのバイト代なんて確か四千八百円ぐらいでしょ？　そんなにわったーに配ったらなくなるよ」

「アイスクリンかー。私も高校行ったらやりたいなー」

「あれよー、途中でなかなかトイレ行けんってよ」

「でも、一日二個まで食べていいっていうからよー。それにパラソルの下に座って本読んだりケータイ触ったりして暇つぶすだけでお金もらえるやし※」

「じゃあ、わったー二人でゴーパチ※で道路の両側で向かい合ってやろうか？」

「いいかも。双子のアイスクリーム売りって評判になって、売り上げ伸びるはずねー」

「よし、早く高校生なろう。高校生なったらもっと美人に変身して、そのころはさっきのマンゴーの

私みたいにスタイルー※だと思うし、テレビや雑誌の取材とか来るはず」

「ありえーん。スタイルーはないよ。だって、ネーネエもお母もオッパイ小さいのに」

「でも、りーかぁ、いつどこでモデルや歌手デビューのチャンスが待ってるかわからんからさー、ボイス・トレーニングとダンスはやっとこうね」

「デビューなんてあるかね？」

「あるある。なけりゃアクターズかよって自分でチャンスつくる」

「授業料は？」

「だからアイスクリンで稼ぐばーよ」

「リナー、勉強できんくせにやっぱりジンブン※持ってるなー」

まあそんなふうなことを扇風機の前でしゃべったりしながらまだまだ暑い午後を特に何もしないで過ごしていたのだが、いるのかいないのかわからなかった一才上の兄が居間を横切ろうとした。

「お前たち何だばー、それよー」

ボサボサ髪をかきむしった兄は私がいじっていたりーかぁの日の丸を指さし、とても不快そうに太まゆを寄せた。私は上機嫌なままこう答えた。

「道で落ちてたわけ。きれいだから得したんじゃない？　何かで使えるさ」

「ヤマトの旗なんて持ってくるなよ！　何考えてんだよ」


〜やし…〜でしょ／**ゴーパチ**…国道58号線／**スタイルー**…スタイルの良い人／**ジンブン**…知恵

タンチャー（短気者）の兄にきつい調子で言われ、私は少しりーかぁと顔を見合わせてから、拾い主である彼女に言葉をうながした。

「……ニーニィにあげるよ。燃やしたいなら燃やせば？」

「……※フリムン」

兄は初めて少し笑い、「燃やせるわけないだろ。万一ばれたら右翼が来るよ。このおうちにロケット弾撃ちこんで家族皆殺しにするかもしれん」と言い、けがらわしいとばかりに旗には指一本も触れず、命令した。

「元の場所に捨てとけぇ」

上のどちらかと衝突するとりーかぁとスクラム組むことになったりしてけっこう長引くので、私は陰口を言うことはあっても実際はあまり逆らわない。とりあえず話をそらそうとしたが、機転が利かなくてこんな報告になった。

「さっきね、この旗持ってる時、ナイチャーのおまわりさんに話しかけられたよ。『怪しい人を見なかったですか』って。けっこうソフトだった」

「あー、思い出した！」

兄はふざけるように声を濁らせて、しかしワジワジーした（頭にきた）時の常としてそれまで以上に早口になり、主に私の顔をにらんでこう言った。

「みんなに言わんかったけどおとついよ、夕方漁港の堤防の上で一人でなわとびしてたらよ、警官が近づいてきて俺にきくわけよ。『何してるんですか』ってよ。見りゃわかるやしぇって思ったけど

『なわとびです』って答えたらよ、じろじろ見てから『なわとびなら下でやった方がやりやすいんじゃないですか。そこは狭いですよ』とかよけいなこと言うわけさ。日焼けしてたけどそいつもナイチャーだよ。海見ながらとんだ方が気持ちいいから上ってたとか、そんなことといちいち説明するのもナンギだったから俺黙って苦笑いしたば※ーてー。そしたら『この近くに住んでるの？』『自転車で十分ぐらいのとこです』『じゃあ、なわとびがんばってください』『はい、どうも』で終わったけどよ。俺を何か不審人物と思ったに決まってるさー。海上から爆弾持ってくるみたいなテロもあるらしくてよ、海岸線を重点的にパトロールしてるんだろ」

神妙に聴いていたりーかぁが、身を乗り出してきてたずねた。

「ニーニィ、二重とびとかあやとびとかやってなかった？」

「やってたよ。それとたまに三重とびもよ」

「だからだよぉ！　沖に向かって何か暗号送ってるスパイと思われたんだよ」

りーかぁの解釈に「あー、そうだったかもしれん。特にあやとびがまずかったか」と兄がやわらかく答え、それで三人は初めて大笑いした。

「まったくナイチャーはよ、笑わせてくれるぜ。あったー※センスないくせして働きすぎやさ」

兄の楽しげなのしりに合わせ、りーかぁも父の老メガネを持ってきてかけて目を細めて「きれいないい旗だねぇ。……いい旗だねえ」と口まねをして私を笑わせた。

フリムン…バカ者／～ばーてー…～わけよ／あったー…あいつら

結局、日の丸は柄《え》に布をぐるぐる巻いて輪ゴムで押さえ、結果として何なのかわからない状態にしてから近所の郵便ポストの上にりーかぁと私が置きに行った。そのうち誰かが持ち去るかもしれないし、台風でも来ればどこかへ片づいてくれるはずだ。

玄関に戻ろうとした時、アイスクリンの姉が帰ってきた。高校の期末試験は週明けからだから、学校か村の図書館で友達と勉強してきたようだった。私はりーかぁと先を争って四才上の姉の手を取りに駆け寄り、「今日ね、灯台に登ったよ。海きれいかったー。カズエ叔母さんいたよ」と自分でも突然と思う話題を出して甘えた。りーかぁも同様に「図書館ってクーラー※でーじ効いてる？」などとどうでもいいことを言って私と姉の周りを回った。少しとまどったように温美姉は「リナーもりーかぁも試験今日で終わりねー？　ちゃんとがんばった？」と優しく言い、だけど試験を済ませたごほうびに何かくれるという感じではなく、家に入って着替えてからも私たちにあまり話しかけなかった。関係ないけれど、彼女は昔から勉強がわりとよくできる。兄も少し。

夕方のそうじや植木の水やりを手分けして始めようというころ、私たちはこづかいなどくれようとしない姉にまといつくのをひとまずやめた。役割の決まっている小さい二人が遊びから戻ってこないので、りーかぁはまたまた「ご先祖さまのお怒り」がどうこうと言いながら、引き綱つきの犬にでも当たりちらすかのようにそうじ機を乱暴にひきずり回した。

パートの母がやがて戻るという時刻になってもまだ将也と晴也は帰らなかった。

「あの二人どんなして注意しようか」

「※メーゴーサーするべき」

「それより、お腹すいたねー」

「ネーネエが何かつくってくれんかね」

そんなことをりーかぁと話し合っていた時、電話が鳴った。受話器を取ったりーかぁはなぜかおびえた顔になり、とてもていねいで頼りない感じに答えてから姉を呼びに行った。誰か大人への用事にちがいなかった。兄はフロを浴びているところだった。温美姉が「えっ！」とか「そんなことを……」とりーかぁ以上におびえたようなので、私は家族の誰かが事故にあったのかと恐れだしたのだが、そばにいたりーかぁに手を引っぱられ、いつの間にか居間の外に出されていた。

「リナ、うちに警察から電話かかったことって今まであった？」

「え、あるわけないさー。警察が何で……」

約三分後、電話を終えた姉がぬっと顔を出し、「あんたたち、何か知ってるでしょ？　説明しないか？」と仁王立ちで居間への逃げ道をふさいだ。

「……説明って」

「将也と晴也が今交番にいるわけ。マンゴー盗んで捕まりよったって」

「ええーっ！」

驚きのあまり床に尻を落とした私の横で、りーかぁは「何でぇー？　何であれたちが」と必死そうに姉を見返していた。姉は声だけは穏やかに、電話の内容を伝えた。それによると、将也たちは海近

でーじ効いてる…とても効いてる／**メーゴーサー**…ゲンコツ打ち

くのマンゴー売りの露台のそばをおちつかない様子で走っていて、そこへたまたま離れていて戻った売り主が、晴也のTシャツの腹の丸く小さなマンゴー大の膨らみを怪しみ、問いつめたところ「ブラジャー」がどうかしたという意味不明の答えが返り、すそをめくらせたらマンゴーが出てきた！　ついでに将也の持っている重そうな白いビニール袋を取り上げて調べたら、やはりマンゴーが十四個も出てきた！　二人の説明はしどろもどろであり、盗んだ以外に考えられず、数が数だったから交番に連れて行かれたのだという。

「晴也が『中学のネーネエ』がどうしたこうしたとも言いよったってよ。あんたたち、変なこと教えこまなかった？」

「…………………」

「二人とも何で黙りこむわけ！」

優しいはずの姉はついに片足で床を踏み鳴らした。そこへ、フロを終えた兄が上半身裸で通りがかり、「ネーネエ、何があったね？」とおちついた声できいた。

いずれ必ずばれると思い、りーかぁと私は少しずつ言葉を継いだりして昼間のできごとを正直に話した。居間の床に座り、四人でのきょうだい会議のようなものが始まってしまった。私のマンゴー盗みを知った姉はバ声を上げ、反対に兄はいつもはすぐ手が出る人なのに腕組みして「うーん」とうなってばかりいた。ひととおり話してしまうとりーかぁは「だから『わじられるよ』って言ったんだよ」と逃げの意見を出し始め、結局私一人が姉に両方の肩をつかまれた。

「貧乏だからってあんたには正しい心とか、がんばって働いてるお父さんお母さんの子としての誇りとかないのか？　うちよりもっと苦労してる家だっていっぱいあるでしょ。おいしいものたまにしか食べれん生活でも、昨日までみたいにみんな明るく助け合って生きていこうって何で思わん？」

「…………」

「警察ざたになってるんだから、あんたはもう前科一犯かもしれんよ。一人だけ悪さするんなら『そいつが問題児でした』で済むけど、弟たちまでそそのかして、家族全員もうメチャメチャじゃないか。まともな近所づきあいももうムリさー。親せきから何て言われると思う？　犯罪者一家だよ。お父さん職失うかもしれんよ。どうするの？　あんたなんてこのおうちから出ていけばいいんだ。そうだよ、出ていきな」

　私が頭を垂れて黙っていると、兄がタオルで髪をパタパタ乾かしながらかなりノンキに言った。

「すばしっこい将也一人で盗みに行けば、すんなり成功したんじゃないか？　トットロー※のくせに晴也がノコノコついてってからに、よけいな一個盗んでからに、Tシャツなんかに入れるからばれてしまってこんな騒ぎになったんだよ。十何個も手に入ったら俺ももらって食えたと思うと、何か悔しいやっさー。マンゴーって高すぎるからよ。日本政府から軍用地料いっぱいもらってるような連中しかふだん食えんぐらいデーダカー※だからな」

「雄哲、あんた何言ってんの！　政府なんてどうでもいいから、泣くまでリナの頭ひっぱたいてやりなさいよ」

トットロー…のろま／**デーダカー**…高価

「バカだから叩いたらもっとバカになると思うよ」

「はー、もー、私がメーゴーサーしようね」

そう言うなり姉は私の耳の上あたりを一回だけこづいた！　強くではないが、痛いことは痛かった。私は泣きたかったがぎりぎりこらえて黙って座っていた。この程度で泣いていたら夜の親の登場でたぶん発狂してしまうだろうと予想したから。

兄に責められないのが救いだったが、元々兄自身がまったく善人でなく、バスの料金を必ずすべて十円玉で払って毎回二枚程度少なく入れるという節約術を私たちに伝授したこともあるし、小四ぐらいまではとにかくガンマラー（いたずら好き）だった。誰の味方なのかよくわからないその彼は、変な解説を始めた。

「うちはよー、ネーネエと俺までは普通だけど、※ぐったーからの四人がどうも頭悪すぎるんだよ。いつもいつも思ってたけど、四人とも精神年齢が二、三才ずつ低いよ、確実に。たぶんそれは、きょうだい増えるにつれて家が貧乏になってきて、年々食事内容が粗末になってきてからにさ、リナーもりーかぁも将也も晴也もみんな脳の発達がおくれたんじゃないのか？」

「でも、ニーニィ、私たち学校では※まがーな方だし健康優良児だよ」

ブジョクされているのにりーかぁがいくらか楽しそうに胸を張って言い返した。小柄な兄にたいする優越感もあったと思う。

「フラー。俺の言うこと理解してないよ。いったーは体の成長のぶんまでしか栄養とれんかったんだよ。それで最後に残った頭だけが発達おくれてしまったんだよ。※えー、ネーネエ、みんなちゃんと三食食ってるのに何でこうなったと思う？」

「知らないよ。もうバカなこと言うのやめな。あんたもバカの一人だよ」

「バカバカ言わんで聴いてよ。うちは貧乏だから晩飯は豚かポーク※しか食えんだろ。魚もっといっぱい食えば、ＤＨＡとか入ってて頭がよくなるんだよ。でも、魚は高くて家族に一匹ずつとか出しきれんわけさ。肉だったら少量でもトウフやフー※や野菜と一緒にチャンプルーにしてよ、あんまり金と手間かけんでも満腹料理になる。でも、それだと頭のための必要な栄養とれてないんだよ」

「うちが焼き魚まったくしないのは、あんたが小さいころ二回も小骨をのどに刺して大騒ぎしたからじゃないの。覚えてない？」

「ていうかよ、沖縄はたいていどこも大家族だから、釣り好きのいる家か刺し身の特売日以外はアンダじーじー※のシシ中心に食って育って、肥満も多いし思考力が未発達だばーてー。それでずるがしこいヤマトのやつらにだまされて無意味に自然破壊したり、基地収入で分断されたりしてからに、いつまで経っても民族全体としてヤマトのための奴隷みたいな状況に置かれてるんだよ」

なおも兄の反日・反サミット的な演説が続くので、私は感心するとともに疲れてきて、静かにはぐれるように立って居間を離れかけた。すると兄の言葉なんてすべて小話にすぎないとばかりに姉が「リナ、お前ちゃんと反省してんのか？　早く出てけぇ！　どっちみち逮捕が待ってるぞ。下着をド

くったー…こいつら／**まがーな**…大きな／**えー**…おい。ねえ／**ポーク**…ポークランチョンミート／**フー**…麸(ふ)／**アンダじーじーのシシ**…アブラじゅうじゅうの肉

ロボウの道具にしよるなんて本当にいやらしい。この家にもう寄りつくな！」とまた言った。身内にそこまでバ倒されたことなどなかったから、私はとうとう泣き始めて双子の部屋まで逃げ、そこの床に崩れこんだ。

「それにしてもお母さん遅いね。冷蔵庫の中さっき見たら、食べれそうなものキャベツしかなかった。ひもじいよー」

少しほっとさせてくれるりーかぁの声がこちらにまで届き、姉が怖いままの早口で答えるのも聞こえた。

「電話してみようね。早いところ警察に保護者が迎えに行かんといけんし。晴也泣いてるだろうね。まったく、誰かのせいで」

私はざぶとんを抱いて自分の涙を必死で止めようとした。逮捕、という言葉がやはりどうしても具体的な取り調べ室の情景とともにちらついた。手錠。留置場。少年院。どんな、どんななってしまうの。……西向きの狭い部屋はまだ夕方の光をもらって熱く明るく、私はできるだけ暗い場所を求めるように一番角にまで移動し、座ったまま頭を板壁につけ、しばらく動かなかった。姉の電話の声やりーかぁや兄の声がしているのはわかったが、もう言葉までは聞き取れなかった。

……………………ざぶとんのへりをびしょびしょにしてから、私は紙とペンを出し、元気のない文字でこんなことを考え考え書いた。

お父さん、お母さん、ごめんなさい。

全部私が悪いです。
私がいなくなれば生活費が一人ぶん浮くと思うので、
みんなに毎日魚を出してあげてください。
さようなら。

里菜

書き終わった時にりーかぁが入ってきたので、彼女にちらっと見せて、かすれた声で「一緒に家出する？」と誘った。

「家出って、どうせ友達の家に一泊するだけでしょ？」

「…………」

「それに何で私が一緒に責任取らんといかんの？」

「りーかぁだってマンゴー食べたやし※」

「リナがくれたから食べただけだよ。誰が聞いたって私は無罪だって言うよ」

「……最初に旗なんて拾うからこんなことになったんだよ」

「私に八つ当たりするわけ？」

「…………もう、いいよ、りーかぁなんて。バイバイ」

〜やし……〜じゃん

最後はとても小さく言った。困ったようにりーかぁも黙ると、家の中がとても静かになった。鼻をまだぐすぐすさせながら私はタンスからタオルと着替えを出し、食べるものが本当に何もない台所を歩き回り、しけた塩せんべいがたった一枚残っている袋を見つけて取ると、バッグに入れ、黙って仏壇の横を通りすぎ、靴をはき、誰もいない居間を玄関からふりかえり、ちょっとだけ仏壇に向かって手を合わせ、亡き祖父母をちらっと想い出してから外へ出た。日差しがまだ強かったが風が少しあり、方角によっては雲が増えていた。一方、薄い夕焼けも見えた。胃が何度も鳴ったが、私は迷わずに歩いていった。

郵便ポスト上の丸めた国旗への関心はもうなかった。塩せんべいは角を曲がってすぐ食べてしまった。

途中からよたよたし、隣のそのまた隣の部落にたどりついた。はっきりめざしてきたわけではないけれど、そこに親友のユウナの家があった。ためらいながらチャイムを押した。笑うのが大好きなユウナは家族と夕食中だった。私はカレーの強いにおいをかぎながら「またあとで来ようね」とほほえみ返して、近くをゆっくり歩き、ウージ畑のわきの石の上に腰を下ろした。ハブが出そうな場所なのですぐに立った。

めーぐぅの家を思い出し、そこを訪ねた。卓球部仲間のめーぐぅのところは食後らしかったので、「ちょっと時間つぶしていっていい?」ときいて、二人で新しいCDを鑑賞しながら同じ小学校の卒業アルバムをめくったりして遊んだ。

「この先生、女だのに幼稚園時代に一回セミ食いよったって」

「美佐枝《みさえ》先生もセミの話してた。電子レンジで焼き殺してからに、塩つけたって」

空腹だということは気づかれないようにしたが、笑うたびに痛む胃がトイレで一度ながながと鳴った。めーぐぅのお母さんがジュースを出してくれて、冷たすぎたが私は二息ぐらいで飲みほした。

途中で電話が鳴り、自分の心臓のコドウが聞こえた！　私のところからの電話ではなかったようだった。でも、安心はできないので、まだ三十分ほどしかいないのにそこを去ることにした。五番目ぐらいに親しい友であるめーぐぅは玄関まで送ってきてくれて、突然きいた。

「りーかぁは元気？」

私はきょうだい会議のみじめさを一瞬にして全部思い出してしまい、少しせきこんで何か答え、逃げるように去った。

八時近いはずなのに外はまだ明るかった。ユウナの家でカレーの残りをもらいたかったが、家族や警察が動き始めているならば真っ先に連絡が行く家だと思い、あきらめて部落を離れた。

追っ手はすぐそこまで来ているにちがいなかった。ナーミやユウコやアイカーの顔が浮かんだが、結局どこも危なさは同じだと思い、海の方角をめざして表通りを越えた。そのさいコンビニを見て、貯金箱を持ってこなかったのを心の底から悔やんだ。とにかく畑や自動車整備場のある暗い道に入った。どこで夜を明かせばいいかわからず、誰か怖い人とか野犬とか出てきたらどうしようと思いながら、自然と早足になって、三十分以上歩かなければいけないけれど灯台のふもとへ眠りに行こうと決めた。

ほとんど夜だがまだ空は薄くて青く、ぽつんぽつんとある民家の垣の花の色とかがはっきりわかる。

しかし、墓場がある。大きな鳥が目の前を二度低空飛行したりもして、怖いから歌をうたってみた。犬の散歩の人とすれちがい、「上手だねー」とほめられた。それからは口をつぐんで歩いた。あと五分ぐらいで夜になる、と思った時、雨が降ってきた。

空の約半分が濃い灰色だった。私は小走りでひさしのある場所を探したが、畑やあき地や金網ばかりなのでそのうちに全速力で引き返した。わずか数十秒で大降りになってきた！

私は何か弱く叫びながら小川の上にかかる道で足を止めた。下の方にガマ（洞くつ）があるのを知っている。ほかにいっさい雨やどりの場所はないととっさに考え、既に髪や肩がかなり濡れてしまったからコンクリの十数段の階段を駆け下りた。転びかけた。茂みに囲まれた雨音に別の激しい水音が加わる。地面のよりいっそう落ちくぼんだところに小川が流れているのだ。浅いとはいえそこに飛びこまないよう気をつけ、大量の落ち葉をスニーカーで踏んでガマに入りこんだ。そこまではとにかく夢中だった。

意地悪い横長の大口のように開《あ》いたそのガマの、入り口あたりには千羽鶴が幾束も吊るされている。戦争で地元の避難民たちが集団自決した場所だからだ。骨などがいまだに落ちているらしい奥の方へ歩いていく勇気などないから、低い天井に閉ざされたその闇には固く背を向け、雨の少しかかる入り口に立っていた。真っ暗になる前に絶対にやんでほしい雨はますます強まり、木々や草の葉が不規則に動くけはいがする。高い岩のひさしやシダ類からの、しずくに狙われる。小川は「ゴゴゴォーー」とつんざくように怒り狂うとともに、何でこんなところに来たんだとばかりに「ゴボゴボゴボ」という悪いからかいのようなあいさつを私に向け続けた。思わず二、三歩奥へあとずさりした時、今度は死んだ人々の霊に髪の後ろに息を吹きかけられた気がして全身が凍りついた！　ふりかえることなどできず、また濡れる位置に戻った。がたがたと震えていた。

ずぶ濡れになってもいいから上の道路に駆け戻ろう。そう決めかけたのと、ついに完全に夜になってしまったのはほぼ同時だった。もう小川も茂みも階段も見えなかった。蚊に腕を刺された。

「うーん、……うう、……ふぅ」

息が苦しくて苦しくて、やたらと声が出て、目を両手でおおってしゃがんだ。何とか目を開き、後ろはやはり絶対に見ないよう気をつけながら、バッグを開け、手さぐりでタオルを出して髪と顔をふいた。着替えがあるのだからどんなに濡れても別の場所まで行くべきだったのだ。悔やみきれずに顔をゆがめ、Tシャツを替えた。湿っている下着も外してバッグに入れた。圧迫がなくなってせいせいすると同時に、ふいに自分が子供に戻ってしまったように宙ぶらりんとなり、いやそのせいではないだろうが、心臓が止まってしまうくらいに心細さがいよいよ増した。

忘れていた空腹がぶり返した。蚊にあちこちを刺された。

肩に力を入れるとすぐ体じゅうが震えてくる。できるわけもないリラックスを心がけ、深呼吸はとてもムリなので唾を大きく何度も飲んだ。雨が少しだけ弱くなってきた、と思った時、変なものを聞いた。……「ギィエエエエエェ、ニギェエエエエエ」という、悲鳴かうめきか泣き声か地響きかわからないこねくり回すようなすさまじい合唱が、茂みの奥の一方向からわいてきたのだ！　それは最初から雨音や川音に重なっていたようでもあった。

「ギエィイエィイエィイエィイエィイエィイエィ」

そう遠くない土地の、養豚場から漏れてくるごく日常的な叫びだとはわかる。だが、百匹二百匹のブタの会話というよりも、この時の私の耳には戦争犠牲者たちの苦しみ痛がる声だった。私は耐えきれなくなってガマの奥を見た。何もかもごめんなさいとゆるしを乞うように力なく見つめた。……完全な闇。静寂。ほとんど動いていない空気が、重い。肺にそれを入れるだけでどんどん疲れてくる。岩天井を少し触ったらゴツゴツで、ヌルヌルしていた。そして胃袋がまた大きな音量で鳴った。

涙が次から次へ流れた。下くちびるをかんで必死に自分をしずめようとした。雨は少しだけ弱まったきり、やもうとしてくれない。私はついに「エーン、エーエ、エーエエン」と声を上げた。雨と闇と川音と死者たちのケンソウの中でどうせ誰にも聞こえるはずないと思うとますます大声でほえた。暗い上に涙でもうまったく何も見えず、誰にも助けてもらえなくて、お腹がすいて、寒くて、怖くて、寂しくて、悲しくて、私は「お母さーん」と呼び続けた。

もっと小さいころ、どこかで迷子になると、親か姉か祖父母が見つけてくれて、泣きじゃくったままであれば黒糖のかたまりなどを口に入れてくれた。特に祖母はなぜか必ず黒糖を持って私を捜してくれた。……そんなことを想い出すうちに、呼び声はほとんど幼児と変わりなくなっていった。

「お母しゃーん!!　……お母しゃん!　…………ウウゥゥゥ……エエエエエエ」

…………………………………………………………………………何十分ぐらい泣きわめいていただろうか。

閉じた濡れまぶたの上に、光がかぶさった。何を思う力もない私は声を出し続けた。

光はしつこかった。斜め上の道路にでも車がとまっているようだったが、車のライトにしてはこんなくぼ地に届きすぎる。

「どうしたの？　お嬢ちゃん」

………私は顔から手を離し、ゆっくり目を開けた。そこには警察官がいた。

私はそれまでとは別種の恐怖のせいで十センチ以上後ろに飛び、ガマの奥へと逃げようとして、うまく体を反転できずにへなへなと尻を落とし、下向くとともに体全体を丸めた。やっぱり指名手配されていたんだ！

「お嬢ちゃん、何でこんなところで泣いてるの？　もう大丈夫だから、顔を上げてくれる？」

「ほら、何も怖くないよ。僕たちおまわりさんだからね」

二人目の声がしたのでさらに追いつめられ、やけくそになって背中を伸ばしながら顔を上げた。とても明るい懐中電灯が二個。小雨の中で二人ともカッパをはいているということはわかるが、光はこちら向きなのでよく見えない。両目ともひどく重いし。おとなしく黙っていたら、一人が「ん」と変な声を出した。

「君は、さっき、昼間会わなかったっけ？」

その警官はライトを彼自身に向けた。闇の中であまりにも幽霊らしく見えたのは、白くて細くてメガネのガラスが激しく光っていたからだが、かろうじて私は、昼間りーかぁと私に話しかけてきたあの本土から来た警官だと気づき、恐怖が少しだけ薄れ、かすれきった声できいた。

「……逮捕しに来たんですか？……」

「は？　誰を？　何があったの？　洞くつの奥に誰か悪い人がいるの？」

二人が身構えるのを察して、私はもう少しだけ緊張を手放し、それでも信用まではしなかったから「誰もいない」と言ったきり、黙っていた。

「………もしかして、迷子とかそういうのかな？」

「あなた、この近くに住んでるの？　雨降ってるし、車で送ってあげようか？　そうか、ここで一人で遊んでて帰れなくなって、雨やどりしてたんだね。うん、車に乗ろう。きっと家族が心配してるよ」

百八十度の見当ちがいというわけではない解釈に、私はいよいよ黙らされ、うなずくだけはうなずいた。「迷子」と言ったメガネの彼は、ポケットの一つから「はい。食べる？」と小さなキャンディーを出した。私はもちろん空腹のきわみにいたから素直に受け取ろうとし、そのとたん安心感がどっとあふれ、差し出そうとしたてのひらに涙が落ちてしまった。警官たちと会う前の心細さに戻ったように目を激しくこすり、そのうち祖母の顔をまた想い出して口からは「……くるざーたー」というつぶやきが出た。

「え？」

「………くるさーたー」

「えっ、何！」

警官の声が急に変わり、「誰がどこで殺された！」「やっぱり洞くつで？」と二人とも姿勢まですっかり変えた。私は必死に泣きやもうとし、荒い息をしながら「ちがう」と悲しい声を強め、あと再び震えるように細く言った。

「くるざーたーは黒いサーター……」

「え？」

「……黒砂糖食べたい…………」

「それなら僕が持ってるよ」

メガネ警官がポケットから今度はキャンディー同様にフィルムに包まれた小さな黒糖を出した。

「はは、君はドラえもんみたいにいろいろ出せるねえ」

もう一人に言われたメガネ警官は、こう答えた。

「昼間、方々で地元のお年寄りが家から出てきて『ご苦労さま』っていろんな食べものくれるんですよ。お茶からお菓子からテンプラとか肉料理まで持ってきてくれるんで、もちろんいちいち食べていられませんけど、感激を超えてカルチャーショックっていうか」

「僕も、お茶とジュースならガブガブになるまで飲まされたよ」

そうこうするうちに雨がやみ、私は黒糖をなめて飲みこんだおかげでもう泣かなくなり、「悪い人とかそういうのはいなかったんだね？　ただの雨やどりだったんだね？」とメガネではない警官に念を押されてうなずいてから、二人に前後はさまれて階段を上っていき、はるかに明るい夜道を歩いた。

住所と名前と学年をきかれて正直に答えたら、急に何だか眠くなってきた。

しかし、三分ほど歩いたところにパトカーが待っていたので、もしかして安心させて署に引っぱろうとするワナだったのかとあとずさりしそうになったが、指名手配されていたとしてももうどうにでもなれと後ろの座席に乗った。

「僕たちこのへんの道に詳しくないからね、どこで曲がるとか言ってね」

「……ここまっすぐです」

乗ってみたら中はコン棒とかがごろごろ横たわっている以外は大型のタクシーとあまり変わらなかったし、サイレン鳴らして進むということもなかったので、私は少しずつ余裕が出てきて普通の中一の話し方ができるようになった。それで職務質問や取り調べにほど遠い世間話のような質問にわりとはきはき答えていったが、助手席に乗ったメガネ警官の方がそのうち主に話しかけてくるようになった。

「リナちゃんは、双子だよね？　もう一人は何ていうの？」

「リカです」

「双子でもあんまり似てなかったね」

「いえ、そっくりって誰からも言われますけど」

「もう一人の、えーと、リカちゃんだっけ、彼女の方がグラ、…ちょっと太めだったね」

「身長も体重もほぼ一緒です」

「あれ、そうなの？　でも、リカちゃんは大人っぽかったね。あ、いや、リナちゃんもきれいだと思うよ」

それから彼は大人っぽくなんかないりーかぁのことをなぜかいろいろきき、私のことも少しきき、またりーかぁのことをきいた。好きな科目は何かという質問に「特にないですけど、あえていえば習字と……」などとがんばって答えたら、「リカちゃんの方は何の科目が？」とくる。沖縄の女の子はどういう遊びをするの、といった問いに「壁打ちテニス」とか授業で習った「ゴムだん」※とかいろいろ答えていったら「ゴムはリカちゃんと二人で一緒にとんだりするの？」とくる。このおまわりさんはよほどりーかぁが好きらしかったが、私が右利きで彼女が左利きという以外に何のちがいもあるわけなく、唯一考えられるのは旗を振っていたかどうかであり、きっとりーかぁの方が愛国心があると思って好感をいだいたのだと私は思い、いかにもヤマトの人らしい見方だとそんなのでカルチャーショックも受け、兄との大笑いの会話がばれたりしたらまずいので少しは警戒した。テレビでは最近東京都内のいたるところに盗聴器がしかけられていると言っていたし。

私はそのうちしゃべり疲れて本当に眠くなった。方向を指示するのを私が何度も忘れたので、十分程度で帰れるはずが二十分以上かかってしまった。最後に時刻をきくと、九時五十分だという。ガマにはやはりかなり長時間いたようだ。それにしても、梅雨はとっくに明けているのにひどいひどい雨だったと思う。なぜ家出をしたのかもあまり思い出せなくなり、私は座り心地のよいその車内で目を閉じた。

しかし、家の前で下ろされて親切な二警官に頭を下げて別れを告げたあと、急にすべてを思い出して私は怖くて玄関へと進めなくなり、別の地元の警官らと両親が鬼の表情で私を捜し回っているかもしれないと思い、しばらく門の前に立っていて、そしてくるりと背を向けて走りだした。路面のあちこちに広い水たまりができており、スニーカーはあっという間にずぶ濡れになって体がまた寒くなっ

ゴムだん…長くつなげた色つきの輪ゴムを跳ぶ、沖縄の女の子の一昔前の遊び。「膝下クリアー」「膝クリアー」「腰クリアー」と高くしていき、「頭」まで跳んだら下げ、歌に合わせて曲芸のようなことをして最終クリアー、といったようなルールが適当に存在した

た。夜道自体も怖かったから一度も止まらなかった。

くたくたになったころ、ユウナの家にたどりついた。もう十時すぎのはずだったからためらったが、近所もふくめて明かりが元気よくついていたので思い切ってチャイムを押した。出てきたおばさんは※「アイッ、何でねー」と目と口を大きく開け、「ユウナ、ユウナー、いたよ！」と奥に向かって叫んでから私に向き直り、「あなたどこ行ってたの。お父さんお母さんがでーじ心配してるのに。ダメだよー。何しに来たの。帰りなさい。帰りなさい。えー、ユウナー、何してるー」と混乱している。

私はどうも地元警察にも追われてないようだと察したものの、まだ何かワナが残っているとの疑いは消せなかったので、小さな声で「……親に※死なされるから、帰れない」と説明した。トイレにいたらしいユウナは、母親の横から私に向かってジャンプして、「今からめーぐぅ※たーと捜索に行こうって相談してたとこなんだよ。あんたどこ行ってたかー」とほおずりしながら半分涙声で責めた。

「ガマにいたら、大雨で動けなくなって、……おまわりさんに見つけられて送ってもらった。生まれて初めてパトカーに乗ってしまった」

「……パトカーどんなだった？」

「広くてきれいけど、」
※「いいはずー。私も乗りたいなー」
「中からはドア開かんかったよ」

村じゅうを手分けして捜し回っていたらしい父や母におばさんが連絡してくれて、父が車で母を拾ってからすぐこの家に向かうという話がついた。そしておばさんは意外なことを言った。

「リナちゃん、お母さんが狂ったみたいに喜んでたよ。どっかで自殺したり悪い人に襲われたりしてるんじゃないかってさっき泣いてたからね。元気な笑顔見せてあげなさい」

「……怒ってなかったの？」

「全然怒ってなんかいないさー。とっても泣いてたよー。隣町にいるっていうけど早く、早く来ないかねー」

それを聞いて私は新しい涙か何かで顔が内側から破れそうな気がしてきて後ろを向くと、運動会のピストルを聞いたように走りだした！

「リナちゃん、どこ行く！」

「おうち帰るー」

「今迎えが来るって言ってるでしょう」

「走った方がたぶん早いから！」

「ちょっと、待ちなさい！　リナよー！」

……………………ごめんなさい！　お母さんお父さんごめんなさい！　胸中で叫びに叫び、途中で一回転んだ。すぐ立ち上がって走りぬいた。

家に駆けこむと、玄関で待っていたらしいりーかぁに「リナー！　リナーが帰ってきた！」と大喜びされた。その後ろから将也が歩いてきて、「僕言わんかったよ。怖かったけど、リナネェのことお

アイッ…あれっ／**死なされる**…叩かれる／**~たー**…~たち／**いいはずー**…いいなぁ

まわりさんにずっと黙ってたよ。だから逃げなくても大丈夫だったんだよ」と安心顔というより得意顔で言い、晴也は物陰に隠れるようにして私を珍しそうに見つめていた。ゆっくり現れた兄は、「お前なー」と私を優しくこづき、片手に持った夕方の私の置き手紙を振りながら言った。

「お前変に字がうまいから、こんなつまんない文にも意外に迫力あるんだよ。久しぶりにマジに心配させてくれたじゃないか」

私は一人一人に軽く頭を下げたが、「ごめんね」の言葉は恥ずかしかったから「えへへ」と笑った。そして「……ネーネエは？」とおそるおそる兄にきいた。

「ネーネエはよ、あれからお母によ、『お姉ちゃんがそんなに出ていけ出ていけ言ったら泣いて出ていくに決まってるでしょ、フリムン』って叱られてたよ。『フリムン』だってよ。結局きょうだい全員バカってこと」

「……それでネーネエは？」

「だいぶ前によ、お父とお母が近所の人と一緒に出ていったあと、がまんならん※って顔で一人でお前捜しに行ったよ。雨降ってたのに傘もかぶらんでよ。たぶんもう風邪ひいてるはずだよ。来週の試験ダメなんじゃないの？」

「……アイヤ………」

ため息し、私は靴は脱いだがびしょびしょの靴下をつけたまま玄関の床に崩れこんだ。

それから聞いた兄とりーかぁの説明はこんなだった。警察にて末っ子一年生は『ブラジャー』『ブラジャー』とわけのわからないことばかり言ったために相手にされず、三年生の将也がいろいろと質問されたのだが、十四個ものマンゴーを人に売りつける計画だったのか、それとも単に食べたくて盗んだのかが焦点となり、もちろんというべきか「家族で食べたかった」と将也は打ち明け、また私に迷惑をかけまいと家の前でのそそのかしの内容をばらさなかったせいで、結局母がタクシーで迎えに来たころにはマンゴーすべて没収されただけで無罪放免となり、それでも母は売り主から十五個すべて買い取る覚悟でいたのだが、意外にも売り主が「警察に突き出したのはやりすぎだった。幼い子らに怖い思いをさせてしまった。盗んでくれと言わんばかりに売り場を離れてばかりいた自分も悪い。実は今日は腹の調子が悪くて……」と気に病んでいるらしいことがわかり、結局母が菓子折りを持って子供二人とともに売り主を訪ねてふかぶかとわび、それで事件は解決したとのことだった。……………しかし、三人に続いて父が仕事から帰ってきたころ、私の姿がないことを初めて全員が同時に気にかけ、遅い夕食後にりーかぁが私の手紙を公開したところ大騒ぎになった。まずりーかぁが「こんなでーじなことを何でもっと早く言わんわけ？　何で引き止めんかった？」と母に平手打ちされ、続いて母代わりにがんばって夕食をつくったにもかかわらず姉が「あんたも正しくないさー」とエンエンと説教され、それから父母が方々に電話かけたり近所の人たちに助けを求めたりして、警察にも頼るはめになってとんでもなくバタバタし続けたという。

「……………ごめんねー」

私は濡れ靴下をようやくぬいでから頭をかき、兄にうながされてフロを浴びに行こうとした。

～ならん…～できない

そこへ、真っ青な顔をした姉がドアを開けた。元々家族の中でも特に色白の方だが、上から下までずぶ濡れのまま、長めの髪だけが墨汁のように黒く、昔絵本の中で見た「雪女」というものに似ている静けさでそこに立っていた。

「ネーネエ……」

私を見ると温美姉は、口だけ半開きにして、無言のまま靴もぬがないで私に駆け寄ろうとし、「靴、靴」とりーかぁに制止されてぎょっとしたように靴をぬぎ、それから再び私に突進し、しずくを垂らす体なのに私に抱きついた！　そしてキスするみたいに私の頭を抱えたりして「ごめんね。リナー、ごめんね」と泣き崩れた。私は冷たくて気持ちいいなどと思ってしまいながらつられて泣き、ひどい泥のにおいをかぎながら一分間ぐらい抱き合ったあと、言った。

「ネーネエ、試験これからでしょう？　先におフロ入ってよ。風邪ひいたら大変さー」

「リナが先に入って」

「ネーネエが入って」

その時、電話が鳴った。私は父に元気すぎるくらいの声を聞かせながら姉に目くばせして手でも強く合図してフロ場に行かせ、それから代わった母に「……や※ーさしてる」と甘え、大好物のコンビニのサンドウィッチを買って帰るとの約束を特別にもらった。姉のつくった夕飯もあるらしかったけれど。

それから居間でりーかぁと兄を相手に、私は昼間の警官との劇的な再会について語り、りーかぁのことをなぜだか知らないけどやたらと質問されたと付け足したら、兄が笑いながら鋭い声で言った。

「そのナイチャーおまわり、巨乳好きなんだよ。だから昼間見た巨乳はりーかぁの方だって思いこんでいろいろ質問したんだよ」

「えー、そうかねー？」

「当たり前。顔も声も体の大きさも全部同じであとオッパイだけが何倍もちがうから、夜一人とだけ再会して、いない方が巨乳だと思って頭の中が『りーかぁ、りーかぁ』になったばーよ。でも、フラーやさやー※。双子でそんなにオッパイだけちがうなんてありえんだろー。しかもまだ中一でよー。何かが中に入ってるって、考えりゃわかるのによー。そんなのでサミットの警備とか務まるのかね。テロ対策大丈夫かねー。アッハッハッハ」

複雑な表情だったりーかぁがきいた。

「巨乳って、そんなにもてるのー？」

「俺は興味ないから知らんけどよー。……ところでナイチャーおまわり最近ばんない来てるだろ。でも、夜の街のエッチな店入ったりは固く禁じられてるってよ。わったーどぅしのしーじゃとかに聞いたんだけど、みんなホテルにカンヅメ状態で、しかたなくコンビニでエロ本買って、それで今沖縄じゅうでエロ本の売り上げが異常に伸びてるってさー。まったく、ナイチャーは笑わせてくれるよ。ケッハッハー。巨乳好きのおまわり。巨乳好きのおまわり……」

私に気をつかってあっという間にシャワーを済ませた姉が、いつの間にか兄の大声に耳を傾けてい

やーさして…お腹が減って／～やさやー…～だよなぁ／わったーどぅしのしーじゃ…友達の兄貴

たらしく、笑い続ける彼に突然ボソッと言った。

「雄哲、あんた人のこと言えないんじゃない？　この前、見たよ。あんたの机のひきだしにエロ本入ってたよ。表紙に『巨乳』とか書いてあった」

私とりーかぁは「えーっ」と気持ち悪く笑い、兄が目と鼻の穴をガッと開いて凍りついているのをなおも楽しくというかあざけって眺めようとしたが、彼はぴょんと立ち上がると「お前何かー。勝手に人のひきだし開けて見るなー！」と姉に突進していった。姉はどちらかというと笑っていたのだが、兄にたぶん本気で二度も三度も腰や横腹を蹴られ、笑みを消して逃げようとし、なおもひざのあたりを強く蹴られて座り、泣きそうに叫んだ。

「やめてー。ちょっとやめてー！」

私は聞きすぎた「巨乳」という言葉にも実は腹が立ってきていたから、二人を見て立ち上がり、「ネーネエに暴力振るうなー！」とどなって兄の片腕をつかんだ。兄は余裕で私を押し返したが、そこまでおとなしく見ていたりーかぁが、双子の一人のピンチとばかりに加勢し、兄を後ろからハガイ絞めにしようとした。

そうこうするうちに、私とりーかぁと姉は三人がかりで仰向けの兄を上から押しつぶしており、でも殴ったり蹴ったりはみんな嫌いなので、尻などで体重をかけながら、それぞれわき下や足の裏などを全力でくすぐった。たまにこの暴君に仕返しする時の平和的戦法だ。兄は必死にもがきながら「ひゃっひゃっ、ひーっ、ひぇーっ、死ぬ、死ぬーっ」と悲鳴を上げ続け、いつもの「ギブアップ」はまだ言わず、おしっことかが漏れかけてはいるようで、少し離れて静かに立っていた将也を見つけると、あえぎあえぎ言った。

「将也、助けてくれ！　男同士だろ」

ところが将也は、そっけなくわざわざ奥へ下がりながら大きくない声で言った。

「ニーニィはさっき僕のこと『人騒がせなことするな』って二回も殴ったから、好かん。一回ならわかるけど、二回も殴りよった」

「ごめん。ゆるせ」

「痛かったもん」

「じゃあ、百円あげるから兄ちゃんを助けてくれ」

「ホント？」

兄が気絶しかけたような顔で仰向けのままうなずくと、大喜びの弟は「わーっ」とトキの声つきで突進してきて、私の肩を叩き、私の髪を引っぱった。

「何で私ばっかり攻めるかー」

私は本気で将也を突き飛ばし、兄の片腕の上にまだ座ったまま、再突進してきた将也と爪で引っかき合った。私の方がもちろんうんと強い。ところが、将也の旗色が悪いと気づいたからか、奥から最後に晴也まで出てきて、誰に頼まれもしないのに私にかわいらしくも激しい蹴りを浴びせ、続いてりーかぁにまで十連続ぐらいのゲンコ攻撃を始めた。もう、メチャクチャだった。

チャイムが鳴った。

父と母は喜びと安心を半秒でも早く伝えるためということか、わざわざチャイムを鳴らしてからドアを開けたのだった。六人は動きを止め、そして玄関との境にすばやく移動して全員ひざまずき※し、声をそろえようと心がけたわけではないがほぼ一緒に「お帰りなさーい」と元気よく言った。

父も母も疲れきった明るい顔で私たちを見回し、「やっと六名全員そろったか」との父の声に無言のほほえみをそえる母が今にも私を張り倒しに走り寄りそうなけはいもあったが、「リナー、おいしそうなサンドウィッチ探してわざわざコンビニとスーパー何軒も回ったんだよー」と袋をゆっくり置きに来たきり母が私をあまり見ず、父も一緒に六人の間を通りすぎたので、私は母の前に大急ぎで移って言った。

「わじってないの？　私のこと」

「……わじったり泣いたり、心配したりしすぎてからに、親としての仕事一カ月ぶんぐらいさせられて今日はもう疲れたさー。あんた、ふかーく反省してるんでしょ？」

「うん。ごめんなさい。もう二度としません」

「みんなに、特に温美にしっかり謝った？」

「うん」

「じゃあ、あんたはサンドウィッチ食べなさい。次にこんなことあってももう何も買ってあげんよ。コーサー※するだけだよ。これからはもっといい子にね」

「はーい」

私の大好きなコンビーフ入りと、もう一つは生まれて初めて見たエビフライ入りの、レタスもたっぷり入ったすごいのだった。マンゴーもおいしかったけど、と思いかけて急に私は申しわけなくて申しわけなくて泣きたくなってきて、一番おいしそうなところを大きめにちぎって温美姉にあげに行った。姉が優しく笑って首を横に振るので、その太い部分は自分で大口開けて食べ、別の細いところをりーかぁにあげに行った。男三人とはまだ仲直りしていないので端っこの完全にパンだけの部分をいばりながらあげた。態度の一貫しない変わり者の兄は満面の笑みで「テンキュー」と言っておいしそうにそれをかみ、将也は「満腹だからいらない」と普通に穏やかに言い、エビ好きの末っ子は切れ端を見ると目に涙をためてゲンコをつくり、赤いしっぽをあげたらようやく機嫌を直して私と握手した。

ゆっくり私がフロを浴びて出ると、「やっと安心して飲めた」と少しの泡盛で顔を赤くしている父が、子供たちを呼び集めた。頭痛がすると言って姉だけは先に眠ってしまっていたが、残りの五人を前にして父は「あんたたちは、そんなにマンゴーが食べたいか?」ときいた。

兄もふくめて皆が口々に「うん」「おいしいから!」と言ったり大きくうなずいたりし、機嫌の悪くない父は「とー」※とフクロウの親分のような怖い大きな目で五人を見回して、とても明るく言った。

「今度の夏休みは、ナゴのパイン園連れていこうね」

「…………」

なぜマンゴーが安いパイナップルに化けるのかわからなかったが、五人はわくわくと黙っていた。

「ネオパークにも行って、みんなその日はランチもお菓子も食べほうだいだから」

「本当?」

ひざまずき…正座/コーサー…ゲンコツ打ち/とー…よし

「本当さー。オモチャみたいなのも買っていいよー」

将也の問いに父が答えるなり、私たちは拍手して立ち上がって指笛※吹いたりし、特に私と将也は「イエーイ!」「イエーイ!」ととびはねて回った。しかし、歓喜が一段落した時、父はこんな言葉を加えた。

「その代わり、各部屋のクーラーの買い替えは来年にしよう。約束はしてたけど、実はボーナスが思ったより少なかったわけさ。みんな聞き分けのいい子だからな、今年の夏はパイン園でがまんできるねー?」

私たちは「えーっ」「ゆくさーやー※」といっせいに座りこみ、「父ちゃん、パイン園に一回行くよりクーラーが直る方がずっといいんだけど……」と兄が長男らしく抗議したけれど、「みんな最初にでーじ喜んだからもうダメ。秋が来るまでのしんぼうよー。来年は何があっても約束守る。さあ、勉強、勉強。小学生は眠って」とごまかされてしまった。まんまと父の計略に引っかかったわけだけれど、とりあえずマンゴー事件の平和解決は心地よく、私はあくびを一つして双子部屋へ下がろうとした。

しかし、りーかぁが弟二人と私を呼び止めた。

「あんたたち、まだお祖父ちゃんお祖母ちゃんたちに今日のこと謝ってないさー。ウートートー※しとかんと夢の中でムチ打たりんどー」

さすがおまわりさんに「大人っぽい」とほめられるだけあってりーかぁは考え方が老人くさい。とにかくまあ、納得して私は弟二人と横一列に並んで手を合わせ、もう盗みも家出も絶対しませんと心の中で唱えた。隣の晴也がぶつぶつ言っているので少し耳を近づけてみたら、「僕にもブラジャ……」

とかいうのがちらっと聞こえたので、驚いてけがらわしくなってりーかぁを追って去った。

サミットの方はそれからまだ過剰警備のような日々が続いたあと、やっと始まったと思ったら何が何だかわからないうちに終わってしまい、ヤマト嫌いの兄などは「晩餐会で何でチャンプルーもイナムドゥチ※もチマグー※もアヒラー汁も出さんでフランス料理出すわけ？」とひどく怒り、「首相が悪い。首相が頭悪すぎて話にならん。何であんなに知能のないやつがこの世に生きちょーが※。俺がまず村議になって、底辺から県も国も変えてやる」と連日私やりーかぁの前で演説していた。平和を願う県民たちによるサミット前日の嘉手納基地包囲〝人間の鎖〟の時はニュースとかも盛り上がっていたけれど、それ以外はほとんど何の印象も残らなかった。

結局、ヨーロッパの何カ国かの旗を覚えさせてくれてありがとう、というのと、期間中天気がよくてよかったね、というのだけがサミットにたいする私の思いだ。というのも、その後急に雨や曇りが増え、全然沖縄らしくない日々が一カ月ぐらい続き、札幌よりも那覇の方が日照が少ないという変な記録が残り、観光客の人たちはかわいそうだなぁと思ったりしたからだ。

もっとも、クーラーが居間のもふくめて数年来すべて壊れたままだったわが当山家はいくらか助か

指笛…歓喜した時などに沖縄人がよく吹く、手の指を使っての口笛／**ゆくさーやー**…嘘でしょう／**ウートートー**…拝み／**イナムドゥチ**…豚入りみそ汁／**チマグー**…豚足／**アヒラー**…アヒル／**生きちょーが**…生きてるんだよ

った。その一方、久しぶりに家族で行ったパイン園と動植物公園がとても楽しかったのはいうまでもない。こづかいなどその後もやはり一度もくれないけれど優しい優しい温美姉のことも、大好きだ。（彼女は何とか風邪をひかずに期末試験を受けられた。）　貧乏ながら親きょうだい八人がまあまあ仲よく健康に暮らせるのはきっとご先祖さまのおかげもあるだろう……。

後日談というほどではないが、マンゴー事件の翌週の小さなできごとを書いて筆をおこうと思う。

木曜日ぐらいだったか、昼下がりから私とりーかぁは共通の友人エミリーの家に遊びに行った。エミリーはアメリカ軍人と沖縄女性とのハーフで、弟妹がいて、父親はだいぶ昔に離婚してアメリカに帰ってしまっていた。そんなわけで当山家と同様に貧乏で、お菓子もジュースもお茶も出してくれず、というより母親は必死に働いていて不在だし、クーラーがない上に風通しの悪いその家にいても暑いだけでまったくつまらないと思い、戦闘ゲームが一つ終わったところで私が「泳ぎに行こう」と言いだした。水着など持参していなかったが服のままでもかまわない私とりーかぁは、アウトドア派ではない日焼け嫌いのエミリーを二人がかりで引っぱって、岬近くのビーチの横の地元の人しか遊ばない岩陰をめざした。

強い西日を受け、「暑いねー」「サミットの時もこんなかねー」と三人で歩いていたのはあのマンゴーの露台のあった道だ。売るのをやめてしまったのかこの日は台さえもなく、私たちは歌をうたったり覚えたてのフランス語やロシア語やイタリア語の「こんにちは」を言ったりしてにぎやかにコンクリ道を進んだ。

遠く前方から警官が一人歩いてきた。私は何となくおしゃべりをやめ、その人をよく見た。背が少し高くてメガネをかけていた。驚いた私は止まりかけ、そしてすぐ非常にまずい事態だと悟った。もはやちょっとした知り合いなのだから、必ず声をかけてくるはずだ。それでなくとも双子であるこちらは目立つ。そして「巨乳」のはずの「りーかぁ」の胸が平《ひら》ぺっぺー（まっ平ら）にまでしぼんでいるのを見て「あの時は何か入れてたのか」と問いつめるかもしれない！　ちゃーすがやー（どうしよう）！　私は必死に考えた。……ええと、今の私はリナとりーかぁのどっちの役をこなせばいいんだっけ？………

できるだけ畑や民家などに視線を投げるようにしたけれど、近づけば近づくほどもっときちんとごまかさなければというあせりが高まり、私はまず隣にいたエミリーの後ろに下がった。エミリーは身長は私たちと同じくらいだが、ハーフだけあってそんじょそこらの大人に負けないぐらいのオッパイを既にもっていた。小六の二学期ごろからよくクラスじゅうの悪い男の子が休み時間に彼女の胸を触りにきたものだ。今だけエミリーと体つきをコウタイできないだろうかと一瞬私は本気で考えようとした。

警官がいよいよ迫ってきたと思い、ついにエミリーの背中に隠れた。しかし、これだけじゃばれる、どうしようどうしようと困って頭がパンクしそうになり、突然変なことをやってしまった。エミリーの背中に完全に自分の胸や腹をくっつけた上で、彼女から借りて持っていた大きなタオルでエミリーの顔を隠し、自分は頭を彼女の肩ごしに高く斜めに出して、ほんの少しは〝顔が私で、体がエミリー〟というふりをしたのだ。

エミリーは驚いて立ち止まり、警官にどんなあいさつをすべきかと悩むばかりの私のタオルが鼻と口にきつめにかかって苦しがり、「ん？　ふ？」ともがきだした。りーかぁももちろんドギモを抜かれたらしく、無言で横に立ち止まった。

警官は、銀ぶちメガネをかけてはいたが全然ちがう人だった。変な表情で私たちを見、通りすぎていった。そしてやっと私のタオルを引きはがしたエミリーは、ふだんめったに怒らないのに「あんた何するわけ、急に！」と私のほおをパーンと叩いた。元々虫のいどころが悪かったのか、力がこもっていてすごく痛かった！

グァバの清潔

2004年作

笑っているところを見たことがない、明るそうなのに、とバイト先の百円ショップの人によく不思議がられる。さっき誰々さんの冗談を聞いて笑いました、と反論しても、ちょっと目を細めたぐらいは笑ったうちに入らないと注意される。

酒の席にてツマミを食べているところを見たことがない、との指摘もたびたび来る。

確かに食への執着はとても薄く、気の置けない元同級生たちとの飲み会でもシマー※のロックをなめる以外にはあまり口を使わない。話もほとんど聞き役だから。ごくたまにそうめんか何かに箸を伸ばしたりすると、「アイ、紗都乃《さとの》が食べちょーん※」と皆驚く。たいていおいしくない上に不潔そうなので居酒屋のお通しは絶対に食べない、そんな私にいつも「もらおうね」と嬉しげに声かける友人がいる。

脂肪も筋肉も少ない私の体を服ごしに見て「あんた、もっと食べなよ。このままだと裸にしたら見れないね」「あまりガリガリだと男も寄ってこないはず。奥さんが太めよりはこんな方が、離婚率高いらしいよ」などと彼女らは暴言を吐いてくれる。一生誰とも結婚しないと二十一才でもう決めてい

シマー…泡盛の卑称／**食べちょーん**…食べてる

るし、この世には苦手な食べ物が多すぎるから、あまりカシマサイ※と思ったら私は席を立ってしまう。だから、先日の正午あと、百円ショップに向かうバスの中でものすごい空腹を抱え、なおかつ微笑をたたえて座っていたのは、ただそれだけで人に報告する価値のある珍しいことだったかもしれない。

とにかく私はバス内にいた。

最初は苦しみのあまり笑っていたようなものだ。

四番目に生まれた私は、母と三人の姉とともに捨てられた。トートーメー※を継ぐ長男をどうしてもつくらなければならない父によって。それから母は、三百六十五日ほとんど休まず早朝から晩まで働き続けるという生活を十五年以上続け、姉妹全員を高校まで行かせてくれたが、無理がたたって脳出血で半身不随となった。平穏に生きているらしい父への恨み言が母の口から出たことは一度もない。しかし、躾《しつけ》に厳しいその尊敬できる一人親に思春期のある時ちょっとしたことできつく叱られた私は、ふと自分の誕生そのものが世界を裂いたという事実を決定的に思い出し、以後しばらく彼女にたいして荒れた。十五才ぐらいでやっとお手伝い好きの普通の末っ子へと戻ったあとも、機会あればいつか人々を本当に「呪い返して」やろうと考えがちだった。矛先《ほこさき》は父の家であったり、世間全体であったり、まれに首相官邸や薩摩《さつま》藩であったりした。

この日は久しぶりにそのことを考えて座っていた。山内さんの奥さんがとても重たい話をしたから。

母が倒れてからは、バイト二つを掛け持ちの私である。母の古くからの知り合いの山内さん夫婦のパン屋で焼いたり運んだりを朝から四時間手伝ったあと、一時間ほどあけてからバス移動する。めったにないはっきりした空腹感は、つらくおもしろい。遅刻しそうになった朝にコーヒーしか摂らず、ランチしておくべき十一時台につい本屋でジェンダー関係の立ち読みに熱中してしまったのだ。

あいかわらずバス賃などくれないけれど、奥さんは「おうちの庭で穫《と》れたから」とやたら大きいゴーヤー、ニンジン、※モーウイ、そして※バンシルーを持たせてくれた。しかし、モーウイ以外は私が苦手な食べ物ばかりで、実のところ腰の横に置いている袋がどちらかというと目に邪魔っけだった。家族のために非常にありがたいのはもちろんだが。……お供え物への連想。そしてトートーメーがらみの話がまた甦ってしまう。

奥さんの従姉《いとこ》にあたる女性が、かつて子を産むたびに夫や姑から「また女か」「次こそ嫡子を」と責められ、八人目の女児の出産と同時に産褥熱で亡くなったというのだ！　人権もへったくれもなかった戦前のことではなく、うちと同じといえば同じくほんの二十数年前だ！　似た悲劇はいくらでもあるとはいえ、新たに身近なのを一つ聞くたびに吐き気がしてくる。

私の父もまた、百歩、いや、万歩譲って〝慣習に圧迫された犠牲者〟だったとしても、娘四人の養育費を一銭も払わずすぐ新しい家庭を築いたことを、私は絶対にゆるさない。とりあえず金さえあれば母が体を壊すことも、長姉が結婚を急ぎすぎて傷つき妊娠八カ月で離婚することも、かなり優秀だった次姉が大学進学をはやばや諦めることもなかったのだから。私が未だに※自練に通えないのも生活

カシマサイ…やかましい／**トートーメー**…仏壇。位牌／**モーウイ**…白瓜／**バンシルー**…グァバ／**自練**…自動車教習所

費優先のせいだ。

　昼のバスにはいつもどおり十人以下の乗客しかいなかった。

　右側の前から四席目の二人掛けの窓ぎわにいる私は、軽いイビキを聞いた。ちらと見ると、すぐ後ろに、灰色の丸い帽子をかぶった男が俯いて座っていた。こんな日は、背後に男がいるというだけで不快が増す。イビキがやんだと思ったら、今度は喉に痰《たん》がからまっているような息が聞こえた。年配のようだった。

　アフガンではこうして見ず知らずの男女が至近距離に座るということ自体なかったんだろう、と私は海の外などへ思いを飛ばした。

　あの国では女性が外出時、まともな呼吸ができなくなるような布で頭から足先までを覆わなければいけなかった。〝解放後〟の今も農村部ではそうらしい。自分の家族以外の男に肌も髪も絶対に見せてはいけないという掟《おきて》のために。……そんなに女を見たくないのなら、逆に男が全員アイマスクをして杖ついて歩けばよいのだ。「神」の名を呼ぼうが「戦争」を心底《しんそこ》愛そうが「長男」にこだわろうが、男なんて所詮ことごとく女の体からひり出された元乳飲《ちの》み子にすぎないのだから、本性に従ってもっとオドオドと生きるべきだ。

　世間が既に忘れている、米軍によるアフガン空爆。あの真冬、私の住む町はそれまでにない深刻な基地騒音に悩まされた。飛行機の離着陸音はまだよいが、滑走路の片隅の停止飛行機からのエンジン空吹かしのような噴射音が五分続いてはわずか三十秒やみ、また十分以上続く、という具合に結局ほぼ二十四時間町を覆い、それが一カ月半も続いたのだ。大家の怠慢のせいか防音工事が未だされていない私のアパートでは、一日中家にいる母がすっかり体調を崩してしまい、出戻りの姉らも怒りっぽさを増したりし、隣室の老猫はストレスからか死んだ。

不可思議な戦争はイラクでまた引き起こされ、「米英によるフセイン制裁戦争」と正確に呼ばれるべきものがマスコミによって「イラク戦争」と気安く隠蔽《いんぺい》気味に名づけられたかと思ったらすぐ「終わり」、しかし真の終戦は未だ遠い。それもあってしょっちゅうガソリンの値段が上がるものだから、車社会である沖縄の、ただでさえ家計に余裕のない大多数の労働者が変なところで圧迫されている。姉たちもそうだ。

不快。不安。不公平。

マイナス感情の膨れ上がりに耐えられなくなり、首を少し振ったからといって何がどうなるわけでもなく、片側に米軍基地のフェンスと芝生が続く初夏の平べったい町を行く車内で、私はそれから「どうしたら戦争と暴力と基地と利益誘導政治をなくせるか」「鈍感な本土の人たちにどうやって沖縄への今も続く二等国民扱いを改めさせるか」「沖縄自体も精神的に成長すべきか」「ジュゴンとサンゴとヤンバルクイナをいかにして守るか」といったことを次々考え、果ては変えるべき法律を頭の中に並べることにも熱中していった。昔から納得できないことの筆頭はこれ。差別されている三月三日を五月五日と同格の休日にする！　両方とも「子供の日」でよいし、「女性の日」というのも魅力的だ。ついでに九月九日などほかのゾロ目もすべて休日にしてしまうのはどうだろうか！　中国では確か九月も何かの節句があったと思う。つづいては刑法も変えてほしい。婦女暴行は一度きりでも無期懲役にするとか。ＤＶは、母子家庭支援は、それと、それと年金は、消費税は、途上国への援助は――――。

いつしか私は、まるで評論家か女性党首になった夢にでも浸るようにニヤニヤしていた。私を「おとなしい」「フェミニン」と決めつけている友人たちがこんなふうな独り言を聞けば腰を抜かすだろう。そう思うとますます楽しくなってきた。ついでに全国有権者の皆さん、薩摩イモという言い方は野《※の》国《くに》イモへと即刻直してください。

次での停車をランプが告げていた。

チャイムを押したのは真後ろのおじさんらしく、ごそごそ動いている気配がする。またしても痰のまじったような息を聞かせながら。やがて、コインを二枚ぐらい床に落とす音がした。近くにまで転がってきたと感じた私は、床を見た。一秒ほど。何もなさそうだったし、まあ、自分で立つなりして拾うだろう、と私はまた右の窓に顔を戻した。

停留所に着くまぎわ、通路へ出たおじさんが私の隣席（例の野菜入りの袋を置いてある）のすぐ前に鈍く鈍く手を伸ばして十円玉を一枚やっと拾うのを、横目で見た。あ、そこにあったわけね、ごめんなさい、と軽く思うだけの私だった。

十数秒後にバスが停まってから、前方の料金箱に近づいたその帽子の人は、よろけて倒れそうになって左の座席の一つにもたれかかった。もう一人、立ち上がった別の男の人が「大丈夫ですか？」と手を貸す。え？　――――よろけた人はおばさんであり、そして、右手の先がなかった。丸い肉が短く突き出ているだけで、指も掌もない。私は一つ後ろの空席を見た。そこにいたあの身障者の女性を私はずっとおじさんだと思い込んでいたのだ！

三十代ぐらいの男性は、足も悪いのかもしれない彼女と一緒に、ステップを下り始めた。私は手伝おうかと腰を少し浮かしたが、内なる混乱に負けて立たずじまいを選んだ。おばさんは「大丈夫です。すみません。ありがとうございます」とかなりしっかりした声で言っていた。親切な男の人はバス内に戻ってきた。

恥ずかしい私は、頬がおかしな温度に変わっているのを自覚した。

右手のない人にとって、落とした金を揺れるバスの中で拾うことがどれだけ大変だったか！　その前に、財布から料金分のコインを取り出すのさえすんなりとはいかなかっただろう。足下近くの十円玉一つを探して拾ってあげる、そんなことぐらい十秒もあればできたというのに私は無視し、最後にも助けなかった。〝イビキかくような、汚《きたな》そうな初老の男の人〟にかかわりたくない。そんな拒絶しかなかった自分が、寒すぎる。胸中で謝り続けた。

野国…嘉手納町内の古い地名。十七世紀初頭、その地出身の人・野国総官（そうかん）は、中国から持ち出し禁止であった甘藷（かんしょ）の鉢を琉球王国に初めて持ち帰り、島民を食糧難から救うきっかけをつくった。のちに薩摩藩が琉球を侵略し、甘藷は鹿児島経由で関東地方にまで伝わって「サツマイモ」と呼ばれるようになるが、その呼び方に抵抗感を覚える沖縄人は現在も非常に多い

世界の平和や子供の日や消費税などははるか遠くへ吹き飛ばされていた。

ほどなく私も下車した。出勤時刻まで十五分ぐらいは余裕がある。ハンバーガー屋にまず寄るつもりでいたのだが、私はバス内での不親切をまだまだ忘れてはいけない気がし、重い袋を左から右の手に持ち替え、……と、その時、自分に一つ罰を与えよう、と思いついた。嫌いなバンシルーを一つ噛みしめ、そのまずさで精神を洗い浄《きよ》めようと考えたのだ。嫌いといっても吐くほどではなく、子供の頃は近所の木からよくこっそり取って食べた。種類によっては立派に甘いから「大好き」と言い張る友達も複数いる。ただ、沖縄の人間にとって最もなじみ深い庭先果物の一つであるバンシルーが、このけっして店頭に並ばない虫食いの多いオヤツが、県全体の悲しいお人好《よ》しぶりや誇大宣伝される素朴さ、およびわが家の台所の火の車を象徴している気がして小六ぐらいから好むよりは避け、いつしか年に一度も食べなくなっていただけだ。

本土では「グァバ」と呼ぶらしい黄色に近い薄黄緑の粗末なそれを、袋から一つ取った。臭《にお》いの少なさと堅さからいってまだ熟れ方が足りないのは明らかで、そのため皮剥きの必要があるのだが、私は洗いも拭きもせず強く噛んだ。

皮含みなのでとんでもなくまずかった。第一、味が足りない。無理して途中まで食べ進み、口から離し、少し見た。ぼやけたような薄ピンクの果肉が、いつにもまして総入れ歯の人の歯茎を想わせる。とにかくまた食べた。プチプチと小種が歯に痛いし、ぱさついていて、甘みがどうにも少ない。酸味があるわけでもない。熟れきっていないせいだとはもちろんわかるが、熟れたら熟れたで「ゲロ」の味に近くもなるのだし、よくもまあ物心つく前はこんな種類の食感を「上等」だの「洋梨みたい」だのと思えていたものだ、生のナスにたっぷりの蜂蜜かけて食べた方がいくらかましだ、と呆れている。市販のとても甘くしてあるジュースだけは今なお無条件においしいのだけれど。

手の中に残った滓《かす》に、吐き出したものを加え、慌て気味にハンバーガー屋の外出しのチリ箱に捨てに行った。すぐにうがいがしたかった。ティッシュで手を強く拭いた。

しかし、罰を済ませたことで心ははれればれとしてきた。既に一からやり直している気持ちだった。いずれにせよ私のようなひねくれた弱者はすぐには幸せになれないし、生きる目的が当分見つからないだろうし、たとえ見つかっても実現は遠いだろうし、こうやってひとときずつを丁寧に過ごしていくしかないんだ、若さはとりあえず武器だし、と骨しかない大好きな胸を酸素で膨らますのだった。口直しのダブルチーズバーガー一個とコーラ以外にこの世に求めるものはなかった。ダブルにチーズなんて我ながらすごい食欲だ、と感激した。

すぐまた訳もなく悲しくなってきた。

パッションフルーツはまだ似合わない

2004年作

私は咲《さき》。梅雨明け直後という六月末の沖縄を、原色ちりばめたキャミソールいくつも持って味わいに来て、二日目。ビーチでの羽伸ばしは昨日極めてしまった。筋骨隆々のカレとともに。

私の方は、くびれ不足をブランド香水と愛嬌で埋め合わせ。「最初会った時、ＯＬじゃなくて現役女子高生かと思ったよ。透き通る肌がとっても柔らかそうだったから」などとたまにおだててくれる一つ上の二十三才の勇司のことは、もちろん世界一愛している。彼の好みの背中まであるストレートが最近やっとこのポッチャリ顔にもなじんできたようである。

頑張って遅起きの幸せを手放したワケは、念願の本島中部ひとめぐりだ。米軍カデナ基地の滑走路を覗ける丘へ運んでくれた観光バスから、続いて朝十時前の東南植物楽園の閑散とした駐車場に降りたら、そこを囲んで伸び上がっている何十本もの槍《やり》そっくりなヤシよりも、溢れ返る〝眩しさ〟にまず胸は熱せられた。

「すごい、ユージ。さっきまで薄曇りだったのに」

瞼《まぶた》少し下げながら指さしてみる低い雲々の、縦へ縦への膨れっぷりは、バスのグレイの窓ガラスごしに眺めてはいた綿菓子っぽい強さを一気に超えている。まるで青色の大火災！　誰か、誰か消防車を呼んで！

「……さすが亜熱帯だなぁ」

「昨日だってあんないっぱいは入道雲なかった。もっと暑くなるんじゃないかしら」

前回は冬場だったから、半年ぶりの二人しての再訪と初泳ぎが嬉しくて嬉しくて、羽田空港あたりからずっともう、暑くても何でも太い腕にしがみついてばかりの私。その初日は風がわりと強かったりして完璧な真夏日ではなかったのだけれど、既に両者あちこちがやけどで赤い。ペアルックにかなり近い虹色タンクトップ姿の、頭半個ぶん高い勇司の、横顔に目で軽いキスをまた送る。おでこからストンとまっすぐ下りた細鼻をもつ彼って、何だか高校の美術の時間に写生させられた石膏像のギリシャ人みたい、ずっと内心あだ名してきた「お釈迦《しゃか》さま」なんかよりは、と今さらながら甘く気づく。

でも、イガグリ頭のアポロンさまは枕が合わずに熟睡できなかったとかで、今朝はまだ本来の口数ではない。缶コーヒーを求めて自動販売機前へ進んだが、飲み物すべて、普通サイズなのに百五十円。

「……今さっき、道沿いにも二台あったよな」

「あったっけ？」

バスで来たばかりの道を戻る彼。都心で戦うオフィス家具大手の営業マンならではの、腕の振りだ。ふだん座ってばかりの消費者金融ＴＥＬオペレーターの私は駆け足でしか追いつけない。

「まったく。観光名所だろうが映画館内だろうが日本全国、自販機での値段は完全に同じって法律で定めてほしいぜ。違反者は死刑」

「そんな、怖いこと言って……。こういう場所は買う人数が少ないんだから仕方ないでしょ。それに、たった三十円の違いじゃないの。ユージ、心も体も今はバカンスでいこうよ」

「いや、三十円ってったら、百回で三千円だろ。三千円も倹約すれば、サキ、例えば君に何かプレゼントしてあげられる」

「わ、何かすてき」

「とりあえず金には厳しくあってほしいな。ファイナンスの人らしく」

「だからバカンスー」

すぐ着いたその四つ角に、自販機はやはり並んでいた。百二十円、いや、東京ではめったにお目にかかれない「百十円」の表示！　全国一律云々の思いも吹っ飛ばされたに違いない彼の大当たり顔が少しかわいかった。濃そうなコーヒーを早速選び、腰に片手当ててがぶ飲みするおだて上手の隣で、もし差額加えて四千円浮いたら何を贈ってくれるのかナと私はひとり心で遊んだ。

植物楽園ですごせるのは一時間半。再び早足となって駐車場へ戻ると、ツアー客を全員送り出したとみえるバスガイドがぽつんといた。赤主体の制服だから、ほっそりしていてもハイビスカス並みに目立つ。

勇司は、何を思ったか「ウォーター・ガーデン」にも「エキゾチック・アート・フォレスト」にも向かわず、私のできればもっとたおやかになりたい手首をダンベルだこだらけの手で引っ張って、その赤花嬢に近づこうとする。首に下げていたカメラをじきに私にわかるよう動かしてみせながら。が、不安が一つ。彼はＪＡＬ機内で目をつけた美人キャビンアテンダントにせわしなく声をかけ、コンソメスープの二度にわたるお代わりで少々おもしろがられたりした浮気者でもあるのだ。

「すいません、入り口前で一枚撮ってもらえますか？」

「はい。…どちらのゲートにします？」

「ところで、カッコいい日傘ですね」

案の定、白地に赤とピンクのイルカ模様なんてどうでもいいのに彼は昨夜ベッドでくすぐりまくった相手を放《ほう》って調子づいた。表情が三つぐらいしかない、だけどそこそこ大きな目をした細おもてのガイドは抜かりなく笑って黙礼する。沖縄式の舌の回しなのかアクビをこらえるようなのどかな話し方が、明るすぎる茶髪や鋭い眼光やいくらかはかなげに凹《へこ》んだ都会的な目許《めもと》全体とあいかわらずそぐわない。一歩下がってカメラのやけに懇切な受け渡しを見守りつつ私は、バス内で目撃した小さな不自然を脳裏に呼び戻している……。

「これは『心霊写真ボタン』だから間違って押すと怖いですよぉ」

「本当？」

「足が一本消えて写ったりするんです」

「まあ、大変」

たたみかける私の男はコーヒーのつもりでガラナでも飲み干したかのようだ。……ふいに今頃になって降車した、ひょろっと勇司以上に背の高い色黒の運転手がこちらを向き、数秒おいて大股で歩み寄ってきた。

「一眼レフですか。私がお撮りしましょう。このバスガイド、とても機械音痴だから」

唇結ばされた彼女は気品ある微笑を保ちつつも運転手の肩を、閉じてあった日傘の柄《え》で優しく叩いた。不自然の続き。この優しさが絶対に続いていると結論し、私は一瞬以上自分の恋を忘れてしまった。運転手は運転手で、ライフセイバーか海辺のクラブのＤＪでもやっていそうな精力的で垢抜けた雰囲気。小麦色と長身と尖《とが》った鼻と、武器が三つもあるせい？　いや、まあ勇司の方がはるかに美形《イケメン》だけれど。

――――「右手には、皆さま先ほど『安保の見える丘』よりご覧になりました、カデナ飛行場がまだ延々と続きます。間もなく左手にも米軍の敷地が広く現れてまいります」などといった流暢かつ平凡な案内の合間に、またホテル前で私たちツアー客を並んで出迎えた際にも、この二十代後半同士とおぼしき二人はどちらからともなく囁《ささや》きを交わすことがやたら多かった。一度彼の口許に耳近づけた時など、彼女は大人向けのオシャレな子守歌でも聴かされたように目を細めたのだった。

　私は彼らが職場結婚へと突進中のステディーかもしれないと勝手に察していた。それでシャッター後、勇司とともに勇司とはたぶん違う気持ちでバスガイドにも頭を下げたら、「色が白くてうらやましいです。でも、痛そう」と触れられ、私は何となくどぎまぎしてうなずいたあと、その肘裏《ひじ》あたりを自分でもさすった。

　私と勇司はウォーター・ガーデンから見てみることにした。

　入場してすぐ、いかにもこんな場所らしいヤシの実ジュースの屋台を発見。一玉九百円。

「たかが果物一個に九百円も使ってたまるか」

　どうでもいいことなのに勇司は「くだらねー」とまで言い、昔々の本にあったおサルの電車に似た園内一周観覧車にも背を向け、上機嫌で池のほとりを歩きだす。ゆったりしていても歩幅に差があるから、置いていかれないよう私は彼の手を握る。

人のいない小道。時間帯のせいか、最高の季節の土曜なのに園内全体あまり込んでいないようだ。動けば動くほど暑くなる。自分と勇司のどちらのものかわからない少しの汗が掌をさらに温めるけれど、勇司は手をほどかずにいてくれる。

ヒカゲヘゴ、と書かれた札の前で二人立ち止まった。

「トカゲとヘビみたいな名前で怖いね、カタカナだと」

安心感いっぱいなままに私はそう言った。涼やかなシダふうの透け透けの落ち葉と、タコの吸盤似のごわついた幹をもつ、美しくもかなりキモチ悪い木。

「わっ、ヘビ！」

勇司が足下を指さして私をおどかす。……何もいない。私は「言うだろうと思った、そんなふうなこと」と本当は少しびっくりしたくせにほほえむ。

歩きながら勇司はハンカチを顔や首すじに当ててばかりいる。本当はタオルの方が似合う、ボディービル歴六年で拳法にボクシングもやっていた逆三角形さん。池を離れ、園の奥の奥に来た。人の姿はさらに減り、植物ばかりがごった返している。アロエ似の草。赤や黄や紫の花々。はっきり南国色はあるけれどトカゲヘビほど強烈なのは少なくて、どれもきちんと剪定され、強すぎる日差しを受けて何だかおとなしい。

ようやく足の運びを私に合わせてくれるようになった彼は、二度ほど私を近距離撮影したあと、やけに爽やかなまなざしを遠くに向けた。

「あのバスガイド、仲田さんだっけ、キレイだったなあ。感じがいいのにどこかアンニュイ入ってて」

な、何なの、と私は口が数秒間あいたままになった。今度のこれこそ予想しえない言葉！

「二十七才ぐらいかな。サキもさ、あんないい女をめざせよ、もう少しだけセンス磨いて。絶対なれるから」

私はアンニュイというより意地悪そうな印象をはっきり生んでいたかもしれない凹み目などを想い出しながら、声だけは穏やかに、やっと言い返した。

「あんなの、美人でも何でもないじゃん。化粧がうまくてスリムなだけよ」

「あ、いや、べつにダイエットしろとか言ってるんじゃないよ」

「言われなくてもウエスト絞るつもりだから、もう少し待ってて。ユージをもっと幸せにするために、死んでも七キロ落とすから」

「そんなに強く言うなら、じゃあ、楽しみにしてる。ただし胸は保ってね」

「……それよりさ、あのガイドと運転手、怪しいと思わない？」

「は？」

「きっと恋人同士よ」

「……そうかあ？」

「何度もコソコソ囁いたりほほえみ合ったりして、特別に仲よさそうだったもん」

「特に気づかなかったけどなあ。カメラの時も怒って傘で殴ってたし」

男の人って、ほかの女に目移りしたりはするくせに、こういうことにはやはり鈍感だと思う。

二つめの大池。青空を映す勤勉さなどない暑苦しい深緑色の水世界で、ひとり果敢に空をめざす噴水が跳躍している。徐々にバス内にいた時と同様に勇司はアクビをよくするようになった。

「……タフなのに、枕が違うだけでそんなに眠れなかった？」

「枕のせいもあるけど、寝る直前に運動したから体がカッカしちゃったんだよ。サキのせいだぞ。気持ちよかったからってさっさと眠りやがって」

「『やがって』って言うことないじゃなぁい。一昨日《おととい》ほかの人のぶんまで働いて、昨日早起きして、本当は疲れてたんだから」

変にほほえんだまま黙った勇司は、私の髪の肩下あたりを数回ややいやらしく撫でる。出勤のたびに束ねて網で包んだりするのが面倒だけれど、たぶんこれのおかげでビーチで七、八番目ぐらいには目立っていたようなのは多少誇らしい。

「もっと派手に染めてもいいんじゃないの？」

「染め直すと傷《いた》んじゃうなぁ」

ちらとまた浮かんできたバスガイドの銅線色の髪をすぐさま荒い気持ちで消し、言い足す。

「でも、うん、考えてみるね。三色ぐらいのグラディエーションにしよっか。ユージも染めてみたら？　顔自体、外人ぽいんだし」

「うちは男はそういうの禁止されてるからね。そうだ、サキ、俺が万が一上司に逆らってクビになって路頭に迷ったら、会社の金貢《みつ》いでくれる？」

「うん！」

「バカ」

……………………昨夜、オーシャンビューの部屋にて。私たちは一度エッチしたあと、骨董品ぽい茶色いイスに掛けて「さんぴん茶」という沖縄のおいしいコールドドリンクで乾杯し、ふだんあまりしない種類の対話を楽しんだ。「いつもいろいろほめてくれるけど、今まで一度も『愛してる』って言ってくれてない」とふと訴えた私を、待ってましたとばかりに勇司が明るく突き放したのだ。

――サキ、悪いけど『愛』は人生の最高・最善のゴールだぞ！　今既にゴールインしてるなんて宣言しちゃったら、それ以上何の努力をする気になる？　『愛してる』って不用意に言わない男の方が本物だってば。

――……………。

――どうしてもっていうんなら、正しくこう誓うぜ。『僕は今はまだ究極の愛に辿り着いてないけど、あなたとともにその究極をめざしたい。一生を懸けて努力します』……………

――女の気持ちとしては、それでもたまには『愛してる』ってストレートに言ってほしいものよ。たとえ嘘交じりっていうか正確じゃない言葉でも、口にしたとたんにもう嘘つけなくなるでしょ。誓いの上を行くその感じ、その〝嘘つけなさ〟こそが、欲しいんだもん。

――しかしよ、サキちゃん、相手を愛しきってる時はむしろ言葉なんて出てこないんじゃないか？二人が心身ともに完全に溶け合ってる時、会話が生まれると思う？

――でも、

途中で私はまた抱きしめられ、ほぼ同時に口をふさがれた。ふさがれたままなので素直に目をも閉じた私は、そのうちにいつものように愛の吐息だけに満ちていった。それはそれですばらしい時間だったのだけれど、ただ勇司は「愛してない・大好きだよ・何てかわいいんだろ・まだ愛してはいない……」と後半のいいところで囁いた。その後も、果てるまで何度も。

鮮やかなものから暗いものまで緑はことごとく白っぽくふやけても見える。四阿《あずまや》の屋根がかろうじてつくる日陰にて、ポトポトと舞い落ちた感じに寝ころびている小さなネコが数匹。

「チュー、チューチュー」

花よりも動物が好きだという勇司が唇すぼめてネズミの声で呼びかけると、ネコは皆少しずつ寄ってきた。が、あと一メートルというところで用心深く座り、それから元の位置へ戻って寝る。

四匹にふられたのに勇司は弱いすてきな目をし、四阿のベンチに腰を下ろして言う。

「ちょっと前に家の近所でさ、毒入りの餌まくの趣味にしてた変質者が、とうとう生け捕りのネコを殺してシッポ切り刻んだんだよ」

「ひどい」

「動物虐待するヤツってゆるせないよね。昔、空手家がクマと素手で闘うドキュメント映画があったけど、あれはクマの爪全部剥いで闘わせたんだぜ。別の映画では生きてるブタの皮と皮を縫って二匹くっつけたりしてるんだ。主役の子猫のためのジャンプ台にするために。ふっざけてるよ。人間なんてこの世にうじゃうじゃしてるからどこで何人死のうが同情しないけど、動物はたとえ一匹でもいじめられてるのを見たら心張り裂けそうになる」

「……あいかわらずユージは物の言い方が極端ねー。人間だって動物よ」

「動物は百パーセント動物だから、かわいくてすばらしいんだ。俺たち人間にはせっかく精神てものがあるんだから、今さら自然に戻れない以上、中途半端はダメだ。もっと神聖な、ていうか、霊長類を超えた霊的エリートめざして頑張るべきなんだ。修行し続けなきゃ」

「……はい」

一人っ子だが勇司が両親の不仲とかであまり家庭の温かみを受けずに育ち、思春期の頃特に気持ちがすさんでいたらしいことは時々聞く。私の方はごく普通に育ち、仲のとてもよい姉もいる。器量もふつつか度も十人並みのこんな女とつきあってくれている理想家を、私は私なりの心のふくよかさ(ただし体は絶対やせるの！)で受け止め包んであげられれば、とあらためて願う。

まだだいぶ先だが……秋が深まったら着られるよう、九月の彼の誕生日までにカーディガンを編んであげようと、先々週から姉や母に習って試作の自分用のマフラーなどに挑戦しているところなのだ。小・中・高の家庭科で「4」さえ一度も取れなかった手先不器用の私だから、今頃から準備しないと間に合いそうになくて。

喋ったり黙ったりしてなおも四阿にいたら、二人とも蚊に刺されてしまった。それぞれケータイで時刻を見て立ち上がる。

サンダンカという真っ赤なアジサイ似の花が方々で目立った。〃沖縄〃を最も感じさせてくれるおなじみのハイビスカスも多い。それらの赤がひときわ密集しているところを背景に、またワンショット。すぐに今度は私も勇司を撮った。黙っていてもこんなに男前なんだからあまり辛口に生きなくても、とひそかにファインダーごしに呼びかけつつも、仕事には口八丁も必要みたいだから、と明るく溜め息をつく。

米軍機の爆音を聞いて二人ほぼ同時に青空を見上げた。「ザブブブーンンン……」というそれは長く続く波音に似ているが、もちろん全然心地よいものではない。こんな代表的観光地にまで騒音をまき散らされる沖縄県の立場の弱さを、ほんの少し鼓膜で確認した気になる。……無言だけれど理想家さんは何か独自の意見を持っているはず。実際、彼は先ほど安保の丘の前で「何で米軍基地なんて観光しなきゃいけないんだろうね。眠いから俺は寝ていよう」とバス内にとどまり、困った私は一度ほかの人たちに交じったものの、すぐ勇司の隣に座りに戻ってしまったのだった。

一月に二人で初めてここ沖縄に来た時は、彼がまだ免停になっていなかったから、レンタカーでグラスボートのある海、玉泉洞《ぎょくせんどう》、ひめゆりの塔、摩文仁《まぶに》の丘などをまわった。戦跡を見すぎたあの時の私は昼間ずっと胸の底がちょっぴり重かった。しかし、勇司がナンバープレートの「わ」を、持参した変なテープ貼って「ね」に変えてしまっていたのを夕方知って私は「これって違法よ、きっと—」としばらくぶりに大笑いした。

——わナンバーだと地元のヤツらになめられるからね。

——ヤツらって、そんな、沖縄の人たちに何で敵意持つの？　どこのお店の人もホテルの人も、道尋ねた相手もみんなすごく親切じゃないの。それに、悪いのはたいてい私たち本土側なんだから。

——敵意は持ってないけど、会社に一人、島袋《しまぶくろ》っていうすっげー酒癖悪い那覇出身の先輩がいてね。あと、なめられたらいけないのが運転だし、それはオスの世界の鉄則でもあるんだ。

——オスって大変ねー。

——本当は俺だってイヤだよ。『他人とむやみに戦わず、なおかつどんな敵からも困難からも逃げない』っていうのが男の理想の生き方なんだけど、何せ営業でメシ食ってるからね、いつも競争せざるをえない。

勇司はその数カ月後のごく最近、仕事中に速度五十キロ超過で捕まってしまった。上司に「内勤しかさせないぞ。自衛官みたいなその頭ももうやめろ。人並みに伸ばせ」と叱られて「自転車持ってきますから外まわりさせてください。スポーツ刈りは、行く先々でけっこう評判いいんですよ」と土下座して答えたおかしな美青年。結局週の半分はオフィス内のパソコン席で女の先輩らにこき使われているもようだ。

園内何カ所かのスピーカーから、とてもゆったりとしてテンポ自体は遅くない、琉球音階を使ったコンピューター曲がずっと流れていて、まだ午前中なのに午後の平和なまどろみの気分になる。ラン系の赤やピンクの花がまた派手で、木々の立ち方も元気。ヤシに南洋スギ……名前からして大好き。

私たちと同じぐらいに多色づかいの服を着た、とても足が長くてスリムな女の子がいた。恋人連れ。ふと心配になって勇司を見ると、彼は一、二瞬の私と違ってしっかり数秒間も彼女を気に懸けている。橋を渡りゆくあの脚線美に、勇司は再度顔を向けた。抗議したくて私は引っ張りぎみに彼の腕にしがみついた。

出会って三年、つきあい始めて二年半になる。

いつ見ても顔に新しい生傷があった不思議な勇司は、最初だけヤクザかと思えた。会社近くの渋谷のスポーツカフェでバイト中だった当時大学生の彼に、店内でしょっちゅう文庫本に感動して泣くカプチーノ好きのOLとして覚えられ、挨拶以上の会話を交わすようになり、ある時「僕の出る少林寺拳法の大会観に来ませんか？」と誘われたのが有頂天の始まり。意外にも電車やエレベーターの乗り降りなどでレディーファーストを心がける人で、それと笑わせる才能も、私を大金拾った気分にさせた。

短大時代にデートした相手がいなかったわけではないけれど、勇司に抱いてもらうまで経験はB止まり。

当時既に十九才なのに私がそういうのに全然慣れていないのも悪かったのか、九十九里浜での初キスの少しあと、彼は「実は、別れて半年になる女の子への未練がまだあって、たまに〝同窓会〟とか言って逢ったりしてるんだ。向こうはキャンペンガールの仕事に燃えてて、未来の夢のために自由にさせただけで。でも、これからはできるだけ逢わないようにする。抱き合ったりはもちろんしてないよ」と衝撃的なことを打ち明け、整ったガンダーラふうの顔が台なしというくらい必死そうに手を合わせた。そこらへんの正直さにも半ば感心できる弱い立場の私だったから、「謝らなくてもいいよ。

いつか彼女以上に私を好きになってくれる日を、気長に待ってます……」と答え、嘆くよりもほほえんでいることを選んだ。求められればお腹の痛い時でも半ば喜んで身を任せた。

だけれども、去年私は苦悩の人かもしれない勇司が過去の写真や手紙を処分しきれずにいるのを知ってしまい、偶然目にした芸能人志望らしき細い細い元カノジョのあまりの美しさに打ちのめされた。五年ものつきあいだったというし、価値の低いこちらが身を引くべきかと私は毎晩眠れずに考えた。謝り続けの彼は、それまで避けていた「想い出の染みついた街・横浜」をこの新しい恋で塗り替えるんだと言い、みなとみらい近くでの泊まりがけデートを決心してくれた。

恐縮した私は、人生初のエステ通いを二キロ減量の努力つきで敢行する以外思いつかなかった。そして派手なコートにブーツに厚化粧をびくびく決めて彼と待ち合わせた。でも、乾杯の頃に言葉数をめっきり減らした感傷男に、酔いもあって怒りを覚え、超高級ホテルの真っ白いベッドの上でとうとう泣いた。元はといえば彼の方が「笑顔がかわいいですね」「笑ってみて。おー、最高。元気もらっちゃった」とあのカフェで攻勢をかけてきたのだから。

――ごめん。俺って大バカだ。本当にごめん。サキっていうふわふわの宝物がいつもそばにいてくれたのに……。こんなホテルに二度来る必要はなかったんだ。今日を限りに、去年までのことはみんな忘れるよ。うん、忘れた。帰ったらアルバムごと焼く。

彼は半裸の私の前で、自身の頬を叩いて叩いてそう誓った。エステがやはり効果大だったようでもあった。トキメキの脇に常に納税義務（容赦ない源泉徴収の）と同じにまといついていたユウウツを、こうして涙とともに吹き飛ばすことができたのは、成人式をくぐったばかりの私にはさらなるすてきな脱皮に思えた。「写真も手紙も残してていいよ。あなたの青春の一番大切な部分だもん」と一転して優しくはっきり言えた。……ただし、昂揚のあまり私が室内冷蔵庫から次々に小壜のアルコールを出したため、未だ卒業前だった彼が翌朝支払ったホテル代は四万九千円を下らなかったらしい。

その数週間後の三月、初めて勇司は私のワンルーム（実家は埼玉の奥の奥で、私はムリして都内での憧れの一人暮らしを始めていた）を訪れてくれた。壁のタペストリーから机の小サボテン、本、オルゴール、二人で写った写真スタンド、ベッド脇のボードの絵葉書、音楽CD、MD、大小のぬいぐるみに至るまで、それまでの勇司からの贈り物や借り物ばかりで八畳間が埋めつくされ、私自身を伝える飾りがほんの数えるほどしかないのを見た彼は、今年に入ってこう打ち明けている。

——ああいうの見ちゃってさ、今後もうどんなことがあってもこの一途《いちず》なニコちゃんを粗末にはできないなって思ったんだ。あれで俺の心は決まったよ。

そうよ、頼りがいのあるユージ。変なところでよろめかないで。お似合いかもしれないあの子を諦めてまで私を選んでくれたんだから、この咲はどこまでもあなたについていく覚悟がとっくに出来てます。私の方からは大したプレゼントしてこなかったっていう反省もあるから、今度の誕生日までに頑張るからね。もし余裕があれば帽子とか、ほかのいろいろも編んであげる。あなたのためなら何だってする！　見た目がいいからじゃないわよ。今まで幸せいっぱいもらって、ユージの強いとこ・弱いとこ・いいとこ・悪いとこだいたい知って、もうユージ以外とは生きられなくなってるからよ。純粋さゆえに「愛してる」ってまだ言えないのなら、手を取り合って同じゴールめざそう！…………

……

こんな真夏の南の楽園にいるのに私は気が先走ってきて、思わずとんでもないことを言ってしまった。

「ねえ、ユージ、クリスマスにはどこ連れてってくれる？」

「え！　……びっくりした。そんなのまだわかんないって」

「ごめんなさい。じゃあ、クリスマスには私に何贈られたいですか？　適当でいいから言ってみて」

「……財布。ポケットがなるべくたくさんあるやつ」

「財布？」

「今のがもう古くて、ちょうどあと半年ぐらいで使用不能になると思うから」

財布はさすがに編めないナー、もし本気で言っているなら小粋なブランド物を買おう、と心固める。前倒しで九月にカーディガンと一緒に渡してもいい。実は自家製の豪華な花束も添えたくて、先週パークマニーとリコリスの球根を買ったばかり。

「そういえば、サキの顔ってさ、たまに金欠の時とかに、お財布に見えることがあるよ」

「はあ？……」

「札入れじゃないよ。昔持ってたダコタのちっちゃい高級ガマグチに似てるんだ。あれすごく気に入ってたのになくしちゃったから、サキの顔見るとかすかに懐かしくなったりするな」

「………エラが張ってるから？」

「いや、冗談、冗談。アイコムに勤めてるからに決まってんでしょ。俺のサキは金融マスコット・ナンバーワンだぜ。いや、そんなのより、『ダナエ』にも『サマリー夫人』にも負けてないぜ。この前、本で見せたの覚えてる？」

「…………」

名画の話でごまかされた私は、わずか数秒間とはいえ泣きそうになってしまったせいで、変なものを宙にグニョッと浮かべた。あの栄養失調ふうのバスガイドがムンクの〈叫び〉の男にかなり近い感じだと思い当たったのだ。先ほど勇司が彼女を絶賛したことへの不満は消えておらず、こんなことを私はまた口走った。

「ガイドと運転手、やっぱり絶対出来てるよ」

「何で？　根拠があるの？」

「たった今想い出したんだけど、運転手のネクタイピンと彼女のピアス、まったく同じ青色だったもん。それとあと、」

私は二、三の気づきを並べた。

「そういえば、前に誰かに聞いた。今みたいに客が長時間出払ってる時とかに、バスの中でガイドも運転手も昼寝することがあるって。もし二人とも発情期だったら、バス内でやっちゃうかもしれないな」

「そういうエッチな話じゃなくってー」

「サキがさっきからしてる話の方がよっぽどエッチでしょ。他人の人間関係やたらジロジロ観察して」

「そりゃ、まあ、そうかもしれないけど」

暑いのに勇司は初めて自分から強く私の肩を抱くなどし、「うーん」となぜか小さく呻き、それからいきなり私の下腹に手を軽く当てて、言った。

「自分でも、ここ触ったりしてる？」

「そんなことしないわよ！　……ほかの女の人のことはわからないけど」

思わず近くの黄色い花を睨《にら》んだ私は、自分の怒気にとまどってから弱く後半を付け足した。やや驚いたらしい勇司は「女性についてもっとちゃんと知りたいから訊いただけだよ……」とか何とか呟いてカメラをいじった。悪い心理状態の時に撮られたくはないから、私はあえて言葉を追いかけた。

「そう言うけど、経験豊富なんでしょう？」

「サキ以外は一人しか深く知らない」

「………………」

その一人が去年の初めまで大問題だったのだ。勝手に失言ぽいのを重ねる勇司は、自身と私のどちらに苛立ったのか、急に私の手を引いて木陰に連れていき、正面から肩と頭を抱いてキスした。それまでアクビばかりしていたわりに、手つきは乱暴で、唇も強めだった。髪を撫でる手は……次第にとても優しくなった。

長いキス後の、笑顔はさらに穏やかだった。目をあけた私を、頬に両手を当ててくれたまま見つめて言う。

「サキ、……」

「ナーニ?」

「サキって、こうやってじっくり見ると、ガマグチよりは、角《つの》の生えてないカミナリさまみたいだね」

優しくほほえんだのではなく、ふざけているのだと思いこみ、私は凍りついた。

「………………何で、そういうことばっかり言うの?」

「怒らないでよ。目がクリクリしてるってこと言いたかったんだ」

「……私のことかわいいと思えなくなってるから人間以外のモノにたとえるんでしょ。あのバスガイドや前の恋人みたいに細い顔じゃないと愛せないって、最近気づいたんでしょ。それで昨夜《ゆうべ》も小難しいこと語って私を煙《けむ》に巻いたんだ?」

「違うよ！　サキ、俺のこと全然理解してない。天から舞い降りたみたいにキュートだから俺なりに明るく楽しくほめてんのを、曲解しないでくれよ」

「曲解って、」

「ああ、もう、いちいち言い返すな。ただの誤解だよ、誤解」

彼は私の長すぎる髪を「お仕置きだ」と持ち上げて私の顔をグルグル巻きにし、「どうだ、参ったか。声出せないだろ。カミナリがイヤなら『天使』か『雪』か『レインドロップちゃん』って呼ぶよ。サキはやせなくったってキレイだし、もうあとちょっと呑気になってくれたら性格も完璧になる。必ず一生俺が守るから、何も言わないでいい」と耳を探してから小声を吹きつけた。

あとは「ザザザザザ」という忙しい噴水を聞き直している二人だった。

丸橋の上から、噴水を間近に眺める。

「マイナスイオン効果ねー」

機嫌のほぼ直っている私が欄干《らんかん》に手をつくと、勇司は横から肩を男同士のように大きな動きで抱いた。

「……お、何か人間がいる」

「え？　何？」

「噴水の、てっぺんから一メートルぐらいのところに人の顔が」

「イヤ。イヤー」

「ほら、見える。ほら」

私は勇司にしがみつき、一度そらした目をこわごわ噴水に向け直した。

「よーく見て。血ぃ流しながらこっち睨んでるよ」

「イヤーァ」

まばたき六回ぐらいしてやっと少し勇気を得て、目を凝らす。日光の華厳《けごん》の滝などでも昔からよく亡霊が写真に写るらしいし、ここは約六十年前に〝鉄の暴風〟が吹き荒れた沖縄、こんなのどかな場所だって死体の山だったかもしれない……………。と、その時、「ウワーッ！」と勇司が一喝しながら私の肩を揺すり、同時に私は「ひゃっふぅ」と驚きの声を上げて気絶しかけた。

あまりにもくだらないけれど、心臓がかすかに跳ねているのがわかる。

「………もう、ユージのバカ」

「この世に幽霊なんて存在するわけないでしょ」

むくれて私が売店の裏手に回り、もう一つの噴水を眺められる別の池畔のベンチに座っていたら、コイの餌を買ってきた意地悪な勇司が、池にまく前にそれを「食べる?」と私の口に入れる真似をした。「何で」と私は彼の手首を叩いた。黙りこんで考えてから、餌を途中で取り上げて私一人でまいた。

どこで間違ったのか、翼いっぱいの高気圧リゾートからは外れた二人になっている。これでは新宿コマ劇場前で酔ってじゃれて牽制《けんせい》し合うのと変わりない。素直な女に戻らなきゃ、と私は両方のこめかみをかすかに押さえた。

トイレを済ましたあと、「ノドが超渇くー」と勇司は自販機に近づいた。ここはやはり園内だから百五十円売りだ。私は迷わずさんぴん茶を選んで飲み始めた。彼は「うこん茶」というのを持って考えこんでいる。

「……これがもし、う、ん、こ茶だったらどうする?」

「汚いわねー、もう。何かヤダ。今日のユージはちょっと、変よ」

「変なのはサキの方じゃないか。ほら、サキがプンプンしてばかりいるから、木がみんな笑ってるよ」

指さされた芝生の空間に、八つ足に近いタコノキがたくさん生えている。白っぽいとぼけた幹。枝々は扇子《せんす》を各二、三十個広げているような、明るませてくれる形。ただそれだけなのだが、勇司の表現にこそ心地よい南風をもらった。

「ごめんね……」

私は木々にも彼にも言い、それからかわいらしくアイスクリームを欲しがった。

明るい芝生の地にひときわ高々と立つ大王ヤシ。よく目立つ幹の清潔な白さと頂《いただき》の緑の頼りなさから、空に憧れ白雲になりたがっている木なのね、と私なりのふんわりした思いつきで〝笑ってるよ〟に対抗し、口にもしてみる。すっくと伸びるだけ伸びた細ヤシがあれば、ずんぐりむっくりでお尻の特に大きいトックリヤシというのもある。

また別の池に近づいた。人の数がだいぶ増えてきた。ホテルから同乗していたとおぼしき顔を二、三見かける。その最大の池には岸から水上に突き出る形にいくつも四阿が設けられ、家族連れなどが座っている。私たちもその一つに立ち寄った。深緑色だから池自体もまるで隅から隅まで酸素工場のように見える。

「さっきのさ、ネコちゃんのいた四阿でも休んだし、こうなったら全四阿を制覇しようか」

「うん。時間まだまだあるし」

呼吸が合ってしまえばターザンとその恋人のようになれる私たち。三泊四日の明日は「日帰りケラマ体験ダイビングと無人島上陸」なんていう冒険ぽいのが予定されている。

アイスクリームの売店を見つけた。

「ブルーシール。沖縄にしかないアイスね」

私はワッフルコーンにウベ（紅やまいも）という紫色のを盛ってもらい、勇司はサンフランシスコ・ミントチョコを選んだ。サジつきで渡されたので、そのサジで何度も彼に「あーん」とウベを食べさせた。ミントチョコも少しもらった。今日ほかにまわるグスク（城）とかもとても楽しみ。今すぐ海に飛びこみたくもあるけれど。

ニコニコさんの私はコーンまで食べつくして唇と手をなめていたのだが、同じ堅いカップをなぜかきれいに残した勇司が、勇司がまたしても聞き捨てならないことを言った。

「サキ、これでちょっとポーズとってくれない？」

「ポーズって？」

「洗ってくるから、これ頭にのせてみてよ。カミナリさまの写真撮りたいから」

「！――――――」

私は総毛立ったと思うぐらいに絶句し、やっと言葉が出てきた時には怒鳴っていた。

「もうあんたと一緒にいたくない！　先に出てるから、一人で四阿全部まわれば？」

怒鳴ったぐらいでは怒りは収まらず、自身の売り言葉のとおりに私は走りだした。「何で怒るの？」「ちょっと待て！」という買い言葉ではない若干の大声は聞こえたが、私はサンダルをますます高く鳴らし、土産物屋に駆けこんだ。アクセサリーもガラス細工も壁掛けもリゾートアロマオイルの瓶《びん》も清潔な色づかいで上手に輝いて、トロピカルフルーツの生ジュースはどれも高いな、と印象をすばやく温めたりしていたら勇司が追ってきたので、「来ないで！」とハエ叩き語を浴びせて別の出入り口から脱出し、私はさらに足を速めてついにゲート外へ出てしまった。

「……いったい何よ。自分は釈迦のくせに、大事な人をしつこくしつこくこき下ろして………」

駐車場の大型バスが何台も増えている。元凶の一つだったあのバスガイドらの姿はない。私は荒い一息ごとに肩を上下させ、力なく歩いて反対側のエキゾチック・アート・フォレストのゲートへ向かいかけた。が、勇司にどうせまたすぐ見つけられるというこわばりから再び駆け足となり、植物楽園を垂直に二区域に分断している一般道路へ、右へと逃げた。何度も転びかけながら。

勇司のことを心底大切に思っているのに、彼の方はきちんと応えてくれない。こまかな目移りのたぐいはつきあい始めよりもむしろ最近の方がひどい。もしかして私を半端におだててそばに置き続ける目的は、エッチだけなの？――――そんな叫びを（勇司の掌と最も相性よいパーツになってしまっている）揺らつきたがる胸のその内側でごちゃごちゃ暴れさせながらゆるいカーブを全速力で曲がり、猛暑と眩しさと両側からなお迫る緑の勢いに顔をしかめ、疲れて私はうずくまりそうになった。

戻るか先へ行くか迷い、意地を勝たせて畑やビニールハウスを横に見ながらさらに進むと、狭い道なのに車が十台近く駐《と》まっているので奇妙に思った。前方から来る車も、駐め場所を探してかほぼ徐行。近くに何かがあるようだ。ハンドバッグ内のケータイが鳴ったが、手に取らなかった。

突き当たりはY字の三叉路。人が多い。そればかりか左へ折れた道の両側に小さなバラックが並び、トタン屋根の下の台などにこまごまと物品が置かれている。汚れたコミックにオモチャ。吊るされているのは古着らしきもの。……フリーマーケット？　地べたに敷いたブルーシート上やワゴン車の後部にも、靴にマグカップにその他小物類。こういうのをこんな場所でやっているなんてバスガイドも観光本も教えてくれなかった！

着メロは、当然というか四十秒ぐらいも鳴りやまない。けっこう先が長そうなその道を、私は少し歩いてみることにした。

木立からふんだんに張り出した高めの広葉樹が陰をつくってくれていてありがたい。何種類ものセミの重唱が道全体に降り注ぎ、それと光沢さえ浮かべている真上の強い青空にものしかかられて、各売り物は輝くよりはバラックごとくたびれぎみかもしれない。バイ菌がたくさんついていそうなぬいぐるみ。引き出物だったに違いない食器セット。何かのメダル。動くのか不安な草刈り機。サビついた工具。土だらけのタイヤ。わけのわからない分解部品。……もっとひどいガラクタの上、立てられたパラソルだけがやたら鮮やかだったりもする。ケータイがまた鳴ったが私は無視した。

テープか何かの沖縄民謡が流れ、売り手のほとんどは五、六十才かそれ以上のよう。団扇《うちわ》を振る姿が多い。迷彩服姿のおじいさんがタバコを吹かし、おばさん四人組がテーブル囲んで真っ昼間からビールを飲み、私にはまったく聞き取り不能の方言がいたるところで静かに交わされている。つい数分前までいた観光施設や大型バスや透明感いっぱいの土産物屋とは全然異質な世界に迷いこんでしまった楽しさで、私は一人きりなのをちょっぴり残念がりつつ歩き続けた。

買う側を見回しても、若い女は非常に少ない。それに一見して本土からの観光客とわかる者など私以外にいない。たまに「安いよー」「ネーさん、どうですかー?」と注目されて羞じらった。木立の奥の草むらでヤシたちが、植物園から私と一緒に逃げてきたかのように息をひそめている。

庭野菜だろうか、ニガウリは大きいのがごろごろ。同じくウリの一種なのか、かつて見たことのない緑色の、太く長いハム形をした枕並みに巨大な物体がある。カボチャもまたＬＬサイズ。別のテント下の中央には、一個きりの甘そうなスイカがまるで売り物でないかのようにキュウリの山を従えて置かれていた。

腕時計屋さんの前で、初めて止まって見る気になった。新品なのかさほど安く思えないのが多い中、偶然ちょっといい、たった四百円の婦人用に惹かれた。バンドもアナログの時計部分も黒を主にした極彩色《ごくさいしき》。まるでオモチャのようだが私のキャミソールにはとても合う。ケータイでしか時刻がわからないのは不便といえば不便だから、数カ月で壊れてしまってもいいと思い、迷ってから、財布を出した。立派にクォーツとのこと。五十才ぐらいのやせたおじさんは、時刻合わせのネジを回したあと「はめていくね？」と幼い子供にするように私の手首にわざわざ巻いてくれた。その間に、似た感じの男物の時計を半ば無意識のうちに探し始める私。……なかった。勇司のためを思う癖がついている。

「ここでみんな毎日開いてるんですか？」

「土日の午前だけ」

その時、三度目のケータイが鳴った。今度はメールだった。読まずに電源を切った。勇司から贈られて今指にあるイミテーションリングをこの青空市場にて誰かに百円ぐらいで譲ってしまおうか、と険悪な冗談を頭の中に駆けめぐらす。

野菜のほかにも、沖縄色の強いものがやはり多い。三線《さんしん》とその教本。海洋博の記念図。北海道の木彫りのクマが数カ所で売られているのには微笑を向けた。場所によってはアルファベットも溢れていて、洗剤・缶詰・ビスケット・ハチミツ・バービー人形・古雑誌といったそれらアメリカ製品はひときわ埃っぽく見えた。深草色の丈の長いつなぎ服、それに水筒や汚れきった飯盒《はんごう》といった米軍放出品の店も一睨み。少しあと、上空を軍用機が雷に近い爆音を立てて横切った。先ほどの倍はうるさかったが、誰も無反応なので私一人耳をふさぐのは何となく恥ずかしくてできなかった。

手首の十四、五色の時計を見、マーケットはまだ続くけれどそろそろ戻ろうと思った。あと二十三分でバスへの集合時刻になる。勇司はかなり困っているだろう。でも、悪いのは彼。復路もゆっくり眺め歩いた。


ほかに買いたいものなどないはずだったけれど、小柄なおばさんの座っている前の丸テーブルに、見覚えのある珍しい果物があるのを見て、私は立ち止まった。ビニール袋の中に、濃い赤紫色の卵形の（Lサイズの卵より一回りか二回り大きい）それが四つ入っていて、「百円」とある。ものすごく安いんじゃないの？

「これ、もしかしてパッションフルーツですか？」

「うん。まーさんさー。※本土の人？　あまり食べたことないでしょ？　栄養ありますよー」

だいぶ前に渋谷の果物屋で、千円もする六、七個入りの一箱を好奇心で買い、甘ずっぱさに魅了されたのを覚えている。当時勇司に首ったけになりつつあったし、命燃やした四年ごしの片思いの末にやっと二カ月だけ高校の元同級生とつきあえた（そんな不器用な）過去を忘れていない私だったから、〝情熱の果物〟なんてこの自分にぴったりだな、と名前も含めてすっかり気に入ったのだった。のちに全然違ってパッションが〝受難〟の意味と知った時には正直がっかりした。——名づけたのはスペインの宣教師で、雌しべだか雄しべだかの形が十字架上のイエスを想わせたからだそうだ。

迷いはせず、その百円の一袋を買った。堅いのに空気のように軽いのがパッションフルーツ。

「二つに割って食べるんですよね？」

「そう。真ん中で切ってから、ドロドロしてるのを種ごとスプーンですくって食べるわけ。オマケでこれもらう？　今食べてみればいいさー」

言い終わるなりおばさんは袋詰めしていなかった一個を取り、ナイフでゆで玉子のように二等分し、その片方をくれた。想い出せるのとまったく同じ、風変わりな中身。ぶ厚い皮の内壁はさえざえと白く、黄土色に近い薄オレンジ色のジャム状の液体がウグイス色の種と絡み合っている。

「スプーンがないから、指でこうしなさいねー」

おばさん自身が半個を、啜る感じにすぐ空《から》にしてみせた。私もそうしかけたが、隣でゴザを広げてこまごましたものを売っているおじさんが、にこやかに頃合よく口を挟んだ。

「スプーンあるよー」

「……あ、いくらですか？」

「十円」

こうなると、その小さな銀スプーンを買わないわけにはいかなかった。そして、すくう。……強い甘さと意外に優しい酸味。

まーさんさー…おいしいよー

「おいしい」

「おいしいでしょう?」

種交じりだから少し噛む。ジャムふうか、いや、たとえは悪いけれど小ヘビの肝《きも》か何かのようにヌルッとしていて、喉の通りも独特だ。ほんの二口で呑み終えてしまってから、かわいそうに、とおかしな思いつきにほほえんだ。私に食べられちゃってこのフルーツにとっては〝受難〟だわね。

お辞儀して歩き去り、軽い軽い袋を時々顔の高さに上げては中の四個を見た。白い点々《ほし》が散らばっているせいもあり、深いこの赤紫は宇宙的な色ね、と心がよりお喋りになる。

あっけなくとも実に爽やかなおいしさだったから、私はモチロンの二乗で勇司にも食べさせたくて、それはナイフがないから夕方ホテルにてのお楽しみとなるだろうけれど、とにかく十秒でも早く最愛の彼と仲直りしたくて、三叉路の右へ戻った。九百円のヤシの実なんかと比べてすっごいお得でしょ、と自慢もできそうだった。カーブを曲がり、竹林に似た細ヤシ林やハイビスカスいっぱいの垣に挟まれた地点にまで来た。

彼はいた。バスの近くに。

困りはててての独りぼっち、ではなかった。若い女二人組と立ち話している。その斜め横顔が、少し笑っている!　なぜ!　頭をカボチャか枕ウリで殴られた気がして私は道のへりに寄り、半ば以上隠れながら勇司らをなお眺め、わりとキレイな二人組にさらに一歩近づいた彼が多少落ち着きなさそうではあっても長々微笑を保っていることを、確かめた。

………来た道を私は引き返すしかなかった。涙をひとすじふたすじ落とし、ふらつきぎみなのに早歩きした。

Y字の三叉路を、フリーマーケットのない右方へ折れた。こちらの縦列駐車はすぐ途切れ、両側を繁みに閉ざされた誰もいない道で「ジージージー」「サンサンサン」「スィースィー、ピー」とセミばかりがやかましかった。なぜバカンス中にこんなにまで恋人に痛めつけられるのかわからず、怒るというより脱力して、涙はやがて止まったけれど胸のどこかが不規則に震え続けていた。

硬く小さく乾いた足音が追ってくる。犬？　いや、丸まった枯れ葉が風に転がる音だった。真夏の沖縄なのに、道路隅に紅や薄肌色の葉がおびただしく溜まっているのだ。木々の根元に投棄されたテレビと小型冷蔵庫。日の光が溢れてはいても陰気な道。車が二台ほど通ったが、どこまで来ても人の姿はない。建物もない。……足が痛い。

ケンカして走っても私はずっとユージのことを思ってたのに、ユージは私のことなど平気で忘れてしまえるんだ？　そんな関係だったんだ？　何が「霊的エリート」よ。「修行」って何？　「一生守る」って囁いてから一時間も経ってないじゃない。小学生並みの理想論しか語れない言行不一致男！

落ち葉の上で茶色いニワトリが一羽死んでいた。右手のススキごしに広い畑が見え、その奥の林のさらに向こうから、かすかに例のゆったりした琉球音階が漏れてくる。腕時計を見る。思ったほど時間は経っていなくて、まだあと十七分ある。……拗ね続けたかった。

植物園からの音楽は、まるで夢の中で遠いブランコが軋むように、大きくなったり小さくなったりした。不協和音交じりのようにも聞こえた。「ゴオオオオ」と右前方からは不穏な忙しい音。遠くそのあたりにセメント工場らしきもの。頭上でカラスが鳴く。左には「ゴミ処分場建設反対」の野立て看板とビニールハウス。そのハウスごしに、墓場らしきものが覗いた。道沿いに現れたのは煙突つきの建物。ということは、火葬場だ。

かつて耳にしたことのない最大爆音を立てて米軍機が、すぐ前方の低空を横切る。あまりにも凶暴な近さなので一瞬その機体は空に止まって見え、耳に痛すぎる音の方は、まるで空に地球最大の狂った掃除機があってそのまま私を吸いこんでしまうのかと想うほどの「ズォォォーッ」という轟きをしばらく残した。そして「うっ」と私は声を出しかけた。

おかゆの腐ったようなにおい。……右に養鶏場があるのだった。ハエがたくさん飛ぶ。左の門内にはコンクリート造りの牛舎。動物好きな勇司、を思う。勇司の偉ぶった話なんかもう聴く気はない。生け垣に隠されてほんの一部が見えるだけだけれど、並ぶホルスタインはあまりにも顔が大きい。ある一頭は横向きに寝倒れたまま顔だけを刺し身盛りの大皿に立てられた魚のかぶりのように垂直に立てるというものすごい格好を続け、横目で白目がちに私を睨みつけた。そしてほかの何頭かは唸《うな》っている。

なぜ引き返さないのか自分でもわからなかった。十二分以内に戻らなければいけないのに。

道はゆるい上りとなっていて、突き当たりに朱と白の段だらの巨大な煙突がある。今度は別のにおいを嗅ぎ、ああ、豚舎を見てしまった！　耐えられる範囲内とはいえ牛舎以上に臭くてすっぱい中、豚肉スープの香りが混じっている。餌の取り合いか、薄ピンクの二匹のブタが鼻突き合わせている。

ここにもやはり人のいる気配はなく、私は力なく門付近と生け垣を外から見つめるばかり。後方では米軍機の音が墜落しそうにまた暴れる。暑さでとうとうめまいがしてきた。

一本道が右への直角カーブとなるその角に、ゴミ焼却処理場。曲がってなお進むなら道はひときわ丈高い草むらに挟まれ、急な下り坂のすぐ先が今度は険しい上りになっている。普通の建物が一個もないのはとても人の住める場所ではないから。……私ったら、何でこんなところにまで来ちゃったんだろう。来た道の方を一度振り返る。見晴らし自体は悪くない。遠く稜線、鉄塔、高木などが見える。通りすぎた牛舎は一つ二つではないようで、サイロや屋根上のタンクが数多く重なり合っている。東南植物楽園から遠ざかって久しい。……「楽園」のすぐ裏手に「黄泉《よみ》の国」ともいうべきわびしすぎる区域があると知ってしまった私は、もはやリゾート客ではなく迷子だった。

でも、久しぶりに人を見た。焼却場の事務所から出てきた灰色の作業服姿のそのおじさんに、私は小走りで近づいた。

「すみません、こっちの道から植物園に行けますか？　向こうへ戻った方が早いですか？」

「このまままっすぐ下りて上ってからに、最初の四つ角を右に行けば着くよ」

「遠くないですよね？」

「うーん、どっちも相当遠いねぇ」

礼を言い、すぐ早歩きを始めた。奥歯に綿が挟まった感じのとぼけた声の出し方があのバスガイドと似ていた、と思った。あんな蓮《はす》っ葉《は》な顔立ちに惹かれた浮気男から……まったく電話がかかってこない。決定的に腹立ってきた。向こうが悪いのだから三十回ぐらいは通話を試みるべきなのだ、東京へ帰ったら即別れてやろうと突き放し始めていた。（だいぶ前にケータイの電源を切ったことを私は忘却していたのだった。） 焼却場の煙突は五十メートルぐらいの高さで、その煙突の中腹にしがみついているのかと間違うほど、道沿いのそう高くもない木々の梢あたりにいるセミたちの割れ声が一帯を支配しすぎる。再びもう誰もいない。

それにしても、キャンペンガールにもなれそうな下品さだったわね、とバスガイドをさらに憎みたくなる。何のキャンペーンをする女？ ……そうそう、美容院にあった雑誌で見ちゃってキモチ悪くなったあれ、ＳＭクラブ新装お披露目《ひろめ》か何かじゃない？ 舞台の上でニコリともせず赤く熱いロウを垂らすのよ。ユージに。いや、かわいそうな私に。レスビアンとかじゃなくて、単に責め苦として。「痛そう」と駐車場で肘触られた時の、あのでたらめな感じが濃い溜め息へと帰着しました……。

あと九分少々。とんでもないところに迷いこんだとはいえ、先ほどから体内時計より腕時計の針の進みの方が遅いようなのには、やや助けられている。ビーチにいた昨日の午後からずっとそうだったかもしれない。これがやはり〝南の島〟にいるということ？ いずれにせよ最後は全力疾走だと覚悟し、歩きをまず軽い走りに変える。

ネコジャラシに似た高草などに挟まれたその狭い道は、もちろんすぐ上りとなり、私は息が切れ、汗ばんだ。前方から大きめに響くサイレンにびくつく。視界にまた一つ印象の強すぎるものが登場したので、もう迷子どころでなく夢魔との闘いに深入りしつつある気分だった。いったい何の工場？人間の大腸のように屈曲したりしている複雑な灰色の巨大管がそびえ、その一部から毒ガスめいた黒煙が立っている。

……………この私が「愛してる」ってユージに言ったことはあったっけ？　そんな省みの言葉が内に湧いた。いや、彼が言ってくれさえすれば私は迷わず「私もよ」って答えられる。いつだってその準備は出来ていた。今だってそうよ！　愛は定義じゃないから。私は「愛してる」って言えるから。言うもん。……全勇司ではなく彼の長所にだけ包まれたがってきた私かもしれないけれど。

上り坂が終わっても風景はわびしいままで、両側をコンクリで固めた切り通しに差しかかると巨大な〝腸管〟はいよいよ高みから迫った。別の汚いコンクリ壁とその上にちょんちょん出ているヤシが得体《えたい》の知れない施設を未だ隠している。長い風が何度か生まれる。

やっと四つ角に来た、と知る前に、私は酸鼻《さんび》を極める光景に立ち往生させられた。トラック二台が動かずそこにある。色も形も普通でない大きすぎる一台は横転している！

何が起こったの！

もちろん交通事故なのだが。下り坂である左方から来た大型トラックが、同じく下ってきた直進の超大型の米軍トラックの横腹に直角にぶつかったらしく、強いはずの深草色の米軍の方が横転し、右への道にすっぽりはまりこむように転がり、白いトラックも前部が壊滅している。鉄の塊《かたまり》同士の無理心中かしら！　地面に広がった油。ケガ人は……既に運ばれたあとらしく、少し離れて日米の両パトカーが停まり、警官らが汗を手で拭きながら話し合ったりカメラを構えたりしている。

坂のダブル出口とはいえどちらの道も広くなく、三、四十キロ以上の速度を出せるような場所ではない。ブレーキ故障か両者同時の居眠りでもない限りこれほどの大事故は起こりえないと思う。死者は？　レッカー移動のめどは？　私はなおもいろいろ目に焼きつけたかったが、植物園への道を急がなきゃと、悲惨な右行きの、ぎりぎり通れそうな歩道をすり抜けようとした。腕時計をちらと見る。

針が止まっている。

ハンドバッグからケータイを取り出し、電源オフにも驚いたあと時刻を再確認し、もう少しのところで絶叫しそうになった。既に集合時間をすぎている。二十三分も！　腕時計は手首に巻いた最初からたぶん壊れていたのだ。ふざけないでよフリーマーケットのオッサン！　怒髪《どはつ》天を衝《つ》こうが遅かった。ケータイをまったく鳴らなくしていたことも含め、これはもう非常識の極みだと頭を垂れた。すべてを時計と勇司のせいにはできるけれど、二十人弱いた同じツアー参加者たちには説明のしようがない。事態を整理すればするほど混乱し、急ぐことを完全放棄したばかりでなく反対方向へ、よろよろの私は上っていった。

「ゴゴゴゴゴ……」とすぐ横の少ない木々の後ろで、直径一メートル近い灰色管たちが働いている。ドラをかすかにロール打ちして騒ぐような、または蒸気で何トンもの洗濯物を転がし乾かすような低い濁った不穏な音と、道を挟んで現れた建物の注意書きから、そこが産業廃棄物処分場だと悟れた。

逆向きに歩いている場合じゃない。一刻の猶予もない。風吹く中、そう気づき直した私はケータイで勇司に声を送った。

「あの、ね、道に迷って、交通事故で通れなかったりして、戻れなくなっちゃったの」

「今どこにいる！」

謝りはせず、処分場のそばに立ちつくしていることを後半早口で伝えた私は、勇司の声が非常に切羽詰まってはいるもののなじる感じではないのでほんの少し安堵した。いったんバスガイドや運転手らと相談した彼が折り返しかけてきて、「そこで待ってろ。バスが拾いに行くから」と指示した。

私は皆への弁解ばかり考えていた。時計の故障と迷子とトラック事故。その三つを並べれば何とか皆理解してくれるかもしれないけれど、旅先での数十分はふだんの何時間ぶんもの重みがあるわけで、やはり簡単にはゆるしてもらえまい。ケンカのことまでは打ち明けられないし、どうしよう、どうしよう、と頭を押さえたり小さな地団駄《じだんだ》を踏んだりした。早く迎えに来てほしい気持ちとは裏腹に、少しだけさらに奥へ歩いた。……少林寺二段の勇司は再会するなり豹変して私を叩くかもしれない。一度も暴力を振るわれたことはないけれど、今日こそ。

処分場の敷地内に丘が盛り上がっている。高さ十メートル少々のハゲ山かと思えたそれは、生えてきたような木の板や紙やビニール袋などにこまごま貼りつかれている。元々あった丘というより、積まれた大量のゴミが茶色っぽく溶け崩れて〝土〟に見えているだけのよう。尖った頂上あたりに、ちぎれかけたまま離れない黒い長いビニールが半分自由に風を受け、ヘビそっくりに躍っている。白いビニール袋や紙が何枚も高所を舞う。

前方の路上にも、運ぶ途中でこぼれたのかハゲ山から吹き飛んだのか、白や無色のビニール袋や紙屑がかなりたくさん散らばり、動き回っている。

道路反対側、塀の奥にはさらに気を滅入らす土手が覗く。こちらは土さえなく、故障家電から廃車までありとあらゆる不燃物がうずたかく積まれ、その中腹あたりにパワーショベルが唯一ゴミでないものとして居丈高に休んでいる。廃車をどうやってあんな高みにまで持ち上げたのだろうか。銀色交じりの土手全体が、何だか落雷を待つかのように猛っている！

文明の墓場。いや、そんな偉そうなことは言うまい。でも、歩きに歩いた「黄泉の国」の終点がこらしい。逃げ帰るならば、米軍の絡む交通事故現場が毒へビ的に待っている。やまぬ「ゴゴゴゴ……」の音。空気もまた汚い。強まった風はどちらかというと不快だし、風があっても暑い。空の雲々だけは裏切らず（多少動いているけれど）雄大に輝き続ける。

沖縄って、楽園じゃなかったんだ。ちょっと裏へ回ればコーラル・アイランドも地獄だらけだったんだ。勝手にそんな結論に満ちていく、さまよえる私だった。

硬い靴音がしてきた。赤い服の、バスガイドが走ってきた。勇司の姿はない。通れるわけないからバスも来ていない。

てっきり勇司が現れるのかと思っていた私は、急には彼女にどんな顔を向ければいいのかまったくわからず、俯きぎみにしていた。ＳＭキャンペーン云々の空想にも深々と恥じ入る。が、これ以上子供じみたふるまいを続けることはできないとすぐ思い、顔をきちんと上げて自らも彼女に近づいた。

ガイドは硬くも軟らかくもない表情だった。息弾ませながら、なぜか彼女の方が先に「ごめんなさい」と言う。

「向こうで軍のトラックが倒れてて、ここまでバスが来られませんでした。こんなところで道に迷われて心細かったでしょう。大変でしたね」

「い、いいえ！　すみません。ものすごく反省してます。団体行動の基本も守れなくて皆さんに大迷惑かけちゃって、もう何て謝ったらいいか」

「まあ、せっかくの沖縄旅行ですから。気に病まないでのんびり行きましょう」

ちょっぴり〝ボサ・ノバ〟っぽくもあるこの平和な声の出し方に救われる。まったく溌剌《はつらつ》としていないのに派手さだけはある目許は（ロウソクからは遠く離れたものの）、あいかわらず病人ふうで怖い。ともに歩きだす私は当然駆け足の用意を胸中でしたのだけれど、彼女は走り疲れたのか普通の足どりだった。しかも手に持っていた日傘を開き、わざわざ私をその下に入れてくれた。

「お連れの方《かた》がですね、真っ先に迎えに来ようとしてバスから駆け降りる時に、転んで足挫《くじ》いてしまわれたんですよ」

「え」

「あなたが行方不明の間ずっと泣きそうな辛そうな顔でいて、謝ってばかりもいて、ほかのお客さんたちに慰められてました。気持ちの優しい男性ですね」

……あいつったら、そんなにも恋人の私が心配だったんだ、とわずかながら微笑が湧く。

四つ角に来た。横転車両ももう一つのトラックも、依然恐ろしすぎるケンカ姿のまま全方角をふさいでいる。動けないほかの乗用車が数台。警官は大声で何か懇願している。そんなのとは無関係に、私は身を守る嘘を一つ突然考えついた。

「あの、さっき、そこにハブみたいのがいて」

「ハブ？」

一月の観光地でじっくり見たヘビを、大嘘つきはさらに強引に想い出してみた。

「暗くて黄緑がかった細いのが横切ろうとしてて、ハブですよね。長さ一メートルぐらいの。それで私、通れなかったんです」

バスガイドははっきりと険しい顔をつくり、歩をすごくゆるめてよくよく歩道の内外を見回し、

「……大丈夫、ですね」と私を促して相合い傘のまま進んだ。若干は叱りつける態度のようにもなぜか感じられた。この近くまで来ていたはずのバスは、ない。

「Uターンできるところまでバックさせたから、もうちょっと歩きますよ」

「あの、走りましょうか？」

「あなたまで慌てないで。今運転手が三線弾いて民謡歌って皆さんの喝采《かっさい》浴びてるところですから。彼、若いのにそういうの得意で」

愚か者だろう私は誰に最も謝ったらいいのかもわからなくなってきて、この三、四十分手に持ったままだった軽すぎるパッションフルーツ入りの袋を初めて気にし、そして落ち着かなさに任せて袋の口をあけ、こんなことを言った。

「これ、どうぞ。お詫びに。よかったらもらってください」

「パッションフルーツですね」

「地元の人だから食べ飽きてますか？」

「いえ、そんなには食べませんよ。果物って贅沢品ですし」

テラテラと光を返す軽く堅く滑りのよい果実二つを、彼女は「ありがとう」と上着の裾ポケットに入れた。固辞するのかと思ったらすんなり両方受け取ってしまったので、もちろんそうしてもらいたくて四つのうちから差し出したのだけれど、何となくこのバスガイドは見かけのとおりにやはり少し性格が悪いのかもしれないな、と私は傲慢にも考え、続いて変な言葉を足してしまった。

「運転手さんにも迷惑かけたから、一個ずつ召し上がってもいいし」

「いいえ、彼にはあげません」

彼女がいたずらっぽい強さで言い切ったので、悪びれている者なりに私はほほえみ、元々あった好奇心が急に増した。

「あの運転手さんカッコいいですね」

「…そうですね」

「結婚してるんですか？」

「うん、してますよ」

「バスガイドさんは？」

「独身です。けど、子供が一人います」

「え、あ、そうですか。いえ、ごめんなさい。プライベートなこと訊いちゃったりして」

それ以上のことは聞き出しようがないけれど、にわかに湧いた〝不倫〟の嫌疑にこっそり頬を力ませる私。

と、その時マングースが前方を駆けて横切った。茶色い毛むくじゃらの魚のように胴から大きな尾までを横揺らぎさせながら。

「……ハブ退治のために昔移入されたのに、ほとんどハブと戦わないで貴重な鳥とかを食い荒らしてる問題児です。人間が身勝手なんですけどね」

すぐそこのT字路を曲がった広めの道にバスが待機しているらしかった。勇司は怒鳴るぐらいはするかもしれず、その場合は六割方本気で別れを切り出してやろうと焔《ほのお》がぶり返し、離婚経験ありのバスガイドを今のうちに味方にしておくかのように私は彼女の語彙をこう借りた。ハブがいた、の件を棚に上げて。

「男って、嘘つくのばっかりうまくて、ふらふらしてて、問題児ですよね」

彼女は前だけを見たまま無言でいたが、やがて答えた。

「そうですねぇ。ぅん。……でも、男とか女とかじゃなく、人によりけりかもしれませんね。私にもそのお言葉当てはまる時があるから」

「え？」

「あなたは恋人を大切にしてください。掴んでる幸せを手放さないように」

口閉めた彼女の、優しく再び叱る感じの横顔を見つめたら、斜めに少しだけ視線を返された。充血というほどではないが白目が一瞬ほんのりピンクっぽく見え、それは頬紅が何となく映ったようでもあり、いやそんなことはありえないけれど、一瞬寒けに似たものが私の中に走った。けっこうキレイなおねえさんだ、と白旗を上げたくもなった。

「さあ、バスですよ。最後だけは走りましょうか」

慎《つつし》みの表情へとさらに落ち着いていったバスガイドに導かれ、私が縮こまりながらステップを上がった時、長身の色黒の、鼻と一緒に頬骨も華やかに高い運転手は熱唱を一つ終えたばかりで拍手を受け、三線をギターのように掲げてほほえんでいた。私はまず誰よりも彼に四十度近くも頭を下げて謝り、首をほんの少しかしげての女性のように柔らかな「無事に戻れてよかったですね」の慰めをもらい、それでもとにかく全乗客に向かって「ごめんなさい！……」と四十八度ぐらいのお辞儀をつくってすぐ涙ぐみ、精いっぱい張り上げたつもりのその声が小さかったのでうろたえ、バスガイドがマイクを持ったので急かされた気もして勇司のそばへ歩いた。

「はい、皆さま、大変長らくお待たせいたしました。急な事態にご協力をくださり、その上うるま交通自慢の歌って爪弾《つまび》く運転手・比屋根《ひやね》の多少お聞き苦しいかもしれません沖縄民謡にもおつきあいくださいまして、心からお礼申しあげます。比屋根は近々ＣＤデビューの予定、はございませんが、」

皆の少しの笑い。

「皆さま方の温かい拍手喝采に気をよくいたしまして、このあと全力のスピードで次の観光地・勝連《かつれん》城址まで安全運転するはずでございますので、世界遺産中屈指の眺望を誇るグスクをお楽しみに、もうしばらく窮屈なバスの旅にご辛抱くださいますよう、お願い申し上げます。なお、予定を少し変更いたしまして、グスク見学よりまず先にお食事の方へご案内させていただきます。おいしいおそば屋さんに到着します時間はだいたい――――」

　勇司は座席で私をちらと見て、「ゆるしてくれるよね？」と低く言い、私が答えないでいると強く手を握って座らせた。

「サキに捨てられて俺が生きていけると思う？　もう怒ってないでしょ？　頼む。もう絶対傷つけないからゆるしてよ。一秒でもいなくならないでくれよ」

　私が無言でうなずくと、「よし」と私の手の甲に、続いて頬に口づけをし、「サキはもう何も言わなくていい。俺が謝るから、一緒に頭だけ下げろ」と私を立たせた。自らは右足に手を当てて顔をしかめながら立った。ちょうどバスガイドがマイクのスイッチを切り、ステップ前の小壁の向こうに下がったところだった。

　私たち二人は揺れる三十分遅れのバスの中で小股で移動し、前方の席から順々に、すべての乗客に頭を下げてまわった。目を合わせず手を少し持ち上げるだけの人やうんざり顔の人もいたけれど、勇司のびっこと私の再びの涙を見てほぼ半数は「いいですよー」「全然大丈夫。三味線が最高だったから」などと安心させてくれた。

　座席に戻り、ハンドバッグとパッションフルーツの残り二個が入ったビニール袋を網棚に載せてまた座ってから、私は初めて穏やかな目を勇司と彼の右足首に向けた。

「捻挫、ひどい？」

「……骨にヒビは入ってないと思う。何とかガッツで乗り切る」

「………痛みがひどかったら、途中でツアーやめて病院行こう」

疲れてしまったのでそれきり私は口をつぐんだ。実はオシッコがしたかったが、今またバスを停めてもらうなどというのは考えられず、そば屋に着くまで何が何でもこらえようと決めた。勇司も静かだった。笑みを見せて果物のことを言えば仲直りは完結するだろうけれど、つい数分前に別れをかたくなに想い描いた女としてはそこまでかわいいシッポ振りはできない。

私はうつろに前だけを見ていた。カデナからの道ほどではないが風景は適度に田舎で、空は広く、すべて眩しく、そして効きすぎのクーラーは心地よかった。

陽光のいたずらで、フロントガラスにバスガイドの正面向きの立ち姿などが二、三倍のサイズで時々高く映る。壁に背中をつけ、両腕を左右に広げてパイプか何かを掴んでいる彼女は、笑顔に近い澄まし顔なのに体全体が少し苦しげに見える。一人だけ立っているせいもあるだろう。あたかも十字架にかけられた人のようだ。あ。――――受難、という高度な言葉が、別れるだの何だのと言っていた私の愁いを撥ね飛ばそうとした。続いて湧いたのは、先ほどの彼女の「私にも当てはまる時があるから」という歯切れよいわりに謎めいたセリフ。

本当に不倫しているのかどうかはわからない。でも、火遊びぐらいなら難なくできそうな大人そのものであることは確かだった。結婚や離婚を既に背負っているああいう大人たちにこそパッションフルーツは似つかわしいのかもしれない、……一方この私は、今朝ホテルのバイキングで飲んだ、甘い甘い甘いだけのオレンジジュースみたいなわかりやすい子供っぽい恋のじゃれ合いが今のところお似合いなんだ、と小さく平和な溜め息をついた。

勇司もまだ言葉先行のコドモだろう。ただし、逃げない男の子。

ついでだから言葉遊びからも逃げないでね、と言いたくて私は彼をつついた。

「ん？」

「あのね、」

丸刈りをケンカ屋よりはお釈迦さまの感じに見せている長めの耳に、口を寄せる。

「やっぱりまだ私のこと『愛してない』って言う？」

「……そろそろもう『愛してる』って言うよ」

「じゃあ、今言う？」

「……どうしてもっていうなら今言ってもいい。ただし、ダイヤの指輪はもうちょっと、金貯めるまで待ってよ」

「……バカ」

私は耳たぶに鼻までつけて笑い、もう一度「ユージのバカ」と囁きよりは大きく言い、それから一貫性のない彼に体を重くくっつけて、鍛え上げられた男の腕を両手で握ってさすった。しばらくそうしていた。とりあえず今日一日杖になってあげなくては。

ドラゴンフルーツDay

2004年作

昨日の朝、慌ただしい旧盆だというのに如美《ゆきみ》と「別れ」ました。

周りをなごませる似合いのカップルだと模合※仲間たちはいつも言ってくれてましたが、二人きりになると喧嘩ばかりでした。ちなみに僕は二十四才、彼女は早生まれで学年一つ上です。きまじめというか性格にちょっと癖があるのに小児科なんかで看護婦している彼女の、一人暮らしのアパートによく通いましたけど、一年二カ月の間ホント口喧嘩が絶えなかったです。わかってない女といると疲れます。とりあえずそう主張しておきます。

例えば結婚したとして、僕が仕事後に友達に誘われて飲みに行くことになっても電話一本で承諾してくれて、何時に帰っても怒らず、遂に朝帰りになってしまっても「体壊さないようにね。ウッチン※のむ?」と温かな一声をかける程度というような、余計なこと一切言い合わない男女関係が好きなの

模合(もあい)…講。すなわち、友人・仕事仲間など固定メンバーが定期的に掛け金を出し合い、一部を会全体の積立に充てたりしながら、残る総額を順番に一人か複数名ずつが受け取る仕組み(およびその集い)。定例の寄り合いはたいてい居酒屋かメンバーの家で持たれ、忘新年会やビーチパーティーがこの顔ぶれで開かれないことはまずなく、さまざまな祝い事への招待や困った時の助け合いも当たり前。多くの沖縄県民(特に成人男性)にとって、模合はそのままふだんの人づきあいの基本単位であり、三つ四つの模合に同時参加している多忙氏もいる/**ウッチン**…ウコン。特に秋ウコンは肝臓を守るクルクミンを多量に含む

です。もちろん相手の自由も尊重しますよ。ところが如美は世話焼きで、デート中にシャツのボタンのゆるいのを見つけるとその場で縫い直してくれるし、料理もとても上手なのですが、そのぶん人を縛り、毎週の予定を細かに把握したがり、内でも外でもちょっとでも食べ物を残すと「世界には飢えてる子供たちだっていると思わんの？」と幽霊みたいな細声で僕をなじります。ほかにも、アパート一階の彼女の部屋から十メートル先の煙草の自販機まで行くぐらいで何でいちいち「帰るんじゃないから」と断らなければいけないんでしょう。Tシャツが後ろ前だと気づかずにデートに来たからといって「もーぉ、一緒にいて恥ずかしいさー」と睨みつけるものでしょうか。トイレのたびに手を洗えっていうのはもっともだけど、なぜ薬用石鹸まで使わなければいけないんでしょう（僕の友達には小の時は手を洗わないやつも何人かいます）。

そりゃ、父子家庭で育って、そのお父さんやすぐ下の妹が病気がちで、小学時代から十九才ぐらいまでずっと弟妹四人のために家事の多くをこなしてきて、その上モス※やかねひ※でなんかで週七日働いて得たお金で高校と看護学校に通い、一時期は朝刊配達もしていたのは心底偉いなあとは思いますけど。僕の方はといえば、親に仕送りまでしてもらって大阪の美容師学校に行って、たった三カ月で意欲が失せて退学して、親に今度は借金して秋からコンピューター学園に通ってみたけどそこでもついていけなくなり、あとバーテンダーとかのバイトしながらクラブで遊んで女つくったり玉撞《つ》きにはまったりしてから、二年と少し前に北谷※に戻ってきて、今は給油所でバイトしてます。薄給だけど、最近は仕事中だけなら彼女に負けないぐらいまじめですよ。「笑顔がいいし、声もよく出てる」って社長夫婦や所長にしょっちゅうほめられてるし。あ、如美はどっちかっていうと地味だけど、目が優しくて澄んでて、歯が白くて、もちろん僕には天女のようにかわいかったです。小言さえ言わなければ。

春に一度、二人の将来のこととかで激しく言い争って「もう、さよなら！」「ああ、さよなら！」と互いに背を向けたのですが、その時は僕の方が後悔して、まあ、やっぱり彼女の作るシブイ※汁なんかは最高でしたので、それで共通の友人（男）に取りもってもらって、五日後に花を持って居酒屋で再会しました。そうしたら彼女の方は「え？　あの時はただいつもの夜のお別れで『また明日』って意味だったんだけど？」ととぼけた様子でもなくほほえんでいました。「じゃあ、また恋人になってもいいか？」と言ったら、「当たり前じゃない」……花束の効果もあってその後しばらくは平和でした。

でも、やっぱりこの夏で僕の気持ちはもうちゃーんならん※、限界です。如美が「何でたーつーはわーとつきあってるのにそんなして毎日毎日スナック行くか？　どうせ女の人の肩に手まわして太ももとか触って、くだらん話何時間もしてるんでしょ。無駄遣いさんけー※」などと模合仲間らとの連夜の二次会のことまで言いだしたからです。「そんなのイキガ※なら誰だってやってるさー。働くばっかりで息抜きなしに誘い全部拒んで生きてたら、男同士のつきあいならんしぇー※」と抗弁した重い二日酔いの僕に、彼女は悲しげに怒鳴りました。

「わーと夜遊びとどっちが大切か！　この前の飲みすぎの時も、電話も取らんで。朝あそこで三時間

モス…モスバーガー／**かねひで**…〈大型スーパーの一つ〉／**北谷（ちゃたん）**…〈沖縄本島中部の町名〉／**シブイ**…冬瓜（とうがん）／**ちゃーんならん**…どうしようもない／**わー**…私／**〜さんけー**…〜するな／**イキガ**…男／**ならんしぇー**…できないだろ

も待ったんだよ。暑いの我慢して」

「手ぇついて謝ったじゃないか。遅刻するの俺だって嫌いだから、今日は死ぬ気で※起きたんどー」

「目にそんなクマつくってからによ。居酒屋までしか行かんまじめな男の人だっていっぱいいるでしょ？　もっと友達を選んだら？」

「何だわけ？　俺の※ドゥシグワーターの悪口言いよるわけ？」

「そんなつもりじゃないけど……」

人の車は毎日ピカピカにしても自分の部屋は三カ月に一度しか掃除しないような男とは、結婚生活まではともにできない。その気があっても結婚資金が貯まらない。どうやら彼女もそう納得し、今回は喧嘩がエスカレートする前に急に別れ話になってしまいました。それで、たまたま二人とも翌日が休みということで一昨日、仕事後に彼女のアパートに泊まりに行って、でも抱き合ったりはもうせず、ただの友達に戻るけじめってことで（つきあう前は共通の友人を仲立ちにした飲み仲間であり、そもそも彼女は給油所によく来るお客さんでした……）彼女の手料理でビールだけ飲んで彼女はベッドに、僕はソファーに寝ました。旧盆の※ナカヌヒーだったんですけど、僕の家には仏壇はなく、彼女も最近特に不規則勤務なので、それぞれ適当に口実つけて家族や親戚から離れてました。仮にも一年以上肌を触れ合わせてきた二人ですから、せめて別れの挨拶的なことはゆっくりやりたかったのです。それとやはり、僕の気持ちはささくれてました。

翌朝、すなわち昨日の朝、風呂を浴びた後、言葉少なに帰ろうとした僕は、リビングで彼女に言いました。

「最後によ、やってほしいことある？　ただの友達に戻らん前に」

「………キス」

「キスね。いいよ」

「たーつー、あのね、長くて優しいキスして」

僕はちょっとだけ苦笑しました。結構その方面で一直線の僕は、女の子の側が求めていると思うとなお一層、強く吸いがちになってしまうのです。それで呼吸を整えた後、如美の求め通り、それまで何百回もやってきたどんなキスとも違う、そっとシルクをかぶせるような穏やかさで唇を唇につけ、弱いままにゆっくり圧力を加減し、時々口を開けはしても舌は使わず、自分の顔を右や左にゆっくり揺らすようにずらしながら、五分ぐらいそのままでいました。途中で彼女が二、三度薄目を開けるのがわかりました。逆に僕自身はいつもより多く目を閉じました。

ちゃーやいびーが（いかがでしたか）、という気持ちで離れた僕に、如美は目をちゃんと見開いてから静かにおもしろそうに言いました。

「何か、映画みたいなキスだったね………」

それから急に、悲しげに少し口元を膨らましました。かつて一度も泣いたところを見たことなかったけど、今にも泣きそうでした。黒髪もいつになく傷んでいるかのようで、細いそんな彼女を僕は十秒ぐらい見つめていました。

起きたんどー…起きたんだぞ／**ドゥシグヮーター**…友人たち／**ナカヌヒー**…中日

見つめるだけでは終われません。ついでとばかりにベッドのある部屋まで抱え、あっという間に服を脱がし、彼女がまったく嫌がらないのでのしかかってしまいました！　いたわりの気持ちだけでなく、最後だから権利として味わっておこうという欲情の方が強かったと思います。彼女は胸もチビ※も小さい、抱き甲斐のあまりない幼児体形だし、おまけにテンプス（でべそ）だったから、いやそんなことはどうでもいいんだけど、いつもあまり声を上げない彼女とのセックス自体は今さらステキなものじゃなかったです……。

ともかくそうして汗かいたら、ひもじくなってきました。二度目の風呂をさっと借りた僕が何となくクーラーの前で座っていると、いつの間にか如美は朝食を作ってくれました。

〝最後の朝餐〟なんて言葉があるかどうか知りませんが、玉子焼きとかパパヤーシリシリー※とか本当においしかった。それにありがたくもあり、食べていて急に、今度は僕の方が泣きたい気持ちになってきました。手早くてもちゃんと内容のあるごはんを出してくれたその行為には、僕への最後の愛情だけでなく、小六でお母さんを亡くした彼女の歩んできた人生とか、いい意味でのがーじゅー※や女の子らしさとか、いろんなものがきっと含まれていると思えたからです。いつもいつも一方的に強いキスばかりしてきた大雑把すぎる男にだって、それぐらいはわかります。冗談ぽい声にはなりましたけど、こんなことを僕は言いました。

「友達に戻っても、いつか如美と結婚だけはしたいな。如美の作るあったかいごはんがなかったら、生きていけない気もするからな……」

特に反応はしなかった彼女は、ただ顔を背けるようにしてしばらく黙ってから、デザートだと言って冷蔵庫からドラゴンフルーツを出してくれました。ピンク色の、ステゴザウルスの背中の骨板みたいなヒダというかびらびらに覆われたあの怖い見かけの丸い果物です。僕も家族もめったに食べたことのない、まあ本土の人がお土産にして喜ぶ種類の、さほど甘くもおいしくもない外国原産のでーだ※かむんです。

でも、一個を真っ二つに切ってもらって、びっくりしました。僕の知っていたドラゴンフルーツは、白い果肉に黒ゴマそっくりの種が散らばっている、何かおにぎりみたいなジジくさい中身だったのに、目の前に現れたそれは、紫に近いどす黒い濃※ゆい透き通ったピンク色をしていて、その濃ゆい果汁が皿に少し流れていて、まるでおじー※に対する「水も滴るクレオパトラ」という感じで、植物を超え人間みたいに自信とか愁いのようなものさえ見てとれたのです。

でも、黒ゴマ状の種は同じくあるし、キレイであってもどうせわけのわからん味は前に食べた白いのと一緒だろう、と思ってスプーンで掘って食べたら、またまたびっくりしました。ドラゴンフルーツってこんなに甘かった？　と言いたくなるほどに、味がはっきりしていてしかもみずみずしい。

「赤いのもあったんだねえ」

「赤ーぐゎー※おいしいでしょ？」

「うん、最高」

チビ…尻／**パパヤーシリシリー**…下ろし器で千切りにした野菜パパイヤの炒めもの／**がーじゅー**…強情／**でーだかむん**…値の張るもの／**濃(こ)ゆい**…濃い／**おじー**…おじいちゃん／**〜ぐゎー**…〈語調を整えつつ、その小さなもの・身近なものへの親しみや軽蔑を添える接尾語。標準語には訳しがたく、この場合「赤いのおいしいでしょ」の意味のまま〉

「スーパーでさー、※でーじ安かったわけさー。十個も買ったよ。……もう一個食べる？」

「食べないけど、俺の近所に売ってないと思うからおうちに持って帰りたいな。二、三個取っていい？」

「いいよ」

食べ終わっていた彼女は、立ち上がって冷蔵庫からまた何個か出して、ビニール袋に入れてくれました。でも、何か迷うみたいに動きが※よーんなーでした。そうしてから、こんなことを言いだしたのです。

「外へ出たらもう恋人じゃないんだから、この持ち帰りのぶんは※ジン払ってもいいんじゃない？　百五十八円の三つ入れた。友達だから、四百円にしといてあげる。まさか※いちゃんだで持ってくわけえ？」

僕は絶句して、たった今食べたばかりのものを口から戻したくなり、息が詰まるような荒くなるような感じでそこにいられなくなり、彼女を睨み、どうしようかと二、三秒迷ってから一応果物はもらい、財布から千円札を一枚出してテーブルの上に投げつけました。

「メシのぶんと込み※やさ。足らんかもしれんけど友達だからこれで負けとけ」

そしてドアまで早歩きし、深呼吸しようと思ってそこではできなくて、煙草やケータイなどをちゃんと持ったのを確かめてからできるだけ低く言いました。

「※やーはもう※ドゥシでもない。今までやってくれたことも、ぬくもりも全部忘れんし、誰か別のイキガと幸せになってほしいけど、二度と会わん。やっぱり好かんよ」

テーブルあたりから近づいてこない如美が「さよなら……」と落ち着きはらって言うのが聞こえ、その声にも腹立って僕は最後一言も発さずにドアを叩きつけました。

車の中で煙草に火をつけてから、あんなに怒ることもなかったかな、と少し反省したのですが、彼女のあのとんでもないセリフにはやはり納得できません………。

午前十時前だったでしょうか、ウークイ※だというのに帰宅する気になれず、車であてもなく沖縄市内をまわり、美里※のクーラーのよく効いた大きい本屋で一時間ぐらい立ち読みし、兄の一人（次男）から「まー※にいるか？　ウークイ行かんのか？」と電話が来て気のない返事をし、それからのんびり煙草五本ぐらい吸える場所で時間をつぶしたいと思い、何も飲みたくなかったけど喫茶店を探しました。

旧盆につき休みという店ばかりで、「はっしゃ※、もう」という気持ちでA&W※へ。ここのA&Wは適度に広く、また客全員に必ず水が出されるので、好きでよく来るのです。僕は熱いブラックコーヒーを啜ってしばらくボーッとし、また如美とのいろんなことを思い出しました。

すごく寒かった一月、夜景の見える高台の公園で「帰るの遅くなってもいいから、もうちょっとそばにいさせて……」と身を揺すりながら僕の片腕にしがみついて離れなかった彼女。アパートにたまたま遊びに来ていた初対面の妹二人に「最愛の人だから、あんたたちもよろしくね」という言葉で紹

でーじ…すごく／**よーんなー**…ゆっくり／**ジン**…金。銭／**いちゃんだ**…ただ／**～やさ**…～だよ／**やー**…お前。君／**ドゥシ**…友達／**ウークイ**…旧盆の霊送り／**美里（みさと）**…〈沖縄市内の地名〉／**まー**…どこ／**はっしゃ**…はあ。めんどうくさいなあ／**A&W（エー・アンド・ダブリュ）**…沖縄県内に多く展開する米国のファストフード・チェーン。独特の飲料・ルートビアが人気

介してくれたのは光栄でした。三月に僕がオツヨン（危険物取扱者）の試験を受ける前には、「会いたくて仕方ないんだけど、たーつーの勉強の妨げになるから」と八日間ぐらいデート拒否し、その代わり普天間宮の学業のお守りなんかを手紙と一緒に送ってきて、試験に落ちてしまった後は「頑張ったんだから上等さー。きっとあと一歩だったんだはず。次は絶対負けないよぉー」と一晩中海辺とカラオケ店で笑顔やら真剣すぎる顔やら握手やらで慰め励ましてくれて、それほどまでには勉強しなかった僕がかえって※へんなーなったなんてこともありました。……しかし、やはり通算百回ぐらい勃発した小喧嘩のほとんどが彼女の先制攻撃によるものだったのも忘れはしません。

どうにも※ぐさくさーする！ 最後の彼女をゆるせないというより、きちんと挨拶しないで背を向けてしまったのが心残りで、恨みと寂しさも合わさった複雑な思いでコーヒーと煙草ばかり口に運んでいました。

せめて如美あてにメールしてみようかと、やっと思いついて、いややっぱりシャクだとむくれ、送信は絶対にしないけど文だけ打とうと思い、しかし途中で難儀になって、送信しないんだったら紙切れにでも書いた方が楽だと気づき、通りがかった店員にボールペンを借り、トレーに敷いてあった広告紙に落書きみたいに気持ちを吐き出していきました。……最初はしみじみとした語り口で。強気のも一つ。それぞれ言葉を省いたり換えたりして、二通りの「出すつもりのない別れの挨拶状」の下書きをほぼ完成させました。

…………と、その時、通りがかった女の人が「何書いてるんですか？」と僕のテーブルの横で身を少し屈めたのです。「え？」と思って目を上げると、若い長身の、ロングヘアーの女が単にそれだけ知りたいらしいオバサンくさい明るい表情で僕の前にいる。

「手紙ぐゎー」

「そうねー？」

さらっと相槌打って、なれなれしい茶髪の彼女はトイレへと早歩きで消えていきました。ハンバーガー店の中でひとり紙に何か書く姿というのがそんなに珍しいのでしょうか？　軽いうろたえと、独りきりの世界からタイミングよく引き戻してもらえたことへの感謝が入り交じって、僕は広告紙を折りたたんでから店内を眺め回しました。

約三分後、さっきのロングヘアーが歩いて戻ってきました。僕は体をねじり、「ここ座らない？」と向かいの席を示しつつほほえみかけました。やっぱり表情は、皺があるわけじゃないけど子供二人ぐらい産んでいる人みたいにオバサンぽい。色が黒いせいでしょうか。でも、化粧は派手だし、ワンピースがピンク一色のわりには紙か何かでできたいろんな色のアクセサリーを首や手首やそのほかに※はいていて、爪も十個全部それぞれちょっとずつ違う色だったりして、以前いた大阪にもこれだけ軽やかな女はあんまりいなかったなと思い、興味が出てきて、頼みごとを急ごしらえしました。

「これ、二通りの文章だけど、読み比べてみて、どっちがいいか教えてくれない？」

「だー※」

もちろん両方とも悲しい文です。

へんなーなった…ばつが悪くなった／**くさくさーする**…気がふさぐ／**はいて**…身につけて／**だー**…どれ、見せて

「………別れの手紙？」

「よく読む雑誌で、別れの手紙コンクールっていうのがあってよ、俺も一通応募してみようかと思って朝から考えてるわけ。五千円ももらえるから。どっちが入選しそう？」

「………こっちじゃないの？」

よく見ればなかなかに目元が涼しい（オバサンというよりはエアロビクスの先生みたいな）彼女は、疑いなどは顔に浮かべず、穏やかな語りかけの方を選び、それから出し抜けに付け足しました。

「あなた、もてるでしょ？」

「……どうかな？　普通じゃない？　君もセンスいいからもてそうだね」

「最近あんまりー」

彼女は手だけは「全然」というふうに激しく振りました。

「どうした？　カレシに冷たくされたか？　女を泣かす男はゆるせんなー。俺、泣かしたこと一回もないよ」

「カレシぐゎーいないもん。半年前から」

「じゃあよ、※なまから二人でどっか行かん？」

「いいよ。夕方からバイトだから、三時間ぐらいなら全然オッケー。そっちは？　架空のでーじな手紙書いてるけど、カノジョいないの？」

「うん、去年の六月からいない。特に今は、でーじいない」

僕はそれまで浮かんだり消えたりしていた自分のほほえみを、次の瞬間一切消し、まっすぐ彼女を凝視しました。彼女は生唾を飲み込むように黙り、怯えるような期待するような顔で素直に見つめ返した、というより僕に見られるままにじっとしていました。目以外もどことなく魅力的だし、身長に比例してバストもそこそこあるみたいで、最初に感じた安っぽさは大人くささよりもむしろモデルっぽさかもしれないとも思えて、まあ別にモデルなんて毒気の有無にかかわらず大抵好きじゃないですけど、三時間程度連れまわして気晴らしして、と決めました。

並んで歩くとやっぱり僕（人並みです）に迫るぐらいの頭の高さでした。靴のせいもあるだろうけど。それぞれの車に乗ってボウリング場へ移り、待ち時間に互いに自己紹介。僕は如美との件を除けば全部正直に言ったから、多分彼女の側も嘘は半分もなかったと思います。波長が合う時の人間同士はそういうもんですから。※コザンチュで二十才で、居酒屋でバイトしてて、名前は千夏。二ゲームし、空腹でもなかったけどポップコーンなどを口に入れ、ボウリング場を出てたまたま聞こえてきたす※ーじぐゎーからの太鼓と唄に「ラッキー」と思い、引き寄せられていってその※エイサーを見物したりしました。

僕は青年団入りの適齢期には内地にいたし、今さら一から覚えるのも難儀なので同級生たちに「最後のチャンスかも」と誘われてもエイサーをまともにやったことがありません。見るのはもちろん大々大好きです。一カ月以上前から夜ごと公民館のあたりから聞こえてきた練習の音にチム※わさわさーし

なまから…今から／**コザンチュ**…沖縄市の人／**すーじぐゎー**…路地。小道／**エイサー**…旧盆に行われる勇壮な踊り／**チムわさわさー**…心うきうき

し続けて、何があってもなくても夏だけはウチナーンチュに生まれて最高だなーって思うんです。しかし、激しい日光が降り注ぐこんな早い時間帯からの道ジュネー※はちょっと珍しい。太鼓の連中もモーヤー※の女の子たちも衣装の一部が汗で体に張りついてるみたいです。千夏は「暑いな、もう」と一分おきぐらいに黒い顔をしかめて言いました。

「……ねえ、給油所の仕事ってきつい？」

「うーん、……家出る時に天気がいいと『今日は洗車で忙しい』ってちょっと疲れた気持ちになることはあるけど、きついとかは思わんことにしてる。実は前にさ、二カ月だけいた給油所クビになってるわけよ。内地でしばらく完全夜型生活してたから朝弱くてよー、寝坊して電話で『遅れます』って連絡するんだけど、その後また眠ってしまって結局三、四時間経って『今日はもう来ないでいい』って怒鳴られたりってことが二回あった。ガソリンも最初の頃よくこぼしたし、それとよ、これは一回きりの大あふぁー※だけど、掃除してくれって頼まれたオープンカーをそのまま洗車機に入れてしまってよー」

「アッキサミヨー※」

「途中で気づいて機械止めて、必死に水汲み出したけど、その車もう動かんかった。即日クビやさ。最低やんよや？ 自分なりに頑張ってるつもりではいたけど、誠実さがまったく足らんかったってやっと気づいた」

「……※」

「して、タコ焼き屋のバイト挟んでからにさ、二軒目の今の給油所では、笑顔と真心できちんと働いてる。遅番と中番が多いけど、朝六時からの時も目覚まし三個使って何とか遅刻しないでやってるよ。危険物の資格取ると灯油の配達とかできるようになって給料が上がるから、ついこの前は受けんかったけど十二月に向けて今勉強※しとーん」

「ふーん、じゃあ今度チーナ、ガソリン入れに来る。でも、洗車はちょっと怖いな。窓開けたまま洗ったりしそう」

「あんな大失敗二度とやらんっていうのに。ところで、千夏は、ウークイなのにバイト？　居酒屋って普通今日だけは休みにするのに店長※ガニあらんなー？」

「ていうかー、ホテル近くの主に観光客相手の飲み屋だから、かきいれ時に休めんわけ」

「ビキニのナイチャーいっぱい来よる？」

「水着のままでは入ってこないさ。夜なのに」

「※うさぎる料理とか家で作らんでいいの？」

「料理大っ嫌いだもん。誰の嫁でもないし。お母さんは大変みたいよ」

それから二人とも煙草を吸い始めたので少し会話が途切れ、僕は彼女のちょっとした動きでよく揺れる、光る髪をちらちら見て、そのうちに我慢できなくなってきました。出会ったばかりと思えないほどなついてくるけれど、いったい何のつもりで一緒にいてくれるのかさっぱりわかりません。なぜ

道(みち)ジュネー…練り行列／**モーヤー**…舞い手／**あふぁー**…パニック／**アッキサミヨー**…きゃあー／**〜やんよや**…〜だろ／**して**…で／**〜しとーん**…〜してる／**ガニあらんなー**…がめつくないか／**うさぎる**…お供えする

ウークイなのに僕と同じく暇してるのか？　そんなことより、この一年少々何の誘惑があっても如美としか抱き合ってこなかった僕としては、鎖を外されたばかりの若い犬の高揚感を抑えきれません。

僕はできるだけ急ぎすぎないように、きちんとききました。

「千夏、俺どんなね？」

「好きだよ。まあまあカッコいいし」

「じゃあ、後で抱いたりしてもいいか？」

「…………」

「いきなりキスとかやったらNGか？」

「……わからん」

「……こんな言う男にはばん※ないビンタ、ていう目つきしてない？」

「わからん。けど、……キレイなとこでなら、それとちゃんと避妊してくれるなら一回だけさせてあげてもいいかなって思う。嬉しい？」

「うん！」

「……でも、迷うなー。好きだけど。……チーナさ、秋から季節※行くかもしれんわけ。なま※達郎をカレシにしてしまうといきなり遠恋《えんれん》になるから、でーじ困る」

「季節ってどこへ？」

「多分、大分とか静岡とかヘンピなとこ」

「大阪は行かないの？」

「何で？」

「さっき言ったやしぇ※。前に住んでたからよ……」

そのへんからそろそろ喋り続けるのもめんどくさくなってきて、やはり直射日光がすごかったから、とにかく駐車場に戻ろうと言い、思いついて彼女のために何となく缶コーラを買いました。ダイエットコーラを選んであげたら「気が利くー。チーナこれしか飲まんの」と言われました。僕自身のは買いませんでした。今年の夏はどうもちょっとしたことで下痢をするので、冷たいものがぶ飲みはできるだけ控えていたのです（ビールは別ですが）。でも、一口もらいました。まずは間接キスからです。くだらない言葉だけど。

その時、次男からまた電話が。家族全員で父方の具志川※のムトゥヤー※に向かうから三十分以内に帰ってこい、と言います。僕は外出先で急に腹が痛くなったから、と自分にとっては突然でもない嘘をついて、家族を先に行かせました。一応後で一人で車で追いかけるつもりだったけど、正直行きたくなかったです。二日前に仕事後に山原※の母方のムトゥヤーへ出向いたばかりだし。

そこが「キレイ」な空間だったかどうかわかりませんが、結局、車連ねて町をぐるぐるした末に、ある汚い城跡の駐車場まで来てから僕の中古プレオの中で「かわいい……」と彼女を抱き寄せてしまいました。こういう行いのためにベンチシートの車買ったのか、完全防備のシール貼ったのか、とよ

ばんないビンタ…往復ビンタ／**季節**…本土への出稼ぎ／**なま**…今／**〜やしぇ**…〜だろ／**具志川（ぐしかわ）**…〈本島中部の市。平成十七年以降は「うるま市」〉／**ムトゥヤー**…本家／**山原（やんばる）**…本島北部。文字どおりの田舎である

く自問しますが、まあ、九十八パーセントそうです。如美とは二度やりました。コンドームもダッシュボードやポケットやいろんなところに常備してます。

コーラとポップコーンぐらいならいいけどすっぱいカールの味までがお互いの口じゅうに残っていたのでキスはイヤな栄養があったけど、彼女の体は大魚のように時々ビクビクンと明るく痙攣し、やっぱり人間って一才でも若い方がシャープだなって感激できました。ただ、やはり狭い車内で少し手こずり、誤って四、五回もクラクションを鳴らしてしまい（寂れた場所でよかった）、太ってはいない僕だけどつい全体重をかけた時は「ちょっと、苦しいな」と小声をもらいました。せっかくだからCカップだという胸を揉みやすくしようと彼女を下向きにもさせ、そして再び仰向けにしてフィニッシュ。この日の二発目なので、ゴムをティッシュで包んで捨てる時に見たら、当たり前ですが出た分量が朝よりは少なかった。

やらせてもらってそっけなくはできないので、その後服を穿かせてしばらく軽く抱いて長い髪とか撫でてましたけど、彼女がくすくす笑って「何か、暑いさー。クーラーの効果なくなるから放してー。手だけですればいいさ」と明るく言い、それでますます彼女のカラッと晴れ上がった、それでいてボーイッシュではない性格に好感を持ちました。これでもう少し鼻びらー※でなければ言うことないんですけど。

季節労働の件がどこまで本気なのか軽くきいてみましたが、「説明会は九月入ってすぐ行くつもり。何ていうか、しばらく外の世界を見てみたいのよね。最近は美浜※にも那覇にも飽きてしまったし、地元のコザは最初から終わってるし」と遠くを見ます。先祖の霊がグソー※からわざわざこの島に帰ってきてくれているこんな時期に言うようなセリフでもないと思いましたが、そういう僕も何かいろんなことが、※あんまさいです。三年前に立て続けに亡くなったお祖父ちゃんにも大祖母ちゃん（曾祖母）にもかわいがられてはいなかったし、親戚のいろんな人に本土での根性なしの日々について叱られて以来、具志川まで行って喋るのが苦痛なのです。分家のそのまた末っ子三男の僕には仏壇は昔から大きいばかりで気持ちが遠い。いやそんなのどうでもいいけど、あそこの家の天ぷらはいつもおいしくないから……。

やはり如美と別れたことで、ぽっかり心の穴が開いているんでしょうか。包む空気に対して何となく投げやりです。とりあえず、体だけは満たされました。悲しくも、朝より二倍ぐらい。

「気持ちよかったけど、会ったばかりでセックスっていうの、チーナ初めてしてしまった。もし言ったら友達みんなど※ぅまんぎるはずね」

「俺の友達はおもしろがると思うけど。フリーいっぱいいるから誰か背の高い男紹介しようか？」

「要らん。何でそんなこと言うの？　背丈なんてどうでもいいさー。会いたくなったら達郎にだけ会う。今度はもっとゆっくりデートしよう」

「そうしよ。でも、こういうクイック・ラブ内地で三回ぐらいやってる俺ってよ、悪いやつかもしれん。千夏は多分でーじ気立てのいい子だから、次の約束はしないでおこう。メールは待つけど。そろ

鼻(はな)びらー…鼻が低い人／**美浜(みはま)**…沖縄市に取って代わって若者を強く惹きつけている、北谷町内の人気商業地／**グソー**…あの世／**あんまさい**…めんどくさくて気が重い／**どぅまんぎる**…衝撃を受ける

そろ俺も行くとこあるし……」

最後だけ少し寂しそうだった千夏と、手をたっぷり振って別れました。喉がすっかり渇いていた僕は、彼女の車を少しだけ追って城跡を出てから、自販機を探すために本当に別れ、一番飲みたかったシークヮーサードリンクが品切れなので代わりにレモンティーを買ったのですが、車内に戻って薄味のそれ飲んでてやはり物足りなく感じ、ふと、如美から買ったドラゴンフルーツがあるのを思い出しました。

熱くもなった車の中に放置してたので、傷み始めたかなと覚悟したけど、ウロコだらけの〝ピンク恐竜〟風の皮は見た感じ元気にとげとげしいままで、ビニール袋から三個のうちの一個を出してみたら重くしっかりしていて、温かくはなく、今すぐ食べたいという欲求がますます呼び起こされました。しかし、切る道具がない。とりあえず城跡への坂を上り直し、手が汚れても洗えるよう公衆トイレの横に車をつけ、外へ出ました。

どうしようかとその一個をくるくるさせていたら、一部にトゲがあるらしくて指の腹がチクッとしました。回すのをやめてウロコを一つ引っ張ったけど、短くそれがもげるだけで果肉は見えてきません。爪をかけ、続いておそるおそる歯を当ててみたら、あっさり皮が割れました。そのまま中身がほぼ全部現れるまで指でめくりました。

皮の素直な若ピンクとは違う、やっぱりすごい迫力のある〝妖しくて〟濃ゆい果肉の色です。透明感もあるまま、朝に室内で見たのよりもずっと明るく、ちょっと紅芋っぽくもあるけど一瞬光り輝いて見えます。がぶりつきました。常温のせいで味ははっきりしない。「ピンク色のサラサラの血」のように掌を果汁が伝うのが、何か大迫力です。食べ終わって皮は土に放り捨て、手を洗ったのですが、指数本についたピンクの色素が水だけでは全然落ちませんでした。それでなくとも仕事柄爪のあたりなどいつも黒いから、まるで染め物職人の手です。または、不用意に抱きとめた女の人の化粧が僕の服についてしまった時のようでもある。

朝から……※ホーミするたびにこれ食ってる※やっさー、と恥ずかしくも誇らしい、いやらしい気持ちで気づきました。あと二つ残ってる、とも。できたら今日じゅうに誰かもう二人と決めてやろう、※イチドゥシの賢次は去年カノジョと一日に六回もやったっていうから計四回ぐらいまでなら俺だって発射できる、と僕は燦々と照りつける八月下旬の光に頭を半分以上やられてしまったように林の中で拳を握りました。ケータイが鳴ったので、早速千夏かと思ったら次男からで、めんどくさい僕は「しつこいよ」とつぶやくだけでもう取りませんでした。

※謝苅の誰もいない家に帰ってお湯で身を清め、今日どうしようかと寝っ転がっていたら、今度は長男からの電話です。

「お前なー、勝三《かつぞう》さんが※わじってるぞ。達郎去年も風邪とか言って来んかったことみんな覚えてて、※あにひゃーぬーそーが、内地から帰《けえ》ったと思ったらご先祖様に二年も続けて挨拶なしで今年は墓掃除もその前《めー》の※清明もさぼってからに、おまけに※ひっちーほろほろして未だに一生の仕事も見つけようと

ホーミ…オマンコ／**〜やっさー**…〜よなぁ／**イチドゥシ**…親友／**謝苅（じゃーがる）**…〈北谷町内の地名〉／**わじってる**…怒ってる／**あにひゃーぬーそーが**…あいつは何やってんだ／**清明（しーみー）**…清明節に行う墓参り／**ひっちーほろほろして**…いつもぶらぶらして

しないって、盛行伯父《せいこうおじ》※たーも嘆いてたど。十代の頃の荒れ方も話題になってるしよ。やーはこのままだと一家の大恥だからへ※ーく挨拶に駆けつけれ。待っとぉくから今すぐ向かわんか？」

「※かしまさよー。俺は俺でまじめに毎日生活してるんだのに何で※あったーわぁーばぐとぅ言うか。初めっから悪意しかないいんじゃないのか。※しにわじわじーしてきた。俺じ※ぇったい来ないからな。お前責任持ってフォロー全部しとぉけ。※ちゃーしんやったーが悪口の原因だろ、アホ」

「はあ？　※たーがしーじゃーか？　やー後で※さりんどー」

「※ぬーがひゃーー！　※しぐとぅんねーらんたんちゅぬ軍作業そーぐとぅんち、いばらんけどー！。※イナグんうーらんそーてぃ。留守中にやーぬ部屋に※火ぃつけんどー」

「※ふりむん！」

ああ、なぜどいつもこいつも文句ばかりつけてくるのでしょう！　五才上と二才上の兄らのお節介にもまったくうんざりです。確かに僕は親を裏切って大阪で百何万もムダにはしましたけど、学校やめた直後から常に何らかの仕事をしてきたし、内地での日々はあれはあれで貴重な人生経験だったと思うし（何も言いつくろってるんじゃなく、人はそういうふうに考えて前へ進むべきものでしょう）、特に今の職場に迎えられてからの一年半は弱音一つ吐かず※働《はたら》ちゃーーとして一台一台の車をキスするように愛してきたつもりなのです。……まあ、如美に支えられた部分は大きいけど。しかし「ジン払え」の彼女も含め、説教派が世の中には多すぎます。大阪では飲み屋で隣席にいて絡んできた理屈先行の中年サラリーマンを殴ったこともある。

具志川へは向かわず、その代わり車で十分のところに住むノリねえさんをいきなり一人で訪ねました。家に転がっていたキャンベル・スープ※を十缶ほどかき集めてお中元にして。途中、わが地区のエイサーの装束をまとった若者数人を追い越しました。同級生かもと思って顔を見たけど、知らない男たちでした。

ねえさんとつい呼んでしまう六十すぎの紀子伯母は、母の姉で、しかし養子に出された上に先方の一族が死に絶え、また結婚・離婚を繰り返したりと複雑な人生歩んだ結果、息子と娘を就職などで内地へと送り出したのちの独り暮らしの家に、仏壇を二つも置いています。まったく染めてないロングのぼさぼさの白髪がかえってなまめかしく見える元美人……というより現役バリバリの美人であり、真っ赤な口紅にタンクトップにGパン姿で近所の男の年寄りたちと公園のベンチに座って大酒飲んだりする華麗さに惹かれてしまう僕は、若いヤナーイナグ※よりよっぽどそそるよなー、いっそノリちゃんと一発やって今日の三人目ということにしようか、口もアソコもちょっと臭いだろうけど、などととんでもない空想もしつつ訪ねました。もちろん親戚まわりの一環で。近すぎてまだ母以外は顔を出していないようだったので。

「アキ※、達郎、夏だからってまたやせて、何か心配ごとでもできたねー?」

〜たー…〜たち／**へーく**…早く／**かしまさよー**…黙っとけ。放っとけ。うっとうしい／**あったーわぁーばぐとぅ**…あいつら余計なことを／**しにわじわじー**…すごくイライラ／**じぇったい**…絶対／**ちゃーしんやったーが**…どうせお前らが／**たーがしーじゃーか**…どっちが年上か／**さりんどー**…ぶっ殺すぞ／**ぬーがひゃー**…何だよ／**しぐとぅんねーらんたんちゅぬ軍作業そーぐとぅんち、いばらんけどー**…失業者が軍の仕事に就けたからっていい気になるなよ／**イナグんうーらんそーてぃ**…カノジョもいないくせに／**火ぃつけんどー**…火ぃつけるぞー／**ふりむん**…バカ者／**働ちゃー**…働き者／**キャンベル・スープ**…沖縄県内でよく売られている米国製の缶スープ／**ヤナーイナグ**…ぱっとしない女／**アキ**…あら

「心配っていうか、今朝《けさ》女と別れたから精神状態し※に変かも」

「別れた？　結婚してないうちでよかったじゃないの。心の悲しみはいつか癒えるけど、戸籍についた傷は消えんからやー※。子供でもできてたらでーじだよ」

さすが幾多の波乱を乗り越えてきた人、言うことがいきなり違います。一緒に煙草吸いながら冗談の言い合いから真剣話※までして長々過ごせるのもこのがらんとした家のいいところです。……息子たちは今年は旧盆には帰れなかったそうです。伯母はビールと料理と菓子を出してくれました。この日初めてのアルコールです。

「でもあれか、前にマラソン一緒に見てたあのおかっぱの、看護婦やってる子なー※？」

「うん。知花如美。ねえさんとも喋ってたねー」

「はっ※しぇー、何でね、あの子と別れよった？」

「もういいですよ。あんなのもう」

「ユキちゃんなら、芯が強そうだったから、あんたと別れてもびくともしてないだろうけど、何か、もったいなくないか？　礼儀正しくて優しい、よく気がつく子だのに」

「優しくはないですよ。情が深いのはわかるけど、でぃきやー※の度がすぎたみたいで、学年も上だし、結局俺のことわらばー※扱いしてた」

「まあ、代わりに同じくらいチム※ぐくるのちゅらーな子見つけなさいね。イナグはね、やっぱりここが一番よー」

そう言って伯母は掌を胸に当てました。下着で相当吊り上げているんだろうけど、触らせてもらいたくなるぐらい細乳二つは形よくとんがっている。明日地球が滅亡するっていう日なら、地獄行き覚悟でこの二人きりの場所で押し倒すかもしれない。

「いや、俺はよー、ノリねえさんみたいな明るくて派手なのんかー※がいいですよー。のんかーあらん※かもしれんけど、ねえさんは苦労を表に出さんさー。まじめな話、ノリちゃんがその気なら俺ノリちゃんと結婚してもいいよ」

「ふらー※、何がまじめか。二十五、六も離れてて」

「……サバ読んでない？」

「サバって何ね？　とぅしとぅいねーうっぴぐゎー※気にさんどー。なんくるないさー※」

「はは、だけどホント、俺伯母さんのこと好きやっさ。寛至《かんじ》にーにーたー※が帰ってこないぶん、俺なんかがもっと伯母孝行したいし、ちゃーがんじゅー※でいてほしいですよ。寛建《かんけん》伯父さん悲惨だったぶん、まずは絶対カジマヤー※めざしてよ。あ、悲惨なんて言ってごめんね。……伯父さん亡くなってもしかして丁度十年じゃないですか？」

「まだ九年だよ、ククヌチ※。そういうのはてーしち※な計算だから。まあ、悲惨は悲惨だね。生き別れ

しに…すごく／**～やー**…～なあ／**真剣話（しんけんばなし）**…まじめな話／**～なー**…～かい／**はっしぇー**…えーっ／**でぃきやー**…頭の良い人／**わらばー**…子供／**チムぐくるのちゅらーな**…心の綺麗な／**のんかー**…呑気者／**～あらん**…～じゃない／**ふらー**…バカ／**とぅしとぅいねーうっぴぐゎー気にさんどー**…年とったらちょっとのことは気にしないよ／**なんくるないさー**…気にしない気にしない。何とかなるよー／**にーにーたー**…兄さんたち／**ちゃーがんじゅー**…いつも健康／**カジマヤー**…九十七歳のお祝い／**ククヌチ**…九つ／**てーしち**…大切

にも死に別れにも慣れてるつもりでも、二カ年ぐらいは私もよく泣いたよ。お腹何度も切って人工肛門にして『こんななったから死にたい。もう死にたい』って言ってたのがやっと運命受け入れるようになった頃に、オートバイなんかで事故死したんだからね。あっけなくね。それまでケガも病気もね※ーんちゅだったのが」

「ねえさん、やっぱり旧盆だから、普段こういう話する時より何倍、いや何十倍もしんみりしてくるね」

「やんやー※」

「俺みたいな男でもね。如美とどうしたとかじゃないね。ウチカビ※いつ燃やすんですか？」

「夜に親戚二組来るっていうから、遅いめにやろうかねーって」

「じゃ、俺今ウートートー※しとこうね」

……仏壇から戻ってまた三十分ぐらい喋ってウンケージューシー※の余りも食べましたが、伯母が奥で昼寝したいというので僕はテレビを見、庭で犬と遊び、飽きると庭から声かけて帰りました。今頃具志川の広い家には三十数名集結して声のでかい連中がゴルフか仕事か町政・市政の話題か何かで唾飛ばし合ってるんだろうと思うと、ウークイは大切だが親戚づきあいはこれにて終了、あとは友達とエイサー見るだけだと高校教師や工場長をしている父方の初老の男たちの顔を思い浮かべて憎む僕でした。

もう一回県外脱出したくもなるぐらい、仏壇行事っていうのはたまに気が重いです。特に春と夏。本家の盛行伯父や四十すぎの独り者の長男がウチカビ燃やして皿持って玄関の外へ先祖の霊を送り出す光景って、いつ見ても、厳粛さや懐かしさとともに、花火やごっこ遊びをする時みたいなかわいらしさがあります。グソーに引きずられないよう体の向きを変えずにドアへとアトゥシンチャー（後ずさり）して戻るところなどは、特に何かお芝居的です。いや、こんなこと言ったら「信仰心のかけらもない」と罵られるでしょうけど。

そろそろ弾《はじ》けたいなと思うとともに、残された時間で女二人と何とかセックスしなければということだわりが再び膨らんできました。体の方は休養充分です、多分。

両親と兄二人は具志川からなかなか帰らず、僕は友人たちと八時すぎから近所のショットバーで飲みました。よく行く居酒屋は三軒とも休みでした。若い女の子のグループがいつもならいて、その気になれば声をかけていけそうな店なのですが、このウークイの夜はさすがに空席多く、目に入る女はカップルの一人だけ。僕は如美と別れた件はすぐには話さず、中学のソフトボール部時代に部室で酒を飲み飲みソロ※と花札をしまくって以来の親友である賢次に、セックス回数について小さめの声で確かめました。

「やーはホントに一日最大六回ホー※したのか、去年」

「うん。抜かずじゃなく休み休みだけどな。相手もちゃんと六回イッタよ」

「同じ女とか？」

ねーんちゅ…ない人／**やんやー**…そうだねえ／**ウチカビ**…あの世へ行った祖先が使えるよう仏壇の前で燃やす金／**ウートートー**…お祈り／**ウンケージューシー**…旧盆の霊迎えに供えるごはん／**ソロ**…トランプ博打(ばくち)の一つ。絵札は使わず、各自二枚取ったその組み合わせの強さを比べる／**ホー**…オマンコ

「全部サヤカーとだよ。店にでも行かんと六人とやれるわけねー※らんさに。ジンもない。どっちみち最初の一人と浮気した時点でサヤカーにたっくる※されるよ」

「ちゃんと体がもったか?」

「四回目ぐらいからは二人とも惰性で動いてたよ。お互いに擦りむいて痛かった。あと、俺翌日体重計に乗ったら一キロやせてたぜー」

カノジョなしの宗勲《そうくん》も話題についてきます。

「俺の職場の人でよー、百二十キロの三十才の超くぇーぶたー※がいてよ、元レスリング部でウチナー※ジマもやる人だけど、昔東京で働いてた頃ホテルで一人の素人女《しろうと》と二十一発やったって言ってた」

僕も賢次ものけぞって驚きを表しました。

「その二人、子供十名はつくる気じゃないか?」

「いや、その二十一発の直後に別れたってよ」

三人とも大笑いしてしまいました。きっと一日でお互いに完全に飽きたか、その後のつきあい方が丸きりわからなくなったのだと。

それから話題をいくつか経て、宗勲がふと「えー※、やー如美さんとへーく結婚しれー※」と言いだしました。

「あの人いい人だからな。三度しか会ってないけどわかいんどー※。友達のカノジョっていったら普通はさ、その男の横にずっとたっくゎった※まま周りにあまり話しかけたりしない場合が多いけど、如美さんはいつ飲みに来てもかんなじ※一人一人に笑顔で挨拶して何度も声かけてくれるさー※や。喋るのはあんまりうまくないみたいだけど、話題見つけようって頑張ってるのわかるし、恥じかさーしながら話しかけてくるのがまたかわいいさー。それに俺とかの酒が減ってくるとパッと見つけて一所懸命作ってくれる。俺、二人のこと大応援するよ。余興※は裸踊り系じゃない最高の新作考えてやるから」

それを受けて、スナックの女の子の胸とうなじを必ず触るという悪癖のある悪友中の悪友の賢次までが、こんなことを僕に言い聴かせます。

「達郎はホントに俺と違ってよ、沖縄でカノジョできてからいい方向に変わったよ。昔は偽りの爽やかさみたいだったのが、今は真心こもった感じで人惹きつけるしな。給油所の前通る時にたまに合図なしにお前を観察だけすることあんどー※。子供番組の体操のおにいさんみたいに笑顔で大きなモーションでお辞儀して、駆け足で全力で働いてるよや。それ見ると俺も自分の営業頑張ろうって思わされる。俺はやーがますます大好きだよ。尊敬もしてるよ。如美とつきあいだして一、二カ月のうちにやーが今のやーに変わってきたのがはっきりしてて、そこのところが一番感動的だった。……貧乏で苦労した子やさに※。ちょっと冗談通じにくいとこあるみたいだけど、ああいう純粋な子は一生大事にしてやれよ。今日なんかも、わったー※とエイサー見に行かんで彼女と会えばいいさー。サヤカーはウー

ねーらんさに…ないだろ／**たっくるされる**…ぶたれる／**くぇーぶたー**…デブ／**ウチナージマ**…沖縄角力／**えー**…おい／**~しれー**…~しろー／**わかいんどー**…わかるんだ。わかるよ／**たっくゎった**…くっついた／**かんなじ**…必ず／**~さーや**…~よな／**恥じかさーしながら**…恥ずかしがりながら／**余興**…披露宴の際、大舞台上で客らによって行われる多彩な芸。本土のそれと違ってプログラム上不可欠なものと位置づけられており、学芸会的に大掛かりである／**あんどー**…あるんだよ／**~やさに**…~だろ／**わったー**…俺たち

クイで泊まりがけで南部行ってるけどな」

………まさか今朝別れた、しかも捨てゼリフ吐いた、その上行きずりの恋を食べたなどと打ち明けられません。当の如美に「つきあうべきでない」と断罪された同級生二人がこんなにも彼女を評価していることも、なおゴチャゴチャの現実として僕に爆弾を突きつけてくる感じがします。遂に、わじわじーしてきました。

「……※やったーは如美とホーミしたことあんのか？　俺、※あれを裸にするたびに寂しくなってくる。メスとして最低やさ。店替えよう、店。ここイナグ全然※うらん。今夜じゅうに二人ぐらい※しかしてくわ、いい、いいわけよ。いい女どこにもいなかったら※吉原行かんか？　エイサーよりも大股開きのホーが見たい」

「※ぬーやんばー？　※めーぬやーぐーとぅヤナアビーしやー。※如美とぅぬーがあてーが？」

「……※ぬーんねぇーん」

「※あんしぇー、信じられん発言※さんけーよやー。場合によっては※チラすぐらりんどー。ドゥシでもよ」

悪党のくせに妙に浮気だけはしない賢次にすごまれて、腕力のちょっと劣る僕は煙草二本同時に吸うことでふてくされてみせました。すると、もったいないと言って宗勲が一本取り上げて吸い、そして賢次よりは穏やかな言い方で、こう付け足したのです。

「煙草もイナグと似てるやっさー。落ち着いて一本だけに火つけて、最後まで心込めて吸わんと……」

何てくだらない友人たちなのでしょう！　僕の頭の中はもはや、今日じゅうにせめてあと一発誰か、できれば素人の美しい女の中にすべてのモヤモヤと一緒に白い液をぶち込むという目標以外なくなってしまいました！　でも、どこへ行けば？………

模合仲間ではないけど同級生の学《まなぶ》が一人加わり、四人で北谷の海側へ移動し、最近できた大居酒屋で飲み直しました。すっかりおとなしくなった僕は、遠くにいる若い女観光客四人組の白すぎて気持ち悪い肌や、隣テーブルのおばさんのタンクトップからかなり覗いているブラの肩ひももなんかにそっと視線を送るのと、あと食べるのに徹しました。一度トイレに立った時、通路で観光客の一人に「僕たちも丁度四人いるから一緒に飲もうよ。夜中にエイサー連れてってあげるよ」と声をかけて「ありがとうございます。でも、全員カレいますから」と断られ、やけくそで※やなかーぎの女店員にケータイアドレスをしつこくきくなどの愚行を重ねました。さっきの話と関係あるのかないのか賢次がニンニク料理を二つも注文し、それらを一番多く食べた僕はもう隣のふしだらな肩ひも女に襲いかかりたい気分であり、あからさまに※目《みー》ちきてぃやりました。

喋ったり黙り込んだりしてとにかく十一時すぎまで皆と一緒に店に粘り、そしていよいよ旧盆の大フィナーレであるエイサー※オーラセーを見るために宗勲の車で旧市街に戻りました。昼下がりや夕方からの道ジュネーをすべて終えた北谷じゅうの各地区青年団が一堂に会し、車両通行止めにした商店街で独自のエイサーを順々に、しまいには同時に喧嘩的に披露し合うのです。本当に殴り合う時もあ

やったー…お前ら／**あれ**…あいつ／**うらん**…いない／**しかしてくゎーしたい**…ナンパして姦(や)りたい／**吉原(よしはら)**…沖縄市にある遊廓街／**ぬーやんばー**…何なの／**めーぬやーぐーとぅヤナアビーしやー**…昔のお前みたいなひどい言い方して／**〜とぅぬーがあてーが**…〜と何があったのか／**ぬーんねぇーん**…何もない／**あんしぇー**…じゃあ／**〜さんけーよやー**…〜するなよな／**チラすぐらりんどー**…顔殴るぞ／**やなかーぎ**…不細工／**目ちきてぃ**…見つめて／**オーラセー**…闘わせ

ります。仏壇関係よりも僕はこれが……これだけが楽しみです。

来てみたら既に交差点近くから※ユニオン前にかけての絶好の位置はほとんど歩道が人で埋まっており、あと十五分早く来ればよかったと悔やみ、少し離れた※ダンパチ屋の近くに座りました。学が用意よくたくさん持ってきた新聞紙を三人ともらって敷いて。皆それぞれに昼間から※ちゃー飲みーのちゃっぷんちゃっぷん状態で、さらにユニオンでビールとワンカップ残波とポッキーなどを買い込んで、乾杯。一地区の青年団が待機していますが、まだエイサーは始まりません。皮切りは十二時頃でしょう。北谷で生まれ育ちながらも僕は最後までここにいたことは一度もないけど、終わるのは三時すぎとも四時ともいわれてます。見物人は比率的には若者が多いですが、乳幼児から小学生、おとー・おかーにおじー・おばーもかなり来てます。散歩の犬もたくさん。みんな明日の仕事はどうなるのでしょう！　※わらびんちゃーはもう帰って眠りなさい！　これぞやめられないウチナーの夏！　だけど早く始まれ。

「ハーイーヤー、イーヤーサーサー」

風が全然ない中、十一時五十分頃に躍動が始まりました。いきなり雷か、打ち上げ花火みたいな大音量が、太鼓の一叩きごとに風圧を伴ってこちらの体にまで響きます。一、二メートルのところで踊ってますから。

「スリ、スリ、スリサーサー」

青い※サージできりりと頭を締めて、同年代か少し下ぐらいの男たちが遠慮も手抜きもなく大太鼓を、締太鼓を叩いてステップを踏みます。勇壮。豪華。やはり震動！　しかし、すぐに歩いて車道を進み、ユニオン前の一等地へと移動していきました。三、四十名の彼らの後方にいた、二十名ほどのカスリにたすき帯の女の子たちが踊りながらぞろぞろくっついていくのを、舐め回すように僕は品定め。この一団にはかわいい子はいないようです。いつの間にか、僕らの背後にも向かいの歩道にもびっしり人だかりです。まだまだ増えるでしょう。夜はこれからだから。

後ろのすーじぐゎーから、別地区の青年団が現れました。まだオーラセーはせず、まずは最初の一団のエイサーが済むのを彼らは待っています。曲を替えて二十分以上続いたエイサーは、お決まりの「唐船ドーイ」※でクライマックスへ。しかしこれがまた長く、結局一気にトータル約三十分もの大演舞。

ほとんど間をおかず、第二の青年団の地方《じかた》が唄を始めます。こういう夜に限らず三線と唄は最高です。酒とこの音楽さえあれば、目をつぶったままでも何時間だって座っていられそうな気がするぐらい、体が飽きないのです！

エイサーは今度の地区の方が動きが鋭い気がします。僕らの前にやはり長くはいてくれないので、離れた場所で獅子舞が始まった時に僕は賢次をつついて彼と一緒に立って近づいていきました。ほかの二人は酔っぱらって体が重いらしく、来ませんでした。

獅子舞の後、立ち小便の場所をひとり探しに行こうとして、賢次に一言言いました。

ユニオン…〈酒屋兼スーパーの名〉／**ダンパチ屋**…床屋／**ちゃー飲みー**…飲みっぱなし／**わらびんちゃー**…子供たち／**サージ**…手拭い／**唐船（トーシン）ドーイ**…カチャーシー（歓びの即興踊り）の際にたいてい歌われるテンポの速い曲

「さっき言わんかったけど、俺、半日前に如美と別れたわけさ」

「※ゆくしー、……マジかぁ」

「ごめん。細かいことはまた今度話す。でーじ今※いいあんべーだけど、十分後か一時間後には急に裸でここ駆けまわるか人殺すかしてるかもしれん。俺が今夜どんな行動取っても多少静観しといてくれん？」

「……そうか。やーの望む通りにするよ。でも、ストリーキングはいいけど人殺しはやるなよ。そういうのは止めるからな」

「うん」

「如美の件でもしまだ力になれるなら、俺何でもしてやる。二人に絶対一緒なってほしかったから。どっちがふったのか？」

「どっちかっていうと、向こうじゃないか？」

「……よし、わかった。とりあえずよ、もっといい場所見つけてエイサー見よう」

「その前にシッコする」

結局、雑踏に戻ると彼と二人でユニオン近くで立ち見しました。エイサー隊は疲労も感じさせずに叩き、舞い続けます。第三集団が登場した頃になるとさらに全体の音量が限界まで上がり、気づいた時には最初のオーラセーが始まっていました。違う二つの唄が双方の大スピーカーから流れて右車線と左車線とで別のエイサーが意地と精根とリズムをぶつけ合う。既に両青年団とも長時間の最初の披露を済ませて夕方からの道ジュネーの疲れもあるはずなのに、涼しい顔で動いてます。右肩もよく回ってます。汗だけはかなりかいているようです。当然彼らもちゃー飲みーでしょう。

こちらは立ち疲れしてきたので、少し歩いて座れる歩道を見つけてさっと二人で座りました。位置的には踊る女の子たちの前です。見物人の九割は、たとえ女の子たちの真ん前にいても前方の締太鼓衆や大太鼓衆を、あるいは道化のくせに隊の一人一人に指図したりして態度のでかいチョンダラーばかりを見ます。太鼓を持たせてもらえない彼女たちモーヤーだってこんな遅くまで頑張って楽しんで「アッティー」「スリサーサースリ」と高い声を合わせながら踊ってるんだから、ちゃんと見てあげなきゃ失礼やさ、と僕は常々思っていて、それとスケベ心もあって立ち位置によっては女の子ばかり長々と見ます。そしてかわいい子を必ず探します。

いました。紺のカスリも紫の腰帯も頭のサージも実によく似合ってるモー娘《むす》ふうじー※のすっきりした子猫っぽい顔立ちの子が。確か去年もこの子を見たように思います。女の中のリーダー格の一人なのか、太鼓衆そばの目立つ位置の中列でもたつきなくステップを踏んでいます。ほかには一人もましな女がいないので、僕はそのうち彼女ばかりを見るようになりました。気づいてくれんかね、と妄想しながら徹底的に。

しかし、その子は沿道からの誰の視線もまったく気にとめず時ににこやかに、たいていは淡々と踊りに集中しています。もちろんほかのすべての男女も同様。動きの良し悪しなど個人差はありますが、歩道ぎわの列にいようが中ほどにいようが演舞する若者に恥ずかしそうな者は一人もいません。遂に、

ゆくし…嘘／**いいあんべー**…いい気分／**モー娘ふうじー**…モーニング娘風

最後までモー娘は僕の求愛視線に気づきませんでした。

隊列ごしに、向こう側の歩道の人だかりを、そしてこちらの右や左もよく眺めました。もちろん若い女はそんな中にもいくらでもいます。だって、中部に住んでて年間通じてエイサー以上にわさわさーさせてくれるお祭りなんてないですから。道全体ではユニオンの二階や塀の上に上っている者たちも含め五、六百人の見物人がいました。千人ぐらいだったでしょうか。夜中の一時半すぎだというのにまだまだ子供たちもはしゃいでる！

※オッパイまぎーの女がいました。これだけの人数だから、ほかにもその手の存在は時々目についたけど、そいつは白主体のTシャツのそこがあまりにも雄大に盛り上がっているのです。顔も快活そうでちょっといい感じでした。とにかく、その女を見つけてからの僕は賢次との時折の短い会話も交わさなくなり、エイサーには実のところ飽き始め、シャツの光る白にも惹きつけられて三、四十秒に一回は彼女を見ました。

ある時、目が合ってしまいました。それで彼女を見るのをしばらく控えました。エイサーはさっきとは違う組み合わせのオーラセーに突入しています。あいかわらず太鼓がそこらじゅうの空気を震わせて僕の腹のあたりまで打ちます。締太鼓の男の一人二人はそろそろ疲れたぞという表情を見せたものの、動き自体はまだ全員きびきびしています。

何分ぐらいおいたでしょう。またオッパイまぎーと視線が合いました。今度はもっとはっきりとです。大阪の地下鉄内などでも経験済みですが、ある空間内で他人と二度までも視線が合うというのは、結構よくある偶然です。だけど、次にはもう視線が合わぬよう互いに気をつけたりするし、元々見つめ合う意思がなかったのだから〝偶然の三度目〟はまず百パーセントありません。しかし、僕はもう一回視線が合うようにと念じながら、わざと彼女の顔をまっすぐ見続けました。浅い呼吸しかできないほどチムドンドン※しながら。

はたして、わずか数十秒後に、彼女は僕を見ました。その瞬間が大切です。目をそらしたりしたらご破算だから、僕は彼女に向かって微笑しました。計画通りに。すると、彼女もほほえみ返したではありませんか！　ますます胸苦しくなった僕は、掌をあごの高さまで上げてなおはっきりと親愛の合図を送り、初めて悠々と目をそらし、エイサーにばかり気をとられている賢次に「にーぶい入※ってきたからちょっと歩いてくる。そのままおうち帰るかもしれん」と言い、一度宗勲と学のところに戻り、少し残っていたチョコレートを全部もらい、詫びて別れを告げて道を横切りました。そういうことがなくても、僕の家までは歩いて帰れる距離だからいつでも友人たちから離れるつもりでした。

気づかれないよう彼女に近づき、まず斜め後ろから、彼女の連れの有無を探りました。独りきりのようです。僕は余裕が三倍増となり、赤っぽい髪の彼女に横から声をかけました。首を回した彼女は、目も口も頬もでかい、芝居のキジムナー※役にでもすぐなれそうな少し怖い田舎くさい大顔をゆっくりやわらげ、しかし急にまばたきを繰り返し、それから変なことを言いました。

「アユム？　じゃないんだよね、やっぱり……」

オッパイまぎー…巨乳／**チムドンドン**…胸ドキドキ／**にーぶい**…眠気／**キジムナー**…古い大木に棲む、子供に似た想像上の生き物。人を金縛りにかけたりする

「は？　俺、桃原達郎やしが」

「でーじ似てるけど、アユムじゃないんだ……」

「ち※ゅーばっぺーなー？　とりあえずこれか※めー」

チョコをあげようとしたけど彼女は受け取らず、一度そっぽを向いた後、再び僕をぎょろぎょろ見ました。

「アユムよりいい男だね……」

「アユムってた※ーやが？」

「あんたこそたーやがー？」

「だから達郎だよ。元カレか？」

「うん」

「……そういうの苦手だな。……後※でね」

僕は何か急につまらなくなってしまって、帰ろうとしました。近くで見て胸部だけでなく腕も腹回りもたくましいのがわかったし、美人と呼ぶには顔の肉も厚すぎるし。

「待って」

「ぬ※ー」

「チョコちょうだい」

会話は続き、人だらけのその場所では落ち着かないので僕たちは別の道へと折れ、二人ともアルコールはもう受けつけなくてスポーツ飲料などを自販機で買い、あるアパートのチ※リ置き場横のコンクりの段に座りました。周りの暗がりにも同様にエイサーを離れて喋ったり無言でもたれ合ったりしている恋人同士や三、四人組がいます。

恋人に一カ月前に捨てられたばかりという彼女の名は、明日佳《あすか》。二十二才。この夜は一緒に来た女友達が「頭が痛い」と言って先に帰ってしまってから、酔った体で三十分以上ボーッと立っていたらしいです。既に手に入れたという余裕をもって彼女を見つめ直せば、簡単には揉みきれないぐらいの胸が（内地の）雪の降り積もった丘のようにおいしそうです。

「もうよー、自殺したいぐらい落ち込んでからに、バイトやめて、友達にも会わんで、おうちの冷蔵庫にある缶ビール毎晩十本ぐらい飲んで、お母さんに『あんたよー、一人でそんなに飲まないでくれる？』って叱られてさ、仲いい子が一所懸命慰めてくれたりしたから、やっと先週ぐらいから普通に喋ったり出歩けるようになったよ。でも、アーヤは先に帰りよってからによ、今まで寂しかったわけ。そしたらこのにーにーに会えた……」

そう言って、大きなヒーラー※を尻の横に見つけるなり明日佳は自分の島サバ※で叩き殺して遠くへ払いました。言動すべてに何だか重量感があります。とにかく僕は夜明けまでのセックスをめざす決意を固め直しました。

もう二時すぎだし、まだまだ続くエイサーにはさすがに飽きたので、公園の横に駐めてあった明日

ちゅーばっぺーなー…人違いか／**かめー**…食べろ／**たーやが**…誰／**後でね**…じゃあ、またね／**ぬー**…何／**チリ**…ごみ／**ヒーラー**…ゴキブリ／**島サバ**…ゴム草履（ぞうり）

佳の車に乗り、北中城※在住だという彼女のあてどないドライブにつきあいました。その車内で僕の瞳に訴えかけてきたのは、彼女の上半身に食い込んだシートベルトの恐ろしい役割です。ただでさえそそり立っている胸なのに、ベルトがV字谷となり、あまりにもはっきり分かれすぎた二つの膨らみがそれぞれホワイト・エベレスト以外の何物でもなくなっています！　そんなエッチなカッコで運転してお前恥ずかしくないのか、と僕は内心呆れてしまいました。まあ、余計なお世話だろうけど。

「……今沖縄じゅうを走ってる車、タクシー以外は九十九パーセント酒入ってるよね」

「ウークイだからね。旧盆と正月とまぎー※イベントのある日だけは警察だって取り締まらんさ。非県民になるから。明日佳、怖かったら俺が代わってやるよ」

「大丈夫。ふられてから酒に強くなりよった。多分これからも弱くなることはないよ、もう二度と。昔の私はこの世のどこにもいない。あの恋に私、命懸けてたから………」

「そっか。………煙草吸ってもいい？　窓開けるよ」

「吸ってもいいけど、吸殻入れは絶対使わんでね」

「何でよ？」

「……別れたカレの吸殻が一本、入ってるわけよ。借りてた本とかCDとか返してプレゼントも捨てて、彼の思い出のもの全部捨てたつもりだったけど、彼が最後に吸った一本が、掃除し忘れてここに入ってるの。何かこの吸殻入れカラにしてしまったら、何もかも消えてしまうみたいで、だから一カ月このままで………」

明日佳はアクセルを緩めないまま目を何度か手で拭き、そして僕は急に何だかわじわじーしてきました。

「泣くなー。今は俺が支えてやるから。…………明日佳が俺のこと必要なら俺、今晩抱いてやるし、べーひゃー※っていうならおとなしく話し相手だけして帰ってやるから。俺も恋人と別れたばっかりやんどー※。俺は死にたくなったりはしないけど、やるせない気持ちの半分か三分の一ぐらいはわかる。泣ける明日佳がうらやましいでもある。まずは運転交代しよう。さっきからお前ハンドルふとぅふとぅ※ーさせてるから」

「うん」

どこを走っているのか最初よくわからなかったけど、彼女のナビで少し流しているうちにコザ十字路に戻り、僕はそれとなく北谷の僕の家の方向へと大まかに向かいました。しかし、本音はもちろん抱きたいだけなのですが、いやそうだったはずですが、いったん口走ったら彼女への守り手的な思いも嘘でなくなってきている気がしました。

彼女は黙って目を閉じてしまい、二分ぐらいしてまた喋りだし、失恋とは全然無関係のおかしい話をいくつかし、そして突然「……サチローにーにー、今夜ずっと一緒にいて」と小さく言いました。

「…………サチローじゃないよ。達郎。名前ばっぺー※たから、もう相手しきれん」

「じゃあ降りてよ！　嘘つき。何でわん※が結婚約束してたアユムに捨てられて、今日またアユムそっ

北中城（きたなかぐすく）…〈本島中部の村〉／**まぎー**…大／**べーひゃー**…要らない／**～やんどー**…～なんだぞ／**ふとぅふとぅー**…ぶるぶる／**ばっぺーた**…間違った／**わん**…私

くりな人に主導権握られなきゃいけないの？　何でね！」

「ふらー。明日佳が本気で俺に抱かれたいのかどうか試しただけやさ。謝るよ。でも、イナグがあんまり自分から『抱いて抱いて』しない方がいい」

「違うの。別にこっちはセックスとかじゃなくて、あの、あの……」

「だから泣かんけーって言ってるやしぇ！　しにかわいいから俺だってさっきからずっとキスしたいと思ってるよ。当たり前さー。たった一人にふられたっていってもお前魅力的なんだよ。今日エイサー見てた千人の中で一番輝いてたんだよ。俺五十回ぐらい明日佳にシグナル送ったの、気づいた？　もう一回言うよ。やーはでーじ魅力的だよ。かわいすぎる」

「……真剣？」

とりあえず嘘はもうありません。この時、僕は〝今日じゅうに計四人と〟に再びこだわり始めました。

「明日佳、抱くんだったら俺は二回するからな。それでもいいんだったら俺のおうちまで運んでやる。ホテル代もったいないし、車の中はちょっとやりづらいから」

「何で二回なの？」

「……自分でもよくわからん。何かよ、自分の行動に何でもいいからルール決めてあてがわんと気持ちがめちゃくちゃになりそうなんだ。俺の方は※ちゅーの朝独りになったばかりやんど」

「……今朝だったの……」

「ホントは悲しいはずだのに、別れる前も別れた後も、涙が結局一滴も出ない。俺精神病かもしれんさ。いや、相手のこと全然愛してなかったから泣けんのか。そうだとしたら自分をくるしたい※わけさ。一年二カ月、喧嘩しながらでも本気でつきあってきたと思ってたのが何かむるゆくし※みたいでよー。俺、ちゃーにんじー※してたみたいやさ。アシバー※やってた昔の方がまだ生きてたよ」

「……………じゃ、にーにー、こうして。一回は私のために、もう一回はにーにー自身が大切なもの取り戻すために、して」

「………」

「私途中でにーぶいするかもしれんけど」

午前三時半。全員絶対寝静まってるはずだからと自宅を提案したのであり、彼女が眠って朝までいるのは大変困ります。謝苅へと近道を選び、しかし態度には少しも焦りを出さぬよう、僕は明るめの話題で彼女をあらためて解きほぐしました。

家に着くと、やっぱり全室真っ暗でした。

本当は二人とも汗とかで体が汚れていたのですが、家族にばれると説明が大変なので風呂は使わず、クーラーを最強にすることで爽やかな雰囲気を出しました。といっても、僕のその部屋はありとあらゆるチリが散乱していて、女どころか友達さえも呼べないような状態です。

明日佳は部屋の汚さについては何も言わず、その代わり落ちていた漫画本を「あ、これ好き」と取ってめくり、羞恥心と不安ゆえだったかもしれないけど僕そっちのけで小声で笑いだしたので、「そ

ちゅー…今日／**くるしたい**…殺したい／**むるゆくし**…すべて嘘／**ちゃーにんじーしてた**…眠ってばかりいた／**アシバー**…不良

れおもしろいさーや……」と覗き込むふりして僕は、いきなり彼女の肩を横から抱きました。そのまま唇に唇を。

まだ離れていた体を正面から密着させ、さらに深く口吸い。ぽにゅぽにゅした胸に自分の胸が強く接して僕は一気に興奮しましたが、手をそこに持っていくのはまだ控えました。オッパイまぎーの子には、キスや髪・頬・肩・腕等への愛撫でまず礼節を尽くすのが最善です。でないといかにも〝ここが触りたかったんだ。乳触りたくてお前を好きになったんだ。ヒッヒッヒッヒー〟と言っているようになってしまいます。愛がたっぷりあるって思わせるただの処世術だけど、結果としてじらして相手を燃え上がらすこともできるのだから、優しい順序は大事です。そしてそれもあるけど、彼女は僕をキスから解き放とうとしません。いつまでもいつまでも僕の唇をなぶり返しながら、スリムじゃないくせに、遂には僕を下敷きにしてしまいました。

上へと逃げた僕は座らせた彼女のTシャツの裾をゆっくりめくりました。ウエストはまあ、見た目では許容範囲内でした。彼女はズボンと下着はすべて自ら脱いでいきました。

ベッド代わりの空気マットの上で、満を持して揉んで揺らして舐めて吸って掴んで引っ張った乳房は、化け物サイズというほどじゃないけどやはり気合入れて対するのに丁度よく、結構白いし、お湯のように柔らかい上に、弾力もありました。彼女は最初くすぐったそうに何度もけらけら言い、そのうちに息を深く激しくし、胸だけでイッちゃいそうだとばかりに声をはっきり出し、下半身にやっと僕が手をかけるとあっという間に濡れながら少し吠えました。「ごめん、声は小さめにね」と囁いた僕に目をつぶったままうなずき、彼女は以後は片手の指二本ぐらいを唇で噛むようにくわえて必死に快感を抑えてました。薄い板壁の向こうには長男同様に女っ気のない次男がいるけど、ばれたらばれたで無視しようと決めてはいました。何となくいい匂いのする胸に顔やら頭やらをうずめたりしながら僕は思わず「ミルク出してーぇ」と※ぼーぼーあびーし、「出ないよぉ」と苦笑しつつも明日佳は母親のように僕の頭を撫で始めました。そしてなおも何度もキスを求めてきました。

ものすごく濡れたところに挿入し、顔と顔をくっつけたり十センチ離れて顔を見下ろしたりしながら、男みたいにきりりとしすぎたキジムナー※ぢらを初めて無条件に「美しい」と感じました。最初路上で見つけて惹かれ、近づいて話しかけて冷め、でもこの最終距離でまじまじと見下ろしてみて、再び大いに肯定できてしまっている僕でした。そう、明日佳の派手さはここまで迫ってこそ楽しかった！　閉じた目の横幅がかなり長いせいで、観音様みたいでもありました。しかし、既に朝と午後に射精している僕は〝半勃《だ》ち〟の時間も長く、すぐ外れてしまったりしてうまく動けず、仕方なく手を忙しく働かせるという技巧派に。仰向けの乳房はしばしば腹ごと波打ちました。やっぱりデブはデブです。あと細かいことだけど、外陰部のすぐ外に小さなホクロが一つあるのがちょっと気持ち悪かったです。

三、四十分だったか、とにかく僕たちは冷たくした狭い汚い部屋の中で、冷や汗みたいなものをうっすらかき、まず彼女が絶頂に達し、続いて僕がだいぶ薄いのを彼女の腹の上に放出しました。終わったとたん、視力が低下したみたいに部屋が暗くなったと感じ、僕は千夏や如美の時と違って事後の

ぼーぼーあびー…赤ちゃん喋り／～ぢら…～顔

愛撫など一切せず、ティッシュだけ使ってあげてから寝っ転がってしばらく目を閉じました。もう動けません。あと一回やりたいなどとはまったく思いません。最高でした、本当に。彼女も眠りかけているみたいです。クーラーの音だけがしてます…………。

転がっていても仕方ないので、僕は「二回は無理やさ」と正直に言って彼女にズボン等を着せ、散乱した雑誌や洗濯物やチリの中に紛れていた自分のシャツ等もかき集めました。

「……ねえ、……私、達郎さん自体をもっと知りたいんだけど」

「ごめん。今日はもう喋る体力ない。おうち帰って眠ってからまた考えればいいさ」

「すぐにまた会ってくれる？」

「うん」

「一緒に映画見たり、観覧車乗ったり、食事しに行ったりしたいな。前のあの人と関係なく。達郎さんも、会いたい気持ち強い？」

僕は答える代わりに後ろから抱きつきに行き、Tシャツの上から胸と肩をさすり、顔をうなじにつけて動きを止め、ふと、如美にも何十回かやったふざけ方だと思い出し、明日佳の頑丈な胴体にまだ自分の腕がなじみきっていないのを意識したりはしましたが、この新しい女が従順に、慎重に息を凝らしているのでかえって今はこれ以上の手応えを求めるべきじゃないと悟り、彼女を促しておそるおそるリビングへ移りました。

明かりをつけ、あまりにも見慣れた空間に大胆さを呼び起こされ、小声の僕は「これから運転大丈夫？　追い出すみたいで悪いけど。何か飲んでくねー？　冷たい水もジュースもお茶もあるよ。薄いコーヒー作ろうか？」と冷蔵庫に近づいて振り返りました。

「牛乳ある？」

「ある」

「あったかい牛乳だけ飲みたい」

レンジの「チーン」で家族の誰かが目覚めたら、ともちろん少しは心配しました。彼女の前のテーブルにとにかく温かいマグカップを置いてあげました。向かいの席から僕は、同じくイスに座った彼女が、ほんの少しくつろぎの前傾姿勢となって胸の膨らみを、まるでわざとそうしているようにテーブルの上に丸々のせているのを見ました。飲む最中には離れかけるけど、あごが下がるたびにまた胸が平気で前にのっかってしまいます。呆れて僕は、会話するよりも今さっきの……マット上での対決を途切れ途切れに思い起こしました。

クーラーのスイッチを入れなかったリビングで明日佳は汗に困り始め、そして僕は水を飲みたくなり、立って冷蔵庫をもう一度開け、そして夕方入れたドラゴンフルーツを見つけました。

それは如美に売りつけられたものであり、また僕がセックス一回につき一個食べてきたものでした。家族に食われぬよう「達郎」と黒マジックで書いておいたビニール袋から僕はためらいながらも二つとも出し、流しの上で包丁を当てました。迫力ある見かけに反し、力をあまり入れてないのにすんなり真っ二つになってくれる〝なめらかな斬られっぷり〟にいくらか驚きました。皿に入れはせず一個分を明日佳にスプーンとともに手渡し、自分も残りの半玉二つを……。

「これ前に食べ比べたことあるよ。赤い方が、おいしくて値段も高いんだよね。白も好きだけど」

「うん。俺もよ、今日生まれて初めて赤いの食べて、はまった。色もキレイだしな」

「キウイフルーツに味が似てるね。すっぱさが弱いからキウイよりもおいしい……」

汗のひかない明日佳は「ごちそう様でした」と手を合わせて静かにトイレだけ借り、そしてドアを開けました。深夜四時すぎ。ここまで無事進行。門までの植木に挟まれた三、四メートルを、彼女についていきながら、完全燃焼できたと僕はあらためて思いました。そしてふと、…………………この女にも飽きるだろう、三十回ぐらい抱けば、とも。

道路に駐めてある車に向かう前に、ホルスタイン女は振り返りました。少ない光を受けて彼女の顔は、キレイなようにも妖怪じみているようにもやはり見えました。髪が赤すぎるせいでしょうか。いばやーの如美のくそまじめで優しくていつもちょっと疲れていた笑顔と比べ、どこがどうステキとも醜いとも言えません。※

「さっきのエイサーはもう終わってるだろうね」

「帰り道わかる?」

「全然大丈夫。それどころか、もうここ多分覚えてしまったからよ、達郎さんがもしイヤだって言っても、突然また私会いに来るかもしれんよ。そんなしてストーカーなったら怖い?」

「ちょっと怖い。でも、俺の無意味なゲームにつきあわせた責任があるから、明日佳に必要とされてるうちは、逃げも隠れもしないよ。そのうちお互いにもっと本物の愛情いだくかもしれんし、あっという間に俺の方が捨てられるかもしれん……」

暴力的なまでに押しつけがましい胸の雪山は、もう視野に入れないようにしました。アユムという男も当然そこを揉みまくって最後うんざりしたのだろうから。
　別れを告げた明日佳は車を発進させました。僕は夜空をちょっと見て、それから玄関に戻ろうとして、急に動きを止めました。……………道に背を向けたら最後、背中からからめとられそうな気がしたのです。脱力しかない快楽の地獄に。ウークイだからグソーになぞらえてこんな大げさなことを思ったのでしょうか。とにかくあまりの〝満腹感〟に息が詰まってきた僕は、普通に戻らず芝居がかっている例の後ずさりの歩みで、人っ子一人いない未明に、ぎこちなくドアへと辿り着いたのでした。
　如美……、そう、なぜか今さら如美と写っている小アルバムを自室で何冊か見て、少し汚れた体のまま、思考力が無になってマットに倒れ込みました。

……………………………………………………………………

……………………………………………………………………

……写真なんか見てしまったのが影響したのでしょう。ほとんど眠れていないのに明け方に一度目が覚め、内容は覚えてないけど如美が出てきた夢の断片に苦しみ、そしてのたうち回りながらいくつかの記憶をも苦々しく花咲かせました。すなわち……………静寂の中で、僕は如美と実際に重ねた幸福なデートを二つ三つ思い出してしまいました。
　今さらそんなのが何だというのでしょう。ああ、でも!
　最初の頃。関係が安泰だった日々……。

いばやー……いばり屋

如美は僕が一軒目の給油所にいた頃から時々接していた客で、僕が三キロほど離れた今の給油所で働きだして間もなく「あ、ここに移ったんですね」ととても嬉しそうにほほえんで、それからたまたま共通の友人がいることがわかったりしてから親しく喋るようになりました。といっても、彼女は話したそうにするわりには優しい小さな目をすぐ伏せてしまうなど※恥じかさうみーでした。笑う時も必ず口に手を当て、でもいつも大体ほほえんでいて、去りぎわにお客なのに僕に向かって「ありがとうございました」って頭下げるところなんかに僕は好感を持って、その上友達通じて彼女が僕のことを好きで好きでたまらないということを聞いたりして、でも彼女の方からは勇気がなくて絶対告白できないらしい、そんな古風なところもかわいく感じて、それで僕が居酒屋に呼び出して、先に「僕は今、あなたが世界で一番気になるんですけど」ってまじめに言ったのでした。派手な服しか着ないパフィー顔のナマイキ高校生や元モデルの四十二才の人妻としか大阪でつきあわなかった（そして短期間で別れた）僕にとっては、どこかつらそうな、今にも泣きそうなはにかみ顔と弱い弱い笑顔ばかり見せる地味な如美は、かわいそうというのじゃないけど、そっと抱き締めて守ってあげたくなる、そして一生かけてゆっくりゆっくり温め合っていきたくなるような、そんな相手だったのです。

三度目ぐらいのデートの時、如美は※こどもの国の池のほとりの芝生の上で、おかずが二十五種類ぐらい入ったすごい手作り弁当を僕のために広げました。デートの待ち合わせは朝九時半だったけど、彼女はそれ作るために五時に起きたらしいです。何を塗っても地味な印象は変わらないのに、それでもたびたび化粧直しをしにトイレに行く、その懸命な感じも男心をキューッと刺激しました。言ってみれば、昔大阪でつきあったのはすべてキレイ※ぐゎーしーしたキツネかタヌキで、如美だけは「弱い人間」って感じもしました。やっぱりウチナーンチュ同士の方が通じ合えるし。

その少し前のこと。飲み屋以外での初めての本格的なデートは、ゴーパチ通って山原をめざしたサイクリングでした。よく車から、路肩付近をロードレーサーで颯爽と進む派手ないでたちの外人なんかを見て、そういう休日の過ごし方への憧れを僕は前から膨らませていたのです。もちろんロードレーサーなんて持ってません。めったに使うことのなかった安物のマウンテンバイクに僕は乗り、自転車自体持っていない如美のためにはママチャリみたいな古いのを賢次に借りました。※若夏で既に暑く、あごひもつきのベージュの帽子をかぶってきた如美が上品なナイチャー（観光客）のようにも幼稚園生のようにも見え、いつも以上に細くてかわいかったです。

歩道を走ったり、車道に出たり、たまに並んで進んで喋ったり。僕は先導役として適度なスピードを心がけ、見守る笑顔で三十秒に一回は振り返って冗談を言いました。彼女ものんびりとくつろいでいる様子。※マリブのあたりからは左手にキレイな海が大きくひらける地点が多く、よく晴れた空の下、アイスクリーム屋に寄ったりして最高の気分でした。

「沖縄にいると車ばっかり乗ってしまうけど、たまには自転車っていうのもいいね」

「そうだねー」

セックスどころかまだキスさえしてなかった頃です。何か小学六年生ぐらいに戻ったみたいな健全

恥じかさうみー…恥ずかしがり屋／**こどもの国**…沖縄市内にある動物園遊園地／**〜ぐゎーしー**…〜なふり／**若夏（わかなち）**…初夏。旧暦四、五月／**マリブ**…マリブビーチリゾート

な恋と頭上の太陽に僕は〝サーフーフー（ほろ酔い）〟していました。沖縄に戻ってきて本当によかったとも思いました。とても暑かったけど！

でも、暑さにはめっぽう強い僕たちです。ハンバーガーなどを食べた後、名護※のビーチで僕はウケ狙いで服のまま水に飛び込み、彼女に少しだけ水攻撃してかわいい悲鳴を上げさせ、砂山を一緒に造ったりし、よく笑いました。それ以上北へ行くと帰りが大変そうだったし、パンツまで濡れて気持ち悪かったので、嘉手納※・北谷方面へとUターンしました。

スポーツはほとんどすべて苦手ということだったから予想はつきましたが、如美の漕ぎはかなり遅かったです。往路はまだよかったけど、帰りは「何で？」と思うほどすぐ後方に離れてしまいます。ギアなしのママチャリだというのもあったでしょう。マウンテンの僕はつい軽快に飛ばしてしまっては、彼女が追いつくのをしばらく止まって待つ、という感じになりがちでした。そして読谷※と嘉手納の境目あたりの歩道で、疲れきった彼女はとうとう自転車ごと倒れてしまいました。「ごめん。俺が速すぎた」と駆け寄った僕に「大丈夫。大丈夫だから」とほほえんだ彼女は、ケガもなく僕を寄せつけずにすぐまた漕ぎだしましたが、女の子ってこんなに脚力がないんだなぁ、と早いところ帰って着替えて地元の飲み屋で彼女と乾杯したい僕は呆れ始めていました。

両者いろんな意味でくたくたになった夕方、如美にとっては初対面となる賢次のところにママチャリを返しに寄ろうとした時、彼女は初めて細い声で打ち明けました。

「たーつー、実はね、朝からこれタイヤの調子がおかしかったみたいなの……」

「え？」

僕は慌ててその指さされた前輪タイヤを触りました。完全に、パンクしてます。後輪の方も空気圧がやや足りません。朝からこうだったのでしょうか。彼女の両腕を握って僕は大慌てで言いました！

「漕げるわけないよ。どうして、もっと早く言ってくれなかった？」

「朝のうちはまだ少し空気入ってて、行けるかもって思ったの」

「教えてくれれば何とかしたのに」

「でも、たーつーが朝からあんまり楽しそうだったから、いきなり『パンク』なんて言ったらしにがっかりすると思って、日曜だからどこの自転車屋も開いてないだろうし、何か言えんかったの。最後まで。……ごめんなさい」

「いや、あー、参ったな。今日一日俺一人が楽しんでたわけかぁ。ちっとも気づいてやれんかったひどい男だ」

「ふぅん、そうじゃない。私もとっても楽しかったよ。今までの人生で今日が一番楽しかった。それより、早くビール飲もう。今度お休みが合ったらどこ行こうか？」

二人で乗り越えたかったのに自分独りで抱えよって、と僕は如美の笑みを力なく見つめてから、手を強く強く握り、そして賢次の家のわずか十数メートル前だというのに熱く初キスしました。まあ、賢次も人に貸す前にタイヤのチェックぐらいしとけよ、と当たりたいところでしたが、そんなことより如美が愛《いと》しくてたまりませんでした。一番責められるべきは僕だったとやはり言えます。

名護（なご）…〈本島北部の市〉／嘉手納（かでな）…〈本島中部の町〉／読谷（よみたん）…〈本島中部の村〉

…………しかし、です。そんな美しい場面が今さら何だというのでしょう！　言いたくてもパンクのことを口にできなかった。そんなしおらしすぎる日があのいばやー如美にも確かにあった。でも、そんなの最初だけじゃないか。処女だったから男のことよくわからなくて猫かぶってただけじゃないのか。慣れてくると年上風吹かせて文句ばかりつけるようになって、そりゃ最後まで善良で、尽くすタイプで、笑顔が優しいままではあったけど、……いや、ドラゴンフルーツをめぐるあの言い方は何だ。見損なったよ。あれが善良か？　結局性格が合わなかったんだ。とにかく俺にあれこれ指図する人ぐゎーじゃないか。子供といつも接している看護婦か？　ただのひじゅるー※間は十把ひとからげに嫌いなんだ！　僕はマットの上で屈辱と苦痛と懐かしさにうめきました。

なかなか眠れない。最低です。

…………………………………………………………………………

…………………………………………………………………………

……遅番だからケータイの目覚ましはかけてなかったのですが、浅い眠りに入ってすぐ、起こされました。電話の音にです。

リビングにある固定電話が鳴っていました。いつまでも鳴り、誰も出ないまま、鳴りやみました。僕はすぐまた寝入りました。

何分・何時間おいて再び電話が鳴ったのかはわかりません。家族の誰も出ないので、またしても起こされてしまいました。ケータイで時刻を見ようとすると、電池切れでした。トイレに行こうと思って自室を出ました。まだ電話が鳴っています。柱時計を見たら、十時半。父も兄二人も仕事で既に留守なのはわかります。区の婦人会役員をしている母は、もしかしたら公民館へエイサーの後片づけ等を手伝いに行っているのかもしれません。電話のベルが止まらないので、トイレに入る前に、出ました。

若い女の声が「知花」と名乗る。

「達郎さんお願いします」

「達郎は僕ですけど、どこの知花さん?」

如美の声ではありません。妙にゆっくりで、少しとげとげしい。

「達郎さん、私、江真《えま》です。如美の妹」

「あー、エーちゃんか。久しぶり……」

警戒の声しか返せない僕は、急いでその二才違いの次女の顔や思い出を頭に浮かべました。さほど親しくないけど数回会ったことがあります。心臓が悪くて中学も高校も一年ずつ留年したという、マ※ーミナーのようにやせて表情の暗い、多少かわいいけど如美以上に地味な女です。

「達郎にいさん、今喋ってて大丈夫?」

「う、うん……」

「昨夜《ゆうべ》と今朝と、何度もケータイにかけたんだけど、電源入ってないみたいだったから、こっちにかけたんです。達郎さん丁度いてくれてよかった。達郎さん、あのね、お姉ちゃんが昨日から、ずっと

ひじゅるーぐゎー…冷たいやつ／**マーミナー**…モヤシ

泣いてるんです」

「………」

「昨日、ウークイのことで午前中に電話したら、泣いてて、話聴いて読谷から午後に駆けつけたらまだ泣いてて、慰めても慰めても夜までずっと泣いたり泣きやんだりの繰り返しで、心配だから私一泊したら、今朝またメソメソしてた。仕事には何とか行ったけど………」

「……僕といる時は泣いてなかったけど」

「こらえてたからに決まってるじゃないですか。達郎さん、私お姉ちゃんに頼まれたわけじゃないし、むしろ止められたけど、ほっとけないから言わせてね。このままだと自殺するかもしれんし」

「自殺は、しないでしょう」

「……あのね、達郎さんと別れる最後に、お姉ちゃんがひどいこと言ったでしょ？　金払えとかそういうこと」

「うん」

「あれ、嫌われるようにわざと、心にもないこと言ったんだって。本当はもちろん何個でもただでフルーツあげたかったんだけど、不用意に優しくふるまうと、達郎さんがお姉ちゃんのこと嫌いになりきれんまま別れて、そうしたら達郎さんが苦しむかもしれないから、いっそスパッと断ち切れるように、わざと意地悪言ったんだって」

「は※ぁや……」

「そんなこと泣《※な》ちぐぇーぐぇーしながら言うから、『何ふらーなことやってる。今すぐ電話かメールか手紙で本当のこと打ち明けて、会いに行きなよ』って私怒ったんだけど、『そんなことしたらすべて無意味になる。たーつーが私なしでもちゃんと楽しくやっていけるようになった頃に、友達に頼んでそれとなく伝えてもらう』って強い声で答えて、そのくせ泣き続けるの」

「……うーん、まさかぁ、………何でそこまでまじめなんだよぉ」

ああ、この男が初対面の女たちとセックスしまくってる間、※ちゃー泣ちーだったとは！

「あとね、いろんな喧嘩のことだって、お姉ちゃんでーじ反省してるんですよ。『今まで文句ばかり言いすぎた。大好きなあまり、よかれと思って言いたいこと何でも言うように心がけてきたけど、間違ってた。彼をいつも苦しめてた』って言ってまた泣くの。……達郎さん、お姉ちゃんが達郎さんのこと好きになったきっかけ、知ってるよね？」

「……冬に風邪ひいて、ゴホンゴホンしながらタイヤ交換してる時にさ、なじみ客なってた如美が偶然通りがかってからに、咳き込んで鼻水垂らしてるのが恥ずかしくて何となく俺ニコッて笑ったら、彼女が『うわー、何てたくましい人』って思った※みたいよや。本当は別にたくましくない俺なんだけど。それとさ、高校時代から十何回も献血してる点にも感激したって」

「……そういうのもあると思うけど、………じゃあ、まさか、話してなかったのかな。あのね、お姉ちゃんはおととしの秋から病院で働きだして、最初の頃仕事がハードで、自信あったはずが子供の相手も難しくて、やめたくて仕方なかったんだって。そのへん聞いてた？」

はぁや…えー。本当？／**泣ちぐぇーぐぇー**…泣きじゃくり／**ちゃー泣ちー**…泣きっぱなし／**〜みたいよや**…〜らしいんだよね

「ちらっとは」

「……そんな頃に、ひーじー※病院の行き帰りに給油してもらうスタンドに、達郎さんがいて、何かいかにも新人って感じで手ぎわは悪かったけど、笑顔とかが爽やかで、とっても優しそうで、『レギュラーですか？』って言われるだけでお姉ちゃん何だかホッとした気持ちになってたんだって」

「うん」

「そしてね、たまたま病院でイヤなこと・悲しいことが特に続いてしまった週に、給油のたびにほかの人じゃなくなぜか毎回達郎さんに当たって、何気ない言葉とか笑顔とか、丁寧なガラスの拭き方とか、そういったことにすごく救われた気がして、そのうちに達郎さんに会えるのだけが心の支えになってったんだって。あのちゅらかーぎ※の男の人も一所懸命仕事覚えようとしてるんだ、自分も同じ新人なんだから頑張ろうって気持ちで」

「んー」

「……でも、ある時急に達郎さんの姿が見えなくなって、おそるおそるほかの人にきいたらやめたって聞いて、しに寂しくなったけど、反対に仕事の方はその頃からやっと慣れてきて、それで『やめたい』って気持ちがなくなりかけた頃に、別の今の給油所で再会できて、『夢みたい。これって運命じゃないの？』って、それで絶対に結ばれたくって毎日ウートートまでして、そしたらあの近くの居酒屋で同級生の男の子に再会して、何となく『どこで給油してる？』って話から、その彼が達郎さんの仕事仲間の先輩でよくその給油所の人たちに交ざって飲むって知って舞い上がって、それで勇気出して近づいていったって……」

「まあ、後半の方は何度も聞いたよ。でも、俺がまだ右も左もわからんでバタバタしてた最初の給油所時代の姿に、そんなに惚れててくれたのか。何で言わんかなー。彼女がほめてくれるっていったら去年の冬からの仕事ぶりについてばっかりだからなー」

喋りながら僕は、腹部に軽い不快感を覚えました。それは便意のようでした。小の方はさっきから出したいです。電話はすぐには終わりそうにありません。

「お姉ちゃんは、弱み見せんで生きてきた人だから、病院何度もやめそうになったとかはなかなか言いきれなくて、でも、今度の達郎さんの誕生日ぐらいには感謝を込めて全部語るつもりだったんだって」

「うん……」

「それでね、『そんなにまで好きになってやっと得た人を、自分はいつの間にか〝夫を尻に敷く女〟みたいに苦しめてしまった。何もかも自分が悪かった』ってお姉ちゃん、私にしがみついて泣くの。『今になって大泣きするぐらいだったら、何でつきあってる間にもっと大事にしなかったの？ 彼の爽やかな笑顔が常に消えないように、喧嘩別れしないで済むように、何でもっと穏やかに寄り添わんかったの？』って私言ってしまった。昔からお世話になりっぱなしでお姉ちゃんには頭が上がらなくて、こんな時ぐらいしか注意してあげれんから。でも、お姉ちゃんは『自分には、ほかに取り柄がないから。がむしゃらにごはん作ったり、汚いシャツだやー※って洗濯してあげたり、これはこうやった

ひーじー…ふだん／ちゅらかーぎの…カッコいい／～だやー…～ねえ

方がいってそのつど注意してあげたりとか、そんなふうにお節介焼くぐらいしか、わーにできることないから、それ以外は全然ダメな、暗くてかわいくもない女だから、だから少しぐらい嫌われても相手のためだと思ったら意見言うようにしてきた。でなければ、わーは自信ますますなくしてどこまでも小さくなってしまう人間だから』って泣くの。……達郎さん、お姉ちゃんが泣いてるところ今まで見たことある？」

「ない」

「そうでしょ？　あの人普段めったに泣かないんですよ。子供の時からそう。ケガしたりウーマクー※の男の子にぶたれたりしても澄ましてたし、看護学校で一カ月ぐらいいじめに遭った時も泣かずに耐えてた。そのお姉ちゃんが、昨日の午前から今朝まで泣き続けてるの。お母さんが死んだ時以来っていうくらい落ち込んでるんです」

「俺……どんなやったらいいかな」

「だから達郎さん、お願いします。お姉ちゃんをわかってあげて。気が強いから喧嘩したんじゃないってこととか」

「……わかるとかゆるすとかの前に、俺の方が何百倍も悪いやつだよ。俺、正体は全然爽やかじゃないんだよ。……でも、彼女は、最後がでーじ険悪に終わったことで悔やんでるの？　それとももう一度やり直したくてせつないわけ？」

「そんなの、わからんよ。お姉ちゃんは何話す時もぐぇーぐぇーして震えてて、今伝えただけ聞き出すのもやっとだったんだから。達郎さんが自分で考えて、一番いいように対応してくださいよ。男でしょう?」

「……ぅん……」

「※ちゅーばーみたいに言ってごめんなさい。たとえやっぱり別れてしまうにしても、一度は会ってあげてください」

「うん。まあ、ね、すぐに縒《よ》りを戻したってまた同じこと二人で繰り返すだろうから、俺の方がちゃんと変わらんとダメだろうね。あ、ごめん、何か今すこーし腹がしくしくしてよ、とりあえずトイレ行きたいから切ろうね。如美にはきっと連絡するから。助けてもらいたい時はエーちゃんにも電話する」

「うん。ありがとう。このやりとりは、お姉ちゃんにはほとんど黙っとくから、びっくりさせてあげて」

「※しーじゃに似て、しっかり者だね」

「私はしっかり者じゃないけど、八年間も同じ一人の人に片思いし続けてるドロドロの女だから、お姉ちゃんと達郎さんのことがうらやましくて、だからもっとちゃんと向き合ってほしくて」

「八年？　今度その話詳しく聴きたいな」

「別におもしろい話じゃないですよ。苦しみ続けてもうすぐ十周年っていうだけ。記念に自殺するか、独りでお祝いのケーキ食べるかやろうと思ってる」

ウーマクー…腕白／**ちゅーばー**…気の強い人／**しーじゃ**…姉

「しーじゃよりも怖いね。死なないでよ」

ケータイの番号をきいてから受話器を置き、僕はトイレに駆け込みました。

…………そして一分後、「アギィジャビヨーォォッ！」※と叫んでしまいました。洋式便器の中に勢いよく出たものは、下痢ではなかったのですが、真っ赤な太い大量のうんこだったのです！！！！！！！！！！！！！！！！！！

生まれてこの方茶色系のもの以外出したことのなかった僕は、茫然と立ち尽くし、尻をしまわない前に……ゆっくり便器に顔を近づけてみました。その巨大なうんこは、以前本土のスーパーの鮮魚コーナーで見た安物の「すじこ」のように細かい黒ずんだ奇怪なブツブツとぬめりを含みつつ、全体としてはっきり赤い。しかも溜まった水洗の水の中へ鮮血が絵の具のようにぼやーっとにじみ広がっていて、血の広がりは揺れながらかすかに回ろうとしています。最近下痢が多かったのは季節のせいだと思っていたのですが、完全にこれは！…………………

電話の衝撃も、それと残っていた二日酔いも寝足りなさも吹っ飛んで、僕は尻をもう一回拭き、ペーパーに薄い鮮血が少しつくのを確かめ、消えれとばかりに血便を流し、そしてリビングを力なく行ったり来たりし、自室に戻ってマットに倒れました。

癌か…………赤痢か……痔か…………………いや、癌だ。まさかひゃー。人工肛門になるのかもしれない！

さっきまでかすかにあった腹痛は、この時なぜかきれいに消えていましたけど、即刻紀子伯母にきいてみることにしました。直腸だか大腸だかをガンで失った伯父を、当然まざまざと思い出したからです。伯父の発病時の状況は「一カ月ぐらい下痢と微熱で体調悪かった後、ある晩急に四十度近い高熱が出て、腹が痛んで下血が続いて緊急入院」というひどいものだったとは知っています。僕は熱はまだ測ってないけど、とりあえず高熱はあるはずないです。

ケータイは充電中なのでとにかく家の電話へ、慌てぃはーてぃーした※まま駆け寄ろうとした時、ごく当たり前の自問が生まれました。………………昨日、何か赤いもの食べなかったか？

「………ドラゴンか？　……朝昼晩食った」

僕自身は嫌いで食べないから経験ないけど、イカスミ汁飲んだ人が翌日黒いうんこに苦笑いする話はよく聞きます。しかし、過去トマトジュースや赤ワイン飲んでもスイカや赤ピーマンや紅ショウガやケチャップやイチゴジャムや外人の家の赤いアイスケーキ食べてもあれだけはっきりした赤うんこを出したことなどありません。まあ、指に薄くついてしばらく離れなかった昨日の〝口紅のような色素〟は確かに強烈でしたけど。

排便前にかすかながら腹痛というか不快感があったのは事実だし、やはり病院で検査した方がいいかもしれません。そして、そこまで思った少し後………………如美が看護婦だということを思い出しました。いや、これだけのために頼るというか利用するのは気が引けます。

彼女から受け取った果物を食べすぎたというだけのことなのだとしたら、この騒ぎは一種の復讐かお仕置きみたいなものではありませんか？？？？

アギィジャビヨー…何だこりゃあ／**慌てぃはーてぃーした**…慌てふためいた

病院にいる彼女にまずメールだけしよう、と充電途中のケータイを手にしました。そしてふと、如美も同じ色のうんこをしたかもしれない、と当然の考えが湧いたことで少し笑えました。でも、まだ「出血」の疑いは晴れません。痔の痛みなどないから、病気だとしたらやはりポリープ系でしょう。とにかく、何か打とう。

うんこが

うんこがどうした？　如美も赤いのを出したかどうか、いきなりきくのか？　それはないよな、別れがどうこうという相手にこんな文はないよ。

うんこがでーじ

ともかくも七文字まで打って、その後すっかり指が止まってしまい、僕は五分以上床に座っていました。江真に「お姉ちゃんを何だと思ってるか！」とひっぱたかれそうな気もしたけど、仕方ないじゃないですか。実際、うんこがでーじ赤くて、しにびっくりしたんだから。

これから誰と何がしたいのか、長生きなんかしたいのか、そして本当のところ如美をどう思っているのかわからず、僕はただ「うーん、うーん」とトイレにいるように唸るしかありませんでした。しかし、無理に入力していくうちに、これが本心かな、という気持ちにやっとなりました。

うんこがでーじなので反省
してます。あと十倍反省し
てから、会いたいです。

十倍じゃ済まないとわかるから、お腹のやや横を「ドン」とパーランクー※みたいについ叩いてしまいました。病院にはやっぱり行くけどね。

パーランクー…片張りの鋲(びょう)打ち小太鼓

バナナボーイズ・カフェ

2000-2004年作

ルート58を真希《まき》は那覇からひとり歩いていた。

好天続きの四月中旬、土曜。国際通り界隈《かいわい》での用事とお遊びをすべて済ませ、バスがなかなか来そうにないからと彼女が歩き始めたのは日没の少し前だった。宵闇に浮かぶ店舗やオフィス・ビルの、心なしか昼間よりも都会らしさを増した膚《はだ》つきをゆったりと目に入れ、ほとんど人とすれちがうことなく、片側三車線の軽快な走行音にだけひっきりなしに追い抜かれながら十数キロ先の宜野湾《ぎのわん》市のアパートに徒歩で向かうというのは、二月にここ沖縄に移住して以来初の思いつきである。

髪の長さを一気に変えてしまったのは先々週。すぐにも良家の主婦業へと納まりそうな大人しい顔だちに反し、冒険が好き、そして時には暗がりでこそやわらげるなど危なっかしいところが真希にはあった。いずれペーパードライバーを脱しなければならない時期は来る。暑くも寒くもなく（車道さえもどこか）静かで、小風はほんのり甘い。これが「うりずん」※かと彼女は鼻で大きく呼吸してみる。……今日一度も海に入らなくとも、鼻奥にだけは塩水がこびりついている。

スキューバ・ダイビングのインストラクターめざして受講中、といえば伸びやかに聞こえるが、実

うりずん…冬と若夏（初夏）の間の旧暦二、三月、大地がみずみずしく生気を漲らす季節

際は東京でのＯＬ生活に絶望して南と北に憧れ、神経を病みかけて退職した時が真冬だったから、南の島を半ば選択肢なく選んだ。牛の世話をしに低賃金覚悟で中標津《なかしべつ》へ行く話は魅惑的な冗談にすぎなかった。いずれにせよ地道にはもう生きられず二十八才、独身。試験費用とＢＳＡＣ（ブリティッシュ・サブアクア・クラブ）指定の器材代として九十万円余り準備し、残る貯えはわずか百十万。七つ上の男との、ギフトだらけの切羽詰まった幼稚な恋を一つ羽田《はねだ》に捨ててきた。

六車線のはるか向こう、右手の丘町の夜景に真希は息を呑む。方角から首里《しゅり》と見当ついた。宝石箱をごく控えめに開《あ》けたような光の散らばりのほどよさが、今独りでいる自分、をなぜか全肯定させる。本島の表側《かお》である西海岸を縦断するこの大幹線道路の、同じく右方に彼女を誘うべく鎮座する婦人洋品雑貨店も高層マンションも、昼間バスの窓ごしに跳ねてきた明瞭さと違う、優しい秘密的な陰翳《いんえい》をみずみずしく貼りつかせてみせている。アニタ・オデイの「恋のチャンス」、ナンシー・ウィルソンの「プレリュード・トゥ・ア・キス」といった大人の歌を口ずさみたくなる気弱《たびび》な女《と》の足は軽い。引き締め色シャドウが不可欠の、典雅で侘《わび》しい純和風の眼をしていても、視線もまだ方々へ貪欲に向かう。

公設市場脇の果物屋にてあどけなく目立っていた島《しま》バナナのせいで、背中のデイパックはけっこうずしりときている。長い普通のバナナと違ってスーパーではまず見つけられない小ぶりで太めで酸味も楽しい大好物——モンキーバナナよりもずっとおいしいその県産品——を、たまに今日のように二十本ぐらい買い込みに真希は那覇へ行く。気さくな老婆を笑わせたりして値切ったつもりだが、春ということもあって元が高いからさして得な気はしない。グァバかスナックパインか腐りかけのアテモヤでもおまけに付けてほしかった、とあれ以上厚かましくはなれないくせに思う。

高台に続いて強いときめきを生んだ眺めは、やはり右方向、よく出来たフルーツゼリー風の彩りをもって発光する二階建ての全館ガラス張りに近いゲームセンターだった。ゲームの趣味はないけれど。間《ま》をおいて、それは熱帯魚の広々とした美しい水槽をも連想させた。

生まれ出てやまない譬喩《ひゆ》に酔い、真希は人知れず夜の南国と許し合う。一方的に抱かれながら逆に風景をすべて支配する。……抱かれる、といっても潮風にただ取り巻かれているだけかもしれないが、少なくともこの時彼女は異邦人《よそもの》ではない。国際通りで観光客の派手やかなシャツや浮かれた土産袋、地元の女子高生たちの過多な睫毛《まつげ》と恐ろしいメイク、それに肥満した黒人女の地を壊すような歩きぶりなどを見た時のがやがやした眩しさよりも、こちらの孤独の方が三倍心地好《よ》い。なぜなら、憧れていた沖縄と住み始めた沖縄とは、人形と生身の出迎え人ほどに異質であると同時にどちらも熱っぽく主役的でいささか強靭すぎ、真希は彼女自身の香りをつけた〝従順で壊れやすい別のお人形〟にばかり最上の華《はな》を認めるから。すなわちまるで愛と同じに呟きを吸い込んでくれる、半夢幻的なまでに憧れの対象であり続けるもう一つの沖縄を、嫌いになれないから。

夜空も灯《ひ》もこの女もまだ熟《う》れてはいないわ、と自省したりした。

思考とそよ風が身の内外を溶け合いつつ出入りする、そんな多幸はさすがに百分ほどで途切れた。おごそかな笑顔でスタッフ・ミーティングしているマリンショップを見つけてはそっと目を逸らし、濃密な獣的な寡黙《かもく》さを突きつける米軍基地の木立と金網に沿って延々と進み、車屋やブルーシール・アイスクリームや各ファストフード店の大がかりな華やぎをやや眩しがり気味に越えた頃までは耳奥にまだどうにかジャズ・ボーカルを聴いていた真希だが、やがて空腹と、足裏に溜まった熱で歩行がぎくしゃくしてきた。バス停に立ち止まることも、小綺麗な食事場を探すこともしなかったのは、一つには、つい昨日の北谷《ちゃたん》町砂辺《すなべ》沖での訓練の苦い記憶が、既に静止的だった頭を占め始めたからである。

いつになく過酷な午後のダイブを終え、四人の受講生の最初に梯子《はしご》伝いに船上に戻った真希は、すぐ水中眼鏡をレギュレーターとともに外し、空を仰ごうとした。そしていきなり指導員にフィン付きの足で額を蹴られ、背中からデッキに倒れた。何が何だかわからずに眼を細めて起き上がった彼女に、相手はこう言った。

「来週にもアドバンス取ろうとしてる者が、水から上がってわずか二秒で勝手にマスク外してくつろぐとは何事だ。お前がもしインストラクターだとして、客全員が無事にデッキの上に揃っているのを確認しないで、それで一人が水上でパニック起こしてたら即座に助けに行けるか？」

彼はいわゆる内地者《ナイチャー》——本土出身者——だけれど、もう一人いる沖縄之人《ウチナーンチュ》の指導員も同じぐらい厳しく、人工呼吸の上達が遅かった三日前の真希を「恥ずかしがるな！　遊びじゃない」と叱り飛ばしている。講習期間中、涙こぼすならトイレでと当初固く決めた彼女とはいえ、ほかの三人より後《おく》れがちという苛立ちもずっとあり、蹴られて遂に皆の前で啜り泣いてしまった。数年早く〝そこそこの収入および高ストレス社会〟に別れを告げてきた武蔵野《むさしの》男はぶっきらぼうに少し謝り、晩の学科試験後には小さなカステラをくれたが、六日前の自己紹介でタップなど披露し拍手を得たあの勢いがすっかり衰えていた真希は、自宅のベッドに入ってすぐ眠りにくるまれることがもうできなかった。いくら訓練だからって、あそこまでするなんて。女の人に暴力振るうなんて——。

運よく今日は、スポーツダイバー、レスキューと駆け上がっての唯一の休講日。明日どんな笑みと挨拶を用意してショップに現れるべきか、そろそろ肚《はら》を据わらせなければいけない夜八時台である。

風の潤いは……しかし度重なるスパルタをどうしても想い起こさせる。そしてまた、潜る趣味など持たなかった頃よく眺めに行った首都圏のお洒落《しゃれ》だが暗い海を、さらには二つ前、三つ前の恋をも不意に。

心の脆《もろ》さを直してこそ人と真に愛し合える、というのが悔やみ癖を持つ真希のほとんど実践不能な信念となって久しかった。もっとひどい世渡り下手の友達もいたし、彼女らに倣《なら》い「ロマンチスト」をふわふわ自称することはできただろうが、入り婿がひょっとしたら必要かもしれない一人っ子としての気概、それと季節外れの沖縄旅行でアイススケート場を見つけて迷わず入り、氷祭り開催中の釧路にて欠かさず温水プールに通ったりする変わり者ぶりは、永遠に守ってくれそうな男の傍らに彼女を安住させなかった。

善《よ》い悪いは別にして、三つ前のあれは切なすぎた。

もう五、六年も昔。保育士になりたての恋人・誠英《まさひで》は、正真正銘の都会人でありながら私生活では常にゆったり動き、親切で、しばしば「アハハー」と舌を出して笑う同い年の元バイト仲間だった。顔はのっぺり気味でキスとか囁き合いがあまり上手でない彼を、おおらかさと脚《あし》の長さに惚れたのだとばかりに真希は「いつかハーレー・ダビッドソン買うのが夢だって。私のためにサイドカー付けてくれるらしいの」と友人や気の合う同僚に自慢していた。

女子大で何となく学び、四つ五つの入社試験に落ちた末やっと入り込めた中堅化粧品メーカーで、当時の真希はデパート等の美容部員ではなく「ＯＬ」の二文字にこそ惹かれ、希望通り宣伝部勤務となって張り切るも、部長をはじめやたら真面目な男たちや先輩ＯＬに叱られてばかりだった。声が綺麗という理由から外線電話をいきなり一手に引き受けさせられたのだが、舌がうまく回らないことが多く、疲れてくると機転も全然利かなくなり、喧嘩腰の取引先をさらに沸騰させてしまうという失態を立て続けに生んだりした。帰宅後は反対に、愚痴というよりＳＯＳの電話を誠英によくかけた。職場の〝白一点〟として気苦労もあるはずの彼だったが、独り暮らしの真希を絶妙な相槌ですっきりさせた後、わざわざ助言の補足を書き送ってきたりまでした。筆まめな上に書道も得意な彼に、真希は頼んで「気合」という字を墨書してもらい、部屋の壁に飾った。その横にはハーレーでなくホンダの小さいのに跨《また》がった彼の写真の六つ切りを大切に貼った。

長身なのに真希と違ってスポーツすべて苦手で、中型免許さえやっとのことで取ったという彼は、東京の冬の白い空に似て覇気はあまりないが安定的に真希を包み、たまに信じがたいような駄洒落で人を困らせては「ニコニコしてる時の真希のほっぺたが最高に好きなんだよ。笑い声も大好きだから聞かせてくれよー」などと言い訳した。仕事中、ふと彼のどちらかというと細い腕に抱かれたくなって真希はこっそりその「ほっぺた」を赤らめたりした。ベッドで本当に蕩《とろ》けることは、どちらのせいか、まだ一度もなかったのだけれど。

交際一周年を祝って蒲田《かまた》の真希のアパートで二人寄せ鍋をした年末、珍しく大酒飲んだ誠英は「なあ、結婚しよう。再《さ》来年までには結婚しようよ！」と、用意していたわけではないらしい言葉を滑《なめ》らかに打ち上げた。真希はそれが当然寿退社への甘い誘いでもあると解釈し、とりあえず「時期は未定でね……」と彼の胸に凭《もた》れつつ答えた。

次第に厭味ばかり言うようになった部長には、まったく心を開けなかった。前任者との連絡ミスで、新商品の化粧水のモニター七十人から寄せられた回答葉書をすべてシュレッダーにかけてしまうという大失敗を真希はしたのだが、ゆでダコと化した男の前で九十度頭を下げながらも本心からは謝れなかった。そうして月曜の朝などに出勤恐怖症に陥りかけるたび、真希は過去の純真だったかもしれない意識を振り返った。中一の夏に淡いちっぽけなキスを経験して以後、恋といえば永《なが》く片思いしか知らなかった真希にとって、幸福に恵まれているにもかかわらず意地悪だったり気が利かなかったりする女が身の周りに多く存在することは、とうていゆるしがたい不可思議だった。もしこの自分が運命の人を得たなら、その瞬間からすべてのことに力を尽くす最高の性格美人になってみせるのに——。だが、実際誠英に支えられてみたら、単に二人の〝パウダーピンクっぽい甘美〟に逃げ込んで蓋《ふた》することだけ増えた。すなわち、仕事や人間関係で少しでも躓《つまず》けば、「アタシにはマサがいるもんね」と脈絡のない呪文を胸に響かすのが癖になっていたのだ。

肩凝りにも悩む真希は、よく彼にけっこう上手なマッサージまでしてもらえた。時にはキスの前にまずそんなのをねだって彼に笑われた。女の一定しない体調を常に気に懸け、車の通る小道で手を繋《つな》ぐ際に何があっても車側を歩こうとするその優しい優しい人に、真希は感謝を込めて数万円するスポーツ用サングラスなどを贈ってみた。

そのくせ、いつかもう少しネクタイの似合う、真に理想的な男性が現れるのではないかといういけない欲も温めてはいた。というのも、選んだ会社が会社だったから、働きぶりはさておき真希は己の外面を磨くことへの執着心を日増しに高められてきており、それにつれて異性に向ける目まで若干贅《ぜい》沢《たく》さを増してしまったのだ。元より流行《モード》への関心も並み以上にある。遊園地でのバイト時代から変わらず大音量のオナラを人前で平気でしてしまう恋人は、飾らぬ保父さんというよりも、せめて渋谷で待ち合わせる時ぐらいはスェットの上下で現れないでほしい中年予備軍だった。しかし、ヘルメットにブーツという彼なりの〝盛装〟をして愛車に跨がりさえすれば、映画「マネキン」のアンドリュー・マッカーシーあたりに通じる清新な男っぷり――映画の方はノーヘルでタキシードもありだけれど――を取り戻し、さらに「車は乗る気しないな。バイクと違って箱の中には季節感なんてないはずだから。俺、木枯らしも夏の暑さも嫌いじゃないんだ……」といった渋めの文句で真希を唸らすこともできた。着こなしに関しては、寒ければスェットの上に落ち着きじゅうぶんのジャケットを羽織り「スケットだよ。どう?」と強引に笑いをとる確信犯でもあった。

正月、生理がだいたいの予測日を一週間半越えても来ないという事件が起こった。単なるズレにすぎなかったと判明するまでの日々、真希は誠英に何と言えばいいのか朝昼晩悩んだ。呑気さへ逃げ込んで助かったとはいえ、万一の際の主体的な答えを結局出せなかったということが自尊心を傷つけた。

と同時に、ずいぶん先のきらめきでしかなかった結婚を真希がよりきちんと頭に描く契機にもなった。たまたま、親友に誘われて外国のある文芸映画を観た。主人公の女は何のアラもない美青年に、愛の深さゆえに息が詰まってきて一方的に別れを切り出す、そんなつきあいと別れをほかの男たちとも繰り返し、若さからも幸せからも無残に遠ざかってしまうのだが、ただ美しさだけが静かに増していく、という大人の映画だった。心奪われた真希からすれば、美というより雄々しさに近い〝カッコ良さ〟が増す人であった。それは単に女優の魅力のせいだろうか。そうも思った。劇場を出ると、駆けだしのファッション雑誌記者として働く古くからの友は、自身の恋愛観をこれでもかこれでもかとばかりに真希に語り、また語らせた。

もろもろに触発されたわけではないが、真希は誠英に手紙を書いた。「今年は私、できるだけ自分の気持ちをいろんな場面でもっとストレートに出していこうと思います。変わったナ、ととまどうこともあるかもしれませんが、悪意は全然ないので安心してね」と。——だが、デート中に左へ行くか右に曲がるかで強めに逆らって「おや」という顔をされたりする場面がその後生じただけで、恋愛自体をより芳しくできた実感はなかった。郷里の母との時折の口喧嘩をついでに増やしてしまった。

真の不調和は別の所で待ち構えていた。池袋でデートした帰りのこと。「内緒にしてたけど、実はご馳走《ちそう》が待ってるんだ」と同じ豊島《としま》区内に親・妹とともに住む彼に優しく強いられ、特に挨拶すべき機会でもないのに夕飯をとにかく初めての彼の家にこわごわ食べに行ったら、わりと大きな会社の人事部長をしている父というのがひどい無口で、母親は逆に小言が多そうで、ともに「ようこそ」に続いて二言か三言話しかけてきたきり陰気にテレビにばかり見入るので、真希は何十分も正座を解けず、大好きな鮨《すし》の味もわからなかった。どうにかしようとお世辞や明るい質問を連発し始め、「大卒なのにずいぶん腰の低いお嬢さんねえ」と最後褒めてはもらい、その母親から土産なんぞを持たされたものの、「あれでも二人ともふだんより愛想好かったよ。真希はきっと気に入られたんだよ。今日留守だった妹とはもっとウマが合うと思う。妹も服飾史専攻だから。あ、いや、美術史だったか」と解説する誠英に駅まで送られながら、重い疲労で未来の嫁は黙りがちだった。

翌日の夕方、一人で新宿を歩いていて、真希はめったに気に留めない易者の机に吸い寄せられた。誠英との相性を占ってもらい、「かなり悪いです」と気の毒がられた。帰宅後西洋占星術の本を久しぶりに引っ張り出して独自に調べたら、少しはマシな「やや凶」だった。もちろんいずれも笑い飛ばそうと決意した。が、初訪問の土産であるウコッケイの卵が、食べようとしたら床に落ちて割れた。こうなったらとことん愛を育てていこうじゃないの、とむしろ高揚してきた。

しかし、次のデートの時、七日分蓄えた顔一杯の無精ヒゲで現れた誠英の「このままちょっと伸ばしてみようと思うんだ。園児たちが似合うって言うからさ」との宣言には返す言葉がなく、夜の別れ際にようやく「ヒゲだけは、やめて」と泣きそうに手を合わせた真希だった。用事もあって夕方頃には蒲田で二人ゆっくりしたのだが、風邪で微熱のあった真希のために、誠英は豆乳や玉子やショウガやニンニクやトマトやホウレンソウや乳酸菌飲料や滋養強壮の炭酸飲料をごちゃ混ぜにした特製ドリンクをつくり、気味悪がってかぶりを振る真希を「一口ぐらい飲んでくれたっていいじゃないか」となじりながら、一人で飲み干した。唇閉じたままの真希は彼が腹を壊さないか本気で心配した。

その後、電話で過去のプレゼントがどうしたこうしたという些細なことから彼とまたもや険悪になった。これについては真希が悪かったにもかかわらず、誠英の方が先に謝り、電話後も封書でもう一度謝ってきた。ハーブのティーバッグを詫びの品として入れ、少女向けのようなシールまでたくさん貼り……。

破局を突然つくったのは、満開の梅を見て歩いた休日、真希の方からだった。

「このまま一緒にい続けても、私強くなれないから、あなたの優しさに一方的に恩を感じて生きるだけだから、楽になれない。成長もできない。別れましょう」

彼は狼狽し、何度も聴き直し、そして長く絶句した。やっとのことで、こう訴えた。

「何言ってんのか理解できないよ。……いつもいつもこっちは言ってるじゃないか、俺にとっては真希が世界でただ一人の大事な人だって。……強くなる？　そんなどっかの借り物みたいな発想しなくったって、今のまんまで真希はオッケーだよ。それに第一、成長なんて自然にできるもんでしょ。例えば、いつか俺たち二人の子供が生まれたりして」

「子供は嫌い！　きっと私、自分がまだ子供だから……」

真希は勝手に泣きながら宙を睨んだ。ヒゲに代表される行動全般のことは傷つけないようにわからせるのが難しいと常に諦めていたし、彼の両親の重たさとかは口にできなかった。なおしばらく揉めたが、桜の咲き初《そ》めの頃、やっと彼は恨み声ですべてを投げ出してくれた。

――長い吐息の後、真希の心の旅が始まった。

実際に一人旅をした。初の外国行きの計画も友人らと練り、二つ三つの新しい趣味を切り拓《ひら》き、二年目となるオフィス勤めにもようやく身を入れだした。万事は徐々に善くなっていくはずだった。が、身だしなみ以外に何ら落ち度のなかった彼に浅からぬ傷を負わせてまで「成長する」つもりだったのに、わずか一カ月で彼女は淋しさと後悔で一睡もできない晩をぐるぐる繰り返すようになった。

彼と一緒にアパートでつくったハンバーグの味が想い出された。出会って一年ぐらいの頃、あれは雨上がりの深夜、まだ恋人同士でもないのに挑んだ初のタンデム乗りが想像以上に怖く、必死に彼の腰にしがみつきながらも「大きな背中だなぁ」とうっとりし、そのうち眠りそうになってしまったこと。さらに約半年後、大学卒業間近にもらった恋文には「僕は真希ちゃんの安らぎでありたいです。もし今そうでないのなら、頑張って安らぎになりたいです」とあった。当時、既に真希にとって誠英は世界で最も安らげる男性《あいて》だった。

五月晴れの頃、そんな懐かしい彼に電話をかけてしまった。相手は予想外に穏やかで明るかった。それで耐えられなくなり、四日ほどは遠慮したものの、復縁してもらいたくて会いに行った。髪形もシャツの選びも変わらぬままの保育士は、だが何と、真希を打ちのめすためにかあっさり別の恋人を得ていた。

「何で……」

「君の方から別れたんじゃないか」

彼は正当な指摘に終始した。出口のない真希は夜のファミレスの外で土下座して泣き、「一生奴隷にでも何でもなるからもう一度つきあって。彼女とは別れて。二股でもいい！」と騒いで彼を凍りつかせた。時刻が遅かったので急遽チェックインした駅前ホテルの一室で添い寝してはもらえたが、キスはなかった。落ち着くためにと飲まされた慣れないブランデーが悪かったのか、明け方に、ルームキーの先端で真希は自身の首と手首をぐちゃぐちゃに傷つけ始めた。怒鳴られ、抱き締められ、彼とともに救急車に乗り、三日後に謝罪の手紙を速達で出し、返事はなく、電話の声もそっけなく、それですべてが終わった。

……………………………

なぜドラマ顔負けのあんな雪崩《なだ》れ方ができたのか、彼女は今では首かしげながら笑おうとしてみる。本気と駆け引きを自分で混同したのは若さゆえ。すなわち別れの申し出は、いかにも子供好きらしい彼の「懐深さ」なんかではなく「愛」そのものを試すための甘噛みだったかもしれないのに、噛みすぎた、とわかる。花持ちのまあまあ良いはずの未来を砕いてしまった。そして永い祟《たた》りが生じた。あれ以後ほかのどんな恋愛も四季を一巡りするともう、うまくいかなくなる。真希の方が先に飽きてしまうのだ。

素朴でひょろひょろした裏切り者・誠英が恋しいわけではないけれど。

笑おうとして、まだうっすら下瞼を湿らすことの方が多い。よほどの親友以外には語りづらい赤っ恥と思うから、最近彼女は独りきり湿る。さらに省みるならば、恥多き人生の基本は少しも改善されていない。不断に誰かに守ってもらおうという根性は。東京から逃げても。

動脈血を滴らしているかに見えるイルミネーションの焼き肉屋。国道はほとんどカーブがなかった。靴中《なか》の痛い真希だが、高校時代、陸上部で投擲に加え練習熱心ではなくともリレーをやっていたし、数年来歩くのが得意でもあった。車社会のこの島で、こんな距離を足だけで移動する地元人などはいそうにない。おそらくやっと浦添市《うらそえ》を越え、宜野湾市に入っていると意識した。真希のアパートは北谷近くの三叉路から普天間《ふてんま》方面へかなり上がった所にあり、市役所も主な買い物先もさらに坂上だから、ルート58のこのあたりは乗り物でしか通ったことがない。

ある地点で、傷心の重層を何とかしたい真希は、甘みとでもいうべきものを生クリームっぽく帯びた薄紫色の壁に視線を吸われ、止まった。歩道沿いに横一杯——畳数枚ぶん——広がる白地にどぎつい紫文字の看板の下、壁面もウインドウの中身も際立つかつら屋は、かつら屋であるがゆえにものすごく異様だった。既に営業時間は終わっているようなのにシャッターが下りず、明々《あか》と誘う無人の店内のあらゆる位置に「見てよ」「ねえ、見て」と囁かんばかりに美女の生首が飾られていた。七、八十個はあった。百個以上か。

通りがかる者はいないし、車道から何の合図《クラクション》が来るわけでもなかったが、それでも真希は誰かに見咎《とが》められる間際の決まり悪さを感じた。厚い化粧を施された同性たちも、首より上の艶不足をここ数日特に自覚しているベリー・ショートヘアの真希にとってはやや脅威だった。夜見る夢にこれらの髪がうじゃうじゃ出てくる可能性、をちらと心配もする。夢と現《うつつ》の関係が時として普通でなくなるのは確かである。

三十秒ほどで、また歩きだした。

お嬢様風ロング時代のぶざまな別れはかつら屋とともにいつしか頭から去り、ただ、あの本当は理想の道連れだったかもしれない誠英と、あるいは友人らと女子大生の頃によく通った新宿のオールディーズ・ハウスで演奏されていたポップス、ロック、ツイスト等が若い香りつきで甦り、空気をいくらか再びおいしくした。ああいう音楽《エバーグリーン》を嫌いになったわけではない。……誰も聞いていないわと、小声でとうとう歌い始めた。コニー・フランシスをはじめ、スキーター・デイビス、ボビー・ヴィントン、スウィンギング・ブルージーンズ、ロイド・プライス、ロネッツ、そしてビーチ・ボーイズ。英語は適当に。

赤色の、花火のように温かみの強い外装の大中華料理店の前で、腹が初めて鳴った。声など出したせいだから真希は口を少し狭める。アメリカ製中古家具を売る店々が続いた。空に星はなく、ただ下弦の三日月がとぼけ気味に、ハンモックで眠るかのようにかすかな雲に乗っかっていた。道路の向こう側には、暗く幽霊に好かれそうなピアノ屋。ちんまりとしたスナック。緑のランプで軽めに装うバー。いつしかおにぎりの一つでも買おうとコンビニを探す目になる。世界一美しいポップソングとかつて呼んだりした「ドント・ウォーリー・ベイビー」に続いては、題名忘れたモンキーズの代表曲を何となく鼻唄で歌う。

非常食があるんだった、と背中の荷物を彼女は胸に回した。そしていそいそとしゃがみ、カニみたい、とゆでた海の幸《さち》でも掴む感じで取り上げたかたくなさも重みもやわらぎもある島バナナのうちの一本を小さくもぎ、皮剥《む》いてぱくついた。――やはり最高の、ほどよくも心強い甘さ。今回は熟しているのを買ったから。

「カニって何でしょ」

独り言まで出る。酸味はマスカット風に上品で、舌触りも喉ごしも滑らかであると同時にかすかに粉っぽく、南の果物でありながら一瞬フランスあたりの高級生菓子《ガトー》を連想させもする。旬にはまだ二カ月弱早いらしいが。すぐ剥いたもう一本も、もちろん同じく涼やかに甘い。血糖値が急上昇したと全身で真希は知る。市民マラソン等のエード・ステーションによくバナナが置かれる訳がこれほど納得できた過去は、ない。

皮はティッシュに包んでデイパックのポケットにねじ入れた。当然のたしなみ――。

三本四本とプチバナナを食べ進みたいのをこらえ、真希はまた前へ歩く。疲労がまだまだあるせいでわずかながら胸苦しいけれど、五感がのんびりし、思考は鈍っていない。海中にいる時と同じだ。今宵の蛮勇的な思いつきを悔やんではいなかった。しかし、もう約二時間もトイレに入ってない、と気づいてから急にひもじさとは別の耐えがたさが膨張してきた。

路地というほどではないが左へ流れる細い道に、ふと、薄紫をまたしても見つけた。例のかつら屋の壁とほとんど同じまろやかな色だったから、真希はその理由だけで立ち止まった。今度のは外にちょこんと出された看板だった。雑居ビルと呼ぶにはあまりにも小さい、コンクリに白ペンキを塗りたくっただけという飾りのない薄汚れた二階建ての前で、その置き看板は闇と明かりのどちらにも手なずけられずに妖しく沈んでいた。足痛と尿意と食べ足りなさで体が重かったが彼女は好奇心が湧き、十数メートルわざわざ歩いてそれを読みに行った。紫の、真ん中が、洒落た字体の横書きでこう白抜きされていた。

沖縄の魔法と
貴女自身に触れるため　の店

しばらく見入っていた。静かな道だった。ルート58から曲がってきたらしい老女が、豚ほどに太った裸犬を牽《ひ》いて足早に後ろを過ぎた。行く手は急坂となって空か海へ落ち込んでいた。すぐ先の民家の塀の頂に、寝そべる子猫のように大きな白いスリッパが半足置かれていた。凪は絶えない。

真希は再び看板を読み、ゆっくり二階屋に近づいた。「ひろこ美容室」と至極沖縄的に外壁に大書した店。これもよくある「天ぷら」。いずれも閉まっていた。剥き出しの急階段を上るならばスナックがちまちまと三つ。何の変哲もない。「店」はどれかと短く息して離れかけた時、右端に、小さく開《あ》いた階段口を見つける。こちらは地下へ続く螺旋《らせん》階段。こんなみすぼらしい建物に地階があるのは驚きだった。はたして、看板よりずっと濃い紫色のランプが貼り紙の矢印を弱く照らし真希を手招いている。迷ったが、彼女はもうこのまま去るわけにはいかなくなっていた。

手づくり品を売るブティックか、ささやかな島唄《しまうた》ライブを楽しめるカクテル・ラウンジありの高級エステが予想できた。さほど遅い時刻ではないが、どんな姐御《あねご》に食いつかれ、または追い払われるかわからず勇気が要る。それとも宝石店かしら――。暗く狭い階段自体が怖かった。点々と導くランプはどこまでも同色だった。左右の壁は黒い。半回り、一回りして真希は数メートル下りた。下りるだけのつもりだった。どこにも何にも辿り着かないコンクリートの螺旋が、どうやら進むほど狭まってきていることに気づいた。戻ろう、と震えて思う直前に、空間はごく小さな壁で尽きてしまった。

階段以外何もなかった……。

出来損ないのお化け屋敷並みのいたずらに思えた。安堵のついでに軽い怒りを覚えたところで何がどうなるわけでもないが、真希は一段一段を懲らしめるように強く踏んで上がろうとした。と、堅く軽い物に爪先が当たった。それは懐中電灯だった。ご丁寧なことに、先端のプラスチック・カバーが濃紫である。馬鹿臭さに微笑さえしながら彼女は拾い上げ、点ける。意外に強い明かりだった。一度だけ、と思って振り返って行き止まりを照らす。やはり壁は壁、……いや、その縦一メートル、横七十センチほどの黒い四角の、中位《ちゅうい》の左端に、ドアノブに似た突起が光った。

再び最下段まで来た真希は、胸の早鐘《はやがね》にとまどいながら用心深くその黒いドアを撫でた。冷たく、埃っぽい。もう何年も開けられていないドアかもしれない。中央部にコイン大の整った文字が、釘先で引っ掻いたように白っぽくこう横一列に並んでいるのを発見し、新しい恐怖が一気に募った。

扉の向こうは　あなた自身の奥

震えながら、とにかく開けた。真希は開けざるをえなかった。

何も見えなかったが、吸い込む風に逆らわず屈んで一歩入った。大冒険。音が聞こえた。頭が朦朧としてきたので、視力に頼らず四歩、五歩まで歩いた。

床を踏み締めたつもりの場所は――――別の路地だった。

明かりの点いていない民家が隙間なく並ぶその路地は、最初の小道よりもずっと細くて暗い。真希は半開きのままのサビだらけの小ドアを数秒顧み、それを閉めはせず、戻ることもせず明るい方へおそるおそる進んだ。上り坂を、動悸に近いものに襲われて途中から駆けた。すぐに大通りへ出た。

六車線。行き交う車たちがあいかわらず涼しい音を上げていた。ガラスの向こう、眠りこけるアメリカ家具をひめやかに照らすアンティーク・ランプ。閉店後も道路沿いに出しっ放しの石像と箱ブランコ。ずっと歩いてきた国道であろう。そう知る真希は「はあ？」と声に出して言い、振った頭を片手で押さえ、たった今出てきた路地を振り返った。それから、先ほど折れたと思う小道をも見た。二本は平行し、細い方にだけ勾配《こうばい》がある。つまり、一方から見た地階が、裏からすれば一階に当たるわけだ。そこまではわかった。

とにかく最初の小道を真希は覗きに歩いた。白い古い二階建ては同じくある。ただ、紫の看板が撤去されていた。——何者かの手によって！

再び戦慄が来たけれど、魔法かいたずらかはっきりさせなくては納得できないと思い、その「店」まで真希は走りかけた。

贅肉のまったくなさそうな若い女が、シマリスかハムスターの可愛らしさでほほえんでいた。誰、と訝《いぶか》らせる前に、眼の中身がほとんど黒目。髪は無節操な金色。細い顔が縦にも短いせいで一見小柄だが、身長百六十一センチの真希と眼の高さは少ししか変わらない。向こうから肩を叩いたくせに、小狡《ずる》い表情で言葉に詰まっている。というより、考えている。

「……何、ですか？」

「お暇なら、ふん、あなたと少し喋ろうと思って……」

拗《す》ねつつ相手を探るような、低い声だった。この自分以上に運動神経の優れた専門学校生、という感じを真希は抱いた。ブロンドに染めてさえいなければ私立探偵の卵のようにも思えた。展開が不思議であり続けた。

「べつに勧誘みたいなのじゃないです。遊び疲れ。話し相手が欲しいだけよ」

可愛く尖ったBカップ程度の胸に手を当て、プリントシャツのポケットから硬げな紙を出す。それは何と、名刺だった。

主婦　上間香織（旧・仲与根、山川）

複雑かもしれない姓名の下に、携帯電話のアドレス等が小さく付け足してあった。

「……主婦、ですか」

「うん。子供はいませんけど」

十九才ぐらいにしか見えない。でも、まあ、沖縄の女性はたいがい早婚って聞くし――。真希は〝主婦〟という響きに理由もなく少々安心させられてしまい、光沢のある名刺を優しい手つきで札入れにしまった。

「……こんな時間に遊んでていいんですか？」

「だって夫は夫で遊んでるのに。あなた、本土の方《かた》でしょう？」

「はい。東京から二カ月前に越してきました。今、宜野湾の喜友名《きゆな》に住んでて」

「いっぺん、本土出身の面白そうな人とじっくり語ってみたかったんです」

面白そうってどこがよ、と真希は苦笑した。「海女《あま》じゃなくて尼さんになるつもり？」と講習仲間にからかわれるぐらい短髪にしすぎているのが、いくらかは恥ずかしい。……東京にいた頃は平凡でも印象の悪くない、見方によっては上品そのものともいえる眼鼻だちだとの評価に安住できた真希だが、亜熱帯美人の大勢住む中へ飛び込んで以後の、見る側としては興味津々でも自分が逆に魅力を放つのはなかなか難しそうだという気づきは、不断の圧迫感へと厳しく繋がった。それで華やかとされる海の仕事――実際は不安定なばかりで引き合わぬ重労働かもしれないが――を誇りと一緒に掴みきるまでは久々の地味派に徹しよう、とカラーリングさえやめてしまったのだ。

髪などを気にすれば何となく美容師っぽくもあるゴールデン・ハムスター似の若妻に、身の軽やかさではとても敵《かな》わないが身の凹凸《メリハリ》ではとりあえず勝っていると思う真希は、勇気奮って誘いの言葉を差し出した。

「何なら一緒に食事でもしません？　お手洗いにも行きたかったところだし」

「それだったら、ぅん、知り合いがやってる楽しいお店知ってます。そこへ案内しましょうね」

あの地階へ連れていかれるのでは、とすぐ想った。まだ少し警戒中だった。魔法、いや幻覚が訪れたままである可能性を完全には否定できなかったからだ。

「……私は、大久保っていいます。大久保真希。こんな苗字の人は周りにいないでしょ」

「それよりあなた、さっき歩きながら何か歌ってましたね」

「え、……」

「それと、突然バナナ食べましたね」

「……ばれちゃったの……」

「車の中から何もかも見てた。あなたみたいな女性、周りにいない」

面白そうと言った訳はこれだったのか、と真希はごまかせなくて頷《うなず》いた。それでもやはり、ごまかしたい。もう笑うしかなくなった。

「アハハハハ。ハハハハハハ」

口を押さえつつも遠慮せず弾けたら、つられて相手も「クフッ」とふきだした。大きくはないが真っ黒い眼を剥き、なおも「フーッ、フーッ」と本当に小さな獣の一種のように苦しそうにしていてくれた。

そんな上間《うえま》香織は先にすっかり真顔に戻ると、路肩に駐《と》めてあったシルバーメタリックの車に自他ともに認める島バナナ好きを乗せ、ルート58を北上した。R＆Bを小さからぬ音量で流して時々左半身を揺すり、九十キロ近いスピードを出しながらさかんに質問してきた。

「歌ってたの何の曲ね？」

どうでもいいことまで追及され、面倒臭い真希は口にしやすいビーチ・ボーイズの名だけ挙げておいた。続いて喜友名の住み心地や恋人の有無など知りたがる、その合間合間に自分の素性をも勢い良く明かしていく香織の話術は真希には素晴らしかった。夫は嘉手納《かでな》基地内に通うコック。ウエイトレス時代につきあい始めた。給料はコックの方が高いが、チップで儲けるのはいつもウェイトレス。

——嘘や誘拐を疑う必要はなさそうだった。それはそうと、やはりあの螺旋階段を探り直してから離れればよかったという悔やみが真希の頭を駆けた。

驚いたのは、香織が同い年の二十八才で、三年前に一度離婚を経験しているという告白だった。ひどい悪阻《つわり》をこらえて産んだ男の子は相手の家にあっさり残してきたという。人生に波瀾《はらん》ありの人にこそ波長を合わせたくなる元自殺未遂者の真希は真横を向き、ダイビングだの渋谷だのコスメティック業界だのはどうでもいいからと、金髪主婦の過去・現在をさらに引き出しにかかった。が、とりあえず車は嘉手納に着いた。

尿意を抑えすぎたため下腹部が痛んだ。「知り合いの店」は漁港に近い社交街の外れ、角を曲がった小道にあった。彼女の住まいも嘉手納町内だという。車を置いて歩きだしたら香織の携帯電話が鳴った。民家ばかりの区域に、真っ黒い窓と藍色の外壁とオレンジ色のドアのその店は隠れ家風に待っていた。「はっさもう、何でかけてくるかー」とか「ゆくさー」「やっけー」などと島言葉を携帯機に連発しながら香織は真希の腕を取った。従順に真希が立ち止まって濃いオレンジと向き合うと、まるで先ほどの地下の釘キズと同じにドアに直接、ドイツワインのラベル等で見かける古めかしいヒゲ文字が載っかっているのが読めた。

DOLL　BAR　池原

ドール・バーって――。

かつら屋の首マネキンから始まった奇妙な彩りの連鎖に、真希はぶり返す怖《お》じ気とたおやかな期待を同時に充てるしかなかった。背中を優しく押されてドアを開けた。案内人は喧嘩腰でまだ通話していた。店内は狭くなく、明るく、観葉植物やヤシの実やクバ笠や洋風の物や若い男たちがほどよく嵩《かさ》張《ば》っていた。脇にトイレを見たので真希は彼女に目で合図して駆け込んだ。

化粧直しもして真希が戻ると、香織はいなかった。無人のカウンターにおしぼりとコースターが置かれ、バーテンダーが振りの客の真希をやわらかく凝視している。座れということね、と近づくと、えくぼの深いとぼけた顔で眠そうにほほえむ彼に「いらっしゃい。カオリィは後でまた来ますよ」と掌でカウンターを示される。呆れて彼女は急激に脚をこわばらせた。

「帰っちゃったんですか？……」

「奥さんに逃げられた兄がいて、その子供の入学祝いがシーミー※のせいで急に来週から明日に変更されたって言って、料理の下ごしらえ手伝うため実家に向かいました。必ずまた来るから心配するなという伝言です。ウチナーはお祝い多いからね」

非常識にもほどがある、と真希はその簡単でない説明を半分しか聴く余裕を持たなかった。……目の前の彼の物腰はひとまず田舎紳士で、顔に皺《しわ》一つなく、どうでもよいが三十前後と思えた。肩ががっしりしていた。初めての街でこんな形でひとり残されて安らぎようがなかったし、明朝七時前には起きなければならない実生活が強く思い出されたが、即刻店を出てしまうのもそれはそれで辛くて彼女は留まり木に掛けた。デニムのロングスカートの膝を固く揃えた。

カヌーの櫂《かい》のような木製の物が何本も壁に立て掛けられ、無音の大型スクリーンにはサーフィンする西洋人が映っていた。ホールの三つのテーブルに陣取る男たちはおおむね美しかった。立ち姿もあった。すべて蝋《ろう》か何かで出来た人形であることは、目を留めずとも気づいた。人形酒場。そういうことか、と真希は思った。彼女以外の客はすべてオブジェなのである。内装は野性味があってアーリーアメリカ風。樽とかレプリカ銃とかもある。ＢＧＭは世の優しき〝小父《おじ》様方〟を何となく連想させる、ふくよかな1ホーン・ジャズ。諦めて、孤独な夜を真希は一杯ぶんだけ楽しみ直すことにした。

この二カ月で最も感激させてくれた泡盛である菊之露《きくのつゆ》のＶＩＰ8年※をショットで注文しかけると、

「Ｖ8《はち》知ってるの？　85もあるけど」と相手が妙なことを言う。

「……八十五年前からの古酒《こしゅ》ですか？」

甕《かめ》の中で三年以上寝かせた泡盛はすべて古酒と呼ばれ、菊之露の場合は八年かけて王様級の芳醇さに満ちる。上には上が「十五年物」「二十年物」などとして存在するだろうけれど、そこまでの執着はない真希だから、驚くというより何かしら別の事柄にも惹かれる気持ちでそう訊いたのだった。

「それはないでしょ。度数八十五って意味だったかな。いや、……名前の由来はどうでもいいわけで、今夜はバーボン飲みたかったんじゃないんですか？　あなたは内地の人だし、きっとシックな雰囲気が一番好きでしょうからバーボンに近いこれを特別に薦めるんです」

シーミー…旧暦三月の先祖供養。清明祭／ＶＩＰ8年…二十世紀末の時点で通常売られていた最高等級の菊之露。近年は年数表示の厳格化（酒の注ぎ足しを許さない）により「ＶＩＰ」という表示しかできないようになったが、中身は以前と同じ

「…………」

高くもないらしいので、真希は拒みはしなかった。彼が氷を手掴みした点が少し気になった。好物のスクガラス豆腐の小鉢を添えられたのは嬉しかった。「ＶＩＰ85」は泡盛を離れて本当に洋酒と間違う味に感じられたが、「８」同様甘く香ばしいので彼女は怪しむよりも飲み進んだ。眼と鼻もがっしりしたバーテンはしばらくして無言で名刺を渡した。

ＤＯＬＬ・ＢＡＲ　主人　池原太良《タラー》

下に携帯番号。主婦の香織に通ずるちょっとした強引さがこの歯切れ良い一枚に凝縮しているようで、真希はごく薄い笑みを浮かべてグラスを干し、ここまでの身の運ばれ方に溜め息ぐらいは返したくなった。マスターは壜と氷セットを前に置き、あとは好きなだけつくれと促した。手掴みは厭なので彼女も頷いた。空腹がひどくてメニューを開いたら、ごく普通のバー料理に豆腐よう、ソーミンチャンプルー等がやはり交じっていた。

主人は真希の名前などを尋ねた後、カウンター内の丸椅子に掛け、自分のグラスに口をつけてから眼を細め、静かに犬猫のようにほほえんでいた。単なる酔っぱらいにも見えた。二度ばかり黄土色の粉を薬匙《さじ》で飲んだのが不気味だった。そう受け止める彼女も、酔うのが得意な方ではあった。島唄に島酒《しまざけ》——すなわち沖縄民謡に泡盛——もよいが宵からの流れでジャズは欲しかったし、サックスの音色をより滑らかにし体に滲《し》み通らすのはバーボンと決まっているから、真希の皮膚感覚は素敵に緩んだ。料理を多すぎるぐらい注文してしまった。主人は奥へ消えた。

二杯目をちびりちびりやりながら、落ちこぼれを恥じる受講生は手帳を開き、今後九十余日の現場研修の見通しや覚えたての東シナ海の魚の名のいくつかをできるだけ明るい気持ちで書き込んでいった。短い髪を触り、ぱさついているとしばしば思った。慣れ始めなのか既に海に倦《う》んでいるのか自身の体の本音はわからなかった。ログブック風に、この店の室温や空気の淀み方や明かりや調度品の様子などを言葉でスケッチしてみた。何度も首を回し、実物大の動かぬ若者たちを見定めた。デパートの紳士服売り場の棒立ち外人らよりずっと生々しく男らしいスーパーリアルマネキン——または蝋人形——ばかりだと思った。ディズニーランドの「カリブの海賊」に使われているものに近い。毛穴や体温までありそうで。ほかに一切、人の形をした物体は飾られていない。

壁にふと、こんな貼り紙があるのを真希は見つけた。

当店ではお客様の御希望に合わせてDOLLSを入れ替えております。若いネーネー（水着／お水スーツ／芭蕉衣／琉装）、黒人&白人、青年団（カジュアル／コンサバ）、キジムナー等あり。御来店の二日前迄に電話でお申しつけ下さい。ただし指定料五千円（水着は時価）頂きます。

……たまたま今夜は「青年団」なのだと察せられた。

淋しくて、心地好い。時々意識の大部分が体から二メートルぐらい浮き上がり、粒立ち、カウンター全体をきらきら見下ろす感じになるが、それは真にうまい古酒こそがもたらす明敏かつ透明な酔いであると真希はこの二カ月間の学習で知っている。バーボンなのか島酒なのか、もうどちらでもよい。何十年物かということも。

昨日と違って帰宅後ぐっすり眠れそうな気が彼女はにわかにしてきた。問題はすべて未解決のままだけれど。

ＯＬ生活最後の七、八カ月、不眠や頭痛や過度の月経前症候群に悩まされたのが嘘のように、移住後はつい先週まで心身ともにおおむね好調だった。そのことを考え始めた。日ごとに辛さの増してしまったマリンショップを離れれば特定の誰かとのふれあいはなかったが、空や海や独特の家並やシーサーや食べ物や足向く先々での親切や地元ラジオ番組などから〝癒しの島〟の波動を受け取り続けたのは確かである。

沖縄が旅の者や再訪・再々訪・再々々訪の果ての移住者を癒すためにばかり存在している、と真希はもちろん思っていない。現に――ごく浅い体験ながら――郵便配達夫や女子行員が本土と違ってニコリともしないのが普通らしいと知ったし、交通マナーはかなり悪そうだし、空港から近場のホテルまで完全沈黙を平気で貫いたタクシー運転者がいたし、親の転勤により子供時代に那覇で過ごしたという知人から、他県出身者ゆえに学校でも町でも冷たくされた多くの経験をかつて聞いたことがある。偏見も過度の憧れもなしの理解にいずれは辿り着くつもりだった。

一時的にせよ安定できていた真因は、引っ越しよりも、退職直前に親の勧めで始めた呼吸法にあるかもしれない。そう、きっとよ、と真希は決め込む。修験者《しゅげんじゃ》上がりの導師が本の中でもったいぶって説く瞑想行為にまでは進まなくても、就寝前と起床後に息を長々吐き、吸い、止め、またゆっくりゆっくり吐く習慣は歯磨き同様に定着し、おそらくは快眠その他に結びついている。そして、これもまた深呼吸のお蔭か、やたら色彩豊かな夢やちょっとした〝正夢〟を時々見るようになったのも興味深い。十数本の色違いのビニール傘に取り囲まれて自分がアイドル歌手としてマイクを握る、そんなたわいない夢から覚めたら外が小糠《こぬか》雨だった、というのは役立たぬ話だけれど、転居後のある朝Jリーグの某選手名が寝床を出た後も妙に頭に残っていて、朝刊広げて早々《そう》に見たスポーツ欄に彼のわりと大きな記事が前触れもなく出ていた時には、贔屓《ひいき》選手だったせいもあってひとり燃え上がり、自身の〝予知能力〟をEメールで何人もの友人に吹聴したりした真希である。が、幸か不幸か能力発揮は以後一度もない。むしろ半覚醒時の瞑想の方に関心がある。

瞑想は、だが難しい。

と――好い匂いが近づいた。

強い空腹を真希は真希らしく思い出した。自身と人形《ドールズ》たち以外にも人はいる、ということも何となく。その主人が小盛りのガーリックポテトとチーズ餃子を運んでくれた。

そして戻りがけに彼が「ハイ、いらっしゃい」と声を張り上げるやいなや、三十代ぐらいの男女が一組歩いてきた。六人掛けカウンターの左から二番目にいる真希の、すぐ隣に彼らがわざわざ来て座ったので、甘い透明な孤独を掻き乱される気がして彼女は長々とグラスを唇に当てることになってしまった。

邪魔臭いわね、しかもカップルで。そう強く思わざるをえなかった。

二度ばかりはそれとなく観察をした。黒いTシャツの男の方は太めで丸顔だが鼻がとても高く、眼がくりくりっとし、野球帽を後ろ向きにかぶっている。女は真っ赤なワンピース・スーツがあまり似合わぬ鋭い顔貌《かおかたち》で、頬骨の高さが目立つ。二人ビスケット色の太く長い煙草を吸いながらキープを飲み始め、小さめに会話した。それがピアノやウッドベースによく溶け込み、煙は厭だったが真希はやがて彼らの存在を「青年団」と同様、ほとんど意識しなくなった。

主人が残りの二品を持ってきて、「くつろいでるー?」と真希に友達風に言った。「ええ、とても」と淑女のまま真希が答えると、彼は「まだまだ足りんでしょ。今日はヤギ汁あるけど、食べますか?元気出るよ」と犬猫の笑みを強めて問いかけた。えくぼの深さのせいでこの池原氏自身が腹話術人形っぽい。可笑しくて、食べきれなかったら持ち帰るつもりで彼女は「出してくださるなら、是非」とほほえみ返した。イカ墨ソーセージも中皿のトマトサラダも極上だった。明日からの講習に怯えないためにはガソリンをどんどん——もちろん一夜限り——入れておくのがいい、となおほほえめる。

ヒージャー汁ともいうらしいヤギのスープが来た。臭《にお》いと脂が強くて味の薄い、しかし箸を休める気にさせないその重量級の素朴な塩味のご馳走を、ヨモギ葉と白いゴハンつきで真希は火照《ほて》りながら食べた。沈んでいる肝臓らしき物のかけらが特においしかった。隣の男に何度か横目で見られた気がした。口直しに、紅芋アイスクリームまで注文して食べた。今度は女の方に窺われているように感じられた。二人の話題はおそらくフィッシングが主で、「イチャの入れ食い」「タマンを餌に、ガーラのまぎーを」などということなく勇壮な言葉が耳に残った。

カルテットはピアノ・トリオに変わっていた。小粋なふりをしたくて4ビートに共振するだけのジャズ初心者だが、バド・パウエルよりもビル・エバンスに近い白っぽい音が今流れているということぐらいはわかる。都会臭を捨て去れない自分、を真希はいつになく感じる。

スカートのベルトを緩め、それから静かに三杯目の菊之露をつくろうとした時、男に太い朗らかな声で「どこから？」と言われた。

「えっ」

虚を衝《つ》かれた真希はやたら弾む声で訊《き》き返した。隣の野球帽の彼は、外人並みの幅広の二重瞼をほろ酔いでピンク色に膨らませ、真希をまっすぐ見つめている。

「どこって、……出身地ですか？」

「うん」

不躾《ぶしつけ》としかいいようのない質問のぶつけ方だったから、彼女はまだ少し構えたままでいる。

「…栃木生まれの埼玉育ちで、ここには東京から引っ越してきました。今は宜野湾市民です」

「それにしても、よく食べますねぇ」

「あ、すいません」

「いやいや、さっきからスーミーしてては感動してたんですよ」

「スーミー？」

「盗み見るってこと。さっきから何種類もツマミ食べてて、豪快だなーって思ってたらヒージャーに山盛りのゴハンでしょ。それにデザートまで。普通の女の子が外で一度に食べる量じゃないからね。

『あなた、ヤケでも起こしてるんですか』って訊きたくてウズウズしてた」

「あ、いえ、べつにヤケは」

「失礼しました。こっちには、永住する予定であるわけ？」

「それはまだ決めてません。独り身だし、とりあえず仕事辞めて飛んできちゃいました」

「そういう人多いね。でも、後悔してない？」

「今のところしてません。不安は一トンぐらいありますけど」

「ハハ、面白い表現だね。ところで、よかったら僕らと友達になろうよ。不安なことは一トンでも五トンぶんでも相談して」

「ありがとうございます。よろしくお願いします」

どこか生粋のウチナーンチュらしくない二人と乾杯し、いろいろ喋ることになった。それぞれの本名に加えニックネームを教えられ、真希もすぐにもう「マキィ」と呼ばれ始めた。

彫りの深い彼氏ははたして米軍の白人と沖縄女性とのハーフである父なし子、女は両親揃ってはいるが黒人と韓国人の血が四分の一ずつ入った複雑な身だった。その彼女は「外見が派手」だから小中学校でいじめられ、のちには一目置かれ、教師に反発したりして波瀾の少女時代を過ごさざるをえなかったとも語った。もっとも、真希の目には彼女の細い尖った顎《あご》も眼鼻口もべつだん日本人離れしたものと映らず、腕の細長さだけがいくらか眩しかった。ともに三十代の二人は、婚姻届にはこだわらず一緒にコザに住んでいるという。

「マキィは、彼氏いるの？」

「別れてちょっとシクシクでこっちに来ました。私の意思だったんですけど……」

本心はさほど感傷的ではない。先ほど振り返った五年前の恋の亡霊が未だに悪さをしているだけだ。すべてを断ち切るつもりもあって環境を変えた、そのことを初対面の人に打ち明けるほど呑気でもない。

「沖縄はどうね。気に入ってくれてる?」

よく来る質問が来た、と余裕が増して思う。それで真希は〝模範解答〟を打ち出せた。

「最高ですね。ずっと恋い焦がれてたから、やっと移住できて毎日うっとりでした。もちろん、白いモクモクの食べたくなっちゃうような雲とか、エメラルドの海だけじゃなくて、沖縄のほとんどすべてが好き!」

「訊くまでもないけど食べ物は口に合う?」

矢継ぎ早に訊く彼氏は、ハーフとか日本国籍とかはどうでもよく、生まれ育った島が褒められることが最も嬉しいようだった。こういう場所で出会うほかの多くのウチナーンチュと同様に。真希は真希で、胃袋絡みの話題には支えられる気がしてくる。

「ゴーヤーに島豆腐、島バナナ、さっき食べたスクガラス、ナントゥー餅《もち》……お酒も含めて愛しちゃってます。一人で居酒屋に行く日も多いです」

「まだあまりドゥシいないんだ? あ、ドゥシって友達のこと。でも、行動派だね」

「失敗したこともありますよ。ヘチマ料理注文する時、ヘチマはナーベーラーですよね、ウチナンチュのふりして『ナーベーラーの味噌炒め』って言うつもりが、『トービーラーの味噌炒め』って言っちゃって、店の女の子がぎょっとしてました」

トービーラーとはゴキブリのことであり、カップルは真希の予想以上に激しく笑った。

「……そういうほのぼのとした話は」と苦しげにクォーターの女が彼氏の肩に手を置いて身を乗り出して言った。「お昼のＦＭの『※ハッピーアイランド』にメールかファクスすればいいよ。聴いたことあるさー？」

「あります。パーソナリティーのおばさん大好き。ラジオネームは『マンタちゃん』か『ハナゴイ』にでもしましょうか」

「……豪傑のマキィがダイヴァーだっていうのさっき聞いて頷いたけど、僕は最初、もっともっと特殊な人かと思ったよ。顔は優しげだけど肩幅とかあっててーげー強そうだし、よく食べるから、本場・沖縄の空手を極めに内地から送り込まれてきた研修生かと思った。もしくは綱引きのプロ」

「あんたねー」と女が怒ってくれた。「女性に対して失礼さぁ。真希ちゃん、ごめんね」

「いいんです。昔から体力だけの娘でした。肩幅ある上にこんな〝スポーツ刈り〟してて、今日も那覇で買い物中に男と間違えられちゃった」

「そんなことないでしょう」

「いえ、聴いてくれます？　三線《さんしん》の店冷やかしてたら店のおばさんに後ろから『ニィニィ、観光で来たの？　いい音するのあるよねー』って話しかけられたんですよ。ニィニィってお兄さんのことですよね、スカート穿いてるのに。……しかも、それだけじゃ済まなかったです。別の土産屋みたいなとこで店番してた小学一年ぐらいの男の子には、いきなり『おばさん、これ買ってみて』って。おばさん？　まあ、六、七才からすればそう呼ぶのが自然なんでしょうけどね。こんなふうに、いろんな人に鍛えられてます。そのうち『おじさん』とか言われちゃいそう」

「ハハ、二人ともでーじひどい。でも、あなた鼻の形良くて、お化粧も上等だし、恋人いないと思えないぐらいチュラカーギィ。チュラカーギィってわかるでしょ？　隣に座りたくない感じよ。胸もかなりあるし」

「五キロ以上減量して、部分痩せもして髪伸ばしたら自信つくかもしれませんけど。ハハハ、いや自信なんて永久に。ヤナカーギーですよ。ヤナカーギー」

美人・不美人《チュラカーギとヤナカーギ》を表す語も知らずして沖縄には住めない、とばかりに流暢に答える。

「ダイエットもいいけど、マーキィ」と彼氏が真希の名をさらに沖縄式に伸ばしきった。

「ヤギ汁はうまかった？」

「はい、でーじ！」

調子づいて方言の初歩の初歩をまた使ったら、相手がますます眼尻を下げるのが真希はわかった。はい大変、と言ってみたのだ。

「僕もヒージャーは大好きだけどよ、エネルギーの強すぎる肉だから、消化にものすごく時間かかる。それで食べた翌日必ずチルダイ…全身だるくなって寝込むわけ。二日後にはちゃんと精力ついてるけ

ハッピーアイランド…FM沖縄の平日午時（ひるどき）の人気番組。リスナーからの便りを読み上げるDJ多喜（たき）ひろみの明るく上品でほんのちょっぴり惚（ぼ）けた人柄が、特に主婦層の絶大な支持を得ている

どね。それで月にいっぺんは食べたくなる。食べるたびに風邪惹いたみたいに寝込む。その繰り返し」

閃いて、真希もいたずらっぽい気持ちに拍車がかかった。

「私も！　ちょっと違うかもしれないけど、小さい頃、コーヒーキャラメル食べるとその晩よくゲロ吐いて熱出して、脱水症状で救急車で運ばれてました。特に、あの渦巻きの入った何とかキャロライナとかいうやつ」

「ああ、あれね」

「自家中毒っていうんでしょうね。コーラもおいしくは飲めなかったから、きっとカフェインが苦手だったんだと思います。病院で二泊三日して隣ベッドの子と友達になったりしてケロッと退院できるんだけど、とにかくあのキャロライナが私の天敵でした。食べなきゃいいんだけど、子供だし、甘い物にいつも飢えてたから、あれば一袋だっていっぺんにっていう勢いで食べちゃう。ふだん両親が買うことはあまりなかったけど、親戚の秀子っていうお婆さんが、なぜかそのお菓子持って遊びに来ることが多かったんです。それで、秀子お婆さんが来て帰った後に大騒ぎで私が救急車に乗る、そんなことが三回ぐらい。もう秀子さんは亡くなったけど、未だにあの秀子想い浮かべるとゲロの苦しみも同時に甦る！」

二人はすばらしくほほえんでいた。いけない、色気より食い気のお茶目さんと化してしまった、この人物像は薄幸のブランド品買い漁《あさ》りの後期ＯＬ生活とともに封印してきたはずだった、と真希は自戒の腹式呼吸をした。穴二つぶん長くしたのにベルトがまだきつかった。

その真希よりはるかに多い皮下脂肪を抱えた表情豊かな彼氏の方も、漫談家だ。ブルーシールのアイスクリームに玉子が使われない理由をはじめ、ぜんざいやイカ墨入りサーターアンダギー※等についての身ぶり手ぶりつき、たまに帽子を取って若ハゲを見せての蘊蓄《うんちく》披露の後、犬用ケーキ好きなペットの話でいよいよ張り切るのだった。八才になるその牡《おす》犬――名前はニクマン――とだんだん顔つきや仕草が似通ってきたと打ち明ける彼が「僕が帰ると飛びついてきて、まずこんなふうに甘える」と本当に肉マンジュウ犬《けん》そっくりに舌を出して涎垂《よだれた》らさんばかりに笑顔を低めて揺すったので、真希は「アハハハハッ」と騒ぎながら留まり木からずり落ちてしまって即「きゃぁー」とおどけて可愛く言いかけ、途中で「あ、沖縄では『アガー』って言わないといけないんだった！」と背筋だけ正してみせたら、犬から人に戻りきれなくなったかのような声の彼氏に「ウォッフォッ、フォッフォ、マキィは最高」と絶賛された。すると女も「二人とも何ね？　笑い方がでーじ可笑しいさー」と笑顔の並びに加わった。

バッグからいきなりハーシーズの板チョコを出して半分食べさせてくれたクォーターの彼女とは、親愛込めて真希の方から二度目の乾杯をした。チョコの残りを分け合う恋人たちの泡盛は、缶紅茶でとても甘く割った残波《ざんぱ》。一口飲ませてもらい、おいしさに驚いた真希の舌がさらに活発になった。

そのうちに、ＯＬ脱落理由の一つが神経の不調だったということを彼女がやわらかくも真面目に打ち明けると、よかったらリラクセイションと安眠のためにこれを使いなさい、と若ハゲ氏は数カ月前に南インドへクォーター嬢と旅した時の土産である小さな赤い匂い袋を気前良く差し出した。一部の

サーターアンダギー…ドーナツに似た食感の丸っこい揚げ菓子

修行者《サドゥー》が瞑想の前に嗅いだりする物で、〝生きた波動〟を特上の美容効果とともに生むポプリがふんだんに使われているために上流階級のマドラス・レディーらもこれを好み、初期製造には英国の昔の科学者まで関与したらしい。閉じられた巾着《きんちゃく》の口とビニールをすり抜けてかすかに上る穏やかな香りに、そして「瞑想」というちょっぴり親しい言葉にも、真希は合掌で応えたくなった。

やけに無口と思えた店の主人は丸椅子の上で冷蔵庫に寄りかかり、交通安全人形の顔で寝ていた。

彼氏が「ちょっとバクダン落としてくるよ」とトイレに立ってからも、ユンタク、すなわち聞き喋りは途切れなかった。薄い緑と濃いのと二種類あるゴーヤーのそれぞれの料理法、それに沖縄の強烈な太陽光から肌を守る心得などをめぐって女同士盛り上がった。海でいつしかカカオ色になってしまうとしたらもったいない、現在のままあの白さを維持して優雅に琉舞でも始めてみては、とおだてられ、水に強い優れ物のファンデーションがあるから大丈夫ですよ、と得意分野の言葉を真希は悠々と返した。そしてこう提案された。

「今から私たちのおうちに来ない？　三十分ほどお茶飲んだら宜野湾まで送ってあげるし、眠りたければ泊まっていけばいいさ。ワンちゃんも撫でてやってほしい」

実はですねえ、犬はどちらかというと苦手なんですけど、と感激顔のまま答えようとしたが、真希は酔いと食べすぎと足首のかすかな痛みもあってそろそろ疲れてきていたので、曖昧に一度頰杖ついた。もう十一時を過ぎていた。主婦の香織が戻ってこない、とふと思った。あのブロンドのお蔭でなかなか良い出会いがあった。

今日のところは別れて帰宅しシャワーを浴びた方がいいだろう――。

結論した時、彼氏の弾む息を背後に聞いた。彼は読谷《よみたん》にある最高の足ティビチ※を出すおでん屋を思い出し、来月三人でティビチ会をしようと言いに手も拭《ふ》かず駆けてきたのだった。

寝ぼけまなこで「二千円もらっとこうか」と安くしてくれた主人に、スナック街へ出ればすぐタクシーが拾えるとこれまたのんびり言われ、誰もいない道を心細くも愉快からは離れぬ足どりで歩いていた真希は、背後に軽快に迫る複数の靴音やドアの音を聞いた。宵っ張りの沖縄を象徴していそうな気さくなカップルとは電話番号からEメールのアドレスまで教え合い、長々握手したばかりだった。

「ちょっと」「お客さん」「歩くの速いね」

身を縮こめつつ、忘れ物かしらと真希は振り返った。――十人余りの若い男たち。Tシャツもいればジャンパーもいる。いくつかの顔とシャツの絵に見覚えがあった。

ええっ、と思って彼女はまばたきし、もうあと二回もゆっくり強くまばたきした。

それから絶叫しようとした。が、声が出なかった。彼ら全員、店にいた人形ではないか！　人形ではないか！　人形！――

「怖がらんでいい。襲ったりしないよ」

襲う、の前に追ってきて口開ける自体あってはならぬ緊急事態なのに、背の高い丸刈りの男がニッ

足ティビチ…豚足の煮込み

コリ睨んでそう言い、さらに妖怪らしく続けた。

「ナーベーラーの味噌炒めのつくり方、教えてあげようかなと思って」

真希は妖怪全員に緩やかに取り囲まれ、震えと不信が弱まるわけなく黙り続けた。遂に始まったわ、すっかり忘れていたあの地下ドアの呪いが！　自動人形の分際で、殺して財布を奪うつもり？　九千円ちょっとしかないわよ。集団レイプ？　腰から足まで激しく震えながらでもそう言い返したかった。若い、といっても間近に見ると彼女と同じく二十代後半らしい落ち着き方の彼らだった。腹の出ている者もいる。

「今度は僕たちの店に来ませんか？」「一緒に飲みましょう」

左右から手を取られそうになって拒む。温かい、生きている肌だと察しはした。

「……あなたたちは、人間ですか？　人形ですか？」

「人形がこんなして喋るわけないでしょ。ただジンもらって人形ぐゎーしーしてただけだよ」

「は？」

彼女が方言もわからないでいると、男臭く陽灼《ひや》けした若白髪の人が近寄って言った。

「僕らはですね、ハーリーのチーム組んでるんですけど」

「えっ、ハーレー？　ハーレー・ダビッドソン乗ってるんですか？」

恐怖を急に忘れ、色黒の彼を見据えた。

「いいえ、バイクのハーレーじゃなくて舟です。沖縄に昔から伝わる舟のレース。糸満《いとまん》ではハーレーっていうけど、こっちらへんではハーリーです」

「…………」

「どうしても自分たちの練習用のハーリー舟が欲しくて買ってしまって、その時の借金返すために先週から土曜の夜だけあの店でバイトしてるんですよ。ずーっと動かないでいるの難儀だし、あんまりくだらんから辞めようと思ってます」

「……そうだったんですか。あれが、バイト……。嘘でしょう？」

よく演劇で、一瞬の暗転を機に舞台上の全役者が動きを止め、数分間そのままでいるという演出がある。生身の男女がマネキン人形の代わりにショウウインドウ内に立って通行人を楽しませる、そんな類いの外国の街のこぼれ話も真希はいつか耳にしていた。が、咳一つせず耐える生身に二時間近くも実際見守られていたのだとは絶対的に信じがたかった。むしろ映画「マネキン」の安直で夢一杯のファンタジー世界に近すぎる。もっとも、人がいい気分でいる時に、後ろで彼らは揺れたりあくびやアカンベーしたりグラスの中身を口に入れたり気ままにポジション・チェンジまでしていたのかもしれず、照明にも少しは仕掛けがあったようである。そう考えはしたが、やはりさっぱり整理つかない。いくらヤギに舌鼓打ったり大笑いしたりで隙だらけだったとはいえ――。

「時給いくらなんですか？」

「五百円」

「え、それって、法定の最低賃金に満たないんじゃないですか？」

「沖縄はね、給料しに安いよー」

余計な心配をしてあげた真希は、怯えがごく普通の警戒とほんの少しの好奇心にまでは変わってきたことを意識した。それを表情から確信したのか一人が再度軽く腕にだけ触れ、口説いた。

「安心したところで、わったーの店に直行しましょう。そんなに遠くないですよ」

「お誘いは嬉しいです。けど、こんな遅くに私独りで……無茶よ」

すると、最初に怖がるなと話しかけてきた丸刈りの百七十七センチぐらいある痩せ形の男が、やや力なく真希を長々見つめた。「ナーベーラー……」と諦めず呟く彼を助けるように、髪が焦げ茶色で肩まである小柄な一人が何となく恥ずかしそうに輪の中に入り、真希の瞳を覗き込んでこう一言だけ添えた。

「大丈夫ですよ、マキさん」

それは女だった。うんと若そうな、無表情の美人。

「………何のお店？　ショット・バー？」

名をやわらかに呼んだ彼女でなく、男たちが答えた。

「バーじゃないよ。カフェ」「名前は『ハーリー・カフェ85』………」


大好きな沖縄で受け入れられようとしてむごい目に遭わされるならそれも仕方ないかも、という漠然とした覚悟は常々あったし、不思議にも、彼らにむしろ護衛されているような気さえしてきて、酔いが醒めていたわけでもない真希はとうとう夜道を歩きだしてしまった。あの元恋人の夢見た鉄馬バイク《アイアンホース》と無関係という点は拍子抜けだが、人形役を引き受けるほどの男前揃いであることが彼女を尻上がりに浮き立たせたのだった。

中でも、人を不意に悲しげに見つめるのを得意とするらしい丸刈り男は、明るく賢そうな目と沖縄人にしてはすっきりした鼻を持ち、手足がとても長く、純真な怒りっぽい少年のように真希に舟漕ぎチームの素晴らしさをいくつもの断片的な言葉で説き、あっという間に彼女をチーム〈とび魚〉の一員ということにしてしまった。県立嘉手納高校のサッカー部やラグビー部にいた同級生の集まりから発展し、大半が今三十才。リーダーらしき元ゴールキーパーの彼はマサルと名乗り、真希ははやばやこのマサルに好感を抱いたから「漕ぎ手が一名足りなくて困ってた」との再度の誘いについ大きく頷いた。頷いてから、この友好的すぎる展開はいったい何なんでしょ、とかすかに首をひねった。

「アリサが今年からチームに加わって、彼女の隣で漕ぐ女の子がバランス上どうしても必要だわけよ」

アリサと呼ぶ先ほどの紅一点は真希に会釈した。が、話しかけてはこない。迷ったが真希は腕の長い男前の方に向き直った。

「……マサルさんも、もしかしてアメリカ人とのハーフですか？」

「うん。俺たちほとんど全員ハーフだから、英語しか使いきれん」

「え、日本語喋ってるじゃないですか」

「俺と、あと二、三名だけが喋れる。会話はいつも英語やんばーよ」

彼に「ハイ」「ハイ」とけしかけられた仲間たちは「ナイス・トゥー・ミーチュー」にとどまらず「オウ、イエイエー」「アハー。アハー」「ポーク・ランチョンミー」などとめちゃくちゃな挨拶を連ね、マサルの言葉が出任せだろうと気づかせてくれた。ランチョンミートとはウチナーンチュに常に大人気の輸入安肉缶詰のことである。彼はさらに、隅の静かな、白い歯を見せてほほえんでいる男を指さす。

「試しに真希、くりに『バーカ』って呼びかけてみれ。意味知らんはずよ」

「エー、マサル、フラー。何てこと教え込むか」

笑みを強めて抗議する「くり」と呼ばれた男は、昔洋楽界で活躍したある美しい黒人に似ていた。「フラー」が馬鹿を意味する沖縄方言だとは真希も観光客時代に覚え済みだ。年上の皆の馬鹿馬鹿しさ、いや若さにも興味が急速に湧いてくる。

「全部嘘さー。真希こそよ、ハーフっていうか、中華航空のスチュワーデスみたいだよ」

そんな冗談好き・お世辞上手のリーダーに続いて相手してくれたのは、既に印象濃かったタツヤという若白髪の好人物だった。陽に灼けすぎたのか額に皺が多く、口ヒゲまでうっすら白く、大柄ではないが腕っぷしがとても強そうである。

「さっきお店で真希さんたちの会話聞いて『ああ、この人はハーリーやるしかない』って直感したんですよ。是非、一緒に練習しましょう」

街灯の下でよく見ると、そのタツヤは顔や腕や首筋や、半ズボンから出た脚のあちこちに古傷や縫い跡がある。平和的なのは子犬のようにつぶらな眼と終始慇懃《いんぎん》な話し方だけなので、急に不安になり、ハーリーの練習で怪我《けが》したのかと真希が訊けることから訊くと、去年、自宅の庭をいじっていたら第二次大戦時の不発弾が爆発して全身四十数カ所から血が噴き出し、手の指などは形がわからないぐらいに複雑骨折し、一度縫っても皮膚がくっつかないので重ね縫いまでしたのだ云々と彼はにこやかに人ごとのように語った。ここはかつて悲惨な地上戦のあった沖縄なんだ、日本政府から一銭も補償や見舞金をもらえないというのはなおひどい、と真希が神妙に息を詰める前に、タツヤは子犬の眼を変に細めてこう付け足した。

「病院で激痛に耐えながら百針以上縫ってもらってる時、前に座って一心に縫ってる看護婦さんの、パンツが丸見えだったんですよ。それで、数秒間痛みが消えた」

「一瞬でなく、数秒間？」

「そう。数秒」

困りながらも真希は少女でない女として明るく笑った。彼はラグビー部の元主将だという。

唯一の同性がそばを歩いてくれているかどうか、やはり時々は気休めのために確かめる必要があった。そのアリサはあどけなさときつさを兼ね備えた見映えのする眼と、かつらのようにべったり貼りついて見える前髪が目立ち、真っ赤とおぼしきルージュがとても似合っているが、瞳をほとんど動かさないこともあり何となく怖かった。ほかの誰よりもお人形らしいのはいうまでもない。

「訊いてもいい？　何才？」

「二十三です。真希さんは？」

「言いたくないなー。もう二十八なの。でもよろしくね」

ぽつりぽつりそんな言葉を交わしたが、途中で男の声に割り込まれた。

「アリサーも真希ちゃんに合わしてダンパチしたら面白いんじゃないの？　いっそマサルぐらいにチミれば？　本気でハーリーやるんだったら百グラムでも体重軽くしちゃん方がマシあらに」

「もー、シゲオニィニィよー、髪は百グラムもないってばー」

「水しぶきで濡れれば重くなんどー」

「でも、マサルさんカットにしたらノブが泣くよ」

人見知りが強いのか、焦げ茶髪の美人はそのまま彼とだけ盛り上がっていった。仕方なく電柱の一つへと視線を投げたりして数十秒過ごした真希に、話題の主となったり皆に話しかけて回ったりと忙しいマサルがまたまた華やかに寄り添いに来た。

「陸上部にいたんなら真希、後で俺と五十メートル勝負しよう」

「な、な、何で」

「千円賭けて勝負だ。ハンディつけてやるからまず俺を倒せ。お前はいい奴みたいだからな」


そうこうするうちに、市街地をすっかり離れ、赤い橋を渡り、下肥の臭いを嗅ぎながら農道を抜け、何人かが出した懐中電灯を頼りに岩だらけの道を浜まで下りた。半時間以上歩いたのか十分足らずのことだったのか、真希はのぼせていて眠気もあって正しく感じ取れなかった。万が一突然襲われたらどうしよう、既に手後れかもしれないと腹のどこかも重くはなったが、口と耳ははしゃいだままで、また彼らの造ったカフェをとにかく見てみたいと眼は大開き気味だった。きっと〝魔法〟がいよいよ本格化してきたのだと自らの超人的な蛮勇の持続に変に納得しながら彼女は進んだ。足はかなり痛かったけれど。

真っ黒い海が、静かに夜気となぶり合っていた。

一人がランプを用意した。監視台もパラソル類もない自然の砂浜。小舟が一艘、波打ち際からかなり引っ込んだ草むらの手前に置かれていて――――それだけだった。波音がわずかに増す。

「カフェって、どこですか？」

身の危険がやっぱり、と恐怖と悔いにしがみつかれた瞬間。

「ここ」

短く答えて彼らは舟の脇に車座になり、氷入りの紙コップをいそいそと回し始めた。そしてペットボトルからさんぴん茶を各自注ぎ、ポテトチップスや塩せんべいの袋を開ける。呆然と突っ立つばかりの真希を座らせ、不発弾のタツヤが言う。

「真希さん、この舟の前が僕たちの溜まり場ですよ。自分たちの舟見ながら飲むのが嬉しくて嬉しくて、ハーリー・カフェって呼ぶようになったんです」

「…………なるほどね……」

不快でなく彼女は失笑した。今さらこの程度のことじゃ驚かないわよ、レイプなんてされるわけないじゃない、という根拠のない強気が眠たさにまで勝って心臓に貼りついた。それでスカートがさらに汚れるのも構わず一人一人の顔をじゅうぶん覚えられる位置まで尻を滑らせた。背後に林、正面にはよく見えないが海と空が横長に続く。「少しは店らしくしようね」と優しい声の黒人音楽家似がミニコンポのスイッチを入れ、砂浜の上で控えめな音量で流れだしたのは滑稽なほどわかりやすい――ザ・ビーチ・ボーイズだった！

乾杯した。安堵の決め手は元お気に入りの音楽だったが、その上「真希の歓迎会だよ」と正面に大股開きでいる格好良すぎるマサルがぶっきらぼうな調子で言ってくれた。すっかり心を開いたら、楽しすぎた。何もかも。皆が代わる代わる声をかけてくるので真希は受け答えるのに忙しかった。BSACのインストラクターをめざしているという自己紹介に皆が「さすがナイチャーネエネエ」「相当お洒落やっさー」と大げさに頷くのを見て、明日ちゃんと起きられるかどうかの心配をひそかにし始めた。冷静な真希も確かにそこにいて。しかし、移住して二カ月後に初めて味わう濃厚な夜を中途半端に手放す気はもはやなかった。講習なんてどうでもいい、と不埒《ふらち》に思うところまではいかなかったが。

複数の小ランプによる明るみの中でずっと嘘のほとんどない笑顔でいたら、「いいスマイルだね」と一人に褒められた。「こんなフレッシュな、洗顔フォームか歯磨き粉のCMガールふうじーの子がメンバーに加わるとは思わんかった」とボクサーっぽい色白の吊り眼の美青年が言った。歩きながら髪形の話をアリサにした人だ。真希は猛烈に照れながらも、自分が恋愛対象の資格ありと見なされているのか単に珍客として持ち上げられただけなのか、知っておきたくは一瞬なった。

「……バーじゃなくてカフェにしたのはどうして？」と質問やおだてをかいくぐって誰にともなく訊くと、マサルが「練習する前に酒飲んだら駄目だばーどー」と真顔で皆を諭すように説いた。納得しつつも真希は、このような真夜中に海上へ出ることには疑問を呈したくなった。――それよりも、約十二人の中に既に何人か、こっそりさんぴん茶に泡盛残波を混ぜる者がいるのを彼女は見逃さなかった。さらに、いつの間にか先ほどのバーの主人まで真っ赤な顔で眼を細めて車座に加わっているので、訳のわからなさに声を失ったままふきだしそうになった！　あの酔っぱらいマスター・タラーもチームの一員だが最近仕事が忙しいので漕ぐのをやめている、と隣のタツヤに説明されても彼女は宵からの不条理含みの展開に呆れ返り目をつぶって小首を振っていた。

残波のさんぴん茶割りが結局は次々につくられ、回った。

雲が増えた夜空の下に焦げ茶色に佇む木製ハーリー舟は、長さ五メートルほどで、絵葉書等で見たことのある一人乗りぐらいの刳《く》り舟「サバニ」とほぼ同じ雰囲気だったが、幅が広すぎ、かなり古ぼけ、へりなどが所々崩れているのが薄明かりしか届かなくてもわかった。かすかに光る船体にはシミやムラがたくさんあるが、そのぶん木の温もりと呼気のようなものは触らずとも伝わってきた。舳《へ》先《さき》付近の「とび魚会」の文字の横に、白い翼を広げて大空を飛ぶ、天使に限りなく近い人魚の絵が可愛く多色塗りで描かれていた。真希も漕いでみたくなった。

さんぴん茶割りを渡されてしまったので彼女はよろこんで飲んだ。バーでの紅茶割りやあの「85」の味と、まず比べる。これはこれで癖がなくておいしいようである。

なおも丁寧に口をつけていたら、いつの間にか隣に来たマサルに「真希ぃ、もう友達だよ」とコップにコップを当てられた。

「埼玉出身？」

「ええ、そんな感じです。大学に進む時に、いろいろあって元いた宇都宮に家族が戻ったんで、それ以来私だけ東京で一人暮らししてましたけど」

「今からは、沖縄にずっといとけ。少なくとも嘉手納ハーリーで優勝して、一緒に三連覇するまではうぃ、とぉけー、」

「…いてもいいですか?」

「あてーめーさー。ここまでやったのにいなくなったらわじんどー」

「え?」

「いなくなったら、怒るよ」

背は何センチかとか訊いてみたいことが真希にはたくさんあったのだが、マサルは置きっ放しにしていた携帯電話が鳴ったので「ごめん」とコップ持ったまま元の場所に素晴らしい大股で戻ってしまった。

トイレに行っていたらしい別の人がそばに再び座り、不本意に耐えて真希は彼・アッチャンとあらためて挨拶し、羽のある人魚を数人がかりでペンキで描いた時の苦労話などを聴かせてもらった。発案は彼自身。保管の都合により舟が逆さの状態で色を塗ったのだという。いかつくも落ち着いた外見のアッチャンは、急がず誇りを滲ませて静かに物言う。

若いと思ったビーチ・ボーイズは六〇年代全盛期の曲ではなく「ココモ」に似た「アイランド・フィーバー」、そして「スティル・サーフィン」へと世に知られていない佳曲が続く九〇年代前半の復古趣味アルバムからだったので、何もない内陸県から出てきて東京・大田《おおた》区のアパートで青い海に憧れながらその〈サマー・イン・パラダイス〉を聴き込んだ覚えもある真希は、空回りの多かった青春全体のほろ苦さへとまたまた気分が飛んだりし、酔いが進んだ。

自分は明日からどうなってしまうんだろう、と表情を一、二度消しもした。

はるか右方向には灯台でも潜むのか、一粒だけのサファイア色の光が消えてはまた現れる。左手には遠い別の港町の夜景が細長くへばりつき、その一部は米軍基地のものとおぼしき大味なオレンジ灯の群れに占められている。黒い中でも夜景の手前の海だけがほの明るい。

そもそものきっかけである国道脇のいたずらドアについて、誰かに問い質す必要を真希は感じ始めた。皆の体が本当に蝋やポリエステルなんかではないことをもう一度だけ確かめなければ気が済まなくなった。……それはきっと無意味であり、せめて浜の空気の現実度を探るかのようにタツヤにこう尋ねてみるのが精一杯だった。

「あの、『ハーリー・カフェ85』ってさっき言いましたよね」

「そう、『ハーリー』ですよ」

「『85』って、国道58号線を逆さにしてみた洒落ですか？　普通の世界のちょうど裏側に迷い込んだ人間をもちゃんと迎えてくれる店、みたいな？」

「……真希、考えすぎだよ」と斜め向かいから耳ざとく聞きつけたマサルが言う。彼は最初とも違う場所で煙草に火をつけていたところだった。「『85』っていうのは『ハゴー』のこと。チームにハゴーな奴多いから」

「ハゴーって何？」

マサルは変に笑って答えない。右隣の、先ほどの眼光鋭い温厚なアッチャンにも真希は訊く。

「『汚い』って意味」

「……皆さんそんなに汚いんですか？」

「俺は綺麗好きさー。汚いのはくりに、くぬフラーに…」とマサルが何人かを指さしていく。「くり」は「こいつ」の意味だと真希はようやく察した。「くぬフラー」は「この馬鹿」？――

人の新車の後部座席で勝手にひとり刺身を食べて醤油をこぼし、ゲロまで吐いた、とからかい気味にマサルに紹介された男が「ハゴーで何が悪い！」と怒鳴って笑う。肥満気味の彼はノゾムといい、天然らしい縮れ毛の下の派手に膨れた角顔を崩したまま、今は日に何度もシャツを替えるぐらい清潔（で汗かき）だが中学高校時代は確かに不潔でもまったく平気だったと自ら豪語した。ここにいる何人かの溜まり場にもなっていた彼の部屋は当時七年間一度も掃除されず、常に畳がまったく見えないほど物が散らかり、皆で飲食しては盛り上がっていたせいで部屋にいろいろな生き物が棲息し、最後はネズミにハブまで出たとのことだった。ノゾムは楽しそうに語っておいて、最後にまた「俺は何も悪くない！」と怒鳴ってオランウータンの迫力で――丸顔ではないが――砂を掌で叩いた。その隣にいた例の黒人風のコウイチが「ドードードードー」とお人好しらしく腕を押さえた。

「真希さん、ノゾムはもっと怒って熱くなるとシャツ脱いで背中見せますよ」とタツヤが特有のくすぐるような喋り方でこっそり言う。「毛深い人間のことをキーマーって呼ぶんですけど、あの男はそんじょそこらのキーマーじゃなくて、背中一面に『火』っていう文字の形に毛が茂ってるんですよ。見たらびっくりして、泣く子はもっと泣きますよ」

「そんなこと言われると見たくなっちゃいますね。怒らせるのは怖いけど」

「怒らなくても、酔っぱらっていい気分になるとやっぱり脱ぎますよ。真希さんもそうじゃないですか？」

子犬の眼をした男臭い人に淡々と要らぬことを言われ、真希は「エッチ」とタツヤの太い二の腕をつついた。アッチャンがすかさず「真希さん、そんな時にも『ハゴー』って言ってやればいい。『いやらしい』っていう意味もあるから」と加勢してくれたので、彼女は紳士のアッチャンに身を寄せて乾杯した。タツヤとも乾杯した。ビーチ・ボーイズの確か六曲目、こういう海辺でこそ聴きたかったといいたいバラード「スロー・サマー・ダンシング　～ワン・サマー・ナイト」は、気づいたらほとんど終わりかけだった。

口に運ぶのは飲み物ばかりとなっていた真希ではあるが、別腹にならまだ少し入る甘いツマミが見当たらないことにふと不足を感じ、チョコかちんすこうか果物でもあればいいですね、と調子に乗って隣のどちらかに囁きたくなった。そして、デイパックの中の――午後ずっと重かった〝非常食〟の黄色を想った。

デイパックからうきうきと取り出し、中腰に近い姿勢で車座の内側を回り、「よかったら」「はい、どうぞ」とやや照れ笑いしながら彼女は一人一人に島バナナをたった一本ずつ配った。「おー」とか「さすが真希ちゃん！」と驚きの声を聞き、自分の手元に一本残してまだ確実に配れると知ったので、追加でわざわざもう一周してみた。

座り直して見回せば、三十路の少年たちが十センチ程度の長さのバナナをそれぞれくわえたり剥いたり左右の手で打ち鳴らす仕草に耽っている様子は、何となく可愛らしく、昼間こんなに買い込んで本当によかったと真希は得意やら母性本能やらを膨らました。この人たちって、おサルさんでもないのに何でこんなにバナナが似合うの？　なおもそう思ってふきだしかけるのをこらえていたら、丸刈りの人と目が合った。「真希、おいしいよ。ありがとう」と口尖らすように、だが誰よりもまっすぐ言ってくれるのはやはりマサルだった。

きっと皆スポーツマンだから似合うんだ、と真希は自身のサルっぽい髪の短さを棚に上げて結論した。

頼りないほど薄い皮を二、三方に垂らせば小鳥か天使のようでもある島バナナを、当然食べるべくして真希もかじる。パティシエのつくる物と比べてしまえばさすがに味は落ち、かすかに粉吹いて見える表面こそが生クリームケーキ的なのかもしれないと考える。いずれにしても羽ばたく者に譬《たと》えられる権利ぐらいは持つ、愛想の好い果物に見える。

全体の話題は、はたしてハーリー関係に移り変わっていった。舟をいかにして「走らせる」かというテーマらしかった。途中からモリカズというすらっとした肩幅の広い、前髪の長い男が主に喋るようになった。

「ある程度のスピードいかないと舟が安定しない。今まで練習やってて、車に譬えれば一度も『4速』に入ったことがない。いつも『3速』止まりだわけよ。最初の二十漕ぎで4速に入るようになれば、グテーからいって優勝間違いないよ。でも、みんな、格好はちゅーじゅく漕いでるけどスカスカだよ。舟がのってないのにエークがスカスカになるっていうのは、バッペーてるってことだよ。もっと突っ込んで引いてよ」

「スタートダッシュは上等あらんなぁ?」「だいたい八漕ぎぐらいで舟のってきてる」「でも、その後《あと》かんなじ失速する」

マサル、タツヤ、アッチャンらが発言し、再びモリカズが答えるように説く。

「失速したら、イチバンエークのアッチャンが漕ぎ方を戻す。みんながそれに合わせる。もう一度のってきたら、エークは自然と正しくスカスカになる。そうしたらまたピッチに移行しなさいってこと。舟がのってるのにたっぷり差して引くとブレーキになるからね。

とにかくピッチっていうのは、スピードが出てる時の漕ぎ方だよ。失速してんのに楽したくてピッチで差してるから、舟がのらないままターンが来てしまうわけよ。そうするとアッチャンが立ち上がった時、ローリングして、わんが舵《かじ》を深く入れなきゃいけない。それでますますブレーキかけることになる。頑張ったぶんも無駄になるよ」

「……ターンがでーじきつい」とタツヤが言った。「スピードのこともあるけど、ターンではみんなが突っ込みすぎてないか？」

「水も入る」「ターンで右がもっと漕がんと」とさらに何人か。

「ターンではどうしても遠心力つくさ」とマサル。「どんな漕ぎ方しても左右に揺れる。舵取りが入れる。ブレーキになる。モリーの言う通り、ターンまでの前半戦でスピード上げることが最優先だな。話を進めよう。…差す時と撥ね上げる時と、まーで合わすか」

「差す時が当てやすいような……」「両方合わんと」「座る位置も腕の長さもそれぞれ違う。わったーの技量じゃ完璧なドンピシャは無理よー」と口々に。

「無理あらんどー、シゲオ。何のためにポジション固定してるか。やーは練習まともに来てなくて技量とか言う」

ボクサーっぽい美青年のシゲオを「やー」と呼んで責めたのはタツヤだった。

「……推進力がつくのはパッと撥ね上げる時だから、そこで全員のエークが揃うようにするのがいいんじゃないかな」

割れていく意見を穏やかに束ねたモリカズは、舟の一番後ろに乗って舵を取るトモノイという役らしく、頷いた皆にさらに、いろいろな注文を出した。

「去年は勢いだけで決勝まで勝ち進めたよ。でも、本気で優勝めざすなら、もっと頭使わないといけない。体力でも技術でもない。まず、意識だよ。バチャバチャやりながら舟に運んでもらうんじゃなくて、『わんがこの舟走らせるんだ』って意識で一人一人が漕がんと、あんな重い木、絶対走らないよ。一人でも気持ち負けたらもう舟は進まんよ。苦しいからって、終わること考え始めたら駄目。前の人に当てるので精一杯になる。ちゃんと前を見て、隣も見て、舟が進んでるかどうかを感じて漕いでよ。舟底以外は本当は見ない方がいいんだけどね。顎が上がってしまうから。

それと、頭は中身だけ使ってよ。いつも思うけど、みんな漕ぐ時に頭上げ下げしすぎ。人間の頭って五キロから十キロもあるんだよ。それで舟が前後にカクンカクン揺れて、進まない。左右の揺れはわんが直しきれるけど、バウンドには対応できない。強いチームはみんな揺れてないよ。海面を滑っていくように進む。チブル振って上下、じゃなくて、腹筋使って前後に体動かしてごらん」

「背筋じゃないのか」と一人。

「腹筋だよ。エーク引く時より、戻す時の、前に持ってく体の勢いが大切なんだよ。腹筋の力で戻すんだよ。何ていうか、前の人の脇の下に頭突きするような感じに」

「サッカーのヘディングと同じだな。オッケー、オッケー」とマサルが楽しげに話を引き取った。

エークとは櫂のことらしかった。〈とび魚〉というこのチームが去年結成され、猛練習の甲斐あっていきなり地元・嘉手納のハーリー大会で決勝レースまで進んで三位に入ったことなどを、既に真希は熱い言葉で知らされていた。

時々一人二人が何か言い、そこから議論のようなものが生まれることもあったが、口数の多かったマサルもタツヤもそのうち黙って酒を啜りつつモリカズの講釈に耳を傾けるようになった。真希には、このすらっとした弁舌家が皆を〝裏番《うらばん》〟として支配しているように思えた。それでアッチャンに小声で「……あの人がキャプテンですか？」と訊いてみた。中背の紳士は少し恥ずかしげに答えた。

「すいません。〈とび魚〉の代表者は僕なんですけど……」

礼を失したお詫びに、ハーリーの話が一段落した後、アッチャン自身のことを真希はいろいろ質問した。サッカー部の元主将でもあり、当時ミッドフィルダーをこなしていたという。温厚な喋り方のわりに獲物狙い的なまなざしをしているのが、「中田英寿」とかを想う彼女には納得できた。眼自体は中田とは別人種のように大きい。バーから姿を消したあの香織の、現在の夫と特に親しく、コックに対しアッチャンの方は和食の料理人とのことだった。ついでに訊けば、マサルとシゲオはともに快男子らしく営業マン。タツヤは山での伐採関係。モリカズをはじめ米軍雇用員が何人かいた。

「……身が引き締まっていないっていう沖縄の魚だけど、けっこうおいしいですよね。ビタローやシチューマチのバター焼きとか」

真希がお世辞交じりながら迷いなくそう言ってみると、アッチャンは「いや、駄目でしょう。しょせん寒い所の魚には太刀打《たち》ちできない」とミッドフィルダーらしく冷徹に答え、そうしたらくすぐり声のタツヤが口出ししてきた。

「真希さん、このアッチャンと魚の話しても無駄ですよ。サヨリしか食べないのに」

「は？　……そうなんですか？　サヨリが最高ですか？」

アッチャンに確かめると、彼は嬉しそうに少しはにかみ、

「僕の奥さんがサヨリっていう名前で」

「え、結婚してるの？」

反射的に、真希は彼の手を触りまでして結婚指輪を探した。

「はい、いちおう新婚で」

そしてそれはタツヤの左薬指にも光った。年を考えれば当然のことなのだが、二児の父だというタツヤに訊き、マサルにもモリカズにもシゲオにもちゃんと妻がいると知らされ、真希は欺かれた気持ちで急に黙り込んでしまった。特に特にマサルに対しては、ゆるせない、とまるで何かを捧げてしまった後のように腹立った！　倒してやりたいとまで失恋気分で思った。今から五十メートル走、しましょ。ハンディOKって言ったんだからアタシは四十メートル先からスタートよ！――

「真希さん、独身者もまだまだいますよ。あのマスターも、独身の帝王」

タツヤのその言葉を聞きつけてか帝王タラーはコップを持って立ち上がって近づき、「真希ちゃーん、飲んでるー？」とアッチャンとの間に大きな尻を落とした。

「飲んでます。皆さんのお蔭でとってもおいしく……」

いくぶんか拗ねたまま真希は明るく答えた。一人だけネクタイをしていることもあり、彼の外貌は腹話術人形であるよりもやはりきちんとした紳士だった。鼻などが雄々しくさえ見えた。このチームの誰となら色っぽくつきあえるだろうか、などというはしたない物思いにはひとまず休止をかけ、ウチナーンチュとの豪勢な交流だけしたいのだと彼女は池原タラー氏と乾杯した。

「それで、真希ちゃん、さっき食べた汁どんなだった？」

「すごくおいしかったですよ。今もう一杯出されたら、また食べちゃうかもしれない」

「ヤギって俺言ったっけ……。実は、あれは、犬の肉なんだよ。ガチマヤーの、いや、グルメの真希ちゃんがおいしいって言ったらほかの客にも出そうと思ったわけ。これで自信ついた」

「……嘘、でしょう？」

「真希さん、このマスターは」とタツヤが助けてくれる。「客にヤギ出すたびにこんなフラーなこと言うんですよ。信じちゃ駄目です」

「この前のはエイプリル・フールだけど、今日のは本当にイングヮーさ。具志川《ぐしかわ》から仕入れた」とタラー。「犬とヤギは味が似てるからね。嘘だと思ったら真希ちゃん、明日、犬のそばに歩いていってごらん。食われると思って犬は寄ってこないよ。臭うからね」

「……ねえ、嘘でしょ、そんなの」

「やーはわらばーたーの前でトンボかちみて食べるような男だから、じゅんにイン使ってるかもしれん」

サヨリ好きのアッチャンが方言だらけで参加してきたので、真希は「え、今何て言ったんですか？」

と急性の胃凭れを治したくてタラーの向こうのアッチャンへ首を伸ばす。

「すみません。あのね、この男、去年の夏、ここにいるメンバーその他二十何名かでビーチパーティ※ーやった時、酔っぱらってもうでーじだったんです。隣の集団に交じってカラオケ歌って景品もらって帰ってきたと思ったら、子供たちに『好き嫌いせずに何でも食べなきゃいけないよ』って諭して、『じゃあ、これ食える?』ってタツヤの腕白の次男がトンボぐゎー捕まえて差し出したら、『だー』って言ってそのまままむしゃむしゃ食べよった。かじるだけじゃなくて完全に呑み込んで、それでケロッとしてました。その後がまたひどい。帰りに車運転して岩にぶつかって、大破したその車捨てて、歩いてスナックにまた飲みに行ってるんですよ。怪我はなかったらしいけど。そうして翌日、僕のうちに遊びに来て『人間は酒飲んで運転したら駄目だね』ってしんみり振り返りよった。……そんな男だから、自分の店で犬の肉でもトンボの肉でも使いかねない」

タラーは神妙そうに、あるいは人ごとという眠げな表情で酒を啜っていた。「トンボ、おいしかったですか?」と真希がおそるおそる訊くと、「やっぱりおいしくなかったよ。そりゃ、ね」とごく常識的に答える。胃が犬の重みを抱えたままの真希だが、「ま、いいか」と呟いてみる。やけくそで――こんな科白《せりふ》も。

「私、子供の時二回も犬に咬まれてるから、今日食べてやっと恨み晴らせたかもしれない。ありがとう、タラーさん」

勢いで、犬嫌いゆえに苦労した子供時代を語ったりした。二十歳《はたち》を過ぎてなお、恐怖映画「オーメン」のように誰もいない寒そうな墓場で山犬たちに囲まれるという夢にしばしばうなされたことなども。さらにはこんな主張まで。

「沖縄って、東京なんかじゃ考えられないくらい野良犬とか放し飼いの犬が多くて、それが移り住んでわかった沖縄のほとんどただ一つの言語道断な点です。聞けば犬に咬まれる事故も全国一らしいじゃないですか。私、歩いて買い物とか行くたんびにブルブル。近所にいつも出るんですよ、特定の二、三匹が！　『出る』って言うと幽霊みたいだけど、ホント幽霊以上に怖い………」

アッチャンもタラーも、数秒の沈黙の後で「やっぱり個性的な子だ……」と犬にはあまり関心なさそうに評した。急な喋りすぎを恥じ、それで肩をいくらか縮めた真希ではあったが、彼女からすれば彼らの方こそ、彼らほぼ全員が「個性派！」なのだった。

トンボ食いのタラーのほかにも――珍独身者が代わる代わる真希の傍らに座りに来た。

まずはコウイチ。細長さや髪の短さがマサルに少し近い、先ほどから彼女にとって気になる美しき黒人似の彼は無類のマラソン好きで、数年前に「練習のつもり」で町の運動公園のテニスコートを四時間半かけて六百周以上回ってフルマラソンと同じ距離を走りきり、目が回って倒れた、という少し危ない物静かな人物だった。続いては白くて小柄なミノル。眉間に長い縦皺のある老け顔の彼は、酒飲むとどんな野外でも寝っ転がってしまうらしかった。眠るだけならありふれているが、具体的に聞くととんでもない。

この浜でささやかに舟の進水式をやった先々週の晩、飲みすぎた彼らミノルとコウイチがぽとりぽ

ビーチパーティー…浜辺のテントの下に集まってバーベキュー等をする、沖縄の夏の代表的レジャー

とりと倒れ、朝方ひとり目覚めてすぐミノルは便意を催し、我慢しきれず舟のすぐ脇で済ましてしまった！　これが「85」の真の由来だそうだ。ペーパーには草の葉を代用し、そうして豪胆なミノルが帰った後、遅くに目覚めたコウイチが誰のかわからぬその人糞《じんぷん》を見つけ、黙々と片づけた、という美談がおまけについていた。近くに皆で簡易トイレを設置したのはそれがきっかけだった。

「――真希ちゃんの今座ってる所がそのウンコ現場やんよー」

何人かにそう言われたが、真希は今度は信じなかった。犬肉の話もたぶん冗談だとようやく思えてきていた。

車座のその〝カフェ〟は三つ四つの固まりに分かれて延々と談笑に耽った。仕切り役だったマサルがいつの間にかいなくなっているのを真希は気にしたが、隣のタツヤが真希を飽きさせないよう常に誰かをそばに呼んだり新しい話題を振ってくれたりした。

「真希さん、ハーリーはね、きついなんてもんじゃないですよ」と夜目にも人一倍浅黒い顔を楽しげに力ませてタツヤは言う。「大会になると嘉手納の場合、一回戦・準決勝・決勝と三回漕ぐんですけど、五百メートルの距離をゴールインすると、もう三分間ぐらい涎が止まらなくなって身動きもできない。それぐらい本気で漕ぎます。練習ではそれをぶっ続けで七往復したりする。何でこんなきついことするのかなーって思うこともあるけど、やめられないですね。仕事中も、奥さん・子供といる時も、いつもハーリーのこと考えてる。そのうち〝ハーリー離婚〟するかもしれないって覚悟してたけど、最近では奥さんの方が諦めていつも角《つの》生やさないで送り出してくれる」

「……そんなにきつくて、そんなに楽しいんですね」

「それがハーリーですよ。真希さんも頑張ってください」

「私なんかに、できるでしょうか？　力持ちのタツヤさんがきついって言うものを、女の私がやっていいんでしょうか？」

「大丈夫です。真希さんならできます。それがわかるからみんなで『あの人誘おう』って決めたんです」

「嬉しいような、悲しいような」

「こうしてミーティングしてて、このチームが普通じゃないってこと既に気づいてるでしょう？　ほかにこんな時間にこんな場所で寝る間も惜しんでマリンスポーツの話ができる仲間たちって、沖縄じゅう探してもそういませんよ」

「でしょうね……」

タツヤが立ち上がってどこかへ行こうとした時、入れ代わりにジンチャンというひときわ背高の、なぜか濃いサングラスをかけている男が「わんも最近加わった初心者だから、一緒に漕ぎ方覚えよう。真希ちゃん、よろしく」とコップ片手に来てくれた。「お前は真希さんの姿見えてるのか」とタツヤに不思議がられ、サングラスをおもむろにジンチャンが外すと、あまり南国風ではないトロンとした眼が現れたが、顔全体にはまあまあの甘みがあり、ヨットマンのような全身の華やかさが泥臭いゆっくりな喋り方と妙に合っていた。本当にもう、いい男ばっかり、と真希は乾杯時にコップを両手で持ったりなどしたが、いい男の鼻毛が少々茂りすぎている点には視線を留めずにいられなかった。とはいえ――「ジンは昔からナイチャー好きだから、真希ちゃんもう狙われてるかもよ」という色白のシゲオの声には、分《ぶ》をわきまえつつも気持ちを引き締められた。東京にかつて仕事で住み、恋人は現在募集中とのこと！

　面白そうと夜間ダイブや水中銃について尋ね、返礼的にシーカヤックの体験談を聴かせてくれたメイ、インディッシュ的ジンチャンが去ると、少しの間真希は満腹のまま独りになった。

　不意に久しぶりのアリサが、皆より少しばかり若く見える中背の男とともにやはりコップを持って近づいた。アッチャンの弟である彼ノブユキとはもうすぐ婚約するのだと遠慮がちに言い、目はあまり合わせてくれないけれど、柔和に可愛らしく乾杯を求めてきた。力強い声で。

「真希さん、絶対頑張りましょう。今さらやめるとか言わんでよ」

「はい、もう頑張っちゃいます」

「じゃ、握手しましょう」

　もちろん人形の手なんかではなかった。続いてソツのなさそうなノブユキもにこやかに二言三言激励してくれた。「バナナご馳走様でした」とも律儀に言った素敵な二人は、だがわずか一分ほどで去った。羨ましい美人との信頼はゆっくり育てていくのがよさそうに思えた。辞める前に会社から多数持ち帰った乳液とかアイライナーとかの試供品をいろいろ分けてあげようかしら、と胸の深部を真希なりに温めた。愛用ブランドをかたくなに決めている人だったりしたら空振りだけど――。

　喋る相手がいなくなると、真希は眠気にきつく捉えられた。明日の講習のことは帰宅してから考えようと割り切った。が、どうやって帰るかがまず問題だった。方角からして自信がない。

　流れている曲に、うつらうつらしても途中で急に打たれ、それでコンポに目をやった。マイク・ラブが――〝君〟を取り戻すべく彼なりの自省を魂一杯響かす。先ほどのアルバムには入っていないはずの「ゲッチャ・バック」。一九八五年作品だとすぐいえるのがファンだ、と嬉しくなる。主役はもう一人いて。あの古い不滅のラブソング「ドント・ウォーリー・ベイビー」を丸ごと呼び起こすブライアン・ウィルソンの豪華で切ない裏声が、延々と天空へまで溶け広がっていく後半。ブライアンの声を聴いたのは何年ぶりだろう、……今いる場所は〝ハーリー・カフェ85〟。そんなまとまらぬ感慨に少し彼女は耽った。

ちょうど背後をゆっくり屈むようにして通りがかった元六百周ランナー・コウイチに、「BGM、さっきから妙に新鮮でいい感じ。あなたのテープかMDですか?」と体をねじって問うと、恋人のいない彼は恥ずかしそうにまばたきをたくさんし、皆の同級生であるターマという男が去年のビーチパーティーで忘れていった自家製CDだと吃りがちに早口で説明した。そして、足元の砂にまみれていた花火の燃え殻をビニール袋に入れ、五歩ぐらい歩いて吸い殻らしき物を拾う。

「……偉いですね、コウイチさん」

「あ、いや、偉くないんだけど、あの、時々このカフェの周りでチリ拾ったりすると酔い醒ましになると思うわけさ。ビーチも綺麗になるし」

本当の美形とはたぶん違うが美しいとしかやはりいいようのないコウイチがもじもじしたまま林の口へと離れていくのを、真希はニッコリ眺め続けた。……ターマさんか、まだいろんな素敵な人が登場してきそうだ、と牡鹿《お》にも似たコウイチをなおずっと探しながら溜め息をついたりした。名曲にもさらに、畳みかけられる。

心がここまで若返ってしまった元古典ポップス好きとしては、絶対的リーダーだったブライアン・ウィルソンが神経をさほど病んでいなかった頃、すなわち〝海と車と太陽と女の子〟時代のビーチ・ボーイズへの恋しさが、確実に募るのだった。こんなマイク・ラブ――反ブライアン色を強めていった楽観論男――派ともいうべき選《え》り好みはグループのその後の前進と混乱、それに天才ブライアンの浮き沈み《こわれぐあい》を辛抱強く受け入れる通の聴き手に眉を顰《ひそ》められそうだとわかるし、鳴っているのは「ゲッチャ・バック」同様、別れた伴侶への未練を〝枯れゆく大人たち〟として歌い上げる「ゴーイン・オン」のようだけれど。……風格漂うこうした低迷期のコーラスもまた、粋な夜更かしにはけっこう似合う。だから真希は満ち足りてくる。繊細なのかもしれない選曲をしてのけた「ターマ」に会ってみたくもなる。

先週運び込んだばかりという簡易トイレの場所を、誰に訊こうか軽く迷った末、ウンコのミノルにたまたま教えてもらい、彼女はそこへ向かった。

夜目にもしっかり確認できる水平線は、藍色をかすかに含んだ空と黒一色の海とを重苦しさで競わせていた。真上にかけては雲が嵩《かさ》・数ともにおびただしく、それでなくとも爪切り屑ぐらいに細かった月は今や行方知れずだった。風は海からでなく林の上方から吹いてくる。寒くはないが、うりずん的な肌の心地好さは消えかけていた。トイレは真っ暗なので困った。

不意に来た怖さを紛らわしたくもあり、真希は〝海とポンポンガールとマハリシ〟※のマイク・ラブではないが「瞑想」について少しだけ考えたくなった。用を足しながら。

両親に読まされたあの二冊の書物によれば、座禅や仰臥《ぎょうが》中に浮かぶ想念はこれが雑念、これは悟りの種、と簡単に選別できるものではなく、頭をよぎればすべては重大な示唆を黙想者自身に与えてくれる可能性があるという。したがって、慣れぬうちは己をやみくもに空《から》っぽにしようとはせず、ただひたすら静かに観、静かに聴き、静かに嗅ぐ姿勢だけ保てばよいのだという。そうして半ば自在に動いていく絵や音の行き着く果てに現れる「結末」から現実生活上の道しるべを得ようという発想も、本来の瞑想とは別にあるらしかった。

それならば、と彼女は眼を広げる。それなら例えば誰かが憎くて苦しい場合、その憎む相手を、また相手から見えているだろう自分を心静かに想い続けることで、ふと結末めいた情景や言葉を得た時、それが実生活でめざすべき和解の手がかりになる可能性がある。今の私なら、さしずめ厳しすぎるマリンショップの二人と私自身をじっと頭に浮かべていれば何か掴めるっていうところかしら——。気は全然進まなかった。

かなり長い用足しから真希が若干よたつきながら戻ると、待ち構えていたのか、トシオという怖い顔だちをした太めの男が「真希さん、まだまだ飲めますよねー」と壜や氷を持って明るく隣にくっついた。——ああ、まったく！　終わりそうもない大歓迎会に参ったわ。うんざりはせずともそんなとまどい笑いを浮かべる彼女は、これほどまでに多数の異性に相手にされた稀有《けう》な経験がいったいいつ以来かを思い出そうとし、すぐ諦めた。ここ数年ほぼ皆無だから。

マハリシ…トランセンデンタル・メディテーション（超越瞑想）を提唱したインド人、マハリシ・マヘシ・ヨギ。彼の思想がマイクを虜（とりこ）にした

太めの彼はシゲオの五才違いの弟で、既婚だった。シゲオよりも眼が大きくて俺の方がハンサムだ、腕相撲で先月兄に左右両腕とも勝った、と睨むような目つきと大きい口でねちっこくも爽やかに微笑するトシオを見て、その若さに対しては好感を抱いた真希だったが、楽しいと思える会話の序盤でいきなり「女じゃないみたいな真希さんがチームに加わってくれて、でーじ嬉しい。ミノルさんになら腕相撲で勝てるかもしれませんよ」などと非礼なことを言われ、内心怒りで燃えた。

体が小さくったってミノルさんが私に負けるわけないじゃないの、それに、あなたよりシゲオニィの方が私は好みよ、と明らかな膨れっ面《つら》で言い返そうとしたが、皆よりうんと年下ということもあって殊勝に一人一人のためにお茶割りや水割りをつくり続けているトシオが最前から「僕、マサルさんって温かい人だと思います」「モリカズさんは理論家ですよね。役場で働いてる僕も理路整然を心がけてるつもりだけど、口で敵わないから」「コウイチさんはあんまり喋らんけど、何かムードが好きです!」などと、さして面白くない人物批評をやたら率直に会話に織り交ぜていたのを覚えているので、純真さらしきものに免じて「腕相撲」ぐらいならぎりぎりゆるそうと決め、真希は切りすぎた髪に触れる代わりにスカートを両手で撫で下ろした。昔、槍投げや柔道なんかかじらなければよかった、とよくする後悔をまたした。泣き虫のくせに「婦人警官になりたい」と小学校卒業文集に太い字で書き込んだ。そんな事実は当面チームの誰にも秘密にしておくつもりだった。

「――トシィ、何ひとりたっくゎってるか。俺も交ぜれー」

そう言ってトシオの元同級生だというヒゲ面《づら》のショウゴがトランプを持って近寄ってきたので、トシオと真希と三人でイモホリという沖縄に伝わる遊びをした。トランプならここにいる全員でやりましょうよと提案した真希に、シージャーはムルニーブイしてるから——年上はみんな眠そうにしてるから——この若い三人だけでピチピチ楽しみたいのだとショウゴがのらりくらり抗い、泡盛に何かの果汁を入れたものを出されたのでそれを飲んだらあまりにもおいしいので彼女はがぶがぶ飲んでしまった。バナナでないことは確かだった。ヤマモモ、というなじみのありそうでない名が出た。

離れた場所で大声が花火か喧嘩のようにたびたび上がった。どちらかというと大人しかったマスター・タラーが「エーッ、みんな聴いてるかー」「嘉手納ハーリー制覇するぞーっ」などと過度に気持ち好さそうにわめいているのだった。

真希もじきに酔いがひどくなってきた。初めてやるイモホリで真希は勝ち続け、仲が良いらしいトシオとショウゴの熾《し》烈な最下位争いをぼんやり眺める時間が多かった。いつの間にか周囲からは一人減り、二人減りした。去る者は「俺明日早いし、お先なろうねー」「トゥジに怒られるから行こうね」「あんしぇーやー。真希ちゃん、バイバイ」などと挨拶していった。語尾に「ね」をつけるやわらかい言い方が真希は沖縄に移ってからとても気に入っていた。

飽きたのに、イモホリはまだしばらく続きそうだった。……………………

「お疲れー」

そんな遠い声を聞いて真希が首を起こしたら、怖い顔のまま太めのトシオは大の字に酔いつぶれ、その相棒の姿はなかった。不発弾男タツヤも牡鹿コウイチも吊り眼のシゲオも毛《キー》マーのノゾムも包丁人アッチャンも弟ノブユキもアリサもマサルもおらず、舟のそばにはモリカズだけが起きていた。皆に船上の心得を滑らかに説いた番長格である彼は、紙コップ等をゆっくり片づけ中だった。座ったまま軽く眠ってしまったのだと真希は眼元を触り、それから浜を見回す。もうあと一、二体、起き上がりそうにない人影があった。音楽は止まっていて、波の音だけが右と左と正面から別々に、ちょっとしたコンボ演奏を成すように耳立った。一度「ボコッ」と海のげっぷとでもいえる小音がした。

「……あ、……あの」

彼女が掠れ声を出すと、モリカズが振り向いた。

「真希ちゃん、起きたの？　みんなほとんど帰っちゃったよ。どうする？」

「…………モリカズさんも、帰るの？」

「わんはここに残るよ。舟に寝泊まりしてるから」

「……この舟に住んでるん、ですか？」

「時々、翌日が仕事休みの時とかね。盗まれたりいたずらされたりしないように。特に中学生はこういうの見つけたら何するかわからんから」

そう言って黒い舟にいとおしそうに手を置いて休止するモリカズだった。すらりとして見えるが、さほど背高ではない。顔もいくらか丸い。空き缶や菓子袋がまだ落ちているので、拾い集めるのを真希も手伝った。砂をやわらかく鳴らして。だが、動いたら気分がとても悪くなってきた。ヤマモモ酒だけのせいにはできない。バーでの一杯目から何時間の持久戦だったかと彼女は時刻は見ずに思う。モリカズは「みんな、酒ばかり飲むから……」と苦笑いした。

「本当に強いチームは一カ月ぐらい断酒して大会に臨んだりするんだよ。わったーには無理だね」

「……でも、楽しければ」

「楽しいだけでも駄目なんだけどね、勝負は。それで、帰るの？　帰るならジンチャン叩き起こして車で送らせるよ。同じ宜野湾だし、ジンは女性に悪さしないジェントルマンだからね」

「……朝まで、私もここにいていいですか？　ジンさん飲酒運転になっちゃうし」

「いいよ」

「あ、ちょっとトイレへ」

真希は草むら伝いに、真っ暗闇のトイレでなく浜の奥へ走った。すぐにランプの光が届かなくなった。幾種類かの虫の声がする横をなおも進んで細道の一つに入ったら、走ったせいでますます目が回ってきた。十数秒ためらっていたが、人の気配のまったくないのを確かめてから、突っ伏し、嘔吐した。こんな行為は飲み始めの大学時代以来だった。

多少楽になり、舟べりへ戻ってからも、喉に残った苦みが邪魔で喋れなかった。口ゆすぎの水を探そうかと視線を泳がせた。そしてふと、それよりもと彼女は思いついた。デイパックのポケットからバーであの恋人たちにもらったインドの匂い袋を出し、包むビニールを解いてみた。少し酸《す》っぱい、植物性の匂い。ラベンダーを想った。酸っぱさにはすぐ慣れ、優しくて懐かしくて広がりが華やかでもある〝鼻のご馳走〟を楽しんだ。ラベンダーとは違う、きっと仏陀のいた国にしかない風変わりな香りだった。英国という言葉も聞いたが。美容、科学者、とも。自然と呼吸は深くなっていった。

落ち着きと高揚がなぜか同時にやって来て、何かしら立派なことでもしたい妙な気持ちとなって真希が見れば、モリカズはランプの弱い光の中で黙々と舟の床にペットボトルの中身を振り撒《ま》いていた。

「愛情一杯なんですね……」

やっと真希は言ってみた。間をおいて彼の説明が返った。

「ここのところ雨が全然降らないから。こうして少し濡らしておかないと、木が開いて外から水漏れするし、腐《くさ》れてくるんだよ。海水で濡らすのが一番いい」

新品のハーリー舟は百万円以上するので、行きつけの居酒屋店主に頼んで島尻《しまじり》の漁港から中古の舟をわずか六万円で購入するという話を進めた。ファイバーでなく杉で出来た本格的な舟が持てると皆胸を弾ませ、先行してエークすなわち櫂は全員のぶんを一月《ひとつき》以上かけてメラピーから手づくりした。ところが、取りに行ってみると「舟」はエンジンの固定されたぼろぼろの漁船で、ハーリーに使うには一回りぐらい大きすぎた。一度はしょげたが皆で相談し、頑張って改造することにした。エンジンをはじめ不要な部分をすべて取り外し、内外を覆うタール汚れを電動ヤスリやカンナやペーパーで磨き落とし、傷んだ箇所を補修し、各漕ぎ手のための背凭れや足置きを付け、シーラーを二度塗りし、船首部分に文字と絵を描いた。磨く時にタールやサビを吸いすぎて鼻がおかしくなった者、舟運ぶ際にぎっくり腰になった者などもいて、皆でこうして練習できるようになるまで三カ月もかかったのだ。

――そんな歴史をモリカズは、船尾寄りの舷《げん》に腰掛けて淀みなく語った。ここに寝泊まりするほどに、おそらく彼が最も舟いじりに力を注いだのだろうと真希は推察した。

「みんなにいつも、『エークだけ見ないでちゃんと舟見てよ。乗り込んだら後は運んでもらうんじゃなくて、自分のエークでこの舟を進ませるって気持ちで漕いでよ』って言ってる。わんはこの舟に本当に愛着あるから、練習中もそれ以外の時も、頭の中に舟の姿がある」

「凄いですね」

モリカズと少しだけ離れて同じ側の舷に腰掛けた真希は、派手ではないが澄んでいる彼の瞳を見ながら素直にそう褒めた。

「ハーリーは、奥が深いよ。だからイメージが大事だよ」

「例えば？」

「あぁ、いいこと訊いてくれるね。……川、かな。川の流れに逆らって進んでいく時のイメージを最近、個人的に掴んだ。いくら力込めてエーク引いても、ゆっくり引いてしまったら全然舟は進まない。だから、エークを寝かせはしないけど角でスイッ、スイッ、スイッと水を掻いていく感じがいい。そういうことに、つい最近やっと気づいた」

「……そうですか。……三十才になってもこんなに、少年みたいに目キラキラさせて語って、みんなで一つの舟造りや競漕に取り組むのって、素敵ですね」

「トゥジには文句言われるけどね。トゥジって、方言で奥さんのことだよ。『あなた、私とじゃなくハーリー舟と結婚したの？』って。たぶん、わんのとこが一番夫婦仲悪いと思う。こんなして舟を抱き締めて浜辺で眠ったりでお利口じゃないから、仕方ないね。でも、体力と友情が続く間はみんなとのチャレンジをやめたくない。もしトゥジとハーリーとどっちか選べって言われたら、時と場合によってはハーリー選ぶかもしれない」

「凄い情熱。ハーリーって、それほど人を夢中にさせる魅力があるんでしょうね」

彼をなおも丁重に見ながら真希は、下ろした両手で舟にあらためて触れた。そんなはずはないのだけれど、まるで昼間の太陽光を依然溜めているかのように、舟のそのへりはほんの少し温かく感じられた。強くはないが木の香りがした。気概らしきものもあった。

「わんは元々…」

「ごめんなさい。さっきから出てくる『わん』っていうのは、『僕』『俺』のことですよね？」

「うん。真希ちゃんの嫌いな犬のことじゃないよ」

「ハハ」

「複数形が『わったー』。二人称は単数が『やー』、複数の『お前たち』が『いったー』。それでわんは元々海のレジャーが好きだったから、もう三、四年も前から、いつか同級生たち《たー》とハーリーやろうと狙ってた。そうしたらマサルが先に、今は内地に行ってるターマっていう体力のあり余ってる男やミノルと組んでチームづくりを宣言してて、その話に飛び乗った。次から次に人を集めてもらった。アッチャンもタツヤもシゲオもタラーも、それにノブユキもトシオも、マサルが誘ったんだよ」

またターマさんの名が出た、と真希は音楽趣味の近さを思い出した。その頑丈らしい人はマサルさん（およびウンコのミノルさん）とともにやはり特別な存在だったんだ——。陽気なマサルへの恋の恨みはまだ少し、残っていた。子供がいないというのがささやかな慰めではあったけれど。

「それで『とび魚会』って名づけたのはシゲオ。最高の漕ぎ手はターマを除けばタツヤ、いやアッチャンかな」

「マサルさんは？」

「マサルは懸命に漕いでるふりするのがうまい」

「ハハ、ハ、そうなんですか？」

「ビデオに撮って見ると全身バネにして凄い勢いで動いてるけど、実は水中では力出しきってなかったり、エークの角度をそれとなく変えて休む時が多い。ごまかし利かないのはやっぱりアッチャンの漕ぎ方だね。アッチャンはチームの代表と会計係やってくれてて、舟では左の一番前に座る。左のイチバンエークっていうのはハーリーの花形ポジションで、ターンの時だけ立ち上がるんだよ。漕ぎ手は全員、そのイチバンエークにリズム合わせる。わんは舵取りを追究したくて、一人で恩納《おんな》村の前兼《まえがね》久《く》の強豪チームに習いに行ったりした。ウミンチュだったミノルの父ちゃんにはもっと世話になった」

「ウミンチュって、漁師のことでしょう？」

「うん」

「……モリカズさんはダイビングもしますか」

「スキューバはしないけど、素潜りでタコ捕まえたりはよくするよ。釣りとボートと泳ぎがメイン。ウインドサーフィンは昔よくやった。海がとにかく好きで、去年生まれた女の子にナミネって名前つけたぐらい。『波の音』って書いて」

「へー、波音ちゃん？　可愛くて、素敵ね」

「真希ちゃんだって魅力的な名前だよ」

「…私は本当は、真実に季節の季で『真季』だともっとよかったんですけどね。〝本当の季節〟っていえば何か詩人の言葉っぽくてお洒落じゃないですか。希望の希だと、時々気恥ずかしくて。もちろん親の深い思いには感謝してるけど……」

「ところで、こんなして二人っきりでいて、大丈夫なの？　わんは襲っちゃうかもしれないよ」

「……襲ってくださいとは言いません」

黒い林にいちおう視線を投げつつ言葉を返してみせた真希は、ちゃんとわかっていた。モリカズは突き放し気味に言ったりはしても、必ず伴侶を世界の誰よりも愛しているのだと。

彼はマサルやシゲオほどの二枚目ではないし、タツヤほどに野性的な魅力もない。面と向かって語らっているぶんには、いっこうに恋の回路を刺激してこない。しかしながら、ふと眼を閉じたり、今のように遠くを見たりして彼の姿が消えると、何ともいえぬ格好良さの印象だけがじんわり浮かんでくる。稀《まれ》な種類の男性だと思う真希だった。

ランプが減り、それでかえって海も空もほのかに明るくなった。先ほどまでひたすら黒かった海は、藍混じりの空に対抗するすべを見つけたかのようにかすかに深緑を帯びて見え、その代わりに水平線自体が黒々と肥大しつつある。北谷・宜野湾・浦添のものと真希が知った左遠方の夜景は未だ隆盛で、ビーズ状に粒立つ白光などは思わせぶりな明滅をかすかに続けている。

ダイバーウォッチをようやく見たら、二時過ぎだった。安心できるかとかにかかわらず、こんな場所で再び寝入るわけにはいかない。タクシー会社の電話番号がわかれば携帯ですぐ一台呼んで帰宅し、四時間程度ベッドに入って講習に向かう、という考えが遅まきながら彼女の頭の真ん中に湧いた。どうしようとも相当辛くなることは決まっている。

インストラクターなんて諦めてしまおうか、アシストの百ダイブをする前に、との恐ろしい自問も遂にわずかの間だが膨れ上がった。既に大金を払ってしまっている。

一方で、小結論がこのようにある。女子大を出てからの今までの人生で、たった一晩あるいは一日のうちにこれほどたくさんの魅力的な人たちと知り合い、その全員が最初からこの自分をファーストネームで呼び、輪の中心に置いてくれたということはなかった。同性ばかりの場合も含めて。しかも、人の向こうには海原。手が届いてもなお飽きの来そうにない、絹であり宝箱でもある東シナ海――。

真希は信頼ついでにモリカズに、問わず語りにこんなことを喋っていた。

「私ね、もう四年以上前、初めて沖縄に来た時、離島の小浜島《こはま》ってとこなんですけど、そこで体験ダイブに参加して、水深三メートル程度の所でロープに掴まって魚にソーセージやったりしただけだけど、友達がみんな耳抜きに苦労したり気分悪くなったりしちゃってたのに、私一人だけ絶好調で、そしてね、トランペットフィッシュっていう黄色い六十センチぐらいのお魚に出会って、それで一気にダイビングに嵌《は》まっちゃったの」

「ああ、ヒーフチャー。えーと日本語で、ヘラヤガラね」

「知ってましたか。もしあの時ヘラヤガラ――トランペットフィッシュが現れて、まるで挨拶するみたいに私にだけ三回も四回も近づいてくれた、あれがなければ、今こうして私が沖縄にいるってことはなかったでしょうね。もちろん、その後も沖縄や東伊豆や小笠原《おがさわら》の海でいろんな楽しい体験いっぱいして、マンタにもイルカにも出会ってるし、イカが卵にエア吹きかけてるとこ水中写真に撮れて大感激したこともあったけど、あの最初の出会いが格別だったな。うん、『出会い』って大々大好き。だから、私、海の中のいろんな生き物に、興味があるの。

でも悲しいのはね、モリカズさん、ダイビングにのめり込み始めた頃、実家に子供の頃からある魚貝の図鑑、それを十数年ぶりに引っ張り出してワクワクしながら見てみたの。そしたら『食』とか『非常にうまい』とか『まずい』とか、そんな言葉ばっかり短い説明書きにあって……ほとんどその魚の生態とか特徴なんて書いてないのよ。海の生き物は人間の胃袋のために存在してるわけじゃないのに。ショックだった。子供の頃はそういうのに何の疑問も違和感も持たなかったんですけどね。とにかくもっと、海の中の世界を、人間の都合とか主観とかなしにありのままの世界として図鑑にまとめてあってほしい。私がダイビングのインストラクターになりたくなったのも、圧倒的に巨大で神秘的な海の、その中のありのままをそっと垣間見に行く喜びを、あくまでも謙虚な学びとして人に伝えたいなって、思ったりしたからなんです」

語りながら、自分はやはり本心から海中の案内人になりたがっているのだな、救命の腕をもっと上げよう、手足まったく使わぬ難しすぎる一分間立ち泳ぎも早く完全会得しようと真希は思わざるをえず、それでなおも言い足した。

「私自身、潜った時は大人しい魚の一種になった気持ちで泳いでます。『食べる』『殺す』なんてこと考えられない。『触る』さえしないのがダイビングです」

「…………でも、真希ちゃん、海の中でもしサメに出会ったらでーじだと思わない？」

「え？　そりゃ、サメに出会った時は、怖いですよ。ハンマーヘッドも二度あるけど」

「……わったーが人間である限り、いくら謙虚に客観的に海の中を覗いてる気でいても、人間対海、人間対魚の関係からは自由になれないと思うよ。真希ちゃんは、未だ誰も食べたことのない海洋生物を浅瀬で捕まえたとして、それを殺して食べる勇気ある？」

「……ないですよ」

「でしょ？　大昔の人間が、何でもかんでもとにかく食用になりそうな生き物見つけて食い繋ぐしかないぐらい生産力の弱かった時代に、海で捕れる物の一つ一つについて、これは食べられる、これは食べられない、これは猛毒、とか知るのは、命懸けの行為だったんだよ。その長い長い歴史の積み重ねの末に、ようやく辿り着いた短い言葉、『うまい』『非常にうまい』っていうのは、ものすごく重みのある、ありがたい言葉さ。だから、わんはやっぱり魚の図鑑のあり方は、今のままでいいと思う。味の細かな好みは人それぞれだけどね」

　真希は深く一、二度頷いたものの、小技とでもいうべき即席の話にすんなり転がされた気もいくらかはした。それで戦う男同士でもないのに反論の言葉を探していたら、さらにこう問いかけられた。

「南大東島って行ったことある？　北でもいい」

「ないです、まだ。沖縄県ってことは知ってますけど」

「あそこは釣りのメッカでね、センスのない人が行っても入れ食いを経験できるちょっといい島で、あのあたりで捕れるイングァンダルマーっていう魚がいる」

「インガンダルマ？」

「うん。でーじおいしい魚だけど、一人五切れまでしか食べられない。もしそれ以上食べたら下痢が止まらなくなる。だから、捕まえたらみんなで分け合って食べる」

「そんな魚がいるんですかー。まったく初耳」

「下痢するのは、たぶんワックス成分が多いからだと思うよ。わんはまだ食べたことないけど、でも、こういう話って面白いよね。まさに、原始時代からの人間の冒険と叡智《えいち》の積み重ねで、今イングヴァンダルマーのことを語れる」

「ふーん。面白いですねー」

「海に限らず、自然を人間がどんどん学んで役立てていくのが好きだな。直接的には衣食住のために。ダイビングだったら、食うために伊勢エビ密漁するとか」

「逮捕しちゃうゾ」

少し笑った二人だけれど、真希のひそかな〝悔しさ〟は続いた。年下のトシオが吐露した通り、理屈ではとてもこの裏番長と勝負できそうにないから。そして彼女自身がいつ頃からか〝食通ＯＬ〟と化していたこともついでに思い返されてしまった。………でも、ね、この私は槍投げ好きなだけじゃなく昔々ヒメサマガエルとしても鳴らしてね、大してプールに通わなくったってクラスのどの女の子よりも平泳ぎだけは速かったんだから、それにフィッシングなんか残酷なだけで全然スポーツじゃないわよ、と何の脈絡もなく彼女は対抗心を温めさすっていた。弛緩効果を得るためのあのインドの香りにローズマリー系――かそれ以上の興奮剤――でも混じっていたのかと疑った。

波がもろもろを洗う「ザザザザザザー」というさざめきの繰り返しは、濁点つきながらこの上なく滑らかである。夜だからといっても眠らないのが海。それとも、聞こえているのは海の寝息や鼾《いびき》だろうか。黙り込んでそんなふうに真希は海女《あま》髪の内側のその奥で想像力を働かせた。聴き入るにつれて近波は、緩く掻き回し、止め、逆回しまでするかのような〝勤勉な音〟をのんびりと際立たせる。

譬えれば洗濯機の立てる水音っぽく、可愛らしくもある。

ふと、一泡吹かせてやろうと彼女は思いつく。

「……あの、モリカズさん、さっき、奥さんとハーリーとどっち選ぶならハーリー選ぶかもしれないって言いましたけど、もし、『波音ちゃんとハーリーと』って言われたら、どっちにします？」

やはり、彼はしばらく答えなかった。そして静かにこう答えた。

「真希ちゃんも、そのうち結婚して子供産んでみるといいよ。その質問は旦那さんに笑顔でしてごらん」

はぐらかされた、と真希は苦笑いし、とりあえず頭を二度縦に振っておいた。何か付け加える言葉があるのかと期待したが、なかった。

ほどなくして、はぐらかし屋は舟の上に銀色のマットを敷き、寝転がった。

「寝袋は真希ちゃんに貸すよ。毛布も一枚。木が飛び出ててうまく眠れんかもしれんけど」

「ありがとう」

「寝てる間に襲ったら、ごめん」

「『ごめん』じゃ済みませんよ。結婚してもらいます」

寝袋を真希は遠めのどこの席に置こうかまごつき、思い切って舟の外の砂上で広げた。「お休みなさい」と身を滑り込ませた。声も姿も消えてみるとやはりモリカズはほんの少しさらってもらいたくなる男だった。しかし、マサルの爽やかなニヤニヤ顔も彼女は想い出した。色白のシゲオとサングラスのジンチャンも。――独身だし、馬力のありそうなジンチャンがいいな。鼻毛ぐらいはゆるそう。

ハーリーがもしやってみてつまらなければ、そして誰とも結局恋仲になれないようだったらそのうち理由をつけて去ればいいのだし。

ふらりと入った回転鮨屋にいるようなそんな気持ちは……一分も続かなかった。寝入りそうになったから。日課である深呼吸だけは、こんな場所でも半ば無意識に始めていた。しかも腕はデイパックへと伸び、あの匂い袋をもう一度引き寄せようとしていた。歯磨きもメイク落としも万一の危険のことも既にほとんど頭にないのに。

それは真希本人にもわかる異常な成り行きだった。

……だけどもあの独身は、と酔いの思考だけが盛り返してきた。ナイチャー好きとかいってもジンさんはきっと、夜の銀座や六本木がすばらしく似合う派手な眼鼻を持つ女じゃなきゃカノジョにはしてくれるまい。何となく顔にそう書いてあったから。……でもやっぱり……家まで送ってもらえばよかったかも。…………そうだ、内地へ行っちゃったというターマさんに会ってみたい。いったいどんな人かしら。……いえ、男を食べたがってばかりいてどうするの。もっと息を吐いて。そう、長々と…………………………。

「真希…………真希ぃ」

「…………ん……」

「真希」

「んん？」

男の声で真希が目覚めると、まだ夜中だった。最後のランプが消えていて、月光も弱い。声は真希の耳元でする。

「………モリ、カズさん？」

やっとこさ、名前を思い出して訊く。

「いや、俺だよ」

「誰？　見えない」

相手に合わせて真希も囁き声になる。

「俺。マサヒデ」

「は？………」

真希はゆっくり上体を起こした。目にはまだ黒い輪郭しか映っていない。

「マサヒデって」

「君とつきあってた江崎誠英《えざきまさひで》だよ」

「誠英………本当にマサなの？」

「会いたくなって、ここまで来たんだ」

真希は相手の顔に顔を近づけた。こわごわ餌をもらう草食動物のように。

「……ずっとさっき、マサのこと想い出したばかりなんだけど。……でも、何で？　旅行で来てるの？　沖縄好きだったの？」

「真希のことが気懸かりで、それだけのために関西からフェリーで来た。すごく探したよ。向こうにバイク駐めてる」

違和感ある囁き合いが徐々にまた普通の声量へと高まり、聴覚研ぎ澄ますまでもなく、それは確かに少し嗄《しわが》れた想い出の声だった。今や疑いようもなく現れている細く平和な眼、右こめかみのホクロ、狭い額。庇《ひさし》を出した髪も全然変わっていない！　真希は言葉をすべて失ってしまった。

彼は一度腰を浮かし、舟の座席の一つにすっぽりと百八十センチの細身を納め、首は九十度以上ひねって同じ乗り物内の真希に笑顔らしきものを向けたまま、「君の方はちょっと変わったね……」と内面を読みでもしたふうに呟いた。闇にすっかり目が慣れた真希は、急にまともにモリカズやほかの酔いつぶれた人たちのことを思って膝立ちし、あたりを見回そうとしたが、両肩に誠英の手が伸びてきたので、何もできなくなった。これこそが諦めきれない、優しさと強引さと子供っぽいためらいが六対三対一で交ざった、ゴツゴツした愛の手だった。

「俺さ、真希、……今度結婚することにした」

「え、…………そう？………」

真希は、唾を飲もうとして、飲めなかった。飲めるわけなかった。それで変な声で続けた。

「おめでとう……」

「ショックじゃないよね。全然平気だよね？」

「…………何で、そんなこと訊くのよ？」

「いや、……『おめでとう』って言ってくれてありがとう。それで、真希がね、ちゃんと元気でやってるかどうか知りたかったんだ。自分一人幸せになるわけにはいかないから」

「……あいかわらず非の打ちどころのない人なのね。……まだ保父さんやってるの？」

「うん。天職だからね。真希は〝沖縄病〟※っていうの？　こっちに住んでるみたいだけど、早いところ幸せになってよ。三十近いし。俺はもういよいよ何もしてあげられなくなるけど」

「挨拶だけしに来たのね。……でも、もう五年だっけ、五年ぶりなのよ。何でずっとほっておいたんでしょう、こんなに打たれ弱い子を。あの年のクリスマスとか、淋しい日がいっぱいいっぱいあったのに。死にたいっていうほどじゃないにしても今日よりはるかに再会を必要としてた時が、ありすぎるぐらいあったのに」

「ごめん。ごめんよ。でも、二人とも少しずつ成長してきてるみたいだ。あの頃よりは逞しそうじゃないか、真希」

「男みたいでしょ」

「そんな胸のでかい男はいないよ」

「……いちおうありがと。でも、体があの頃の目当てだったなんて今さら気づかせないでね。人生に本当の愛が一つもなかったってことに、なるから」

「失礼な。真希の一番魅力的な部分はこのほっぺたじゃないか。何百ぺん言わせるんだよ」

沖縄病…沖縄の魅力に取り憑かれ、遂には移住せずにいられなくなる本土人の心の状態（を表現した、出版業界などがよく使う言葉）

誠英は緩んだばかりの彼女の頬を左右とも優しくつまんだ。そうしてしばらく放さないから、真希は眼を閉じた。でも、口は開《あ》けた。彼の指を感じた所はこれっぽっちも痛くなかった。夢の中なのかもしれない、と思うべきことは思った。

「………あの、マサ、一つだけ恨み節吐かせて。私の方からサヨナラして、それから三カ月もしないうちに縒《よ》りを戻したいって駄々こねたのは、今でも穴があったら入っちゃいたくなる過去だけど、でもね、その前に、会社でとても辛い経験したんです」

「……会社員やってれば、そりゃいろいろあるだろうな」

狭い座席にしばらく寝ていたせいで背中と腰と首筋ははっきり痛く、それで真希は先ほどモリカズと過ごした時のように舟のへりをベンチにし、林の向こうにも三つ四つある眠らぬオレンジの米軍灯の方角へぼんやり視線を投げた。誠英も漕ぎ手の席から真希の隣に――モリカズよりはいくぶん近く――身を移し、二人の位置のせいで舟はごくわずかだが斜め前方へ傾いた。それを真希は知覚できた。身のほとんどは、覚醒しているのだ。

「辛い経験っていうのは、………あのね、まだ一年と少ししか会社にいなくて仕事も覚えきってなかったけど、私なりにフウフウ汗しながら頑張ってきてた。それで職場に、とても頭が切れて親切で、私のこと妹みたいに気遣ってくれる四つ上の女性がいたのよ。わりと美人なんだけど子供の頃交通事故に遭ったらしくて腰が少しゆがんでて、男運も悪いみたいで、その上実家が借金抱えてたりして、薄めのお化粧しかしないで必死な感じで働いてる人だった。それがまた私からすれば天使みたいな輝きに繋がってたんだけど。

それでね、あれはちょっと遅い花見の晩、業績不振で本社の事務・企画系は一人も新人採用がなくて、それでもまあ年に一度の二十数人のお祭りってことで下っぱの私も含めてそれなりに盛り上がったの。そして、ちょっと硬い仕事の話とかも入って、しばらくして私がその尊敬するDさんって人に、『私、Dさんのこと心の底から尊敬してるんですよ。足引っ張らないようにもっともっと頑張りますから、これからも私の目標でいてください』って楽しい声で言ったの。その晩は、まだあまりその先輩と喋ってなかったんだけどね。そしたら、突然Dさんが手を払いのけて『あんたはどうせ、どうしようもない子だと思ってたわよ！』って凄い剣幕で怒鳴りだして、先に帰っちゃったの。私、私何で怒られたのか……まったくわからなくて、少し黙ってた後、ゴザの上で泣きだしちゃって。ほかの人や上司は口々に慰めてくれたりして、……どこかの居酒屋で飲み直そう、とか言ってくれたけど、行ける状況じゃなかった。

独りで乗った電車の中で、もう悔しくて悲しくて淋しくて、だって、ただの意地悪な社員に怒鳴られたんじゃないのよ。入社以来最も尊敬してた人、どんな失敗を私がしても責めなかった心の広い人、ルックスではちょっと敵わないけど『私もこんなふうに働いていきたいな』ってずっとずっと憧れてた人から、いきなり全否定されたんだもん。私、もう、人目も憚《はばか》らず座席に座ったまま声上げて泣きじゃくった」

語りながら真希は声が震えてきていた。じっと聴き入っていた誠英は彼女にそれとなく二の腕を接し、語り手がとうとう涙声になると、肩に一つ手を置いた。

「…………家に帰り着いてからもまた泣いて、もう頭の中もぐるぐる恐怖に近いような悲しみが暴れてて、独りきりで……ベッドにただ倒れ込んで、枕ぐちゃぐちゃに濡らしてた。……そうよ、あのアパートで独り暮らしだったもん。……誰に電話もかけられなくて、………そして私、……私、……マサに会いたくなっちゃったの。ほんの一カ月前なら恋人のマサがいてくれたのに。………マサ、……優しいマサって。…………べつに、何してほしかったじゃないよ。ただ、……ただ会うだけ。………いや、会って、……ぎゅっとぎゅーっと手を握ってもらえれば、………『負けるなよ』って一言だけでも言ってもらえれば…………」

真希は耐えられなくなって背中を丸め、咳込むように泣いた。時間をおいて、その背中を誠英はさすり始めた。

「………ごめんなさい。それで……翌週の月曜、その人は謝りに来て……とりなしてくれた別の人の話とかも聞くと、真実はこうだった。DさんはDさんで私のことずっと好きでいてくれたらしいんだけど、私が花見の時、というよりその何日も前からあんまりほかの社員たちに、それも彼女と仲の悪い人なんかに愛想振りまいてばかりいたから、ヤキモチ焼いてあんな暴言吐いちゃったらしくて、……けっこう敵・味方がはっきりしてる人だったから……。……私、怒鳴られた心の傷はすぐには癒えなかったけど、謝ってもらって、自分だって大人だからと思ってニコッて笑ってゆるしたの。それに彼女も天使じゃなくて私と同じ不安定さや弱さを持ったただの人間だったんだって、気づいたわけだし」

「……………そんなことが、あったのか…………」

「もし、あのゴタゴタがなかったら、マサの夢ばかりしょっちゅう見るようになって禁を破って結局会いに行くなんて、しなかったと思う」

「………辛かったね。力になってあげられなくて、ごめん。できれば、あの時そういう事情を話してほしかったな」

「ううん、話す必要はなかった。自ら選んだ独りぼっちを耐えぬかなかった私が単に悪いの。もうちょっとで……耐えぬけたんだけどね。いいところまでは行ったんだけど。さっき、恨み節って言っちゃった。違うの。遅すぎた言い訳を今、させてもらいました。人間関係のもつれなんてどんなオフィスにだってあるのに、私ってば昔も今も本当に弱い子。六年弱働いて、その間にはいいこともたくさんあったけど、でも花嫁にも独り上手にもなれなくて、自律神経失調症に罹《かか》ったりもしてフェイドアウト気味に退職しちゃったし……。情けない。情けないよ、私」

真希は鼻を啜った。涙がまた落ち始めるのが自分でわかった。そして彼を、見つめた。ヒゲはないが暗いから野宿者風に色黒にも思えてくる。変わり損ねているつもりの真希なのに、流せば流すほど涙は複雑に、不可解に、最後は無意味になった。何だか嘘泣きのように。そう思った。

と、抱きつかれた。とても優しく、ゆっくりと。

それはやはり藪から棒であり、真希は困り果てた。昔よく真希の長い髪をそのつど不慣れな手つきで掻き分けてキスした彼が、そんな髪など今持たぬ彼女の、左右の頬を自由な手で包みながら、母が幼子にする時以外は似合わない、額へのまっすぐすぎるキスをまずした。器用に下りて唇にも。

四、五十秒間身を任せていたのは嘘泣き以上に悪かった、と真希は知る。次に彼は服の上から片方の乳房に手を当ててきたのだ。意思と反射の中間でやっと抗うと、相手は一度全身をただ熱くつまらなそうに抱くだけとなった。が、そのうちに、前に回り直したその男に、砂の上に引き倒され、それから伸しかかられ、「びっくりしたよ、真希。その髪形似合う。前よりもずっと、綺麗になってる……」と掠れ声で絶賛され、それで彼女は判断力を失いかけた。頬が乾ききっていることだけは自覚した。

自覚は一つでじゅうぶんだった。不意に——必要通り——悪寒が走った。

短く何か叫び、ありったけの力で彼を撥ねのけようとした。力が足りなくて、とにかく横向きとなった。そうしておきながら目だけを真希は必死に上に向けた。

「やめて。お願い。もう私とは関係ないんでしょ」

再び仰向けにさせられてしまった。

「これって慰めてるつもり？　もういいから。私は私で大丈夫だから。ダイビングのプロになるの。もう邪魔しないで。結婚…結婚するって嘘なの？　やめてったら！」

最後「ギャアァァァァァァァァーッ」と絶叫すると同時に、まるで巴投げでもするように真希は彼の重みを一気に払った。柔道経験は小学生の頃に少しあるが、こんな難しい技は練習したこともなかった。

それから上体を起こし、彼をさがした。……しばらく目で捜し続けた。

林も空も海もまだまだ黒い。虫の声はコオロギなどか。波音は、あいかわらず洗濯機。甘く恨む相手として以外だったら懐かしくなんかない守護者に、フェリーで来た山犬《おおかみ》に、見えない夢魔に、引導を渡す気持ちで彼女はこう付け加えた。

「………どんなものかよくわからないけど、ハーリーっていうのも始めるの。ハーレーじゃないわよ。……あいかわらず厭な女でごめんね…………………」

「はっしぇ、いつまで寝てるか。真希」「真希ちゃん」

揺すり起こされ、薄眼を開けた。

「今から練習すんどー」

練習、という言葉で跳び起きると、真希は櫂を持ったマサルたちに左右から覗き込まれていた。朝《あさ》陽《ひ》と思ったのは、いくつもの懐中電灯の強い光だった。帰宅したはずの面々が首にタオルをかけた短パン姿で戻ってきたのだ。

「れん、しゅうって、……本当に今から漕ぐんですか？」

「いちおうよー、初優勝めざしてるからよ」

答えて屈《かが》んだマサルは、起き上がろうとする真希の腹の上にバスタオルと着替えを置いた。穿く物は何と――ブルマーだった。

髪や顔を繕う間《ま》も与えられず、重い舟を約十人がかりで波打ち際まで持ち運ぶのを手伝わされた。いや、途中からそれは重くなくなってきた。どういうわけか座席が上に出っ張り、しかも黄色い。酒気か眠気のせいかと真希は片手で眼をこすり、額を押さえるが、気分は好くも悪くもない。醒めているようなのに感覚が約半分は変で、元恋人の吐息の名残もまだほんの少し波のかなたから立ち込め、今の今まで夢の中にいたのかどうかさえ判然とせぬ彼女は恐れつつ歩んだ。

揺れる真っ黒い水面にそのバナナボートを浮かべ、膝下や腿《もも》の高さまで海水に浸《つ》かりながら一人また一人と左右から乗った。席を決めあぐねる者がいたりして動きが滞《とどこお》ると、「強いチームはもっと乗り込むのが早いよ。漕ぐ前からこのスポーツはもう始まってると思ってよ」と既に最も沖の方に陣取っているモリカズが穏やかに急かす。真希は船首から数人目、アリサの右側に座るよう言われていた。バナナボートなのにへりが高い。堅い腰当てもある。とにかくバナナなら任せておいて、と真希は大困惑を慌ただしさのせいで無理やりしまい込んだ胸を小さく叩いた。濡れた両足がとても冷たいが、風邪を惹きそうなほどではない。手には皆と同じく木製の紫のエークを持たされる。色が色だから、暗くてもはっきりわかる。夕方の国道からの足どりを遠く想い出させるこんなペンキを誰が塗ったのかしら、と呟きたくなる思考力もある。

向きを換え、沖へと早速ウォーミングアップ。可愛いアリサが、そして前席の恥ずかしがり屋コウイチが漕ぎ方を優しく教えてくれた。左のイチバンエークのアッチャンに合わせ、皆と無言で舟を進ませ「ボチャッ、……ボチャッ」という水音の晴れやかさを聞く。しかし、アップなのに真希は七漕ぎ足らずで腕が張って重くなり、十漕ぎで腰が悲鳴を上げだした。起きぬけだからというのもあるが、これはきつい！――――前のコウイチはエークをかなり前方に差し、長く速く滑らかに引き、斜め後ろに形良く撥ね、また悠々と差し、引き、撥ねる。下半身の力まで使うらしかった。真希はハーリーに係わったことを後悔し始めた。

荒息は隣からも聞こえる。アリサは「真希さん、頑張って」と自分も辛そうなのに二度ばかり言葉をかけてくれた。一分半も漕ぎ続けただろうか、モリカズの合図で一度ボートは停まった。呼吸がし

た。アリサの前席のウンコ氏すなわちミノルらしき撫で肩の人は、男ではあるがもう漕げないとばか子にはやっぱり難しいですよねー」と楽しげにこぼし、真希はその何倍も実感込めて似た言葉を返した。

本練習の最初の一往復がようやく終わると、隣のアリサがぐったりと背を丸めながら真希に「女の

漕ぎ、中でもタツヤの声量こそが最大だった。

イッ」と誰からともなく声を上げだした。ラストスパートではほぼ全員が強く吼え立てるようにして」「もっと腰立てた方がいい」と注文をつける。力を残していた男たちはターン後に「ホイッ」「フたったりする。もはや元スポーツ少女は涙溢れる限界にいたが、舵取りのモリカズは「みんな顎引いようにして皆のリズムに食らいついた。後《おく》れれば、後ろのトシオのエークが真希のエークや右腕に当すぐ疲れてくる。エークを止めてしまうのは悔しくて、差して引くというより斜めに海面を引っ掻く

再び漕ぎだすと、トシオの無遠慮な指導のお蔭で最初よりは格好がマシになったようだった。が、

右の最後部から届いたマサルの真面目声の助言には、振り返らず「はいっ」と生徒のように答えた。

に動かしてれば問題ない」

「きつかったら真希、時々エーク突っ込むのを休んでもいいよ。体だけみんなと一緒のリズムで前後

頷く。この真夜中、互いに顔なしの黒影としか見えていないけれども。

なのにちゃんと体動いてましたよ。行けますよ。行けます」と鼓舞され、振り向いて一度きり笑顔でしているうちに時間を食い、それで気持ちは少し回復した。左後方のタツヤには「真希さん、初めてエークの扱い方をやたら細かに教え直した。腕や肩、くすぐったい脇腹まで触られ、もじもじしたりばらく整いそうもない真希に、後ろの若いイモホリ好きのトシオが「僕もまだ完璧じゃないけど」と

りに突っ伏し、トシオは体力があるのかないのか恨むような激しい息を真希の真後ろで持て余していた。

砂浜近くと沖のブイとの間の斜め百メートル弱をそんなふうに往復しては、エークを寝かせてボート上で休んだ。モリカズが皆にペース配分やフォームに関する理論を説き、タツヤとマサル、それに時々シゲオや男子最年少のノブユキも迷いない口調で意見する。物腰やわらかなアッチャンの「暗くて、ブイがよく見えん」という訴えにこそ最も重みがあるようで真希はちょっぴり可笑しくなった。漕ぎだせば、そのアッチャンの決めるリズムに合わせるだけで精一杯の真希だが、ターン時に彼一人立ち上がって漕ぐのを何度かは気配で知った。左回りゆえに右の真希の体には前や横から水が多量にかかることがあり、もはやTシャツも十数年ぶりに穿かされた――なぜかサイズぴったりの――ブルマーもびしょ濡れだった。

黄と濃紫というのは、かなり毒々しい。すぐ前のコウイチの影以外の物も真希の目に飛び込むようになった。「このまま沖へ沖へ進んで行方不明とかなろうか」と舵取りがあまり笑えない提案をし、突然の横揺れ直後に皆が動揺してエークを止めた際には「ここから浜まで泳ぎきれる者何名いるか……」とタツヤがおどろおどろしく声を低めたのを受け、マサルが「転覆したら、みんな真希に人工呼吸してもらおう。再来月からダイビングのインストラクターだから」ととんでもない軽口で真希の心を何となく照らした。

皆と一緒に水の上にいる魅力にじわじわと取り憑かれてきた真希は、一漕ぎごとに黒い水がエークのせいで渦巻き、泡立つのを聞き取るぐらいの余裕は持てた。波そのものの回転音も。……本当のところ海は何を洗濯しているんだろう。まさか迷える人間を？　そう想った時、頭の中が揺れた。速度が増すにつれてボートは舳先が持ち上がった。そしてふと前方の空を見ると、真夜中の入道雲が噴き上がっていて、真希はそのまま自分たちが雲へ突入していけそうな気がした。「トビウオ！」とアッチャンが叫び、目標は雲ではないが本当に海面すれすれを数十メートル先へと跳躍した。

次は百メートルだった。

そのうちに、跳ぶ練習が主になっていった。

★

明けて日曜の真昼にも、チームはその白くはない極薄茶の砂浜に集まった。片隅に置かれているのは少し汚い木製の、元通りの頑強そうな舟であり、エークもまた茶色であり、浜で再び眠りに就いて目覚めたマキが、会う人ごとにバナナボートや紫の櫂や〝トビウオ！〟の話をしても、皆少々心配そうにえくぼ等をつくるだけだった。

「……夢でも見たんじゃないの？」

静かなタラーにひときわ眠そうな言い方をされ、マキは抗弁しようとしてやめた。何に乗ろうが海上をジャンプできるわけがないのだから、視覚や聴覚を疑い尽くす方が先決と思える。それでなくとも初漕ぎやら野宿やらの疲れが腕や腰や尻に重く残っていて、右肩は硬く、エークで擦れた右手の親指や人指し指にはマメが膨れ、さまざまな痛みで気分は低調だった。練習したこと自体は記憶の通りらしかった。

バーテンダーになる前は弁当屋をやっていたというタラーは、タッパーに入れた手づくりの煮物と黄土色の粉をブランチとしてマキに渡した。犬とか変な物が入っていないか用心しつつも彼女は尻上がりの速さで食べ、それで元気を出した。おいしかったから。粉は酒飲みの肝臓を守ってくれるウッチン（ウコン）とのことだった。睫毛のとても長い次男坊を連れてきたタツヤは、奥さんに持たされたというポットのお茶をマキらにふるまった。目の前のタラーに昨夏トンボを食わせたその幼稚園生は、初対面のマキに「これでキャッチボールやろう」「これでサッカーやろう」と大きなヤドカリやガラスの浮き球《ビンだま》を拾ってきてはまといつき、タツヤに「大人《うとうな》しくそーけー」と叱られていた。子供と上手に遊べず軽く笑うだけのマキは、およそいつもそんなふうだとはいえ口惜しさに占められかけた。

タラーは昼寝を始めてしまったが、タツヤは息子を砂の怪獣づくりに熱中させておいて彼らしい熱さでハーリーについて語る。

「マキさん、『手漕ぎ』っていって腕だけで漕ごうとすると、どんなに力のある男でも何百メートルとは持ちません。だから腹筋・背筋もちゃんと使う。その腹や背中も疲れてきたら、脚に頼る。脚ももう駄目になったら、また腕で頑張る。わかりやすく言えばそういうふうに、全身で漕ぎます。力がもうどこにもなくなってきたら、最後は声出して乗り切る。余裕があるから周りを叱咤激励しようとして声出す時もあるけど、自分が辛いから、辛さに負けないためにも率先して声出すんです」

「なるほど。じゃあ、私も……」

「去年は僕の右側にいつもターマっていうチューバーがいて、あ、強い奴のことをチューバーっていうんですけど、ターマと二人で張り合ってました。一番辛い時に『くっさかー！』『やー、くっさなー！』って怒鳴り合うんです。『この程度かー』『お前はこんだけかー』って意味です。これからマキさんがもし隣に座ったら、後半の辛い時に『マキィ、もっと漕げえ！』って言いますからね。そう怒鳴ることで、僕は誰よりも自分自身に発破《はっぱ》かけてるんです。マキさんも負けないでくださいよ」

「はい」

はたして、この日は結婚式絡みの大事な用事があるとかでアリサはノブユキとともに練習不参加だった。定位置に就く意味があまりなくなったマキは、トシオと前後交代し、右の四番手としてタツヤの隣に座ってみることにした。

歓迎会にはマキのほかに十二、三人のメンバーがいたはずだが、大会に向けて欠かさず練習できる時間や意欲のある人は多くとも三分の二ほどのようで、初心者同士だと告げたジンチャンをはじめ何人かの姿は既に昨夜漕ぐ時点で消えていた。それでもアッチャン、マサル、うんと後れてモリカズといった舟好きの度がことに強そうな人たちは――春の非常に大事らしい親戚総出の墓参りを中座してまで――揃い、練習前の〝カフェ〟は正真正銘のお茶・コーヒーも付いて馬鹿話で盛り上がった。よく動く幼稚園生をマサルは「来い」と言って両脚で挟んで抱いたりからかったりし、少し経つと二人でゴム毬《まり》の蹴り合いをしに水際へ行った。そこは〈とび魚会〉だけのための秘密の浜辺というわけではなく、地元の人とおぼしき親子連れやアメリカ人たちが何組か、いかにも休日という顔で水には入らず遊んでいる。観光客だけはまちがっても現れそうにない。フリーキックを手で受ける子供好きらしいマサルが、マキの目にはあらためてブラジルあたりのしなやかな白人系混血児に映った。特に顔面の彫りが深いわけではないけれど。

手指はテープで守ればいい、としなやかさからは遠そうな筋肉太りのトシオが独特のねちっこい笑みを浮かべつつチームの道具箱を出してくれて、マキは彼と並んで喋って海を見たりなどしながらテーピングに励んだ。

「マキさんは年上だけど、僕と同じに今年から〈とび魚〉に入ったんだから、同期ですよ」

「同期か……。じゃ、ついでに同年齢《タメドシ》ってことにして」

「優勝したらそうしてあげます。でも、タメ年の登録料千円もらいます」

「頑張らなくっちゃ。千円はあげないけど」

「久米仙《くめせん》ブラウンの一升壜一本でもいいです」

「今度買ってくるわ」

「久米仙の方が二百三十九円高いんですけど。近所の酒屋では」

確か公務員だったわね、さすが精確ね、と一緒にかすかに笑おうとして、マキは先にあくびが心地好く出た。昨日以上に陽が輝き、海面は所々で光の粒がきらめくのを除けば波も何もなく穏やかだった。本土のいずこでも眺められそうな薄青色ののっぺりした海だが、覆う空はまるで溶け落ちる蝋のように熱っぽい透明性を帯び、未だ四月であることを考えれば一帯のちょっとした眩しさは立派に楽園のものだ。

自分は何の仕事に就けばいいのだろう。――――そんな思いも何となく、溶け去る。

薄青の広がりに対し重々しく船尾を向けているハーリー舟の上、やがてトシオと兄のシゲオがエークを持って仲良く尻を並べ、正しい姿勢等をマキに教えた。手漕ぎはいけないと彼らもまた強調するのだった。

茶話《さわ》の時間が終了し、舟を左右四、五名ずつで抱えて水際まで運ぶ際、奇怪で鮮やかで恥ずかしすぎるバナナボート話をタツヤが蒸し返したので、それを初めて耳に入れた何人かが大笑いし、舟運びが途中で困難になってしまった。「でも、本当に黄色かったもん……」とマキが幼稚っぽく口を尖らすと、シゲオが吊り眼を細め、鼻の穴を膨らましてまるで男前をやめた人のように裏声まで出した。

「島バナナ食べらしてくれたと思ったら、本当にバナナボートの夢見るなんて、バナナジョーグだやー」

「バナナジョーグって？」

「バナナがないと生きられない人」

……ふん、どうせ私はどんな集団にいても浮いてしまう変わり者ですよ。そんな捨て科白っぽいものを放る強さはもちろんなく、当面は漕ぐことに意識を集中すべきだとマキは口を結んだ。ハーリーはバナナボートやビスケットやシュノーケリングよりもはるかに厳しく汗臭い、そして皆と心合わせて取り組むべきスポーツだと既に知っているから。真夜中のあれ――およびその前のマサヒデの出現――を夢と呼ぶ気にだけは絶対なれなかった。もろもろの風景が精緻すぎる。幻覚だとしたら、あらゆることが不安に思えてきてしまうけれど。

タツヤの子をアッチャンのさらに前の位置に後ろ向きで乗せ、舟は人力で発つ。まずはやはりウォーミングアップ。一漕ぎごとに舟は押されるように前進する。滑らかではない。舟そのものがやはり重い。マキは早速もう、疲れてしまった。皆にリズムを合わせようという意識は昨日以上だが、夜と違ってフォームの悪さがすぐ見抜かれる。それに、右腕の痛みがひどい。肩も軋む。腰当ての堅い木に当たる腰の皮膚がまた痛い。おまけに、エークを引くたびに舷に右手の親指がエークごと当たり、ドアにでも挟まったように痛い。痺れてくる。指のテープは濡れて剥がれ始め、あらわになったマメの一つが破れた。潮風が体全体に貼りついた時にふと、これは男の風だわと思ったりした。

否応なく始まる本練習。ターン後の全力漕ぎではやはり皆が声を上げた。マキは苦しさと恥ずかしさのせいで、ほとんど掛け声に参加しなかった。遠慮したのかタツヤもマキの名は呼ばなかった。代わりにモリカズが「マキちゃん、ちっちゃく漕がんで。左手思いっ切り前に伸ばして」と叫び、トシオにはもっと難しく指示し、また「アッチャンに合わせれ、アッチャンに！」「エーク合ってないぞ！」「右が弱い！　舟が揺れてる！」と人格が変わったように皆の背中に怒号をぶつける。一往復で休めるつもりでマキは力をほぼ使い果たしたが、アッチャンもしくはチーム全体の意志でそのまま舟は走り続けた。体育会的地獄。「——アッチャン、ピッチがちょっと速い。慌てないでいいよ。舟がのってない時はゆっくり漕いでよ」とモリカズは鋭くも穏やかな声に戻って言う。舟がのっているか否かを実感する余裕をマキは持たなかった。漕ぎだしたが最後、いつも何もかも重いし、滑らかといえば既に滑らかにゴールが迫っているように思えてとっとと力を抜きたいのだ。結局いきなり三往復止まってくれず、当惑を分かち合えるアリサもいないからマキはもう涙が込み上げている。

休憩すなわち船上ミーティングに入り、人一倍大音量の息を吸い吐きする苦しげなトシオを真後ろで見ながら、紅一点はモリカズの言葉によってあらためて身を縮めなければならなかった。

「エークを水に差す時に浮力が生まれる。浮力あるほど舟が軽くなり、前へ進みやすい。みんながタイミング揃えて差さないとその浮力がつかないよ。まだそこのところをわかってない人が何人もいる。力任せにバッチャンバッチャンしてたらかえって進まない。いい？　みんながエーク差して一人だけ違うタイミングで差したら、その一人は単なるブレーキになっちゃうんだよ。差さない方がマシなんだよ」

自分が攻撃されているとマキはまず感じたのだが、右の期待株として二週間前に参加したばかりのトシオが、せっかく呼吸が元に戻ったようなのに今度は舟のへりをひどく睨んでうなだれた。「今のは僕が乱してしまったはず。まだ余計なとこにばっかり力が入って……」とさえ言った。

「トシィ、お前が一番パワーあるよ。若いし」

マサルが彼らしいぶっきらぼうな声ですぐにねぎらい、兄のシゲオはやわらかに「グテーがあってもそれがちゃんと舟に伝わってるかどうかが大事だから」と技術的な二言三言を付け足した。左のタツヤの好敵手だったターマという強者《つわもの》はいないし、この日はノブユキもおらず、右の漕ぎ手が確かに手薄のようだった。しばらく別の話し合いが続いた後、モリカズは「マキちゃんには、後で漕ぎ方教えるよ。それまでマサル、後ろからちゃんと声かけてあげて。変な癖がつくと直すの大変だから」と明朗な口調のまま言った。鬼コーチ兼舵取りの彼を、マキは疲労困憊《こんぱい》しているぶんだけひそかに憎み始めた。

練習再開後、マサルは「マキ、後ろの人間に水撥ねないように」と「あと十五センチ前に突っ込んだ方がいい」と二つばかり指摘した。トシオと違って彼の荒息はあまり聞こえてこないから体力に余裕があるのかとマキは思ったが、休憩時にそっと振り返るとけっこう投げやりな表情で唾を海に何度も吐き出していた。目が合うと「疲れたなぁ」とやわらいではくれた。テーピングを怠った隣のタツヤも手指の数カ所のどす黒い腫れが痛そうで、みんなそれぞれ辛いのね、とマキはもう一頑張りの心を何とか膨らまそうとした。左ポジションで最もひ弱らしい前方のミノルは「そろそろ終わりにしてもいいんじゃない？　一度にあんまり漕いでも上達しないよ」と遠慮せず呟き、その後ろのタラーに「何てこと言うか。あと二往復ぐらいはしないと」と注意されていた。タラーは真面目とも不真面目ともとれる声で「ビールをおいしくするためにはね」と付け加えた。誰も笑わなかったのは、それがほぼ全員の本音だったからである。

スタートダッシュをそれから数回やり、ブイを回っての最後の一往復は時間計って皆全力で漕いだ。本番の嘉手納ハーリー大会でははるかに長い距離を漕ぐことになるが、まだ二カ月も練習期間があるので今は「本番で使うよりも重いこの舟を、スピードにのせる」練習だけでじゅうぶんとのことだった。

浜までゆっくりクールダウン。エーク約十本がぴたり揃って舷に当たる「トン、……トン」というのんびりした音を聞きながら。木と木の会話だからそれは当然温かく、どこか爽やかに乾いてもいて、水をエークが突く「チョボッ、……チョポ」という剽軽《ひょうきん》な音が微妙に後れながら重なる。今日漕ぎだした最初にも、この二つの音だけがあったんだ、と砂浜をいよいよ間近に見つつマキは気づく。荒息や掛け声、体や物がこすれたりぶち当たったりする「大合奏《おおさわぎ》」が皆をふんだんに包んでいたけれど、舟と櫂と水の関係はこんなに素朴——ピアノ・トリオのスロー・ジャズのテーマ部分みたいに平穏——だよ、ハーリーはもっと楽なものかもね、とほのめかしているかのような静かな遠浅を、浜までやっと漕ぎ終えた。

濡れてものすごく重くなった舟を林の口まで運ぶのがまたマキには大変だった。ふざけたボートとはやはり全然違う。足がひどく砂にめり込む。

缶ビールがたっぷり詰まったクーラーボックスが皆を待っていたが、マキは湿ったTシャツ姿をまず何とかしなければならなくて、胸元を片腕でそれとなく隠したりして簡易トイレへ向かう途中、マサルに呼び止められた。彼は乗ってきたライトバンの後ろにブルーシート等で素早く器用に目張りをし、マキのための臨時更衣所をこしらえてくれた。「俺だけは覗いていいことになってるみたいだから、三分後に来るよ」と冗談を添えるのも忘れなかった。各男子はそれぞれの車の陰などで着替え中だったが、タツヤは上半身裸でズボンは自然乾燥を待つ気らしく、はやばやとクーラーボックスの前にて息子とともにあぐらをかいていた。やや太くて胴長なので、和製白黒映画に出てくる田舎の博打《ばくち》打ちのようにも見える。

五分後、既に途切れのない車座のどこに入れてもらおうかと迷うマキを、やはりマサルが呼んだ。この優しい元々のキャプテンと今日は間近で飲めるんだ、と緩んでいるマキの頬を、いきなりビールと小声で彼はつつく。

「マキが何十回も後ろに水かけるから、漕いでる間じゅう顔が冷たかったんだけど」

「え、あ、ごめんなさぁい」

「次はポジション交代してみるか。俺はマキのオッパイを集中的に狙う」

「もう、エッチなんだから。……奥さんいるくせに」

思わず彼の広く細い肩を指でつつき返し、いやらしくは見えない憎たらしい微笑をマキは虚しくも贅沢な気持ちで受け取った。渡された缶を皆に倣って開け、夏前とはいえ青空の下で力一杯漕いだ後のオリオンは最高だろうと予感した。その通りだった。周囲と乾杯するのはまだ控えた。モリカズとアッチャンを中心に「ドリフト」や「大回り」「二回こんなしてチビ振って右向けてターンするとやりやすい」といった言葉が非常に真面目に交わされていたので。砂にはターンの図がいくつか画《か》かれた。

そのうちに、議論は白熱してきた。

ターン突入直後は軽く漕ぎ、半分と少し回ったところでタツヤが「ハイヨー、ハイ！」と号令をかけ、全力漕ぎに移行するというのがチームの約束事だが、その転換点を今よりどの程度早めるかで既にタツヤと意見の合わなかったモリカズが、ターン以外での皆の掛け声すべてについての唐突な否定論まで繰り広げ、タツヤが「聴け、モリカズ、聴け」と真っ向から噛みついたのだ。そしてタツヤの主張を途中でタラーが珍しく勢い込んで「タツヤ、俺はこう思うよ！」と奪い取り、モリカズもやや強引に言い返そうとし、そのモリカズにタツヤが「お前は舵取りかもしらんけど、今は口閉めとけ」と攻撃の続きを加え、マサルが「でも、タツヤ、それもわかるけどよ」とモリカズを弁護し始めてすぐ、腕組みしていたタラーが「マサル、俺の言ってるのはそんなことじゃないんだよ！」と自身の膝を叩いて不納得を伝える。最重要な漕ぎ手であろうアッチャンが誰よりも温和な声で参戦したが、わ

視するばかりだった。昨晩から独特の強さで〈とび魚〉の世界へ引っ張り続けてくれたタツヤの主張意見を言わせてもらえないものだから、入り乱れる方言の聞き取りも苦しいマキは各論客を順々に凝言えん」……とだいたいこのような意見であり、どれももっともだと思えるが、一人として最後まで

て頑張れる自分も確かにいて、特に試合の時はなくてはならない。ふだんについては、はっきりとは立場からいえば、後方から否応なく湧いてくるヘーシは邪魔だ。が、苦しい時にその皆の声に押され

かに漕いでみればいい。喧嘩しないでいろいろと試そう」、アッチャンは「一番前でリズムを決めるマサルは「一番後ろで常に冷静にチームを見ているのはモリカズだから、一度モリカズの言う通り静本物じゃない。どうすれば皆がもっと死ぬ気で漕げるか。これを考えよう」と論議を飛躍させたがり、モリカズが正しいが、このチームは特別だからヘーシが常に必要。ただし、現在の声の出し方はまだいる。ヘーシ当てていかなければ漕いだ気がしない」と根性論で否定し、タラーは「一般論としてはろう」というような問題提起をし、タツヤが「ハーリーで最後に勝つか負けるかはヘーシにかかって

がへばっているかどうかを後ろは把握できないのだから、仮に声を出すとしても主に前三人の役目だだけでは進歩がない。それに、押される力の強弱によって前には後ろのへばりが伝わるけど、前全体みんなのエークが一つに合っている時に、どんな音がするか、把握すべき。がむしゃらに漕ぎ続けるって漕ぎながら自分たちの立てる水音に耳を澄ますぐらいじゃなきゃいけない。舟が走っている時、

整理すれば――モリカズが「漕いでる間のヘーシ（掛け声）は現段階では必要ない。むしろ、黙人二人も何か言いたげだった。

ずか数秒で言葉に詰まり、タツヤに「アッチャンの意見は後で聴く」と太い声で遮られた。ほかの一

にまず添いたくはあったが、実のところ漕ぎながら声出すのはマキには過重負担だったたし、また先ほど浜に戻る途中で木や水の音に真理めいた囁きを感じ取ったのも確かだから、モリカズを独善的とまでは嫌えない。

「みんな、意見はそれぞれあっていいやしが、人の話には最後まで耳貸しれー。それがコミュニケーションの基本やんどーやー」

仮にボクサーならアウトボクシング派なのか、シゲオが微笑を保って言った。マキもこれには同感だった。結論は次回に持ち越しとなったが、とにもかくにもチームの滾《たぎ》るエネルギーはこんな〝きくっちゃねー（栃木弁で、人の話を聴かない意）〟のミーティングからも非常に強く伝わり、誰が熱を放とうとビールはけっしてまずくならなかった。

ハーリーの話はやわらかさを増して続いた。来年あたりこの舟に帆《ほ》を掛けて皆で沖釣りやサザエ採りに出たいね、という夢語りから「読谷の橋のそばに最近出来たおいしい居酒屋」「北島三郎似の黒人がやってる嘉手納のパーラーのぶ厚いテキサス・バーガー」それに「コウイチはアメリカの金髪女が好き」「コウイチは童貞か否か」といった話題も交ざるようになり、うまく抗議できない笑顔・笑顔のコウイチを主にからかうのが隣のマサルだと知ったりしてマキには面白かった。タツヤとモリカズは対立したのが嘘のようにコウイチ童貞説に二人きり固執していた。

せっかくの機会を逃すのは惜しいから、マキはマサルを独り占めしての会話にも耽った。銃やプロレスや旧ユーゴのサッカーや昔のハードロックが大好きと語る時の口元にいつも以上の少年ぽさが見てとれ、「俺は浮気はしないよ」と冗談声で短く言い切る不思議な強さはマキの耳をかえってくすぐった。視線を定めずにほほえんでいたかと思うと相手の目をかなり長い時間凝視し続けたり、というまるで機械仕掛けのような起伏はさらにはっきり誘惑的で、「でもマキのことは尊敬してるよ。独りきりで沖縄に来て、しっかり生きてるんだから」という買いかぶりの言葉には逆に恋の芽も萎《しぼ》んで恐縮するしかなかった。半年間もらえる失業保険を当てにした無為の生活についてはあまり言えなくて。ただ、一生にそう何度もない長さの夏休みを過ごしているの、と開き直れはする。

「ハーリーも、誘ったらすぐ参加してくれたし」

「ハハ、マサルさんの誘い方が絶妙だったんですよ」

ついでだからと、個性も負けん気も強い一人一人を彼がどんな言葉でチームに引き入れていったのか〝営業マン〟としての手口を具体的に明かしてもらい、特に対タツヤの場合が傑作だった。盆栽を数年来の趣味にしているタツヤに、ある日「いい木があるけど、見に来ないか」と言って呼び寄せ、大会直前の練習場所である嘉手納漁港の木製のハーリー舟を見せて苦笑いさせたのだという。——そのタツヤの息子は一本だけあったジュースを飲み干してしまい、渋い趣味を持つ騙され上手である父親に「帰ろうよー」と言い始めていた。

酔いの進んだ砂浜に、新たに一台のメタリックの車が乗り入れた。ビニール袋を片手に重そうに提げた、中背よりは少し小さくて細い、金髪の女が運転席から出てきた。

「アイッ、カオリかー。電話で差し入れ頼んだら本当に持ってきよった」

タツヤが太い首を伸ばして平和な早口で言った。マキには気の遠くなるほど久しぶりである上間カオリは、ほほえみつつ皆を見回し、車座の途切れにおにぎりや天ぷらや刺身の入った袋を丁寧に置き、アッチャンを見つけてお辞儀し、しゃがんでタツヤの子に話しかけて頬ずりし、タツヤやタラーとも親しげに喋り、喋る間なぜか横からウンコのミノルに髪をずっと撫でられていた。甘えるようなX脚の座り方からして、皆に非常に可愛がられている妹という感じであり、それでマキはマサルとなおも話し込みつつ、カオリの方に何度も視線を向けざるをえなかった。

そのあいかわらず軽やかな若奥様は、しばらくすると自身の缶コーラを持って立ち上がり、マキの背後まで来た。

「……練習頑張ってるみたいね、大久保マキさん」

拗ねた中年のような低い声も初対面時と同じである。

「うん。何でこうなっちゃったのかわからないけど、大会に向けて、私も交ざってる。でも、漕ぐのってすごく大変。腕が筋肉もりもりになっちゃうかもしれないのも怖いな」

「やがて一人前の選手になれると思うよ。私は真似できないから、応援だけするね」

「ありがとう。ところで、人をお店に誘うなりいなくなっちゃ、厭よ。とっても困ったんだから」

経緯をきちんと知ってか知らずかマサルが「マキを困らさんけー」とおどけ気味の声を差し込み、彼にカオリは真っ黒い眼を特別な感じに細めて笑いかける。

「仕方なかったわけ。でも、こうしてまた会えたんだからいいさねー」

「まあね。お刺身とかありがとう。おいしくいただきます」

「『くゎっちーさびら』って言うんだよ……」

それからカオリはほかの何人かと少し喋り、現在の夫の親友だというアッチャンとは長話し、皆にくりかえし礼を言われて帰った。

浜のハーリー・バーは近海マグロやイラブチャーやティラジャーなる貝やクブシミの素敵な磯臭さもあってさらに砕けて盛り上がり、用事を急ぎめに済ましたアリサとノブユキ、それに迎えに来たタツヤの奥さんと巨大な眼を持つ長男が加わったりしながら日没後まで続いた。誰かの冗談を遠く近くに聞くたびに「アハハハハハハハ」と得意の伝染性の大笑いで周りを二次的な笑いに引きずり込むマキは、いつしか数人の冗談合戦を生み、増してきた彼女の華やかな食欲は子供たちや東南アジア風の色黒の奥さんを少々驚かせていた。

既に昼からよそで飲んでいた赤い顔のアリサは昨日の五倍は上機嫌であり、「マキさん、今日も頑張ったんだって?」と勢い込んで話しかけ、少しの盛り上がりの後「マキさんに最初に見せてあげる」と紺色の小箱を開け、ノブユキから贈られた婚約指輪をアリサ自身の細くはない指に俊敏に嵌めてみせた。何度触ってもひんやりして若く強いと思うお人形の片手を、マキはその指輪ごと両手で包んで「おめでとう。結婚式はいつ?」と少し振った。マキの中にもあるあどけなさを憧れと一緒に振り絞るようにして。

そんなマキの隣にタツヤが来て、舟に乗る前とほとんど変わらぬ熱い一言をよこした。

「マキさん、〈とび魚〉は練習一時間、ミーティング三時間のチームですからね。この長い長い飲ミニケーションで結束固めて強くなるんです」

「今日はもう四、五時間飲んでるから、じゃあ、だいぶ強くなりましたよね！」

「もちろんです。誰よりもマキさんがどんどん強くなってますよ」

「お酒にだけ、だったりして」

「酒とハーリーと、男にです」

「男の人に？　ハハ、ハ、もっと強くならなくちゃ……。私も幸せになりたいです」

　皆昂ったまま解散、という夜八時前、マキを誰が車で家まで送り届けるかという相談が進んでいる時、トシオが「マキさーん、まだまだ飲み足りないですよねー」と例によって少し怖いねちっこい微笑を浮かべて近づいた。カラオケで二次会。そんな話を断りきれず、マキは途中からやって来た独身のショウゴとともに嘉手納の堤防沿いの町へ向かうことになってしまった。今宵バーを開《あ》けないタラーも別の車で追ってきた。後続のその車が細い木を何本かなぎ倒したようなのでマキはトンボ食い後の交通事故の武勇伝を思い出し、気に懸けた。

　店で最初はとにかく四人とも意識明瞭だった。

　飽きもせずに漕ぎ方の話をタラーに仕掛けては「マキさん、同期として頑張りましょう。ショウゴ、お前もちゃんと練習に来い」と乾杯ばかり三人に求めてくるトシオは、ようやく一曲選んで歌ったと思ったらグラスを床に落として割り、その数分後には首を垂れて動かなくなった。音程無視の大声ばかり上げるようになったタラーが「マキちゃーん！　もっと自分をさらけ出せぇ！」「トシオー、起《う》きちょーんなー！」などとマイクに向かってなお絶叫し、続いてシャツとズボンを脱ぎ始め、両眼を覆ったマキが再び見ると、柄物のトランクスと脂の乗った腹を丸見えにした――とても稼業がバーテンダーとは思えない――タラーもまたソファーに深々沈んで寝ていた。トシオの同級生ショウゴはいかにも二十代らしく、茶目っ気を込めてこう言う。

「マキさん、これで邪魔者はいなくなったから二人だけでイイコトしましょうか」

喋り方は甘いが内面がまだ全然読めぬ彼とデュエット曲を三連続で楽しむぐらいはし、最後は改造車臭いスポーツカーで宜野湾までゆっくり送ってもらってマキは短いようで長くて太い一日の終わりを知った。ヒゲの剃り跡が濃い彼にキス願望を一かけら程度は抱きかけたし、車中で何となく始めた〝ニッポン各地おいしい食べ物限定〟シリトリ遊びで「キリタンポ」の続きがなかなか浮かばなくて、うっかり「ポ、…ポ、……ホでもいい？　骨までやわらかく揚げたグルクン！　あ」と言ってしまった時に「ンブシー」※と何事もなかったかのように琉球料理名を返したショウゴと笑いを共有できたのは、確かにマキにもイイコトだった。しかし、北谷ハンビー前を過ぎたあたりから彼がばらし始めた「先輩たちの過去」というのが、彼女の胸に不意のプラスチックナイフのように中途半端な冷たさで貼りつくことになった。

すべて又聞きだけどと断った上で、ショウゴはこんな横顔を宙に並べたのだ。

今はあれだけ論理的なモリカズだが、十代の頃は勉強などほとんどせず、特に中学時代まで遡れば皆から恐れられるシンナー好きの不良生徒だった。試験のたびに全教科まったくの白紙で提出し、教師には「頼むから名前だけでも書いてくれ」と泣きつかれていたらしい。タツヤも昔から肚が据わり、いわゆる不良ではないが巻き起こす嵐はモリカズの何倍も大々的で、他校生らから喧嘩を売られては勇敢に戦い、一度顔面殴られて失明しかけたことがあるという。わりと勉強をよくやったマサルの場

ンブシー…豆腐と野菜の味噌煮込み

合は家庭が目茶苦茶で、ひどい酒乱の父親が包丁持って家で暴れるたびに子供たちは近所の家に逃げ込まなければならなかった。その父は末っ子のマサルが高二の冬に首吊り自殺し、しかも兄姉らと違ってマサルにだけは母親が二人いた。

「二人って、どういうこと？」

「生みの母と育ての母だと思うけど、僕はよくわからん。もし訊けるんだったらマサルさんに直接訊いて」

「…………………みんな、それぞれにドラマがあるのね……」

ほかにも、コウイチが早くに父を亡くし、母も現在闘病中であること、ミノルの家にも重病患者がいること、アッチャンが悩みに悩んでの離婚を経験していること等を、ショウゴは甘いというより少し粘りのある喋り方で淡々と伝えた。

もっときちんと一人一人と親しくなりたい一方、暗部そのほかにいきなり踏み込んでいくのは暑苦しいし逆の立場もまっぴらだという大都会暮らしで培った警戒心が呼び戻され、肉体疲労に飲食過多もあってマキの瞼が急速に重くなってきた頃、車はアパートに着いた。引っ越しの際に多めに買っておいた東京土産の菓子一箱を彼女はショウゴに二階のドアの外で明るめに渡し、悪いとは思ってもそんなお礼一つで帰ってもらった。

すぐベッドに倒れ込んだ。マサルの境遇がやはり衝撃的だった。もうしばらくはハーリー談義と笑い話だけを誰からも聞いていたかった。いや、そういったことよりはるかに大事なことが自身を取り巻いているようなのに、頭の芯が痺れていて二日以上前のことが思い出せなかった。波酔いに似ためまいさえした。植物性の変な香りが部屋全体にこもっていた。

朝なのか昼下がりなのかもわからず二日酔いの体でアパートで茫然としていて、マキは携帯電話の着信音に虚を衝かれた。少し苛立ったような口調のマサル。

「今日も練習あるからよ」

「は、はい」

その五分後にはアッチャンからも遠慮っぽい声が届いた。

「マキさん、今日も夕方六時から練習なんですけど、大丈夫だったら是非来てください」

「はい、行きます」

マサルが車で迎えに来る、というアッチャンを通じての約束にマキはとまどいと軽い畏怖を覚え、そのうちに単なる逢いたさで心が満たされていったが、六時を過ぎてもマサルは到着せず、催促の電話を彼女の方からこわごわマサルにかけてみると、仕事がまだ終わらないから代わりにタラーをよこすという。

酒が抜けているから大人しいのであろう元弁当屋とマキがぽつりぽつり煮物や揚げ物の話などしながら赤い橋を渡り、最後は無言で畑の間を通って浜に着いたら、集合時間を過ぎているはずなのにトシオの姿しかなく、海や黄みを増した陽をそれぞれの眠い目で眺めつつ三人並んで座ってテーピング。その間にアッチャンの車が来たが、待つことに慣れているらしいアッチャンは少し離れた舞台状の大岩の上でルアーのついた釣り糸を垂れた。水平線の上を米軍機がゆっくり飛ぶ姿は、音が届かないせいか機体以外の物——サメか何か——をマキに想わせる。

結局、五十分近くも経たないと重い舟を水際まで運べるだけの七、八人が揃わず、いつしかタラーは車のシートを倒して熟睡し、釣り果は小ガニ二匹だった。

船上ではモリカズの指示と檄《げき》が飛びまくった。

完全な日没後、へとへとになって砂浜へ。ランプ点けて車座でビール。「聴け！　聴け、マサル！」

「タツヤ、マギアビー※では敵わんけどここは俺に言わさんか？」とこの日もターンやスタートの仕方をめぐって男同士が喧《けん》々諤《がく》々。

その後、背は全然高くないのにチーム一体重のあるノゾムに「漕ぎ手の体が重いほど舟にとってブレーキになる。体重のある人はそのぶんほかの人よりも強く漕ぐ責任がある。それができないなら舟に乗るのを遠慮するか、シーズンオフのうちに減量しておくべき」とモリカズがあまりにもまっすぐな正論を押し立てたものだから、背中に〝火〟という鬼的な毛文字があるとはいえ練習中誰よりも「息《イチ》ハーハー」していたノゾムは「ハァーワジワジーする！」と怒鳴ってビール缶を砂に叩きつけ、その中身がほとんどアッチャンのズボンにかかる、という騒ぎがマキを怯えさせた。

ノゾムは謝りもせず帰ってしまい、マサルが「怒るのはいいけど、何で缶を投げるかな……」と困った目をしてかすかに笑い、タツヤは「ノゾムは漕ぎに来るたびにみんなに『痩せれ』『痩せれ』って注意されるから、やっと今一大決心して走り込みに行ったんだはず」と数分前には誰よりも沸騰していたくせに涼しげに言う。マキとアリサはこんな言葉を隅でボソボソ交わさざるをえなかった。

「ノゾムさんも、タツヤさんと同じ元ラグビー部なんだって」

「モリカズさんもそうらしいわね。スマートだけど」

「タラーさんもそうでしょ。内地に行ってるターマさんって人も」

「少し喧嘩好きなぐらいの方がハーリーも強くなれるんでしょうね」

「だあるよ」

最後の一言は同意の決まり文句だった。建設的激論はすっかり途切れてしまったようだった。ともかくも方言をこうして少しずつ覚えていけるのがマキにはやはり嬉しく、ほかに「むちゃむちゃ」とか「血《ちー》ゴーゴー」「風《かじ》パンパン」——ネバネバ・出血・風凄い——といった楽しい響きの言葉をアリサに教えてもらったりして小声でさかんに笑った。

だが、気づいたら、向かいでマサルがタラーの胸ぐらを掴んでいる。

「お前、ハーリーやめれ！」

「お前こそ今すぐ引退しとけ」

慌てふためいた様子のモリカズが「マサル、落ち着いて」と二人を分け、そのモリカズにまでマサルは食ってかかり、収まらぬマサルは立ち上がって跳んですぐそこの草むらの石に向かって立ち小便を始めた。マキはさまで怒気に満ちた激しい小水の音をかつて聞いたことがなかった。……どうも練習前から迎え酒のつもりで車の中にあった島酒をストレートで啜っていたらしいタラーは、体重また

マギアビー…大声

は練習方法についての言い合いの果てに酒のことをマサルに勘づかれたようだった。しかし、なぜ喧嘩したのかあらためて周りが尋ねるとマサルもタラーも「よく覚えてない」と小さくなって言い、やがて握手を交わしていた。

しばらくすると皆の口は、マキが沖縄のことをあれこれ訊いたせいもあっていつも通り平和に回った。陣取り遊びやテルピア釣りや「公園の木とかに農薬散布しに来る車を見つけると、後をつけては農薬シャワーの下に走り込んだ。白くて何も見えんかった」「うむさたんやー」――面白かったなあ――といった昔の遊びの話が咲き乱れ、モリカズとタツヤとアッチャンが小六ぐらいまでの日常生活をさらに順々に次のように語った。激した後のマサルはにこやかだがやや静かだった。

「よくアメリカの童《わらばーたー》たちと石投げ合って戦争した。向こうは豪快だから大きな石ばかり拾って投げてくるけど、こっちは本気で実《じつ》を取るから小さい投げやすい石ばかりで※ばんないぶつけていく。だからちゃー勝った」

「建築現場から盗んできた巨大な角材海に投げ込んで、ばんないそこ飛び込んで角材に掴まって浮いて遊んだりしたのが楽しかったやー。外人の子供を見ると石ぶつけるだけじゃなくて『ユー・ファイト・ミー』って呼びかけて直接殴り合ったりした。ウチナーンチュ同士でも、喧嘩の時は『ユー・ファイト・ミー』って言った」

「喧嘩はやらんかったけど、放課後に集まっては駄菓子屋のスナック麺で〝鍋〟やったのが忘れられん。その鍋に入れる野菜が欲しくて何回も何回も畑に盗みに行った」

……そして島酒が加わる頃にはもう大笑いだけが天高く響いた。やがてある者は妻子の元へ、ある者は嘉手納と読谷の境のまあまあうまいラーメン屋へと散っていく時、それまで目立たなかったトシオが「マキさーん、二次会行きましょう。タラーさんのバーでもいいですよー」と擦り寄った。いつの間にか仰向けで鼾かいていたタラーをタツヤが平手打ちして水かけてまで目覚めさせようとするのでマキは「可哀そうじゃないですか」と止め、実は彼女自身飲みすぎと笑いすぎで吐きそうだったが揺すり起こす役を仕方なく引き受けた。

翌日はひどい二日酔い。

そしてマサルから「今日も練習だけど」と短い電話が入り、五分後にアッチャンが遠慮っぽく「マキさん大丈夫ですか?」——そしてマサルが迎えに来るという新たな約束がまたしても反故《ほご》にされ、今度の代理はタラーではなくコウイチだった。にこやかなばかりであまり喋ってくれないコウイチのカーステレオから流れるノーランズなどをマキは七〇年代以前のポップス以上に懐かしがり、そういうのを緒にして互いの趣味を教え合ったりしてそれなりに有意義な時を過ごす。

浜に着くと、この日もトシオしかおらず、少ししてアッチャンが現れ、四十分ぐらいも待ったところでやっと十人近く集まり、練習。舟に乗り込む時に足を包む海水はいつもながら冷たいけれど、漕ぎだしてしまえば上半身まで濡れようが寒くない。そして浜でのビール。激論。談笑。島酒。二次会でタラーが逆立ちに失敗してカラオケ店のテーブルを割る。……延々。

その繰り返しだった。肝臓を守るウッチンは何よりも欠かせなかった。

ばんない…次々。たくさん

前席の人とまったく同じ格好、同じリズムでエークを動かそうと常に最大限努めることが上達への道と気づいたマキだったが、右腕や肩、腰に溜まった疲れと痛みはいよいよ深刻化し、特に右肩が重く、また腰や脚に木と擦れて出来た傷があり、右膝の外側などは毎日同じ場所から出血し、初日に出来た手指の傷も全然治らない。モリカズには「マキちゃん、まだ手だけで漕いでるよ」と海上で言われない日がなかった。漕ぐ、というより手を痛めつけるだけの情けない動作だとは彼女なりにわかっていた。エークが舷にぶつかるその衝撃が一回ごとに両手に響き、握力が失われやすい。

「――ちゃんと片足で踏ん張って、それで漕いだ後に足の裏が痛いから今のは正しい漕ぎ方だったとか、腹筋をよく使ったから腹筋が疲れてるとかいうよりも、漕いだ後全身がバラバラになるぐらいどこもかしこも痛いっていうふうに、漕ぎたい。自分もたぶんまだ本当の漕ぎができてない」

結婚目前なのにノブユキが、まるでハーリー第一で生きているかのようにそう言い、アリサをはじめ皆頷いたり真剣なまなざしを自身のエークに注いだりしたけれど、ひとりマキの心は「今日の練習が早く終わりますように。早く楽しいバー・タイムが来ますように……」という秘密の呟きに占められていた。酒より前に、塩水が口や眼に必ず入る。

ある時など、顔を顰《しか》めて漕いでいる最中にマキはエークをうっかり海に落としてしまい、そのエークの漂う所まで舟を戻してもらい、疲れきった腕を悪びれつつ伸ばしたが焦りもあってなかなか取れず、後ろの人にエークで引き寄せてもらった。レース中に落としたらチームが失格になるかもしれないと聞いて気持ちがさらに縮んだ。

エークの表裏を間違え、稜《りょう》のない真っ平らな面で能率悪く水を掻いていたことを別の日やんわりコウイチに指摘されたのもいささか衝撃だった。最初に教えられて十何日も忘れっ放しだったのだ。陽が落ちてからの船上で、暗く白い波紋の揺らめきを見ているうちに〝さざ波酔い〟とでもいうべきめまいに襲われたりした繊細さぐらいはご愛嬌である。

自信をふとすっかりなくしたマキが練習後に長いこと静かに過ごせば、たいていマサルが「マキ、今日は元気ないな……」と車座のどこに座っていようとも声を投げ、ほかに何をしてくれるというのはなかったけれど、それをきっかけにタツヤらがマキに近づいて「松の伐採のために山に登る途中、ハブを見つけると必ず殺してその場で皮剥いで肝を生で食べてしまう恐ろしい仕事仲間がいる」などというハーリー以外の話で眼を見開かせた。

「……タツヤさんって、木が好きですよね。趣味も盆栽なんでしょ？」

「生えてる木だけじゃなくて、木の板とかも好きですよ」

「板？」

「高校の時、ラグビー部の部室と板壁一枚隔てた隣が女子ソフトボール部の更衣室だったんで、その薄い板にキリで穴開けて毎日覗くつもりだったけど、さすがにすぐばれると思ったから、天井ぶっ壊して天井裏伝いに隣室の上からキリ使ったら、木の粉がぱらぱら下に落ちた。女子たちが気づいて『お前ナンカー』って騒ぐ。こっちは『誰もいない。見てない。大丈夫』って天井裏から囁きで答えた。つくり声だから結局ばれんかった。その時主に覗くつもりだった相手が、今の奥さん。あとはほぼ全員ゴリラみたいな女ばかりだった」

嵐を呼ぶ元ラグビー部統率者のどうしようもない昔話に耳傾けるうちに酔いが回ってきたりして、

マキも笑顔とともに十数年前からこの集団に属しているような気持ちを取り戻せるのだった。

マサル、ノブユキ、アリサとは時々練習前にバレーボールなどをして遊んだ。四人とも技量は上々で、誘ってくれるのがアリサでなくいつもマサルというのがマキには少しだけ意味深く、二組のカップルみたいだと思えばうわついてしまうのを止められなかった。コウイチや単なるヤンチャ小僧に戻ったモリカズらが加わることもあった。浜辺の全員でドッジボールに興じた時、張り切りすぎてマキはミノルの眼鏡を吹っ飛ばしてしまい、「マキはグテーまぎーやんやー」——パワーあるねえ——と皆が感心していた。「ごめんなさいごめんなさい！　でも、あの、グテーなんて全然ないんですぅ。ごめんなさぁい」とマキはミノルの丸っこい老け顔をぺたぺた触ったりしながら弁明に追われた。実際、舟を漕ぐ力は最低あと三倍欲しかった。

広大な空の長持ちする青をそこの海は素直に映し、陽が強かったりすれば砂浜もまた光って応えるが、練習後半までには黄昏時《たそがれどき》が来た。海のかなたの北谷の町にはウ、イ、ン、ク、してよこす光の粒と見据えるばかりの光の粒が手始めに計五、六十個生まれ、舷ごしの恐ろしい海面は、残り少ない青みと最後の白っぽさから成るひとときの鏡だったり、下から風か何かにやわらかく突き上げられる灰紫色の高級風呂敷に見えたりした。……この世には美しい物が多々あるとマキはしばしば頷いた。

ウンコの印象ばかり未だ強いミノルには、隣で飲んでいて「マキィ、今日はバナナ持ってこなかったの？」と甘えるような細い声で求められた。「今度持ってきます」とマキは即座に笑みを見せつつも、バナナジョーグというレッテルはどちらかというと不本意なので、とうぶん期待には応えられませんと腹のあたりに変な力を入れた。

アリサともっと親しくなりたくて話を持ちかけ、お揃いの水着代わりの膝上スパッツを買いに行ったことも、そのしばらく縁を切りたい果物に繋がってしまった。アリサは赤地に黒のワンポイント、マキはグリーン地にイエローというのを選んで「赤と緑でクリスマスっぽい」「冬じゃないけどね」と二人頷き合い、お披露目《ひろめ》の日を合わせて浜に現れたら、数人が可笑しそうに「バナナの木みたいだね！」「それにしても、カモシカみたいな脚だねぇ」とマキにばかり注目したのだ。生えているバナナなど生まれてこの方見たことがない上、惹かれたのはあえていえば葉の色にすぎないわけだから、マキはつまらなそうな顔をしているアリサにひっついて「二人合わせてポインセチアよ」と主張してはみたけれど、最初の頃騙されて穿いたブルマーを皆に褒められすぎた際の恥ずかしさよりははるかにマシだと明るく諦めた。

もろもろの要請に動かされ、島バナナは手に入りにくいのでスーパーで買えるフィリピン産やエクアドル産の普通のバナナをマキは時折持ってきて皆にふるまうようになった。栃木の実家から送られてきた塩ようかんなどをたまに「ふるさとの特産品だべ」とお裾分けすると、シゲオやモリカズが「今日はバナナじゃないの？」「マキちゃんがバナナ以外の物持ってくると何か落ち着かないな」などと悪気なく口を滑らせ、「いったー、失礼な」と彼らをたしなめたマサルはマサルで「何だ、上等マースは使ってないば」などと甘い目をして陽気に贅沢を言うのだった。

「マースって？」

「塩」

ビールとバナナは味がまったく合わないこともないが、たびたび食べ併せれば、太る。そうわかっているからマキ自身はハーリー・バーでは塩せんべいを主に好んだ。地元の伝統に従って時々〝チョコジャム〟を塗ることでカロリーを上げたりはした。

夕刻の迎えはマサルの計画によるのかタラー・コウイチに続いてはミノル、そして再びタラーと主に独身者で何度も循環していた。

叫んだり、言い合ったり、脱いだり、スナックで見ず知らずの隣テーブルの客にタンバリンを投げたりという暴走を素面《しらふ》になるといつもすっかり忘れている半分紳士のタラーが、姉八人の後にやっと出来た嫡子《ちゃくし》（仏壇を継ぐ長男）としての重圧を抱え続けてきた人物であることを、ある日の車内でマキは安い米の最もおいしい炊き方——一度にとにかく大量に炊くのがよいといった——のついでに当人から聞かされた。

「昔の人でもないのに九人きょうだいなんて……。お母さん大変だったでしょうね。今でもお元気なんですか？」

「うん。父親はちょっと前に亡くなったけどね」

「九人なんて凄いわ。絶対凄い。私そんなに産めない。……お姉さんだらけっていうのも、賑やかすぎてタラーさん大変そう」

「マキの方こそ、一人っ子っていうのは俺にとってはアイヤーだよ。学年に三名ぐらいしかいなかったしね。淋しくない？」

「祖父も一緒にいたし、べつに淋しいとかは私の場合たぶんなかったですけど、でも、一人っ子はやっぱり打たれ弱くて駄目かも。何だかんだいって甘やかされてきてるから」

「マキ、俺の場合はね、わがままに育てられてきたからこそ、誰にも負けたくないっていう意地が一年中働くよ。……ハーリーに関してだって、本当は自分が一番の漕ぎ手だと思ってる。少なくともめざしてはいる」

「そっか」

「〈とび魚〉はアッチャンとモリカズとマサル中心のチームだし、タツヤも確かに凄い。彼らには一目置いてるよ。でも、絶対に負けてはいられんさ」

「私も頑張らなくっちゃ。……私、中学前半、いえ小六ぐらいまではスポーツ万能っていわれてたけど、根性なかったからその後あんまり伸びなかったんです。運動会やクラス対抗の球技大会とかではそこそこ活躍できても、本格的な部活になると駄目。高校の陸上部の顧問に『練習嫌いの試合好き』ってレッテル貼られたりしてました。甘いんです、何もかも私って」

「……そうじゃない。マキちゃん、そんなふうに考えるべきじゃない。今から『練習好きの試合好き』に変わればいいだけだろう」

「……その通りですよね。……タラーさんはそれに『お酒大好き』も加わりますか？」

「さすがよくわかってるね」

そんなふうにリーダー格以外の男たちの本音に触れることができたのは、新参者のマキにとって快活な前進だった。フルマラソンを二時間五十分台で走れるダンス好きのコウイチにも、元漁師だった父にハーリーのことを手取り足取り教え込まれたというミノルにも、無視できぬ誇りと筋肉量がやはり香っていたのだ。惚れたくなる部分はもちろんそれぞれあった。しかし、隣でハンドルを握ってほしい異性の筆頭であるジンチャンは、最長身のあのシーカヤック・マンは最初の夜以来一度も現れてくれなかった……。

日替わりの〝お見合い空間〟にかすかながら食傷しだしてはいた彼女の所に、そもそもの本命・マサルが初めて自ら乗りつけた。

「先週までは展示会とかで忙しかったばーよ」

仕事帰りだが建築会社の営業マンらしくノーネクタイであり、カーキ色の作業服で包んだ細長い体がいつもより軽く堅そうに見える。アパート前を出発してからその違和感ありの地味なマサルがしばらく口を開かないので、マキはときめきが必要以上には伝わらないよう声の高さをふだん通りに保ちながらもとびきり明るい話題を連ねた。彼は相槌に時折冗談を交ぜ、重金属的かつ魔術的なギターの掻き鳴らしをカーオーディオで流して「マキのテーマ曲やんよ」と意味不明の科白を添え、徐々に陽気な強引さに満ちてきた。顔だけは初めから柔和だった。

「マキは実際どういう音楽聴くわけ?」

ジャズ・ボーカルの頂点にいた不美人エラ・フィッツジェラルドの、歌よりもさらに魅力的なものすごく可愛らしい笑い声、の話などは硬派中の硬派とおぼしきジミー・ペイジ信奉者にはあまり通じないだろうと思い、マキは考え込んでからこう答えた。

「『ココモ』みたいの」

「ビーチ・ボーイズか」

必ずしも最愛の曲ではない。が、穏やかな波音や夜空と結びついた歓迎会時のＢＧＭが忘れがたく、連日マキはアパートでその大ヒットを含む八〇年代以降の〝エンドレス・ハーモニー〟を味わい直していたのだった。

「俺歌えるよ、『ココモ』。カラオケでたまに歌う」

そう言ってマサルは「アールバ、ジュメイクァ、ウゥーアィウォナテイキュヤ」と首を振り始めた。

「わー、凄い。英語大丈夫なんだ？」

「前《めー》にも言ったさに。俺、ハーフだからよ」

「…私は中華航空の客室乗務員？」

「ぬー、何だそれ？」

「えー、言ってくれたこと忘れてるの？　ひどぉい」

甘え声を自ら楽しめば、マキには宜野湾と嘉手納の間はすぐだった。日が長くなってきていた。

何度目かの迎えの時、マサルは途中で急に美浜《みはま》の喫茶店に立ち寄ろうと言いだし、マキにコーヒーとチーズパイを奢《おご》った。カップルで既に満杯だった緑多いテラス席を羨ましく見やり、テトラポッドばかりの近景を描いた80号以上ある画布がいくつも飾ってある室内をそれはそれで楽しみ、「練習前のお茶だから、これも〝ハーリー・カフェ〟ね。ハゴーじゃなくてお洒落な店だけど」などとたわいなく舌を働かせながらも、彼をやっと不実へ誘い込めたかのような胸の高鳴りをマキは二割ほどは本気で楽しんだ。

つかの間の恋人は仕事鞄の中からなぜか銃器のカタログをテーブル上に出し、狩猟免許を持ってるからそのうち鴨撃ちの腕を見せてやる、マキの嫌いな犬を殺すのも朝飯前だ、と冗談にしてはまなざしも身ぶりも本格的すぎる約束をしてくれた。もう少しこのカフェに似合ったお喋りを、とJリーグの歴代全外国人選手の中で誰が実力最高かという話などをマキの方から仕掛け、そんなのを受けてマサルはサッカー部にいた頃の明るくも悲惨な愚行を打ち明けた。練習中に手首を骨折し、病院に行ったが一週間後に自分で勝手にギプス外して試合に出たら再び同じ所を折り、それ以来変形したまま。言葉通り、異常に波打っている白く細長いマサルの左手首をマキは見せられた。

「……日常生活とかハーリーとかに支障はないの？」

「全然」

と、彼が逆に、マキの左手を取った。彼女は息を詰めた。驚きとひそかな心地好さを感じたのだった。この自分もまた特別な左手首の持ち主なのだと気づかれただけだとわかると、呼吸がさらに少し乱れかけた。マキのその部位の掌側には、五年前の自殺未遂のしるしが未だ無残な形でそこにある。ありったけの力をわが身にぶつけたあの時、本気だったたから。

「これ何ね？」

マサルは重みはさほど込めない感じに訊いた。

「若気の至りで……。ご想像にお任せします」

一度唾か何かを呑んでからマサルは別の、笑える話題へとマキを導いたが、五分ぐらい経って突然また心を戻した。

「マキ、……死んだりしたら駄目だよ。自殺するのは絶対善くない」

「はい。もちろん、そんなことしませんよ。したいと思う時なんて今はない」

「…………べつによ、マキの過去を今ここであれこれ探ろうとは思わんけどよ……」

「知りたいならごく簡単に話してもいいですけど」

「いや、聴きたくはないよ。三十前後にもなれば人間みんなドラマの三つ四つは経験済みだからな。順調なままの人生だったらわざわざ仕事や恋人や住み慣れた土地を捨てたりもしないでしょ」

「…………」

「突然だけど、マキはどんな子供だった？」

「泣き虫でした」

「ユクサー。笑い虫だろ？」

「泣き虫ですよ。……例えば、家族で中華の安食堂に入って、ああいう店のカウンターって油の膜でぬるぬるしてたりするじゃないですか、それで、自分の前に置かれたスープの小鉢が、そのぬるぬるのせいでスーッと勝手に滑るのを見ただけで、訳もなく涙ぐむような子だったんです……」

「わかりにくい話だな」とマサルは小馬鹿にする笑いを漏らし、続けて優しげに言った。

「マキはきっと、お父さんお母さんにすごく大切にされて育ったんだろ。いつもそう思う。……笑い方も行動もちょっと変わってるけど、性格自体はおっとりしてて物の見方が素直だから」

「……」

「その点、俺はけっこうキレやすいところがあるよ」

「そうなんですか？　あ、そういえば前にタラーさんに何か怒鳴ってたっけ」

「……親の影響があるからね。父さんがよ、俺が高校生の時に自殺してるばーよ」

「……はぃ……」

「ま、ちょっと、アル中とかいろいろあって、あちこちで女つくって子供産ませたり」

「……前に、人からちょこっと聞きましたけど、いえ、こんなこと聞いたりしちゃってよかったのかどうかわかりませんけど、マサルさんはけっこう、複雑な家庭に育ったんですよね」

「複雑すぎて、口だけじゃ説明しきれないねえ」

結婚し子供も四人いた父親がよその未婚の女を孕ませて出来たのがマサルであるが、当時十代のその女性に生活力がなかったため、父の正式な子——四人のその下の末っ子——としてマサルは育てられた。が、生みの母はのちに別の男と結婚して子を二人儲けており、結果としてマサルにとっての異父弟妹が存在する。マサルの父はさらに、まったく別に三人の女と関係を持ち、しかもその全員に種つけており、マサルからすれば異母弟妹が方々に、判明しているだけでも五人はいる。————そういったことを彼は連続ドラマの筋でも伝えるような明るい声で、テーブル上のナプキンにボールペンで線と「男」「女」の字だけでつくった相関図を書いて、語り終えた。

「よっぽどお父さんは、女性に持てたんですね。ハンサムだったんでしょ？　マサルさんに似てる？」

「実はそっくり」

何となく二人ともだらしない弱さで笑った。

「既に瓜二つの自分が怖いから、俺は絶対に親父のようにはならない。奥さん一筋で生きてくって決めてる」

「……そうですか」

「マキがどんなに清楚なお嬢様顔でスタイル良くても、マキとは寝ないよ」

じゃ、本心では寝たいの、と訊きたい生臭い自分を抑えてマキは深刻かつ穏やかな声だけを出す。

「でも、……どんなお父さんであっても、亡くなった時はものすごく悲しくて辛かったでしょうね」

「うん。一生ぶんの不幸が子供時代に集中したわけで、あれ以来、たいていのことには耐えられるさと思って生きてる」

「……だから自殺はいけないってさっき言ってくれたんですね。何か、逆に私の方が根掘り葉掘り訊くことになっちゃってごめんなさい。……マサルさんは、それで結局、育てのお母さんと腹違いのお兄さんお姉さんたちの家庭にポツンと残されたんでしょ。そういうことも辛かったでしょうね」

「それはあんまりないよ。血の繋がりよりも大切なものはこの世に絶対あるから。うん、育ての母が俺にとっての本当の母さんだとずっとずっと思ってる。ただ、まあ、実の母と会う機会もあって、自分の中に整理しきれない部分は未だにあるね。でも、きょうだい仲とかも普通以上にいいよ。末っ子だから上に気を遣ってはきたけども」

「末っ子っていえば、タラーさんと一緒だ」

「タラーは上が女ばっかりだけど、俺は姉も兄もいるからよ、鍛えられ方が違うさー」

「マサルさんの方が偉いわけね」

「いや、……ターマっていう男が偉い」

「な、何ですか、急に」

「ターマは上に男だけが四人もいて、しかも長男から末っ子のターマまで全員体がでかくて、兄弟喧嘩のたびに家が壊れてたってよ」

十数分ぶりにふきだしそうになったマキは、初めて迷わずこう言えた。

「よく名前が出てくるそのターマさんに、そろそろ会ってみたいです」

「じゃ、後で内地に電話してみるよ。昔トゥジに逃げられて今フリーだから」

「え、離婚してる人なんだ？」

腕時計をふと見たマサルは「俺の場合は不倫厳禁だから、そろそろ出るか。今日も特訓が待っとんどー」と笑顔で立ち上がった。いかにも男という汚い筆遣いの図が記されたテーブルナプキンを、マキは「これ、何となく欲しいな。もらってもいいですか？」とマサルに訊いていた。彼は「ああ、どうぞ。なくしたら今度清書してやるよ」と本当に暗さのかけらもなく答えた。そのだいぶ前にはマサルが食べるはずだったバナーヌショコラもマキに渡されていたりした。

だが、実は引っかかりを感じたのか、節度こそが大事と気をさらに引き締めたのか、浜に着いてからのマサルはマキにほとんど話しかけなかった。特定のメンバーを仮にも女である自分が慕いすぎるのは結束に水を差す行為とわかるから、マキもまたハーリー・バーでは他の既婚者らとの交流を心がけ、こまめな電話連絡をいつもいつもしてくれるアッチャンと鮨ネタの話で長時間楽しんだ。海の幸としてのトビウオがいかに透明感一杯で癖がなく庶民的な味かを温厚な語り口で解説する――おいしいとは一言も言わなかったけれど――料理人は、いつもながらイチバンエークとしての気概をあまり外には出さず、目だけは怖いぐらいに真剣で、チームの良心はこのアッチャンかもしれないとふとマキは呑気なポテトチップスかじりの途中で悟りかけたのだった。

「マキさん、そういうわけで今度僕がトビウオ釣り上げたら鮨つくって食べさせますから、楽しみにしてください」

「是非釣ってください。でも、私グルクンも生で食べてみたいな。唐揚げしか知らないから」

「グルクンなら明日にでも五十匹釣ってきます」

その夜は車座の脇に久々にミニコンポが置かれていて、流れ続けたのはまたしても〈サマー・イン・パラダイス〉だった。ほかのCDソフトやMDを誰一人持ってこないのがマキには不可解だったが、ともかく何度聴いてもその無名のアルバムと舟好きの永遠の少年《ボーイズ》たちは良い関係にあるようだった。ただ、妻に逃げられたという元最強の漕ぎ手が後半に特別に付加した数曲が、歌詞からいってその夕ーマ本人の切なさにひょっとして絡んでいるのではないかと想わせ、マキの安らぎをほんのわずかだが嘘寒さに変えた。

陽気に遠くで喋っているマサルにしても、新婚と言いつつ再婚に人生を賭けたばかりのアッチャンにしても、抱えている過去が全然軽くない。それだけに、左手首にある独りよがりの名残以外にほとんど何の傷もない、大げさで疲れやすい自分がひどい子供だといつも以上に思えてくるのだった。……しかし、しんがりの軽快な一曲はそんなマキに舌出してみせるかのような「カリフォルニア・コーリング（交換手さん、カリフォルニアを呼んで！）」である。

季節が少し進み、日中の陽射しの強さが本土の真夏のそれに近くても、風さえ吹けばしのげる。日曜などは砂浜に繰り出す家族連れが磯遊びだけでなく水浴をするようになった。たいていの乗用車は窓開けよりも冷房で涼を取っているが、朝晩はまだかなり涼しい。

風で白波がやたら立つ午後、集まりはしたが舟が出せなくて数人で海を眺め続けたことがあった。冷え冷えとした圧倒的な量のその白にほんのり斑《まだら》な薄青緑が混じっており、歯磨き粉かミント味のソフトクリームを連想しつつもマキは食い気を隠して「何か、水色っぽい白雪がいっぱいあるみたい……」と誰かに美しく話しかけた。ウチナーンチュは雪への憧れが強いと聞くけれど、こんなにも広々とした〝雪原〟をしばしば目にしてるじゃないの、と季節を無視し畳みかけてみたくなる。「清楚なお嬢様」というマサルの過剰な賛辞が忘れられなかったのだ。とはいえ、はるかに甘美な夕焼け直下の同じ海原はマキの目には震えるロゼのワインゼリーにほかならず、一呑みに食べ尽くしたくなる眺めだとやはり船上でも浜にいてもそのような想い方へとよく流れていった。

ある夜、体調不良のためマキはハーリーの練習が終わるなりタクシーで帰宅した。珍しく食事も摂らずにベッドの上にいたら、カオリからの電話に起こされた。

「——今から来ていい？」

夫がグルクンを何十四も釣ってきたからお裾分けしたいのだという。アッチャンを通して話が伝わったのかも、とマキはにわかに感謝と空腹感を漲らせて思った。手早く掃除機がけまでした。

チャイムが鳴ったのでドアを開けると、カオリのほかに四人もの女が立っているのでマキは驚きを明るく伝えた！

元ウェイトレス仲間だという彼女らは、大形のクーラーボックスをマキとともに息荒らげながら運び入れるカオリに従って、２ＬＤＫのリビングを大人しくもさっと占領し、キッチン隅のオーブンレンジを全員で凝視し、家具や調度品は思い思いに眺め、やがて「これが本土の人の部屋?」「オーシャンビューじゃないの?」「化粧品分けてくれるって本当ねー?」などと遠慮なく言い始めた。美人は特におらず、三人の子持ちだというハワイアンぽい顔の女などは四十才前後のように太ってもいたからマキの方も妙に安心し、冷蔵庫からありったけの缶ビールを出そうと歩きかけたが、彼女たちの持参のカクテル缶や初めて見るアメリカの壜ビールを黒光りする武器類のようにずしりと手渡され、「早く乾杯しよう、早く」と瞳だけは幼いカオリに低いいつもの声で呼ばれてまずはソファーの一つに尻を投げに行く。乾杯後にすぐ立ち上がってチョコやスナックを探し、皿と一緒に掴んで小走りで戻る。カオリの好きそうなボーイズ・トゥー・メンか何かをかけようとコンポに手を伸ばす。

　客を自室に迎えたことが一年半以上なかったマキは、少しの頭痛など忘れてはしゃいでいた。初対面嬢らの年は二十代前半から三十すぎまでいろいろで、子供を夫に預けてきた人、それに恋愛未経験という恥ずかしがり屋もいたが、口紅などをマキは喜ばれるまま惜しげもなく全員に手渡した。カオリの主導でバター焼きされたアルミ包みのグルクンが計十匹も運ばれ、一人が持ってきたヨーロッパの珍しい缶詰なども開けられてパーティーは最初の佳境に入った。

　昔の写真を何冊も見せてしまえるほど親しくなってから、ハワイアンにマキはこう訊かれた。

「化粧品の宣伝部っていったら、どんな仕事してたの?」

「最初は電話受けやパソコン業務中心でお茶汲みなんかもやらされて、でもその後営業やポスター配付とかで外回りするようになったわ。本当は、季節ごとのキャンペーンや新商品のためのキャッチフレーズ考えたり、ポスターの原案つくったりとかがやりたかったんだけど、センスもチャンスもなくて夢は夢のままでした。……それと、私自身が〝女性の美〟にあんまり興味なくなってきちゃってたのも響いたな。自分が自分だけの綺麗をめざすので精一杯って感じ？　それさえも投げやりかも。アハ、善くないね」

「何か知らんけどもったいない。今は無職？」

「うん。何かいいお仕事ないかしら。お水以外で。ほかの県よりもずっと求人少なくて賃金も低いみたいだから、不安なんだけど」

「沖縄ではやっぱり軍の中で働くのがマシな方だと思うよ。その会社は、給料は高かった？」

「いろんな苦労したわりには、もらえなかった方かな。特にボーナスがちょっとね。だから腹いせにしょっちゅうこんな試供品持ち帰ってた。一種の現物支給よ」

そんな愚痴交じりの話に、部屋の奥でカオリはあぐらかいて背を丸めて頬杖一つついて聴き入っていた。目線をこの時ほとんど動かさぬ上にまばたきも少ない彼女とふと見つめ合ったマキは、何だかそのたった一人の黒い瞳とだけ喋っているふうに思えて緊張した。

夫持ちも複数いる初対面の四人は二時間足らずで「また来ようね」「いろいろ分けてくれてありがとう」「今度スキンケアのことも教えてくれんね」「アンチョビーもっとたくさん持ってきます」と機嫌好く立ち上がったが、一対一の昂りをなぜかもたらすカオリだけは、いつまでもあぐらを解かず背筋だけ伸ばしてビールを啜り続けた。

二人きりだと〈とび魚〉の話題がやはり主だった。カオリはアッチャンとの繋がりでチームにたまに係わるようになったが、そもそも嘉手納高校在学中に短期間ながらラグビー部のマネジャーをしており、二学年上の「タツヤニィニィ」や「モリカズニィ」それに「当時目が覚めるほどハンサムだった池原先輩」たちのことは元々よく知っていたのだという。

「……池原タラーさんといえば、彼、八人もお姉さんがいるってこの前知って、びっくりしちゃったわ。チームで一番カッコ良かったのね」

「私は七人きょうだいの末っ子だけど？」

「は？」

「上に六人いる」

「何でそんなにいるのぉ。……そういう話って戦前は多かったと思うけど、たった二、三十年ぐらい前にもよくあったんだ？　カオリの所はどうしても女の子をつくる必要があったってこと？」

「そういうことでもない。一番上が女で、あとずーっと男が続いて、末っ子の私が次女。自然に任して産んでいったらこうなったみたいよ。長女とは十二才も離れてる」

「……沖縄って、やっぱり本土と違うわね。古き時代がずっと続いてるっていうか、……でもお母さん大変だったでしょうね。今元気？」

「うん、ピンピンしてる。お父さんの方が病気ばっかりしてる」

「ハハハ、いえ、笑っちゃいけない。やっぱり根本的に女性の方が頑丈に出来てるのね。カオリも、ほっそりしてるけどとても健康そう」

「健康でも、ハーリーはやらんよ」

舟漕ぎ話に戻るのもいいが、今はこの若奥様自身のことをもっともっと知りたい。ラグビーの手伝い以外に昔何かやってた？　もしかして卓球やバドミントンが得意なんじゃない？　それと何食べても太らない体質？　流行りのソウル系以外も聴く？　矢継ぎ早の心持ちをどうにもできないマキは、そのうちにカオリのかつての離婚の経緯へと踏み込んでしまい、途中で慌てた。しかしカオリは厭がらずにすらすら答えた。

「凄い暴力夫だったわけさ。独占欲が強くてさ、『浮気してるだろ。証拠がいくつもある』って濡れ衣《ぎぬ》着せて、それに『飯がまずい』とか言って、人が一所懸命にやってるのに殴る蹴る。そのうちにだいい音が聞きたくて殴るようになってってたみたい。よく首も絞められたよ」

「……最初からそうだったの？」

「実はさー、結婚してすぐに向こうのお義母《かあ》さんが亡くなった時に、たまたまっていうか私が泣かんかったんだよね。そしたら『お前そういう奴だったのか』って、三日間泣きっ放しだった彼に突然言われてしまった。今思うとでーじマザコンの男でよ、ぅん、ずっと後になってからウチが顔にパンチ受けて鼻血拭きながら泣いてると『こういう時には人並みに泣くのか』って吐き捨てるように言われたから、相当根に持ってたんだはず。よくあんな生活に二年半も耐えられたもんだと思うよ。もっと早くに兄たちに助け求めればよかったんだけど。肋骨何度も罅《ひび》入れられたよ。一回罅入ると一カ月近く痛いのが続くから、夜の相手するのも辛かった。離婚話持ちかけてからはさらにエスカレートして、髪持って十分間ぐらい引きずり回されたり、腕に鋏《はさみ》突き立てられたり、煙草の火も押しつけられた。見たい？」

カオリはセーターの両袖を深くまくり、二の腕から手首までのあちこちに走る十数個の傷痕を見せた。マキは眉根を寄せた。

「こんな細い、森の精みたいな可愛い人を痛めつけるなんて！　ひどい。お義母さんの時に泣く・泣かないなんてしょうがないじゃない。ひどすぎるわ。傷の数が多すぎる。私が仇《あだ》を討ちたいぐらい！」

マキはそう叫び、涙さえ出そうになり、まさに妖精か森で捕まえた小動物を掻き抱くようにカオリの肩に両腕を回した。その勢いに相手は多少困った様子で、声が出てくるまで五、六秒はかかった。

「もう別れたから生傷はないし、今は全部乗り越えてるから平気だよ。問題ゼロ。…マキ、ありがとね。あなた大人しいのか激しいのかわからん人ね。やっぱり面白い……」

複雑すぎる生い立ちを打ち明けた喫茶店でのマサルに通ずるふんわりした余裕を、カオリもまたこんなにも上手に纏《まと》っている。皆それぞれに、強靭なのだ。微苦笑する以外にないマキはそう思い知った。

冷蔵庫にちょうど二本だけ残っていたビールを勝手にカオリが両手で持ってきて、最後の乾杯はマキの修学旅行先での当時の親友との夜更かしの烏龍茶缶と同じ音がした。なおしばらくチョコをつまみつつ恋愛体験等を聴かせ合ったのち、真新しい親友はここに泊まっていくと決めて二人目の夫に面倒臭そうに楽しい電話を入れた。マキはその友の携帯を取り上げて寛容な釣り好き氏に美味だったグルクンの礼を長々述べた。酔いが加速度的に進んできてはいても。

沖縄の梅雨が始まった。六月下旬の嘉手納ハーリーまであと一カ月半もない。

どうせ濡れるのだからと雨の日もマキは笑顔で浜に現れた。「ハイサイ!」とタツヤが時代がかった挨拶——現代では日常使われることのない種類のコンニチハ——を冗談半分でくれれば、恥ずかしくても「ハイタイ!」と沖縄案内本に載っていた正しい女言葉を返した。花嫁修行中のアリサに重圧を与えぬ範囲内で手づくり料理をタッパーに入れて持ち込めば、褒められる前からもう嬉しくて仕方なく、気持ちはいつも酒盛りに備えていた。練習自体はあいかわらず苦しく、痛く、たまに腹立たしくさえあったが、苦痛の一部を〝チームに参加してる証《あかし》〟と見なすぐらいにはしなやかさを増したマキだった。

さすがに屋根のある場所——居酒屋や人形酒場や誰かの家——へ移らずにはミーティングが開けなかったが、数日ぶりの雨なしの宵、必需品となりつつあった蚊取り線香を焚きながら浜のハーリー・バーにいた舟好きたちに、吉事が訪れた。よく見かける五十才前後の男性が方言で話しかけてきて練習熱心を称え、これで栄養つけなさいと最後に五千円札一枚をポケットから出したのだ。先触れというべきかその小一時間前、浜にいったん上がっての休憩中には、犬の散歩に来た上品そうな中年夫婦に「チーム名は? とび魚? 大会ではきっと応援します」と花束的な言葉を頂戴してもいたから、皆声を綺麗に揃えて元気良く礼が言えた。

週末の夜、浜でさらなる〝激励〟が降りかかってきた。それは若いアメリカ人男女五、六人がビール壜片手に笑い騒ぎながら通りがかり、特にはしゃいでいた太めの女一人がいきなりノーブラのTシャツの裾をまくり、たまたま間近にいたノブユキの頭を、次にコウイチの頭をシャツと胸で包み込む、という事件だった。「あんた、そんなやらんでー」とアリサは上擦った声ですぐ笑顔のノブユキをその白人女から引き剥がしたのだったが、酔い狂った女は豊満な乳房を「へーイ、ホーゥ」と皆に見せた。と、口笛吹いたりもしたシゲオがコウイチの手首を掴んで彼女へと誘導し、されるがままのコウイチはこわごわまた乳房に触れる形となった。

軍病院の看護師や警察官だと後で明かした白人らは軽い交流を求めて腰を下ろし、笑える簡単なジョークを連発し、ハーリーのレースについて質問し、お蔭でトビウオが米英では〝フライングフィッシュ〟であることをマキらは覚えた。ヒスパニック風の浅黒い男などはしばしば日本語を、頑張って沖縄方言をも口にした。あれが恋人だと彼が最初の痴女を指さした時にマキは「シー・イズ・ソー・……」と驚異をやんわり伝えたくなったが、適当な形容詞がとっさには一つも出てこなかった。

二十分後ぐらいに彼らが浜の遠くへ去ってからが本当の大騒ぎで、コウイチはノブユキ以外の男子全員に「アメリカーのオッパイを触りまくった悪人」と囃《はや》し立てられた。嬉しそうにも見える困惑顔のコウイチは「あらん。あの時は」と吃り気味の言い訳を繰り返し、最も容赦ないマサルに煽《あお》られてマキまでが「みんなに言われるのはコウイチさんの自業自得よ。第一、外人に好かれそうな顔してるもん」と言ってのけた。怒ったままのアリサが無言で帰ってしまった、というもう一つの悲喜劇を知ったマサルは「アリサはコウイチにも失望したんだはず。コウイチのファンだからな。お前、明日アリサに謝らんと」となおもしつこく冗談声で忠告などした。

翌日も一週間後も一カ月後も何かにつけコウイチは皆から「オッパイ」とからかわれ続けた。破廉恥に興味を持ちたくないマキは、沖縄に来て以後初めて会話を交わしたアメリカ人男性のごく普通の明るさ——および古くて素朴で偉大なロックンロールが大好きであるという発言——だけをいつまでも好もしく思い返した。もっとも、喜友名のアパートにては米軍の戦闘用ヘリコプターの音に脅かされることがたまにあるのだが。

誰かを爽やかに恋したくもあって猛練習と語らいについていくマキの耳の底では、売れたり売れなかったりした八〇年代前後のビーチ・ボーイズから一気に遡って最強曲「ファン・ファン・ファン」「恋はくせもの」「ドント・ウォーリー・ベイビー」がしばしば湧き出るようになった。酒のツマミを並べまくったりもして笑み振りまく日々に少し疲れれば、同じ〈シャット・ダウン vol.2〉収録のスローバラード「太陽の暖かさ」が、夕暮れの浜辺の樹幹にひとり凭れていたい心ごとしっとり包んでくれるのだった。

アパートでのマキは、車およびサーフィン物を中心に昔集めた彼らのアルバム計十一枚とベスト盤をCD棚の奥からすべて掘り起こし、聴き込んだ。四年以上前とは全身への極上のコーラスの滲み通り方がかなり違い、それは——米軍の鉄塔やフェンスは別として——風景の一番奥の海、広大な空、国道沿いの店舗看板のアルファベット、ヤシの列、赤い花などを眺め眺め砂浜へ通っているせいだと確信できた。同根の輸入物ではあるが、ここ一、二年都会での独り暮らしの心の杖だったジャズの方は、気温と湿度の上昇に伴いほどよく冷房の効いた場所以外では受けつけなくなっていった。好きが嫌いに変わるほどの気まぐれからではなく、晴れの日の真昼のきらめく海面にもまたかすかな切なさを溶け込ませてみたくなる難しい幼さにより。——はしゃぐ心と一抹の寂寥感は泳げる海でこそ一緒くたにでき、夏の光と陰を兼ね備えた音楽に触れられてこそ整理し直せる。マキの中では。

そんなある夕方のこと。

いつもより遅くマキが浜に着いたら、曇天下でマサルとキャッチボールしている初めて見る男がいた。タツヤを一回り大きくした感じの彼は単に彼女が太めと呼ぶには胸板や腕回りが逞しすぎ、力仕事で永く鍛えてきた人だとすぐ察しがついた。ボール遊びをやめてからはほかのメンバーたちとほほえみ合って喋り、握手などする。そんな彼の視線を時々感じ、そこににこやかさしかないのにマキはなぜかこわばって隅でほかの人らと喋ったり、眺めることのめっきり減っていた舟の人魚絵の前に立ち、可愛くったってシャドウカラーとニュアンスカラーが合っていないしチークも含めてこの尾鰭《ひれ》つき天女のメイクは失格だと採点したりした。

十分ほども経ち、エークの束を抱えたマサルが落ち着きの足りないマキに「これがターマだよ」と歯切れ良く言い、面と向かわせた。横浜での出稼ぎを中途で切り上げたばかりとのこと。寒い所にいたわりには顔も手足も黒いが、濃い眉にもどちらかというと大きい眼にも南国産といえるほどの鮮やかさはなく——それは角顔全体が単に中年男臭いせいか——、日本じゅうどこの田畑にもいそうな「働き者」に見えた。黒いから和牛っぽくもあった。マキは長らく用意していた伝説の漕ぎ手への敬意に動かされ、深々と頭を下げてから言った。

「ターマさんのお留守中に新しく入れていただいた大久保マキです。ナイチャーだけど、よろしくお願いします」

「マキちゃん？　よろしくね。可愛い名前だね」

「あどうも」

「字はどう書くの？」

「真実の真に、季節の季です……」

この詩的な「真季」の字面に彼女は自信がなくはない。

マサルに※「イキガうらんってよー。ちゃーすが？」と肩を叩かれ、何かけしかけられたらしいターマは言葉に詰まっている様子だった。よく見ると眼光だけは昭和中期の少年漫画の主役のように若い。喧嘩っ早そうでさえある。マキもマサルに頭を優しくつつかれたが、恥ずかしくなって数歩離れた。そして止まってから、自身理由が全然わからぬままこんな気がした。名の説明中にこそ……最も強く光る瞳であったような……。

エークを一本持つとターマは実に懐かしそうにそれを撫で、なおも一人一人に話しかけられ、タツヤには町の盆栽同好会の近況を熱心に訊いていた。気の置けない仲なのかマサルが「お前タツヤに馬鹿値で売りつけられた鉢まだ捨ててないわけ？」とか「体がブヨブヨだな。休みの日は腹筋・背筋さぼってパチンコばかりやってたんじゃないのか」などと口を挟み、ターマは頷いたりかぶりを振ったりしながら笑みを絶やさなかった。眼皺《じわ》が深く、えくぼは頬の固さかぶ厚さのせいであっさりしている。細顔のコウイチの穏やかさとはまた違う広々のほほえみっぷりだった。「これが漕ぐならもう優勝間違いなしだ」とは彼を知る全員の言葉であり、モリカズに至っては「よく帰ってきてくれた。ホントによく帰ってきてくれたよ」と声がいつもより高かった。

皆で舟を運ぶ時間になり、ターマの笑顔は今や赤みさえ差して輝いた。その向こう——梅雨の合間のやわらかげに揺らつく海にては、葬った春を悼みでもするのか灰と極薄青との中間色がしめやかに押し黙っているのに。

右の四番、すなわちマキのいつもの三番席のすぐ後ろに彼は座った。もちろん好敵手タツヤの隣だった。こわごわ彼女が振り返るとターマはエークの手触りを未だ眼皺つくって確かめていたが、最後にもう一度振り返ると表情が丸きり違った。白目を剥いた、あるいは瞳の焦点が少し合っていない、命懸けで遊ぶ子供または乱暴者だけが見せる顔。しかも太い腕でエークをやたら律動的に、鶴嘴《つるはし》で墓でも掘るように陰気に力込めて縦に小さく振り下ろしたりしていた。マキはもう顧みるのを控え、ウォーミングアップが始まるのをびくびくと待った。

潮風がとても重い。

いつになく彼女は丁寧に漕いだつもりでいた。が、本練習に入って五分もしないうちにターマからの声が矢となった。

「マキちゃん手漕ぎになってるよ！」

すぐ修正はできた。チーム一の強者に至近距離から見張られているという恐怖がマキの中で膨らむ。折り返し後の「ホイッ、…ハイッ！」を彼はタツヤとともにふだんの倍の声量にまで持っていった。例の掛け声《ヘーシ》問題は「その時々の流れで自由に。でも舵取りが特別に指示したら静かに」で決着していたのだった。

その後一往復を計時し、モリカズが「ターマ、どう？　今のところこれぐらいにまでは仕上がって

イキガうらんってよー。ちゃーすが…彼氏いないってよ。どうする

きてるけど」と意見を求め、強者は「うーん、……まだまだね」と少し口早に言い、こう指摘した。

「みんなたぶん下半身上手に使えてないよ。舟を思いっ切り片足で押してその勢いだけでエークなしでも進めるぐらいじゃないと。それにもっと前から持ってきて、水を抉《えぐ》り取るみたいに」

以前と比べればスタートからピッチ移行までの時間がうんと短い、つまりチームの力がついたのは明らかであり、何でこんな厳しい存在感の人が戻ってきちゃったの、とマキはいささかうんざり舟底などに目を落とした。ターマは「こんなやって……」とひとり全身使って数秒漕いでみせた。本当に首から爪先までどこも遊んでいないのがマキにも一目でわかりはした。同様に初対面である――右二番に追いやられた――トシオが早速質問を連ね、ターマは「口では言いきれん」とそのたび手本を示した。タツヤも先頭のアッチャンも楽しげに服ごしにターマのすべての筋肉に目を凝らしているようだった。

緊張はそのままに、後半の練習を遮《しゃ》二《に》無《む》二《に》こなしたマキは、浜に上がって舟を運ぶ力がもうあまりなかった。前日から悪い体調がこの時急にひどくなった。それでターマの復帰歓迎会を居酒屋で開くから是非、と言われたのに用事のある一人に頼んでタクシーの通る国道まで送ってもらった。胃と肝臓が弱っているというのは嘘でない言い訳だった。

帰宅後、だが黒毛和牛を想わせる威張りん坊のターマが頭から去らなかった。晩食時にいつもの音楽を聴いたが、六月は波と僕らと愛にとって毎年特別な月だ云々とまるで嘉手納ハーリー日程に引っかけたような歌詞を持つ「サーファー・ムーン」などを流しつつ、およそ洋楽とは結びつかない土か漁網の匂いのする人だったわ、とマキは失望はしないがうっとりともできずにブライアンの甘美なフアルセットを小音量にした。練習前のあのしつこいぐらいに保たれた、部分的に少年ぽくも全体としては親爺臭い笑顔が何よりも忘れがたいのは確かだった。

　打ち解ける機会を大した理由もなく逸したことをマキは軽く悔やんだが、きっと彼は握りたかったエークを久しぶりに目にし手にできてそれで頬が緩みがちだっただけだと決め、彼ら〈とび魚〉のことは脇へおいた。――おいたのに、正しいメイクを施した羽つき人魚のイラストなどを食後に色鉛筆で何枚も描き、鏡を久しぶりにたっぷりと覗き、いつどこでどんな人とめぐりあうかわからないからこのまま髪を伸ばし続けなきゃと呟き、その他妙な行動を取る自分自身を意識した。ターマさんによろしく、とマサルか誰かに言づけようと取り上げた携帯電話は一つのボタンも押さずに置き、イラストもすべて丸めてしまった。

　黙って輝きをもってほほえんでいる限りターマはどうやら……あのバイク乗りの保育士マサヒデに似た優しさをふんだんに放つ。顔も体型も性格もふるさともまったく違うのだったが。マキは無性にラブソングが欲しくなり、平凡すぎるぐらいにふくよかで生真面目な「サーファー・ムーン」をとりあえず聴き直した。


　マキが結局四日休んで練習に復帰すると、ターマはいた。誰よりも早く来てモリカズとともに舟を補修しているところだった。へりの一部に亀裂があったのだ。彼らと挨拶以外の言葉は何となく交わせず、マキは車で運んでくれたトシオと小雨の中で砂山をつくったり、ナマコしかいない浅瀬でひとり平泳ぎしたりした。このところいつもTシャツの下はセパレーツの水着である。後でマサルも近くに飛び込んできた。お決まりの、水の掛け合いなどをしてはしゃいだが、黒ずんだ沖は表面に多くの白や銀を浮かべてはいても先日以上にうじうじして見えた。

右二番手のトシオと四番のターマに挟まれる位置にマキはまた座った。これに一番のノブユキ、五番のマサルを並べ、どこの位置でもこなせる器用なコウイチはレースによってノブユキやトシオやマキやマサルと入れ替わる。ターマだけは一回戦から決勝まで必ずすべて漕ぐ。練習にほとんど来ないノゾムは今のところ補欠。――以上が固まりつつある右の布陣だった。主にマサルと相談してそんなふうに構想したモリカズが、ウォーミングアップ後にこう言った。

「マキちゃんとアリサーは三レースのうちの一、二回乗ってもらうけど、とっても重要なポジションだよ。見ればわかると思う。二人の後ろあたりが舟の中で最も低くなってて、体と水面が近い。ということはエークを深く突っ込んで思いっ切り引けるわけよ。最大パワーが要求されるその場所に、ターマ・タツヤのコンビがエンジン役としてどんと座ってる。でも、エンジンからはイチバンエークが見えない。マキちゃんとアリサーの所にいれば、多少前が見えるし、音も前から後からバランス良く聞こえるわけよ。つまりアッチャンが決める前方のリズムを、女性二人がターマやタツヤに正確に伝えられるかどうかにすべてが懸かってるんだから、目配りもできる中継役として責任持って頑張ってよ」

左右に並ぶ二新人は素直に大きく頷いた。ちなみに、左はイチバンエークがひとり先頭に突き出て座るため、その後ろが左二番と右一番、そのまた次が左三番と右二番……という配置になる。右三番のマキの隣にいてもアリサは左の四番手だ。

「本当は二人とも、もう一つ前に来た方がいいっていう意見もあるんだけどね。エンジンが四人だという考えで。漁港へ行って嘉手納の舟に乗ってから調整しよう」

ターマ復帰後のモリカズは何だか声が軽い、とマキは感じる。

誰よりも気合が増したのはタツヤのようで、以前語った通り「ターマ、漕げえ！」と嬉しそうに怒鳴ったりしながらエークで水を脅かし続けた。

「――声出してエーク当てるだけじゃなく、気持ちも一つに揃えていこう。本当の意味で一つになれたチームが絶対に一番強い」

数往復後、後方の全員を見てアッチャンがいくぶんか回りにくそうな舌で言い渡し、複数の男が唸りや吼え声で賛同した。すぐさま補足してみせるのがモリカズだった。

「わんも最近思うよ。人と人が乗ってるのが、舟かなって。……イチバンエークに合わせれっていうのは、みんながピタッと心一つに合わせるっていうことじゃないの？　敵も味方もないんじゃないの？」

「そんなところにまで行けば〈とび魚〉は『4速』以上、『5速』に入る」

そう応じ、大真面目なのに目だけがほどよく笑っているアッチャンは、その逆の表情も常日頃見せてきただけにマキにとって新鮮だった。ハーリーが好きで好きで仕方ないから全力で漕ぎ、同じ理由で余裕も今持っている。そう推し量ることができて彼女は、船上の雰囲気の微妙な変化はターマが戻ったことの速効かと後ろを振り向きかけた。「急な用事」などと言い、初めて四日も続けて休んだ間に何があったのか特に知ろうとは思わなかったし、ぶ厚いあのほほえみがない限りは怖かったが。

雨はやみ、雲間から陽が出てきた。こういう時の海は黒ずみが去り、綺麗で眩しくてそれでも汚い。波による無数の突起。灰色に近い極薄青は絵描きの使うごく始め頃の筆洗い水に似た濁り方で、白黄色の陽の化身だけが広々と暴れている。そして暑い。生理時の自重のついでに筋肉をかなり休ませたつもりだったが、練習そのものはやはりあいかわらずマキの全身にきつかった。海面は季節が進めば今の何倍も美しくなるだろう、と空想しかけた。

小休止の際にターマはマキの肩を後ろから遠慮っぽく叩いた。

「エークを引くだけ引いてるけど出すのが遅いから、後ろに水が撥ねるわけさ。水が入るとちょっとずつでも舟が重くなってくるし、後ろの人が漕ぎづらい。できるだけもっと前方に差すようにして、目一杯引いて、早めに出す」

小声ではあるが勢い込んで言い、ターマはリズム良い動きをやってみせた。細かく頷くマキは、しかし弁解を聞いてもらわずにはいられない。

「やっぱり、力が足りなくて……」

マキらを見ていたトシオが、そしてアリサが、休憩返上で黙々とターマの真似をし始めた。そのため舟はせわしなく動いた。不意に最後方からマサルが釘刺した。

「ターマ、あんまりマキをしごくなよ。女の腕で漕いでるんだのに」

「でもマサル、去年宜野湾でわったーがイナグチームに負けたの覚えてないか？」

リーダーの一人を黙らせたターマはマキに向き直り、もっと穏やかに言った。

「マキちゃん、去年嘉手納で〈とび魚〉は初出場で三位入賞して、いい気になって優勝旗さらうつもりでよその大会に出たら、女の人だけのチームに十何秒も差つけられて一回戦負けさ。ほかにもわったーより速い女の人のチームがごろごろいた。男とか女とかは嘉手納ハーリーぐらいのレベルでは関係ないよ。マキちゃんもアリスもチームの大切な一員なんだから、しっかり稽古しないと」

「はい」「はい」

隣のライバルの名はアリサですよ、といくらか意欲を高められてマキは胸中では堂々と無造作な一言を返した。

砂がさほど濡れていないので、ビールは浜で飲むことに。どこがいいかといつも以上に迷ったのち、マキはマサルやタツヤやターマではなく久々にモリカズのそばに座った。子育て等の事情があるのだろうけれど、モリカズは練習後ミーティングだけ仕切って乾杯はせず帰ってしまうことがけっこう多い。皆と一線を画す技術監督、という印象はどうしてもある。

「お疲れ様ー」

「はい、マキちゃん、お疲れ」

あいかわらず柔和な、本当に少し疲れたような丁寧な喋り方をする彼を、マキはこの日は何となく放さなかった。……ターマを避ける一方で。

トモノイすなわち舵取りは、慣れればターン時以外はさほど体力使わなくて済むポジションだが、皆の命を預かっているから緊張があるし、よく突き指するし、ターンしすぎて左へ流れたりほかの舟にぶつけたりして自分一人のせいで負けたこともあり、そういうのをコヤシにしつつ船上で誰よりも冷静にならざるをえない、本当は一人一人に舵の練習なんかもしてもらいたい、自分もたまには試合で漕ぎたいんだ、というマキ向けとは思えぬ二人だけの硬い話に彼女は頷き、また船舶一般の基本構造からラジコンヨット、果ては上手な凧の揚げ方といったモリカズのいくつもの関心事に十数分引きずり込まれてあげた。話すほどに濃い瞳が澄んでくるこの元ウインドサーファーはやはり平均点以上には美しい。いや、凛としている。

「――冷静にならなきゃって言ったけど、モリカズさんは最初からもう知性と落ち着きの人ですよ。知りたいことがあれば、こうして人に語りまくれるぐらいまで勉強しちゃう。とても敵いません。ハーリーのこと以外でも、メモして残したくなるような言葉たくさん聴かせてくれる」

いつか一度数秒間だけ持ってみた舵棒は形こそエークに似ているが太く長く重く、舟の向きを調節したり転覆を防いだりするその役割の重さをもマキは小さな悲鳴で放り出したくなったのだった。

「マキちゃんも、ミーティングとかでもっと自分の意見出していいんだよ。いつもしおらしく聴き役に徹してるけど、本当はあまり大人しくない人なんでしょ？」

まさかマサルが過去をばらしたのか、と反射的に左手首を引っ込めつつ、マキはモリカズの不意討ち的な気遣いに生ぬるい笑みでまず応えた。

「言うべき意見が浮かべば、べつに遠慮はしません。でも、今はここのみんなと一緒にいられるだけでドキドキして胸一杯になってる時が多くて。……練習は泣きたいぐらい辛いけど」

その時、遠くにいたマサルとターマのあたりが何かで笑ったりしてざわついた。そんなのが触媒になったわけでもないが、マキはモリカズへの常にある淡い反感が「困らせてみよう」という欲求に転化するのを感じた。

「嘘かもしれないと思って、前から確かめたかったことがあるんです。怒ったらごめんなさい。昔、モリカズさんが学校じゅうに恐れられる不良少年だったって本当？」

「……不良って言葉が的確かどうかわからんけど、勉強はあんまりしなかったね」

「あんまりどころか全然って聞いたけど」

「まあ、そんなところかな」

「それが今では〈とび魚〉のトモノイと理論部門を担ってるんですものね。面白いっていうか、本来は荒れる人じゃなかったんでしょう？　何で荒れたの？」

「マキちゃん、……逆に言うけど、ハーリーやる男って元不良系がけっこう多いんだよ。名護《なご》ハーリーって聞いたことある？　全島一を決める大きな大会が毎年八月頃名護漁港であるんだけど、そこに行くと髪染めてない男なんてほとんどいないし、いや、茶髪や金髪なんて今じゃありふれてるけど、剃りが入ってて顔がこんなだったり」

　とモリカズは髪の一部と眉を両手で隠した。

「入れ墨もたまにいるし、各テントが並んでる前を歩いてて、方々から視線が突き刺さってくるのを感じる。わんはおととしと去年続けて行ったんだけど、あの殺伐とした雰囲気は絶対異様だよ。肩が触れても謝らなかったり。観光化された那覇ハーリーなんかと違って、関係者と地元の客以外はまずいないしね。内地の人にもよく知られてるエイサーの方は、ごく普通の若者が各部落の青年会に入って明るく健全に伝統引き継いでるけど、ハーリーっていうのはよほどのきっかけがないと始めない。

元々血気さかんな海の男の祭りだし、中学高校生の頃の危険な香りを未だに保ってる人がかなり多いんだはず。ここにいるメンバーだって、元優等生は何人いるか……いないね。タラーとマサルぐらいかな、とりあえず成績良かったのは」

そんな話に猛烈に惹き込まれていたら、マサルに「マキ、こっち来て飲め」と手招きされた。

「こっちでターマと飲め」

「あ、はい。じゃ、元番長のモリカズさん、すみません。また後で過去の凄い行いいろいろ教えてくださいね」

荒れた理由については結局はぐらかされてしまった、と微笑しつつとにかく酔った勢いでふざけてそう言い、立ち上がったマキは、モリカズに「ターマも元不良だよ。マキちゃん、気をつけてよ」と見送られた。ところが彼女はチーム一の強者への恐怖心など今は捨てていて、車座の中をまっすぐ小走りしながら軽口叩くことができた。

「ターマさん、昔不良だったんですか？」

マサルらが一斉に軽く笑い、ターマも皺々にほほえんで言った。

「不良じゃないよ。中一で那覇から転校してきて、嘉手納のみんなにでーじいじめられて毎日泣いてたよ。特にモリカズの暴力がきつかった」

「ユクシ、ユクシー」とモリカズが楽しそうに言った。ユクシとは嘘のことだとマキはすぐ聞いた。

あらためてターマと乾杯したマキは、何のせいか自身掴めなかったがとにかく積極的だった。

「ターマさんが来てから、何かチームが大会に向かっていよいよ本気で燃えてきたって感じがしますよ」

「俺よりも、マキちゃんとかトシオとか今年入った人たちが立派漕いでるからみんな刺激なってるって、さっきもマサル・アッチャンと話してたよ」

「そんなこと。私なんてまだまだです。さっきは何で盛り上がってたんですか？」

「だから、マキちゃんたちが頑張ってて最高だなあって」

「お前馬鹿じゃないの？」といきなりマサルがターマに寄り添った。そして「エー、マキ」と酒のせいで少し血走った、明るくも危なっかしい眼でマキを見つめてマサルは教えた。

「ターマが、マキのこと好きってよ。さっきそんなふうに白状したばーよ」

「マサル、駄目。秘密にしといてよ」

マサルはよほどターマと親しいらしく、全員の耳に届けとばかりに声を強めた。

「ターマがマキのこと好きだってよ！」

「アイヤー、とぅらったん」――ああ、取られた――とおどけ気味に皆を笑わせたのは、ミノルだった。「マキさん、おめでとう」というアリサが放《ほう》ってくれたものが冗談なのかはマキにはわからなかった。ほかは真偽を量りかねてかほほえんでいる。

「……マサルはフラー、秘密にしておけっていうのを」

ターマは和牛の迫力もなく困り果てており、マキも内心仰天気味だったが、酒の勢いは今さら羞じらい色の抗議などをマサルに聴かせる女をそこにいさせなかった。とりあえず彼女はターマと弱々しく向かい合う。

「ターマさん、私なんかでいいんですか?」

「いいよ」

恥ずかしそうに吐き捨てる言い方がまた、人柄の好さを伝えつつもどこか嘘含みのようでもある。今さらながらマキが気づけば、とにもかくにも乾杯前からずっと彼はほほえみっ放しなのであった。おそらくは互いに何もわかっていない二人の再度の乾杯を、マサルらの短い拍手が包んだ。でも、ちょっと待ってください、いくら何でも早すぎますよ、と彼女は急にどこかへ避難したくなり、運よくそばにいたトシオの腕を引いた。

「ねえ、トシ、一緒にターマさんにハーリーのこといろいろ教えてもらいましょうよ」

便利にトシオは即座にのってきた。それで囃してばかりの厭なマサルを遠ざけて二人は「意識」のモリカズとも「根性」のタツヤとも違う独自のハーリー論をゆっくり拝聴することができた。ターマは笑みを浮かべたり消したりしながら常にやはり恥ずかしげであり、漕ぎ方についての五、六分の解説は途切れ途切れでもあったのでマキには理解しづらかった。ターマは「うまく喋りきれん」とビールを多めに飲み込み、それからまくしたてるような早口に変わった。

「マキちゃんもトシオも、去年はいなかったけど今年は仲間さ。一緒に漕いでれば男も女もシージャもウットゥーもないよ」

シージャは年上、ウットゥーは年下、とトシオがマキに耳打ちした。

「苦しんで練習した後で、こうして楽しくビール飲んで、もう十年前からの友達と変わらんさ。〈とび魚〉はべつに同級生のチームじゃないよ。ここにいるみんなのチームさ」

トシオは「このチームに入って、ターマさんに出会えてしいに嬉しいです。でーじ嬉しい」と酔いの進んできた時の癖で二度も三度も乾杯を求め、マキもつられて必ず交ざった。

ターマはなおも穏やかにまくしたてる。

「あのね、俺は何のために漕ぐか。みんなが好きだから漕ぐんだよ」

マキとトシオが頷くのを見たのか、近くで別の喋りに耽っていたはずのマサルが体をしっかりマキらの方に向けて言った。

「いや、俺は自分のために漕ぐ」

マキらはふきだし、マサルもニヤニヤと澄ましていた。しかし、あることに既に気づいたマキの笑いは明るくも控えめだった。――とっておきの科白をそれぞれ放《はな》った二人がほとんど同じまなざしだったこと。マサルもまた熱く皆を思いながら漕いでいること！

あらためて訊けば、わざわざ嘉手納ハーリーのために神奈川の工場での仕事を切り上げて帰ったターマは、失業保険がすぐには受け取れず、休み続けるのが厭なのでタツヤの親方に頼って山でチェーンソーを持つのだという。趣味の一つは盆栽。マサルの親友はタツヤの親友でもあるようだった。

〝一分《いっぷん》漕ぎ〟なる恐ろしい練習もたまにやった。陽が沈んだりして浜へ上がろうという時のおまけなのだが、左右一組だけの漕ぎ手を乗せた舟の、艫《とも》のあたりをロープで砂浜上の岩に結びつけ、停泊状態でその二人がスタートダッシュ時並みの全力漕ぎを六十秒間続ける。フォーム全体はもちろんエークを引っ張る長さ・深さ・強さ・速さまで浜の全員に確かめられてしまうから、手抜きはまったく許されない。

一分漕ぎしようと言いだすのは主にアッチャンかターマだったが、そのうちトシオがターマ以上に燃え上がって毎日でもそれをやりたがるようになり、余力のなさをあいかわらず常に意識しているマキは内心迷惑がった。トシオの左にはタラーか兄のシゲオが座り、彼ら昨年からの経験者はさすがに右肩をしっかり体全体にかぶせて力強く漕ぐけれど、腕力だけのトシオがほぼ互角に渡り合っていることは舟の動きでわかった。いくら漕いでも沖への前進はないが、右の漕ぎ手が強ければ舳先は少しずつ左を向くし、逆の場合は右にいくらか回りかける。自然と左右の二人の力の差が明らかになる。がむしゃらさだけが売りのトシオは三十四、五秒経過したところでスタミナ切れを起こし、舟は結局は右前方ばかりを恋しがった。

同じく持久力に難ありのミノルは、前半から飛ばしたりせず淡々とした腕の回しを一分間ただもう労役として続けているふうだった。しかしもちろんハーリーが嫌いというほどではなく、背中のどこかに意地やらひたむきさやらを淋しげに負い、終われば白っぽい老け顔に「酒はまだか」の薄笑いを晴れ晴れと浮かべた。その右のコウイチはしなやかに、まるでミノルとは無縁の外国人選手のように躍動感ばかりを放《はな》っていたのだった。

圧巻はやはり両エンジンあるいは飛車と角——タツヤとターマの対決である。声を上げまくって肘打ちなども交わすのかとマキは空想したが、黙々と、一切の力を水と舟にだけ伝える両者は「ボカッ！　ボカッ！」というやたら野太い掻き音を生みながら舟を狂おしく前後に揺らしていた。舳先はいくらかの振幅で皆を楽しませながら、ほぼ互角の動き。

そんな熱闘のすぐ後に、マサルが左一人を従え大股で乗り込んで何か勇ましく宣言し、かなり華麗に漕ぎ続けての後半、二度ほど「疲れた」とエークを止めたりすれば、飲んでばかりのミノルに限らず浜の空気は笑いを経て着実にビールへ向かった。

漕ぎ手としてのモリカズの姿もたまに眺められた。腕がことさら長いわけでもない彼がマサルに匹敵するほどののびのびとエークを扱う姿は華麗と堅実の中間にあるようで、彼自身の説き続けた理論に適っているのかどうかマキにはわからなかったが、後半「フッ、…フイッ」と根性派的に小声まで吐き出されてとても興味深かった。左右どちらでも漕ぐことのできるこの技術監督兼研究員を隣に迎えた時のマサルはさすがに道化を封印したが、舟を下りる前に「いつも通り俺の方が勝ってたみたいだな、腰の力が足りんモリー」と言ってのけて苦笑いのあまり似合わぬモリカズを口ごもらせていた。

それでも最後は寸評が返った。

「確かに本気出した時のマサルは右の一番後ろのチャンピオンだよ。コウイチよりもリーチがあるしね。本番でもスタートとラスト一分だけは鬼になってばんない差していってよ」

ばんない、はドンドン、とマキは方言を数秒遅れで噛んで呑む。すべてポジションごとに体型や身体能力による向き・不向きがあるようね——。

観戦するばかりのマキとアリサであることはたまに許されなくなった。「厭だー」「やりたくないヨー」と本気で甘えても、気づいたらマキはトシオに、アリサは婚約者か誰かに優しくエークを持たされている。さまざまな一騎討ちを拝ませてもらった後であればマキとしても簡単に負けるのは厭で、そのくせ力勝ちしてしまうのも恥ずかしく、少なくともフォームのことでは誰にも叱られないようにと一漕ぎ一漕ぎに心を込める。いや、心・技・体のどこの余裕も十秒ぐらいで消えた。――吐きそうなくらいに苦しい。水が重すぎる。同じペースでアリサもどうやらへばっていき、水掻き音は二人合わせても貧弱だった。舳先は終始ほんの少しマキの優勢を示していたようで、最後お辞儀し合ったもののマキはアリサにひょっとして嫌われたかもと怯えた。笑みが返らなかったからだ。とにかくマキは二度とこんな特訓などしたくなくて、ばらばらになりそうな体を砂の上で敗者のように丸めて座った。

その前にはノブユキも当然漕いだ。大柄でも小柄でもない彼が動きを無難にまとめている姿は〈とび魚〉のメンバーらしい迫力や面白味に欠けるが、若いだけあってそのまま一分半でも二分でも漕いでいられそうに見える点は個性だった。反対に、兄のアッチャンは最初から頭ごと上半身を振り、出し惜しみのまったくないイチバンエークならではの櫂捌きと運動量で燃え尽きてみせてくれた。エンジンの二人以上に勇壮、というよりどこか悲壮なほど。

観る楽しみも手伝ったに違いなく、トシオは来る日も来る日も「最後にアレやりましょう」と皆に持ちかけ、過半数の者に「あれは時々でいいさー」といなされ、仕方なしにか腕相撲を誰彼構わず仕掛け、両エンジンやタラーやごくたまにしか練習に来ないショウゴらと勝ったり負けたりをやかましく楽しんでいた。

練習後の意見交換はあいかわらず口論に発展することたびたびで、そこに声が大きいトシオの台頭まであれば熱気の上昇は青天井といえてしまうところだったが、意外にも最強の漕ぎ手の意見が際立つ機会は少なかった。すなわちターマは、例えば「よその強豪チームに倣って全面的なピッチ漕法も試してみるべきかどうか」などで皆が興奮している最中に首や体を落ち着きなく動かしたりはするのだが、「だから」とか「ちょっと」以上の言葉をなかなか吐き出せない。顔一杯に滲《にじ》んでいた遠慮を消して「マサル、聴いてよ」ぐらいは言えたとしても、その親友にさえもたいてい置いてきぼりを食らう。そのせいか、十分も十五分も我慢したのちに「ターマが何か言いたがってるから、みんな聴こう」とアッチャンの助力があったりしてやっと皆に静聴してもらえそうだと知るや、本領であるまくしたてるような口調がますます早まった。

「ちゃー引きーの爆発力は〈とび魚〉の財産。※あったーはあったー、わったーはわったーやさ。まずは去年の続きで嘉手納最強をめざさんと。引いて引いて、のってきたらピッチにして、ピッチ上げてって、落ちてきたらまた引いて、ターン前までにチビ見せれば相手は必ずどぅまんぎるはずよ。あの距離で、嘉手納漁港の舟とエークでほかに何ができる？　わったーは嘉手納で昔一番強かったチームのトモノイの、ミノルの父ちゃんに教えられたんだ」

〃ちゃー漕ぎー（漕ぎっ放し）のターマ〃と呼ばれるこの男のお蔭でチームはさらに練習狂いとなっていった。

梅雨とはいえ、晴れ間もかなり多い。たまたま雲のまったくない青空全体がまるで一つの夏雲のように強く光っていた日の夕方、西陽が熱すぎる中、初披露のブランド物のサングラスをマサルらに褒

あったーはあったー、わったーはわったーやさ…よそはよそ、うちはうちだよ

められたこともあってマキはいつになく張り切って漕ぎ、アリサがいなかったので一分漕ぎではミノルと対戦し、完敗ではなく惜敗した。

バー・タイムにそのサングラスを「マキ、貸して」「俺にも」とマサルに続いてタラーや週二回程度しか来られなくなっていたシゲオが順々にかけて遊んでいた時、マサルがマキの頭ごしに茂みに可笑しそうに厳しく声を放《ほう》った。

「ミノル、何て格好でシーバイするか。レディーがいる後ろで」

何の気もなしにマキは座ったまま振り返り、数メートルの所に立つ小柄なミノルがズボンばかりかパンツまで子供のように完全に下ろして小便しているのを目に焼きつけてしまった。彼は口の中だけで寝言的に何か言い訳し、マキが大急ぎで首を戻すのとほとんど同時にわずかに向きを変えたようだったが、その行為は前を隠しきる意志の表れにすぎず、一瞬とはいえかえって白い尻がより鮮やかにマキの頭に残ってしまった。

「舟のそばでウンコしたミノルが、今度はマキちゃんに裸の尻向けてシッコしよった。スケベー」

言うだけ言う方がセクハラのようにも思えるお節介さでシゲオが事柄を整理してくれたが、当のミノルは反応せず、眼鏡の奥のやや険しい老けた眼を酔いか何かで細めたまま黙ってハマヒルガオを踏む位置に立ち続け、煙草に火をつけた。一分漕ぎで女を圧倒できなかった事実を楽しからず抱えている可能性はもちろんあった。

あまり気にしても仕方がないのでマキはタツヤ、ターマ、アッチャンらと近づき合い、盆栽がどれほど楽しいかを能天気に聴いていたのだが、散歩にでも行っていたミノルが数分ぶりに戻った時、タ

「いいえ。道にターマが自転車停めて待ってて、カゴに載せて二人乗りで逃げました」

「一人でそのひどい悪事決行したんですか？」

を全身眺め直すように見て、硬くもやわらかくもない声で訊いた。

けているミノルもやはりただ者とは思えず、笑おうと思えば少し笑えるマキは間近にいるタツヤの方

盗んだ当時のタツヤもタツヤだが、告白されて苦むでもほほえむでもなくあっさりビールを飲み続

「もっと多かったよ。確か三回ある」

「永いこと忘れてて急に想い出した。二度ぐらいやった」

取り、機械本体は近くの海に捨てたというのだ。

だが、中学生だったタツヤがある夜、その一つをチェーン壊して盗み出し、オモチャと硬貨をすべて

っとやっていて、その店先にはオモチャ入りカプセルの十円玉用自動販売機が二つ三つ並んでいたの

ミノルの家は母親が店番するマチヤグヮー――ビールや野菜や日用品を売る小さな雑貨店――をず

ぐらい右の海、捜してみれ」

「もう時効だから言うけどよ、大城のダンパチヤーの前の、堤防が高くなってる所から三十メートル

「何度かある」

「お前んとこのガチャガチャ、十何年か前になくなったことないか？」

眼を瞠って眉間の皺を消してフクロウ類の表情で、ミノルは素直にマキらの方を見た。

「ところで全然話変わるけど、ミノル」

ツヤが不意に車座全体へ行き渡る声量で言った。

「ターマさんが共犯?……」

マキは牛のような力自慢の真っ黒い男が中学生の大きさに戻って大慌てで可愛らしく自転車を漕ぐ図を想像し、次の瞬間「アハハハハハ」と久しぶりに弾けてしまった。途中から口を押さえはした。誰も一緒には笑わず、それでもマキは道端で待機していたというターマを想えば何となく耐えられず、アッチャンに「マキちゃん、毒キノコでも食べたの?」と心配されるまで脱力し続けた。

笑顔だけは感染して「もう遠い過去の過ちだから……」と言葉を途中で呑み込んでいた当のターマが、その後隣から回ってきたマキのサングラスを、おどけてかけた。若い殺し屋風だったマサルやシゲオやトシオの比ではない悪のボス格がそこにいて、幸か不幸かガチャガチャ盗みの可愛らしさの名残が探せそうでもあり、マキは今度は頬を膨らませて無言で笑いをこらえた。

「窃盗犯のターマ、やーは面《ちら》がでかいからマキの眼鏡壊《くー》すんどー。器物損壊罪に気ぃつけれ」

マサルにからかわれ、すぐそれを外してしまったターマは、なぜかひときわ恥ずかしそうな眼皺をたっぷり見せてこう言った。

「噂に聞いてたマキちゃんの笑い声、初めて聴けたよ……。マキちゃんチューバーだね」

「え? チューバーって何でしたっけ?」

「いや、やっぱりチューバーじゃないよ」

「えー、教えてくださいよー。悪い意味じゃないの? ターマさん、チューバーってなぁに?」

「チューバーは、……何ていうか」

時々小声にもなってしまうその――いくぶん気弱なのかもしれない――逞しい人を昔何かにつけ相

棒にしていたらしい大悪党タツヤの方は、皆を怖がらせたくないのか最後まで黒眼鏡には手を伸ばさず、そしてこんな助け舟を出した。

「マキさん、チューバーは琉球王朝時代のお姫様の名前ですよ」

「……嘘でしょう?」

「嘘です」

と割り込んだのはアッチャンだった。

踏んだり蹴ったりかもしれない蚊帳《かや》の外のミノルはわずか十数分後、ひとり海に向かって新たな立ち小便をした。いちおう尻は下半分隠して。


翌日も天気が悪くなく、いくらかはやはり強い人《チューバー》にならなければいけなくて汗と水しぶきで全身濡れるのも厭わず漕いだ後のマキは、大好きな砂浜で、笑顔ばかりが目立つと再び思えてきたターマの隣にまた座っていた。今宵のビールはオリオンでなくバドワイザー。「バドって少し甘みがあって、特に最初の一口の香りがいつもリンゴジュースっぽいですよね」というくつろぎきっているマキの言葉に、にこやかなままのターマは相槌打ってからこう問い返した。

「マキちゃんはバナナが好きなの?」

一度俯き、マキは数秒黙った。緑と黄色のスパッツはこの日穿いていない。

「……バナナすべてが好きなんじゃないです。よく食べるのは島バナナだけですよ。みんな私を日光の山から来たサルみたいに言うけど」

ミディアム・ワンレングスを目標に辛抱強く髪を伸ばしていることは、宣言なしでも何人かにはそろそろ気づいてもらいたいところだった。

「マキちゃんは全然サルには見えん。綺麗だや」

「…ありがとう……」

「うちの庭にバナナの木生えてるよ、一本」

「え、本当？　バナナってどんな木？」

「町のあっちこっちでマキちゃんも見てるはずよ」

「見てるのかもしれないけどわかんない。どんな木なのかなぁ」

ターマは不意に、あぐらをやめて膝つけて尻を浮かし、ランプに照らされた土の上に「こんなだよ……」と小石でバナナの木を描き始めた。マサルよりも丈は低い、頑丈だろうが大きすぎない体がその姿勢だと迫力をぐんと増し、酒焼けの腕と脚はともに太く、毛深さはほどほど。ごく弱くほほえみ続ける横顔だけは、砂場で真剣に遊ぶ少年のものだった。そしてのろのろと出来上がるヤシに似た切れ込み多い植物の簡単な絵は――――絵心ある初心者が太線でつくってみるパソコン画ぐらいにはうまかった。

島バナナが好きでいて何となくよかった。舞い込んだ可愛い平和を噛み締めるようにマキはそう思った。たぶん今幸福だ、とも。

「庭にこの木が一本あると、土の栄養全部取られるし、虫ぐゎーがつくから育てるのがけっこう難しい。でも、おいしい」

「おいしいですよね、ホント」

「気が向いたらいつか島バナナ見に来てよ」

今度実を持ってくるよ、と約束してくれる方が胃袋は嬉しいし、もしかして一人で遊びに来てほしいという求めなのかしらとマキは緊張しかけもしたが、単純な絵を見つめ、静かな波音を風の歌のように聴けば、さほど曖昧ではない無言の平らかな頷きを贈れる心を自分で嬉しく思った。

ビーチ・ボーイズを静かに彼女は何日かぶりに思い出した。切なくなんてない、それに夏とか車といった限定も本当はない、ひたすらに甘く優しく——きっと二十一世紀のどんな音楽にも圧勝できるほど常に完璧に新しく——永遠の安心感と若さをくれる「ドント・ウォーリー・ベイビー」などを。

だが、ためらいが生まれている。古い臭《くさ》いと敬遠しておいて年一回海水浴のついでに波乗り歌を肯定するだけの人ならば意気投合まではできないし、逆にやたら評論家気取りだったら厄介だ。すなわち、歴史的名盤とされる〈ペット・サウンズ〉のベース・プレイがロック界にどう影響を与えたかとか、幻の大作〈スマイル〉の残骸の中でどの曲（あるいは曲もどき）が最も衝撃的かについて延々と語ったりする人が相手ならば、世が決めた最後の佳作〈サンフラワー〉の聴きやすさぐらいは正しく理解できるマキでもついていけなくなる。鍛えられるのは舟の上だけでけっこうである。

手に持つアメリカの華やかなビール缶にやや安直だが後押しされて、やっと訊く。

「あの、ターマさん」

「ナニ」

女児をあやすような、それでいてぞんざいに言い捨てるような低い優しい声を彼は返した。私なんかでいいんですか、に対して、いいよ、とはにかんだ時とほぼ同じ。

「ビーチ・ボーイズが好きなんですよね？」

「…うん、少し」

「前に何度か〈サマー・イン・パラダイス〉がここで流れて」

「はいはい、あれね」

「ボーナストラックみたいに最後に入れてる四、五曲も素敵だったし、私ビーチ・ボーイズ昔よく聴いてたから、あー、ターマさんと趣味が似てるなーって」

「たぶんマキちゃんより全然詳しくないよ」

「でも、有名すぎる『ココモ』をあえて避けてたりして、なのにほとんど八〇年代以降のものだし、マニアックな人かもなーって私感心したんですよ」

「『ココモ』も入れたかったけど、たまたま音源がなかったからさ。エイティーズが好きで。ビリー・ジョエルとか」

「……六〇年代のビーチ・ボーイズは？」

「曲名とかはあんまり知らんけど、たまにどっかで流れてると『いいな』って思うよ。実は、おとしまでにおうちのクーラーが全部壊れてしまって、扇風機しかない生活強いられたわけさ。買い替える金ないから今もそのままだけどね。それで何とか気分だけでも涼しくしたくて、こういう時はビーチ・ボーイズかなって去年思いついて、ニィニィや友達に借りた何枚かのＣＤからコピーしたんだよ」

「え、じゃあ、クーラーの代わりがビーチ・ボーイズ？」

「今年ももう寝苦しいから、来週ぐらいから九月、十月まで時々聴くよ。マキちゃん、古いのでいい曲があったら今度教えてね」

大きく頷いてからマキは、庭にバナナの木がある風通しの悪い平屋建てに住むターマがクーラーどころか扇風機さえもない部屋でパンツ一枚で座って団扇《うちわ》をパタパタやりながら島酒と枝豆を口に運ぶ汗臭い図を想像し、そこに〈サーフィンＵＳＡ〉の目に沁みる真っ青なレコード・ジャケットを重ねようとしてなかなかできず、しかしプール以外の泳げる場所やカリフォルニアに一切繋がらぬ彼女自身の地味で貧しかった学生時代も似たりよったりだと顧み、楽しくてふきだしてしまった。——ただ、音楽観を多少は戦わせての意気投合《ノーサイド》をこそ期待していただけに、ターマへの失望もまた湧いた。ふだんの反動からごく浅く優越感さえ抱いたマキは、早速キャピトル時代を網羅した二枚組ベスト盤を彼に貸してあげることにした。涼しくなるためなら至極当然、みずみずしい初期がお薦めであるから。

「すぐそこまで来てる真夏に乾ぱぁい」

そんなマキの掛け声でバドワイザーをまた近づけ合う二人だった。


しかし、梅雨明けより前に事件が一つ降りかかってきた。

嘉手納ハーリーまでちょうどあと二週間という日曜。この日から嘉手納漁協の三隻ある本番用ハーリー舟を大会参加チームが練習に使えるということで、砂浜を本拠地としてきた〈とび魚〉も漁港の方に午前十時に集合したのだが、間違えていつもの浜にひとり乗りつけたノゾムが、「どこにいる？誰もいない。舟も車もない」と港のアッチャンに電話をよこしたのだ。

人魚の絵のあるあの重い舟は、砂地から少し引っ込んだ木立でブルーシートと見せかけの鎖に護《まも》られひっそり休んでいるはず！　だが、きちんと施錠まですべきだとは前々から一人二人が指摘していたのだった。錠はゆっくり大会後に買いに行くつもりでいたが、甘かった。練習どころではなくなって皆それぞれの車で浜へ急行した。一言も喋らず前方の見知らぬ車にクラクションを鳴らすマサルの隣で、マキも固く口をつぐんでいた。

薄曇りの干潮の海辺では、それまでになく多数の家族連れらが遊び、バーベキューのコンロを覆うタープテントも複数ある。舟はやはり、いつもの場所にない。脇の小屋に隠していたエークだけは十三本とも無事だった。テントの一つは前日夕方に見かけた物だったが、飲み明かした人々がまだ目覚めてくれていない。何らかの証言を集めようにも。

とにかく浜を、海を、藪や林や小道を隅から隅まで手分けして見て歩き、岩を越えれば辿り着ける数百メートル先の公営ビーチの方へも行った。素早く一人が持ってきた双眼鏡で沖を代わる代わる睨み回した。が、どこにもない。はるか遠くに漂う船体を数人が指さした。形がかなり違っていても「あれは別物」と諦めるのには時間がかかった。両腕を菱形に開いて頭を押さえて突っ立っているマサルと目が合った気がしたマキは、やっと何か言えそうで歩み寄ったが、少しあった不安の通り、無視された。

盗まれたとしたら、いたずらか、と皆で考えた。それとも本当に舟が欲しがられたのか。あれだけ猛練習を繰り返していた姿は、五千円を不意にくれたりする支持者を生む一方で近辺《きんぺん》のライバルチーム等に行きすぎた脅威を与えていた可能性もある。樹木に力なく凭れたままのアッチャンは「ハーリーが嫌いで、練習するわったーが目障《ざわ》り・耳障りだって思う人もこの浜にいたかもしれん」と自身らをより突き放した。

「……もし見つからなかったら〈とび魚〉は今月限りで解散ってことで」

回りにくい舌で独り言をチームに押しつけるアッチャンに、誰一人抗議はしなかった。モリカズとともに彼こそがぼろぼろだったあの舟を最も手間暇かけて改修し、ハーリー用に甦らせたのだと常々マキも聞かされていた。

テント下の若者らがようやく目を覚ましたので何人かで尋ねに行き、腹立たしい有力情報を得た。夜遅くやはりビーチパーティーしに来た五、六人の米軍兵らしき身長二メートル近い男たちが、舟の置かれていたあたりを大笑いしながらうろつき、また何か物色するような様子で細い倒木や枝などを手にしていたらしいのだ。さらには、証言者らがテントや車の中で寝静まった後、闇の中で何かを投げ込むような水音と歓声が一時やかましかったと——。

「枝はエークの代わりやんよー」

「あったーはグテーあるから五、六名で悠々運んで、櫂がないから枝と手だけで漕いで二十メートルぐらい進んで、あとは舟置き去りにして泳いでこっちに帰ったんだろ」

「まったく」

「クサレアメリカーが！」

　すぐマサルは血走ったようなよく光る眼のまま、一キロ以上離れたカデナ・マリーナと呼ばれるヨットハーバーへ車で向かった。ほかに交番へ行く者、集落の外れの海岸線沿いを歩いてみる者、近くの川の河口付近の両岸をくまなく調べる者らに分かれた。

　飲み会を数えきれぬほどしてきた物悲しい場所に残ったマキは、十数日ぶりに会ったノゾムと並んだりしてもう一度あたり一帯を歩いた。

「こんな時だからこそ、ついでにチリを拾おう」

　太めで縮れ毛のノゾムが奇妙なことを言いだし、すぐそれが善い案だとマキは頷いた。ビニール袋はないけれど、願掛けの気分で二人さまざまなゴミを拾い集めた。いつかコウイチが真夜中に車座の周囲でこれと同じ行為をしていたと思い、すべて楽しさが海か空のかなたへ去ってしまったようで彼女はとまどう。

　花火や吸い殻や菓子袋やペットボトルだけでなく壊れた時計やハーモニカまで落ちていて、片手に納めきれなくなるたびにそれらを一カ所の山に加えた。いつもながら砂は一歩ごとに騒がしく靴を抱き込み、白く崩れた古サンゴのかけらも「キン、キン」とやたら鳴る。次第にゴミ拾いに飽きてきたマキはふと、もし誰も舟を見つけられなかったら、と考えた。この自分が定期預金を解約して新品の木製の舟を皆のために買ってもいい……。やや冷たい潮風になぶられて想いはほんの数秒間とはいえそこまで募った。もちろんそんな狂気を受け取ろうというメンバーはいるはずない。時々腰を伸ばして海に目をやる。「濁り色」とでもいうべきつまらぬ蒼白さの中で、あちこちの干潟の黄緑色だけは強く新緑っぽい。

ノゾムが太い毛むくじゃらの手で五百玉を一つ拾い、眼をとてもやわらかく細めてマキにそれを見せた。太眉も、人一倍大きな顔全体も、休日の酒なしの午前中であるせいか清潔感に満ちており、以前「痩せれ」に激昂した時の怪物臭さとは無縁だった。

「舟造りに一番燃えてたのはアッチャンとモリカズだから、これは二人に半分ずつあげよう。銭《ジン》だと受け取らんから、『元気をまず出そう』ってビール二本ずつ渡そう」

チーム全体の慌てぶりから少し外れたノゾムの不思議な善良さがそばにあるお蔭で、きっと見つかるよ、と大空に声かけられている気にマキはなったりした。その空の各所から光が滲んではいる。しかし海も浜も空気もやはり暗い。

たまたまそこに舟があったから乗りたくなった単純なアメリカ人たち、ではなく別の誰かによって計画的に持ち去られた場合もまだ考えられはする。トラック等を使ったタイヤ跡は一切ないから波打ち際まで抱えていって海路逃げたのだろうが、陸揚げを済ませてどこかの車庫に隠してあればまず見つけられないし、今まさにペンキで全然違う色に替えている最中かもしれない。

マキは居ても立ってもいられなくなった。

三十分ほどして数人が姿を見せたが、マサルやタツヤら半数以上はなおも読谷の漁港から岬方面へ、また逆向きに北谷や宜野湾へと各所を当たっているらしかった。近くの畑や家々の敷地内、特に駐車場を見てきたというモリカズは、ほとんど取り乱したところもなく「捜し続けてればいつか見つかるよ……」と予言した。が、広い肩がマキにはいつもより下がって見え、声の低さは冷静さだけから来たものとは全然思えなかった。投げやりな宣言を一度きりで封印したアッチャンは、さらなる聴き取り捜査をしながら外回りの人らと何十回も連絡を取り合っていた。

川辺から戻ったターマとミノルは、浜でしばらく腕組みなどしてから再び車に乗り込んだ。マキはこらえきれずに「私も一緒に捜させて」と走っていき、二人の後ろに乗った。嘉手納漁港へと注ぐ川の、河口よりはだいぶ遡った二つの橋の中間地点に舟を隠せそうな木陰がまだあるという。

「でも、たぶん川にはないと思う。…アメリカ人が憎いわけじゃないけど、ひっちーこんなことばかり起こるから『出ていけ』ってでーじ叫びたくなる」※

助手席のミノルが高く細い声を少し濁らせてそう言い、「だからよぉ」――そうだなぁ――と頷いていたターマはやがてためらいながらのような早口で静かに意見を足した。

「誰の仕業かはっきりはわからんけど、何とかして見つけんと嘉手納ハーリーどころじゃなくなる」

カーラジオからはこんな時には不似合いな沖縄民謡が軽くのんびり鳴っていた。

「……やーの父ちゃん、病院でその後三線ぐゎー弾いてるねぇ？」

「病室にあるけどもう全然触ってない。先々週から起き上がれんし、歌聴く気にもならないってから……」

「みんなで優勝旗と賞品のマグロの大物《まぎー》持って見舞いに行って、それで根氣《クンチ》つけてもらって夏の間に退院できれば最高さぁや」

「……優勝すればでーじ喜ぶとは思う」

マキの目は窓ごしに畑隅や道や民家の庭々にばかり向いた。

細道を通って赤い橋のそばに車を駐め、重い湿った風の中、カビ臭い白みをもって瞳にねとついてくる緑色の川面すれすれを歩き、舟が繋がれていそうな場所を見たが、なかった。対岸は隙間のない森、こちら側は木々の途切れに洞穴《どうけつ》の散見する崖で、真昼なのに暗く、のどかであるよりは不穏な忙しさで鳥たちが啼《な》き、舗道上に落ちた黒い実の多くがつぶれ、電柱には「死」と落書されており、根ごと持ち上がっている岸辺のマングローブ林の眺めも灰色の空の下では気味の好いものではなかった。ただし、ウグイスの一声は冷水の滴りのように澄みきっていた。

不機嫌な表情なのにミノルは仕草だけは活発で、腕を朗らかに広げて言った。

「ねーらん。舟なんかない」

車に戻り、ほとんど喋らなかったマキが外人以外による盗難説を弱い声で持ち出したのを受け、タ一マは「マキちゃんは勘が鋭そうだから」と優しく言い、ハンドルをこれといった当てもなく回した。

「どっちの方行こうか、マキちゃん」

「じゃあね、右……」

マキにはまったく不案内な狭い道、藪の口、墓場の脇、ヤギのいる庭、廃屋のようなアパート、外人住宅の並びなどを車はゆっくり抜けた。時々は駐車し、三人で徒歩で探索した。

何度目かの歩き見から戻る時にミノルが指を鳴らした。老け顔でもけっこう動きは若い人、とマキは思う。

ひっちー…しょっちゅう

「もしかしたら俺の勘が当たるかも。ターカーのいとこ《イチク》の三軒先の白い家わかる？」

「運動場の近くねぇ？」

「あそこの釣り好きの馬鹿息子、前に水上バイク盗みよって逮捕されたよなー。でーじ広い庭にユニック駐まってて、訳わからん機械とか壊れたボートも置いてある。網や釣り道具も。あの家怪しくないか？　親父も選挙違反でかちみらったし」

「行ってみよう」

車は一度国道へ出て、急な上り坂へ折れた。湿った混乱はマキの内部にあいかわらずあった。が、民謡の甲高い男声にほぐされてきた車内の空気をいたずらにまた張り詰めさせても仕方ないと判断でき、明るくも暗くもない声を彼女は出した。

「――ミノルさんのお父さんは入院中なんですか？」

「うん。胃から転移して何カ所にも癌があって……もう駄目かもしれん」

「マキちゃん、ミノルの父ちゃんはよ、〈とび魚〉の生みの親のそのまた親みたいなもんさ」

「ターマ、べつにそんなでもないって」

「いや、マキちゃん、みんなは去年から漕ぎ始めたけど、俺とミノルはおととしから漕いでるんだよ。ミノルの父ちゃんに一から教えてもらって」

「二年も前から？」

「そうだよ。父ちゃんが舵取りしてたチームで、四十過ぎのオッサンばっかりだった中に二人交じってね。『あんたたち頑張りなさい。頑張っておいしいお酒飲みなさいねー』っていつも可愛がられて。

ミノルもその頃はすごく燃えてたよ」

「今も燃えてるさー」

「今は不完全燃焼やさ。あのチームが終わって、わったーはわったーで若い者だけのチームつくって『もう関係ありません』じゃないよ。ミノルの父ちゃんに最初厳しくコーチしてもらったことをみんなも忘れてないはずよー。わんは父ちゃんのためにも早く優勝したい。病状が重くなったって聞いたからこそ、無理して内地から帰ってきた。だけどミノルが真っ先に頑張らんで誰が父ちゃんを元気づけられる？」

「仕事やむんなー※、しむしぇー。わったーはハーリーのプロあらんどー」

「ミノル、週に一、二回しか来れん、だったらその来た時に死に物狂いで練習するべきさ。練習の前の日だけはちょっと酒抑えるとかして。それにふだん家で腹筋・背筋したりすれば全然違う。〈とび魚〉は全員のチームやんどーや。ミノルが言い訳やめてシゲオも頑張れば、タラーだって二倍三倍燃えてくる。シゲオが去年の途中まで花のイチバンエークだったの覚えてるか？　でも、あれはその後《あと》頑張りぬいたアッチャンにエースの座奪われて、今年は忙しいとかであんまり練習に来ない。来ないのは仕方ないけど、遠慮して最近は意見も何も言わん。タラーは根性も技術もリーダーシップもあるのにひっちー二日酔いで来る。夜の仕事してるのはわかるけど。

タッチャンとアッチャン以外の左はみんなダラクサー※だよ。でも、ミノルは〈とび魚〉の生みの親

仕事やむんなー、しむしぇー…仕事があるんだからしょうがないだろ／**ダラクサー**…だらしないヤツ

だ。俺をおととし『こんな面白いものがある』ってからハーリーに誘ったのはやーじゃないか。マサルに『応援よろしく』って最初に言ったのはミノルじゃないか。やーがいなきゃチームはなかったんだ。それに俺とやーがこうしてマキちゃんと知り合うこともなかったんだよ。ミノル、復活しれ。来た時に本気ぐゎー出して漕ぐだけでいい。

舟がなくなったのも、もしかしたらまだまだ一つになりきれてないわったーを叱りつけるために海の神様が仕組んだことかもしれんよ」

最高の演説。だけどターマさん、熱すぎるかもしれないわよ、と捜索中であることを忘れさせられかけていたマキはほほえんで思った。興奮のあまり道を行きすぎたらしく、ターマは車を切り返してうら淋しい細道を戻った。

民家の密集地を少し外れたT字路を曲がると、道は広まったが行き止まりだった。汚れた白壁の二階建ての奥から、ナンバーの外れた外国製らしき車が一部覗いている。庭というより空き地に近い雑草だらけのその駐車場にはガラクタが散乱しているようだった。ミノルは声をひそめて言った。

「あそこで去年、死んだマヤー※が木の枝に吊るされてた」

「昔山でよくやってたことさ、化け猫が生まれんように。あの銀色のシートで包んであるの何かな」

「わったーの舟かも」

頼りなげなのに大胆でもあるミノルは、ターマの指さした銀というより灰色の物めざして身軽に勝手に庭へ入っていった。ターマは車の横に立っていた。マキは留守宅なのかどうかをそれとなく探る気持ちで家の正面を静かに静かに歩いた。かすかに背後からも規則的な音がし、振り向いてマキは全身が凍りついた。

ライオン並みに大きい、色も黄金《こがね》である尨犬《むくいぬ》が鎖も紐《ひも》もなく道端を歩いてきてそこにいる。太い顔をまっすぐマキに向けたまま、少し口を開ける。尾は振らずに。威嚇の笑いのようだった。が、すぐ離れていった。一歩ごとに肩から前脚、腰から後ろ脚にかけて毛の波が揺れ流れる様などはライオンそのものだった。白壁の家の玄関前の低塀の陰まで離れておきながらその獣が、なぜか顔の前半分だけ出してじっとこちらを窺っているのを見て、マキは静かに身をねじり、去るしかないから去ろうとした。

と、いきなりライオン犬が小走りで戻ってきた。叫ぶはずのマキは肩を竦《すく》めすぎたせいで吸気の音しか出せず、敵は敵で一メートル手前で止まり、マキをひたすら凝視する。黒一色なのにまったく澄んでいない、小粒な眼。マキはようやくの思いで「タ、ターマさん……」と片手をへそより上に上げた。声は小さすぎた。犬はどこへも動かない。

「ターマさん」

聞こえて彼は一度近づいてこようとしたが、不意の敵があまりにも大きいので五秒以上たじろいでいた。やがて「マキちゃん、目をもう犬と合わせない方がいいよ」とやけに出の悪い――ピアノのミュートの中低音のような――声で言い、体だけは決然とマキらに分け入った。そして犬に斜めに尻を向けつつも犬にじわじわと身を寄せ、ほとんど接触し、犬の関心を惹きながら「ゆっくり歩きだして。

マヤー……猫

車へ。早く！」と最後は苛立った。

マキがあと少しで車のドアに手をかけるという時、既に湧いていた唸りが短い咆哮に変わり、直後に人間のやはり長くない悲鳴が湧いた。蹴る気配もした。

尻に咬みつかれたらしいターマを救ったのはミノルで、「舟じゃなくて材木だったよ」と報告しながら彼は澄まし顔でライオン犬と向かい合い、社交ダンスでもするように手をかけ撫でて座らせ、痛がるターマと取り乱すマキの所へゆっくり戻ってきた。

「ぐーらったんなー？※　しかぶからやしぇ。運転できるか？」

ターマはズボンの尻の片方に点々と穴を開けられ出血しており、もう捜索は打ち切りと決めてミノルがハンドルを握った。幸いにも血は少量で病院へ駆け込むほどではなく、ターマは「ヤナ犬《イン》グヮー※が」と横座りに似た半身の姿勢で座席に掴まりながらひときわ低い声でくりかえし言った。

マキは自身の身代わりとなったターマに「ごめんなさい」「大丈夫ですか？」を各五回以上聴かせずにはいられず、ターマに「大丈夫だよ」とそのつど言われて少しは落ち着いてきたものの、実はターマもまた昔から犬をかなり苦手とする人だったとミノルに知らされ、絶句してしまった。

「…………………………ターマさん……」

「べつにいい。悪いのはあのまがー犬と飼い主だ。それより舟の行方を心配して」

「……でも、ターマさん……」

もう何も言うなとばかりに彼がラジオのボリウムを上げ、それでも「ズボン、私が縫いますから……」とマキは大きめの声で言って後部座席から不器用に左手を伸ばしてターマの腿《もも》のあたりに一、二度触れた。自分のものとは明らかに違うそこの肉厚と堅さに打たれたように引くしかなかったその手を、利き手で包み、眼を閉じた。泣きべそかくよりもしなければいけないことがあるとすぐ思えた。その一つは「ありがとう」との心込めての耳打ちだったかもしれないが、新たな混乱はマキの口に勇ましい言葉を並べさせた。

「こうなったら絶対に舟を取り返しましょう。私、死んでも見つける」

前席の二人はそろって驚いていた。

浜へ戻ると、報《しら》せを受けて挙式日のための試食会を早々に切り上げて駆けつけたノブユキとアリサだけがそこにいて、いくぶんか顔色を失っているアリサにマキが歩み寄ろうとしたその直後、ノブユキの携帯電話にアッチャンから、ターマにはマサルから同じ連絡が入った。十分ほど前、浜でマサルが思いついて海上保安庁に問い合わせたところ、無人の舟一艘が朝方読谷の某部落沖で見つかり、現在北谷漁港で保護されているとの返事をもらい、浜にいた六人はトラックほか数台で北谷へ急行したらしかった。ビール二ケースを礼として持って。――マキの拍手は残された全員に広がった。

米軍兵たちにオモチャにされ海にほったらかされた、という推測の通りに舟は波間に漂っていたのだった。

ターマは尻を消毒しに一度自宅へ帰った。「病院に行った方が……」と再び悪びれてのマキの勧めに「もう血は止まってるから」と低く優しく答えるターマに「でも、狂犬病のおそれとかもあるから」

くーらったんなー？　しかぶからやしぇ…咬まれたのか？　怖がるからだよ／**ヤナ犬グヮー**…駄犬

とまといつこうとして彼女は「今日は日曜だし」と最後乾いた声で言われ、切なかった。それからは辛さと安堵と気疲れで、ノブユキの車の中でシートを大きく倒して休ませてもらった。眠りまではしなかった。

数十分経ち、身を起こして見回した時、車からかなり離れた草むらの脇でアリサとノブユキが腕を絡ませ合って立ち、笑ったり揺れたりしているのでマキはキスの現場でも見たように寝たふりをした。薄眼開けてまた窺うと、顔と顔が本当にくっついていた。ある程度は特別な日だったようで、それから二人ずっと身を離さず選手宣誓っぽい横顔で海に向かって黙っていた。ごく普通の短髪で眼鼻口にもこれといった特徴のない——あえていえば卵似の——ノブユキは、その代わりいつ見ても安定的に凛々しい。マキはさりげない寝返りを繰り返したが、二分ほどして馬鹿馬鹿しくなって彼らのいない側のドアから車外へ出た。

ミノルの姿はなかった。水に浸かったりして遊ぶ人影は七、八人。憎しみを呼び起こさないでもない中年の白人夫婦がいる。泳ぎやすそうな潮の高さだが、波がわりとある。マキは尿意を感じ、ノブユキらの前を通ってまで水道も鏡もない簡易トイレに行くのは厭なので、遠くとも海伝いに公営ビーチへ歩くことにした。……朝のマサルの無視を思った。

バーベキュー設備と一つ二つの建物があるだけの、およそ観光客とは無縁であろう地味なビーチでは、やはり一見して地元人とわかるにこやかな群れなどが、晴れでも曇りでもない日曜の平凡な午後を満喫していた。白く薄青くグレイ系でもある海は何の美しさもない。陸側の高みには墓が連なり、草むらの奥の梢から「チチン、チチン」と鈴を強く握ったまま振る時のような金属質の鳥声がする。

ウグイスもいる。……マサルの冷たかった目。

用を足したマキは、歩きやすいコンクリの上を選んでしばらく進み続けた。

小形犬を連れた男女が前方から来る。犬なんかもう十年ぐらいは見たくないとマキは舌打ちさえして顔を背け、まちがってもその白い丸っこい犬に近づかれないよう早めに砂浜へ飛び下りた。

「……マキィじゃないの？」

かすかにそんな女の声を聞いた気がしたが、砂を舐めた海水が遠ざかる時の炭酸水《ソーダ》的な涼しい音の方に惹かれ、波打ち際へとさらに寄ろうとした。磯の香りがふわっと押し寄せる。

「マーキィ」

続いて不気味にも犬まで「フィー」と似たような声を出した。さすがに無視できなくなってマキが砂浜から首を伸ばすと、野球帽をかぶったくりくり眼で顔も丸い三十代後半ぐらいの男と、鼻や顎《あご》が蓮っ葉な感じにやや尖った女が、マルチーズ系の雑種と思われる長毛の丸顔犬とともに突っ立ち、ほほえんでいた。

「え、えーと、……」

マキは二人の名を四、五秒もかけて思い出して言い、笑みは急いでつくり、そばの石段から舗道上に戻った！　電話しようと思っていたのだけれど、と互いに二カ月弱のご無沙汰をまず詫びる。彼につぶらな眼までも似ている犬は、マキの両くるぶしを嗅いだり触ったり回転軸にしてみたりしてせっせと探り、その尾が友好的に振れ続けているかどうかこまめに見下ろさざるをえないマキは、一瞬二瞬それが可愛く思えようとも撫でてやるために身を屈めたりする気にはもちろんならなかった。

「マーキィらしく朝・昼・晩飯にオヤツたくさん食べて活発にやってた？」

「ええ。ハーリーのチームに入って、猛練習の毎日です。今日もホントは、」

「仕事は今何やってるんだっけ？」

「失業保険の給付期間中だから何もやってません。……変に働くと一銭ももらえなくなっちゃうんです」

遅起き気味で、昼間読書や音楽鑑賞やインターネットや町の散策等で時間をつぶしていること、また保険が切れてのちの人生設計がまだないということも、徐々に確実に悩ましさを連れてきつつある。それでなくともアパートでは頭の奥が奇妙に痺れていたりする。二日酔いとはおそらく別に。

「ペーパードライバー講習ぐらい受けようって決めてるんですけど、嘉手納ハーリーが終わるまではあんまり別のことに頑張れない」

「ハーリーっていったら、一番前によく女の子が乗って鉦《かね》打ちするよね。コーン、コーンって」

「そういうのはわからないんですけど、私は男の人たちとまったく同じに漕がされてますよ。楽しいけど、もう辛いなんてもんじゃないです」

「じゃあ、夜なんかは疲れきってぐっすり眠れてるんだろうね。ぅん、そうそうそう、あの匂い袋はどんなだった？」

「え、あ、……とっても素敵な香りでしたよ。フラワー・ティーっぽいって言ったらいいのかしら。それに、煙もないのにお香焚いたみたいに広がって二日目からが凄かった。でも、最近花の感じは薄れてきたみたい。意識して嗅ぐとまだかなり香ばしいんですけど。あれ最初に封開けてから、どれぐらい持つんでしょうか？」

「もっとわかりやすいのもあげようか。スターオヴベツレヘムとかハニーサックル、ゲンチアナ、アグリモニィ、チェスナッツバーッドゥ、…だけどあれは、」

途中で女に腕をつつかれて男は喋るのをやめた。ぴたぴたとコンクリートを歌わせていた小犬は大人しく彼の足元に戻っていた。

「何か？……」

「いや、サーターアンダギー、じゃなくてインドのギータとかに興味あるならよ、」

「あんたはもう黙っとぅけー。ねえ、マキィ、華やかな匂いが消えてきたんだったら、すぐ捨てた方がいい。袋が破けて液が飛び散るかもしれんし、ウジみたいな虫が湧くこともあるよ」

「大変。せっかくいただいたけど捨てなきゃ。でも、本当にありがとうございました」

ウジの三倍憎いのは吠えて追っかけて咬む獣ですけどね、とマキは八つ当たりしたい自身を抑え、なお一分ほどにこやかに会話して別れた。夕陽などもついでに楽しみたくてこうして時々沖縄市から西海岸までドライブするのだと二人は最後に言い、嘉手納ハーリーでの応援も約束してくれた。

緩い坂の奥に階段を見つけて興味が湧き、マキは海辺を見晴らせる墓地まで登った。ちょうど陽がはっきりと出てきた。本土ではけっして見かけない、そして本土の者からすると肝試しには使えそうもない大がかりで開けっ広げで愛嬌さえある墓ばかりである。誰もおらず鳥や獣の姿も線香もないが、四月の頃は土日のたびに方々のこうした場所で子供から老人までが重箱のご馳走をどちらかというとうきうきした様子で広げていたのだと想い出し、すべてと出会ったあの夜から八週間続いてきた挑戦と弛緩をマキは数秒間で振り返った。

大して成長していない私、との切ない結論が先に立つ。

木々の丸っこい大葉や岩に邪魔されつつ見る海は、沖へ行くほど青が濃い。海全体としてはあいかわらず覇気なしだから、あんなわずかな青みは言い訳じみている。そう強く思える。

とても素敵なチームメートたちに囲まれても、非力の自覚をきっかけにいつでも逆恨み的な孤独好きの霧中へと引きずり込まれそうになる自分、それは一方的に世話になるばかりでチームにほとんど貢献できていない後ろめたさや、定職を持たぬ者の引け目ともきっと繋がっている、と現状をさらに嫌ってみる。一大事という時にマサルに眼中に置いてもらえず、アッチャンやモリカズを爽やかに慰めることもできず、好いてくれるターマにはとんでもない迷惑をかけてしまった――――。

午後遅くにようやく舟が痛ましい旅から戻ってきた。逆さに斜めにトラックにかぶさったその舟は木の色をした巨大なサメのようであり、ロープをきびきび外していく明るい真顔の男子たちを見ながら「お帰りなさい。お帰り」と目に映るすべてにマキはとにもかくにも声かけたかった。

練習なしの一日ではあったが、当然舟の帰還を祝って浜で飲むことになった。買い出しの車に彼女も乗り、ふと途中で思いついて財布の中を確かめ、嘉手納の中心街へひとり連れていってもらった。

「私は後で向かうから、先に乾杯しててください」

走って最初に見つけた弁当屋で揚げ物やサラダ、鮨屋で握りをそれぞれ最大の銀皿に急かして盛りつけさせ、タクシーで浜へ。マキが自腹を切って持ち込んだ晩餐に浜の全員が眼を瞠《みは》り、「アッシャビヨー、マキさん、豪華やっさー」とタツヤはビールを口の前で完全に止めた。「ヌチャーシーにしよう」と割り勘を提案する人も出たが、マキは胸を張る。

「もし舟が見つかんなかったら私が貯金百万下ろして新品買って寄贈するつもりだったんだから、こんなの出費のうちに入りません！　食べてください」

誰よりも朝落ち込んでいたアッチャンは「百万？　ハーリーのためにそこまでする必要ないよ」と真に受けつつ顔全体を夕ヌキのようにやわらげ、マキの隣の隣にいたマサルは「マキ、お前は本当にいい奴だな！」と肩一つ叩くために移動し、最後はマキの頭を両手で抱いて揺らしまでした。モリカズに続いて「マキちゃん、ありがとう」と遠くからターマも言い、恥ずかしげではあってもその声がほかの皆々の「いただきまーす」に埋没することはなかった。

ターマの受難は既に知れ渡り、少しは笑いを呼んでしまっていたようだった。マサルに蒸し返しの冗談を投げられ、モリカズには「犬は鼻が急所」云々と科学的に指導され、さほど痛そうでもなく座っているターマは逞しくほほえみつつ「あのデブ犬が」と低く穏やかに吐き捨てる。謝ってばかりだと煙たがられるとわかるマキは「ターマさん自身も犬が苦手なのに、体張って私を守ってくれたんです」と大皿のお蔭で気持ちも大きくなっていたので甘く滑らかに解説した。「愛の力ですよ！」とトシオが太い声を上げ、ターマは「やかましい」と逞しさが去って赤くなる。浦添・那覇まで捜索の足を延ばしたりしたトシオもまた永い一日をやっと締めくくれた気分らしかった。

「――愛といえば」

マサルが皆を見回した。

「ノブユキとアリサの結婚披露宴でやる余興、そろそろ決めんとな。嘉手納の大会終わったらすぐ練習始めるみたいだから」

「〈とび魚〉の全員を招待しますので、よろしくお願いします」

ノブユキとともに頭を下げるアリサは先ほどのキスによる乱れもなくいつも以上に硬く華やかな顔つきだった。エイサーか、またはパンツの代わりに空き缶《カンカン》を腰につけて裸同然で複雑に踊るのをやりたい、とモリカズとマサルが共同提案したまではいいが、「それだとマキが踊れないさー」「マキさんだけは胸も隠していいと思います」「もちろんカンカンで？」とほろ酔いの男たちが議論し始めたところからマキは傾聴するのをやめた。

自分が話題の中心にい続けることに晴れがましさは覚えた。

ビールの喉ごしが前日までとは違う軽さであることも確かだった。マキとアリサがそれぞれ何カップという話にまで暴走するトシオらに呆れてマキは、わりと静かだったタツヤに近づいて言った。

「今日のことで、ガチャガチャ盗まれて海に沈められたミノルさんの悲しみがわかりましたか？」

「もし今回犯人が地元の中学生だったらゆるそうと思ってましたよ。死なした後で」

錠を買って舟をもっときちんと管理すべしという話し合いがようやくアッチャンを中心にして始められた。モリカズが知り合いから中古の頑丈な錠を一つもらえそうだという話も進み、今夜のうちに何らかの施錠をしなければと焦る声もあったが、土日以外は不良外人がこの浜をうろつくこともないだろうし、一晩程度なら紐と鎖で縛っておくだけで大丈夫との意見が大勢を占めた。皆やはり考える脳が疲れていた。

マキはミノルやコウイチや朝一緒に祈る思いでゴミ拾いをしたノゾムとも乾杯し、昼のご馳走への満足のせいか箸をほとんど持とうとしない結婚予定者たちに、キスの脅威を忘れはせず「遠慮しないでねー」とふざけて鮨の長径四十センチの銀皿を丸ごと持たせてしまい――その際ノブユキの地味で綺麗な卵顔が甚《はなは》だしく左右対称だという些事に気づき――、トシオには「僕、マキさんが人間としてでーじ好きです」と真正面から言われて「でも、あなた時々一言二言多いわ」と笑顔で注意し、それからやっとターマの隣に淑やかに腰を下ろした。咬傷には言及せず、とにかく舟が戻ってよかったとビール缶を二度も触れ合わせ、思い出して彼女は言った。

「ターマさん、おとつい渡したベスト盤聴いてます？」

「うん。なかなかいいよ」

「どの曲が気に入った？」

「えーと、よーんなーの……」

「よーんなー？」

「ゆっくりのバラードとか。曲名ちゃんと見て勉強しておくよ」

「まさか、こんな事件のあった日に『スピリット・オブ・アメリカ』がいいなんて言わないでしょうね。…まあ、あれも名曲ですけど」

「……マキちゃんがビーチ・ボーイズ聴きだしたきっかけは何ねぇ？」

「うーん、最初はオールディーズの一つとして何となく。でも、ある時ラジオから『サーファー・ガール』が流れてて突然、これは神が創った曲だわって震えそうになったの。耳にしたのは初めてじゃなかったし、甘くて香り高いただのラブソングといえばそれまでなんだけど、讃美歌か、それ以上にっていうかものすごく神々しく感じて、以来深入りしてった。二十歳ちょっと過ぎの頃だけですけどね」

「今も〝二十歳ちょっと過ぎ〟っていえるんじゃないの？」

「え、…それは素肌がですよね？」

舟のことさえ忘れて笑い、つかの間の饒舌家は「歌詞も含めて一曲一曲深ぁく味わってくださいね。約束よ」とターマへの優勢を保った。

「……ところで、ターマさん、訊いてもいいかどうか不安だけど」

「何？」

「ターマさんみたいな強くて優しくて純粋そうな人が離婚経験者だっていうの私信じがたいんですけど、よっぽどうまくいかない流れとかあったんですか？ …あ、いえ、べつにこうやって訊くようなことじゃないですね。すみません」

彼は眼を少し細めた。困ってそうしたに違いなかったが、微苦笑と一緒に爽やかさまでが濃い肌一杯に浮かんだ。いくらか情けない表情、というのを彼なりにつくろうとし、雄々しさや肉の厚みに邪魔されたようでもあった。

「身から出たサビだよ。遊んでばかりで甲斐性がなくて、ほとんど家に帰らんかった。その間にトゥジは男つくっていなくなった」

「……子供は？」

「二人いたよ。女の子がね。でも、今どこにいるかまったくわからん。トゥジが黙って連れていきよった」

「……会いたいでしょうね」

「子供には絶対会いたいよ。今もう八才と六才になる」

「そうなんだ…………」

突然、離れた場所でノゾムが何か訴える高い声がマキの耳に矢となった。

「そもそも何でちゃんと連絡してくれんわけ？　日曜は十時にビーチって聞いてたから今日来たわけよー」

「大会二週間前からは漁港でやるってことに決まってるやさ」

答えているのはアッチャンだった。

「それを聞いてないわけさ」

「去年からチームにいてスケジュール的なことは把握してるやさに？」

「でも、幹事を決めてる以上は、節目節目の最低限の連絡ぐらいないと」

「やーは自分からは電話しようとか思わんか？」

アッチャンはやり込められはせず静かに切り返し、その弟が「ニィニィばっかり何もかも引き受けなきゃいけないのか」と援護する。不安そうなアリサがいる。ノゾムはアッチャン以外見ない。

「俺の方からアッチャンの携帯に何度もかけたよ。マサルにも。でも、取らんわけさ。着信記録見れば普通後でかけてくるだろ？　それもない。何でなの？〈とび魚〉を仕切ってるいったーにこんなに嫌われてるのかって俺はわじったよ」

以前体重のことを言われて激怒したノゾムである。どこまでも食い下がる。

「ノゾム、俺はお前を嫌ったことなんて一度もない。着信記録を見てあえて無視したりした覚えもない。ただ、人間だからちゃー完璧ってわけにはいかない。見忘れる時はたまにあるさー」

「マサルも見忘れか?」

マサルは黙ったままであり、アッチャンは言い聴かすような話し方を続けた。

「マサルはマサルで忙しい。ノゾム、今日はお前のお蔭で、舟がなくなったこと早めに知ることができて、それでチームは一所懸命に手分けして捜して、見つけて、こうして結束強まった。舟への愛情も昨日までとは比べ物にならんぐらい今深まってる。お前はたまに来ては短気して帰っていくけど、ちゃんとチームに貢献してる。べつに『痩せれ』っていうのがみんなからの一番言いたいことじゃない」

「でも、実際俺が舟に乗るだけで迷惑かかるさ。体重は落としたいと思ってもそうやすやすと落とせん」

タツヤが「ノゾム、ノゾム、お前にはグテーがあるわけだから、自分で思ってるほどには迷惑かけてないのと違うか?」とやや冷やかなぐらいに真面目な声を放る。

「そう俺も考えるさ。でも、毎回必ず誰かにアビられる。じゃあ、重いぶんせめて力だけは人の一・五倍出そうって決めて、日曜の方が人数集まると思ったしよ、今日は猛練習するつもりで仕事休んで来たしがてー」

「今日は残念なことになった。本当はこうして酒飲む前に漕ぐべきだったかもしれん。ノゾムにはやっぱり謝らんといかん」

アッチャンは温厚さを貫く以外の喧嘩方法を知らないようにそう言い、なおも沈んだ声のまま語りかける。

「でも、まだ日数はあるし、お前のその意欲をみんな理解できる。平日なかなか参加しづらくても、終わりのほんの十分でもいい。遅れても必ず来るってお前が誰かに伝言してくれれば、舟の上でみんな待つどぉ。それに、去年だってお前は、力一杯漕いで立派に三位入賞に貢献したじゃないか」

「でも一回戦しか漕がしてもらってない」

「――お前は！」と大皿を跳び越えノゾムに襲いかかったのは、それまで忌ま忌ましそうに凍りついていたマサルだった。彼はノゾムの胸ぐらを掴み、比重がダルマのように重いであろう体を絞め落とす勢いで威《おど》し文句をほとんど口の中だけで唱えていた。よりひどい短気者のはずのノゾムは十センチの距離で睨み返すだけで手をまだ出さない。

最初に「さんけー」と制止に入ったのはコウイチだった。モリカズとアッチャンも。マサルはやっと皆に聞こえる声で罵る。

「やーはそれでもチームメートやんばー！」

マキは思わず立ち上がり、車座の外を回ってマサルに触れに行った。先ほど友情でしてもらったのと似たこと――細く尖った肩を横から抱くなどの行為――を迷いながらし、マサルに急いで言う。

「マサルさん、ちょっとだけ聴いて。ノゾムさんも〈とび魚〉が大好きなんですよ。今ここにチームのこと嫌いな人なんて一人もいない。だから話し合いで解決しましょうよ」

マサルはマキを見据え、一瞬明るく力を抜き、だがノゾムに向き直ると怒鳴った。

「お前が俺の代わりに今度の決勝漕げ！　それで負けたら撃ち殺すぞ！」

なおも肩を押さえ続けていた誰かの手を振り払い、立ち上がって駆けだし、車を急発進の急ハンドルで切り返し、チーム一のハンサムは帰ってしまった。

モリカズが「あーぁ、怒っちゃった……」と首を振った。マサルが沸騰した時のモリカズはなぜかいつも慌て気味になる。

「まずいよ。こんな時期に険悪な空気になって……」

「いや、大丈夫よ」

太く言い放ったのはターマだった。

「何もなかったぢらーしてマサルは今度またノゾムと笑って飲むはず。わったーはやっぱりぶつかり合って強くなるチームだ。ノゾムには今日、本音で喋ってくれてありがとうねだよ。ノゾム、一緒に頑張ろう」

ターマが缶をノゾムに近づけ、そこにアッチャンが半ば強制するように、そしてコウイチも加わったため、ノゾムはしぶしぶという感じで「明日も来るよ」と頬を少し緩めた。


一日遅れて今度こそ漁港での本練習が始まった。

小雨の中、繋留されている小型漁船数十隻のペンキの白や黄や青は公園の遊具のように穏やかな元気さに満ち、対岸の小山成《な》す緑も雨水を吸って蕩けがちに粒立って若い。練習するチーム数の多さはマキには意外で、また心機一転とばかりにアッチャンとモリカズがあまり似合わぬ丸刈りで登場したのも新鮮は新鮮だった。モリカズの長いサラサラの前髪をこそ海で遊ぶこの美少年たちの象徴とみてきた彼女としては、残念でもあったが。

舟を出し入れする斜面にはちぎれたロープや板、それに釘まで落ちていて素足で水に入るのが皆ためらわれたので、アッチャンが言いだしてまずそれらのゴミを丹念に拾い、竹箒《たけぼうき》も使って清めた。コウイチやノゾムに限らず〈とび魚〉は全員、清掃奉仕好きなのだ。

さらに続々港には見知らぬ顔が集まった。ライバルチームらしき若い男の集団の一人が不精ヒゲとプラチナ色に染めた髪だけでも目立つのに、漁協のエークをバット代わりに振っている、そんなのをマキは見たから掃除の手を止めた。数秒後、その男はゴルフの素振りまで始め、誤ってエークをコンクリの地面にぶち当てた。ああいう心汚れたチームに負けるものかと彼女はそっと拳固をつくった。

約束通りにノゾムが現れ、それで舵取りも入れて七人に達したのでマキらは今季初めて触るレース用の舟を水際へ運んだ。同じく木製だが、自分たちのものより舷が低い。重たさはそう変わらない。三艘あるうちの二艘は既に他チームを乗せ、岸を離れていた。

嘉手納漁港は川の河口近くの湾曲を利用した半自然港であり、広い最後の下流を数百メートル下れば海へ出る。その途中までがハーリー大会における航路だった。

ターマが来ていないのでノゾムはマキのすぐ後ろで漕いだ。やはり水面が近い。腰当ての位置が合わなかったり、ポジションによっては前後の幅が広すぎたりして各自とまどっており、しかも軽そうに見えたエークがかなり重い。撥ね上げてのエーク戻しがうまくいかず、マキは変に水を引っ掻いて前に飛ばしたりした。それで思わず大きく言った。

「漕ぎにくーい」

口に入る水しぶきは川のものとはいえはっきりとしょっぱい。髪もシャツも小雨で湿っている。海ほどの波がない点だけは安心だった。

往復約五百メートルというのはとてつもなく長く、また手応えがなく速度の上がらない「スカスカ」と呼ぶ状態がしばらく続き、漕いでも漕いでもターンに至らない。ノゾムは荒息。軽く合わせるだけのはずなのに、ウォーミングアップに続いていきなり二往復半。雨はやんだ。

船上ミーティングの際にマキは川面の揺らめく凸凹を眺める。透明度はやはり低い。ノゾムほどではないが息はなかなか元に戻らない。「このエークとこの舟に慣れるしかない」とアッチャンが誰にともなく言う。

また漕いだ。重い上に細いせいかエークが左右にぶれやすいので、マキは舷に意識的に強くぶつけて撥ねるしかなかった。体が熱くなってくるのがわかる。すべての川水がぬるま湯に思えてくる。たまに体にかかればひやりとするのだけれど。

「――モリカズ、たぶん今のドンピシャだった」

ターンの仕方をアッチャンが振り返り、モリカズが答える。

「舟一艘ぶん前から入れてブイ舐めるようにしてターンするのがやっぱりいいと思う。練習でこういうぎりぎりのをばんないやっておいた方がいいね」

「でも、たまには十回ぐらい撥ねてみたい。思いっ切りロスの多いターンもやろう」

「アッチャンが言うなら両方やろう。でも、みんな、Uじゃなく高速で突っ込んでのVターンするためには、もっともっとターン前にスピード上げてよ。失速したままじゃ大回りしかできないよ」

やたらと筋肉質の、上半身裸の男たちが何人もいるチームがそう遠くもない水上で休んでいる。アッチャンが仲間全員にいたずらっぽい目で提案し、〈とび魚〉はわざわざその裸男たちの舟のほぼ真横に五メートルほど空けて並び、相手の再スタートの直後に競漕を仕掛けた。最初は引きの長さと強さがやっぱり肝心よ——。「ゴン、ゴン」とエークを舷にぶつける際に、久しぶりに右の親指が挟まれてマキは動きを止めかける。とにかく腰を立てては倒して下半身に力を入れ、毅然と掻く。「ハイッ」「ハイッ」と二、三人が残りの漕ぎ手を奮い立たせた。競漕相手には既に大きく勝っている。大会二週間前の時点でこれほど仕上がっているチームはほかになさそうだったが、マキは心臓が苦しすぎた。浜での鍛練の成果をお披露目している、との思いはぎりぎり皆と共有できているものの。

舟が空くのを岸で待つ人々がおり、意気揚々の〈とび魚〉は一度長い休憩をとるために戻った。

煙草や飲み物を片手に談笑——マキだけは軽く放心——しているところへ、丸刈りの完璧に似合うマサルが、ターマとともに後れて到着した。老け込んでしまったアッチャンと地蔵のようなモリカズ、それにマサル。アイパレットのチップ頭がこれで三人だわ、とマキは息吹き返してこっそり可笑しがる。マサルはすぐにはノゾムと口を利かなかった。が、車から持ってきたスポーツドリンクを一つ「ウリ、買いすぎたから取れ」とノゾムに差し出した。握手はなかったが、短く礼を言ったノゾムはそのマサルやモリカズにエーク回しの改善点を大人しく訊いた。トシオがこわごわ割り込んでノゾムに二、三進言した。

　雨はやんだままで、青い目が交じった子供たちのチームや地元の小企業の制服ＯＬなども漕ぎに来ており、港は新たな車の駐め場がもうなかった。

　舟が三艘ともなかなか帰らず、日没間際になってからやっともう一度〈とび魚〉は乗り込めた。本番とほぼ同じ距離の一往復タイムを初めて計ってみた。体はすっかりほぐれているが握力も腰の粘りも先ほどよりはないマキは、自身の体が熱のために赤いとなぜか思った。休憩時、少し舟が横揺れするやいなや「話してる時も全員で舟のバランス取らんと」とターマが太く言う。水の色はもう黒に近い焦げ茶で、暗く白っぽい斑《まだら》がたくさん揺れている。

「みんな疲れてるから、最後もう一回タイム計ってそれで終わりにしよう……」

　舵取りがそう指示し、皆満を持してエークを構え、合図とともに出発し、己と長々闘い、最後また激しく吼えて水を切り、四秒ほど記録を更新したのちに、海岸道路の灯がいくつも水面に溶け込んでいる中をゆっくり岸へ帰った。あと二十秒は詰めなければ去年優勝チームが出した決勝記録に並ばないらしい。ほかの二艘はとっくにスロープ奥へ揚げられていた。

「いきなりいったー、練習のしすぎあらんな？」

　漁協の初老の男に笑顔でねぎらわれ、アッチャンは新しい髪形にあまりにも似つかわしい言葉できっぱり答えた。

「優勝以外考えてないんで、いくら練習しても練習しすぎってことはありません」

送り迎えでいつもいつも皆に負担をかけてきたのが心に重いマキは、その翌日、当番のトシオに何となく断りを入れて徒歩とバスで嘉手納へ向かった。途中で降りだした激しく冷たい雨に折り畳み傘の柄《え》を壊され、それでも悔いたりはせず肩から下がずぶ濡れという姿で漁港に辿り着いた彼女は、何十分待ってもアッチャンとトシオ以外の仲間に会えず、「今日は休みにしよう。疲れも溜まってるし」というアッチャンの一言に泣かされそうになり、しかし「あのチームに交ざって漕がしてもらいます」と上半身裸で歩いていくトシオに従うには本当のところ右腕も腰も疲れすぎていて、漁協の事務所脇の庇の下でひとり震えかけながら携帯電話を拭いたりしまったりしていた。トシオを乗せて出発した昨年の準優勝チームの一艘以外は岸で雨に打たれ、つまり練習者はほかにまったくおらず、水の駆け下り続けるスロープには霧さえ立ち、停泊する各漁船のペンキの白が一日前と違って風邪惹いたような重い色に見えた。

マサルに「仕事が終わりそうにないから」と謝られ、ターマには「下痢で腹が痛い」とまったく予想外の理由を説明され、マキはその二本の電話で沖縄の冬が戻った気がし、だが急に、信頼できる女友達を思い出した。たまに一升壜を重そうに抱えて〈とび魚〉を慰問に来る森の妖精を。

「——もしもし、今嘉手納漁港にいるんですけど」

「この土砂降りの中、集まってるの？」

「ううん、今日は人が全然来なくて中止。よかったらちょっとだけ二人で飲みません？」

「飲む飲む」

雷までがあたり一帯を威し始めた。何度目かのターンのために姿を現したトシオたち七、八人は上から下からの水に顔を顰めながら強豪チームとは思えぬほどやけくそにエークを踊らせていた。

やがてマキのいる庇の下に駆け込んだのは、カオリではなく、見慣れたバンからすぐ降りてきたノブユキとアリサだった。

「ニィニィはさっき練習中止って言って帰ったわよ」

「え、こんな濡れてるマキさんをひとり置いて？」

「トシが偵察も兼ねてライバルチームと一緒に今漕いでるんだけど……」

キス場面の眩しさをマキに何度でも想い出させる二人は河口の方角へ目を凝らしたが、渡って歩けそうなくらいに粘土っぽい不透明な薄茶の川面と、暗い空と、コンクリと、けぶって色をなくしつつある森以外何も見えないようだった。ノブユキは多少やわらかみのある左右対称の真顔をマキに向け直し、二歩寄る。冗談とかをあまり言わないこの人はいつもだいたいこの表情ね――。

「マキさん、僕アリサに発破かけましたから。マキさんもトシオニィもほとんど毎日頑張ってるのにアリサだけが練習不足で足引っ張るのはまずいから、僕が仕事やつきあいで来れん日も一人でちゃんと港に顔出せって言って。今日『雨だから』とかキレてたのを僕も喧嘩腰になって連れてきました」

「そうなの……」

彼に少し隠れるように立つ可哀そうなアリサは、輪郭明瞭の眼をまばたき少なく瞠ったまま唇を固く閉じていた。見かけの通りに気が強いのかどうか、五才下のこの娘と百の会話を重ねてきたつもりでもマキはまだ把握していなかった。――せっかくこれだけでも集まったんだからトシが戻ってから

たく気持ちが一致してるとこまで行かんと駄目なんじゃないの？」

「でも、スパッツから膝のサポーターまでお揃いだとかいうわりには、ぴーちくぱーちくしてるところ見たことないさ。二人は右・左でペア組んでるわけでしょ？　タツヤニィニィとターマニィニィみかさも不変だから、つまるところ悪気のないお人形のままだった。

アリサはわざわざ身をねじり、冷気をいつも通りに生む目でマキと一秒以上見つめ合う。声の朗ら

「してるわよ」「してますよね、マキさん」

「あんたなんか、ちゃんと仲良くしてる？」

屋へ向かった。交差点前でカオリは二人を見比べながら問いかけた。

アリサを助手席、タオルを敷いて着替えるマキを後部座席に乗せたカオリの車はそう遠くない居酒

え？　フィアンセを貸してくれん？――」

「それで、ウチとマキで飲みに行こうって話なんだけど、ノブチャン、用事《ゆーず》があるのはあんただけね

る。

ケットから車のキーを出した。すかさずカオリが黒一色のあまり大きくはない眼をやわらかに光らせ

れから急に電話で誰かに呼ばれ、「すいませんけどマキさんカオリさん、今日はもう帰ります」とポ

サに笑いかけ、ノブユキと一、二分話し込んだ。八月の結婚式等について丁寧に答えていた彼は、そ

金髪の友はカップルがいると知ると太い雨線にとまどう顔をしながらも車外に出、首を傾けてアリ

電話を悔やんだりしているうちに、シルバーの車が横づけされた。

何らかの練習をしましょうか、と宙ぶらりんな提案を年長らしく口にしたくなってマキがカオリへの

「………」「………」

「あ、ごめん。部外者が偉そうなこと言ってしまった」

「いいえ、三人とも友達よ」

マキは水着のブラを外したりして窮屈な恐ろしい格好を続けながら嘘ではない言葉を返し、アリサはアリサで親しみを表す時の癖とおぼしき勢い込んだ喋り方で話をこう逸らした。

「タツヤさんとターマさんって、外見もどことなく似てない？」

カオリがあっさりとそれを受ける。

「そっくりではないけど、確かに血の繋がりがあるふうじーやっさぁやー」

「タツヤさんが父親でターマさんが息子！」

マキの断定に「そうだよね」「そうそう、タツヤニィニィ白髪も皺も多い」とウチナーンチュ二人が即座に賛同し、腹痛だろうが何だろうがターマの若々しさを誰よりも信じていたい気がするマキはこんな些細なやり取りで不思議に溜飲が下がった。

入ったのはどちらかというと汚い居酒屋だが、女だけの固まりはほかにもいた。それぞれの子を連れた二十歳前後風の二人組などがいた。恋人のそばにばかり座りがちなアリサとこうしてのっけから乾杯すること自体、マキには久々であり、とりあえず軽い緊張を払おうとTシャツの左袖をまくってみる。

「ハーリー始めたせいでどんどん逞しくなってきちゃって。どうしよう」

「私は元々太いさー」

明るく荒く言ってアリサも腕まくりをする。意外に逞しいとか灼けているとかいう前に、張りがある。肉をよく食べてきた若者の積極性、とでもいうような男っぽさがアリサの滑らかに違いない腕には漲っている。コの字並びの真ん中に座るカオリは、無数の傷痕があるせいかブラウスの袖には手をかけず、伸ばすだけは自ら面白がってテーブル上に腕を一人だけ伸ばしてきた。

「ウチはいくら食べても肥えない。どうしたらいい？」

「ハーリーやればいい」「やんよー」

言ってすぐ〈とび魚〉の二人は左右から彼女の腕を「細い」「折れそう」と抱え、揉み、撫でた。そんなのを予測していたのかカオリはされるがままで穏やかに澄ましていた。が、途中からマキが「小ちゃい手……」と指や掌までつまみ始めたので、「オモチャじゃないぞー」とカオリは声を高くつぶしてマキを笑わせ、アリサも拳を一つ口に当てて咳するように少し笑った。

その後は食べ物や芸能人やハンサムなサッカー選手等の話題が連なり、またアリサとノブユキの馴れ初めを――マキが「お復習《さら》いついでに、より詳しく」などと言って――マキもカオリも熱心に多少いやらしく聴いたりした。大学時代に合コンで知り合って以来の関係が三年半、そしてプロポーズは今年のホワイト・デーの夜の那覇上空セスナフライト直後だったこと云々。彼のどこに惹かれたか、というカオリの質問を受け「誠実なところ。あと、スポーツ好きだから」とアリサは誇らしげな小さめの声で羞じらってみせる。マキが同じ問いをカオリに向けると、「今の夫？　絶対一生何があっても暴力振るわないって約束してくれたところ」と冗談めかした深刻な答えが返った。

ビールに飽きたカオリは「だから今日も、何時まで飲み歩いても大丈夫だよ」とうそぶいて残波の黒を持ってこさせて水割りをせっせとつくり、アリサもマキも氷入れやマドラー回しを楽しく手伝い、ウチナーンチュなのに泡盛が苦手だというアリサは生ビールを着々とお代わりし続けた。マキは誰よりも食べた。

「——あれは男の子かな？　女の子？」

目に映るひどくたくさんのモノに興味をそそられるらしいカオリは別座敷の幼児を指さしてそう言い、携帯電話が鳴るたびに店の外へ出、トイレにも行きすぎるぐらい行った。それで残りの二人はいないカオリを「動きが軽くて可愛らしい」「ハムスターみたいでしょ」とそれぞれの言葉で褒め、舟漕ぎの大変さを正直なうんざり気味の笑顔で姿勢良く語り合い、さらにあらたまってマキはアリサが高校の社会科教員をめざしていること、ピアノでショパンのノクターンを二十番まで弾けること、ビリヤードがセミプロ級で油絵もアッチャンに習って上手であることなどを初めて聞き出し、このちょっとした才媛に関する知識が急に増えたことで得した気分になった。

トイレ帰りに先ほどの幼児と五分以上も遊んできたカオリは、席に戻るや「次はゴーヤーチップス頼むべき。牛タンもおいしいはずよ」などと自身は満腹しきっているくせにマキにメニューを二度三度突きつけ、またアリサには新郎の一族とうまくつきあうコツをわりとしっ、と、り、と説いた。突然に「〈とび魚〉で誰が一番好みね？　噂の通りターマニィ？」とマキに鼻先を寄せたりもし、大きな瞳に捕らえられかけた移住者が「独身の中でと全体とで違うし……」などとうろたえるばかりで誰の名も挙げずに水割りづくりへと逃げるのを、カオリはまるで上機嫌な時の優しいマサルのように冷やかした。次第に眠げな表情になりつつあった最年少はマキらからは視線を外し、近くを歩き回りに来た男児と女児に手を振り、片目をつぶった。マキの目にそれらは、カオリの真似ではあろうが子供がいくらか以上本当に好きだからとも映った。

　そのうちに三人とも赤くなった。

　カオリは二階のカラオケハウス名をさかんに口にしたが、明日が早いからと手を合わせるアリサをひとまず隣町まで送ることにした。冷雨はまだ続いていた。アリサはカオリにも来月必ず披露宴の招待状を渡すと言い、本当に眠くてか「寝転びたくなるような綺麗なシートねぇ」と後部座席で独りごちる。カオリに「誰かさんに掛け布団になってほしくなるでしょ。動く布団」とからかわれると「何よー。何のことよ」と含み笑いしながら怒る。

　下車する直前にアリサは「マキさん、明日頑張りましょう」と助手席に控えめでも尊大でもない笑顔を近づけた。とてもはっきりした二重瞼が時として乳幼児を想わせる。しかし本降りの中を玄関へと小走りに離れていく横顔は一転して月光に照らされたヨーロッパの王妃のように凄艶だった。たとえ十秒足らずでも傘にきっちり守られるべき人というのはいるものだ、とマキは同性ながら残像の素晴らしさに参った。

　そしてふと、永遠の幸せを是非とも追いかけてほしいアリサの話をたくさん引き出したのに、アリサの側からはほとんど何も質問されなかった、と気づいた。ソツがないとはいえないその態度は今に始まったものでもない、とも。

「カラオケ行こう、マキ。誰か呼ぶ?」

「……歌うのもいいけど、バーみたいな所で飲み直すのがもっとよくない?」

居酒屋での二、三時間に急速に意義を感じなくなり、稲光と寒さにも縮まり、しかし「飲み直す」とは強い言い方だとひそかに慌て、呑気な声を追加する。

「タラーさんのお店はどうかしら」

「あのオジサン、フユー※して時間通りに開《あ》けない日が多いからねぇ。こんな天気だし。でも、いちおう行ってみますか。……私は通算五十回目ぐらいになるかも」

夜八時開店のドール・バーは運よくというべきか八時直後にきちんと明かりが灯っており、タラーがTシャツ姿でいて、客もリアルマネキン役の引き受け手もおらず、店の真ん中に座高九十センチぐらいのゴリラの縫いぐるみが一つ座っていた。三週間ほど前にマキが〈とび魚〉の数人と来た時にはそれさえもなかった。「まさか人は入ってないだろうね」とカオリは早速ゴリラの額に拳固を当てる。

「カオリ、いきなり殴らんよ。中にうちのタンメーが入ってるのに」

「アイエーナー。時給ちゃっさ？」

「もう年だからウチカビ渡してるわけさ」

カオリは笑って「オジィ、ごめん」とゴリラの首に細腕巻きつけ、絞める。方言がわからなかったがたぶん祖父か誰かが着ぐるみの中にいて、バイト代として「ウチカビ」※なる物を手渡しているという冗談なのだと察したマキは、ラグビー部時代からの兄妹的つきあいが続いているらしいタラーとカオリを微笑をもって眺めた。

カウンター席へ。手際良くでもないがタラーはカクテル二つを静かにこしらえ、彼自身は半分まで減らした小壜ビールを持った。乾杯後、島唄とロックとラップの融合音楽が流れ始める。

「今までどこかで飲んでた？」

「マキとアリサと私で、女だけのミーティングしてたわけさ」

「俺も交ざりたかったな。テーマは？」

「〈とび魚〉を乗っ取る計画とかね」

「……ボスはカオリか？」

「決まってるじゃない」

「ちゃーして乗っ取る？」

「アリサとマキがチーム内で次々結婚してその相手を精神的に支配してさー、そういうの見計らってアツシさんやマサルさんやタツヤニィやモリカズニィの奥さんたちが同時多発的に各夫に毒盛ってからさー、気がついたら女性ばっかり十名で舟を漕いでるようにする。そこにタラーが合流して、二人でほかの女みんな海に突き落として、最後は私とタラーだけが笑う」

「わったーは海賊か」

こんなにも漫才がうまかったのかとマキが眉尻を下げるほどカオリとタラーはなおも掛け合いを繰り広げたが、いちおう仕事中であるタラーはビールを飲み干すと「何か揚げてくるよ」と消えた。カオリはあらためて乾杯を求め、そのままマキに少し凭れかかる。

フユーして…不精して／**ウチカビ**…旧盆の霊送りの際、あの世でご先祖様が困らぬようにと捧げ燃やす、貨幣の型が捺（お）されたワラ紙。あの世のお金

「嘘ってば。突き落としたりしないよー。今日はマキの方から誘ってくれてでーじ嬉しかった。また何度でも飲もう。マキの美声で歌聴きたいし。アリサも一緒にね」

くすぐったさの裏で、王妃の先ほどの額《がく》つけて飾っておきたくなる横顔などをマキは苦く頭に浮かべる。犬のように鼻先が上がってもいるあの強気で用心深そうな顔。隣で漕ぐ人だからと尊重してくれているのはもちろんわかるけれど、たまにはもっと私の内側に興味を持ったっていいじゃない、とも拗ねる。

この島での唯一の親友に、ついこぼしてみる。

「彼女があんなに美人じゃなかったら、それとせめてあと二才ぐらい年が近ければなーって思っちゃうな。そうであればもっと自信持ってつきあえて、心一つになれるかもしれない……」

「マキ、そういう考え方してたわけ？」

「え」

「……幸せになれないよ、とうぶん」

白目のほとんどない——確実にそこが最大のチャームポイントだといえる——大きくはない両眼をカオリは少々きつく細めた。まるで蛾《が》の幼虫をそこに飼っているかのような、密に茂った長い睫毛。

「壁つくってしまう一因が容姿だっていうなら、マキも努力してもっと綺麗なればいいだけのことでしょう？　仮に逆転はできなくても、差を縮めるだけで何倍も楽になれるかもよ。だてに化粧品会社で宣伝担当してたんじゃないでしょ？　ハハ、まるであんたが言うべき科白を私が言ってるね」

「メイクは……けっこう方々で、褒められるけど。こっち来てからも。会社で仲良しの営業所の女性に指導してもらったりもしたから」

「もちろんいいメイクはしてると思うよ。金も時間もかかってるんだろうね。私はとてもそんな丁寧なのはならん。でも、マキは最初でーじ爽やかに見えたけど、それは動きと髪形に騙されてたのかもしらん。どうも『守りのメイク』しかやってないように感じる」

「守りのメイク？……」

「いつ会ってもまったく同じ口紅してる。十年近くかけて完成させよったんだろうけど、これが自分の持ち味を一番生かせるスタイル、無難な色、変える必要のない手順、みたいに何もかも止まっちゃってる気がするわけさー。しかも街の中でできるだけ目立たんように、目立つとしたらエレガントな印象でって、ぅん、そればかり心がけてるみたいで若さがないよ。あ、もちろん人柄がいいではある。元の顔がたまたま図書館司書か何かみたいに上品だからって、何で化粧まで上品にするの？　あんたの生き方とか、性格、夢、憧れ、信念とかそういうものはもっと型破りなんでしょ？　いつか言ってたように、お陽様の下で跳ね回りたくて沖縄に来たんじゃなかったの？　遠慮しないで自分をガンガン輝かす化粧に変えればいいさー」

「具体的には？……」

「何で私が教えんといかんの？　コスメについてはあんたの方がはるかに知識あるでしょ。……まあ、例えばね、元の眼の二倍ぐらい大きい眼にしてみるとか」

「そ、それって」

叱られ通しでもマキはふきだした。

「ただの舞台役者メイクじゃないの」

「大げさに言ってみただけ。何も厚塗りにしれってことじゃなくて、そのボーイッシュなヘアに合わせて思いっ切り冒険楽しんで、自分の中に新種の花か小鳥か新大陸でも見つけれってこと」

唾を時々飛ばしての説教をありがたく吸い収めたいマキの気持ちは膨らんだが、たかが化粧、高いエステ類も興味なし、という一年以上前からの価値観崩壊を忘れるのは彼女には難しかった。売る側の言葉の更紗《さらさ》を剥ぎ取れば、美なんて結局生まれながらの形で決まってしまい、あとは個々に若さを保つための闘いが二十代から一生続くだけだ、という悲観がどうしてもある。耳を休ませるつもりでマキは、白さも落ち着きもか弱さもじゅうぶんな——親譲りに決まっている——小顔のカオリをゆっくり見た。そして気づいた。

「カオリは、首が長いね」

「うん、よく言われます。小さそうだけど立ってみると背が人並みにあって面白いって。キリンみたいに首で高さ稼いでるの。脚もけっこう長いよ」

ズボンのカオリは留まり木の上で片膝を抱えてみせた。あいかわらず両手でマキが掴まえてみたくなるほど敏捷そうだった。首の横にはホクロが一つある。ホクロのせいで首に目が行ったのだ。

世間一般のマネキン人形もだいたい鶴首の足長よね。でも、人にまったく脅威を与えないあなたの美はどっちかっていうと指人形的だわ。そうマキは遊び心で言おうとし、また初めてこの酒場に足踏み入れた春の晩を振り返るようにゴリラしかいないテーブル席を見回そうとして、口も体も何となくセルロイドのように動かなくなった。……不意のかすかな金縛りにも譬えたいその惑いは寒けと同じで不快だった。

人の形がいったい何？　生きる中身をこそもっと正しく見たいし、見られもしたい。そんなことを誰への反論としてでもなくマキは強く思った。

それとともに、わりと近い記憶が一部どうしても甦らないもどかしさが、不安にまで高まる。あの日、カオリと街中で知り合う直前に自分はどこをうろついていたか。移住達成の歓喜がひとまず凪《な》いだ三月から四月初旬にかけ、骨休め以外に何をしていたか。アパートの自室に砂粒やかすかな風として存在する忙しさの名残のようなものを集め始めれば、いつもすぐ頭痛に邪魔されてしまう。

「――マキ、ちょっとぐゎーっとぐゎー飲まして」

「私もね。でも、ぐゎーって何？」

それぞれのグラスに口をつけさせ合った後、マキは濡れた衣類などが入っているバッグからポーチを出し、笑みに似たものを保ってトイレに向かった。そしてドアの前でまたしても体が固まりかけた。今度のは少し違う。確実な悪寒を伴っており、このように店やアパートでドアノブに手をかけるたび生唾が出そうになるのはどうしてか、もしや神経の不調が完治していなかったのか、とマキは乏しくも変に眩しいトイレ内の明かりに縋《すが》りかけた。

用を足してすぐ、ポーチから赤いインドの匂い袋を出すことを思いついた。自室にずっと置いて忘れかけていた物を、捨てろと言われればかえって惜しくなり、虫云々は冗談だと思い、布の刺繍《ししゅう》のいびつだが侮れない細かさと穏やかさからお守り袋として持ち歩く気になって二日目だった。癒しの効力が残っていればいいのに、と鼻孔に近づける。芳香はまったくなかった。苦みと粘つきを含んだわずかな滓の香りだけがやはりした。

ぽつねんと小テレビでアニメビデオを見ている細い背中の親友に、マキは思い切って匂い袋を見せに戻った。もう一人は未だキッチン内だった。

「これ、四月に最初にこの店で親しく喋った人たちにもらったインドのお土産なんだけど、一カ月ぐらい不思議ないい匂いがしてたの。中は何だと思う？　エッセンシャル・オイルみたいな物かな？」

カオリはそれを手に持ち、嗅ぎ、しばらく撫で、もう一度鼻に近づけ、「……ムーチーの匂いがする」と言う。

「ムーチー？　沖縄のお餅《もち》？」

「ていうか、ムーチーを包むカーサー。月桃《げっとう》の葉っぱの匂いだね」

マキもあらためて嗅ぐ。

「月桃ってこんな匂いなの？　でも、何で月桃がこの中に……」

「開けてみれば？」

その時、タラーがクリームコロッケを一皿持ってきた。とうにカクテルを空にしていたカオリはすぐ言った。

「たったこれだけ揚げるのに時間かかったね」

「ちょっとニーブイして、椅子に座ってたら一回焦がしたよ」

「……また今日も酔っぱらってるわけ？　しっかりしてると思ったけど。ビール何本飲んだ？」

「その前に、雨で今日ハーリーやらんかったから早い時間にドゥシターとシマ飲んでた。シマの後のビールはうまくないね」

「……元嘉手納一のハンサムがそうやって脳細胞やられてワタブーにもなっていくんだね。ファンだった女はちょっと悲しいな」

カオリはカウンター内に腕を伸ばし、しめやかに、彼のかなり厚い腹《ワタ》を掌全体で押した。

「ファンならもっと下触っていいよ」

「だー、触ろうね」

そう言う前にもうカオリは本当にズボンのその部分を静止的に触っていた。その手を次に、なすりつけるようにマキの肩に置いた。マキは「キャー、ハゴー。ハゴー」と多少気の利いた悲鳴を上げ、それでカオリを笑わすことができた。

「――マキィ！」

タラーは初めてマキの存在に気づいたかのようにそう言い、「マキィ、飲んでるぅー？」と大声をさらに高めた。バーテンとは思えぬいつも通りの乱れ方だったが、カオリに頼まれ、カクテルの二杯目を一つそこそこの手際でつくりはした。そして匂い袋にも目を留めた。

訊かれたカオリが先ほどの説明を伝え、マキがあのカップルの正体について質問するとタラーは「最近来ないし、元々あまりわからん」と言う。今ここから電話して喋りたいほどでもないとマキは思い、タラーにナイフと鋏を借り、主に鋏を使ってお守り袋を自分で切り開けた。

中からは予想以上に多種類の固体――オイルではなく――が出てきた。元はきっと花弁だったであろう暗紫色や黒褐色の屑、餅キビ大から米粒大までの色とりどりの粒子、そして揉まれたように干からびた細く小さい葉など。粒子は一見して植物由来とわかる物と鉱物風の物が交ざっていた。葉にだけはかろうじて香りが残り、しかしそれは渋みや苦みや粘つきといった人を疲れさせる要素しか含んでいない。

「これが月桃の葉なの？」

「いや、マキ、こんなのは全然月桃じゃないよ。ひょっとして大麻じゃないか？」

酔っぱらってまではいないタラーにわりと真面目な声で言われ、マキは信じず小さく笑ったが、三人ともそもそもインド大麻を見た経験がなかったので肯定も否定もおき、数枚あるそれをつまんで眺め、しばらく嗅いだりし続けた。華奢な感じはケヤキの葉に通じる。仮に大麻かそれに近い物であったとしても、丸のまま巾着に詰め込むことが何かに繋がったとはまず思えない。

知識があるのかないのかタラーは客の置き忘れらしい煙草一箱とライターを持ってきた。煙草の先端の中身を少しほじくり落とし、そこに指でこねた葉を一枚押し込み、火をつけた。

「ちょっと大丈夫？」「タラーさん、やめた方が」

ふだん喫煙しないタラーだからいきなり噎《む》せたりしたが、やがてつまらなそうに言った。

「これだと煙草の味しかしないね」

カオリがそれをこわごわ借り、マキが止めるのも聴かず一吸いだけした。やはりどうということもないようだった。タラーは首をひねって火を消し、今度は別の葉を口の中で噛み始めた。そして噛みながら、新たな一本を吸った。より深い呼吸をし、葉の成分を体に取り込もうとするタラーだったが、何の不思議も起こらなかった。面倒臭いとばかりに葉を呑み込んでしまった。マキは自分もまた吸いたいなどとは全然思わずに言った。

「わざわざ開けて調べるほどの物じゃなかったですね……」

タラーは口直しのための甘いカクテルをつくり、カオリは匂い袋の中身を色や形や大きさ別に選り分け始めた。分けてどうするつもりなのか、オハジキかパズルに熱中する子供のように背を丸め、鳴る携帯を無視して黙々と取り組んでいる。似合わぬ赤いカクテルを啜りつつタラーは丸椅子に掛け、Tシャツめくってあくびして腹の皮などを掻く。マキはカウンター上に腕組み、頬をそこに載せて少し休んだ。やけに嵩張《かさば》る買った覚えのない腕時計を至近距離で見、居酒屋を出てからの時間を何とはなしに数えた。

アリサ一人がどうこうではないとふと思った。

開けて調べるといえば、この自分は覗き込まれたいのだろうか、生きている中身、すなわち現在・過去・未来を。そんな問いをマキは最前の沈みつつ苛々した思考の続きでこね回す気にもなった。本当は誰かに、いや最新の仲間たち全員に私自身をもっと語りたいのだろうか――。

終始好意的なカオリにだけはいつか恋を写真つきで並べてみせたマキである。パック旅行先の南仏で始まった暗い者同士の去年の恋。二年前の井原正巳似の新入社員への片思い。そのさらに前の、友人の元彼氏との性的奉仕主体の温め合い。遍歴といえるほどそれらは華やかではなく、痛くもなく、ただ口に合わなかったご馳走の記憶のように胃のどこかを重くするだけで、結局、左手首の傷以外、真に消化し全身で引き受けようとしてきた過去はないようだった。そしてあの幼稚で必死で穏やかで最後急激だった青春中期全体こそ、最も晒《さら》したくない自身のちっぽけさの凝縮だと彼女ははっきりいえる。カオリにもあれはごく手短にしか話さなかった。いくらかはやはり、恋愛上手だと思われたかったから。

つまるところ自分には、人を正攻法で惹きつけうる中身など、ごくたわいない挿話を除けばほとんどないのだ、ということのような気がした。いや、違う、少なくとも二十八年間育み続けてきたものはいろいろある、と一般論にしがみつきたいのはまさにちっぽけさと気弱さゆえかもしれなかった。化粧を派手めに変え、できるだけ明るくふるまう。それぐらいしか心がけるべきことがないとするなら、不幸にはならなくとも未来もまた〝何となく空《から》っぽ〟だと予想がついてしまう。永久笑顔のセルロイドの安っぽいオモチャと同じに。仕事は高望みさえしなければすぐ見つかるだろうけれど。そして恋は？…………

マキは首を少しだけ起こし、腕組みと頬杖の中間姿勢で横を見た。

カオリは無意味な作業をやめ、携帯電話を耳に当てて笑っていた。タラーは静かでほとんど動かない。入店時から彼とマキとの会話はそう多くない。マキは自分がタラーの興味をふだんあまり惹いていないことに気づいている。女としても、またおそらくは人間としても。ウチナーンチュでないからというのも大きい気がした。しかしそういった思考はそろそろ追い出したく、体内の酒を薄める必要もあって、ウッチン茶か何かを注文するためにマキは首をはっきり起こした。

タラーは眼を完全に閉じ、心持ち俯き、口元は閉じたままだが緩めていた。眠りながらもはっきりほほえんでいた。幸せそうではあるが、起こすのを遠慮する必要は今ないと思い、マキは声をかけた。彼は無反応だった。もう一度名を呼んだ。

「んん……」

椅子に掛けている彼は少し上半身を左右に揺らした。ゆっくり円を描くように揺らした。泥酔者とは違うはずだが、様子がいつも以上にひどい。止まらぬ旋回が急に大きくなってからマキはカオリの肩をつついた。

「タラーさん」「……タラァ」

二人が留まり木から下りた直後、彼の方は丸椅子から転げ落ちた。短く叫んだカオリを先頭に端を回って助け起こしに行くと、初めてタラーは返事したが、眼は開けなかった。マキとカオリとで彼のかなり重い体を苦労してテーブル席まで運び、高い背凭れのある椅子に納めたが、彼は自ら少し立ち上がり、すぐ床に尻をつけてあぐらをかいた。

「タラーさん、大丈夫ですか？　気分悪いんですか？」

「ん、大丈夫だよ」

「しっかりしてください。横になりたいですか？」

「んん、大丈夫だよ」

そう言いながらタラーは床に仰向けになった。まばたきが激しくなっているカオリはそれだけでまた小さく叫んだ。マキは彼の耳のそばにしゃがみ、なおも呼びかけた。

「さっき変なの吸ったからでしょう？　救急車呼びましょうか？　眠いだけですか？　気分悪くないんですか？」

「……大丈夫だよ」

「ちゃんと答えてください。気分は？」

「悪くない」

マキとカオリは顔を見合わせた。カオリは顎の前で両掌を組み、体全体を縮めるようにして「やっぱり麻薬だったんだね」と呟いた。子を産んだこともある彼女の意外でもない優しい平凡な真顔は、小ささゆえに泣きだしそうに見える。二人で相談し、服は汚れてしまうがこのまま床に寝かしておこうと決めた。店の営業は無理なので外の看板等の明かりは消し、そしていつでも一一九番する覚悟でほとんど会話せず彼を見守った。救急隊員に説明する無難な言葉をマキは長い間練った。

元々飲んでもいたバーテンダーはその後、数十秒おきに床を右へ左へ転がり、たまにテーブルの脚にぶつかったり椅子の一つを倒したりした。しかし「んんー」という唸り声は明らかに気持ち好げで、微笑もずっと続いた。雲の上で観音菩薩と遊ぶ夢でも見ているようだった。呼びかけへの返答はもうない。心配ばかりしても仕方ないので二人は匂い袋の一切を捨て、グラスと皿を洗い、音声なしのディズニーアニメを眺めた。思いついてマキは遂にあの犬飼いカップルに電話してみた。——着信拒否による不通？　怒りが込み上げてきたが、床の幸せそうなタラーと画面に惹き込まれている静かなカオリとを見比べれば、マキもまた深めの呼吸などで平和をもう一つ膨らます気になった。

三十分ほど経ち、危急も苦悶も訪れそうにないと結論したマキは、家庭のあるカオリに先に帰宅するよう勧めた。カオリはためらい一杯ではあるが辛い表情ではなくなっていた。

「……どんな夢見てるのか知りたいね」

「今度またここに飲みに来て、じっくり聴かせてもらお」

最後はそんな軽い言い方で別れた。マキはその後テーブルに突っ伏して休み、時々菩薩顔のままのタラーを見た。朝までいようかしらと思ったが、かなり眠い。

タラーが単なる熟睡状態に落ち着いたのを見届けた午前三時半過ぎ、マキは簡単な書き置きをしてタクシーで帰った。

午近《ひる》くにマキは小降りとはいえない雨音で目覚めた。体がなぜかいつも以上に痛い。カップルへの苦情の電話は繋がらず、午後になってタラーの無事な声だけは聞けた。

「苦しくはなかったけど、もう二度とあんな物吸いたくないね」

運転中だという彼は、多くは語らず、カオリからも朝っぱらから見舞い電話を受けたとだけは言い足して切った。

またしても雷が始まった夕方、出費を恐れずタクシーで到着したマキをトシオが「マキさーん、昨日は淋しかったですよー。後半一緒に漕ごうと思って舟から上がったらもういなかったから」といつも通りの粘っこい親しさで迎え、そこにアッチャンばかりでなくこの日は次々と仲間が加わった。

「昨日みたいにマキからお叱り受けるといけんから、今日は早めに仕事切り上げたよ」

雨宿りの事務所玄関付近でマサルに言われ、ターマにも微笑を向けられ、マキは手を慌ただしく振る。

「そんな、私昨日漕いでないんですよ。飲みに行っちゃいました。偉いのはトシです」

実際、トシオは四月からたった一日も休まず練習に来ているただ一人のメンバーだという。当の彼は嬉しそうに太眉の迫力を保ちながら謙遜する。

「僕のせいでチームが負けたら悔しいから、みんなに少しでも追いつくように毎日来てるだけですよ。まだまだターマさんやコウイチさんの足元にも及ばない。ノブユキの背中見て漕いでて、ノブユキにも負けてると思う」

「そんなことないですよ」

そう言って短く涼やかにほほえむノブユキはいるが、アリサは職場の残業があって来なかった。ノゾムの姿もない。練習開始直前に穏やかにごく普通の足どりで現れたタラーに、マキは特にもう話しかけはしなかった。調子づいたトシオが前日の偵察の報告を「エンジン席に一番グテーのないのが乗ってた」「ターンはうまくないみたいで、毎回膨らんでた」「イチバンエークだけはかなり強い」などとやかましい声でし始めたせいもあって。

右は六人もいるので、今日だけはとノブユキが左に座り、漕ぎだせば皆既に髪も顔も濡れている。エークはマキには前々日よりは軽く感じられた。しかし、背中が壊れそうに痛い。「ゴン、…ゴン、…ゴン」とエークを舟のへりにぶつける、その一漕ぎごとに自身の手首や腕や肩を痛めつけている感じもいつになくひどい。時々手を挟むと、ひるむ。

「ピッチ上げてけー」

「なーひん上げれ！」※

何人かが怒鳴る。その一人、タツヤが再スタート前などにさかんに「待て待て待て待てアッチャン！

ハーラそう。あったーとハーラそう」※と他艇を意識した。というのも、雷雨に打たれるこんな日の港には心底優勝したい人々だけが集結しており、ちょうど一年前に決勝を争った三チームが今それぞれ水上にいるのだ。どちらか一艇でも近い位置に来れば、タツヤが言わずとも自然と両チーム競漕的になり、エークがぴたりと合った姿を見せつけ合うのはもちろん、掛け声の大小についても張り合った。本番でターンの際にわざと隣の舟にぶつかる戦術もハーリーにはあるらしかった。

火照《ほて》ったこの日の体に上から横から当たる水はマキには時に気持ち好く、時に重く冷たく、眼を閉じずに漕ぐのが困難になった。舟底に大量に入った水を、小休止のたびにコウイチがふだんの倍以上の忙しさで掬《すく》い出さねばならない。そのバケツ係はエンジン席周辺の誰がやってもよいのだが、面倒なことを率先して引き受ける男の一人がコウイチだ。

雨にも負けず、という陶酔で舟は進むわけではなく、後ろからモリカズは問題点を容赦なく挙げる。

「右が強すぎて、左右にローリングしてる。これじゃ舵がちゃーー入りーだよ。いくら強く漕いでもわんがぶっ壊すから意味ない。左、もっとエークを合わせて。ちゃんと前と隣を気に懸けて。………シヨウゴ、もっと腰使った方がいいよっ。腹にも力入れれば下半身安定する」

スパートの最中にトシオが「ウオーッ、ショウゴーッ!」とタツヤばりに怒鳴る。

他チームより早めに舟を戻し、着替えた後、自動販売機と庇がある最初にもいた場所にブルーシートを敷き、約十人は座った。漁港ではこうして早い者勝ちで雨を避けることができる。タツヤはTシ

なーひん…もっと／**あったーとハーラそう**…あいつらと競争しよう

ャツを脱いだだけの濡れ短パン姿。「寒くないですか」と訊くマキに「着替え持ってないから」と全然寒くなさそうに楽しげに言う。顔や腕と同じように胸も黒い。ビールは久々に練習参加した左漕ぎのショウゴがトシオとともに買いに行った。

正規の反省会はモリカズが帰ってしまったせいかすぐ終わり、乾杯後、前年の決勝レースの想い出話がマサルとタツヤとアッチャンを中心に花咲いた。先頭を走っていたという前半。ターン後の失速。後半のそのまた後半での巻き返し。そしてわずか三十センチ差で二着を逃した最後。優勝艇とも一艇差以内だったと語り手たちは少々胸を張り、何度目であろうとマキは聴くたびに心躍る。――それら二チームの休眠中から秘密の海で特訓し続けてきたのが今季の〈とび魚〉なのだ、と思えばなおさら。

「ターンも上等っていうし、技術はもう出来てるよ。あとは気合だな。気合増すために何かやらんと。ヒージャーでも食いに行くか？　俺がその辺の牧場で撃ってきてやる」

マサルが得意の口調で周囲をけしかけ、アッチャンが続く。

「全員、頭丸めるとか」

「わ、悪いことしてないのに何で」

吃ったコウイチには、タツヤが淡々と反応する。

「お前は外人のオッパイ触ったから一番悪いんじゃなかったか？」

何人かが笑うその傍らで、トシオはタラーに助けてもらいながらショウゴに正しい漕ぎ方を熱く教え込んでいた。それにしても、とノブユキが談笑組の各ビール缶を見回しかけて言う。

「〈とび魚〉ほど酒をガソリンにしてるチームはあんまりない」

そこからまたマサルとタツヤの声がその場を支配する。

「ミノルの父ちゃんに『いったーはハーリー習いに来てるのか。酒飲みに来てるのか。もう習《なら》ーさん』って叱られたぐらいだからやー。後でみんなで謝りに行った時、タツヤがお詫びに一升壜持ってきよったのが傑作やんばーて」

「あれは作戦。『父ちゃん、あんたも酒大好きでしょ』ってわからせたかった」

雨に閉ざされて互いの体は密着気味であり、マキはまともな化粧直しのなされていない自分をいつも以上に意識するとともに、隣の隣にいるターマが体調万全ではないのか大人しいのを気に懸けた。楽しいけれど、着替えに使ったばかりの事務所のトイレにもう一度隠れに行った。

鏡の前で眼尻のあたりを再度直しながら彼女は、突然、あのアッチャンにペンキで描かれた空飛ぶ人魚の絵を脳裏に浮かべた。肌の色が純白であることからして厚化粧の女が皆に好まれたのだと力なく思った。カオリの助言、を反芻する。四月の頃よりいくらも伸びていない髪をほんの少し掻きむしる。

駆け足でブルーシート上に戻ると、ターマの隣が空いていた。二人を近づけようという意志がチーム内にことさら充満しているわけではなかったが、向こうへと移ったタツヤが「マキさん、今日はビール少ないから早く飲まないとなくなるよ」と淡い言い方で二本目を放り、続けてターマにも放ったのがタツヤなりの心遣いだとマキには理解できた。

とても気になるのか、それとも信頼の延長で甘えたくなるだけなのかまだ片づかない相手に、「お尻はもう痛くないですか？　今度マサルさんに猟銃借りてあの厭な犬を撃ちに行きましょう」などと話しかけ、その他二、三の話題で明るめに喋った後、マキは雨垂れに急に脅かされたような小ささで言った。

「ターマさんは、女の人がお化粧したりして身を飾るのをどう思います？　ヘアスタイルや着る物なんかも含めて」

「……突然訊くね」

蛍光灯の斜め下で彼の顔はいつもの牛っぽさが失せ、ほどよい厚みの頬などが若く光って一気に都会の美少年のように見えた。流し目っぽく遠くの闇を見たりもしたのでマキは訳もなく気後れしかけたが、質問を取り下げる勇気もなかったので仕方なく畳みかけた。

「前にビリー・ジョエルも好きって言ってたけど、『素顔のままで』なんていう歌があったじゃないですか」

「………厚化粧の人と、化粧まったくしてない人と二人並んでて、どっち取るかってなったらいち、がいには言えんけど、……でも、女の人が少しでも綺麗になろうとしていろいろ頑張るのは、いいことだと思う。……何ていうか人間って、女も男も、頑張ってる姿が一番美しいさね。まあ、髪振り乱して汗かいてる姿とかが、時によっては全然パッとしない場合もある。でも、頑張った結果が一番尊い。勝っても負けてもね。これだけは言えるさー」

高尚さに息を呑んだ彼女は、どこまで本気なのかと一瞬眼光を確かめ、十八才と三十才が同居しているに違いない厚い彼の胸元へわずかに視線を下ろした。

「カッコつけたついでに言わせてよ。よく『チュラカーギ』とかに使う『チュラ』の意味は、綺麗ってことだけど、漢字で書くと『美』じゃなくて『清《きよ》ら』だよ。清らかって書く。少なくとも元々の意味はそうだった。清らかって書いた方が何か、内面的な感じがするよなぁ。要するに、外だけでなく内からも輝いてこそ本当に美人ってことなんだと思う。それでどんな時に、人間は内側から輝くか。何よりもまず純な気持ちで頑張ってる時じゃないかね」

「…………」

「マキちゃんは、見かけはテルテルボーズみたいに可愛いけど、元ラグビー部のわったーと一緒にハーリーやってる。懸命にやってる。素晴らしいことだよ。俺は、マキちゃんがチュラカーギィだって最近ますます思うよ」

「私、テルテルボーズだったんですか？」

「だから、褒めてるんだって」

「じゃあ、美人だったんですか？」

「いつも言ってるさ」

その瞬間、彼の穏やかな声が稲妻を連れてきた気がしたけれど、つきあってくれと言われたのとはまだ違うから、マキは満面の笑みを見せるだけにとどめた。私、でも頑張ってなんかいないです、もっともっと粘りと根性と思慮深さがないと駄目なんです、と強調したかったが後ろ向きと思われるのも厭なので黙った。そして強引に話題を変えた。

「バナナの実って、いつ頃生《な》るんですか？」

「おうちのは来月ぐらいだね。マキちゃん、食べたいでしょ？」

「え？　あ、はい。ハハ」

「一人じゃ食べれないぐらい渡すよ」

　降りやまぬ雷雨の中、ミノルがわざわざ来た。練習には間に合わなかったが用事で誰かに呼ばれたのだった。逆に何人かは帰り、座る場所が手狭ではなくなったところで数十分ぶりに全員向き合っての真面目な会話が始まった。

「――モリカズが前に言ってた。舵取りは舟の向きを右には簡単に直しきれんけど左にはすぐ直せるって。だからスタートの時、イチバンエークはスタート位置合わすふりして右へちょいと漕いでおくとか」

「左に直すのが楽ってことは、ハーリーは左の漕ぎ手が強い方がいいってことだね。さっき左が弱いって言いよったけど」

　アッチャンとタラーの話はマキにはかなり難しかった。そしてやや唐突に、ターマが口喧嘩気味にまくしたてた。

「うちは左漕ぎがだらしないよ！　右はほとんどみんな頑張ってる。もしアッチャンとタツヤがいなかったら左は崩壊どー。さっきマサルが『気合』って言ったけど、左が今すぐ猛反省して右に迷惑かけないように気合入れんと」

　ターマがいうところの左とはタラー、ショウゴ、飲みにだけ来たミノル、それにここ一週間姿を見せていないシゲオだった。まったく来ないジンチャンも含めれば左利きが五人であり、本来〈とび魚〉は左右の腕力が拮抗《きっこう》した理想的なチームらしかった。右利きなのに左が好きと言って左で漕いでいるのはアッチャンとタツヤ、そしてアリサ。ミノルの倍は練習をこなしてきたあのアリサも同時に批判されてしまっているのだろうか、とマキが惑いと不憫と少々の優越感を掻き混ぜて思っていたら、悲しげな「ターマさん……」という声がした。

「ターマさん、何でそんなに『左』『右』って、……同じチームの仲間じゃないですか」

そう言って右漕ぎのトシオは、泣き始めた。「うう、…うう、……見捨てないでくださいよ、…ううぅ」と眼をこすった。一日も休まず海に通い、一分漕ぎを誰よりも望み、土砂降りの中たった一人でもエークを持ってよそのチームに声かけたトシオだからこそ、泣きやみそうになく、ターマは困って「いや、まあ、べつに……」などと呟いたが、相手には何も伝わっていないようなので、マキが横座りを何となく正座に戻して言った。

「ねえ、トシ。…ターマさんはべつに、左の人たちを責めつけたくて言ってるわけじゃないと思うの。きっと一番の本音は、そこにいるミノルさんに誰よりも燃えてもらいたいってことなのよ」

ミノルはいつもある眉間の深く長い一本の皺を光線のせいでまるで切り傷のように目立たせながら、覇気は見せず澄ましている。

「だって、最初はミノルさんがお父さんと一緒に種蒔いて出来たチームだったんでしょう？ ミノルさんが決勝戦で力強く漕いで、それで優勝勝ち取れば病気のお父さんものすごく嬉しいはずだし、一度も会ったことのない私だってそういうの聞くと元気が出てくる。それに、今日いないけどトシのニィニィのシゲオさんは〈とび魚〉っていう素敵な素敵な名前考えた人でしょう？ そんな大切なメンバーを一人も落ちこぼれさせないで、本当の意味で仲間として汗流したいってターマさんは言ってるんだと思うわ。…あ、偉そうに言ってごめんなさい。新参者なのに」

「マキ、新参とかじゃないよ。みんな対等なファイターやんど。舟に乗ったらもう生きるも死ぬも運命一緒だしな」

すぐ飛んできたのはマサルのロック調またはプロレス調の科白だった。が、彼は「いや、やっぱり転覆したらみんなを蹴飛ばして俺一人助かるつもりやしが」と人を拍子抜けさせることを忘れなかった。

結局ミノルもトシオもマサルに促されてターマと乾杯し、アッチャンが「ターマの言う通り、左はもっと頑張らんといけん。俺ももっと死力尽くして全員を引っ張らんといけん。でも、時には力の弱い者に合わせるのもチームワークかもしれん。みんな、『辛くてもう頑張れない』とか『俺はこんなに頑張ってる』じゃなくて、お互いを思いやって、みんなのために何ができるか考えながら練習しよう」とイチバンエークらしくまとめた。

ハーリー以外の話題でもうしばらく盛り上がった後、小降りとなった雨の中を皆ばらけていった。

トシオを見捨てた前日をいくらかは恥じるマキは、彼に「僕、マキさん大好きです……」とあいかわらずの怖い笑顔で請《こ》われるまま、二次会につきあった。ショウゴも来た。飲み足りない様子のタラーが誰にともなく「……来るでしょ?」ととぼけ声を聞かせたせいで、三台の車はドール・バーへ向かった。

テーブル席のゴリラの横で、体型的にゴリラを想わせなくもないトシオはよく飲み、喋り、元々相槌係でもあるショウゴを圧倒し続けた。飽かずハーリーの話ばかりする先ほど泣いた男にマキはふと、言った。

「こんなに毎日毎晩ハーリーとお酒に染まって、奥さんは何て言ってるの？　小さい子供もいるんでしょ？　私は今だけは気楽な生活だからいいけど、トーシィの生活はいったいどうなってるの？」

「実は『もっと早く帰ってこい。ちょっとは子育て手伝って私の話し相手もしろ』って毎日アビアビーされて、時々布団叩きで殴られてるんですよ。『私に夫を返せってあの悪徳セールスマンに掛け合ってくる』って昨日もでーじアビられて、悪徳セールスマンってマサルさんのことですよ、マサルさんはいい加減な人だけど嫌う理由はないじゃないですか、だから僕も怒って少し言い返して、そしたらまた引っぱたかれました。とにかく〈とび魚〉なんて大嫌いだって」

「まあ、大変……」

ついでに聴いた〝セールス〟の内容はこうだった。——三月初めの日曜の晩、居酒屋で家族水入らずで飲んでいたら、たまたま兄シゲオを含む五、六人と座敷で鉢合わせとなり、初対面だったマサルに「君が弟か。ちょっと太めだけどいい体してる。可愛い奥さんもはじめまして」と褒められ、肩や力瘤《こぶ》を触られてトシオは笑い、一才の娘もはやばやマサルの創り出しの遊びで手なずけられてしまった。そのうちグラスを持って再度近づいてきた極上の笑顔のマサルが「今、シゲオと話ついて、やーもハーリーやることになったんだけど？」と勝手に宣告し、続いて奥さんにも「トシオは確かにいい男やしが、まだ男として完成されてない気がする。ハーリーやれば完璧になるから何日かわんに預けんか？」とさらなる爽やかな目が向かったのだった。

「——マサルさんはいつも最高ね。でも、奥さんも気の毒よ。嘉手納の大会が終わったら今の百万倍ぐらい家族サービスに努めないと駄目よ、トシ。本当に」

「何気なく『百万倍』とか言えるところが、僕マキさん大好きです」

「エール贈ってる場合か、やー、フラー」とショウゴが同じくらいねちっこい笑みを浮かべてみせて言った。「お前んとこのトゥジはそのうち俺がとぅいんどー」

「いや、トゥジもマキさんもお前には渡せん！」

実に楽しそうに、ご馳走を前にした動物園のゴリラそっくりにトシオは顎を上げ気味にして「取るぞ」に対してそう怒鳴った。

「ショウゴ、お前には明日から居残り練習で十分漕ぎを毎日やらす」

そこへ前夜よりはすんなりと鶏《とり》などを揚げてきたタラーが「盛り上がってるね！」と参加し、各自のお代わりのビールもてきぱきと出す。

「今日はタラーさん、さっきまでしてなかった蝶ネクタイはいてどうしたんです？」

マキがそれと同じことを言う前に、ショウゴののらりくらりした口調の質問が出て、タラーは「いつも仕事中はネクタイだよ……」ととぼけ顔で動作を止める。マキは前夜の彼の乱れぶりを――原因つくったのが自分だとはいえ――ゆるしてはいないので、こう攻めてやった。

「タラーさん、飲んでるぅ？」

「飲まん。いや、さっきまでは飲んだよ」

殊勝に答えたタラーは、以後自らトシオらに例の麻薬の件を話してから、しみじみ言った。

「あんまりもう、体に悪いことはしたくないね。酒も減らそうと思ってる」

深刻さをようやく忘れ去ることができた気がしてマキは最も尋ねたかったことを口にした。

「ゴロンゴロン転がってる最中に、どんな幻覚味わってたんですか？」

「具体的なものはほとんど覚えてないけど、朝一度目が覚める寸前は、キングコングに踏み殺される夢見てたよ。それだけははっきり覚えてる。恐ろしいなんてもんじゃなかったよ」

この夜は珍しくというべきかほかの見知らぬ客数名も入ってきたので、タラーは真面目に働き続け、マキら三人はほどほどに飲んで別れた。

翌日、マキは朝から体がだるく、部屋の中で洗濯物を干す行為だけで座り込みたくなるので二日酔いかしらと思い、昼寝などをして夕方の練習に備えたが、悪寒を感じたので外の小雨を見て一日だけ休むことを決めた。買い物途中ではっきり息が切れ、夕食後しばらくして始まった腹痛と激しい下痢に驚いた。月に一度の軽いのとは明らかに違うそんなのは、もう何年もなかったからである。

一晩に七、八回もトイレに駆け込み、下着を二度も汚してしまい、ほとんど眠れずに迎えた翌朝にも下痢の続きに苦しんだ。やはり生理は来そうにないし、何かに中《あ》たったのかとかあれこれ考えたがわからず、大部分の時間を彼女はベッド上で過ごした。吐き気はなかった。しかし、午後遅くに体温を計ったら三十八度以上あり、慌てて医院へ向かった。外は陽射しがものすごく強かった。

鼻水もくしゃみも喉の痛みもないのに、風邪の一種だと医者は言った。熱のせいで頭痛はかなりあった。待合室でマキは、テレビが沖縄の梅雨明け宣言を伝えているのを死人の目で見た。セミがわめく無風の猛暑の中を往路以上によたつきながら歩いた帰り道、夏の到来を寿《ことほ》ぐかのように糸のような細い優しい雨水が五分ぐらい降り注ぎ、街路樹の多い小さな町は湿ったかと思うとすぐ乾いていった。暑いというよりとにかく陽光で肌が痛いのだが、マキの服だけは家に着くまで濡れたままだった。

日暮れ後に体温が三十九度六分まで上がり、慌てて薬四種類をスープの後に呑んだ。皆が漁港で飲んでいるはずの八時台にマキはまずターマに電話したが通じず、折り返しの電話がないのでマサルにかけた。これも不通で、迷った果ての三人目のアッチャンに、風邪と腹痛でもうあと何日か練習を休むけれど心配はしないでと譫言《うわごと》めいた弱々しい声で言った。談笑の声が背後にあったが、誰と誰がそこにいるのかは訊けなかった。

悔しかった。夏の到来と同時に風邪を惹くなんて人生初だもの——。腹だけは温めたけれど、シーツと背中の間の熱に耐えられなくてクーラーはかけっ放しにした。下痢はとうぶん続きそうで、頭痛にとうとう軽い吐き気が加わり、氷枕をつくろうとしてベッドを出たマキはめまいで一度気絶した。

次の日もたびたび彼女は白目を剥き、呻いた。たまにしか迫らない米軍の大型ヘリの音がこんな時に限って耳奥を打ちつける。熱だけは三十七度台前半まで退《ひ》いたが、腹にまったく力が入らない。下痢したターマから風邪菌が感染《うつ》った可能性を考えた。もちろん彼からこんな発熱の話は聞いていない。もしかしたら二カ月間いい気になって飲み続けた報いがこれかと猛省した。肝臓に、そして練習で酷使した筋肉に休息を与えるべき機会かもしれないと大人しく結論づけた。——この日は特に永い永い一日だった。

さらに二日経つと、ふらつかず歩けるようにはなった。便はなかなか元通りにならなかった。ラジオにはすぐ飽き、音楽もあまり聴く気がせず、雑誌類をめくるばかりの静寂の中でマキは〈とび魚〉の誰からも電話がないということをちょっぴり意識しだした。——いつだって素敵な〈とび魚〉。四、五日姿を見せないぐらいで心配してもらおうとの発想自体が幼すぎるとわかるけれど、ただ、早く皆に会いたくて焦りも大きいし、ターマさんかマサルさんに「大丈夫？」とたった一言言われれば薬一回ぶんぐらい快復が早まるのにな、という確信があるからこそ寒々としてきた。クーラーの効いた一室にいて窓外の青空を眺め、自分一人が夏からもチームからも沖縄全体からも取り残されているとの思いが急に募っていたずらに部屋を歩き回っては疲れて床に沈み、腹がしくしくと痛めば異郷で臥《ふ》す心細さが増して枕にかすかな涙を擦りつけた。

あいかわらずの心の弱さを考え続けた。

皆が漁港に集まりつつある夕刻のマキは、大小二つの電話機に手を触れながら、そのたびにためらった。まるで鬱《うつ》を病む者だった。最初にたった一本誰かからの電話があれば、調子づいて次々と「もうちょっとで全快するから待っててくださいねー」と明るさの矢を吹きまくれる、そんな自分を想像するばかりで第一歩が踏み出せなかった。皆が車座になっているであろう時間帯には特に力を失い、それでもリビングの同じ場所で扇風機に当たって待ち続け、九時半を過ぎて突っ伏した。タツヤやトシオのことまで恨み始めた。いくらふだん笑わせたり持ち上げたりしてくれても、未だ友達じゃなかったんだ。病気して会いに行けなくなったらそれで終わりなんだ。さらに本土へ帰りでもしたら永久に忘れ去られるのね。そんなことまで思えば練習意欲が急速に過去のものとなり、アリサなど問題外だと床を睨んだ。

その翌日、もう下痢と呼ぶ症状は脱していたが、本来便秘体質なのに午前中だけで二度もあった排便の、その前にだけ十五分間ぐらい感じる鈍く深い腹痛に苛立ち、こんな体調では自分に夏は来ない、と眺める窓枠の内には、猛り立つ晴れ空がものすごく窮屈そうに納まっていた。何日かぶりに、マキはベランダに出た。遠い海を隣のアパートに隠されている悔しい二階。

輝く膨れっ面の——純白の所々を余裕たっぷりという感じで薄青灰色に染めた——数十個の夏雲があった。

関東地方ではまず経験しないまるで厚い刃物が真上からぶつかってくるような陽射しに困り、だが眩しさにだけは慣れてなお見つめれば、雲々は猛悪や暑熱よりもむしろ愛嬌と挨拶と涼やかさに満ちている。初夏の頃からたまに見てきた夏空だが、いちだんと挨拶激しい。陽灼けを急に当たり前に恐れて部屋に戻り、クーラーに寄り添ってみればやはり「ふぅー、もう外出たくない……」と呟いていたが、サンゴの多い海で泳ぎまくりたくもあった。

午後、マキは陽傘《ひがさ》を持っての買い物先で元気づけに効のあるらしいヨモギ、それに思い切って静岡産の高いウナギの蒲焼《かばやき》などをカゴに入れていき、ふとやはり整腸よりも滋養強壮をまず考える自分の〃練習意欲〃を知った。忘れずにヨーグルトや乳酸菌飲料も多めに買った。帰路にあらためて眺める空はやはり熱湯的に青く、白とブルーグレイの冴え冴えとしたドレスでぜんぶんに着膨れた雲たちは威張り狂いながら天と地上のあらゆるものに笑いかけていた。家々の白壁もまた眩しく、クマゼミの声は泡立つ。はるか坂下の海ももちろん熱そうだった。

帰宅後すぐ、寝込んで以来一度も聴いていなかったビーチ・ボーイズを流した。腸も心も風邪惹いたまま治りきらないのなら、「サーファー・ガール」や「グッド・トゥ・マイ・ベイビー」や「ビー・トゥルー・トゥ・ユア・スクール」や「キープ・アン・アイ・オン・サマー」で残る風邪菌を一切吹き飛ばしてしまえばいい、と遅まきながら思いついたのだ。何といっても梅雨明け直後の楽園にいるのである。クーラーはあえてつけず、ヤシの木やヨットやボートやその他あらゆる夏の遊びを想い描かせるマイク・ラブと、しっかり疲れを取ってくれる夕暮れ時の温水シャワーのような歌声を持つブライアン・ウィルソンとが親しげに拮抗する、初期の聴きやすい名曲を次々と音量上げて聴きまくった。後半は「ドント・ウォーリー・ベイビー」のステレオバージョンに立て続けに三回浸って蕩け、モノラルの「ファン・ファン・ファン」一回を挟んでまた「ドント・ウォーリー・ベイビー」を二回浴び、「ファン・ファン・ファン」に戻り、そうやって最高傑作二曲の各最高バージョンをまるでチヨコと塩昆布を交互に永久に食べ続ける幼女のように味わい、汗かき、そのうちすっかり腹が治っているつもりになった。

ベランダに出ると、夕焼けには少しだけ早い、猛るのをやめ透明さを増した青空があった。膨れ雲ももうそろそろ輝かず、白や薄灰や灰青色の複雑で優しげな入り交じりがあちこちで背後に溶けかけていた。その一つ、妙に長い、なだらかに曲がる、やわらかみと巨大さで目立つ二股の白主体の雲が大きく横たわっていた。輪郭に多少の泡立ちはあるけれど、何となく二本の島バナナのような雲だとマキはほほえんだ。それとともに、ターマのことを想い出した。島バナナといえばターマさんだから。誰に何を言われようとも、あのバナナの木を彼に描いてもらった日からそうだから――。

友達以前、ましてや恋愛のはるか以前の〝一緒に漕ぐ仲間の一人〟でしかないのかもしれないという淋しい疑念はどうしてもあった。

〈とび魚〉が漁港に集まり始めているであろう時刻に、マキはとにかく強気になりたくてウナギに箸をつけようとした。と、携帯電話が鳴った。六、七日ぶりに鳴った。マキはそこへ三段跳びぐらいで跳んだ。——電話の主はモリカズだった。

「マキちゃん、長く休んでるけど大丈夫？　まさかハーリーが厭になったんじゃないよね？」

マサルでもターマでもトシオでもなく、ふだん練習以外にあまりつきあいのないモリカズからだったので意外で、そして嬉しく、だが拗ねていたことを悟られるのではないかという気恥ずかしさもあり、マキは少し重症だったけれどもうあと一日ぐらいで復帰できる旨、できるだけ可愛い声で告げた。謝る口調になった。モリカズは電話となるとことに慎重に言葉を選ぶ人であるらしく、「無理しないで、……完全に快復してから来ればいいよ。……時間はまだ少しだけあるから」と抑揚なく緩慢に言うのがマキには単なる穏やかさというよりはやはり優しさに思え、ありがたかった。

「練習の方は皆さん進んでますよね？」

「うん。でも、怪我人が一人出てるよ」

「誰？」

「ターマだよ」

「え………」

「病気中に心配させると絶対いけないと思って誰もマキちゃんに連絡しなかったけど、ターマが四日前に仕事中に大怪我して、今入院してるわけよ」

「そんな！………」

復帰してからターマの件は詳しく聞くことにした。が、携帯機をうまく折り戻せないほど心臓が騒いでいる。太い木が倒れてきたらしかった。

マキは正座し、わがままだった自身の頭を二度小突いた。誰か優しい電話を下さいとそればかり思っている間、チームは、優しすぎる皆はエンジン役の一人を失ってきっと大騒ぎしていたのだ。――誰よりもターマさんが苦しんでいた！

頬だけがとても寒いと思い、マキは先ほどのバナナ雲をまた見つめるためにベランダに出た。もはや無色透明に近づいている薄青を背に、時の経過で形が変わったのか元々そうだったのか、眺め直せばバナナにまったく似ていないそれは、恐竜の横顔のように少し怖い。その白雲と垂直に、濃い灰色の綿屑状の雲が重なっているのも気味悪い。ほかにも至る所で白い雲を灰雲が垂直に汚している。……友情を疑ったりしたことを彼女はまずターマの前で懺悔したかった。

蒲焼を温め直して夕食を済まし、ソファーで休んでいたら、今度はマサルからの電話があった。練習真っ最中のはずの七時十五分。

「マキがなかなか戻ってこなくて淋しいから、今アパートに向かってるところだけど」

「え、え、え、今から来るんですか？」

全身に力漲ったマキは大慌てにもなって部屋じゅうを掃除し、汗だくの体を洗い、だが髪を乾かしながらマサルが独りで来て部屋に上がるのだということを想って恐れ始めたら、チャイムが鳴った。化粧なしなので転びかけるほど慌てて携帯でマサルに話し、ドアの外で数分待ってもらい、口紅だけはきちんと塗って開けに行くと、やはりそこには苛々とほほえみながらマサルだけがいた。

「風邪で寝込んでるって聞いて、栄養ちきれと思ってつくったばーよ。風邪に効く薬《クスイ》ムンはいろいろあるけど、とりあえず肉食っておけば間違いないから」

「わあ」

マサルはマキに鶏の燻製《くんせい》が二つ載った紙皿を手渡した。撃ってきたとかではないが本当にマサルの手製だという。何度もお辞儀してからマキが迷いつつもごく自然に中へ招じ入れようとしたのに対し、彼はかぶりを振った。

「ちょっとサッカー仲間の集まりがあるからよ」

「え、今日はハーリーは？」

「今日だけは俺は休む。忙しくてもう、体一つじゃ足りないねえ」

せめて何かお返しを、と冷蔵庫からバドワイザー缶を二本出し、「ずっと後で飲んでね。今飲んじゃ駄目よ」と渡してからこれって意味不明だわとマキは恥じ、冷凍庫から今度はシューアイスを一つ持ってきて渡した。何のための掃除機がけだったの、と心は舌を出し続ける。――それよりも大事なことが思い出される。

「ターマさんが大怪我したって聞いたんですけど……」

直径半メートルの木に直撃されたことで肋骨が二本折れ、脾《ひ》臓が破裂したのだとマサルは説明した。両手で顔の下半分を押さえて震えかけるマキに、マサルは脾臓がなくても人は死なないらしいと神妙に言い足してから、ほんの少し笑いかけた。

「犬にくーらってもケロッとしてるあの男はよ、子供の時から医者に縁なしで自信過剰に生きてきたから、やっとこれで普通の人になったんじゃないかと思うよ。まあ、一カ月もすれば退院できるだろ。みんなで盆栽でも持って見舞ってやろう。木はもう嫌いになったかもしれんけど」

「……でも、これじゃ、嘉手納ハーリーのためにわざわざ内地から戻ってきたのが間違ってたってことになっちゃいますよ。何でそんな目に、……もう本番だっていうのに……」

「マキがそのぶん頑張れってことじゃないか？　真夏に風邪なんて惹いてるマキに、喝入れるために」

まったくそうかもしれない、風邪なんて惹いてる場合じゃなかったんだ、とマキは無言でマサルの明るい眼——笑うからではなく顔の細さのわりに大きいからそう見える——をできるだけ健やかに見つめ返した。

翌日、万が一にも舟の上で腹が下ったりしないよう水分摂取を控え、市販の整腸剤を多めに呑んでタオルで腹巻きして漁港にバスとジョギングで駆けつけたマキを、皆「秘密特訓してたの？」などと笑顔で迎えた。とても夕方とはいえない炎天下、長袖と白帽子とファンデーションで武装してはいても身を縮めたくなり、しかし暴発的に膨れ上がった白雲にはあいかわらず目が行き、心と一緒に背も伸び上がって帽子をブーメランにして投げて遊びたくなる。大人しいコウイチが「マキィぬこと、むるしわそーたんどー」と小声と笑みをくれたのが彼女は特に嬉しかった。「み、みんな心配してたから……」と言い直してもらう前からもう。

深緑とも空色ともつかぬ明るく飴《あめ》っぽい水上へ漕ぎ出る他チームの舟は、まるでガラス上を滑っていくように見える。好天だからやはり人が多い。はやばや缶ビールを飲んでいる男たちもいる。

乗り込む時、マキの膝上まで来た水はぬるくてスープのようだった。アリサはおらず、ターマのいた右四番には惑い気味にほほえむトシオが座った。彼とノゾムに挟まれたマキが久しぶりに掬くエークは最初数秒重く、体がほぐれれば笑いたくなるほど軽く、そして息が上がれば腕の力をすべて吸い取る魔物《まもの》的棒に変わってずっとそのままだった。腹筋も背筋も背中全体も言うことを聴かない。だが、全身がきついのは風邪惹き前から同じである。数日間連続で来ているというノゾムもまた息は荒い。力があっても彼はエークをやや斜めに入水させ――これだと水を逃がしてしまう――、背は丸め気味で、前後運動が明らかに小さい。久しぶりに聞くタツヤの「ハイヨー、ハイ！」や「一、二、三、四」「まだ引けるよ！」のどら声にマキは一瞬うっとりし、未だ手漕ぎの人といえるノゾムにはそう簡単に負けたくなくて左足などにきちんと力を入れた。

小休止。岸の緑が溶け映ったり小光《こひかり》が微笑的に瞬いていたりする晴れの日の水は多少の透明度があり、可愛らしく膨れたゴムボールほどの大きさのアバサー――ハリセンボン――が水面すれすれを泳ぎ、ほかに指先大の小魚の群れが舟を避けていったりするのがわかる。

皆ターマの離脱をさほど嘆いている様子はなく、それは冷静な物言いしかしないモリカズと元々悲壮な漕ぎ方が板についているアッチャンが、チームを引っ張る立場らしく柔和な真顔でスタートダッシュやターンの話にだけ皆を集中させているせいだとマキには思えた。が、右エンジン役を任されて間もないトシオは多少浮足立っているようで、「引く長さ、本当にこんなでいいですか？」とか「漕

タツヤ以外のほとんどのメンバーは、仕事があってとうぶん名護にまでは行けそうにないと言った。

「嘉手納ハーリー前日か……」

「早くても今度の土曜みたいよ」

「いつから病室入れる？」

面会謝絶なのである。肋骨の方は罅《ひび》だけで済んだため放置されているらしかった。

れたのは金曜で、出血の止まらなかった脾臓を翌日に摘出。手術は成功したが約一週間は家族を除き

見舞いにはもちろん飛んでいきたいマキだった。事故に遭って彼が現場に近い名護市の病院に運ば

ターマの快復具合のことが出た。

いかず、明日は水筒でも持ってこようか、中身は何がいいかと彼女が考えていたら、タツヤの口から

く——だがちっぽけな者の目で——見つめた。喉がものすごく渇いたが、冷えた水分を摂るわけには

な」とその頭を撫でられ、それきり離れていった彼がタツヤらと忙しく何か話し合うのを淋しくはな

とを何となくほかの人に聞かれぬように笑み一杯に言って頭を下げ、彼に「もう今日から完全復活だ

一度港に帰って舟を他チームに渡したところで、マサルがやって来た。マキは燻製の美味だったこ

要した時間と漕ぎ手全員の名を毎日ノートに記しているらしかった。

たっぷり休んだ後、またストップウォッチを使って全力漕ぎした。本番各レースの人選もあるので、

「ターマになろうと思うな、トシオ。誰もあんなには漕げんて。自分らしく行け」

聴かせる。

ぎやすい位置だけど漕ぎきれん！」などと口数ばかり多かった。タツヤが多少はやはり辛そうに言い

せめてもっと近くで入院してくれれば、とマキは切なくて両のこめかみを押さえつつ、たとえ独りでも土曜に早速会いに行こうと決心した。持ちかける誰の声がなくても鶴を百羽ぐらいは折りたかった。

さすがに大会まであと四日というこの日、舟を使っている三チームがなかなか戻らず、やっと〈とび魚〉が後半の練習を始めた時には猛暑が嘘だったかのようにあたりには残照の優しさしかなかった。街灯の影が三つ四つ細長く落ちた川面をゆっくり行けば、「ポチャン、……ポチャン」という音はねぎらいの波長で耳立ち、まろやかな暗い白みが遠く近くに揺らめく。最後の一往復はターマの不在を声で埋めようとするかのように、タツヤとトシオを筆頭に一漕ぎ一漕ぎ大騒ぎした。無言ながらマキも全力で怒りのようなものを水に叩きつけた。ただし日に三度目の計測であるせいか前半の二回よりも遅くなっていた。

漁協の人から港での遅くまでの飲酒を数日前に注意されたとのことで、海沿いを一キロほど回った住宅地にある堤防が最新のハーリー・バーだった。少量のさんぴん茶とせんべい以外は口にできないマキではあるが、皆と一緒にいられる安心感を取り戻しつつ眺め下ろす真っ黒い海と遠くの街明かりは、あの忘れえぬ春の最初の〝カフェ〟を包んでいたものとほぼ同じだった。

久しぶりにコウイチの行動が話題になっていた。――頑丈な鍵の入手が遅れ、また土砂降り続きやターマの入院騒ぎなどもあり、あの盗まれた自分たちの舟に施錠する日が週明けまで延びてしまった。異状がないかとモリカズとアッチャンが各一度様子を見に行きはしたのだが、安心できぬコウイチは天候にかかわりなく毎晩練習帰りなどに一人で砂浜まで見回りに行っていた。

そして梅雨明け翌日、ビーチパーティー等で人が最も集まる土曜の晩、彼は気持ちを話して夜九時半にモリカズらとともに浜へ行き、十二時前にも独りきりで行き、いずれも舟の無事を確認した。が、何となく「まだチムガカイして」すなわち気懸かりが収まらず、深夜二時過ぎにやはり一人でそこへ行ったら、身長二メートル近いアメリカの白人男三人が舟の覆いに手をかけているところに出くわした！　コウイチはちょうど一週間前に悪さをした連中だと直感し、「フワットゥ・アー・ユー・ドゥーイン？」と近づいた。そしてこれは我々の宝物、来週がレース、毎日練習、みんな一所懸命、お願い触らないで、と片言の英語に日本語を交ぜて手ぶりつきで説明し、最後は「オー、ソーリー」と言ってくれた彼らと握手して別れたのだという。

既に大半のチームメートがその美談を耳に入れていたようだが、あらためてマサルが「コウイチ、お前は本当にいい奴だ。大好きだよ」と乾杯を求め、肩を抱いた。街灯があるから互いの顔は砂浜で飲んでいた時よりもずっとよくわかる。マキも目頭が熱くなりかけて席をふらふらと移り、照れている真っ最中の黒人風・森の牡鹿風の細い人に「偉ぁい、コウイチさん。体張ってみんなの舟守って、勇気ありますねー」と寄り添った。

「いや、勇気ではないん、だけど、ふ、舟が心配だったから行くしかなかったわけさ」

男性といえど誰が丑三つ時にたった一人で、それも街ではないあんな闇中で、言葉もうまくは通じない大男たちに立ち向かえるだろうか。やってのけたのはこのふだん目立たない、チーム一口下手で恥ずかしがり屋のコウイチだったのだ。さすが数年前にテニスコートの周縁を四十二キロぶん走り回り続けて倒れただけのことはある——。

マキはさらに、強固に思い知った。この素晴らしい〈とび魚〉において、誰が主役とかリーダー格とかいうのはないのだと。一人一人がかけ替えのない構成員であり、つまり全員が常に主役なのだ！

では、この自分は？　そこに突き当たった。

テニスコートの話から何かを想い出しかけもしたが、結局定まる像も言葉もなくて少し苦しくなった。しかし、お茶を飲み干してから、ようやくこんな風穴を彼女は自力で開けた。私は、漕ごう。非力でも頑張って漕ぐことで皆に貢献するしかないわ――――。

かすかだが途切れはしない潮風が自然の冷房として肌を喜ばしている。若夏でも梅雨でもない本物の季節《なつ》がとうとう掴まえられてここにある、と二杯目のさんぴん茶をコップに注いで思った。週日なのだが遠く近くに同様の酒盛りをする若者の集団がいて、静けさと談笑が小風の中でゆったりと踊るように組み合っている。尻に伝わるコンクリートの硬さも、ラップを大音量にして通り過ぎるアメリカ人の車も、そして大ぶりなゴキブリの飛来さえもこの夜のマキには微笑の種だった。もう時効にしてあげてもよさそうなコウイチの「オッパイ事件」をなおもつつく声、それにさまざまな冗談や趣味話やハーリー談義を聴きながら、マキはずっとずっと笑っていたかった。

だから、水筒と緊急用の下痢止め持参で翌日も帽子と長袖とファンデーションで太陽と戦い、病み上がりのだるさを振り払って彼女はエークを握った。ノゾムも来て、彼は前日と違う右五番やたまにマキと代わっての三番で喘《あえ》ぎ喘ぎ必死に漕いでいた。ショウゴが急な出張で大会当日来られないことが皆に伝わり、電話で彼をしばらく罵っていたのは元同級生のトシオだった。ほかの左のシゲオやミノルもあいかわらず仕事か何かで姿を見せず、ただ右の大黒柱のターマがいないことで左右の力の不均衡は皮肉にも少々是正され、口数少ないがアリサとタラーが全身全霊で練習していることはマキにもわかった。特に、隣のアリサからは湿布か消炎鎮痛剤の匂いが痛々しいほど漂い続けたから。

とにかく、あと三日。堤防でマキはやっとビールを一本飲み、たったそれだけで酔っぱらってしまい、この日から店を休みにするというタラーと一緒に広い階段を下りて海に向かって「優勝すんどーっ」と叫んだ。トシオまでが並びに来て「マキさーっん！」とか「ショウゴーッ、フラーッ！」などと絶叫し始め、それは単に車座の皆の顰蹙《ひんしゅく》を買った。

マキは名護の病院へは土曜に絶対カオリか誰かを誘って行くつもりで、既に鶴を八十羽ほど折っていた。——明日金曜が最後の練習日である。


猛暑はほんのわずかなスコールもなく続き、川の上を白蝶がひらつき、岸辺の森ではクマゼミたちが「うわうわうわうわうわ」と猛る。

抽選会のため事務所に三十分以上もいた代表者のアッチャンが、前半の練習を終え埠頭《ふとう》に座っていた皆の所に戻った。二十七のチーム名を彼がボールペンで丹念に書き写してきたトーナメント表を、奪い合って見て何人かが「余裕やっさやー」と呟いた。一回戦の相手二チームは勝ち気に乏しい初心者ばかりだと名前からわかるし、強敵含めて約四チーム存在する練習熱心な集団は別ブロックに集中してくれている。

「決勝のことだけ考えよう」

そう言って早速アッチャンが人選と戦術の話を詰めようとするのをマキはふだんの彼よりもがさつ

だと感じかけたが、五輪で短距離走の有力選手らがやるように体力および精神力を一、二回戦で出し惜しむのはスポーツとして当たり前ではある。

軽さと腕力のなさが考慮され、女二人は一つ前のポジションに繰り上がって右二番と左三番を担うことになった。

「脚線美シスターズはなるべく観客から見やすい席がいいから」

おふざけを加える久々のシゲオは、つい昨日まで仕事の合間のダンベル体操を時に昼飯抜きで続けてきたともいい、ミノル同様今日こそはと早い時刻から来て既に滝浴び並みの汗をかいたのだった。

抽選会のせいで漁港はそれまでで最多の車と練習者でごった返していたが、運よく舟が一艘また明け渡された。アッチャンを、そして後れて来たノゾムを新たに乗せ、一度漕いだマキとアリサだけを残し、決勝を想定した布陣で舟はタイムを計るために水上へ出た。既に高速スタートの型と意識は完成されており、ターンは基本的にイチバンエークと舵取りの二人でつくるものなので、あとは一人一人の気力・体力がどこまで持つか、そしてエークがぴたりと合うかどうかである。何か野太く言うシゲオ。答えるタツヤ・ノブユキ。より強い人が決勝で乗ればいいのだと納得できるマキは、頼もしいトビウオたちの消えていった方を見やったりトーナメント表を眺めたりしてのんびりと座っていた。

トイレから帰ったアリサが、マキに「ターマさん早く良くなるといいね」などと話しかけてきた後にこんなことを告白して笑った。

「マキさん、私ノブにお願いして昨日焼き肉の食べ放題行ってきたよ。先週に続いて。もう腕太くしたくないとか言ってられんから」

ニンニク臭を恥じつつもアリサはそう言って半袖の両腕をさする。ブライダルエステ等から遠ざかってしまったのかもしれない、赤く首などが灼けているこの子ももちろん立派な主役の一人だとマキは思えるから、腕を少しまくって応え、ふと訊く。

「ところでアリサは、元々何のスポーツが一番得意だったんだっけ？　バレー？」

「マラソンよー」

「え、マラソン……」

「校内マラソン。私、中学でも高校でも女子の三位に入ったことあるよ」

直後のことだった！　マキは二日前にコウイチのそばで想い出しかけた自らの過去を最初セピア色で、やがて総天然色で宙に描き、ここがどこなのか誰と喋っているのか忘れ去るほどの懐かしさで思わず立ち上がってしまった。

語れる凄い過去が私にもあった、手首の傷以外にあったんだ、なぜ今の今まで頭の奥に隠れきっていたんだろう、と河口の先にどっしり控える薄墨色の雲の峰に向かってほほえむマキを、アリサは怪《け》訝《げん》そうに見ていた。マキと面識のないアッチャンの妹が急に現れてアリサに声をかけたため、語る舌の準備をしたつもりのマキはややつまらなく唇を結んだ。

〈とび魚〉はすぐに戻った。タイムはここ十日間の最高ではなかったが、決勝を漕ぐにはまずまずのものだったらしい。

シャツ屋で働くアッチャンの妹――ノブユキからすると姉――は、大会当日に全員が着るチーム名入りTシャツを「遅れてすみません。何とか間に合った」と運び込んだのだった。色はだいぶ前にマキが冗談半分で提案したバナナイエロー。アッチャンの手になるコーヒー色のイラストは、浜の舟よりもう少し漫画風にした羽人魚。協同制作した兄妹が手分けして各サイズを調べて一人一人に手渡す間、「胸が大きいからこのマーメイドはマキちゃんか？」「いや、鼻が上向いてるからアリサかもしれん」「二人の混合か」とシゲオら何人かが勝手な討論に興じた。しかし、そんなのよりも重要なのは、右袖にある「ちばりよー佐久本昌盛！」の文字だった。頑張れ《ちばりよー》、の次はミノルの父親の名。何も知らされていなかったミノルは驚きのあまり顔をこわばらせているようだった。

「ミノル。アッチャンが大事なこと言うから耳貸しれ」

前口上のマサルに肩を叩かれてアッチャンが、いつしか円陣に近いものを組んでいた立ち姿のチーム全員を見回してから、ゆっくり話しだした。

「ミノル、ずっと黙っててごめん。あと、情熱家のターマ以外は今までほとんどお前の父ちゃんのこと気に懸けてないみたいなやり方してきて、ごめん。春から実は、時々お前のいない所で話し合ってた。わったーがあんまり父ちゃんの病気のことを言うと、ミノル、お前のプレッシャーになると思った。お前の辛さは本当のところはお前にしかわからんし、抱えきれんし、父ちゃんを本当に喜ばすことができるのもお前自身。だから、わったーはできるだけ静かに見守って、ただお前が自然にやる気出して時間捻出して燃え上がるのを待ってた。父ちゃんだけじゃなくミノルも、糖尿や十二指腸とかで体調悪い。そういうこともわかってたから。

でも、最後の最後まで何も言わんわけにはいかない。気持ちはみんな一緒で、もちろん自分のため、チームのため、応援してくれる家族や友達のためだけど、それと同時にミノルの父ちゃんのためにも優勝しようって一人一人がまちがいなく思ってる。それを責任持って示すために、この言葉を必じ《かんな》入れようって、お前以外の全員に連絡して意思確認して、入れた。押しつけみたいで気を悪くしたかもしれんけど、ここにいるみんなの気持ちを正面から受け取ってもらいたくて……」

「ただしミノルもちゃんとTシャツ代千円払えよ」

頃合いよくマサルが言って、和やかな笑いを生んだ。が、アッチャンはそれまでになく太い声で続けた。

「モリカズ、後ろで見てて今日、ミノル必死に漕いでたか？」

「漕いでたよぉ。よく突っ込んでた。上等だよ」

モリカズがにこやかにゆったりと答えた途端、おそらくそれまでに涙を浮かべていたのであろうミノルが、一気に嗚咽し、眼鏡を外して二の腕で顔をこすり始めた。皆静寂に入る。十五秒ほどして、ミノルは少年のような細く高いいつもの声を精一杯気高く張り上げて、答えた。

「みんな、ありがとう。……何人かには言ったけど、父ちゃんは、もう……快復の見込みがないって……」

マキの目ももらい泣きで少しだけ濡れた。

「でも〈とび魚〉が勝てば、病気に関係なく父ちゃんは喜ぶよ。みんなが言ってくれる通り。だから勝ちたい。絶対優勝しよう。……優勝するためにわんも漕ぐ。だけど……今年はもう、わんは間に合わない。自分がどの程度しか練習してこなかったか、今の体力がどれぐらいか、ちゃんとわかってる。だから、こんなこと言うとスグられるかもしれんけど、わんは決勝は漕がん」

「ミノル！」

怒鳴ったタツヤがマサルに制止される。ミノルは誰をも見ず、ほんの少し俯き気味に淡々とまた話した。

「漕げと言われても迷惑かかるから漕がん。ハーリーはそんなに甘くない。よそのチームだっていろんな思いや物語があって全力で漕いでくるんだから。みんな、もっと本音で話そう。わんが乗っても、それはベストメンバーじゃない。一番実力が高いメンバーを配置して勝ちに行くべきやさ。その方が悔いがない。……ただ、その代わり準決勝までは、漕がしてもらえるなら死に物狂いで漕ぎたい。そうしてベストメンバーに最後を任せたい。これが、シャツにこんな文書いてくれたみんなへの、わんの側からのけじめさぁ」

最後は完全に顔を上げ、ミノルは口を固く結んだ。

「………あんしぇー、左の《ひじゃいぬ》三番やたーにすが？」

じゃあ誰をとアッチャンが提起した途端、数人の声が飛び交った。

「シゲオ」「シゲオは決勝で二番だろ」「タラーは四番か」「え、ショウゴは来れんよや？」「あと左で誰がいる？」「アリサ」「……ノブユキは左でも漕げるよ」

黙っていたミノルは、それまでとはまったく違う、何かをあざ笑うような超然とした声で言った。

「わんの何倍も基礎体力があるモリカズが左で漕いで、舵取りを漁協の人にお願いすればいいさ。上原さんなら父ちゃんと仲いいから本気で舵取ってくれるよ」

「……ミノル、案としては面白いけどよ、練習で一度も試したことないばーてー。※なーうっさんどー。

やーが漕がんのなら、アリサに漕がしてもいいわけだな？　やーは父ちゃんに自力で優勝プレゼントする最後のチャンスかもしれん年に、ご託並べて女に重責押しつけるんですかってこと」

マサルの言葉にミノルが平然と頷き、モリカズは「舵取りを」の話を検討し始めたらしく腕を組んだ。アリサはまばたきをほとんどせずふだんの倍ほど硬い顔でノブユキの陰に半分隠れていた。涙などもうないマキは、ポジションはともかく誰が決勝で漕ぐとかいうことがなぜそんなに重大なのか首をかしげたい気がし、静かだったノゾムが「悪いけど、息子が熱出してるから先なろうね」と帰っていくのを見て、先日のノゾムとマサルの喧嘩を想い起こしてくたびれてきた。

と、その時、地声の人一倍大きいトシオが穏やかに問いかけた。

「もう今日は練習終わりなんですか？……」

驚いたように年上は皆黙っていた。

「最後にもう一回だけタイム計りませんか？　僕、できればマキさんと一緒に決勝漕ぎたいです。四月からずっと一緒に頑張ってきたから。前にターマさんも言ってましたよ、チームメートに男も女もないって。マキさんとアリサを乗せて今から漕いで、純粋にタイムで決めませんか？　それでさっきより一秒でも速かったら、ミノルさんとノゾムさんを決勝に出す必要ないと思う」

遂にすべての練習日に通いつめたトシオは、最前までエンジン役は荷がやはり重いなどとへりくだってはマサルらの励ましを受けていたのだったが、今や眼光で全員を圧倒し、ことにマキを射貫《いぬ》いた。

なーうっさんどー…もう遅いよ

「それで行こう」

アッチャンが面倒臭いとばかりに舟に近づき、皆を呼んだ。既に日暮れており、練習チームの大半は帰るか港での酒盛りに入るかしており、三艘のうちの一艘が港に揚がっていたのである。再びわざわざ水際まで抱え、ミノルを残して乗り込む。座ればすぐにマキの生乾きのスパッツは塩水をビールのように吸って重くなる。お揃いの色違いのスパッツをこの日穿いているアリサに、マキは耳打ちした。

「女の子だけど、本気の本気で漕ぎましょう」

アリサは「うん」と前を向いたまま首を動かした。湿布とニンニクの臭《にお》いの混じる彼女も元マラソン少女らしいけど、私は、この私は、とマキは舟の向きを換える軽い漕ぎに加わりながら深い腹呼吸を繰り返した。大久保マキは、高校二年の冬に学校の外を〝誰にも頼まれていないのに百周〟した女だ――――。

「待ってよ。ちょっと舟が左向いてる。右前、回して」

モリカズが柔和に言う。彼は一年前にはイチバンエークも左エンジンも右漕ぎも担当したという。エークを立て、皆身を思い切り前に倒して構える。見つめる舷と黒い水。マキの胸に、ノゾムへの持続する対抗心はまったくない。決勝レースで是非漕ぎたいなどという欲もない。ただ、トシオの友情には応えたかったし、これまで勇気づけてくれたターマにも何かを絶対捧げたかった。熱い彼らに求められるほどの値打ちが自分にあるのかどうか。いや、そういったことよりも……とにかくこれは重厚だった二カ月以上を締めくくる最終練習であり、悔いのないよう力を使い果たしたいと思い直した。

一人一人が主役なら、ほかの誰でもない当人の腕・腹・腰・脚・心臓と心でこそ舟をゴールさせねばならないのだから。

集中は途切れない。だが、エークを握る手ばかりか肩に力が入っている。一瞬二瞬、抗いようもなく灯るものがあった。「よーい」の後の長い静寂。埼玉の女子高時代の映像が、もはや彼女の頭を占めて、離れない。

派手に笑うからとても陽気な子だと勘違いされることはよくあったものの、何かで人に褒められるということが中三頃から極端に減っていたマキは、親の勧めで東京のわりと就職に強い女子大への推薦入学をもらいやすい県下平均レベルの私立女子高に入ってからは、学年三十番以内の学業成績を維持することだけをおどおどと心がける、恋愛ドラマ好きのただの小羊だった。

女子高もまた、覇気のない受け身な生徒が多すぎた。教師たちに一方的に内容を決められてしまう文化祭・体育祭等を毎年しおらしくこなし、予算上の理由でスキー教室中止、雨天延期のはずのハイキングも取りやめと言われて誰も文句をつけない。そのくせ鞄に入れていた口紅や高級トランプを教師に取り上げられれば後になって悔し泣きし、朝礼での抜き打ちの頭髪検査で何センチ以上不可という校則に従いいきなりその生徒の髪を切り落としてショックによる病欠へと追い込んだ男性教師への陰口などは、囂《ごう》々だった。しかしホームルームや生徒会に現状打破への期待をかける娘は皆無で、ふだんせいぜい五、六人程度の仲良しグループだけで強く固まり、いじめの一歩手前の無視、それに裏切りやいがみ合いも絶えなかった。そうやって皆、用意された〝良妻賢母〟への一本道をとりあえずだらだら歩んでいるようだった。

マキは不満分子ではなかったが、心許せる友達がもっと多ければ、そしてどこか校外に素敵な恋の芽があればという二点に日夜執着し、真に明るい青春の扉は進学後にしか開けないのかと未来志向ばかり——本当は内向きか後ろ向きかもしれないのに——強めつつあった。いうなれば、制服ばかり派手な〝処女《おとめ》の園《その》〟を尻上がりに軽んじるようになった。ところが誰かのお嫁になる以前の人生、すなわち洋裁系の大学で、あるいは別の入れそうな教育機関で何を学びどんな職業に就くのかといった実質を彼女はいつまで経っても描けず、焦りのあまりしばしば「私は不器用だから一生幸せになんかなれない」とわずか十七才で決めつけて母親に当たり、飼っていた猫が病死したことで「私も、もうすぐ死ぬかも……」と親友に泣きついた。至って平凡な人間なのに、悩み方だけは年々平凡でも無害でもなくなっていったのだ。元々涙腺が緩いというのもある。

何か一つ大きなことをして不元気な自分を変え、叱られぬ程度にあっといわせることで周りをも少しは変えたい。そんな思いでいた二年生の正月、たまたまテレビで心臓破りの坂を途方もなく苦しげに眉根を寄せ横腹など押さえて上る男子駅伝選手を観た。——これだ、と人一倍マラソン嫌いだったマキは閃いた。なぜか閃いてしまった。

各運動部がよく走り込みに使い、体育の授業でも何度か走らされた、一部校内を通って正門から外を半周して裏門から戻ってくる、「半キロコース」と呼ばれる道筋がある。実際は七百メートル近くあるともいわれていたが、そこを百周ぐらいしてみよう、仲間たちを募って、と思いついたのだ。わずか三キロを走る校内マラソン大会は十二月初旬に終わったばかりで、短距離以外の走りにまともに取り組んだことが生まれてこの方ないマキの順位は三百余名中九十番台だった。

クラスメートや陸上部員らに、早速電話した。大した想い出もつくらぬまま秋にその部を引退してしまったことへの落とし前、という気持ちも働いていた。が、「三周ぐらいならつきあってもいい。いや、二周かな」などと一蹴された。「あんまり変なことすると、みんなから浮いちゃうよ」と的確であろう助言も受けた。

三学期早々あらためて十数人に持ちかけたが、賛同者はいなかった。「百周」の素晴らしい思いつきでとにかく頭が一杯だった彼女は、ある日曜日に家の近所を走ってみた。ほんのジョギングなのにやはり長いのは苦しく、二十分足らずでくたくたになってやめた。独りきりでは張り合いがまったくない。

翌週、マキは担任に断った上で、まず朝のホームルームで「二月中旬に学校の半キロコース百周します。賞品も何も出ないけど、一緒に走れる人を大募集します」と演説した。皆をおおむね仕切っていたペンギンのような顔の生徒が「何でホームルームの時間をあんたが自分の趣味に使うわけ？」といきなり挙手して嗄れ声で言い、クラスの半数が笑った。

「第一、完走できると思ってんの？　フルマラソンより長いのよ。フルマラソンだって、十八才未満は不可っていう大会多いじゃん」

「できる！　いえ、完走するの！」

今度はほぼ全員が笑った。〝皇帝ペンギン〟とでも渾名《あだな》したい相手の言葉には一理か十理ぐらいあるとしてもなぜほかの皆が大笑いするのかマキは理解できなかったから、自分はいじめという試練《ばっ》を生まれて初めて科されるのかと膝が震えかけたが、ここで引き下がったら「趣味」以前の冗談に終わってしまうと思い、笑顔で謝りながら再度呼びかけし、それから作戦を練り直した。近しい者たちは「走らないけど、応援はするよ」とその日のうちに面白そうに約束してくれた。といっても具体的な協力は最後までなかった。

生徒会新聞や昼の放送を利用し、また全教室に自作のチラシを配り、ポスターを廊下に貼ったりしたが、何日経っても参加希望者は現れない。しかも、教職員の間で「校長の許可は得てるのか?」「品がない。校風に合わない。中止させるべき」といった声が出始めた。敵でも味方でもない担任の女はそんなことをマキに伝えたのち、「騒ぐ必要もないわよねえ。どうせ計画倒れになるんでしょ」とひどい独り言を付け加えた。

クラスで「変人」と呼ばれるようになったマキは、走り込みを日課にすることで、もはや引き下がれない自分を何とか励ました。過去の最長距離の倍である約十キロを一時間弱で走りきった時、マラソン嫌いをどうにか卒業できたのを粛々と知った。そして最後の大きな期待を込め、ある早朝、徹夜して仕上げた二十五種類のポスター——すべてB４画用紙——を校舎二階への踊り場の壁に「100」という形に貼り、多数の生徒の度肝を抜くことに成功した。が、許可印のないポスター類は元々禁止だったせいもあり、生徒会長に「あなたのやってることは間違ってる」ときつく言われたあげく、その日のうちに生活指導教師に「校内宣伝一切禁止」と通告されてしまった。

マキは知恵を絞り、体力自慢と思われる生徒を直接一人ずつ勧誘することにした。マラソン大会の上位入賞者たちにはあっけなく振られたけれど、陸上部のほか水泳、バスケ、ソフトボールといった部を当たり、そしてやっとのことで数人の理解を得、また元スケ番と噂される髪のぱさついた者、ヤクザの娘で放課後空手道場に通う者、それにロシア人とのハーフで身長百七十センチ以上ある白い美人、批判の急先鋒だった生徒会長まで（中学時代よく走っていたとのことで）最後は仲間に加え、「七人の侍」気取りで――マキを入れると八人だった――二月第三日曜の決行を約束し、それでマキは満たされて大人しくなり、いつしか大半のクラスメートたちは百周走自体が消えてなくなったものと勝手に決め、さげすむ価値もないとばかりに誰も話題にしなくなった。

一方、生活指導担当らはいよいよそれを中止に持っていくための職員会議を開いたらしかったが、幸運なことに、元々英数国理社の連中とは一線を画す傾向の強かった体育教師たち、特にマキらと入学時から係わってきた男性Kが「百周走？　面白くていいじゃないですか」と擁護してくれた。ただし彼は「百は無理だから、半分か、六十周ぐらいにすれば？」とマキらを呼び出すことを忘れなかった。マキは「駄目です。もう初めから百って言ってしまったんで、今さら変えられません」と抗弁した。七人の同志たちも「百周走だから感動的だと思って参加したのよ」「九十でも百十でも厭」と逞しく賛同した。生徒会長だけは「どうせ全員必ず適当なところでリタイヤするんだから、呼び名だけでもでっかく百周走にしておいた方が負け甲斐があっていい」とひどく現実的な発言をしてヤクザの娘に背中を蹴られていた。当時三十二才の小柄でハンサムなK先生は頷き、ほほえみながらペース配分表をこしらえ始めた。

互いにあまり面識のなかった八人は少しだけ仲良くなり、本番一週間前の土曜の晩、「合宿」と言ってロシア人の家に泊まり、ピザと菓子とジュースで盛り上がってパジャマパーティー的にカードゲームをしたり会話に詰まったりし、早朝から五キロほどを「これの十倍か……」と呟きつつ走ったが、ただ一回のその練習で急に目覚めたように三人が翌日、マキに「やっぱりやめた」と告げに来た。今では彼女らの名前さえマキは思い出せない。

「ハイ！」
モリカズの合図でスタートした。一漕ぎ目はゆったりと、二漕ぎからは思い切り長く強く速く引く。四、五漕ぎで舟がはっきりとのってくる。滑らかな、さらなる加速をマキはいつになく正しく知覚する。やわらかくも大きな水の手応えは楽しいぐらいに軽い。漕ぎはすべて丁寧に。前のノブユキの背中とエークに合わせて。大胆に。疲れなんか来ない。腹筋と腰をしっかり使って。エークを握る掌が熱を持ってきている今、やわらかさはきっとぬるさでもある。灰色のさざ波とか余計な物に気を取られないよう目線を舟底あたりに保つ。顎を引くことで。

いよいよの前日土曜、マキは早めに布団に入ったが緊張と期待、それに不安でなかなか寝つけなかった。何となく疑って、一人一人の家に電話してみた。「明日の朝八時集合だからね。来るでしょ？」「うん」――四人全員に確認してから、やっと安心して眠った。

日曜日。真冬の晴天だった。約束時刻にマキは校門前に立ったが、誰もいない。十五分後、剣道部の顧問をしているK先生だけが現れた。

「大久保さん、みんな来ないねえ」

「いえ、先生、彼女たちはきっと来ます。何かの事情で遅れてるだけです」

　三十分が経った。

「大久保さん、来ないよ」

「いえ、来る……と思います。女と女の約束ですから」

生まれてからそう何度も使ったことのない言葉をけれんみなく口にし、マキは薄青い空を力強く眺めた。が、さらに二十分ほど待ったが一人の姿もない。見物だけすると約束していた友人たちも、来そうにない。

「大久保さん、今日は中止だね」

「いえ、みんなを信じてますから。……でも、ちょ、ちょっと電話をかけてみます」

全員と話をすることはできたが、「風邪惹いた」「生理が来た上、突然頭に腫れ物が出来た」「ゆうべ男に振られた」「お父さんが倒れた」などと一人一人にもっともらしい言い訳を聞かされ、あげくの果ては「だいたい、なぜ六、七十キロも走らなきゃいけないのよ」と逆に生徒会長に説教され、論争にはたいていすぐ負けるマキは謝ってしまい、気落ちして先生の所へ戻って事情を話した。

　招かれて体育教員室へ行くと、新婚間もないK先生の机には、マキたちの話を聞いて新妻が用意してくれたというコンソメスープの入った赤いポットが載っていて、チューリップのようなその赤はマキの目に沁みた。彼は剣道部とソフトボール部の顧問を掛け持ちしていて、この日は夕方近くまで学校にいるという。

「大久保さん、どうする？　やめるかね？」

マキは十何秒かとても迷った。みんなに裏切られたのだから、やめたって文句は言われるまい。走らず「走った」ことにしてしまおうか。その方が千倍楽だ。だが、全校生徒に公言したことじゃなかったか。人間には、たとえそれが生徒会長の言うようにどんな馬鹿げたことでも、やり遂げなくちゃいけない時があるのでは。そう考え、甲高く叫んだ。

「いえ、走ります！」

先生は意外という顔をした。マキは後悔した。先生は満足げに頷き、言った。

「それなら早いとこスタートしようじゃないか。予定より一時間も遅れているんだ」

ピッチが少し上がり、皆前後の動きを抑え、流す漕ぎ方に変えた。左右の腕力を偏りなく使ってエークを小さく斜めに突いて回す。体はまだ大丈夫。しかし、ここからが長いのをマキは知っている。

「左いいよー。右も合ってるよ」

モリカズの声が明るい。軽快に皆漕げているようだ。ターンはまだかしら——。黒くて何もはっきりとは見えない。辛さの予感が少しずつ両腕や腰に絡みつく。もちろん早く終わってほしい。すべての練習時と同じく、どうしても前半から彼女はこう思ってしまう。いや、頑張って早く終わらせよう

——。

K先生は、わざわざマキ一人のためにピストルを持ってスタートに立ち会ってくれた。

「じゃあ、大久保さん、行くぞ」

号砲。マキはたった一人で走り始めた。走りながら胸を駆けるものはただただ後悔だけだった。スタートするんじゃなかった。やめるんだった。だが、この日のために一カ月以上前から宣言し準備して気力も体力も自分なりに高めてきたのだ。体はすこぶる軽い。早いところ終わらせたい気持ちも手伝って、マキは手に油性ペンでほぼ真っ黒にまで書き込んでおいたペース表を無視する速度で走り続けた。

先生は女子剣道の方も見なくてはならず、三十分おきぐらいの立ち会いである。彼女はスタート地点であるバレーコート脇を通過する時だけ、先生の用意してくれた小黒板に白いチョークで「正」の棒一本を引くのだった。

十四周ぐらいで体が急に重くなり、速度が落ちた。それまではハイペースのせいもあって夢中だったが、遅くなると「苦しい、苦しい」という思いに交じっていろいろな想念が湧いた。高校に入ってからのいくつかの出来事や、ずっと好きだった男の子のこと。天国へ行った緑の目の白猫のこと。友人たちは後で応援に来てくれるかな、と考えた。正門を出て四分の一周ほどした所に小さな児童公園があり、幸いトイレもあったので、一度そこを利用した。和式なので脚が痛かったが、スタートして以来初めて長々と止まったことで、気分は一新できた。

とうに自己最長記録を大幅更新している距離を、しばらくまた気張って走ったが、再び全身が徐々に重くなった。腰の後ろが痛く、足首が錘《おもり》をつけられたように重い。そこまでは、だが快調なうちだった。三十二周目に、右脚が痙攣《けいれん》した。一大事が来たと恐怖し、速度を極端に落としてしのいだが、だんだん跛《びっこ》を引く体勢になり、左の膝も痛みだした。腰は巨大な何者かに掴まれているように痛い。

悩ましいのろさになって久しい三十六周目、遂に右腓《こむら》が攣《つ》った。次いで十分後には左腓も攣った。右と左が交互に何度も何度も攣り、激痛に呻く。そのつど、止まって腓を伸ばし、すぐに激しく跛を引きながら走った。まるで狂った盆踊りだった。

何度も倒れ伏しそうになったが、両手で前を掻き寄せる夢遊病者のように「フッ、……フッ、……フッ」と吼えながら耐えた。もうこれ以上体が動かない、と何度も思った。こんなはずじゃなかった。まだ半分も走っていないのに！　マキは血が出るほど唇を噛んだ。喉の渇き。寒け。空腹。甘い物を、そして温かいおでんを食べたかった。ポケットの中の飴玉数個は、二周するごとに一個食べたためすぐになくなってしまったのだ。公園の水飲み場でがぶ飲みし、またトイレに入った。しゃがむ時、左右とも膝下が罅《ひび》入るかと思った。

とにかく進んだ。両脚とも、火を噴くように痛い。足首も、腿《もも》も、腰も……下半身すべて激痛と鈍痛の沼に浸かっているかのようだ。足裏に出来たマメが、そんなのは予想もしていなかっただけに壊滅的な追い討ちとなった。ほとんど歩くのよりも遅い速度でもがいているだけだから、体が冷えてそれも辛い。

……………いつしか午後の空は曇り、少し風も出てきた。まともな走りができなくなってしまってから時間ばかりが過度の意地悪さで過ぎたのだった。肩がものすごく凝っている。肘や腕もだるく、痛みがある。頭も痛い。吐き気までする。四十三周目の途中で、足がもつれて倒れた。

起き上がった時、心の奥のものが切れていた。それまでずっと、どんなに遅くても、歩くのよりも遅くてもいいからトイレと黒板の時以外「走り」続けようとしてきたのに、もう「走る」ことができなくなっていた。緩慢に五、六歩歩いて急に止まり、また五、六歩歩いて止まり……の繰り返しだった。それでもなお、二十分ほどカタツムリの努力で前へ進み続けた。が、ふと、座り込んでしまった。

そのまま、仰向けに寝た。誰かに見られたら、などと思考する頭はもうなかった。

ゆっくり起き上がる。いつの間にか眠ってしまったようだった。腕時計を見たら、数十秒しか経っていなかった。慌てて立ち上がる。慌てても仕方ない、と背筋を伸ばし、肩を回し、脚を平手で叩いた。そして両手に唾をつけ、音立てて掌を合わせ、再び走り始めた。あいかわらず体は病人的に重かったが、完走するということ以外何も考えなかった。「ハッ、ハッ、ハッ」と息して前へ、前へ、前へ。全身が痛かったから、どこが痛い・ここが悪いという意識はなく、どこも痛くないのと変わりなかった。いや、そう思うことにした。前に進む、それだけだった。

「走ってる走ってる！　エーク当てていこう」
「ターン行くよーっ！」

タツヤがモリカズが叫ぶ。ノブユキのエーク以外見えず、マキは一個の未だぎりぎりへばってはいない機械と化してリズムをひたすらに合わせる。後半に備えて力は少し残す。いいえ、残すまい、とエークを深く突いて回す。五突き、六突き、七突き。

と、前方から短い呻きが聞こえた。左へ回る舟。見えにくいがエークを合わせるのみだ。突然、舟が左右に大きく揺れた。困ったように誰も声を出さない。右から入る水。前のエークから撥ねてくる水。

「ハイヨー、ハイ！」

タツヤがやっといつもの掛け声を出す。前傾して左足で蹴ってマキは思い切りエークを引く。前一杯で捉えた水を、後ろへまっすぐぶつける。力を入れすぎたマキはたった二漕ぎで肺が苦しくなってきた。

そろそろ夕方が近かった。しばらくソフトボール部の練習試合を見ていたK先生が、ぎょっとしたように言った。

「まだ走ってたのか！　……もう、やめた方がいいんじゃないか」

「いえ、（ハア、ハア）絶対（ハア、ハア）やります」

「四時半頃までにゴールできるか？　先生帰りたいぞ」

「はい、（ハア、ハア）やってみます」

マキも腕時計を見る。あと五十六周。距離にして何キロ？　三時の五十分過ぎだった。思考力があれば絶対無理だとわかるが、簡単な暗算さえできなくなっていたので前に進み続けた。やれるところまでやってみよう、と結論する力だけがあった。ペースを上げる必要は感じた。

陸上部で短距離走だけなら経験してきたのだ。顎を引き、肩の力は抜き、胸を張り、両腕を大きく振る。腰は沈めない。あらためてそんな基本事項に注意を払ってみたら、徐々に疲れや痛みが消え、体が熱くなり、嬉しくなってきた。だが、単に感覚が麻痺しただけだった。

体力はもはやなかった。

再び歩くような速度となり、一周するのに要する時間がとんでもない多さだった。四十八周目を終えてチョークで「正」の一本を書いた時、先生が飛んできた。

「大久保、やめろ。もうやめなさい」

「……（ハア、ハア）……」

「元々百周なんて無理だったんだ」

「……（ハア）」

「じゃ、あと一周で終わりということにしよう」

「……先生、あと二周させてください。ちょうど半分なんです」

「そうか。じゃあ、急いで行ってこい」

だが、正門を出てすぐ、突然右脚全体に、まるで骨でも折れたかのような激痛が走った。マキは転び、「ううぅ」と唸った。そして起き上がろうとして、右膝が曲がらないのでうまく立てず、脚を伸ばしたままの奇妙な四つん這いで前に少し進んだ。そのままもう一度つぶれ、しばらく寝ていた。五分もそうしていた。幸いにも人は通らなかった。もう四時半を過ぎていた。

立ち上がったマキは、五十周を完全に諦めてただ歩いた。歩くだけでも一歩一歩がふだんの五百歩ぶんぐらいに重かった。右膝の裏側が、ほかのすべての痛みを忘れさせるほどに痛い。とにかく歩き続けた。塀の外で枯れ葉を踏んで歩きながら、あと半周以上したらたぶん入院することになるだろうと悟った。五時十分前だった。もう何もかもどうでもよかった。

思ったよりも早く腕が疲れきってしまい、ターン後の最重要なストローク区間なのに浅くしか突っ込めない。できるだけ全身を使い、漕ぐ格好だけはきちんとする。そうしてとにかく三十漕ぎまで長く引き、「キープ、キープ」の合図で腰を立て、エークを軽く突く。余力が非常に少ないのはものすごく困ったことだった。ピッチのリズムに呼吸が追いつかない。舟がのっているのかいないのかもわからない。

「踏ん張りどころだよ。のせてけェ！」

声はモリカズのものだ。見えない。何も見えない。右肩、右腕、左腕が重い。腕力ばかりでなく握力がもう全然足りない。左右ともに。何とか前傾気味にマキは突く動きに意識を集中した。ゴールはまだなのか？　息が苦しい。「ザブーン、ザブーン」と無駄のないいい音はしている。しかし……辛い。やめたい。いい加減やめたい！　終われ！　終われー！　辛い！　辛い！　辛い！　辛い！　辛

い！　でも、……頑張ろう！　頑張ろう！　頑張れ私！　もうちょっと！　あと少し！　これでもう
すべての練習は終わりなんだから絶対負けるな！

少し、走ってみた。走るには走れた。

もう止まるまい、と食いしばった歯を思わず剥き出しにした。戦いの形相。

最後、畑を回って直線道路を少し進み、裏門を通った。あと少し。もう最後。歩きではなく走れているのが最後の救いだった。十秒でも早く完全に倒れ込みたかった。

「フッ、フッ、（ハッ、ハッ）フッ、フッ、（ハッ、ハッ）、フーッ」

前へ。前へ進め。苦しかった。

校舎の横、最後の角を曲がった。あとは直線――――という時、朦朧とするマキの目にまったく予想もしなかった光景が躍りかかってきた。スタート地点の両側には、ブレザー服に着替えたソフトボール部の生徒二十数人が、割れんばかりの拍手をしながら一様にマキの方を向いて整列していたのだ。

K先生もいた。

「ファイトォ！」

「ほら、ラスト、ラストォ！」

「頑張ってぇ！」「頑張れぇ！」「頑張れーっ！」

驚きのあまりマキは全身がかすかに震え、鳥肌が立った。もう体のどこにもそんな力は残っていな

いと思っていたのに、全力疾走に近い格好で、騒ぐ彼女らの挟むゴールへと飛び込んでいった。そして倒れ込みながら、しゃくり上げた。もう五、六年間そんな泣き方をしたことがないと後で思うくらいに、先生にしがみついて人目を憚らずワアワア泣き続けた…………………。


「ラストスパート！」

「深く突け！　もっと突けエ！　まだまだァ！」

「顎引け！」「ガーで漕げ、ガーで」※

後方から複数の声が乱れ飛ぶ。最前衛の無言のアッチャンのリズムが明らかに速まっている。エークを合わせるだけで精一杯だが「突け」「突けエ」と煽られ、マキは左腕に無色透明な怒りを込めて「ハイッ！」と初めて声を上げた。初練習以来実に初めて皆の掛け声に本気で加わった。もう少しね。行くわよ。

「ハイッ！　ハイッ！　ハイッ！　ハァッ！　ダーッ！　ワーッ！」

大声出したせいでマキは吐きそうになった。ゴールした途端、自身の激しい息の音で何も聞こえなくなった。舟は揺らめく暗い広大な〝風呂敷〟の上をそのまま滑っていった。

十数秒して、呼吸のわずかに整い始めた誰かが訊いた。

「モリカズ、タイムは？」

突如天使団のように出現してくれたソフトボール部員たちはやがて帰ったが、立ち上がれないマキだけはＫ先生におぶわれ、体育教員室へ休みに行った。「お疲れ様」とスープをふるまわれて次第に元気回復し、昼の弁当の残りだというおにぎりとゆで玉子ももらった。ほとんど一呑みに食べた！先生といろいろなお喋りをし、スープは四杯も飲んだ。そして晴れ晴れと学校を出た。首から下、特に下半身があまりにも重かったが、何とか駅まで歩き、寄る所に寄ってから家まで辿り着いた。

四十九周。約七時間四十分。距離は二十八キロぐらい。それとも三十キロ台だろうか、後半崩れまくったせいで時間ばかりとんでもなくかかり、距離的には大したことない、どうしてせめてもうあと三十周、いやたった一周できなかったのかとマキは自らを小突きたかった。だが、とにかく頑張った。約束を反故にされた恨みなどはとうに忘れていた。

一夜明けると全身が筋肉痛という名の石か鋼鉄になり、爽快感は消え、充足の感じも人に語れるほどのものではなくなってしまった。だから登校しても一切威張らなかった。歩き方がロボットだったし、もちろんクラスでも廊下でも注目され、応援に来てくれなかった親友たちをはじめ何十人もの生徒に「どうだった？」とほほえみかけられた。担任にも。ぬけぬけと涼しげに握手を求めてきた生徒会長にも。「凄い。四十九周でも凄い」と称える人がほとんどで、しかし変人というレッテルがさらに固着したようだった。

ガー…気持ち。意地

二週間ほどは「あの人、百周走の人……」という小声をマキは校内のあちこちで耳にした。生徒会新聞のインタビュアーが来た。

三学期の期末試験で精彩を欠いたものの、組替え直後のマキは一時的に人気者となり、ホームルーム委員にという推薦の声さえ受け、僅差で落選した。そこらへんまでだった。六月頃には誰もまったくマキをマラソンに結びつけなくなった。新しい若い担任にだけは一目置かれ続けたものの、友人の数は元通り少なめへと落ち着き、恋に恋する小羊の心もあいかわらずで、卒業後の進路を決めるにはもうあと数カ月もかかった。つまり、瞬く間に元のマキに戻ってしまった。

いったいあれは何だったんだろう、と時折彼女は振り返ったが〝若気の至り〟という明るい自嘲語だけがいつも湧いた。東京へ引っ越したのちも同じだった。二十二、三才を過ぎると人に語る機会がいよいよ減り、いつしか完全忘却に近づいた。保父をしていた優しい恋人にただ一度寝物語として聴かせ、「面白いなァ。マキはやっぱりスポーツウーマンだ」とキスされたのだけは幸も不幸もなく覚えている。

やはり少々重厚な挿話でしかなかったのか――。

歳月を隔て、だがここ沖縄での素敵な友達は言ってくれた。人は頑張っている姿が一番美しい、頑張った結果が一番尊い、そしてマキは頑張っているから美人・清人だと。あの百周走の結果らしい結果は得ていないようなのだけれど、何かあの十七才の冬から保ち続けているものもあるのではなかろうか、と今思いたかった。

ターマさん、こんな私もハーリーに出会うはるか前に、一度きり死力を尽くしたことがあったのよ。

今日は今日で、けっこう頑張ったかな――――。


「…………」

「モリカズ、どんなか？」

「ごめん。スタートの時ボタン押し損ねてた」

すぐ嘆息が数人ぶん聞こえた。それはないですよ、と二つ後ろのトシオが非難がましく軽く笑って振り向いたようだった。アリサはどうやら目をつぶって未だ激しい息をしながら縮こまっている。暗い中でマキはモリカズまでは見ず、夜空を少し仰いで大きく息を吐いた。〝お腹のめまい〟とでもいいたいかすかな腸の痛みがある。

「でも、舟がでーじ走ってたよ。トモノイがちょんと入れるだけでスピード入らなくなるところが、今のはちゃー抜きーしてた。いったーそれだけまっすぐ歩いてた。わんも頭でバランス取ってたけど……」

もはや墨汁の海でしかない危険な河口を、ゆっくりと漁港へ帰る。腹痛が消え、呼吸もようやく静まってマキは、力を真に使い終えた後の空《から》っぽさとほどよい熱が心ごと体を浮き上がらせかけているのを感じる。

舟を岸に揚げた。逃げてしまったのかミノルの姿はもうなかった。漁協のエークを洗い、各自着替えに入ろうとしていた時、モリカズとアッチャンが皆を呼んだ。先ほどと同じく立ったまま円陣を組んでのミーティングとなった。数字で確かめられないけれど最高の速度は出たはず、と悪びれず説いたモリカズがまず訊いた。

「マサル、どうする？」

「いいんじゃない？　今ここにいる人間が決勝漕げばいいよ」

誰からも異論は出なかった。マキは嬉しさも当惑もなく、ただかすかな浮遊の衝動を楽しみ続けつつコトの明快さに頷いていた。モリカズはチームの意思を再確認してから、誰に顔を向けるともなく語りだした。

「前半も後半も、舟が滑るように凄い速さで走ってた。あまりにもスピードありすぎて、いや、そのせいじゃないけど、ターンはブイがよく見えなくてわんが大失敗した。アッチャンも立ち上がった時にブイを見失って困ってたね。ローリングしたのは、それで座るのが遅れたからだと思う。とにかく漕ぐ腕の責任じゃない。だから、実はストップウォッチのスタートはちゃんと押してたけど、最後わんの判断でわざと止めなかった。タイムがどうこうじゃないと思って。みんな怒らんでよ。最高に仕上がったと思って自信持ってよ。

それと今の、舟がのった時の感覚ずっと忘れないで。真っ暗で見えなかったからこそ見えたものもあると思う。座頭市の居合《いあい》じゃないけど。当然エークはぴたっと合ってたはず。ちゃー引きーからピッチへも、たぶん全員が自然に何も考えずに移れた。

みんな、行けるよ。あさって行ける。こうなったら断トツで叩《たっ》ぴらかして優勝しよう。何十日もきつい練習こなしてきて、練習量がよそよりも段違いに凄いから自信持て、ということじゃない。むしろ、ぎりぎり間に合った。本当にぎりぎりだったとわんは思う。今からはもう、不安があっても俯く必要なんてない。尻込みしないで。本番もたった四分弱だよ。苦しくて息が上がって、とても長いと思うかもしれんけど、誰だって苦しいんだ。強い気持ちで漕ごう。

何よりも、舟を信じてよ。力伝えれば必ず舟は応えてくれる。みんなで同じ一つの舟を動かして、最後にみんなで笑おう」

「……ターマのためにも絶対勝とう」

「頑張るぞぉ！」

演説をアッチャンの呼びかけとタラーの雄叫びが補完し、皆拍手した。

引き続き大会当日のテントや椅子の手配、場所取り等について皆で話し合い、モリカズは帰り、入れ替わりにミノルが佐久本商店——すなわち自宅——からビールを一箱持って戻ってきた。逃げたのではなくチームのために軽快に、涼しくも信頼しきった笑顔で再登場したのだった。

明くる土曜午前、マキは人魚のバナナイエローのTシャツと緑主体のスパッツを部屋の床に広げ、赤や黄緑のタオルを添えてみたりして大会当日のいでたちを決めた。それから右袖の「佐久本昌盛」の印字を眺めた後、油性ペンを持ってきて、前の晩に考えぬいた通り、左袖に「玉城毅」と恥ずかしがらず書いた。タマキ・タケシ——これがターマの姓と名だった。

連休が取れたマサルに、午後名護の病院まで連れていくとの約束をもらっていた。タツヤは山からの帰りに寄るということで、タラーも用事のついでに夕方ひとり向かうらしく、マキは自分らが一番乗りと予想した。朝彼女からの電話に出たカオリは、再来週ぐらいまで行けそうにないので千羽鶴をタラーに託す、と申し訳なさそうに言った。

「え、私も折ってるところ！　カオリは何羽？」

「夫や兄の子やウチの母さんに手伝わせて、だけど百羽でいったんギブアップ。千はとても無理だね」

発奮して一気に百六十羽にまで増やした折り鶴を、ブランチ後、マキは糸で繋いだ。意外にこれが大変だったが、頂上に金鶴や銀鶴を持ってきて、綱二本としてどうにかまとめる。こんなことできるぐらい暇なのはチームの中で私だけですから、とターマには気楽に受け取ってもらうつもりだった。クーラーを弱にしていたら汗をかいてしまったので、シャワーを浴び、外出の準備を早めに始めた。

折り紙以上に大事な準備だ――。

濡れるのが前提であるためこれまで丁寧な化粧をしてきたとはいいがたく、皆との出会い以来初めて盛装気分でファンデーションを塗る鏡の女を、マキは戒めの目で見続けた。親友カオリに贈られた言葉〝自分を輝かす化粧〟――攻めのメイクとは何か。少なくとも、誰かのために綺麗になりたいと久しぶりに思えているのは攻め始めに違いなかった。重傷を負ったターマを元気づけたかったし、彼に修辞でなく本心から「綺麗」と言われることでさらに何かを還元したかった。チームの全員が感謝の対象だけれど、ターマがいなければここまでハーリーは続けられなかったかもしれないと考える。どうしても昨日までとは違う化粧でなければならなかった。肌はもちろん明るめにした。

ターマと会うのがとても怖くもあった。

複数枚のアイパレットや口紅の束を見下ろしながら、次に思ったのは要所要所をパールで輝かすことだった。が、ナチュラルメイクの単なる延長ではきっと物足りない。いっそ国際通りで見かける地元の高校生たちのように、アイラインをやたらどぎつく引いてその周りを濃紺等で若々しく汚してみるのもいいかもしれない。そんな欲張り心でまずアイラインペンシルを手にする。

初心者でもないのにここ最近ペンシル一本で済ませてきた不精にふと気づき、それを置く。リキッドを引っ張り出す。鼻柱が突き出ていなくもない楕円顔のマキの場合、眼元の仕上げ方によって蝶にも芋虫にもなる。それを知っているから急がずに、だが思い切ってラインをつくる。こんなにも精魂込めて眼を縁取るのは数年ぶりだと半ば驚きながら。

眉、睫毛ともに一本たりとも無視せず整え、強め、アイカラーは明るさと健康美ならこれしかない信じるブラウンとオレンジを選んだ上で、ふだんの倍の量を塗った。けばけばしさの寸前で止めることができたのは高校生にはない分別からだが、アイラインの成功が余裕と大胆さとさらなる細心さを確実に生んでくれていた。

口紅は、最初「真っ赤」をと言葉を躍らせたが、シャドウ類に合わせるべく迷いぬき、いずれもゴールドパール入りであるやわらかなブラウンレッドと元気の出るオレンジレッドを天秤にかけた。急に冒険心が膨らんで、全然異質なローズピンクに染めてしまった。

唇だけが……愛らしすぎる。しかしピンク系の甘さ自体は諦められず、既に完璧だったはずの眼元に、三色目の黒に近い寒色を微量足してみた。かつて編み出した自己流の秘術である。それでも唇の強さが気になるので、拭き落としてから一段薄いシャーベットピンクに変えた。ホワイトパールがものすごく効いており、色というより潤いと輝きを塗った感じがする。パレット物も含めれば二十色以上あるのに一つ二つの紅《べに》にばかり頼っていた日々が、こうなると不思議でならず、あらためてマキは鏡の中の自分をきらきらと睨んだ。

既に何となく別人であり、それは懐かしい全盛期のマキ自身にも似ていたが、最重要なものがきっとまだ足りない。ロングヘアーという額縁か、と思いついて小首を振った。こんな消極的な意識では生まれ変われない。まだ残る眼と口元のかすかな不調和を、久しぶりの頬紅で解消することにした。色にばかり縛られている気もしたが、頑張って、メイクしてよかった、とターマの前で堂々と呟けるようにはしたい。――それよりも何よりも、逢いたい。怖くてもあの人に逢いたい。

偶然ほほえんで、これだ、と思った。足りなかったものは髪などではなく生きた表情だ。マキは何度も眼尻を下げ、えくぼをつくりながらチークブラシをより的確に当て、下瞼のオレンジを足すなど全体を微調整した。女に生まれてよかった、などとありきたりな情に片足浸したりしているうちに本当に楽しくなってきた。

化粧が終わると髪全体にウェットムースをつけてコームで梳《と》かしつけ、バリ島風の首飾りをし、白のタンクトップの上にトルコブルーの半袖シャツを引っかけ、ボトムスも決めてクーラーの前で休んだ。飾るべきものをこれほど長時間かけて飾ったのは本当に久しぶりであり、手鏡を覗くたびに微笑が咲きこぼれた。何も高らかな声で笑わなくても自己主張はできるのだ。さらに手にしたのは、眼の大小に人生をわずかでも左右される筋合いなんてないという気づきだった。早くこの完成された笑顔を病室へ運びたかった。そんな心の奥底と、肝心なターマの求めるものはともにまだ見えていなかったのだけれど。

迎えに来たマサルは、到着を伝える電話がつっけんどんだったので本日不機嫌かと思えたが、そういうのはいつものことであってマキを見るなり「今日はリゾートホテルのお客さんみたいにいい感じだけど？」と明るく問い詰めた。

「きっと大好きなマサルさんとターマさんと、三人で過ごせるからですよ」

偽りなく答えたマキは、北谷の花屋でマサルと一緒に白いユリなどを選ぶ時に実際多少はしゃいでしまい、車内に鳴り響くあいかわらずの怪鳥または爬虫類じみたレッド・ツェッペリンとガラスごしのヤシや夏空やアイスクリーム売りの少女といった風物との乖離《かいり》に苦笑し、ルート58を嘉手納から読谷、恩納《おんな》村へと北上して急に左に開《ひら》けた青緑の海へは可愛い歓声を送った。

「——まさにリゾート地帯って感じ。宜野湾や嘉手納の海とは色が違いますねー」

「気に入ったば。じゃあ、万座《まんざ》あたりで車ごと海に飛び込んでやる」

「心中するんですか？」

「マキがあんまり綺麗だから頭がクラクラして心中したくもなるねえ」

「もう、マサルさんってどこまで本気で言ってるのか時々わかんない。……でも、ありがとう。マサルさんに褒められるたびに私、嬉しくて安心して〈とび魚〉やめられなくなる」

これが営業マンの手口だよ、などと無粋なことを口走ったりはしないマサルだったが、その後立て続けに仕事絡みで携帯が鳴ったりして敬語だらけになって電話相手への二、三度のお辞儀などし、マキに対しては断片的な会話しか仕掛けなくなった。お蔭で彼女は小鏡で唇などをこまめにチェックすることができた。缶紅茶を飲んだだけでも色落ちを非常に心配する、そんな細やかさをマキは海と空と道と緑の眩しさのせいで彼女自身「クラクラ」している証だと推測し、ほほえめばピンクこそが眩《まばゆ》かった。

名護には一時間少々で着いた。駐車場を歩くだけで首筋から汗が噴き出たが、病院内は車中以上にクーラーが効いており助かった。顔がべたつくのはやはり困るから。

けれども白すぎる白衣や、薬品臭や、院内独特の痛み含みともいえる穏やかさが視界や鼻腔に鋭く入り込むにつれ、マキの気持ちの華やぎは減退していった。エレベーターがその階で開いた頃には、心臓がおかしくなり始めた。

ターマは大部屋に寝ていて、区切りのカーテンの一部をマサルが「入ってもいい?」と大人しい言葉をかけながらも勢い良く開けると、予期していたかのように首を向け、ほほえんだ。顔が明らかに萎んでいる。とても嬉しそうだが点滴中だった。

「個室は入れんかったばー」

「昨日まで個室だったさー。もう腹の痛みはほとんど消えてからさ、今日から歩行訓練してるわけよ」

声も細い。無精ヒゲはない。マサルが巨大な花束と、花瓶代わりの泡盛の空き壜をターマの鼻先に突きつけるのと同時に、マキは袋から「これも」と折り鶴を出して見せた。

「ありがとう。マサル、マキちゃん、ありがとうね」

今度の声は元のターマに少し近い太さだった。しかし、横に向け続けている顔は見れば見るほど華奢で、笑顔でも何でもなく内側から壊れていた。なぜこんなに、女の子みたいに小さくなっちゃったの、と感じた瞬間、マキは息が震えてきた。

「マキ、まだ泣くな。ターマの激闘話を聴くまで待とう」

しかしマキが俯けた顔を両手で押さえて歯を食いしばったままでいるので、マサルは「水入れてこようね……」と離れた。手をもう外せない最悪の姿勢でターマの前に取り残されたことに気づき、マキは何のために頑張ってメイクしてきたのかわからなくなり、眼をこすることだけはせず、そこにあった丸椅子にぺたんと納まる時にさりげなく体の向きを変えた。そしてずっと静かに鼻を啜っていた。ターマは二度ばかり名を呼んだが、マキは答える代わりにハンカチを出したり、鶴を自分の脇腹に押しつけたりした。

ターマはもう一度、明るい当惑声で言った。

「来てくれて本当にありがとうね。もう少しで重湯が食えるようになるし、歩く訓練全然難儀じゃないし、暇で困ってただけだよ。退院したらまた飲もうね」

ハーリーの件に触れないのが痛ましかったが、マサルが壜を持って戻って「本当は花より、ビール一ケースにしようかって迷ったんだけどな」とあくまでも軽口で攻めるので、マキはやっと涙を止め、ユリを挿すのを引き受けた。ターマを正視せずに。

「欲しい物ある？　A&W《エンダー》とか食いたくないか？」

「マサル、栄養は全部点滴で摂ってるよ。喉も渇かん。胃がでーじ縮んでるから、たぶん今肉を胃に入れたらショック死すると思う」

「……腹の痛みはどんなだった？」

「一言では言えん。最初大木がぶつかった時の衝撃はあまり覚えてなくて、気がついたら腹ぐゎー抱えてたよ。起き上がってケンケンで前屈みで歩こうとしたけどうまく歩けんかった。お腹全体が激痛で、呼吸できんわけさ。胸にも罅入ってたし。でも、レントゲンとかエコーとかで調べてるうちに痛みは減っていって、血が溜まってるからしばらく寝かして様子見ようってなって、薬ももらわずに一晩ベッドで眠ってた。血が止まれば腹切る必要ないだろうってことだったけど、翌日まだ出血してたから手術さ。全身麻酔で。手術の翌朝、目覚めてからが激痛だった。三日間は痛くて眠れんかった。点滴打って、薬も呑んだけど、効かんわけよ。座薬も。それにポコポコ腹の中が動いて変ナーだし」

ターマの饒舌に安心し、マキは無言のままトイレの鏡を見に行った。眼元も含めどこが崩れたというのはなかったけれど、わずかな間に肌全体が生気をなくしたとはっきり思い、芳香剤の力も借りて深呼吸を四回した。それから必要の有無にかかわらずスポンジとチップとブラシを丁寧に当てた。ほほえんでみることも忘れなかった。

ベッドから「チンチン」という言葉が立つのでマキは驚いて白カーテンの陰に隠れ直した。

「ハハハ、俺の時も、」

「いや、マサル、そんなもんじゃないさー。腹切る前にシーバイしとかなきゃいけなくて、看護婦さんが『オシッコ出してください』、これがなかなか出ないわけよ。最終手段で、割り箸より太い管をチンチンに突っ込まれてよ、たぶん先端から五センチぐらいだと思うんだけど、ある点に達するとクーッと出る。自分が人間じゃなくなったみたいに感じた」

「その時の激痛が今回のあらゆる痛みの中で最大だったたって？　ハハッ」

「でもマサルがヤックワン※に自打球ぶつけたあれは、」

いくらか楽しそうだったので、マキは二人の前に軽やかに戻れた。鏡の中の最後の自分が輝いていたせいもある。

「何の話ですか？」

「激痛話のクライマックス。マキはさっき泣いてたけど、俺は今泣きたい。こういう痛みは女にはわからんからな」

「……でも、女の人は子供産む時痛いもん」

「だけどマキ、ターマはもう子供つくれんってよ。どうする？」

「本当ですか！」

マキが六割の真顔で訊くやいなやターマはけっこう激しく片手と首を振り、それで三人は初めて一緒に少し笑った。腹筋が衰えているためどうもうまくは笑えないとこぼすターマに配慮し、以後は微笑を交わす程度の可笑しさをマサルもマキも会話中に心がけ、ハーリーのことは自然にそれぞれの口から出た。

「みんなには、きちんと頭下げたいよ。頑張ろう頑張ろうってけしかけておきながら俺一人こんな形でリタイヤしたんだから」

「でも、ターマさんからもらった気迫はみんなの中にありますよ。私とトシだけじゃない。ターマさ

ヤックワン…金玉

んがいた時はいた時で力借りたけど、いなくなってからは危機感でもっと頑張るようになったし。うん、ホントに」

「……明日応援にさえ行けん体だけど、そうだね、みんなの夢だった嘉手納での優勝勝ち取れれば俺はもう言うことないよ」

「ターマさんに喜んでもらえるように私も、最初で最後のつもりで頑張る」

「いったー、馬鹿じゃないの？」

マサルがひときわにこやかに二人を叱りつける。

「お前たちの夢はその程度か？〈とび魚〉は今年優勝して、来年も優勝して、五連覇ぐらいするって予定してる。俺が今そう決めた。その後《あと》全島でナンバーワンになって、最後は世界選手権でシンガポールの最強チームと戦うんだよ。『何も言うことない』とか言ってる場合あらんど、ターマ」

「ごめん、マサル」

三人は思わず固く握手した。ターマの親指あたりは、微熱があるのか普通より温かかった。マサルの甲も冷たくはなくすべすべしていた。雄大な少年二人とくっついてマキも初めて一瞬若い弟になった。もう一つの手で下の方から二人の指々を強く包み、途中からは女らしく四分の力を抜いた。

廊下を歩いていて、マキはトイレに入りかけるマサルに「ちょっと、一言だけターマさんに質問し忘れたから」と合掌を向けた。

カーテンごしに声をかけ、「どうぞ」と言われてマキは急に恥ずかしくなったが、慌てずとも潔く――アイラインを引いた時のように――中に入った。

「忘れ物？」

「ううん、ターマさん、あの、……今日も私、テルテルボーズみたいですか？」

「いや、……オードリー何とかバーンみたいだよ」

「えー、アハ、本当にヘプバーン？」

　踊っていいのならすぐ踊れるほどマキは何も疑わず、小さくはないらしい眼を細め、口から続いて予定外の言葉が溢れるのを止められなくなった。

「ターマさん、こうなったら絶対明日勝ちたい。ターマさんがいないから不安だけど、どんなことがあっても勝ちたいです」

「マキちゃん、勝てるよ。あれだけ頑張ってきたんだから」

「今からもう、少し緊張してるの」

「大丈夫。……緊張しないで」

「でも、あの、何ていうかやっぱり、せめて岸からターマさんが見守っててくれたらなーって、それだけが本当に残念です」

「優勝できるかできないかはそんなのとは別だから、とにかく心配しないで」

「……はい」

「……明日のレースには、できれば俺の、片思いを持っていってよ」

　適度に太い、そのくせどこか揺れる声を吸い込んだ途端、マキはターマの顔を上から凝視し直した。

それって、

And if you knew
How much I love you baby
Nothing could go wrong with you

それって「ドント・ウォーリー・ベイビー」！――――――

マキは口を閉じ、閉じきり、泣き顔に近いかもしれないと思う笑みを厚く重く彼に向けたまま、二歩ほど後ずさりした。

「……大会終わったら、また来ますね。必ず来る」

細声でやっと言い、頭を下げて戻し、あらためて笑いかけ、踵《きびす》を返し、小走りで去った。本当にまた涙が滲んだ。瞳を乾かす気持ちでかすかに首を振りながら、廊下はゆっくり歩いた。そして胸だけがこう囁き続けた。ターマさん、もう少しだけ待って。大会が終わるまでは待ってね。もし今あなたの、初めてまっすぐ教えてくれた本心に応えてしまったら、つまり二人結ばれてしまったら、きっと明日あなたの存在に頼ってしまう。たった今吐きそうになった弱音の通り、本当にあなたに寄りかかりながらしか漕げなくなってしまう。自力で雄々しく勝つつもりだから、それが私の〝綺麗〟の完成だから、あと一日待ってください。私はもう、最後の言葉で決めました。世界一素敵なあのカーレース曲の歌詞《ドント・ウォーリー・ベイビー》を借りてまで私を求めてくれる人なんて、もうあと百年生きたってほかに現れないと思うから、ターマさんこそ心配しないで。私だってあなたに恋してる！

なかなか見つからなかったマサルは建物の外で煙草を吸っていて、謝るマキの肩を軽く叩き、物言わずすぐ車に向かった。まだ三時前で、陽射しは髪がブロー数回ぶん傷みそうなぐらいに容赦ない。

恐竜音楽を帰りは止めてもらえたのでマキは助かった。カーエアコンが効いてくるまで十分近くもかかったのは辛かったが。

しばらく慎重だった二人の会話は、A&Wのドライブインで小腹を満たしたあたりでハーリーからもターマからも離れた。マキ自身は「明日のレースに持っていくもの」から離れようがなかった。九州の大学にいた頃のマサルの想い出、そこをバイトのしすぎで中退し島に戻ってから就いた五、六種類の仕事のことなどをたまに瞳を合わせたりして聴いたマキは、マサルが未だ旅したことのない北海道やヨーロッパでの忘れえぬ景色や失敗談や美食体験をやがて滑らかに語った。

「――あれが島バナナ」

突然マサルが話を遮り、国道沿いの左側の小さな草地の隅にぽつんと生えている高さ二メートルほどの、木とも草ともつかぬヤシ似の物を指さした。あちらこちらを気ままにめざす長い大葉が風車をもマキに連想させたが、二秒足らずで後方へ消えた。

「青い実が生《な》ってたのわかった?」

「え、生ってたんですか?　もう一回そばで観たいな……」

もちろんUターンを頼む気などなく、沈黙ついでにマキはターマの灼けた顔を脳裏に再び大映しにした。そして思いついた。庭にバナナがある彼の家を早く、一日も早く一人で訪れたいと。

おいしいけれど一本きりだとちっぽけで、しかし半剥きにした姿が小ささゆえに小鳥にも天使にも似てしまう島バナナを時によっては見倣《なら》いつつ、脆さを捨てていろいろなことにこれからも挑戦するつもり。ターマにならそんな幼稚っぽい科白も受け取ってもらえる気がした。

続きを少し喋った後、急にマキはいつかショウゴと車中でシリトリした楽しさを甦らせたくなり、マサルに同様のを提案した。根性とは別に気軽さも今の自分には必要だと感じたから。マサルは「千円賭けて本気で戦おう」と変に男臭くのってきた。

「でも、俺が受けて立つシリトリっていったら、世界のサッカー選手名かプロレス技になるけどいいば？」

「……きっと楽しいけど、それだと私勝てないなー」

「じゃあ、……お互い元大学生ってことで、四字熟語で知性を競うか」

「それがいいです。うん。マサルさんからどうぞ始めて。シリトリのリから」

「リからか？　………リィ……」

臨機応変、という語がマキの頭には浮かんだが、ンで終えては負けてしまう。ほかに湧くものはなく、マサルの知性の発揮を待ち受けた。

「リ、………『猟銃乱射』」

「えー、そんなの！　……駄目。ほかのにして。ちょっとはマサルさんらしいけど、不健康ですよー」

「じゃ、『琉球諸島』でいこう。ウチナーンチュだから」

「ウね？　…………『運動不足』」

「ク、…………『食いすぎ注意』」

「え？　何で？　何でそれが四字熟語？」

千円賭けているだけにマキはなおも騒いだ。マサルは赤信号の時、いちいち解説させるなフラー、と明るく暴言吐いてから紙片に「食過注意」と書いてみせた。

「イ、…………『一日一歩』」

「『骨なしソーキ』」

「マサルさんそんな目茶苦茶ばかり言って。私も罵るわよ。冗談大王」

「キだよ、キ。早く続けれ」

「…………『近親相姦』」

「…終わった」

マサルは首をがくんと前に振り、怒らせた罰として千円は俺が払う、と言い足した。今ので急ブレーキ踏みそうになった、とも。マキは財布からの札をマサルの左手に握らせた。やわらかに。

「ガソリン代かかってるでしょうから、もらってね」

「アイスクリン買うか」

早速千円の一部でバニラ味のアイスクリームをマキに奢り、アクセル踏みながらマサルも食べた。

「マキは、でーじな女だな。千羽鶴渡してすぐ泣いたお嬢様とはもう思えん」

「別の面白いことしませんか？　もうお金は賭けないで」

「サイコロ遊びしよう。過去の最悪の恥ずかしい体験とか初恋とかを告白し合うやつ」

「サイコロないけど」

「さっきの紙にマキが一から六までてーげーに書いてみれ。俺が数字言えば、サイコロ振ったことになる」

「どんな中身がいいかな？」

二人で相談して「体重何キロか」というできれば避けたい唐突なものまで笑いながら入れ、そんな各題目にマキが数字を適当《てーげー》に割り振り、それからマサルが「四」と言った。

「四は、『一番情けなかった恋の破滅』」

「よし、マキから語れ」

「えー、…………情けない経験少なくないから、どれ選んだらいいか……」

保育士とのホテルでの修羅場はやはり想い出された筆頭だった。

海や緑やバナナやリゾートホテルやちまちました町を見てきた車は、その時ハム工場前に差しかかった。象の倍以上に大きい牛や豚の張りぼてが広い庭に並んでいる。牛が真っ黒なせいで、マキは出会ったばかりの頃の重たかったターマを想ってしまい、もし新しい善良な恋の相手にまで聴かせるとしたらいったいどれが無難か――いや最適か――、ひそかに熟慮した。真剣で美しくて大口開けて笑い飛ばせるものがいい、と目星をつけていった。すべて過去はそのようでもあった。

「……あのね、中三のクラスに、サッカーがうまくて勉強もできる、とてもカッコいい男の子がいたの」

「まるで俺みたいだな」

「………私、暗くはなかったけど完全な片思いで、たまーにお喋りした以外はほとんど係われなくて、でもバレンタインにかなり高いチョコあげたのが効いたのかしら、卒業式の後にクラスのみんながそれぞれ自由に写真撮り合ったりした時に私、勇気出してお願いして彼とツーショットで写れたの。そしてね、『クラス会でまた会いたいね』って握手してもらえて……『クラス会で』ってことは、それ以外では逢う気がないってことだったんでしょうけど、当時はそこまで頭が働かなくて、とにかく彼に特別に約束してもらったみたいな気持ちで『クラス会』『クラス会』ってそればかり呪文のように唱えて過ごしてたの。高校は女子校だったしね。

そうしたら、願いが通じてかな、半年も経たない夏休みに早速クラス会があって、私は買ったばかりの高いワンピース着ていそいそと出掛けたんだけど、彼、高校のサッカー部の合宿と重なってたらしくて欠席だったの。私、ショックで夏風邪惹いて寝込んだわ。

冬が来て、初めての年賀状出したら、返事に『昨夏は会えずにとても残念でした。クラス会がまたあるといいネ』なんて書かれてて、私ったら『とても』っていう三文字のせいでまたまたクラス会を心待ちにしちゃったの。そんなに逢いたきゃさっさと電話でもして逢いに行けばいいし、思いを伝える方法はいくらでもあるのに。やっぱり幼かったのね。それに、自信がなさすぎた。

そしてボーイフレンドの一人も出来ないまま、さらに一年が経ちました。彼のことは忘れた方がいいのかな、それとも告白しようかなってやっと普通に悩むようになった時期があったりして、結局は想い出を捨てる方を選びつつあって、年賀状ももう出さなかったんだけど、その高二の冬に、親の仕事で外国へ行ってた活発な女の子が急に里帰りした関係で、中三のあのクラスのみんなが急に集まることになって、私、懐かしい彼にやっと会えるんだって知って、雰囲気どう変わってるかな、背なんかさらに伸びたかな、なんて想像してるうちにまたまた恋心燃やしちゃったんです。でも、実はすごく困った。

あれは二月の日曜日だったんだけど、中学の隣町の、森や池がある広い公園に昼間から集まってみんなで遊んでから、明るいうちに喫茶店かレストランへ流れようっていう話だったんだけど、私は元から決まってた大事な用事があって、どうしても待ち合わせ時刻にはそこに行けそうになかったんです。でも、でもできるだけ早く済ませようとは思って、だけども結局夕方まで大事な用事が長引いちゃって、」

「大事な用って何?」

「えーとね、あの、……高校の周りを四十九周走るっていう用事」

「マラソン大会?」

「いいえ、べつにそういうのじゃなくて、ひとり……」

「訳わからんよ、マキ」

「その訳が、まあ、あるんですけど、どう言ったらいいか」

「何キロぐらい走った?」

「三十キロぐらいかな。マサルさん、ごめんね。これについてはたぶんすごく長くなっちゃうから、また別の機会に話します。……とにかく、どうしてもその時の私は走らなきゃいけなくて、夕方まで走って走って走り続けて、やっと終わって、もう全身壊れかけてたしお風呂に浸かりたかったんだけど、家に帰り着く前にとにかくバスを降りて、約束の公園まで歩いて、もうすっかり日が暮れてたけど、みんながまだ手繋ぎ鬼かボール遊びでもしてるんじゃないかと思って、広い広いアップダウンだらけの公園の中を足引きずりながら三十分以上さまよい歩いて、当時は携帯なんてないからどこの店にみんなが向かったのか訊きようがなくて、最後は半べそかいて家に帰って………結局、それっきりクラス会は開かれずに、サッカーのあの人とも完全に縁が切れちゃいました。…………馬鹿みたいな失恋でしょう？」

「………馬鹿とは思わんさ。でも、何で独りで三十キロも走ったのか喋ってみれ。そっちの方が面白そうだから。……海に寄ってくか」

マキは「海」という言葉に飛びつく気分になり、迷いはあったがマサルに二度三度顔を向けられ、とうとうあの百周走についても語った。手短にと最初心がけ、いつしか熱く太く、長々と———。

車は国道から右へ折れ、どことなく見覚えのあるスーパーのある道を進み、電信柱の列が目立つ畑の間の小道に入った。十七才のマキが〝涙のゴールイン〟を果たすより前に、語り続ける二十八才のマキはなじみの浜に運ばれていた。二週間ぶりの〈とび魚〉の秘密基地！　どんなお洒落なビーチが待っているのかと期待してしまったマキは、ただただ苦笑するために物語を中断した。

ほぼ満潮。土曜なのに誰もいなかった。マサルがキーを抜いて外へ出たのでマキもドアを開けた。歩くのなら陽傘が欲しいのだが。促されての語りは「右脚が攣って、次に左も」の部分に差しかかった。

午後四時の白い陽のあたりから、速さのない熱風が下りてくる。眼をヘプバーンのような大きさにはとても開けていられないけれど、海はやや貧相なパステルブルー。白絵具をたっぷり混ぜてとろ火

マサルは今度は上投げでいろいろな物を遠浅にぶつけ、ダーツ風にも投げ、それから遠慮っぽくも
「いちおう約束ですからね。破ったら罰金五千円よ」

「俺？　何かそんな話する雰囲気じゃなくなったな」

「そーんな、何言ってるんですか。きっともっと凄い昔話をみんなそれぞれ持ってるはずですよ。ちょっと大げさな話し方しちゃっただけ。ところで、マサルさんの方の失恋話は？」

「みんなに話せ。来年からはお前がエンジンで、イチバンエークで、会計兼連絡係だ。舵取りもやらす」

「いえ、誰にも」

「……マキ、その感動的な話はターマにしたか？」

て重い声で言った。

　長すぎた話が終わった後、マサルは石か何かを拾い、ソフトボールのピッチャー風に放《ほう》った。そし
　近くのあちこちで時折小魚が姿なく跳ねる。

しかし、一部分に降り立った数百片の光のかけらは空同様に海面から瞳を弾きはする。

へとのっぺり繋がり、午後のまどろみというべきものが真夏のきつさをやはり呑み込みかけている。

透明は透明だが温泉ぽい白濁の感じがしないでもない、そんな汀あたりの海水の薄青さがそのまま沖
　粗い砂をどことなく香ばしく鳴らし、マサルは大股で、マキは彼を追って急ぎ足で海に近づいた。

なってシャツで顔だけを少し隠した。波穏やかで、静かだ。

で煮込んでいじめたらこうなった、と想わせるごく弱い空色。マキは語り続けた。タンクトップ姿に

明るく十秒近くもマキの目を覗き込んだ。

「………マキと初めて会った時、『ナーベーラーの味噌炒めのつくり方教えてあげる』って言ったのに、まったく相手にしてもらえんかった。あの時、振られたと思って心が粉々になったよ。情けないといえばあれが最大の、情けない失恋」

「何それ？　本気で言ってるの？」

「……学校百周の大青春ドラマ聴いた後に、これのほかは語れんさ」

「……何か、悪徳セールスマンの罠《わな》に嵌まったような、嵌まってないような……」

「わからんついでに、今から二人で最後の練習でもやるか？」

「いいわよ。一分漕ぎでも何でも、受けて立つわ。舟は二人じゃ運べませんけど」

「とりあえずシッコして、小屋のエーク取ってくる」

裸の腕がもう火傷し始めているかもしれず、マキはめまいさえもたらしそうな灼熱の中で、今日の自分は最初から最後まで躁状態だと頭を小突いてさすり、その直後、沖のかすかな騒がしさが「ゴォオォオォ」と噛みついてきた。元々凪ではなかったが、静けさの終わりを惜しむ気分でマキはあらためて遠く近くを見た。先ほどから海面の一部で遊んでいた白銀色の光のかけらたちが、今ひときわきらめいて渚近くにまで勢力を広げ、まるで千か五百の折り鶴が舞い狂うように一片一片縦横無尽に震えながら、全体としては巨大な白い点描画を成し、菱形を複雑に崩した——あえていえば天使に似た——姿で浮かび上がろうとしている。

結局「輝き」の独り勝ちだ、と何となく思い、病室でのターマの萎んだ笑顔を想い、温かな手を慕い、そしてマキはあまりの眩《まばゆ》さで目が本当に痛くなり、セールスマンを追って、また人魚であり天使でもあるビキニの美人の描かれた舟の隠し場所に吸い寄せられて、ぶ厚く茂った明るい緑の方へと歩いた。マサルの姿はなく、マキはとにかく木陰をまず求めた。跳ね上がる長い土色のバッタ。ふらつく大きな蝶は暑熱に酔ったかのように彼女の体に当たりかける。

こんな所に二本並んでいただろうか、と首かしげたくなるほどに琉球松がほどよい距離で隣り合い、清潔そうな白いハンモックで結ばれている。松の梢のはるか上を別の高木の張り出した樹冠が覆っているため、マキの立つ場所は既にじゅうぶん涼しかった。

誰が造った休憩施設か知りようがないが、素敵すぎてこれは罪だとマキは断じた。どうぞお昼寝をといわんばかりだったから。高みから「ヂッヂッヂッヂッ」というゼンマイじみたアブラゼミの声が届く。

彼女は頭を触ろうとした。——本当に眠くなってきて。

絵本の中でしか見たことのなかった森のベッドを生まれて初めて目にしたことで、好奇心と童心が強い眠気を呼んだのか、それとも一種の日射病か、車中にいた時からの語り疲れのせいなのか判断する気もないままマキは、一方の松の傍らに用意好く置かれているぼろ椅子に足を載せ、少し登った。椅子自体が何かの罠かもしれない、と思うことは思った。登るだけよ、人様の物を勝手に利用するつもりはないわ。そう呟く頭がますます重みを増してくるので、遂に白い網の上に横たわってしまった。

胴上げほどにも怖くない二メートル弱の高さで、早速平和な横揺れを始めるハンモック。マサルの声が遠くから届いたが、呼吸が既に長く静かなものに変わっていたのでマキは返事する代わりに瞼を閉じた。

おかしいな、何でこんなに眠いんだろ、早く起きなきゃ本当に眠ってしまう、と心は焦っているのだが、すぐ近くに迫ったマサルのこんな声を聞いても瞼はもう上がらない。

「マキ、ここにいたのか。起きれ。エーク二つ持ってきたぞ！」

すごく気持ちがいいの、とせめて囁きたいのに顔も体も動かせない。

「マキ、さてはこっそり強い酒でも飲んだな。ここはバーあらんどー。ずっと前にカフェって言ったやしぇ。練習前から酒飲まんけー、マキ。後で明日のための椅子も取りに行くんだからよ、エー、ウキレ」

何も飲んでないのよ、でも、ああ、とろとろ、瞼がとっても重くてもう私駄目みたい。そんな言葉も外へは出せず、マキはやがて本当に寝入ってしまい、夢を見た。……………………

★

遂に大会当日。真希はとんでもなく緊張していた。練習に一度も来なかったジンチャンの大きな体を路上で見て誰とわからぬほどだった。転職と転居が重なって忙しかったという彼は拗ねてキリストのような暗い表情で言った。

「真希ちゃん、彼氏出来ちゃったの？　暇がつくれたらバスケットの試合に誘おうと思ってたのに」

「ごめんなさい。私、ヘチマと島バナナ以外受けつけないの」

ここは漁港。しのぎやすい薄曇り。水辺の崖からは緑が噴出している。見物客は約千人か。やはり沖縄だから、鉦《かね》や太鼓やカチャーシー調の島唄がスピーカーから途切れることはない。

バナナボート三艇ずつのスタートで、一着のチームだけが次へ進める。まずは一回戦。

優勝候補の〈とび魚〉は、だがあっけなく二着に終わった。練習時とは全然違い、エークを使いこなせたという実感のない真希は、濡れた尻が滑って怖く、途中で息切れして腕も腹筋も背筋もほとんど働かず、何が何だかわからぬうちに敗退を知ったのだった。

自チームのテントに戻った全員、明らかに肩が落ちている。「油断しちゃったなー」と数十秒してマサルがだらしなくほほえんだ。モリカズは「敗者復活戦に残るかもしれんよ。みんな、ヤケ酒飲むのは早いよ」と冷静を装っているけれど、その声は少し泣きそうだ。とうにトシオなどは太い腕で眼をこすりまくって鼻を鳴らし、温厚なはずのアッチャンはすっかり怖い顔で沖を睨んでいる。アリサは真希に話しかけられても完全無視。その横でノブユキは「あー負きたんやー。練習が足りんかった」と頭を左右に振った。

強く優しい人たちが、こんなに落ち込んでしまうなんて。一つには新入りのせい。ろくに理解もしない競技に臆面もなく加わって、皆の足を引っ張った、この私が負けの一因だわ。みんな、ごめんね。ありがとう。さよなら――――。防波堤の上にぽつんと腰掛けて俯き、そうして真下の水面を眺めるしかなくなった真希に、タツヤだけは近寄って「真希さん、お疲れ様でした。でも、これで終わりじゃないですからね。また来年がありますからね。その前に、別の大会も。ひんぎたら駄目ですよ」と沈んだ声でねぎらってくれた。

「『ひんぎたら』って何でしたっけ？」

「逃げたらってこと」

「…………逃げたら…………」

考え込んでいるうちに、報《しら》せが来た。とても嬉しい報せが来た！　一回戦の全惜敗チームの中から、タイム順に三チームだけ敗者復活戦に参加できる、その筆頭が〈とび魚〉だったのだ。とにもかくにも、再び漕ぐことになった。もちろんこのワイルドカードで一着にならなければ、本当に終了だ。

スタート。今度の真希は、わからないとか苦しいとか痛いとか早く終われとか言っていられず、死に物狂いだった。「ホイ！　ホイ！」と後半は一漕ぎごとに率先して掛け声を上げた。そして断トツのゴールイン後、水面を慣性で滑っていくバナナボートの上で、真希は溢れる涙を親指で拭っていた。準決勝進出。

三度目のレースともなると、新人といえどそれまでになく正確なフォームを心がけて漕ぐことができた。はたして、その準決勝でも他の二艇を引き離してゴール。遂に一年前と同じく、決勝進出。ここまで来たら、もうやるしかない。

前年優勝チームである宿敵〈海へビ〉、それと今回一回戦で苦杯を喫した相手〈スピッツ〉、どちらにも雪辱したかった。既に彼らより一レース多く消化してきている真希たちは、円陣を組んで疲れを吹き飛ばそうとした。昔弁当屋をやっていたというタラーが黒っぽい「唐揚げ」を持ってきたので、皆「何の肉？」「犬《イン》かー？」と怯えながらかじった。どうもエラブウミヘビのようだった。だとしたら最高級食材であると真希もわかる。

レースは辛かった。彼女は握力がもはやなく、何度かエークを落としそうになった。ターン前までは僅差で最下位。しかしダンゴレース。後半は全員一丸、物凄い声。水を叩く音。各メンバーの奥さんや友や子供らの声援がかすかに聞き分けられた。

不意にＢＧＭが変わった。狂おしくも大人の風格のあるジャズ、と真希は最初思ったが全然違い、音量上がった太鼓はロックとロールに、三線はチャック・ベリーばりの「ファン・ファン・ファン」のイントロへと変わっている。マイクが煽り、アルとウィルソン三兄弟が囃し立て、誰かオルガン奏者がそれ以上に急かす。〝インディ５００〟と〝ローマの戦車競走〟と〝ガチョウのレース〟を描き込んだ曲とエーク引きのリズムは恐ろしいほどに一致した。舵取りのモリカズが後ろから「頑張れ！　勝てるぞ！　諦めるな！　諦めるな！」と漕ぎ手十人に発破をかける。しぶきと汗と、いつしか涙が混じって真希は眼を開けていられない。口の中にも海水は入った。何で今泣くの私——。気力を振り絞ってエークを水に突き刺した。突き刺した。突き刺した。ゴール。天才ブライアンのサイレンそっくりの吼え声がいつまでも止まらない。

○・一秒差で〈海へビ〉を抑えて優勝していた。真希はアリサと抱き合ってはしゃぎ、前後のメンバーとも握手した。トシオの握ってくる強さには悲鳴を上げた。最高だ。大笑い。すっかり脱力してしまった。

港のスロープに戻り、ボートから下りようとしたら、マサルが「誰か胴上げしよう。真希がいい」

と言いだした。「な、何で、私なんかを？」と吃った真希は、仰向きにではなく、なぜかボートごとチームの全員に神輿《みこし》担ぎされていた。満面の笑みのアッチャンに要請され、その〝お立ち台〟の上で真希はチャイナドレスに着替えて踊った。「次はモリーを」「キャプテンのアッチャンを」と同じように一人ずつがバナナ神輿ごと上げ下げされた。皆の父親ぐらいの年齢に見える老け顔のミノルは三線、黒人ミュージシャン風のコウイチはギターを抱えてそれぞれ見かけによらぬ激しいのを歌い、全身傷だらけのタツヤは腕立て伏せを千回万回した。

真希はふと、大切な人に歓喜を報告しなければと腰のポーチを探ったのだが、その相手の名を思い出せぬまま携帯電話を落としてしまった。仕方なく皆と一緒に腰まで水に浸かったまま勝利の重量を楽しみ続けた。

最後にボートに上がったタラーが、いったい何の酒を飲んだのか突然大量の火を八方に吐き、熾烈だったレース会場は湯気や煙を噴き上げながらオレンジ色に染まった。タンカー事故現場同然の海へ、背に「火」という特大毛文字があるらしい太めのノゾムは怒り狂いながらシャツを脱いで助走つけて飛び込み、クジラと化してバタフライを始めるのだった。

…………………………………………………………………………

…………………………………………………………………………

…………………………………………………………………………

…………………………………………………………………………

長い長い夢をくぐった真希が本当に眼を開けたのは、ひどい寒さからだった。砂上にいた。草虫たちの控えめな声。――潮騒《しおさい》。

起き上がる時、下半身だけをくるんでいる緑色の寝袋に気づき、少しばかり人魚の格好に思えて真希は寝ぼけ顔をやわらげかけたが、こんな場所で眠ってしまったことへの猛省で、すぐ呑気を払いのけた。とはいえ、無敵の大団円に拍手できる満足な女のままだとも開き直れる。夜明けはまだ来ない。サーファー髪の、モリカズは裏番長――。ほかにもマサル、シゲオ、タツヤといった活力ある面々と昨夜知り合えた福を思い、皆のご機嫌な茶屋兼〝星多きホテル〟であった杉の舟の脇で伸びなどする。感謝が濃く湧き出る。

そのうちに、彼女は怖くなってきた。昔の男を振り払い、夢から覚めたつもりになってバナナボートに乗り、跳ぶ練習をした。そしてレースで勝った。ただそれだけなのに、過去に見たどんな異常な夢よりも細緻で、筋立てがはっきりしすぎている。ことに誠英《まさひで》と再会した場面の会話量はきわめて奇《あや》しい。ひょっとしてあれだけは瞑想、またはそれに近い半夢だったのだろうかと何となくヨガ座りをしかける。スカートだからうまくできない。

風が少し強まったせいで、多方向からの波音はやや慌ただしく組み合わさっている。真っ黒であろうと至近距離の水に波紋ははっきり見える。時刻は五時前。夢占い的にこう思った。この自分が死力を尽くして漕ぐ間、現《うつつ》の海もなすべき勤めをかたくなに続けていたんだ。

新しい仲間たちをさらに数え直すとともに、江崎誠英へのあの拒絶――巴投げなど――について真希は分析してみる必要を信じた。

浜の一方から、砂利かサンゴのかけらを踏み歩く音が淡々と近づいてきた。モリカズ？　いや、寝息を立てる彼らしき人は舟の艫に器用に納まっている。少し離れてもうあと何人かも浜にて微動だにしない。――危機を感じても逃げ隠れする俊敏さは今の彼女になく、小さく身構えるのがせいぜいだった。

それにしても皆、風邪惹いたりしないのかと数秒間別の心配をしてあげる。

足音は徐々に急ぎめとなり、やわらかな砂のせいだろうが小さめにもなり、震えかける真希をどうやらまっすぐめざしている。すぐにでも叫べるよう喉の準備をしながら眼を凝らすと、輪郭が、細く若いジーンズ姿がはっきりしてきた。闇色ではない髪も。女だった。伝わるはずなくても安堵の笑みを浮かべてみせる真希。

謎の主婦・上間香織は穏やかだがやや気だるげな声で応えた。

「必ず戻るって言ったさね」

「うん、ありがとう。忘れずに待ってたわ。いえ、ちょっと忘れてたかな。楽しい出会いがいっぱいあったから……」

「家まで送ってあげるよ」

例のシルバーメタリックの車に乗り込む。宜野湾市から来た時と違ってかなりのゆっくり運転で、音楽はなく、窓も閉めきられ、香織は言葉少なだった。まったく寝足りない真希は足をはじめ背中や首などに痛みを感じ、いろいろ訊きたくても疲れきっていた。たまに車は蛇行気味に揺れ、見ると運転席のドリンクホルダーにはビール缶が堂々とある。眉を顰《ひそ》めた真希だが、目を大人しく軽くつぶって訣別の投げ技をまた振り返ろうとした。〝瞑想的な道しるべ〟という導師の言葉も。

寝入る直前に嗅いだ、匂い袋。あれを砂浜に置き忘れてしまったと気づいてからデイパックに手を入れ、その時、何らかの薬によるトリップというあっけない解釈が頭を占めかけた。あの赤い犯罪的な小物は是非とも後日取り戻し、なおかつ贈り主を問い詰めなければ。そう決めた。しかし昨日、浜に来るはるか前から条理は壊れていたのではなかったか！――

五分もしないうちにルート58に入ったようだった。ロータリーを過ぎると、左側に米軍嘉手納飛行場の金網が延々と続き、また道路両側および中央分離帯にヤシが精力的に並ぶ、異様にして涼やかな今日的《こんにち》沖縄風景が車窓に展開した。といっても点在する街灯の多くは消灯しており、ヤシはことごとく眠って見えた。交通量はもちろん少ない。

宜野湾のどのあたりへ向かえばよいか迷わぬらしく、香織は無言のまま赤信号の地点でもひたすら前だけを向いている。一度しゃっくりに似たげっぷをしたので、実家でどれぐらい飲んできたのかと、真希は首から下はほとんど眠りに浸かっているくせに臭《にお》いをかすかに探った。不意に横顔が口を開いた。

「ハンサムたちと遅くまで盛り上がったようだけど、どうね？　あのチームとこれからもつきあってみる？」

「うん。……邪魔じゃなかったら」

「邪魔なわけないさー。わったーの方から誘ったんだのに」

「……香織さんも〈とび魚〉の一員なの？」

「マネージャーってとこかな。夫が一時期チームにいた関係で。体が軽いから、去年は一番前にコックスみたく座って鉦打つ役やったりもした」

「じゃあ、一緒に舟乗ることあるんだ？　嬉しいな」

不用意には笑わなくなっている香織が、まっすぐ言われて真希に少々綻《ほころ》んだ顔を向けた。

「……香織さんは眼は普通サイズだけど、中の黒目がすごく大きいね」

「……黒目大きいと、暗い所とかで、眼開けてるのに眠ってると思われること多くて不便だよ」

「そういうの、不便っていうの？」

親しさへとようやく目が覚めきった真希は、ふと、宜野湾の路地から始まった素晴らしい混乱を、このそもそもの案内役にぶつけてみたくなった。最初の紫の置き看板を引っ込めたのはあなたでしょ、という冗談までは口にできかねたが声量をほんの少し上げ、あの地下ドアから酒場での――人を人形と思い込まされた――鈍感、匂い袋を経て元恋人の出現に至る話を打ち明けたのだった。短めに。バナナボート・レースでの逆転優勝ドラマは二言程度で済ませるつもりで。

左が飛行場、右が小山の形の陸軍貯油施設という無人地帯では、やけに間隔狭く林立する中央分離帯の丈高い街灯があたりをいよいよ人工的すぎる薄オレンジの世界へと凍りつかせていた。そんな灯火の直下にある一本のヤシを見、樹冠から幹まで丸々ほんのり光っているのが蝋のよう、植物にも蝋人形があるのだと真希は奇妙な思いつきに駆られ、何度もまばたきしてから急ぎ足の話を再開した。

香織は驚きも疑いも否定もせずという横顔で三、四回深く頷き、そして最前より大きなげっぷをし

かったが、こうして真夜中にかすかな光を受けて浮き上がり気味に白いのを見れば、重々しさを離れ軍の内外《うちそと》を隔てる金網とその上の三条の有刺鉄線は、何色かなどと昼間真希が意識するものではない所まで来てしまった。

六車線ごしに両側の金網付近の草虫が細く鳴き交わしている。やがて二人はハザードランプが届かな香織は呟きつつ進行方向へ歩いていく。明かりの少なすぎる歩道を、真希も仕方なくついていく。

「このへんだったと思うけど……」

ふだんの十倍百倍に膨れようとした。い出せなかった。夜見た夢を翌朝ほんの一部しか覚えていないのと似ているが、もどかしさはそんなさも香りも酸素も溢れる光の讃歌だったかもしれず、しかし誠英の出現とボートの夢以外は何一つ想それは古い恋とか跳ぶ練習とかと直接関係ない、もっとずっと広大で、持続的で、精神に満ち、若いて、香織に語りきれなかったものが何かしらある気がしてきた。

つ。木の蝋人形ではなく生きているからこそ揺れるのだとなぜか真希は急に悟るように思い、数秒おように鳴った。暗ければ暗いで依然眠ったままに見えるその街路樹は、風吹くたびに少し寝返りを打強くではないが風が海辺とほぼ同じ明確さで吹いた時、すぐそばのヤシの葉がトタン板への小雨の

真希にも降りるよう香織は合図する。

け上がった。精神科へ行くべき女の相手などしていられない、と言われそうで。

が車を歩道の切れ目に停め、ハザードランプ点けて外へと歩いたので、急に真希の中で厭な後悔が駆た。そこまでは真希を不安がらせなかったが、街灯の再びめっきり減った区域に入って間もなく香織

て綺麗だと一瞬思える。むしろ歩道隅の草陰から毒蛇が飛び出てきそうなその不穏の方が重かった。丈一メートル近くまで茂った草々は、少ない街灯や時折通る車のライトに照らされてどれもこれも固い紙製のように白っぽく、春の未明の肌寒い国道がお伽《とぎ》の世界であることを真希の心にだけ示唆していた。

そしてひときわ暗い数十歩先に、ドアはあった。汚れた極薄のベニヤ板にすぎないふうなのに銀のノブだけは誇らしげである小さめのドアが、金網に、勝手口か非常口よろしく貼りついていたのである。

「何なの？………」

我慢できずに問う真希を、黒目以外ない田舎美人は真正面から見つめた。

「真希のおうちはこのドアの向こうにあるから、開けてからに歩いていってごらんよ」

「は？」

「夜明けまでにそのドアから戻らんと、沖縄から二度と出られなくなる」

「……出られないって、……だって、この向こうは基地でしょ。何言ってんのかわからないわ」

「今はまだよそ者。アメリカーと一緒だよ。今のうちに戻っておかんと、永住することになるよ。後になって脱出するのはでーじ辛いんじゃないの？」

「……そういうことなら………。でも、何もかも知ってるんだったら、ちゃんと教えてよ。私の見たモノ触れたモノは、夢なの？　幻覚なの？」

「夢でも幻でもない。初めから魔法だって言ってるさー」

「やっぱりそうなの？　あなたは本当は誰？」

答えない女の小さな顔を見続けるのが真希には恐ろしくなり、それもあって両者ドアには斜めに向かい、並んで元々の進行方向を見る感じになった。

強いライトの車が一台真希らを追い抜かすたびに、二人の影が、はるか前方から金網の表を滑りながら巨大化し、後方へと消える。それだけでも魔力と真希は思えなくなかった。基地内をあらためて窺えば、夜目にもそれとわかるガジュマルの茂みの脇に小さな丘があり、丘はその先を敵意か羞恥か大地の事情により隠しているが、ただ、頂あたりに十数個の遠いオレンジ光が星状に息づいている。赤と青の粒も一つずつあり、ほかに青系のサーチライトが動いている。それら菓子包み的なきらめきは夾竹桃《きょうちくとう》らしき右方の木々の冠の〝顔の高さ〟にもいくつか宿り、瞳と化している。

カラス大の生き物が一羽、宙をかすめる。ほんのわずかに青が滲み始めている夜空には大中小の雲が目茶苦茶に散らばり、小雲の多くはぐったりと犬の糞《ふん》の形に伸びている。……物騒といえばすべてが真希には物騒な絵画だった。

半ば意地悪く黙り込んでいる香織が、少しふらついて真希に体を当てた。そして反吐《へど》でも出すような声で大あくびをした。品がないなぁ、もう、昨日会った時はもっと普通の学生っぽさだったのに、と重大な問い詰めを休んで言おうとした真希は、その時はっきり臭いを捉えた。

「………香織さん、やっぱりお酒いっぱい飲んできたのね」

「……ほんのちょっとさ。缶ビール五、六本、と残波数杯」

「ちょっとでもないいなぁ。完全に酒気帯び以上じゃないのよ。送ってもらいながらこんなこと言う資格はないけども」

「ヤーワカトーシエー！　ヤシガテー、ワンワヤーガスキヤグトゥヌシトーンドー、アビアビィサンケー」※

「え？………」

たぶん、ウルサイヨとかいう意味だと真希は察した。

香織はジーンズの尻ポケットからガムかキャンディーの一粒を出した直後、ジャグラー気取りで高々放《ほう》って自身の口で受けようとして、失敗した。新たな一粒も地面に落とした。向きになり、三粒目を出してまた宙に上げ、上見て大口を開けた。そして足がもつれたのか勢い良く倒れてしまった。まるでバナナの皮でも踏んづけたように。

倒れた先にはドアがあった。香織の肘が真っ先にノブのあたりに当たったせいで、変に横向きに剥がれ倒れたドアが、香織と金網の間に斜めに挟まり、軽やかな音とともに割れた。「アガヒャーッ！」というひときわ下品で鋭い声がしたのも同時である。……簡単に大穴が開《あ》いてしまうぐらいに頼りない、本当にただのベニヤ板だった。

真希に抱き起こされた細い細い香織は、「ごめん。転ぶつもりはなかったんだけど。あー、怪我はないよ」とどことなく年寄り臭い言い方をしてほほえみ、肘はかなり痛そうにさすっていた。この

ヤーワカトーシエー！　ヤシガテー、ワンワヤーガスキヤグトゥヌシトーンドー、アビアビィサンケー…そうだよ（あんたわかってんでしょ）！　だけどな、私はあんたが好きだから乗せてあげてるんだ。文句つけるな

……ドアが云々というのは香織が酔いに任せてこしらえた冗談だろうと真希はようやく勘づき始めた。それでかなり落ち着いて、こんな問いを歯切れ良く返せた。

「ドアが壊れた場合のルールはどうなってるの？」

香織は肘のほかにも腰や腕を忙しくさすりながら返事に詰まっていた。もちろんベニヤのドアは米軍が設置した出入り口でも何でもなく、誰かにそこに投棄され、いたずらまたは芸術的思いつきで網にぺたりと立てかけられていただけである。それを香織は昼間車窓から偶然目にし、何となく覚えていたため即興芝居《アドリブ》に使おうと考えついたのだろう。そんな真希の結論に気づいてか、香織はやっと友達らしい柔和さに立ち戻って言った。

「これでもう、真希は内地に逃げ帰れなくなりました。私のせいかな？」

「帰れなくったっていい。香織さん、ずっと仲良くして」

「うん。でも、愛さないかもしれないよ」

「…べつに、いいよ」

「これからもみんなで全力でもてなすはずだけど、最後まで一度も愛さないかもしれない」

「……それでもいい。とにかく、何があっても私は『ひんぎたり』しないよ。沖縄がどうこうじゃなく、自分自身のことで。過去を巴投げしちゃった以上はね」

最後は半ば独り言になった。相手の真意がどうであれ、気恥ずかしいほどに真面目さが真希の内部で回復される間に、未だ暗いとはいえ空のあちらこちらの青色が強まってきた。闇部分、雲々のグレイ、それに透明なブルーが雄大に複雑に交じり合い、夜明け直前のその空は濃鼠《こいねず》のナマコ類——犬糞ではなく——がうじゃうじゃ寝そべっている海底を真希に連想させた。黒いままのヤシの葉までが、何やら藻の一種に似てくる。

今最も大切なことを、昨日までの怖がり屋はようやく決める気になった。どんなに眠くてもショップに八時十分前までに行き、海に潜ろう。人の命を預かる仕事に就くための講習だから本気は出すけれど、体が持たなければ堂々早帰りしてもいい。元より誰に対してもびくつく必要などないのだから。そして難しい学科内容も、今日は無理でも明日からまた必死に頭に叩き込もう——。

行き交う車の数が少し増えた。逃げでも感傷《たび》でもない南国暮らしの真の初日がすぐそこまで来ている、とも高揚して思った。タクシーが通りがかったらそれにひとり乗り込むべきだと真希の心はいよいよ自立した。いつどこで次会うか香織と約束しておくために、明るく振り返った。

そこには既に誰もおらず、ただ真希の足元にリスの顔をした指人形が落ちていた——

——などという奇怪事にはならなかった。真っ黒い二つの眼が、まるで楽しすぎる夢でも見ているように明るくもそっけなく真希を見つめ返した。まさに香織は立ったまま眼を閉じずに眠る魔法使いかと真希には思えた。

平凡な主婦よりは魔女に少し近い金髪の酔っぱらいは、やがて四個目のガムを手で普通に今度こそ口まで持っていき、可愛らしくクチャクチャやり始めた。道に落とすばかりで分けてはくれないのか、「愛さない」とはこういうことかと不安になりかけた真希に、二十秒ぐらい経ってからやっと一つくれた。べつに食べたかったわけではないので真希はそれをただ小さな貝殻のように握り締め、何となく、その左手に目を落とした。

傷痕が手首から消えていることに気づいた。

いや、まだありはする。が、いつ頃からこんなに薄く目立たなくなっていたんだろう、と季節の移ろいに胸打たれた者のように真希は口元を緩めた。と、その瞬間、誰か男の言葉が情景つきで内に湧いた。声に聞き覚えはなく、名前も知らない。

「――――頑張った結果が一番尊い。だから明日のレースは、心配しないで」

白いシーツやカーテンやユリの花のある部屋で、色黒のやや大きい筋肉質な人が寝たままそう言い、丸椅子の上で泣いていた見舞いの真希は、眼から両手を外してゆっくりと彼に笑みを向けたのだった。見下ろす窓外には、光撥ねる薄青い海。

それが一、二時間前に見た夢であるのかどうかはわからなかったが、とにかく今日からまた頑張ろう、優しかったバイト仲間と結ばれたい一心で笑顔の練習を続けた大学時代や、学校の周りを独りきり百周走ろうとした高校時代のように、と彼女は昂ってきた。

スター・スター・スター

2005年作

〈1／23　pm11：18〉

ノート初登場・彩《あや》です。

今夜、智《さとる》からとても嬉しい〝カード〟が手渡されました。まるで色とりどりの風船百個に運ばれる組踊※のヒロインになったようなうっとり感と、去年の初キスのドキドキ、それと少女時代に竹富島へ旅して星砂を予想外にたくさん拾えたあの歓喜を足して三で割った気持ちです。

それでは、愛する人にかわります。このバー肩がこらなくて素敵ですね。「ちむがなさん・ノート」※というタイトルも♡

〈11：20〉

我《わん》が智です。明日からまた遠方《やんばる》で仕事だけど、彩より先に眠くならないようカルアミルクを飲んで

組踊（くみおどり）…沖縄伝統の楽劇／**ちむがなさん**…夜も眠れないぐらい愛しい

ます。三十分前に呼び出した彼女に力作を渡したら、ホッペへのチューが返りました。おわり。

と、これだけじゃ誰も何もわからんさぁや。

昔ウーマクー※、今はフユーナー※。フユーナーなりにがんばったついでに、超長文をしたためてみるっす。

彩とは昨秋つきあい始めた。ともに今二十五才。（何だか身の上相談風の文だ。）

実家が近く、幼稚園から小中高校と計十四年間もスクールメートでいて、通算十二、三回は隣席同士になったのに、当時そうはっきりとした恋愛感情はどちらも抱かなかったっす。気が強く活発なわりには怒ることが少なかったユンタクー※の彼女は、出目ぎみ（読んだら怒るかな？）なのに切れ長で大きくて爽やかな目をした、要はそこそこ華やかな子だった。（そういった特徴は今も同じなので、描写するにあたって笑顔をのぞきこんでみましたのだ。）たいする昔の我はといえば、そんな彩たち数人へのスカートめくりを一時期くりかえし、たまに逆に彼女らに体育の短パンを引きずり下ろされたのを含め、まあ平均的なウーマクーだったと思う。野球に命を燃やすようになってからガンマリ※は減った。

成長した二人はそれぞれ別のイキガ※・イナグに寄りそったりした。専門学校に上がる時に彼女は他シマ※の親類のところへひっこし、大学野球部行きにざせつした我は先島※や内地に働きに出てしまい、それで初めてつながりが絶えた。

ところが数年ぶりに去年沖縄に戻った我はある地元のコンパ※に参加したのだが、まったく偶然、女性陣の一人が彩だった！　さまざまな恋の勉強を経た今や気くばり派の彼女が少しやせてますますボン・キュッ・ボンになったうえに力《りき》入れた化粧をし、東京で男をみがいた我も我できちんとヒゲをそって上等シャツを着て出向いたせいもあり、驚きや愉快や単なる新鮮さを超えてまるで初対面の運命の人のように向かい合えた。

どうも彼女の方は、最近まで夢中だった某ジャニ系に（丸刈りをやめた）我がちょっとだけ似ていると気づいたらしい。ウーマクーのなごりがほぼゼロである点も、おそらくドラマっぽい特別な好印象につながった。それでメールのやりとりからあっという間にキスする仲に。幼なじみだから会話はいつだってはずむし、明るい子好みのわったーオカァ※に若干オバサンくさい笑い方する彩がまるで長男嫁候補（実際は次男）のように気に入られているのも好材料なので、このまま結婚するつもりで彼女との二人模合※（積立）なんかも始めた。

けんかの種はそういうことで一切ないのだが、紳士の我の頭を最近悩ましたかわいい問題が一つだけある。それは彩がなぜか年賀状を書くのが大好きで、我の方は誰よりもひどい筆不精だという点だ。

――そう、恐ろしい年賀状の季節がついさっきまで続いていたのであった。

昔のことをいうと、彩は小一から六年連続で我に賀状をくれた。スカートめくりで「きゃぁきゃあ」

ウーマクー…腕白／**フユーナー**…不精者／**ユンタクー**…お喋りな人／**ガンマリ**…いたずら／**イキガ・イナグ**…男・女／**他(た)シマ**…よその村／**先島(さきしま)**…宮古・八重山／**コンパ**…合コン／**わったーオカァ**…わが母／**模合(もあい)**…沖縄独特の頼母子講(たのもしこう)。定期的に居酒屋等に集まったりして親睦も保つ

いわすだけでなく給食のデザートを半分奪ったり、じゃれあいの延長でたまにすぐ※ったりという男らしさを小一の頃から発揮していた我を彼女が友達と見なした理由はといえば、ほかにいた本当のいじめっ子（しょっちゅう彼女にパンチやキックを浴びせていた）から我が守ってあげたことなどか。今思うと、一緒に畑係をやっていて放課後に二人きり遊んだりしたこともある小四ぐらいが親しさの最初のピークだったようだ。

我はあの六年間を通して彩に一度も返事を出さなかった。——というより、我は今まで誰にもあまり年賀状を出したことがない。書こう書こうとはあせるのだが、時によってはハガキを手に入れるのさえめんどくさくてしかたないのだ。今年こそは皆に返事を、と元旦の机の前などでファイティングポーズをつくっても、やっけー※やっさぁと少しまたひるんでいるうちに松の内を、成人の日をすぎ、せまい沖縄の小さな町に住んでいてたいていの友にすぐ「年賀状ありがとうやぁ」と言えてしまってそれで終わるのだ。（最近ケータイでの年賀メールぐらいは当然やっている。紙とペンにたいして特にアレルギーがあるのかもしれない。じゃあ、このノートは何？……）

少し言いわけしよう。内地に数年間いたからはっきりわかるが、そもそも我達《わったー》ウチナーンチュ自体が年賀状をあまり出さない種族だと思う。祖父母、両親、兄、妹、それに友人たちに今年何枚書いたかをたずねまくってみたが、平均十四、五枚というところだった。最多が妹の二十八枚、最少が模合仲間に数人いたゼロ枚だ。

それなのに、彩ときたら今年は「近年最も少なめの」六十五枚だという！　まったくもう東京ガールの感覚だ。パソコンソフトを使ってとても美しいイソヒヨドリの絵のを、「一番大切な智に」送ってよこした。うゔ、未来のゆみぐゎーぐらい※には返事を出さなければ！　でも、今もう二十三日経過だ。年末の時点でこんな無視できないやりとりがあったにもかかわらずなのだ。

「小学校の時、うちがいつ年賀状送っても返事くれなかったね。スカート数えきれんぐらいめくったくせに。ひさーしぶりにケッサク送るけど、今度はちゃんと返事書く？」

「……………」

「智ってどんなのくれるのかな」

「ん、はは」

「……パンツ何色だったか覚えてる？」

「白」

「え、聞こえないよ」

「白！」

「じゃあ返事、楽しみにしてるからね」

「が、がんばる」

今はすごいのをはくこともある彼女の、白の時代の作品はといえば、まずイモバン（イモ版画）だった。畑係をやるぐらい動植物が好きだったのと関係あるのかないのか、ふつうの甘いイモをはじめジャガやターンム※の丸い切断面に彫刻刀か何かで文字・数字・えとイラストを彫って絵の具塗ってハ

すぐったり…殴ったり／**やっけーやっさぁ**…厄介だなぁ／**ゆみぐゎー**…お嫁さん／**ターンム**…田芋（たいも）

ガキに押しつけ、純朴というか力強かったりかわいかったりする賀状を毎年こしらえた。イモ類ばかりでなく「これはニンジンです」「デークニ※だけどわかる？　ねーねーに『あまり使わんけー。おでんの材料が減る』と文句いわれてしまった」といった言葉が矢印つきで書きこまれたりもしていた。レンコンの断面をそのままカメのこうらにしたものもあった。多彩になりゆく素材や版画そのものの質の向上が、並べてみれば彼女の成長をわかりやすく物語っていて、もちろんそういうのは誰のハガキでもいえることだが、けっこう興味深い。

　そしてぐっと女っぽくなった六年生の彼女が突然ヤシエー※なんかと結びつかないワープロ製の上等物《むん》を送ってよこした時には、あの子は我なんかと違ってもう大人やさ、とまぶしく本当に目を細めたものだ。当時、実際背が我より一時的に三センチぐらい高かったうえ、胸なんかも出てきて（さらに十年以上経って今はでーじ※なってる。脚もチュラー※です）、しかもそれ以前のように気軽にユンタクする関係ではなくなっていたこともあって、そんなふうに感じた。そしてはたして、中学に上がると彼女からの年賀状はぱたっと来なくなった。しゃべる機会もいっそう激減した。年々アネゴ肌の度を増していく遠い彼女は中二で最初の恋人をつくった。奥手の部類に入っていたかもしれない我がそういう蜜の世界を知るようになったのは高校時代後半からだ。その最後の二年間でやっと彼女との友情が（当時のイナグとのつきあいと別に）回復されたが、年賀状は来なかった。まあ、返事を書かないのだから当たり前だろう。

　書かない？　書けない？

とにかくもう一月下旬だ、旧※正にジ※ュウルクニチーも来てしまう、と我は日曜日の今日あせりまくったのだった。彩とは年明けて既に六度会い、もちろんとっくにTELやメールで「おめでとう」を言ったが、約束したことでもあるからハガキの表裏を何とかインクでうめなければ！　幸い彼女が急かしてきたり約束違反をなじったりは今のところない。あきらめているからか。あきらめさせてしまうなんてもってのほかだ。

我はたった一枚用意しておいた白紙の年賀状とミークーメー※し、それを片手でもてあそんでプニャプニャいわせ、何をどう書けばよいのか思案したのだった。パソコン持っていない。絵なんてかけない。字もへた。あて名書きだけでもメンドイ。ああ、困った。どうすればいいか彩にきいてみようか……………。

思いついた。昔の彩先生をマネしよう！　小学生みたいでもいいからイモバンを作ったら！

というわけで、ンム（イモ）を買いに車で町へ出たのだった。

市場かスーパーへ向かうつもりが、途中で観光客向けのある施設前でブレーキ踏んだ。そこには地元産の野菜がたまに安く売っていたりする。このさいチデークニ※でもキーウイ※グヮーでもいい、もしシークヮーサーやオートーやタンカンといったかんきつ軍団しか売られていなかったら作戦変更して「あぶりだし」でもやるべきか、と近づいていった野菜売店に、見慣れないけど名前だけ知っている果物がその時あった。

デークニ…ダイコン／**ヤシェー**…野菜／**でーじなってる**…すごいことになってる／**チュラー**…綺麗／**旧正**(きゅうしょう)…旧正月／**ジュウルクニチー**…十六日祭。前年に亡くなった家族・親族のための、旧暦一月十六日の正月行事。グソー正月（あの世の正月）ともいわれる／**ミークーメー**…にらめっこ／**チデークニ**…ニンジン／**キーウイ**…キュウリ

黄色に近い薄黄緑の、長さ十三センチほどのイモ形の、しかし端から見れば星の形をしている、スターフルーツだ。一体こんなもの沖縄のどこで育てているのかと首をかしげたくなる非日常の（すなわち地元の我達がふだん食べることのない）果物で、切った時の横断面の〃星形〃が本当に完ぺきに星の形であるということは知識としてあるが、生まれてこの方一度も食べたことがなかった。というか、我は果物自体あまり好きではない。バナナアレルギー（呼吸困難になる）で、メロンもイチゴもマンゴーも※パパヤーも大嫌いで、かんきつも体にいいのはわかるけれどさほど好きではない。おいしいと思えるのは内地でやみつきになったナシぐらいだ。沖縄に戻ってからは、高いからまだ二、三度しか食べていないけども。

おもしろそうで、テラテラ光るスターフルーツの小さいのを一個買ってみた。

「五つの出っぱった隅だけ薄くそいでから、輪切りにして皮ごと食べてくださいね」

※ナイチャーアビーの※アンマーに説明され、真冬に何だか観光客になった気分だ。とても小さいのに四百円も取られて少し※わじわじーした。

帰宅して、とりあえず家族のたまたまいない台所で角を落とし、一切れの輪切り（切断面も黄色っぽい。半透明で）を食べてみた。味と歯ざわりがナシに似ていた。我の知るナシ一般よりはすっぱくてまずい。でも、五個のとがりがある完ぺきな（そしてこころもちふくよかな）星形はやっぱり楽しい！　※まーこーねーんというよりは※てーげーまーさんどー！　………気づいたら、じっくり見ていた先っぽの一切れ以外は全部食べてしまっているのだった。もう何の形が彫れるとも思わなかったから、それも口に放りこんだ。

苦笑いしてもう一個をまた四百円持って買いに行ったわけであった。ついでに水彩絵の具セットも。丸刀や三角刀は家にある。

今度こそ、と帰ってまず一つ小星面を作った。そして自室で元のこの果物の色にならって明るい黄色をパレットにのばし、絵筆で断面に塗る。イモと違って軽く頼りなく、しかし各谷間に縦に指三、四本が野球の握り的にちょうどはまってつかみやすい。古新聞に、試しに押す。食べ物を遊び道具にするのにはやはり少しは抵抗がある。

ワオ、これは鮮やかだ！　愛らしくも堂々とした直径五センチ半ほどのヒトデ、いや、星。（あるいは……とんがりフードつきモモンガ服をかぶったお茶目なコビトといったところか。）

絵の具をよりたっぷりベタ塗りし、本番。すなわち年賀ハガキにひと押し。紙が上質なせいか、絵本イラスト風になった。文字等を彫るのをすっかり忘れたと気づいたが、かえってこの方がいいようだ。

黄色い使用面を包丁で切り捨て、微妙に形の違う、少し広い別の断面を見、今度はきちんと彫刻刀を使った。種がジャマだ。果汁も多すぎる。何とか「Ｈａ」と細かく彫ったところで鏡文字にしなかったと舌を出し、切り直して再戦。※シニ彫りにくい。かなり気取って斜体にしてみたせいか「Ｈａｐｐｙ」までで完全に疲れきってしまい、「ｎｅｗ　ｙｅａｒ」は省略。同じ黄色をよくよく塗って、

パパヤー…パパイヤ／**ナイチャーアビー**…ナイチャーのような喋り方／**アンマー**…小母（おば）さん。お母さん／**わじわじーした**…腹立った／**まーこーねーん**…おいしくない／**てーげーまーさんどー**…だいたいおいしいよ／**シニ**…すごく

押す。かすれぎみだが文字入りも、なかなかいいではないか。思わずもう一カ所に押してしまった。

そんなふうにして、ハガキに三つの巨大恒星を誕生させたのだった。オリオン？　こらえきれず昼間から冷蔵庫にビールを取りに行った。――アリ、カンパイ。

やがて※ミチブシに飽き足らなくなった我は、今度は別の色をとアルコールの勢いで芸術心が増してしまって、もっと小形で切れこみ深いカッコイイ断面をもうけ、水色の絵の具を調合してひと押し。図にのってまた洗い、ピンクのも。黄緑まで。ひしめきすぎて星と星がたっぷり重なる。すっかり星一杯になってしまった幻想的版画を、乾くまでしばしば眺め、あらためて手に取った。

構図はゴチャゴチャしているけれど、淡色ばかりだから絵というより少女趣味的なもようとして許されるだろう。キレイだ。彩のように。

さて、文章は何と書くか。「あけましておめでとう」？　もうそんな時期は終わっているし、としばらく眺め続けた。「今年もよろしく」も平板すぎる。何といっても世界でたった一人、我のために存在してくれている天使だ。しかも郵便物を彼女に送ることからして初めてだ。緊張する。何かとびっきりの言葉を捧げたい。ビールをもう一本取りに行った。「これからもずっとよろしく」なんてどうだろう。

……………夜になってから、ふと思った。生まれてから一度もラブレターって書いたことないなぁ、と。

今どき手紙で告白《コク》るやつなんていないし、既におつきあいしている相手だけど、でも一生に一度ぐらいは書いてみたい。彩は我の〝最後の女〟だから、この機会を逃したら、将来不倫か離婚でもしないかぎりもう恋文を書くチャンスはあるまい。

それで、星とＨａｐｐｙだらけの紙に迷わず「や※ーましそーっさぁ！」で始まるど真ん中ストレートの叫びを加えた。「か※ーぎん」「く※くるん」と思いつくままにほめどころを並べていき、それはまるでストライクゾーンをあ※まくま突くかのようで、決め球はこん身の、永遠的感謝の短文。結局全部直球。

期せずして方言１００％で仕上げたら、むしょうに本物の沖縄の星々を見たくなって部屋の窓を開けた。どこに何という名の星があるかわからず、全然季節違いなのに七夕のオリ姫なんかを想った。それをすぐ、高いオバサンくさい声で笑うロケットバストの彩姫さまがかき消した。早くあて名書いて投かんしに行こう。ヤ※サ、あて名書くより直接渡した方が楽やんどーやぁ。アイラブユー。ジュテーム。マハリキタ。ロービンチャー。イッヒリーベディッヒ。アイシテル。やーましそーんどー。やーましそーんどー。……………………

〈カウンターの隣の寝息を聞きつつ記す。我も眠い。1／24　ａｍ０：50〉

ミチブシ…三つ星／**やーましそーっさぁ**…きみが好きだ／**かーぎん**…見かけも／**くくるん**…心も／**あまくま**…あちこち／**ヤサ**…そうだ

パパイヤに泣かされて

2005年作

何となく宮古島へいってきた。三年半ぶりに。

ボディボードを習っていた二十二才秋の三泊四日（今度は二泊）以来だけれど、あのときのわたしはついでにPADIのCカード※もとことん生かすことになって〝通り池！　通り池！〟※と青い世界にばかり心うばわれどおしだったから、いつかじっくり島そのものを観光しなおそうとは夢みていたのだ。

今回バースデー早割《はやわり》を初めて利用した。五月生まれで二十六になったばかりで、この年にしてひとり旅自体が初体験である。

二十二才の大昔といえば、汐留《しおどめ》で働いて六本木・お台場でくつろいで、ただもう毎日グッチ派ＯＬらしく笑ってばかりいた気がする。サメとオニヒトデと通勤電車とたまにくる金欠以外に怖いものなどなかった。克広《かつひろ》と出会い、婚約し、わずか二年半のうちに寿退社・流産・復職・離婚・退職《クビ》……あまりにも多くのことを学びすぎたわたしは、昨暮あたりにはとうとう顔つきまで変わってしまった。

PADIのCカード…スクーバダイビング教育機関「Professional Association of Diving Instructors」によるライセンス（認定証）／**通り池**…宮古島から船で十分で行ける伊良部（いらぶ）の下地（しもじ）島にある人気の神秘的ダイビングスポット。池でありながら底で海とつながっており、通り抜けができる

箸《はし》がころんでももうニコリともできないが、せめて肌の張りぐらい取りもどしたくて、スギ花粉を含まない南の島のいっぱいの酸素を久しぶりに吸い入れようとしたのだけは、あいもかわらぬ派手好きの発想だったと思う。とはいえ沖縄本島も与論《よろん》も久米《くめ》島もかつておとずれてお気に入りだから、宮古への直行便を選んだ理由はやはり「何となく」だ。

離婚ひとつで険しい大人になったといいたいような、いえるわけないような。

こんがらがった嵐のおかげで慰め上手の親友たちとの絆《きずな》をとても強めることができたその一方、別の友や親類ら何人かに限度以上に叱られたり見放されたりした。披露宴の司会をしてくれた短大の茶道研究《さけん》会の先輩には「引き出物の皿、割らせてもらうから」とつきあいを絶たれ、三日後に血を吐く。

先に愛を放り捨てたのはこのわたしとされているけれど、それ以前、さみしくてさみしくて流産の翌月ぐらいからしょっちゅうマンションの一室でひとりすすり泣いていたのだから、倫理に大きく反したという意識はない。あの上司《オトコ》の顔もにおいも、彼がよく着ていたスーツの手ざわりも今ではあまり思い出せない。つまり皆が決めつけていたような熱情なんてまったくなかったのだ。妻子ある部長は以後のホテルいき百パーセント拒否によってストーカーに化け、ついには取締役をけしかけてこのたった二晩の相手を解雇させた。

癒えない傷をつけてくれたのはそんな小物よりも絶対に、大悪人・克《カツ》。

キューピーにどことなく似た（もちろんキューピーの千倍かっこいい）某エリート高校中退の克広はわたしとの恋人づきあいを始めた直後、車でしか運べないほど大きな花束をくれたり、お姫さまダッコにとどまらず「高い高い」をしてくれたり、それとわたしにうっかり近づいてきた見ず知らずの男の人に問答無用で張り手をくらわせたりし、そういう腕ずくの愛情表現とベッドでの絶倫ぶりにとまどいつつもわたしはたえず身を任せていられた。基本的に瞳がきれいで背が高すぎず、アウトサイダーながら前途有望っぽくてわたしにだけ目いっぱい気をつかってくれる荷物持ちが必要だったから。

不安はなくもなかった。飽きっぽいところとか。

はたして……結婚後わずか半年で克広は腕枕や「おやすみ」のキスをしてくれなくなり、やがてひとつき近くも帰宅できないことがたびたびある新しい仕事に就いたのをきっかけに、その運送業および覚えてまもない三つ四つの遊び（カート・ギャンブル・釣り）に猪突猛進してばかりとなった。せっかくの休日にも八時間から十六時間ぐらいは勝手に外出していた。

確かにわたしは「おまえ、ほんとに日本人？」とあきれられたほどミソ汁の味つけがなってなく、アイロンがけなども最初なかなか思いどおりにできなかった。やさしい子になれよ、かわいくてやさしい子になれよとそればかり父・祖父・兄ふたりにいいきかされて育ったから、人と争う前にさっと謝ってしまう重みに乏しいところもある。だから論じ合いになると強く出られず、たまに興奮してもこんな問答にしか持っていけない。

「浮気してるんでしょ！」

「してねえよ。長距離トラック乗ってるやつなんてみんなこんなもんだよ。月のうち半分は車の中で寝てるんだぜ。専業主婦とちがってクッタクタだよ。腰とかいっつも痛《いて》ぇよ」

「じゃあ、疲れとってあげるから休みの日ぐらいずっと一緒にいてよ！」

「そんな怒るなよ。おれは外で体動かしながら疲れとるタイプなの」

「何のために……結婚したんですか」

「愛してるからに決まってるだろうが。稼ぎまくって一年でも早く一戸建て買って、早由美《さゆみ》にもっといい暮らしさせてやりたいんだよ。『アレ欲しい、コレも』って独身時代からおれにプレッシャーかけてたのはどこの誰だよ。でもいいぜ。いずれトラック買って独立して、グッチよりエルメスの似合うおまえを若いうちに社長夫人にしてやる。三十までに絶対な。そのために運行管理者のテキストだって借りてあるんだ。難しい国家試験なんだぞ」

「きばってくれてるのはわかるけども、お金あんまり貯まってないよ。いつも家賃と車のローンとると少ししかない。この前わたし実家に借りにいったのよ。誰かさんが勝てない馬とパチンコにつぎこんでばっかのせいで」

「頼むから！　ガミガミつっつかねえで、もうあとほんのちょっとだけ独身気分でいさせろよ。弟が入院して亡くなるまでずっと大変で、おれにはろくに青春がなかったんだから。遊びは徐々に減らすよ」

　平凡な六人家族の無病息災（不完全ではあっても）にめぐまれていたわたしとちがい、長男の彼が父母と分担して足のわるい弟の世話を数年続けたのは事実だった。

「……じゃあ、今は特別に、特別にがまんしてあげるけど、子供できたら家庭をいつでも大事にしてくれる？」

「もちろん。よし、ツクろう」

勢いよく押したおされてわたしは床に頭を打ち、ぎりぎりどうにか納得させられながら弱い悲鳴をあげるばかりだった。

しかし妊娠告げたころと、流産の直後ぐらいはそばにいてくれたのだけれど、すぐまた元どおり。というかいよいよほとんど帰らなくなり、たまに変な時間に現れて熟睡中のわたしに覆いかぶさったかと思うと、逆に最低限の約束ごとだった仕事先からの電話連絡さえ五日以上連続サボタージュしたり。一度高熱出した彼を丸二日みっちり看病できた嬉しさから、カツがもっと頻繁にインフルエンザにかかってくれますようにと連日妻の祈りとは絶対いえないひとりごとにふけったこともあった。

チワワでも飼うなりお稽古ごとで友人を増やすなりするか、いっそやめて久しい水遊びでふたたび「きゃーっ」とおたけびをあげていればよかったのだろうか。

精神安定のために、方々に頼みこんで復帰した会社で嘱託のお茶くみさんとして張りきりだしたわたしを、出会いが襲った。出向帰りの新任上司への「ランチおねだり」だけのつもりだった。最初は。そこからのごく短期間のあやまちを知人の密告で知った克広は、一晩中謝りつづけたわたしをかろうじて殴らなかったけれど――。

「これでおれにも権利ができたかな。今後一回ぐらいやっちまったりして」

そんなせりふで最後ニヤッと罪びとを脅し、ただの重い冗談にすぎなかったはずが、彼の方も一カ月後に本当に目には目をを始めたのだった！　それもいきなり連夜の密会に突っ走り…………女子大生を妊娠させてしまった。

ケータイの中の画像をある日さぐりあてたら、わたし似だとわかった。似ているうえに当然若いから髪がつやつやで、わたしよりもずっと歯並びがよくて賢そうだった。さらにまずいことに、スタイルも格段にむこうが上のようだった。だからすぐ、これ本気だわ、わたし捨てられる、と悟った。ずうずうしすぎる※前乗り女子大生の方も命がけの本気で、包丁をみずからの腕にあてながら「出産費用だけじゃイヤ」とエッチな体つきに似つかわしくさらなる巣づくりを求めたらしく、何でもない夫婦げんかが引き金になって克広はやがて敵のアパートからめったに戻らなくなった。

もうやめよう。小さな旅の話だけつづりたいから。

そう、同棲《ママゴト》なんかでまず満たされたがる学生《ヒヨコ》はおいて、一緒に仮にもチャペルの鐘をきいた者としての余裕を持とう。こちらはかつて彼の故郷の峠道の地べたに寝ころびて、流れ星を眺めながら手と手をつないで未来から全生《お》い立ちまで語り合った仲なのだ！「幸せにするから一生ついてくるよな？」とわずか六回目のデートでもうプロポーズされてしまったうかつな思い出もたいせつに、早いところまた福をたっぷり得て親孝行をなしとげるのこそがわたしの善に決まっている。

ふだん近所への買い物ドライバーでしかなかったくせにレンタカーを利用したのがまずかったのか、旅先ではのっけから気持ち悪いあいさつをもらった。

早めの昼食（おいしいともおいしくないともいえない宮古そば）後、パールピンクのそのヴィッツで宮古空港をこわごわ離れ、数分後にはもうキビ畑以外何もない、前にも後ろにも車の見えない田舎道を走っていた。ＣＤ十二枚だけでなく若葉マーク二枚、それに自分専用バックミラーをも持参した用意周到というか不安症のわたしは「まずは快調」とハモリの合間につぶやけた。でも五月下旬の広い空は期待したほど青くなく、風がときどき強く、キビの半端な茂りの色もさわやかとはいえなかった。

三十代なかばぐらいの小太りの男の人が道にぽつねんといて、こちらに大きく手を振った。あまりさかんに振られたのでわたしは五メートルもすぎてから慣れないバックをし、あらためて前進しながら道のわきへ寄り、いちおうなめらかにできたと安堵しつつ助手席の小あけの窓を全開にした。ほんの七カ月前まで完全なペーパードライバーだったのだから、若葉マークはやはりお守り以上の必需品だ。男は窓枠に両腕をのせ、頬の厚い顔を少しのぞき入れてこういった。

「あなたどっからきたの？　北海道？」

「いいえ、東京から……」

「あなた色白いねぇ。素足《すあし》？」

このときわたしは半袖に短めのスカート姿だった。宿についたらすぐズボンにはき替えるつもりだったのだ。慌てても、も、を隠すようにしたら、いきなりそれまで以上のはっきりした笑みをプレゼントされた。

「きみはぼくの好みのタイプなんだ」

前乗り…ボディボードで最も嫌われる反則行為。誰かの既に乗っている波に途中から乗ってしまうこと

まずい、変な人だったと気づいたがもう遅い。眉や目や鼻やえくぼが濃いといえばすべて重そうに濃く、まちがいなく南方系。この島の人なのかどうかはわからなかった。

「どこのホテルに泊まるの？」

教えるわけにいかないわたしの声は低くなる。

「これから手配するので……」

「今晩ぼくと泊まらない？」

「いえ、けっこうです」

「ぼく、困ってるんですーぅ」

震えたような声が引っくりかえった。急発進しようにも男の立つ位置が近すぎて、ここまでおおっぴらなのは渋谷を歩いていてもなくて、こちらこそ困惑しきっている。次には予想もつかない頼みごとがきた。

「二百円貸してくれませんか？」

わたしは自動ボタンでガラスを閉め、濃い男ははねのけられたように下がった。すぐ発進。もし百円玉貸すために財布でも出そうとしたなら、そのすきにドアロックを解いて車内に侵入するつもりだったんだわ、とかなりの緊迫を想像する。

そんなのがあって身は自力で守るものと再認識し、「とにかく安全運転。安全運転」というのを以後旅全体を整える呪文にした。ハンドル前の自分の腕は、確かにここ三年のあいだに漂白されてきている。スピン。ドライブ。エアリアル。懐かしい海上用語をキビの海にうかべてみるかのように新たな呪文にする。

港近くの交通量の多いあたりで二、三度地図がわからなくなりかけたけれど、予約ずみの民宿に何とかたどりついた。

玄関はあけっぱなしだが最初何度声かけても誰も出てきてくれず、数分もしてから現れた五十才前後のおばさんに「じゃあ、座って」とロビー隅の小ソファーに導かれ、お茶を出された。やがて向かいに座った彼女は小テーブル上に両ひじなどを置き、わたしをどことなくさぐるように見つめてほほえんだ。

〝面接〟のようでいくらか硬くなっているわたしに何もいわず、彼女はただ微笑をたたえつづけている。歓迎の意をとにかく伝えたいのだろう。笑顔に応えて何かいおうかとまばたきしたら、やっと先に口をひらいてもらえた。

「ひとり旅が好きデすか？」

「はい、ええ、まあ……」

なおも質問がぽつりぽつり出る。そして「きれいなかたデすネ」「ゆっくりシテイッテクダサイ」というような言葉をくりかえし（ひとことひとことがかすかずつ訛《なま》っているようだったが、宮古方言を※下地勇の「我達が生まり島《バンタガンマリズマ》」のワンフレーズ以外ほとんど知らないわたしは、彼らなりの〝標準語〟


下地勇（しもじ・いさむ）…宮古島出身のシンガーソングライター。全編宮古方言による「我達が生まり島」で二〇〇二年インディーズデビュー。その後メジャーデビュー

さえもここにうまく再現できない。以後どんな人物についても同じ）、ふたたび黙ってしまってやわらかくわたしを眺めているおばさん。単にこちらがお茶を飲みおわるのを待っているようにも思えた。はたして湯呑みを持って置くと、二階の六部屋ぐらいあるうちのひとつをようやく教えられた。一階はロビーと食堂とおばさんらの部屋だけらしかった。

着替え等を済ませてから地図をよくよく読んで車にまた乗り、宮古いちばんの名所をめざすことにした。そこは前回の旅で見そびれた海辺の筆頭である。エンジンかける前に、地図を復習。……がんばったのだけれど、かなりまた道に迷ってしまい、畑の中のつきあたりからバックで長く戻ったりした。

いきついたその「砂山《すなやま》ビーチ」は、天然の岩のアーチや白砂が美しかったりして最高にロマンティックな海水浴場ときいていた。けれども、夏より前の平日だからか駐車場に先客のが一台も駐まっていなかった。そこからビーチまではかなり距離があり、砂の急坂を、もしまたさっきみたく変な人とかいたら駐車場までさっと逃げ帰れるかなぁ、と考えながら徒歩で上って下りていったわたしを……待っていたものは、案の定、波打ちぎわの数メートル前でひとり仰向けに倒れている中年男だった。

ポロシャツに長ズボン姿。不精ひげ。昼間から酒でも飲んでいたようで、足音をきいて少し首を動かし、わたしを見た。ほかにまったく誰もいない。わたしは身をこわばらせながらアーチなどの写真を数枚撮った。昔買ったμ《ミュー》で。寝たまま男がずっとわたしの姿を目で追いつづけているのが、わかる。少し高い波が岩のいくつかを勢いよくなぶっているのもロマンティックでなく怖い。もしくは軽い運動用。ばた足《ビーティング》フォームで進むかつての自分を思いうかべようにも風景や水音を味わうことがもうできなくて、一分半ぐらいでわたしは去ってしまった。コーラルサンドのきめこまかさも、ビーチのだいたいの広ささえも頭に残らず、昼寝男の残像を強くにらんだ。

ここまで車を運ぶのに苦労してないとでも思ってるの？——

ともかくも、そこからはもうひどくは道に迷わなくなった。それは胎教がきっかけとなった愛聴盤。CDはレゲエから全然ちがうパッヘルベルのカノンの入ったイムジチに替えた。それは胎教がきっかけとなった愛聴盤。海といえばのムーンシャイン・コンスピラシー系も、沖縄の愛と実直のモンゴル８００も持ってきてある。少し遠い「池間島《いけま》」へとがんばることにした。橋を渡るのがほぼ唯一の目的だ。

ところが、全長一・五キロ弱もあるその池間大橋の上で行きも帰りも何だか後続の車にあおられつづけている気がして海のみずいろを楽しみきれず、というか曇りがちなせいで海の透明度やエメラルド云々が迫ってくることはなかった。とにかく常に〝制限速度プラス四、五キロ内〟をわたしらしく遵守し、橋渡りを終えるとときどきまた停まって地図とにらめっこ。寄り道して巨大風車の列を眺める。風はあいかわらずたまに強め。クーラーなしで窓を半開にして走っていて心地よい。

港付近に戻り、三年半前とまったく変わらぬ姿の「人頭税石《にんとうぜいせき》」をカメラにおさめている最中に、雨がぱらついた。

レンタカーして正解だったと小雨を変に喜び、なおも町を流せばヤシガニ料理屋の派手な看板を見つけた。本土はもちろん沖縄本島でもまずきかない料理。人に食べられるために生まれてきたような、ボリウムたっぷりの巨大ヤドカリ類らしい。惹かれる。とりあえず看板の大文字だけで満腹しておいた。極上ディナーにスパにエステにサンセットテラスつきのリゾートホテル作戦も当初あったのは確かだが、人生にくたびれた者らしくお金は大事に大事にだ。……帰京して数日後に求職面接にいく未経験コールセンターに思いをはせる。

雨は降ったりやんだりした。

沖縄の人は雨中でもめったに傘をささないという印象がわたしには前からあったけれど、とくに宮古はそれが顕著だとわかった。子供が、大人が、九十才ぐらいの老婆までもが平気で濡れ歩いている。ビニール傘をさした若い女性を信号待ち時にやっと見つけ、ここでは違和感ある姿ねと観察したら、マリンのインストラクターふう、すなわち本土っぽい顔だちだった。

それはそうと、交通量が若干多いところではハンドルが何となく重くなる。交差点でのぎこちなさに舌を出したりしてから市街地を離れた。

今度は島の南西、一・七キロある先ほどとは別の大橋を渡って、その橋と緑と大海原を観賞する展望台で時間をつぶした。誰もいない。景色の中にもかたわらにも。天気は回復したが、海はまだ色うすくて物足りなかった。広さからくる空のいばりぐあいだけは非日常のままだった。声を出してもしかたないので、弱く弱く口笛を吹いてみた。悲しいにはちがいないカノンはもちろんというかすぐ消えていった………………。

夕方の宿。

昼間既に廊下でも洗面所でも人のにおいがしないなと感じたのだが、わたし以外の宿泊客がひとりもいないということがいよいよもってこの時間帯にわかった。べつにどうでもいいことだとおばさんの前では明るめの澄まし顔を保った。しかし悠々入った廊下むこうの風呂場の湯ぶねに湯はなく、カランからもシャワーからも覚悟していたよりもずっと細々とした湯しか出ず、しかも最後までぬるま湯だった。

階下の座敷の二十数人用の長テーブルの中央あたりの席で、テレビに正対しながら夕食をひとりきり食べる気持ちはやはりいくらか荒涼としていた。クーラーが必要以上の効きだったせいもある。が、途中から五才ぐらいの男の子がにじり寄ってきて、わたしの皿の上のイカ刺ひときれとプチトマトをねだった。せしめたうえに、噛んだトマトの汁をうっかりピューッと飛ばしまでした。何者だろうかとその非常識なわりには恥ずかしそうな長方形の笑顔の子の、広いおでこのあたりを凝視していたら、おばさんが「あんたよー、ここコナイヨ!」と小さな短髪頭を真上から叩きにきた。

「ごめんね。息子ノ子デす。息子が今いなくて預かってテテ」

汁をふいたおばさんはきちんとプチトマトだけを追加として持ってきてくれ、そしてテレビにかじりつきはじめた男の子を別の部屋へ追いはらってから、この日初めての口数の多さで、嫁は離縁して多良間《たらま》島へ消え、息子は息子で最近建設の仕事のためにオキナワで寝泊まりしているのだと語った。

「沖縄?」

「那覇があるところ。本島のことデす。娘たちもメンドウミテくれていたんデすケドネ、オトトシ・去年と結婚シテシマッテ、……あなたは結婚はシないデすか?」

「あ、え………」

わが離婚の件を、まあ隠す必要もないと思って少しだけわたしは口にした。おばさんはやさしく痛ましげにうなずき、それ以上は会話を進めず、というより昼とまったく同様に言葉に詰まってしまい、慰めるつもりなのかお茶を飲めとせかしては何度も熱いのをそそぎ、ふと失敗顔のようなのを見せてから冷たい甘い紅茶なども急いで持ってきた。

気づかいにたいしてわたしは申しわけなくなった。それである程度ムリしておばさんに冗談まじえて話しかけ、たびたび大きくうなずき、ついでに宮古方言についてたずねた。「美人」は「アパラギ」とか「おいしい」は「ンマヌフ」とかわかりやすい単語を七つほど教えてくれたあと、彼女は「アララガマ……」とやや強くいった。

「アララガマは？」

「どんなつらイトキニモ負ケない宮古ノ人ノ精神をいう言葉デす。あなたも、がんばって前に進んでいけばコレカラきっといいコトガありますよ」

「あ、はい…………」

小型テレビとゴミ箱ぐらいしかない自分の八畳間ぐらいの部屋で、しばらく目をとじていたあと、真の友といえる三人にメールを送った。それぞれ明るめに、そして文面をかなり替えて。心配かけっぱなしの両親にも。いや、母にだけは……声をきかせた。宿の心あたたかいおばさんときっとほぼ同年齢だからというのもある。

「そっちはもう夏なの？」

「ううん、そうでもない。天気悪い」

「とくに旅行中は何が起こるかわからないからね、変質者とかに気をつけてね。タクシーの貸しきりか何かでまわってるの？」

「レンタカーしてるの」

「レンタカー！　運転気をつけなさい。絶対ムリしちゃだめよ」

「うん」

「それと、あんまり食べなれないもの食べちゃだめ。強いお酒も。沖縄ってお酒がいっぱい出てきそうじゃない。あんたはもう昔みたいに体強くないんだからね」

「うん……」

「そんな遠くにひとりきりなんて、心配でしょうがないわよ。困ったことがあったらすぐ電話してね。三日間ずっと待機してる気持ちでいるから」

「うん。おみやげ買ってくからね」

「とにかく早由ちゃん、無事でね。お願いよ」

チャンは久しぶりだった。…………なおもごそごそしてから、早い時刻だったがふとんに入ってしまった。

扇風機はなく窓も小さいその部屋で、暑いと思ってクーラーをつけたら十何分たっても部屋が冷えず、ぬるま湯に続いてはぬるい風か、と少し舌打ちした。しばらくこらえていたが、眠れずにとうとう階下に何とかならないかききにいった。十時半。ロビーも食堂もその奥の部屋も真っ暗で静まりかえっていたからあきらめた。

翌朝の一階の座敷にはまたあのおでこの広い男の子とわたしのふたりきりがいたが、わたしの邪魔者と認定されたらしい彼は、長テーブルのいちばん端（わたしはもう一方の端近く）へとあらかじめ離されていた。わたしよりもはるかに少ないようである品目のおかずを、気のせいかつまらなそうに食べる子。

かなり迷ったが、わたしは前夜の彼をまねるようににじり寄り、ウインナー二本と海ぶどう一本をあげた。

「ありがとございます」

意外に立派にいう彼を、わたしは初めて少しかわいく思った。首をかしげるようにしてうなずいてあげ、本土の子とさしてかわらぬおとなしい顔だちの、ただしまつげの量と瞳の黒さだけはしっかりどぎつい彼に「年いくつ？」と話しかけた。

「いくつにみえるぅ？」

「まあ、大人みたいにききかえすのね。じゃあ先に、お姉さんは何才にみえる？」

「んーとよ、二十一ぃ」

「まあ」

「んー、やっぱり二十二」

「いい子ねえ。二十三よ。あなたは五才ぐらい？」

「当たり！」

「……あの人は何才かな？」

テレビの真ん中には何かでおじいさんが映っている。

「んーとねー、千才」

わたしはふきだすほどではなかったが胸中で「ざぶとん一枚」とたたえ、より明るい声で名前とかをきいた。ウルトラマンシリーズや魚や貝やクワガタやキックボードの話はどちらからともなく。子供の相手をするのがふだんまれなわたしに、彼・ヨーくんは小さすぎる弟のようになついてくる。

「お姉ちゃん、東京ってどんな町ぃ？」

「ここよりもずっと大きくて、寒いよ」

「ぴしーぴし※？　雪降るかー？」

「うん、冬に三回ぐらい」

「雪ってぜんざいより甘いかー？」

「ぜんざいほどは甘くないはずよ。でも、マシュマロぐらいには甘いかな」

「マシマロって何ねー！」

キノコの一種とか嘘をいってから、わたしはおばさんがお茶を持ってきたので恥ずかしくなって自分のざぶとんに戻った。そのお茶がまだ熱いあいだに、彼は忙しく通園カバンらしきものを持って一階を駆けずりまわりはじめた。

忙しいくせにヨーくんは、途中で「はい」とわたしに贈り物を持ってきた。赤い一個の折り紙作品。

ぴしーぴし…寒い

仲よしのしるしにくれたのだ。雑な折りかたがかわいい。ひょっとしてザリガニかしらと考えこみそうになる。

「ありがとう。これ何？」

「ヤシガニ！　きのうがっこうでたくさん折った」

「これがヤシガニ……」

「カニのくせによ、木にのぼって果物食べるんだよ」

「へぇー………」

じゃあ、ヤシの実とかマンゴーとかの味がうつって肉が少し甘いのかも、とすぐ子供っぽく発想したせいでわたしは含み笑いしながら彼に再度礼だけいった。遠くから見ていたらしいおばさんが「あんた遅刻スルヨ」と呼びかける。自室にて、わたしはその赤い作品を窓ぎわの床にたいせつに言《は》わせた。しかし、ヨーくんも甘党のヤシガニもじきに頭から消えていった。誰か狙った人にかならず「アパラギ」といってもらえるよう化粧を入念にするのが大事だから。

外はほぼうす曇り。溶け消えそうなうす白いガス状に近い雲々のちらばりが、元気ないなりにやさしさを光らせている。雨模様へとうらぎっていきそうでもある。

出発。きょうも安全運転で。

だいぶこのアクセルとブレーキにも慣れたな、と内外装ともに美しい小型車を慎重なままなめらかに動かし、熱帯植物園をまずおとずれた。朝いちばんであるせいか入園者がほかにおらず、ヤシ類はおもしろくもつまらなくもない。前日もそうだったがカメラつきケータイだけでなくμをときおり腕のばして自分自身に向けた。「あごだけ」とか「目だけ」とかひどい写真が生まれていそうな予感があったが、しかたない。列なす両側の木々（デイゴ?）の樹冠がどれもほぼつながってトンネルふうになった小道では、ヘビに遇《あ》いそうな不安とまり遊びする幼女のちんまりした気持ちが合わさって、ふとグリムか何かの怖めのメルヘンを想って息苦しくなった。

地続きの「トライアスロン記念館」の方も同じく人気《ひとけ》がなかったが展示物はにぎにぎしかった。母にいわれるまでもなく、ちょっとしたことで四、五日も寝こむのが最近の空《から》元気のわたしだから、ビデオに現れる鉄人たちの、とくにロードレーサー漕ぎ姿を、熱帯の毒々しい花にもひけをとらない勇ましさだとまぶしく拝む。

島の裏側、交通量のひときわ少ない北から東への道路を延々と進んだ。田舎もど田舎のそのあたりでは、路上によく黒い大きなチョウが、車にひかれてもかまわないという度胸で張りついていた。そのまま悠々と羽を動かしたりしている。実際にひいてしまうことはたぶんなかった。

うち捨てられたような無人の某ビーチ。三年半前には、ここをはじめ二、三のビーチで心ゆくまで遊んだ……。まさかいまだシーズンオフということなのか、売店からしてからっぽになっていた。まるで何かに怒っているように海は前の日以上にうるさく、しかし波乗り《ライディング》したくなるほどには勢いがなく、単にわたしは懐かしさから砂浜をしばらく歩き、二、三のバラードを心の中で響かせた。別れの歌詞・両思いの歌詞に続けたのは、小学生時代に母に教えてもらって以来忘れていない、膝をかかえて砂に座る者の遠い呼びかけの追想詩。確か杏里《あんり》という女性が澄んだムーミンのような甘え声ですてきに「ぼくは……」と歌っていた。

寄せる波をききながら　いろんなこと考える
少年のころの心　どこにいってしまった
きみの小さなあやまち　ゆるすことできないで
たいせつな人をひとりなくしたんだ　あのころ……

心地よかった。もっと後段の歌詞にもぐるぐる巻きされ、いくぶんかは。でも凪《なぎ》よりは結局うらめしさにずっと近い感情で離婚失業者は駐車場に戻った。負ケないで、という宿のおばさんからいただいた言葉をあたためつつではあったし、カモメをゆったり一、二羽呼ぶふうなその汽笛っぽいメロディーはもう少し噛みしめつづけたかったのだけれど、何となく、すぐにカーステでワッショイ系のユーロ《ハラハラ》をかけてしまった。

アララガマ。何クソ。今ニミテテヨ。

…………徐々に車とすれちがうようになった。

こちらも再訪だが、島の南東端の「東平安名崎《ひがしへんなざき》」は今回こそがすばらしかった！　人が適度にいてくれて、春限定の出現だという無数の白いテッポウユリ（形がまさに鉄砲だからよく目立つ）がハンカチーフ的な清潔さを草地にふんだんに添えていた。おまけにこのときだけ空全体にあたたかみが……白濁した湯のようなみずいろが広がった。なかば夢みさせるのどかさと美しさはすくなからずわたしを救った。草地を切りわける白い舗道を、トライアスロン大会では自転車が一台ずつ颯爽と駆けるらしい。

その岬の先っぽへいく途中、悲恋伝説のあるマムヤの墓を、かつてとはまたちがう気持ちでそっとさわる。若い女性グループのひとりふたりも岩に手をあてていた。だまされて浮世の無常を強く感じてこの断崖から身を投げた絶世の美女マムヤ……。

先の先、灯台の上からのほぼ三百五十度水平線の眺望はさらにはっきり今のわたしに迫った。高所での狭さに身は縮んだが、干潮の海の浅みで貝などをとる地元の人々を見下ろしたりしているうちに呼吸がまた深く長くなってきた。下りての帰り、わたしは東京でのいろいろな忍耐と空回り、それに半狂乱などを何だか別世界のことのようにうすくしみじみ脳裏にうかべなおして涙ぐみ、頭をにごらすよりは澄まして小風を感じていた。旅っていいな、さみしいけど、と初めて思ったりした。

晴れ間は嬉しかったが蒸し暑く感じた。

ドライブ続行。本当にチョウが多い。今度は人のいるビーチリゾートを見つけ、立ち寄った。泳いでいる人が十数人はいる。五月下旬の真夏日でもない日にもう水に入れるのだから、沖縄は当然のことながら〝すっごく南〟。そんなふうに岬以後は深呼吸気分でいつづけたのに、空がまた徐々に明るさを失ってきたと知った。はっきりした雲はなく、透明なままみずいろが全体としてけだるげに沈んでいる。

わたしが愛嬌いっぱいのＯＬだったころ、初の沖縄、初の宮古、それに広島や黒部《くろべ》や伊豆諸島を一緒に旅した同性たちの半数は、もう音信不通か、もしくは年賀状友達にすぎなかった。出産・子育ての忙しさや夫の転勤によりやむなく連絡を減らし合った友。とくに理由もなく疎遠になっていった友。そしてわたしの昨年のもろもろを真っ向から批判した友。この三つめは実のところさほど多くない。そんなことを思ってみるわたしだった。

だからリゾートホテルをひとつ見つけるたびに、自分本来のいき場所はあそこよ、とひそかに強がりそうにはなった。もちろんというか今回は予算に低い限りがある中、多忙の親友らに同行をことわられた時点で「ドライブ三昧《ざんまい》でいこう」と気持ちを定めたのだし、若い女がひとりきりディナーテーブルに向かう図なんて、ドラマの中ならきれいでも、自分がやるとなるとやはり尋常ではない。

道を熟知している地元の車が後ろに張りつくたび、わたしはおちつかなくて停車して先を譲った。「ムイガー断崖」という次の景勝地がなかなか見つからず、何度も同じ道でのターンをしてしまい、ある場所では四トンぐらいのトラックにクラクションを鳴らされてしまった。トラックだからひとしお恐ろしく、悔しい。

断崖下のようなものを見た気だけはしたが、ムイガーには結局たどりついたのかつかないままなのかわからなかった。そのかわり、目的地には数えていなかった「イムギャー」とかいうもっとすごい名の、海上遊歩道のある公園でしばらくすごした。

園内の入江の小橋の上で、三、四才から小三ぐらいまでとおぼしき駆ける三姉妹とすれちがった。いちばんおくれていた最年少は「待っとけー」とわめきつつ、わたしのももをまるで手すりの一部のようにつかんで通った。小さく残った感触が、追っていきたい衝動を生むほどにぬくぬくしていた。あとからやせすぎの母親と祖父母らしき人たちが歩いてきた。若い男性《だんな》だけがいないから、そして華奢《きゃしゃ》さんが偶然わたしとほぼ同じ髪色というのもあって、離婚家庭かしらなどとおせっかいな想像をしたりした。駐車場では、ベビーカーを押す別の沖縄顔の女性を見た。……空はますますうす暗い。

海岸線通りをまた進んで「ドイツ村」にも少し立ち寄った。何の施設かよくわからず、トイレだけ借りてすぐ去り、それでもういきたい場所はなくなってしまった。

　とりあえず移動し、宮古そばを出す店で休んだ。空港のよりも期待したぶんだけひどい味だった。正直、民宿での晩と朝もふくめ、宮古島に降りたってから味覚が本当に喜んだ瞬間はない。海ぶどうだけは珍しさが昔からまあ魅力だけれど。……地図とガイド本をめくり、前日とこの日の半日ずつでもう島全体をまわりつくしてしまったことを再確認する。というより、地図に目をおとす自体に疲れた。

　店を出たときに、ちょうど雨が降りだした。

　クラクションとかあおられとかはその後なかったのだが、うらさびしい道の赤信号の前でワイパーごしのキビ畑を暗い重いと若干憎みながら停まっていたら、たまたま対向車線をきて信号無視で去っていくミニバンを見てしまった。こんな田舎にも無謀な人がいるのね、それとも観光客だったかな、とにかく赤に変わって四秒ぐらいはたってたよ、とわたしはぶつぶついいたくなった。ついで……………カートで競走《たたかう》する集まりなんかにも顔を出していた誰かを、あれこそとうぶん停まるつもりなどないだろう一才上の元「ぼく」を、砂浜や岬にいたとき以上に強く思い出させられかけた。が、猛々しさはすぐ抑えた。姿もむなしいから消す！

　雨はかなり強まり、高低のほとんどないやや単調な田舎景色を汚しつづけた。

　いっぺん池のような水たまりにおもいきり踏みこんでしまい、それは中央線を律儀に守っていたからなのだが、後続の一台がまるで常識でしょといわんばかりに大きくその水たまりを避けて進んでから、わたしの車を追いこしたので、こっちはほんとは東京の狭い道で鍛えられてるんですからね、とまた声だけでも放りたくなった。雨は弱まりそうで弱まらず、じきにわたしは音楽を止め、路肩でエンジン切ってしばらくまどろんだ。

宮古は海と道路と植物以外何もない島なのかも、という疑念がそろそろ湧いてきていた。どこかをめざす必要はある。……つらい、何かひとりだとやっぱつまんないな、と天気のせいもあって思った。東京のふたりほどにとりとめもなくメールしてみた。もう一度あの砂山ビーチへいってみようかと悩んだ。

片方の独身から、十数分後に返事がきた。「丁度こっちは遅い昼休みの真っ最中です。雨がやむようにパワーを送っておきました。見事やんだら土産は高めのアクセサリーにしてよ。それと小さいのでいいから海洋深層水泥パックも買ってきてヨー。ところで、いい男はいた？　いた？　いた？」とあった。追伸で「写メール見たよ。何でそんなに疲れた顔してるの？　最近いつ会っても元気だったのに。でも、観光地で自分の手に向かって一人きりニヤーッとしてたら変だもんね。許す」と無遠慮に指摘された。ケータイに入っている六枚ほどの自分をあらためて見る。どれもこれも単なる真顔の旅人というよりは、確かに蒼い顔をした吸血鬼の花嫁《えじき》のようだった。

嬉しいというか友へのお礼がらみで少々やっかいなことに、まもなく雨が小降りになってきた。いっそこの島の道全部を制覇してやろうと冗談がこみあげ、エンジンをかけた。エミネムの長いのを一曲きいたところでやっと雨終了。しかし運転には既に飽きはじめており、誰かお友達になってよ、助手席に座るからカンカン照りのすてきなところへ今すぐ連れてってちょうだいな、と工事現場の隅の（超長《なが》休憩中の？）ヘルメットさんたちの中に下地勇※を探しそうになった。

ある表通りで自販機を見、缶紅茶で気合を入れなおそうとして車を降りた。そうしたらわりと遠い民家の前から呼びかけられた。

「ちょっと、ちょっと、あんた」

四十はすぎているであろう横幅のある女の人。……むこうはつっ立ったままだから、しかたなくわたしがわざわざ二十メートルぐらいも歩いていった。彼女はまっすぐわたしの顔を眺めなおしていう。

「あんた外国人かト思ったケド、やっぱりちがうね」

「はぃ？」

「東京ノ人？　宮古ノ人？」

「東京です」

「あ、そうね」

はればったい目が長細いおばさんはとてもはっきりした納得顔でうなずいて、それきりゆっくり歩き去った。ただまったくそれだけ……その確認ひとつのために、わざわざわたしを二十メートルの遠くから呼びつけたのだった。（赤みも茶も黄金っぽさもまったくない自然な干し草調にしたとはいえ）金髪染めが今どきそんなに珍しいはずはないのだが。でも田舎なんてどこもこんなものかもしれない。

下地勇…前述の宮古出身のシンガーソングライター。非常にハンサムなことで知られる

そうあきらめて、紅茶ではなくゴーヤー茶を買ってからわたしは車に戻った。

外国、という微妙に華やかな言葉がなおも頭に残り、それで元のバックミラーにかぶせた広めのわがミラーに二、三秒だけ顔をうつしたら、国云々は別にして生気は意外とあった。しかし思いあがったような挑戦的まなざしに、まごつきと、深刻と、無意味な温厚も同時にみてとれた。ゴーヤー茶の味はいまひとつだった。チャンプルーとかに入るニガウリそのものはどちらかというと好きなのに。

午後三時をすぎると最高のラップにもモンパチにもオレンジレンジにもジャック・ジョンソンにも気持ちがのれなくなった。

海よ　元気でいろよと強く生きろと　ひとつ
いってくれ　そして夕陽で照らしておくれ……

夕映えなど期待できそうにない曇天下、母から受けついだ浜の美曲をたまに喉もとでくりかえすことにも飽き、初めて音源をラジオに切りかえた。AMしかきとれなかったが当然沖縄ローカルだから、お喋り等に興味がなくはない。演歌なんぞを耳に吸ってしまった。あとはひたすら時間つぶしだけのためのドライブを続けた。

市街地に戻ったときはぐったりしていた。目薬がほしいと思った。

宿のある港付近の路地まであと百メートルというとき、横断歩道にさしかかる。黄色の終わりかけの突破を狙ったが、思いなおしてきちんと停まった。後続車のないのをとっさに確かめるのを怠らなかったのは自慢できる。

左から渡りはじめた人はひとり。――見おぼえのある男の子。

宿のヨーくんだった。彼は幼稚園で習ったとおりにか右腕を高くまっすぐ挙げ、左腕はよく振って運動会の行進時のようにももまで高々動かして進んだ。わたしはクラクションを「プップッ」と叩いただけでなく、窓をあけて彼の名を大きく呼んだ。伸びていた右腕がぐにゃっと下り、満面に驚きの笑みを咲かせた彼はおじぎしてくれた。オモチを引くように目などが崩れ、縦長なのに顔全体が大福を想わせ、広いおでこがまた素直げ（挑んでまごつくわたしとは大ちがい！）で、急に少し彼を食べてしまいたくなった。

今夜もあの子とふたりの長テーブルか、と道を進んで微笑しかけた直後に頬を固めた。もともと二日目だけは夕食をキャンセルにしてもらっていたのだ。ひとり旅というからにはほんの少しは宵の宮古の冒険もしてみたかったから。病人なりに。

おみやげもきょうのうちに選びたいし、日暮れぬうちに歩きだしてしまおうと宿で化粧直ししていたら、おばさんに部屋の戸を叩かれた。

「お茶の時間にしませんか？」

「え、あ、はい」

初日に〝面接〟したロビー隅で、今度は湯呑みふたつ置いて向かい合った。沖縄にしかない茶菓子も出してもらえた。ポツリポツリと話しかけられ、表千家式に左手の器を右手で九十度ずつ時計回ししたい気がしないでもないわたしは、姿勢だけは正したうえで「……ここの前の道路も、トライアスロンで使われるんですか」という質問などして彼女と静かめに親睦を深めた。また、風呂のぬるま湯の件はがまんしてクーラーについてのみおそるおそる苦情を伝えたら、部屋を替えてもらえることにはならず、それはどの部屋のクーラーも同じように役立たずになっていたからかもしれず、扇風機を出しておくので、とあいかわらずの気弱そうな笑顔と訛りを多く含むいいかたで謝られた。

おばさんはそれから手もとの紙袋をカサコソいわせ、写真をひとつ出した。そこには男の人が写っていた。

「よかったらコノ人ト、結婚しませんか？　……三十七才だケド酒に強い楽シイ人で、家も船も持ッテマスヨ」

「……はあ……」

お見合いの持ちかけだったのだ。苦笑いするしかなかったが、とりあえず写真は三十秒ぐらい眺めた。漁師ということなのか浅黒く、眉が太すぎて鼻も大きく、沖縄というよりは古色たっぷり「琉球」の人だった。

できるだけ穏やかに、わたしは拒否の意思を伝えた。遠慮とねぼけが溶け合ったようなおばさんのお地蔵さま的な笑顔はもちろん厭《いと》いたいものではなく、わたしは背格好と頬の優美なふっくら感以外はあまり似ているわけではない母をまたまたまぶたの端にうかべつつ、小柄なこの人の肩でもマッサージしてあげようかなといい子になりかけた。

しかし、おばさんが少し息を吐いてから「それでは……」とまったく別の男性の写真をタンスの方から持ってきたことで、わたしは一気に不信のまなこをおばさんやその肩ごしの玄関とかに弱からず強くもなく向けることになった。――このオバサンまさかこれを副業にしてるんじゃない？　だからきのうの最初から面接官みたいだったのね。縁談まとめるたびにお金もらってるんだわ。

「これは少し頼りないケドやさしい人デすヨ。三十四才。離婚歴ありで、子供ひとりつき」

最初のよりは確かに覇気に欠ける感じの、さわやかではある短髪の人の顔を五秒ほど見て遠ざけ、わたしはいくらか硬い声でこういいきった。

「ご厚意には感謝しますけど、わたしこの島に移り住んだりする気はまったくありませんので」

「……そうデスか。……会ってみるだけデモと思ったのデすけど、あしたちょうど急に戻ッテくるッテきいたのでついでにコレ見セテしまったのデすけど、……考えテミレば、飛行機の便もたぶんスレチガイデすネ。実はこれはきのう話した息子で、あの孫ノ父親デ」

「え、え、……あの、」

「いいんデスヨ。もう話は終わり。おせっかいシテごめんネ。あなた明るいようなボーッとシテるような、やっぱりさビシそうで放《ほ》ットケナイ感じがシテ、それにあのヨータもあなたを好きシテルみたいだったから、つい見セテしまった。最初の船持ッテル方は、甥《おい》デす」

「……ごめんなさい。本当に」

「大丈夫。気にしないで忘レテください」

「……ヨーくんは帰ってきてるんですか？」

「父親や別れた母親に手紙を書くのがトテモ好キデ、便せん買いにまた出ていったみたいです。最近の子供はマセテテ、ヒトリデ買い物でも何でもしてしまうデすネ。五才でもう電話も使いこなしてるんデすヨ。でも、手紙が好キッテ」

わたしは一度遠ざけたやさしいらしい息子氏の写真をさりげなくテーブル上で数センチだけ近づけ、

しかし写真でなくおもにからっぽの灰皿やテーブルクロスに目をおとしていた。ヨーくんにもらった赤い折り紙を何か恐ろしいまじない道具として思い出したりした。やがて自分の心が百はつかめないまま、写真の人の趣味や前職などを小さい声で質問しつづけた。

「もういいんデスよ。本当にこんな話は忘れテ、外でおいしいもの食べテキテください」

「すいません。食事のことも、すみません」

「大丈夫ヨー。あなたやさしすぎねぇ」

「べつにやさしくはないです……」

「トコロデ、あなたの髪、いい色デスね」

「あ、どうも」

「よく似合ッテル」

………南西諸島は東京よりは日没が遅く、出発の遅れにもかかわらずわたしは街灯がともりだす前に大通り（マクラム通り）や人のいくらか多い何本かの道を早歩きできた。重いというか蒸し暑さの増した空気に包まれつつ、折りたたみ傘をときおり小さく振って。元よりわかってはいたことだが、島の中心街といっても小さな町だった。飾り気も店の数も少ない。カメラ用品を売る店だけはやたら目につく。

東京でいえば私鉄沿線のさびれた郊外の駅前を想わせる。

それでもブティックや若向きのアイスクリームののぼりの前にはたたずんだ。ある一軒のみやげ屋では、けっこうよさそうな品物の数々に惹きつけられた。しかし「商品には絶対手を触れないでください」との貼り紙をひとつ見て、「絶対」は強烈だから、触れようとはしていたかもしれない指をさっと戻したわたしだった。数秒後にまたひとつ、そしてまたまたひとつ見つけ、その同じ貼り紙が店じゅうにおびただしくあるようだと気づかされ、一方客はといえばわたしひとり。それで店の奥に座る主人の強い強い視線を感じた。見張る視線はけっしてゆるまず、だんだんわたしは肩などこわばって息が短くなり、それは彼の目がやたら大きかったせいなのだが、結局……何も買わずに出てしまった。

怖がりすぎを少しだけは笑った。

道の続きを歩き、別の店でサンゴ製品や派手な箱の菓子などを親や友人たちのために買った。それからガイドブックを見て決めておいた一軒の〝海鮮がとくにおいしい〟郷土料理屋を探す。四時台のお茶のせいでわが空腹感はいまひとつだが、買ったすべてのみやげを長時間手にさげつづけたくはなかった。

カウンターに通されるなり、左隣の四十代前半ぐらいの男性客に「観光？　ドッカラキたの？」と声をかけられた。じきに板前のひとりも「宮古は何もないけどいいとこでしょ」と参加してきた。飲み物はこれ、刺身はこれ、エビ料理はこれがいいでしょうとふたりに手とり足とり決めてもらった。左の客はパンチパーマで首がものすごく太く、方言を交ぜてこんなふうにどなったりした。

「アパラギ！　店長、東京ノアパラギがヒトリ旅！」

顔は赤くないが既にかなり飲んでいる人のよう。鼓膜の痛くなったわたしはわずらわしいことにならないよう早めにと、東京に残してきた恋人と今はけんか中云々という嘘をついてみた。反応は、脈絡がない。

「けんか？　ミャークビキドゥンはみんなけんか強いヨォ」

「ミャークブキドゥン？」

「宮古の男ぉ」

刺身盛りもエビてんぷらもあまりおいしく感じられなかった。ガイドブックの四つ星を見て厳選しただけに、さっさと退店してしまおうか迷った。泡盛「琉球王朝」だけはまあまあのなめごたえだった。

なおもわたしを放さない、そして二度もわたしの髪をことわりなくさわったパンチの酔っぱらいは、オトーリという宮古独特の一気飲み法の由来や石垣島と宮古島のライバル関係などを、わたしがまあまあ興味を持てるよう学校教師ばりに語ってくれたりはした。

「じゃあ、フタリデ軽くオトーリの実演練習をやロウ」

「旅のお客さんにからんだらだめだよ」

たしなめたのはチョビひげの店長だった。眉のうすい板前もふくめ、見ようによっては三人ともヤクザふうだった。オトーリする前からわたしは酒に弱いのでもう首すじなどがほてりはじめていた。

数分後、たまたま同じ誕生月だと知ったパンチが反射的にという感じで握手を求めてきた。うっかり貸したわたしの手を、彼は心配どおり握ったままでいた。そして親愛こめて少し振る。二十秒も経ただろうか、非常に怖くなって前や横を見たがたまたま店長も板前らもそばからいなくなっていた。振りほどく勇気はなく「ちょっと」ときつめにささやきそうになったころ、やっと解放され、キャバ嬢じゃないわよとにかくもう帰ろう、と決心したのだが、その右手のひらの重い不要な熱が消えるか消えないかというとき、「ンミャーチ！」※「いらっしゃいませー」という何度目かの威勢のよい声をきいた。

入ってきた太めで背の高い初老の男性は、わたしの右隣に座った。どんな関係にあるのか最悪パンチは笑って頭をかいて彼にあいさつし、勝手にひとり困りながらやがてカウンターの上に腕くんでおし黙ってしまった。それはとりあえず大変けっこうなことだった。が、かわってわたしを帰れなくさせたのは、もちろんというか右の人だ。

落っこちそうなほど大きくて丸っこい鼻をもつこの初老氏は体のわりには威圧感を生まず、しかしパンチ以上にウムをいわせぬ話し好きで、始終えびす顔でいろいろな失敗談をきかせてくれた。去年市役所の前でバスに足を踏まれたとか、その少し前には腐った宮古メロンを腹いっぱい食べて救急車で運ばれたとか。より鮮烈なのは空き巣の話だった。

宮古では外出時に鍵をかけない人が今でも多いらしいのだが、ひとり暮らしの彼はしょっちゅう空き巣に入られる。つい最近、近所の食堂でお昼をとるために家をあけた、そのわずか二十分の間に居間の大型テレビを盗まれたという。別の日には、やはり昼食外出中に扇風機を。それはたぶんこの人の行動パターンを知っている友達の誰かが犯人よ、それも複数犯よ、とわたしは強く思って何となく少しは笑いそうになってしまって控えめに忠告した。

ンミャーチ…いらっしゃい

「鍵はしめた方がやっぱりいいですよ」

「いいや、宮古ノ人はシメナイカラ」

「……でも、また何か盗まれるんじゃないでしょうか」

「いや、宮古デハ人を疑わナイヨ」

「すみません」

そこまではまあ、いい意味においても刺激的だったといえる。

だが、半分近く入っていたはずの泡盛の大ビンをいつしかからっぽにしたパンチがテーブル席の地元人とおぼしき男性四人組と早口の方言全開で口論し、ひとりに胸ぐらをつかまれ、店長やえびす笑みを消した初老氏にこれまた早口の方言で叱られて何か捨てぜりふを吐きながら出ていったのはいいけれど、その後とんでもないことをしてくれた。店の外のちょうちんにライターで火をつけたのだ！

燃えあがるところまではいかずに客十数人全員避難とかはなかったけれど、パトカーがきたりしてわたしは絶句しつづけた。警官との立ち話から初老氏が戻ってこなかったこともあり、会計を済ませて早足で去ってしまった。誰へのあいさつもなしに。

まだ九時台だったが街灯の数がものすごく少なく、つまりは真っ暗に近い道が多く、わたしは冒険をそれ以上続ける気はなくし、ぬるま湯浴びとメール送信のために早足で宿に向かった。調子にのってアルコールをとりすぎたようであり、かすかながら胸がしばらく苦しかった。ふりかえれば初老はいばっていたとも思えた。

気分直しと口直しに、一軒だけまだ閉まっていなかったみやげ店で小ペットボトルのパパイヤ八十パーセントジュースを買い、人の目が気にはなったがその場で首を上げて飲んだ。さほど南国臭くはなくメロンっぽかった。宮古島で初めてものを本当においしいと感じた。そういうのはどちらかというと、悲しい。たまたまその店では絵葉書の中にヤシガニを見た。ゆでたら赤くなるようだ。ほめられた（さわられてしまった）髪を宿で洗っていて、……もしいつか首つって生まれかわるとしても自分は女にも男にももうなりたくない、できれば花か何かになりたい、ととじたまぶたの裏に昼間すてきだったユリやサルビアや黄色いハイビスカスを灯した。そのてのことを最愛の母にいったりしたら、雷おとされて泣かれて抱きころされるだろうけれど。

翌朝はヤシガニの夢から目覚めた。ゾウガメぐらいに大きいそれとひとことふたこと会話した夢だった。ほかに内容はほとんど覚えていない。

おばさんはまったくかわらずにこやかに接してくれた。小鉢の中、前日朝よりも増量された海ぶどうを見て厚意に合掌したくなったが、その不思議なねばっこい海藻もふくめて食事は最後まであまり口に合わなかった。せっかくほどよく姉弟になれたヨーくんに、もしや見合い拒否の件が伝わっているかもしれないと思うと味がますますずれてくる。元気いっぱいの「おはよう」だけは既に交わし合っていたのだが。

夢のヤシガニの、唯一はっきり残る謎のせりふを反芻したりして気をまぎらわす。「早くお嫁さんになりたいの。だから大きくなるの」とカニはわたしにうちあけ、宝石店のガラス棚の前でグレーからブーゲンビレアのようなピンクへと一部染まってはにかんだのだった。（ブーゲンビレアもわたしの大好きな花……。）

朝番組がこのとき多少おもしろいせいもあり、ふたりそれぞれ別方向からテレビにばかり見入っている。ついに耐えきれなくなり、わたしはテーブルのいちばん端の彼のところへと食器類を移動させた。

「けさはこっちで食べていい？」

「うん」

「……ヨーくんは、将来何になりたいですか？」

「んー、ふね」

「え？……」

「海がだーいず好きだから船！」

「えー、乗り物になりたいの？　…船長さんとかサッカー選手とかじゃなくて？」

「隣のよマーボーは、消防車がいいって」

「じゃあね、……お姉さんはスペースシャトルになろっかな」

「お姉ちゃん、宇宙が好きなの？　ぼくも好きだよ。海もきれいだけど空もいいよね」

「そうねー」

彼がすねたりしていなかったことに安心したわたしは例によってプチトマトをひとつあげ、おでこともに魅力的な彼のオモチ目尻に見とれた。（汁はもう飛ばなかった。）そしてなおしばらく喋っていたら、おばさんがお茶をつぎ足しにきた。わたしはいたずら少女のように小さくおじぎし、「すいません……」とふきんで先ほど自分のいた場所をふきにいった。

「いいんデすヨ。食べテテください。相手シテくれてアリガトォネ。きょう出発なんて、おばさんさびしい。また泊まりにキテクダサイネ。こんな気立てのいい人に泊マッテもらえるダケデ嬉しいから、次からはお金は半分もトリませんよ」

「そんな」

お見合いの件がまだやんわり続いているのだと警戒した。あきらめてはいなかったのか。いい人のようでおばさんは冗談がきついとも思えた。

それで最後はさばさばいこうと決め、少ない荷物をすぐまとめおえ、澄まし顔に限りなく近い笑顔でロビーに下りていった。この日は通園時刻までまだもう少し余裕があるらしく、ヨットか小舟《サバニ》かフエリーになるつもりの五才児はかばん片手にテレビの釣り場面に見入っている。わたしはおばさんに深めのおじぎをし、記念撮影がわりに一度だけほほえんで、孫には手を振って玄関を出た。

やはりというかふたりとも外まで見送りにきた。ヨーくんは「……きょうもお姉ちゃん泊まるんでしょ?」とおばさんに確かめて否定され、「何でー」と急に抗議を始めた。

「あんたが食べ物トッたりシテ邪魔するからイケないんだヨ」

わたしはおばさんのそれが冗談か、あてつけか、はたまた途方にくれてのひとりごとなのかわからなくて、ついで片腕にまといついてきた子供の手の力の大きさに衝撃を受けた。

「またきてよー」

「ぅん……」

「今度、太陽に手紙書こうよ！　がっこうで習ったよ。太陽はすごいよ。光をくれるんだよ！」

何いってるのよ、きょうもこんな曇りじゃないの、とこのときわたしは言葉の非常なかわいさを素直に受けとめられず、めぐみをくれなさすぎる宮古の透明な暗い空を仰いでからさらに険しい気持ちになった。わたしの腕をしっかり放さない彼のその抱きかたが、ほとんど母親を求めるふうだとますますもって感じられてしまったから。誰か子供にここまでつかまれた経験があるわけでもないのに、確かにそう感じた。

「じゃあね、パパが帰ってくるまでおりこうにね。幼稚園、遅れないようにね。バイバイ」

「うん。バイバイ……」

わたしはヨーくんをもう約二秒しか見ず、おばさんにあらためて礼をいい、車へ向かった。「バイバーイ！」ともう一度声が飛んできたが、わたしは「バイバーイ！」と心をこめたおうむ返しを叫ぶだけで、ふりかえりはしなかった。並んで立っているのであろう変わり者のおばさんがどんな表情をしているのかと心配はした。

何から何までかわいかったわけではないし、わたしはどちらかというと女の子がまずほしい派なので、東京へ帰れば何日かでもうあの子との会話を思い出すこともなくなるだろうと納得し安らぎ、………最後の安全運転だけを念じてキーを回した。

フライトは昼前。みやげ選びはとりあえず終わっているし、いくつかの泳ぎ場所を除けば未訪問地がとっくになくなっていると結論ずみのわたしは、最大の物足りなさを生んだあの砂山ビーチをめざした。あそこへと再挑戦する以外考えられなかった。すべてがもうなじみのある道だから軽快に。田舎島の小さな街をすぐ離れる。

しかし、早速フロントガラスごしの宙に長い破線を見た。何本も。

ああ、もう、何！　容赦なく雨線は町に刺さりつづけた。自由だけをおそらく求めるわたしは歯をたぶんむき出しにして空か風か島全体かを憎悪した。なぜきょうも、と吐息ばかりになる。沖縄県が既に梅雨入りしていることを知らなかったわけではないが、いくら何でも三日すべてたたられるなんてひどすぎる。南国の梅雨は晴れ間も多いはず。降るなら夜のうちに降ってくださいな――。

やはり駐車場には自分のパールピンクの以外に車はなかった。この小雨よりは強い雨の中、まさかあの昼寝男がまたごろんと主《ぬし》をやっていることはありえない。けっこう距離を歩くのはもちろん前と同じ。傘をひらき、舗道から砂の山道へ入る。両側はずっと繁み。上りから、下りへ。そして息を呑ます現れかたで海がせり上がってくるのも同じ。

わるくない。ひそやかなロマンティックビーチという感じはこんな朝だからこそ強い。しかし、湿った砂はピュアホワイトには遠いうす茶色。足跡やら何やら凹みだらけで粗《あら》い。あらためて眺めまわせば、人のいない、パラソルも浮輪もドラゴンボート類も海の家も囲いのネットもない、すなわち砂と岩と吹きぬけ洞窟と区切りの緑の崖しかない、狭い扇形の浜。潮のかおりと波音だけが濃密だった。

二日前もそうだが、海はおっとりしていない。

すねて汚れた灰色っぽいターコイスブルー。若く忙しい波頭の白は苦しげで、悪あがいているようで、しかしむなしくはないようで、飛びだしにかかるわたしの黒いボディボードを「青春」なるおかしな絵解《えと》きつきでそこに描かせる。……無重量のくせに重くのしかかる空は、前日や朝方と同じくほぼのっぺらぼうだった。きれいはきれいだけれど白っぽい、血の気の足りない風景。折りたたみ傘が小さいからズボンの裾や腕などが濡れゆく。風がなくはないのだ。

穏やかなようでささくれだった世界。わたしへの鏡。

風は海から岸《オンショア》。

そうしてなおヨーくんやおばさんを、何よりもあの〝見合い写真〟を思っているうちに、海と砂と空をぞんぶんに眺めながらも目が眠りにあるような錯覚におちいった。波も難風《オンショア》も雨も止まらないのに、すべてが止まって見える。バンパイヤに青い大事な血《ちから》を吸われてしまった大空のせいか。何分かして、気づきが口をついて出た。

「……太陽がないから、見えないから、手紙書いて『出てきてね』ってお願いするんだよね。……ヨーくん、きみが正しかったね」

低い、カビ臭いような自分の声だった。

彼は励ましてくれたのかもしれないし、たまたま無邪気に思いついただけかもしれない。宮古を離れることの多い片親に、そして友達や、会うのがふだん絶望的なのかもしれないもう片方の親に、今どき手紙をせっせと書く子なのだとおばさんにきいた。便せん買いにいくときに、横断歩道であんなにまっすぐ手を挙げて、オモチの目で笑っておじきしてくれた五才。あの行進歩きはひどい。絵にかいたように子供らしすぎる。いったいこれから何日間あの姿を覚えていればゆるしてもらえるだろう。きまじめにそういうふうにだけ痛がりつづけたわけではないが、傘ごしに、しつこい雨に打たれながらわたしは海とさぐりあっていた。二十分以上立ちつくした。

仮にも観光名所である。雨が降りやまない中、新しい慌ただしい音がした。見ると、相合い傘の若い男女が下りてきたのだった。女の方は腕にもうひとつの派手な傘を引っかけてぶらさげている。わたしはわが白傘を頭に引きつけ、そっぽも向いて顔を隠した。きこえないようでききとれてしまう彼らの関西弁は、明らかにむつまじく、わたしは殊勝な省《かえり》みに占められすぎていた反動で、効きめのない敵意をなおいくらか表して歩き、ビーチをあとにした。

駐車場から出るとき、三台目の車とかちあった。そのワゴン車には四、五人の家族連れが乗っているようで、今の今まで貴重な二、三十分をすごせたのだととりあえず充足した。が、足に砂と一緒に小さな虫がついていたので小さく叫び、そんなので不快の方が一瞬にして倍になってしまった。

おとなしく市街地へ戻る。時間に余裕のあるうちにレンタカーを返しにいこうと決めた。ごく弱い小降りになったせいでふたたびどの道でもドライバーたちがスピードを標準程度に上げているのがわかる。わたしもどうにか流れに乗った。

そしてある場所で、道路ぞいの店舗駐車場からバックで出てこようとする車を見て、わたしはおもいきり長いクラクションを鳴らした。それは反射行為。しかし、ふだん東京でわたしが最も嫌悪している「どけ、バカヤロー」がわりの警笛を、悪気なかったとはいえこんな田舎島でよそ者がやってしまったのだった。

自分にしばらく腹を立てていた。

そのあと、大型トラックと続けざまにすれちがった。くしゃみ並みに耳ざわりな排気ブレーキ。

――――表向き無事故の優良ドライバーではあった克広を思い出した。鮮明に、ついに何のためらいもなく。

カートだけは大ケガ覚悟で疾駆させていた彼は、危険度をあれ以上知られるのをおそれたのか、カートの応援には二度目以降はこさせなかった。そしてドライブデート中、シートベルトをわたしがしていなかったらかならず丸目を三角にした。

いっぺんだけ、克広としては珍しく、一泊旅行先でめざすホテルになかなかたどりつけなかった夜がある。ルームランプの弱光の下で彼が湖畔の地図を読むあいだ、気をきかせたつもりでわたしは「ちょっと見てくる。誰かいたら、きいてくるね」と車を降りた。目的は達せられずに七、八分ぐらいして駆けもどったら、彼にどなりつけられた。

「こんな暗い森の前で勝手に降りてくなよ！　襲われて拉致《ラチ》られたかと思って死ぬほど心配したんだぞぉ!!」

あまりの大声に腰を抜かしたわたしが車内に入れないでいたら、運転席のドアをあけて彼は抱きしめにきた。「ほんとに心配してたんだぞ」と激しく髪などをこすり、やっぱりゆるさないとばかりに何度も何度もこづいた。

やさしいふりしてあの男は単に身勝手だったのか。それともわたしを女らしい気持ちにさせつづける達人だったのか。何日いや何時間ぶりの懐かしみなのかさえわからないままに、かんじんなところが揺らいでいる。

新婚のころの日曜日。ふたりで映画と食事にでもいこうとなって午前のいい時間帯に鏡台の前で顔づくりするわたしを、克広は畳に頬杖ついて寝てしばらく眺めていた。「恥ずかしいから、あんまりじーっと見ないで」と新妻らしくかわいくいうと、彼は「そうか、ごめんな」と甘い声でいってキューピー顔をそらす。でも、またわたしの横顔を見る。

「スッピンだと美人で、化粧すると……だな」

「え、何？　化粧すると何？」

「秘密」

「いやん、教えてぇー」

なおもミルクチョコ的な言葉でじゃれあいつつ、夫好みの正統派フェイスを完成させる。でも、その矢先。

「どれ、たっぷり見せてくれ」

彼はわたしを真正面に引き寄せて見つめ、抱き、完璧にしたばかりの唇に唇を強く重ねてきた。口紅がたくさんなめとられ、いつしか頬もあごもおでこも鼻先も彼の唾液で濡れきってしまった。そうしてしばらく立ったままの抱擁を続けたあと、彼はわれに返ったように謝った。

「せっかくビーナスになってたのを……」

「ん、いいのよ。やりなおすから」

恋人時代にもかけてくれなかった最上のほめ言葉に上気して、再化粧を手ばやく終えたわたし。だ

わたしがあやす声で数えおわると同時に彼はわたしの首を噛んだ！　びっくりして幸せな女は笑い

「一、…二、…三、…四、……五」

好きすぎて、あと五秒で死ぬ」とささやきついでに耳をなめた。

さやき、彼の手を引っ張った。ベッド上に生還した人はわたしのその手を長々とさすり、「おまえが

ベッドからずり落ちた。鈍いわるい音がしたのでわたしは「大丈夫？」と身を起こして勢いこんでさ

愛の塊なのか子供なのか克広はそのうちに「早由が好きすぎて気が狂いそうだ」と悶えて反転し、

はった。

「きょうはもう出かけないでこのままいましょう」と目をまたとじ、彼は「いや、絶対いく」といい

そんなことしているうちに一時間半以上たってしまい、シーツの上で彼の肩をなでながらわたしは

ちんとベッドへ移った。

とをささやきで伝えはしたが、頬に頬をこすりつけられつづけてあきらめた。やがて短く相談してき

ゃくちゃに胸をつかんだりしはじめた。かき抱かれるのよりも化粧崩れのくりかえしが困るというこ

でも、克広は結局わたしを口づけと抱きしめにとどまらず玄関付近で押したおし、服の上からめち

「お願い、羽根みたく軽くね」

「キスだけ。ちょっとキスするだけ」

「もう、いこうよ」

たしの背中に両手をまわした。

が一緒に玄関へいき、靴を履こうとして、またまた彼の方はがまんできないという大きな息吐いてわ

が止まらなくなってしまった。……………………………………………

…………………………………………………

　不幸せなわたしはささくれたまま焦っていた。今すぐ道ばたの誰かにやさしくしなければ、この二泊三日を締めくくれない。ヨーくんのために菓子かオモチャを買ってもう一度宿へいく、などというお人よしに走りたくもなった。愚の骨頂だ。雨はやんでおり、今ごろ町全体がとても明るくなってきている。探せばうす絹ごしに太陽が見つかるかもしれない。

　冷笑したにもかかわらず、あの折り紙のお礼をまだしていなかった、と頭蓋骨の全裏側がふたたび幼児の福顔に張りつかれた。

　結局、数分後にわたしはスーパー内を足ばやにうろついていた。何が喜ばれるかとか、それ以上真剣に考えたくはなかったので、目についたとても甘そうなタルトのうちの高いのをすぐ買った。

　宿の正面にくると、ちょうど掃除用具を持ってそこにいたおばさんに会えた。わたしは「たまたま最後に通りがかったので」と不安な笑顔でいい、すぐ運転席に戻るつもりで袋から取り出したケーキ箱をやや勢いつけて手渡した。ヨーくんの名をいって。

「ありがとうね、気をつかッテクレテ……」

　おばさんは歓喜とかそういう態度ではなく、どちらかというとわたしの律儀をいたわるふうに、また初日に近い上品さで長々とほほえみ、「時間大丈夫だったら、お茶飲んでいきますか？」とあくまでも節度を保ちながらいった。わたしはもちろん固辞した。

「じゃあね、じゃあちょっと、おみやげ持ッテイキなさい。ちょっと待ットイテヨ」

大急ぎで彼女は低い姿勢で戻ってきた。ダンボール箱を引っ張りながらだから、息も慌ただしい。

「好きなもの持ッテイキなさいネ」

下半分ぐらいに野菜の詰まった箱だ。赤土のついたダイコンが目立っている。見なれぬ幾種類もの葉野菜。もっと見なれぬ、茶色っぽくて長い太ウリ。宮古メロンなど高級な果物もある。

「隣の人が畑で穫れたものくれたりして、いつも余ってるんデすヨ。いや、余りものなんていうとわるいケド、東京帰ったら食ベテクダサイ。全部宮古産デすヨ。コレトコレなんか、東京にはないでしょ。はい、この中に入レテ。時間ないんだから遠慮しないで」

返事する前に、かなり大きなビニール袋を手渡された。拒むのはめんどくさそうだと悟った。

あらためて箱の中を見下ろす。おなじみのニガウリはなかったけれど、ダイコン・ニンジン以外はすべて沖縄特産にちがいなかった。荷物が増えるのはあまり嬉しくない。それで申しわけ程度に葉野菜二束ほどだけをつかもうとして、青物にまぎれきらずメロン以上に目立っていた黄色いものに、手がいった。

「じゃあ、これだけいただきますよ。わたしこれ好きですから」

パパイヤである。まだ硬い。おいしいものなど何ひとつなかったこの宮古で唯一おいしく飲んだゆうべのうすオレンジ色の果汁を思い出したからつかんだのだ。パパイヤはもうひとつあった。計二個を白い半透明のビニール袋に移し、これで終わりと決めてわたしは頭を下げた。

「じゃあ、コレモ入れなさいネ」

おばさんはなぜか軽やかにそういって、緑色の野菜をひとつだけとり、半秒ほどだけ見せてから、わたしの袋の中に落とした。重みが増す。それが何かとかきく前に、時刻をちらっと確かめたわたしは急ぎだした。礼をいって深くおじぎ。満杯の小ボストンにその袋を押しこもうとして、入らないので手にさげた。

「ヨーくんによろしくお伝えください」

「はぁい。またキテクダサイネ」

車を走らせ、最初の信号待ちのとき、白いビニール袋の中を初めて少しのぞいた。おいしそうだが完熟にはたぶんあと三日ぐらいかかりそうなパパイヤ。そのふたつに形が似て、ひとまわり大きくて重い、深緑色のウリのようなもうひとつの物体。名も調理法も教わらずに別れてしまったのが心のこりだった。ハヤトウリの親戚か。いや、全然ちがう。

約七分後、給油を済ませて無事、レンタカー会社についた。

そこで働く三十代前半ぐらいのメガネの女性に、ふと考えて手に持つ袋からあの緑のどっしりした小野菜を出して見せた。

「これ何ですか？　人にもらったんですけど」

「パパイヤですよ」

「は……」

黄色いふたつは誰もが知っているフルーツパパイヤだが、ひとまわり大きい深緑の皮のは「青パパイヤ」なる野菜だというのだ。甘くなくて、ウリ系ならではの「ポクポク感」があって、炒めものとかにして美味らしい。宿のおばさんはわたしの「パパ《こ》イヤ《れ》が好き」発言からとっさに別種類のパパイヤを加えることを思いついてくれたのだろう。何だかうまいシャレでも耳にしたように、うすざぶとんつきでほめたくなった。

「いい物もらいましたね。酵素が入ってて体にいいですよ」

「そうなんですか」

「とくに、女の人はお乳の出がよくなりますよ」

「子供産んでませんから」

苦笑し、楽しい声をメガネ嬢に返したわたしだった。

確かに笑いが湧いた。でも、…………………………でも、そこから大通りへと早歩きしながら、重りになりたがるばかりの記憶にのしかかられてしまって、顔全体が動かなくなった。まるで固粘土《かたねんど》。どうしたのだろう。いや、わかっている。病弱なのは何もあの試練だけが原因ではない。水たまりを二、三歩踏んだ。呼吸できない！　数カ月ぶりの本格的なパニック症状が始まりかけて水の上で立ち止まった。

片手だけがまだ動いたので、胸を押さえ、掻きむしるようにさする。静かに早く喉だけで呼吸する。たすけてと祈る。

うっすら泣いている。

三分ぐらいかけて全身の緊張をようやくぎりぎり解いていきながらよだれをもひとすじ流し、横になりたいのはこらえ、最近思いがちなとおりにこう思った。まず線香臭《あれ》だけでも忘れてしまえれば……。そして前の日のイムギャーマリンガーデンで女児に触れられた足のつけねに手をやった。消えていってしまったのが男の子か女の子かぐらいは、今でもとても、知りたい。のりこえられないならいっそ心の中で名前をつけたくて。供養がだいぶ遅くなり、世がクリスマスに近づいていたから寺にうっかりサンタの赤い長靴を供えた。べつにそのあどけないとんちんかんを誰にも叱られていない。

歩道の空き缶に少しだけつま先が当たった。かろうじて歩きだせていたから。

………わたしの先制浮気を知った克広は、わたしの父に「ショックで最初は目の前が真っ暗になり、実のところ早由美を殺して自分も死のうという気になりかけました」と語った。あながち嘘ではないだろう。彼を傷つけたとときどきは本当に思う。ただ、死ぬ・殺すといわれるならこちらこそ、すべてを完全理解してもらうためにもっと命がけになればよかったようだ。

説明だけならあらゆる人に各何回もしてきた。そして今なおここまではっきりした症状が出るとは自分でも予測できなかった。母にはきかれるたびに「治ったから……」と小声で答えていた。かつて寿命を十年かそれ以上減らしてまでわたしを産んでくれた強い母を思えばなおさらに、己の非力に心はりさけかすかな動悸が恐怖を連れてくる。そういう事実もまた胸にとじこめたままである。

こんな会話をして考えこんでしまい、眠れなくなり震え泣きしかけ夜どおし兄のひとりや母にしがみついたのは五才か六才のとき。

「ねえ、お母さん、頭白いの何で?」

「……これはね、早由を産むときに白くなっちゃったのよ」

「何で？」

「死にそうなぐらいにすごくすごく大変だったの」

医者から「お子さんをあきらめるか、奥さんをあきらめるか、どちらかになります」と告げられた父は「ふたりともたすけてください」と男泣きし、母は母で「死んでも産む」とベッドで息たえだえにいいきったそうだ。そして何とか母子ともにこの世に踏みとどまったのだが、母の自慢だった黒髪がその二十七才の大難産をさかいに正視にたえぬほどのゴマシオと化し、気にやむわたしがより素直な子として小学校に上がるころには（それまでの黒ではない）栗色に染めあげられていた。

そう、ほぼいつも母の髪は市販の液などを使ったブラウン系のセミショートだった。顔のしわやしみやくすみは全力の手入れの甲斐あって少なかっただけに、つやのない汚くさえあるキノコ頭が本当に痛ましく、申しわけなくて、その母に「待望の女の子」として飾られるままにリボンやフリルや遊びのマニキュアに慣れしたしんだわたしとはいえ脱色をともなう髪染めだけは年ごろになってもしなかった。どんなにオシャレに凝ってもそれだけはできずにいるうち、いつしか友人たちに「稀少価値」「黒って逆に目立っていいね」とさわられるようになった。そしてスカウトマンふうのドレスアップが得意な克広と出会った直後、恋する強さのあまりとうとう美容院で〝禁を破って〟からも、母とはまるきりちがう完全な金髪ばかりを娘は選んできたのだった。

……………………………………

タクシーはすぐに拾えた。すぐまた同じパニックがこないとも限らず、胸呼吸と腹式呼吸を慎重に組み合わせながら乗りこむ。借りた車を空港で乗り捨てできないのはやはり不便だと思う。本当は運転に適さない身体なのに。

「すいません。空港までお願いします」

返事なし。何なのよと即降車したくなり、こちらこそいっさい口きかない決心をし、とうぶんもうおとずれることがないだろう平坦な島の、流れる風景にばかり注意を向けた。車内のかすかなタバコ臭。下地何とかという運転手名。よりによって、母を想わすひどい白髪！

何度かクラクションを鳴らした老運転手は、一分ほどすると目覚めたように「東京の人？　東京の女の子はいい服着テルヨネ。ウラやましいネエ」などと声をかけてきた。いきなりこういうのも、きつい。いちおういまだにサンダルと財布と小ボストンはダブルGのロゴ入りだけれど……。

「旅行は三日間？　天気悪くて残念だッタネー。マリンスポーツシニキたんでしょ」

「いえ、ドライブ目的です」

雨はやっぱりイヤでたまりませんでしたけど、とわたしなりにお人よしにつけ加えようとした言葉を押しのけて彼はこういう。

「へえ、いかにもダイビングが好きそうにみえるケドネ」

昔はよくやっていました、といちいち召使のように答えてあげようとしたがやはり彼は一方的な速さで言葉を継いでいく。

「海底の神秘とか、青のミラクルとかいッテ東京の人が、どんどん海ヨゴシテイくんだヨネー。とくに女の子が化粧品とか日焼け止めクリームとか塗りたくッテ泳ぐからネ。まあ、文句はいえないケドネ。昔はもっと、どこのビーチもきれいだッタヨ。開発されてよくなったコトッテあまりないネ。橋が増えたぐらいかネ」

「…………」

「東京は昔、四カ月だけ働きにいったコトあるヨ。那覇より大きいからびっクリシタネー。エスカレーターに生まレテ初メテ乗ッタノが忘レラレないヨ。冬で寒くて、大変だった。電車の乗りかた難しいし、人は冷たいし、新宿駅デ地下鉄から地上の国鉄に乗リかえるのに二時間ぐらいかかったコトあるネ。人にきこうトシテモ誰も立チ止マッテくれなかったし。やっと駅員にきいたら、駅員に嘘オシエラレテ、夜だったから結局乗る電車が終ワッテシマッテ、オールナイトのピンク映画館ノ中で寝たヨ。ひどい四カ月だった」

六十前ぐらいかもしれない彼はそういった東京嫌悪体験をなお少したたみかけてから、わたしがあいづちを上手に打たないせいか言葉数を減らし、そういうのはまあいっさいどうでもいいとして、一貫して運転が荒っぽかった。危険回避でも何でもないのに前方の車や歩行者にクラクションを鳴らす、その数十五、六回。それは搭乗時刻に遅刻できないわたしへの配慮というよりは、単にこの客を一刻も早く空港で捨てて次の客を乗せたいという商売上の事情からと思えた。いずれにせよわたしにはこんな傲慢な疾走は技術的にもできない。

これでも元ダンナさまよりははるかに、鈍そうな運転手だ。克広はもう少しにこやかにほかの車を圧迫する。……ふたりで選んだ星入りの青海色のスイチュウカン（ギアレバーにかぶせるカーアクセサリー）をそっとわたしがさわったりしての、一夜きりのトラックデート。首都高。新宿高級ホテル街。レインボーブリッジ。車高のせいで何度か観覧車気分に近づいた。それはわたしだけか、克広もか。マニュアル車をオモチャのように乗りこなせるのは大尊敬よといつも思った。

ふとまた、前日午後の、横断歩道を十点パーフェクトの正しい格好でゆくあの宿の子の姿、および「太陽に手紙」がよみがえる。空は今ごろになって熱に支配されており、しかし夏雲とか濃い青とかいったものはまだ五月だからか現れない。マイミラーをヴィッツ内からはずすのを忘れてしまったマヌケに気づき、それはすぐあきらめた。——そろそろ手放してもよい若葉マークはきちんと二枚ともとったのに。

満足度七割台なのか六点少々の不合格なのかよくわからない車・車・車の旅も、とりあえずゴールへ向かいつつあった。赤瓦屋根の下の小さな美しい空港ロビーで搭乗手続きを、というとき、時間にそう余裕があるわけではなかったがわたしは片隅で手荷物を少しだけまとめなおしていた。

体が疲れていなくても動きは重かった。

そして例の、ヒップの大きいダルマっぽい外形がほぼ共通してはいる三つのパパイヤを、ひらいたグッチ製ボストンのいちばん上に何となく横一列並べおいた。眺めるともなく何秒間かそれらに目をおとしていた。三十秒ぐらいだったかもしれない。そのうちに、実に変なことを考えついてしまった。

黄色の皮のがふたつ。緑がひとつ。…………本来だったら赤、緑《あお》、黄色よね、と。

信号機のことだ。ひとり走り去ってしまった克広をまたまた想ったのだ。たいせつなこと目いっぱい見て無視の男だから。……赤がなきゃだめ、世の中には絶対。小さい子供だってそれはこころえてる。こじつけでも何でもなく当たり前でしょう？　それとも、彼にはすべて高速道？　だとしても人をまるでゆきずりのサービスエリアの便器のように使うだけ使って粉々にして捨てて、そんなの通らない！

そう帰結させたら、何か速すぎる彼のことが……かつて五度目ぐらいのデートで足をくじいた浴衣のわたしを二時間弱にわたって大雑踏の中でおんぶし隅田川花火を一生忘れられないメルヘンにしてくれた彼のことが、ゲームセンターのホッケーで本気出しすぎて指から血を流しながらわたしを二百点差ぐらいで完封した雄々しいカツのことが恐ろしくて、悔しくて、悲しくて、もう一回できることならやりなおしたくて、いや、そういうのではないけれど、去年の二月にわが子をあれほどあっけなく死なせていなければ、とかの思いに今度こそぐじゃぐじゃに浸ってしまって頬が寒くなり、唾をのみ、唇噛んでわたしは…………最近とくに落ちくぼんでいる目をたぶん異様に鋭く光らせた。

赤く染めたい。

売店に油性太ペンでもクレヨンでも何でも赤いものさえあれば、黄色いフルーツパパイヤのひとつだけを正しい色に替えたいと。もちろんマジックなど売っていない。レッドカードのつもりであいつのところに送りつけたくてたまらなかった。赤く塗ってやる！　塗らせてよ！　今すぐ真っ赤っ赤にカラーリングさせてよ！

口紅をバッグの底から取り出そうとし、つぶれて変形した赤い折り紙のヤシガニを偶然見つけ、ヨーくんのその作品をパパイヤ包みに使うために広げこわしてしまおうとまで考えたところでようやく一度おちついた。……狂ってる。じゃなくて、変。狂気とまったく笑えない冗談のあいだの愚に占められかけたのだと当然省みはしたけれど、ほんのちょっぴりしか冷静になれなかった。色は正しくなくても甘さの品《ひん》はよいはずのフルーツパパイヤをそれからひとつ持ち、こんなふうにつぶやいた。本当に小声が出た。

「バカ。克広の……いじわる」

鼻奥がツーンと縮んだ。

「……ちゃんと愛せよなぁ………」

目からの熱いものと「カツゥ、………カツ」のかすれた呻きは止まらなくなり、わたしは震えだしそうにもなって慌て、だけれども早くもかなりの量である涙をすぐ止めるのは強い止血に等しく苦しく、全パパイヤをむりやり押し入れたバッグかかえてトイレの一室に駆けこみ、狭い壁に囲まれたのをいいことに、しゃくりあげた。頭をこまかく振った。壁にもたれかかる。そのうちに崩れおち、便器のふたにつっぷした。

早く手続きしなければ、とわかってはいるのに立ち上がれない。ひとり旅なんてもうしたくない、二度とこんな島にはくるもんか、わたしがいったい今までどんな悪さをしてきたというのか、いつになったらもう一回幸せになれるのか、過去を忘れさすオトコとの出会いなんてなかったじゃない、ガラの悪い人がやたらいた、旅自体大嫌い、暗くて狭くて天気がつまんなくて（お母さんには雪塩《ゆきしお》とサンゴピアスを買えたけども）何もない・食べ物もまずい・トライアスロンと岬ひとつと前浜《まえはま》ビーチと泡盛の口当たり以外に何のとりえもないここへきたくなることは絶対ない、ヨータのバカ、おばさんの大バカァーッ、といつしか人の形の共鳴箱《きょうめいばこ》になったようにわぁわぁほえ、起こした頭を叩き、汚いかもしれない壁に片頬をべったりつけ、…………………………じきに…………………静かになった。

………………………………………………………………………………………………

五分ぐらいもその個室にいたのだろうか。時間が心配だから、立つことは立った。戸をあける。トイレフロア内で、病人のわたしをおそるおそる見ている人に気づいた。恥ずかしくなってうつむき、洗面台に近づく。顔をもっと上げなければ鏡を見ることができない。

その影はわたしの肩を小さく数度叩いた。ふりかえれば、わたしより二、三才上ぐらいの、少し派手な顔だちの、大柄な女性が。彼女は用意していたらしいハンカチをさしだした。わたしは頭を少し下げて鼻水を大きく飲んだ。うすみどりのそのアイロンあてられたハンカチを汚すわけにはいかないから顔には近づけず、無意味に手指でかすかに揉みつまむようにしていた。

「いいんですよ。どうぞ涙ふいて」

「…………」

小さくうなずき、それを目尻に弱くあてた。充血しているはずの痛い目は、既に色のついてしまったハンカチにふとひきつけられた。小さくない片隅の絵がちょうど見えたのだ。それは細いなよなよした女が純白と緑のテッポウユリ畑で横座りしている絵だった。〝柳腰〟を包むものは宮古上布とおぼしき着物。竹久夢二っぽい古風な筆致の、拡大して額に入れてみたくなる甘く清らかな美人画だ。

「それ、きれいでしょう？　気に入ったのならさしあげますよ。あまり売ってないから」

「え、……でも、……」

「似てるのまだ持ってるからいいんです」

「……すいません。……でも、わるいです」

「あなた、観光客のかたですよね。何があったのか知らないけど」

「………」

「……この島を嫌いになってほしくないから……」

わたしは初めてまっすぐ、彼女の顔を見た。目と目がわりと離れていて鼻すじが太い、美人ではないけれど積極的な感じの準小麦色の人。どういうわけか、子供三人ぐらいいそうにたくましくみえた。そう、たくましく男っぽくほほえんでくれている。「元気になって、またきてください」と手を手で少し包んでもくれる。個室でさんざん宮古の悪口を漏らしてしまったのかもしれず、わたしは怖くってもじもじしてふたたびうつむきかけた。

そうしたらいつの間にか、たぶん彼女の真後ろに隠れていたのだろう、三才ぐらいの女の子が彼女の横にきてブラウスのすそを握っているのが見えた。個室のひとつからはもうひとり、四、五才ぐらいの女の子が出てきて、その子は手を洗う前に近づいて「誰？」といった。

「べつに嫌いじゃぁないんです……」

そういいわけしてしょんぼりと、嘘の範囲内でほほえんだわたしは、その直後に外からの、男の子の弾む声をきいた。

「お母さん！　タエー、リミカー、早く出てぇ！」

――お兄ちゃんもいた、やっぱりぴったり三人だ、三人産んでたんだ、と予想が当たり、そんなのがかすかながらおかしいわたしはもう少しマシにほほえんだ。そして立派な宮古島の先輩ママに、細い声でいい足すことができた。

「……またきたいです……」

甘《あま》パパイヤをたまに食べて大きくおいしくなるのかもしれないヤシガニさんを味わいに、きたいです、とさらにややこしくつけ加える元気さはまだ全然なかったけれど、ハンカチ握る手に力をこめてみた。雨のち、曇り、ときどき晴れ。のち快晴。わたしの夏。そこまで呪文をこしらえてから、やっとこ中くらいのおじぎをした。

でも、………快晴にはまだ遠い。トイレを彼女らのあとでひとり出るときに少しふらついた。大泣きで体力を消耗していたかもしれない。

ふいに、いちばん下の、縮れ毛でママ同様に目と目が離れぎみの女の子が駆けもどってきて、無言でチョコボールをひとつくれた！　息を短く吸って止めたわたしはおもわず大きくおじぎした。女の子は何かささやきながらもうひとつぶくれようとする。わたしはバッグを置いてしゃがんで目の高さを同じにしてからむき出しのどんぐり形のそれをとり、ききかえし、答えてはもらえなかったのでとまどいから小さなチリチリ頭をたくさんなでた。本当はすごく恥ずかしがり屋さんのようで、視線をそらしっぱなしのその子はちょっぴり口もとを引きつらせた。ずいぶん遠い場所で見まもっているママとお兄ちゃんお姉ちゃんとパパらしき人にわたしはあらためて黙礼を送る。

バッグのチャックポケット内にチョコをふたつぶともすべりこませ、ハンカチは何となく持ったまま、あらかじめ分けておいたチケットを出す。そしてもうふらつかずに進もうと大人らしく決めた。救いがなくても。

カウンターへ精いっぱいの速さで近づいていくそんなわたしを、男の人の声が「いたいた」ととらえた。

「うちの車に乗ったお客さんですよね！」

ふりむくと、先ほどヴィッツを返しにいった営業所の、メガネ嬢の隣にいた社員だった。走ってきた彼はかなり息が荒い。

「まにあってよかった。はい、大事な鏡。車の中に忘れてましたよ」

「イヤ」

マイバックミラーを、慌てて受けとる。言葉を出しなおす。

「すみません、ほんとに。…わざわざこれだけのためにきてくださったんですか？」

「うん。でも近いですから！　ここまで送ってあげるべきだったのに、申しわけありませんでした」

三十路《みそじ》手前ぐらいの細い中背のにこやかな彼は、さいぜんは会話せずわずかな時間しか目に焼きつかなかったけれど、下地勇に少し似たかなりの美男。「ついでに」と冗談っぽく絵葉書も一枚くれる。自社の宣伝用かもしれないが、宝石以上に光をためた海と砂と空が大近景のブーゲンビレア群を盛りたてる配置で写っている。すっかりおみやげだらけのわたしはもっときちんと感謝をこめて息がまだ荒い彼にほほえみかえそうとしてふと、何でみんなこんなにかまってくれるの、難しいわたしを、と目頭がまた熱くなってしまった。

ひじを折り、片手のミラーを胸にあて、そのまま動けなくなったようにつっ立ち、……やがて本当に涙を落とした。

彼には「アガイタンディ※」と驚かれたうえに「泣かないで。そんな泣かないでいいですよー」と肩

アガイタンディ…あらまぁ

をポンポンされ、そばにいた老夫婦か誰かにのぞきこまれ、前方の女性空港スタッフには「東京いきの搭乗手続きがお済みでないかたはお急ぎくださーい」と甘い声でせかされ、涙とまらないわたしはハンカチで目もとをさらにふきまくってもはやアパラギではなくなり、水に落としたピカソの絵のようなひどくみずみずしい最低の笑顔を床に向けつづけていたにちがいない。

パイナップルで、怒る

2005年作

東京・K市で家庭ゴミや小中学校の残飯を集める仕事を始めてから、やはり臭《にお》うらしくて小二の長女に「ゴミ屋さん」と呼ばれるようになった。三才の次女はつづめて「ゴミ」とだけ言う。

四十路《よそじ》直前の妻はそういうのをたしなめるどころか、晩飯中に二才上（前厄）の私に「ぽろぽろぽろぽろ卓袱《ちゃぶ》台の外に食べ物こぼさないでよ。自治会の決まりで九時以降は掃除機かけられないんだからね。もうちょっと綺麗好きになって。……ついでに言うけども、トイレで小する時はちゃんと狙い定めてやって。それにあんまり振らないでよ。目つぶって適当になんてダメよ。すぐ臭《くさ》くなるのわからないの？」と疲れたような細い眼と〝子育ての一環〟的小言《こごと》群を向けたりする。食ってる時に汚い話題出すなよな、と怒鳴りたいのをこらえて私は「この漬け物うまいねえ。あ、今日運転手のオッサンがヌカミソかぶってさ、午前中ずっとパッカー車の中がヌカ臭くて参ったよ。大小便の臭《にお》いならまだ耐えられるんだけどさー」と微笑したままでいる。長女は「汚いよぉ……」とわざわざ鼻つまんでから箸を持っている方の手で膝上のマンガ本をめくり、やけに静かな次女はセーラームーン・フィギュアの半センチぐらいの半開きの口に何の信念でかゴハン粒をねじ込もうとしている。どいつもこいつも逆に叱りつけてやろうかなと思う私は「とにかくうまいねえ。さすが君が漬けたダイコンだ」と結局はますます菩薩《ぼさつ》と化したのだが「……買ってきた漬け物よ」と北極声《ごえ》で言い捨てられ、巨人戦に目を移す。「チャンネル変えない？　最近の日本の野球嫌いなんだけど」との妻の従順もへったくれもない追い打ちは聞こえないふりをする。

故郷・石垣島を二十歳《はたち》で離れ、川崎のきついタイヤ工場を皮切りに首都圏の十いくつかの働き場を転々とし、やっとハイヤー会社で社歴重ねて組合教宣部長などを引き受けて威張れるようになったと思ったら対物に続いて人身事故まで起こし、その後免許更新の意欲を失くしてしまってぶらぶらし、焦って心入れ替えたものの出会う面接官のことごとくに避けられた末の先々月の三月、知り合いに救《たす》けられて委託の一般廃棄物収集にかかわるようになった。二トン車運転など元々できないのでゴミ取りに徹する助手としてだ。

訪ねてみたらそこは同じ四十一才の現場主任一人とあとは五十代と二十代しかいない、そしてなぜか前歯の欠けた男がやたら多い、業界内最低の給料のせいで入社四カ月以上の社員が主任を除くと一人もいない貧乏会社だった。手袋も安全靴も雨用品もめいめいが自腹切って揃えなくてはならず、そんなこんなで精力的に自宅でテープおこしをしている元速記事務所所属の妻の方が時折高給なため、夫婦の口論が始まっても私が勝つことはまずない。というか、日に六百円しかもらえない昼飯代兼お茶代兼タバコ銭兼小遣いを十円たりとも減らされぬよう極力衝突を避け、まさに十円か二十円ずつコツコツ貯めた金でたまに安売りの花などを買ってリビングに飾ってやるなど気を遣いまくっている。

元々生理のたびに周囲に当たり散らす習性があった彼女の容色はといえば、かつては煽情的に見えた一重瞼も今ではハンサム力士のそれとしか褒めようがなく、肉厚くなったのと関係あるのかないのか眉毛が何だか自然に吊り上がってきている。そんな葛飾出身者に結婚当初「沖縄の人と一緒になれてほんとに幸せ」と実家近くの川平湾《かびら》を見せてやった時などに腕にがっしりしがみつかれた私は私でそれなりのラテン男風だったのが三十三、四で頭が薄くなりだし、体毛と腹の脂肪ばかり増えに増えて今では見ず知らずの幼児に笑いかけると大抵その子が泣きだすか怒りだすかする、「四十八才ぐらいですか」と人に訊かれて「そんなところです」と平和に答えてしまったりするパグ犬似のずんぐり君である。腹については〝そこにヘルメット一つ入れたような〟可愛くて人を唖然とさせる膨れ方だといっておこう。

汚い仕事は苦ではない。というか、中身がそう透けるわけでもない白いビニール袋などを掴んでパッカー車のテールに投げ入れる作業そのものは重かったり（その前にゴミ集積所から次の集積所までゼエゼエハアハア走ったり）する点も含めて一種のスポーツだし、週に一度の内部洗車でガンの黒い撥ね水を帽子の上から浴びるのも小雨にちょいと濡れるのとそう変わりない。

ただ、特養老人ホームのおむつゴミだらけの小屋の中では、気概と不快が両方増して顔が喧嘩的になるのが自分でわかる。それと、カラスよけネットの甲斐なく器用なカラスに広々荒らしまくられた道の掃除に時間を取られるのは毎度やるせない。備品の補充一つまともにされない会社ゆえホウキやチリトリがたまたまない車両に乗っている場合も多く、そんな日に使用済みのティッシュ・おむつ・ペット用紙砂・生理ナプキン（たまにばらけて広がった恐ろしい夜用もある）とか剪定枝《せんていし》とかつまらぬ名刺・写真、焼き魚の頭、それにシチューかゴハン粒かわからぬ白っぽいドロドロ（そういうのを我々の会社では「残飯」でなく「ゲロ」と呼ぶ）を手でいちいち拾っている最中にはさすがに「俺って何やってんだろう……」と思索しかけたりする。投げ入れる途中で袋が破けたり、投入口から溢れたりして中身が散乱することも珍しくないから、そういうしゃがみ込みの頻度はかなり高い。立ち上がってはまた、ビール腹を揺らして重い安全靴を前へ前へ運ぶ私だった。

走るのも歩くのも普段はモチロン大嫌いである。K市にては「ステップ乗車」（助手がテールの棒に掴まって運ばれていくあのメリーゴーラウンドっぽい乗り方）は危険につき禁止されており、助手席に乗ったり降りたりも回数多ければかなり体力と時間を奪うと考えられているので、乗車する顔ぶれやコースによっては長々走らされがちとなる。入社一週間で一度左足首を捻《ひね》り、何とか欠勤せず汗かき続けてはいるのだが、一生治らなかったらどうしようと思うほど常の歩行も左右非対称に陥ったままである。結果として転んで笑われることは五十代の影沢《かげさわ》さんの次に多い。落下したら有毒ガスとゴミ内の無数の串類のために生きては還《かえ》れないといわれている焼却場のピット（深さ十五メートルある広大なゴミ槽）にもし誰か落ちるとしたら、それは太っちょお笑い芸人みたいな野底《のそこ》さんだろう、と皆に名指しされてしまう。

せめてゴミ掴みだけでも立派にこなそうと両手の指全部を力強く開いてから多くの袋を掌に吸いつかせ、胸で抱きさえして投入口へ持っていく爆発力は皆にいつも「職場のナンバースリー、いやツーかも」と褒められる。それと地理を覚えてね覚えてねとのフガフガ声の老女社長の要求に真正面から応えて連日仕事後に（そして休みである土日にも）コピー地図持って自転車で町を電柱にぶつかったりしながらよたよた巡った甲斐もあって、現場のほぼ全員と先輩後輩も年の順もなく友達感覚でつきあえるようになってきていた。「タクシーにハイヤーまで乗ってたのに何で今無免許なの？　何があったの？」と薬物中毒なのか手をかすかに震わせながら数日おきに三回も訊いてきた厚メガネの、前歯が二本もない主任だけはどうも苦手だったが。

現場には慰めも多少ある。まだ着られる衣類や汚れていない本を資源の日などにそっと持ち帰るのは収集作業におけるいわば常識で、そのほかナマ（可燃ゴミ）の傍らのガラ（不燃ゴミ）の中から大量のゲームソフトまたはエッチビデオ・エッチＤＶＤをくすねるのは特に二十代全員が最大の楽しみにしていた。

古女房の下着姿を見てももはやほとんど立たない私であっても、さすがに六畳二間のみの公社住宅に「顔面ぶっかけ94発」とかのＤＶＤを持ち帰ることはできない。もっと大人しく健全に、仕事中のちょっとしたふれあいを心の栄養にするのを好んだ。それは撫でられ好きの飼い犬や、たまに「ご苦労様です」と缶コーヒーをくれる弁当屋や、必ず三言四言のお喋りをしかけてくるマンション老管理人らとの気持ちよい挨拶のことだけを指しているのではない。ずばり、他人《ひとづま》の妻だ。

パッカー車の到着を待ってからゴミ出しする場合も多い綺麗好きな彼女らが、ゴミ袋持って「すいませーん」と（人によっては胸など激しく揺らしながら）駆けてくることは日に何十回もある。回転板作動中の投入口は腕切断や死が待つほど危険であって絶対に市民に直接ゴミを入れさせてはいけないことになっているから「はいおはようございます」とか「危ないです危ないですよ！」と声発しながら私などが一旦受け取る。ただそれだけのことではあるけれど、羞じらうような（そして誘うような？）笑みを浮かべて「すいません。お願いしまぁす」と頭下げる若奥さんが美人だったりすると、こちらも直角の最敬礼など返しながら得した気分を抱きしめる。彼女らの何割かは幾分隙ありの部屋着。ということで胸の割れ目やブラがはっきり覗いたりすることも多い。すぐさま仲間と「今のよかったなぁ」「二十九才ぐらいかな」などと話し合う。

どこどこの黄色い壁の家には脚の綺麗なY田A子似がいて必ず袋を両手に一個ずつ持ってくる、どこどこのマンションではパンティーの線がいつもくっきりわかる鈴木Aっぽい若づくりの女性管理人が大抵こちらに尻向けて待っている、といった情報蓄積もかなり進んでいる。逆にあの家は「朝九時まで」の決まりをまったく守らず昼ドラを観てから後出しするくせに市に堂々「取り残し」の電話をよくかけるとか、あの道ではしょっちゅう土方の兄ちゃんの車に怒鳴られるとか、それにあそこの管理人はトイレを貸してくれるといった報告も十一名の平社員同士でたちどころに伝わる。わが社が収集に当たる八区域のうちの一番人気は、保育園・幼稚園が集中し先生や若妻《ママ》や女児《ロリ》たちが数多く見かけられるH町コースだった。そして憧れと選《え》り好みを心に秘めるその一方、パッカー車走行の邪魔になっている自転車や歩行者や、邪魔でなくともおかしな雰囲気の人を見たりすると皆、車内でだけ聞こえる声で「早くどけよぉ」「あのオバサン轢《ひ》いて巻いちゃおうか」と相談する。「巻く」はゴミとして投入口で巻き込むという意味であり、ゴミ作業員間の最も初歩的かつ危険な冗談の一つだった。

そんな我々の側がどんな風采の男どもなのかといえば、意外にも垢抜けてさえいる(歯もちゃんとある)美青年が何人かいて、そのうちの一人、ゴミとかけもちでクラブのDJのバイトをしていて休憩時間には駐車場で逆立ち回転ダンスなどを披露してくれるピアスに指輪にネックレスの元ホスト小林君は「今年中にK市の美人妻マップを完成させる。それとロリ版も」とナンバーワン助手らしく意気込み、リトルリーグのハワイ世界大会に外野手として派遣されたことがあるという小柄で運動神経抜群で鼻がものすごく高いナンバーワン運転手の日江井《ひえい》君は「俺、ゴミやだよー。何でこんなゴミ車《しゃ》なんて乗んなきゃいけないんだよー」と不敵に爽やかにほほえみつつ車窓に一人歩きの若い女を見たりするとプップッと警笛で挨拶して「K市委託業者」のマグネットステッカーにふさわしからぬそういう小《フチ》ナンパをなおも別の場所で繰り返そうとする。（日江井君は単に狭い道でのトラック運転能力を上げたくて、半年か一年限定のつもりで入社したとのことだ。）

私だって遠い昔、石垣市のホテル勤務時代や川崎時代は〝ラテンの貴公子〟の自覚（否定意見多し）からネックレスぐらいキメていたのだから、この新しい職場にて熟年層よりも彼ら若者と会話が合うつもりでいたのだが、どうも特に日江井君と小林君に「エロオヤジ」「ヘンタイさん」と呼ばれる機会が多かった。エロなのはほぼ間違いなく全員だし、女、女、女に傾きがちな言動はすべて入社後に社風に合わせてそうしただけなのだから、わざわざ自分一人そう言われるのは非常に心外だった。

元鳶や元運送屋や元リストラ営業マンである熟年者らは「エロ」云々でなく私を「おい、オーライ」「オーライさん」と呼んだ。バイクが相手のハイヤー事故以来、世の道路のありとあらゆる事故原因に敏感となってしまった私がバック誘導の際にやたら大声で「オラーーーァイ！　オラーーーァイ！　ハイストップストップーゥ！」と絶叫するのを笑ってのことだ。日に何十回もそこまで声張り上げると体力が減るのでそのうち口をあまり開けず「ウリーー、ウリーー、ハィストォ！」と元ホストを真似て鳥じみた高い楽な声で導く方式に改めた。

しかしやはりエロはエロであり、バス通りをパッカー車で軽快に行く移動時に自転車の制服女子高生の超ミニの中が見えるたび、運転手やもう一人の助手に「パンツパンツ！」と教えて喜ばれる役は主に私が担っていた。資源の日（新聞・古布《ボロ》・雑紙《ざつがみ》・段ボールを個別にすべて集めなくてはならぬ水曜日）に古布を担当していて、かなりときめきながら赤いドレスとナースの細服をくすねたが、見つけられたら力士妻（実は私より背が高い）に殴打されると思ってじゃあいっそ彼女にサイズ無視で着せようかと迷い、結局は飲み友達に二着五百円で譲った。…………あの最後の事故後の数週間、ヒンヒン泣いては酒を浴びる私を妻は「大丈夫よ。私がついてるからね」と毎晩抱きしめてくれた。こういうことも一応書いておかねば！

救急隊や警官や遺体の出てくる夢でうなされることがまだ多い。相手が四週間半もかかったとはいえ退院してくれたのは本当に救いだった。見舞いの文《ふみ》と品は今も月一回以上送り続けている。そもそも……学歴も資格も技術もなく、それらを何年かかろうと習得していかんとする甲斐性も器用さも備わらず、どこに向けるべきかわからぬ闘争心だけはまあ溢れていた頃があり、しかし一日中座っていられる仕事で効率よく稼いであとはマイホーム夫（本音は遊び男）になろうとタクシー会社の門戸を叩いて慣れもしないうちにハイヤーへと背伸びした、そんなところのボロが出たのだ。

三十分かけての今の自転車通勤中には、逆に私が車に撥ねられそうになることたびたびである。ともかくもタイムカードを押し、朝礼してウンコして運行前点検してパッカーで出陣すれば、あいかわらず二十代や五十代と駆けっこだ。先ほどスポーツだと述べたが、生ゴミの量が多い週明け（特に月曜）と資源の水曜は正直体力的にきつい。最も辞めたくなる時期といわれる七、八月にはまだかなり遠いのに、汗で午前中だけで制服がびしょびしょになった。ネットは腕やゴミに絡まるし、またアパート等の暗くて湿ったゴミ小屋奥のまともに分別されていない山の中からナマだけ選《よ》り分ける最中、判断つかない袋を破ってみて布とバナナの皮とペットボトルと空き缶のけしからん入り乱れを確認して警告シールをパッカー車まで取りに行く、そんな動きも時には七面倒臭い。コンビニで四百円以内で何とか見つくろう昼飯と、昼寝と、一日半箱程度のタバコと一本きりの缶コーヒーのほかの私の慰めといったら……やはり「女」しかなかった。無能な者の目にも平等に女というものは飛び込んでくれる。入社直後はまだ町の緑も少なくて、仕事始めの緊張感などもあって自転車女子高生（年中無休の超ミニ）以外はほぼすべて殺風景だったのだが、四月後半にはぶ厚い上着や花粉症マスクから少しずつ解き放たれつつあるさまざまな顔や体たちが車窓に花開くようになった。

そしてある晴れた日、H町（保母街）の隣の入り組んだ住宅街・F町でのこと。

狭いわりには歩行者の多い一方通行道路に入り、時々右や左へ折れてコの字に戻ったりして快調にナマを集めていた時、前方五十メートルぐらいから胸の多少出っ張った女が歩いてくるのがフロントガラスごしにちらっと映え、顔を見定める前にもう私は「巨乳注意」とほかの二人にいつもの半まじめな調子で知らせた。そんな私を誰よりもヘンタイ呼ばわりしがちな脚《あし》派の二十四才が「かなり美人！」とノッた。パッカー車はその日江井君の運転で前方へと向かっている最中であり、春らしい淡い黄色いカーディガンの彼女はセミロングのワンレングスをなびかせぎみに揺らしながら着実に近づいてくる。

すれちがうより前に、両側にブロック囲いのゴミ集積所のある地点に着いたので、私ともう一人の助手は車を降り、すばやく多めの左側のゴミ山に手をかけた。ＰＴＯ（回転板作動）スイッチを入れるなどしてから最後に降りてきた運転手の日江井君は、滑らかな動きで右側を担当した。あとは車両の右脇を通りすぎるであろう彼女の胸のサイズなどを間近に一秒ぐらい目に焼きつければ満足できる予定の私は、もちろん仕事中だからゴミを頑張って大まとめに掴んで投げ続け、ほかの歩行者や自転車に気を配った。後ろには一台二台と車が張りつこうとしている。

来た来た。早足ぎみに歩いてくる彼女を最高の好位置でこそ見るために、それとなく三人はブロックでなく車の真後ろに立つ。そして小鳥のように背が低くて会社一ハンサムな日江井君が（ファミレスでもコンビニでも若いまあまあの女子店員を見るたびに「遊ばない？」と声をかけ、マイカーの中から踏切待ちの脚美人に「暑いね」と友達声を送り、犬連れの美人には「あ、犬だ犬だぁ」とわざとらしく歩み寄って「咬《か》みますよ」といなされたりするいつもの延長で）、わざわざ仕事の手を完全に休めて「すいませーん。お気をつけて」と彼女に〝挨拶第一〟の社のモットーにのっとって声かけながら面と向かおうとするのを、私はさすがとちょっぴり妬《ねた》んだ。が、その向こうの彼女は……パッカー車や我々全員に完全に背を向けての横歩きであっという間にテールゲート脇を通りすぎてしまった。回転板はこんな時必ずするように一度停めて巻き込み事故やジル撥ね（中で押しつぶされた袋が破裂して生ゴミなどの汁が投入口の外へ飛び散ること）をきちんと防いでいたし、歩いていた空間はけっして狭すぎるものでもなかったのに、彼女はご丁寧なほどあからさまに我々およびゴミを拒絶してくれたのだった！　もちろんそのために胸などは観賞できず、ただ一瞬でも確かめられた固いお澄ましの横顔（額が高くて眼元《めもと》くっきり）が、かなりある背丈やブラウングレイの揺れる髪の光り具合とともに、鮮やかに瞼に残った。

後で日江井君らと私は「パッカーにわざわざ背中向けて通る女なんて、いそうで今まで一人もいなかったよな」「最高級の女だなあ」「今ので俺顔売ったぜ。あと何回かであの女落としてやろう。でも、絶対オトコいるだろうなー」「はは日江井君、カノジョいるくせに何考えてんだよ」などと次の作業の合間に語り合った。車両日報の隅に、すばらしい機転で日江井君はあの女とすれちがった時刻を書いておいた。「金曜の九時四十五分頃必ずここ通る女かもしれない……」

そのF町のナマ収集日は火・金だった。（委託に参入して間もない我々の会社はガラやビン・缶までは集めていない。）翌週火曜がどうなったかといえば、話を聞いた別の三人がその地区へいそいそと向かい、歩行者にかなり注意を払いなどしながらくだんの時刻前後に一方通行道のゴミを取ったがそれらしき女は現れずだったという。金曜だけの女？　運転のうまさと可愛らしさから主任に贔屓《ひいき》されている日江井君が強く希望して配車を変更させ、日江井君と私ともう一人今度は別の助手との三人で、一週間ぶりの金曜に同地区を受け持つことができた。

仕事にも全力投球だ。動きやすい涼しい曇り日ということもあって、その日はいつもより快調なペースで地区の一台目（日に三、四回に分けてゴミを積載して焼却場へ運ぶその一回目をこう数える）を半分ほど巡ってしまったところで、例の道に入った。「まずい。ペースが速すぎる」「時間調整しよう」……実際コの字の脇道の出口付近で休憩入れたりし、九時四十分頃からその一通でいよいよ本格的にナマを取りながら、いつ来るかと気がはやって四十五分をすぎ、もしや遅かったのかと落胆しかけた私に「あれじゃないの？」ともう一人が言った。「おー、あれだ！」

前回とまったく同じくゴミ多めのブロック囲いが両側にあるゴミ銀座的地点にて、まず助手二人が降車し、続いて日江井君が降りて十秒ほど経ったところではたして女は前回同様なかなかの快速度で目の前に差しかかった。今回はデニムのブラウス姿で、春風的爽やかさがなくなったぶん胸が野性的に〝怒張〟して見え、ニコリともしない前だけをめざす目つき（我々にもゴミにもゴミ車にも本当に一瞥もくれない！）からしてますます颯爽とした美の国の人だった。特に二重瞼が（私ほどではないが？）どこぞのモデルのように幅広だとわかった。秘書検定案内用リーフレット・モデルぐらいなら今すぐなれるわよと言わんばかりに固く結ばれたしなやかそうな口元もわが好みと映り、私は日江井君と「やっぱいいよな」「すげー張ってた」と両手で胸の形をつくったりなどしてほほえみ合った。日報隅には私の手で「9：47」と記された。

以来、わが社の受け持つ区域中最もいい女と勝手に決められた無愛想な彼女は「九時四十五分の女」と名づけられ、社員全員の知るところとなった。私と日江井君は黄金の金曜日を毎週わがものにしようと主任にゴマをすり続け、並々ならぬ興味を示し始めた元ホスト（小林君）などは動画の撮れるケータイに彼女を収めようとまで提案し、さすがにそこまでの遊びには耽《ふけ》れなかったが、小雨のぱらつく三週目には、ちょいと遅めの九時五十分に彼女とすれちがえた。

この時のグレイ系服の彼女は前回や前々回ほどには胸が目立たず、若干強さの減った顔も含めて「やや綺麗な姉ちゃん」という程度の印象しか残さなかったが、「家出ようとして傘取りに戻っていつもより遅れたんじゃないか？　それか化粧に手間取ったか」「少し浮腫《むく》んでたぞ。生理直前かも」「じゃあ狙い目だ。でもあまり張ってなかったけど」などと私と日江井君は女を知る者同士として真剣に意見交換した。知るを越えたといえば越えた、離婚ありの二十七才の小林君だけは「もっと期待してたよ。好みじゃない」と勝手に裁断した。

昼休みにその三人で駐車場にてなおも喋っていて、またまた彼女の話となり、十九才から二十二才ぐらいとみえる彼女が毎週そうやってほぼ同時刻にそこを通る（駅からかなり遠いあの道を、駅からさらに遠ざかる方角へと歩いてくる）理由を本格的に推論した。出勤のためであることは間違いあるまい。おそらく彼女はＦ町のあの辺りに住み、最も近いバス停（一通の出口付近にバス停がある）からさらにどこかオフィスのある町か駅へ向かうのだろう、時間帯からするとお洒落な外食系（カフェか伊料理店《リストランテ》）かもしれないが雰囲気的には座り仕事、という結論に達した。

その夜、久しぶりに私は妻の上にこわごわ乗っかったが……あまりいい汗はかけなかった。長女が最近すんなり眠ってくれないから、緊張が解けなかったりもある。それに互いに「口が臭い」と同じことを言い合って喧嘩しそうになった。胸がぎりぎり人並みぐらいにはあるとはいえ体全体ただの安っぽいゴムのようにブヨブヨし、いや、人のことはまったくいえないのだが、それでも女房を首から下だけでも新品と取り替えたいとひそかに思う日は多い。終わり頃、次女のかなり長い寝言に脅《おびや》かされた。ああ、いや、この聖家族的平安に感謝いたします、豊年、弥勒世《ミルクユー》、弥勒世果報《ミルクユガフー》アーミンソーミン！

日がな一日雨降りだったあるナマの日、制服とその上着と二着のレインコートほかをずぶ濡れにして帰宅し、疲れきってすべて洗濯機に入れた。妻が在宅とはいっても共働きだから、基本的に私は洗濯の一部などできるだけ家事を引き受けていた。特に汚れる仕事に就いてからはなおさらに、帰宅してすぐ自分の仕事着やドブ池臭い手袋をさっと洗う習慣がついていた。しかし疲労困憊していたその日は、妻に脱水後の一番面倒な干しだけやってくれるよう夕食摂《と》りながら頼んだ。

妻が「何よこれー！」と声を引っくり返した。覗きに行くと、悪臭がまだある。私は洗剤を入れ忘れてスイッチだけ押していたのだ。「バカね、もう。いつもボーッとしてるんだから」と責め立てられ、換気扇を回されリビング中にシュッシュシュッシュと消臭スプレーかけられ、ふざけて真正面から狙撃されてそれでも何も言い返さなかった。そのまま寝た。

別に妻のせいではないがなかなか寝つけず、降りやまぬ外の雨を聞いていた。……濡れればゴミは重くなり、重ければ当然体力消耗が早いし過積載で主任に叱られやすくなるし、この日などは雨水ともゴミ汁ともつかぬものが（手をかける時に）ビニールの表面から飛んで二度も眼に入ったし、雨着のズボンは動きの邪魔だから脱《ぬ》ぎたくなるし、どのみちシャツやパンツまでびしょびしょになる。秋以降に氷雨《ひさめ》が何日も続いたりしたら……元来寒さに弱い自分はやっていけるだろうか。

ああ、二十年と少し前、石垣島から川崎に働きに来たのが枯れ木とコンクリしかない十二月。初めての本土は想像していた倍ほども寒く、空や人々の顔や服装（黒か茶か灰色主体の）を含めて目に映る多くが私には陰気すぎた。巨人戦を毎日テレビで観られることと断水が滅多にないこと、および電車と雪にはまあ感激したけれど、終日細々と一本調子で降り続ける本土ならではの勤勉な雨（しかもそんなのがこの日の雨どころでなく二日三日続いたりする！）には気が滅入ったし、家賃の異常な高さと東京湾のヘドロだらけはさらに受け入れがたかった。

眠れないから男はいろいろ思ってしまう。今さら二種免許業界に戻ることはできない。今の仕事を面接時に言われたとおり本当に六十五才までやらせてもらえるなら、歯を食いしばるしかない。とにかくもう少し駆けっこし続けて腹が二十代後半ぐらい（いや、無理か。三十四才ぐらいでいい）にまで引っ込めば、はるかに何もかも楽になるだろう。…………そんなふうにムニャムニャと声なしで唇

老の彼は泣きそうに深い深いえくぼをつくっていた。つられて笑った天罰でか、同じ日に私は植物ゴつすぐ撥ねてきた破裂油を上半身一杯に一人がかぶった。帽子も上着もおいしい油だらけとなった初

別の日には使用済みのテンプラ油がゴミ袋の中に大量に入っていたのを気づかず投げ入れ、長くま
怪物映画だった。（車体のその汚れの一部を咄嗟《とっさ》に我々はゴミ内の縫いぐるみで拭き取った。）

ッカー車の横や後ろなどあちこちの隙間・つなぎ目からポタポタポタポタ酸《す》っぱく漏れ続けてまるで取って三人がかりで地を掃除するのに大層時間がかかった。別の場に移ってからもジルはしばしばパた！　幸い靴以外の体に浴びた者はいなかったが、小屋の横のホース伸ばしてデッキブラシまで手にい液状残飯の大爆発が起こって幅一メートル・伸び二メートル半ぐらいの白っぽい海が地面に出来がパッカーの投入口にワッセワッセと入れていたら、突然、ジル撥ねなどという生易しいものではな七、八袋を私が足の踏み場もない狭い小屋内に入ってドッコイショドッコイショと出し、あとの二人

翌々日のこと。皆が恐れる例の老人ホームにて、重いおむつ入り四十数袋とさらに重く大きい残飯

……ムニャ。

休暇も（おまけに恋人も）持ってて悩みゼロ風にほほえんでた〝本土の都会の高級花〟たち………きまたは便所掃除の合間に遠く眩しく拝んだお客様方に近い映え方だな、若さも美もまとまったあのいい女と出会える日だけが大好きだ…………うむ、彼女、石垣のあのリゾートホテルで壁拭の木と金、いや週休二日前の金曜だけがずっとずっと（雨なしで）続いてくれたらなあ………そう、月と火も何となくパスできて、給食系をやる主任を手伝えともちょくちょくは言われず、ナマ少なめだけで呟いた。……通勤がもっと楽で、特に仕事中には雨がなく、できれば資源の日なんか存在せず、

ミ（バラかミカン枝）の刺《とげ》に左掌をブスリとやられた。……そしてまたまた別の日、ある学校近くの集積所でオオヤマ（きわめて大量の、山をなしているゴミ）と格闘していて、掴んだ袋の中に上向きに入っていた刃物で右手の中指のつけねを切ったのは最高齢五十六才の運転手だった。一方、若者の一人は元気がよすぎて不用意にブロックから車のドアに駆け戻ろうとして自転車に撥ねられた。

それでも何でも皆頑張り続けるしかなかった。男なら！　そして私は皆をなごませる役を時によっては意識的に引き受けた。人の十倍ある胸毛をちょいと見せるだけで呆れ笑いを呼ぶ得な立場であることを昔から知っているから。

ある時、回転板で巻くには嵩《かさ》ばりすぎる捨て布団をパッカー車の上部に載せて走っていた。風の強い日だったせいもあり、数十分後に見上げたら消えていた。場合によっては交通事故を誘発しかねない大失敗であり、慌てて主任に連絡し、そこまでのコースをもう一度通ってみたが、見つからない。仕方なく収集を再開しようと相談した後で、私は「布団は吹っ飛んだんだねー」とけっして口にしてはいけない種類の洒落をついつい発してしまった。ほかの二人はまったく反応せず一分ほども続く通夜状態に陥り、信号待ちの時にようやくという感じで日江井君が黒目のとても小さい端整な眼で長々と私を睨んだ。

その小鳥君には暇な時にクイズを聞かすことも多かった。「問題です。美人とブスはどっちが水分が多いでしょう。理由も言ってください」「……美人？　水も滴《したた》るいい女だから？」「ブーー」「じゃあブスかよ。何で？　太ってたりして汗かくから？」「それもあるけど、逆立ちするとスープになるから」「はぁ？……」「ブス、スープ。スープ」「……………」わざわざ停車してまた彼は、白目の面積が圧倒的に多い絶世の整形美女的な眼で思いきり睨みつけた。私はかまわずに「あ、パンツ見えるかも」と歩道を近づいてくる自転車女子高生に注目するのだった。「もっとまじめに仕事しようぜー」ともう一人がタバコばかりパッカー内で吹かすくせに偉そうにたしなめた。いつも最も必死に走っているのはこの私だとの自負から、そんなのは内心ふわっとかわした。ほかに何の役にも立たぬ自負だが。

季節がさらに少しずつ進むにつれ、確実にゴミは以前よりも臭うようになった。やたら吹き出てしまう汗のせいでこの頃いつも眼が痒い。その大量の顔汗は車内ではタオルで、路上では野球選手と同じく制服の長袖の上腕部で拭《ぬぐ》う。袖といえば、袖の先の方が仕事中に黒っぽく汚れてくるのはそう気にならないのだが、小バエが点々と五、六匹以上へばりついたその布地をアリまで這うのを見るとさすがに身がこわばる。ズボンにも胸元にもパッカー車の座席にも虫は時々つく。……未だ五月ながら。

袋内あるいは地に散乱するナマの中、バナナの皮やリンゴの芯や丸のまま黴《か》びたミカンといった惨《みじ》めな果物は三月からほぼ毎日見かけ、バナナ・リンゴ・ミカンこそ世の生ゴミの象徴だなと私なりの感慨を抱いたりしていたのだが、ここへきてたまにパイナップルのごつい食べ滓《かす》もまた目につくようになってきた。そんな時私は、成人後一度も住みには戻っていない、そして最後に泊まりに行った実家ごと早四年半もご無沙汰している石垣島に、またまた想いを馳せる。（二人目が産まれた少し後に両親がこちらにやって来たことはある。）

ああ、懐かしの於茂登岳《うむとうだき》！　名蔵湾《なぐら》！　ヒルギにヤエヤマヤシにパイナップル畑！　ここでこんな都市労働を強いられている俺だけれど、本当は島人《しまんちゅ》なんだ。恋人時代や新婚期ほどには妻も「沖縄、沖縄」と私を持ち上げることがなくなったが、逆にＮＨＫドラマ辺りで頂点に達した世間の沖縄熱に対しては彼女なりに〝見下ろす立場〟をとりたいようで、「今の『チャンプルー』の発音間違ってたね」「あのアナウンサー、沖縄行ったことないんだわ。真冬に泳げるなんて嘘言ってる」と子供たちに立て続けに訴えている。家族の思いはとりあえず措《お》こう。

私は本土の人には負けないぞの一心で都会の人ゴミに耐え続け、時によっては沖縄本島にさえ敵愾心を抱いてきたカンムリワシの一羽である。「沖縄は元々日本じゃない」と都合のいい時だけ言い逃れした東京の右翼（多分暴力団員ではない）を川崎の飲み屋で方言込みで論駁し、殴り合いを挑まれてしまって見ず知らずの沖縄出身者と二人がかりでそいつを床に這わせ、警官八人に怒鳴りつけられて留置場に二泊した二十二才のあの勝ち戦《いくさ》が人生の宝の一つではなかったか？　今はすっかり大人しく、ピエロといわれ（故郷《しま》では腹まわりのせいで行列時の弥勒《ミルク》役を冗談で頼まれ）、やがて関東地方のどこかに家を買うためにこそ夫婦ドタドタやりながら金をつくり続けてはいるが、こんなので未来は本当に明るいのか？　俺の焔《ヒュア》こそを信じ期待し続けてくれた父母や古い友らへの恩返しはできているのか？

と、そんなことを熟考していたら、激励的タイミングで実家から包みが届いた。石垣島の自慢品の一つ、そして何を隠そう私の大好物、パイナップル！　ああ、七十すぎの父様母様にいつもながら感謝！　年に二、三度はあるこうした機会ほど妻子に威張れる時はない。わざわざ完熟に近いものと日をおくべきものを取りまぜて送ってくれたのもさすがだ。……粉っぽくてクリーミーなこの大果物は、褒め始めれば〝ケーキ屋で買ったのか〟と想えるほど甘さが豪華であるにもかかわらず、ほかのメロンやビワやマンゴー・国産桜桃ほどにはお高くなく、それでいて剣《つるぎ》葉と鎧《よろい》皮からなる外見は単に丸っこいだけのほかの果物たちをやはりジャングル戦争的に無力化する。冷えたそれはさすがに腹が重くなるから限度があるが、常温の小切れだったら何十片でも口に運び続けられる自信が私にはある。特に石垣産！

そしてその夜のおかずはカレーだった。銀座わしたショップから大分前に私が買ってきたオリエンタルマースカレーを彼女がたっぷりの牛乳と多めの缶詰肉（ポークでなく石垣牛だったらもう言うことない。いや、贅沢贅沢）などとともに使い、おまけに私のために子供用とは別に辛口の鍋を用意してくれたのは、単なる沖縄通ではなく久々に〝良き妻〟のふるまいと私なりに判断した。しかし昼間停電があったせいで炊飯器のタイマーが入っていないことに長女が気づき、カレーは先に出来ているのにライスの炊き上がりにもうあと十分ほどかかりそう、という時、私は一遍やってみたかった荒技で一人堂々いただきますすることにした。デザート用に小切れにしてあったタッパ内のパイナップル二、三十片のうちの半分近くを皿に盛り、その上にパパ用カレーをドローッとかけ、カレーライスならぬカレーパイナップルにしてハフハフ言いながら食べ始めたのだ。

長女は「キモイー……」と顔をしかめ、次女はこの日はプーさんを抱きながら無言で泣きそうに見つめ、そのうちに二人とも大騒ぎしだした。「味は?」「パパ、味は!?」うん、味は……パイナップルの甘さが強くてカレーの塩けも辛みもすべて飛び、見た目においてはパイナップルを単に汚しただけで、香りは実際ちょっぴり生ゴミのようだったが、それでもうまいと私は思った。なぜって、パイナップルそのものが極上だから。妻は「何やってんのよ、子供みたいに。子供だってそんな悪趣味なことしないわよ」と気難しく両腕を組みに来た。

別に何言われたって島人《しまんちゅ》は動じない。「栄養のバランス考えなさいよ」に対しては「だって、カレーの中に炭水化物のジャガイモ入ってるだろ。イモとライスで太るよりかはこの方がバランス取れてるよ」と理詰めで返す。そこまでは妻もまあくつろぎの範囲内にいたようだが、最悪のタイミングで私が長い屁を三連発ぶっぱなし、それらがカレーに匹敵するほど強臭だったため、「もう、中年男!」と妻と長女が声をほぼ揃えて非難した。妻はともかく、その妻から何を学んでしまったのか私を妻以上に非難しがちな右眼が二重、左眼が一重瞼の（今のところ）痩せっぽちの長女。もしや反抗期の第二回がもう始まったのかと思う。それでなくとも納豆をパンにのせたり、牛乳をライスにかけたり、ギョウザの皮で缶詰の加糖アンコを包んだものをフライパンで焼いてシナモンかけて「八つ橋」と嬉しく食べた（これだけは意外においしいと長女の好評を得た）りして笑われることの多い私は、しかしこの時奇行を見せびらかしているつもりはまったくなく「うまい、うまい、うまぁい」と幸せゆえに語彙乏しく言い続け、主食のパイナップル完食に続いてはフリーザーで冷やしておいたタッパのデザートパイナップルもまた貪《むさぼ》り、口の中を大変楽しくひりつかせた。

下痢一歩手前の食事量だが、含まれる蛋白質分解酵素についてもきちんと学んでいる私は、コレすなわち消化が楽で腹がますます出てくるということなのだと胸以上に毛の生えたそこをシャツごしにさすり……。だが、妻が眉をいつになくはっきり吊り上げて「ちょっとパパ、また貯金箱の五円玉こっそり何十枚も取ったでしょ！　あんたに決まってんのよ。子供たちに示しがつかないでしょバカタレ！」とテレビの上のビンを凝視してわめきだしたので、タバコ銭を一度借りただけのつもりの私は頃合いよく「ホタルを灯《とも》しに」ベランダへ逃げた。

　一服後に妻とだけは仲直りし、片づけが終わってから石垣島にお礼の電話をかけた。とりあえず家族全員代わる代わる電話口に出させた。妻はやたら高い声で何度も何度も笑っていた。だが電話後に私が「沖縄と喋ったし、気分はうん、夏って感じだな。花火でもやらないか？　葉子、コンビニで買ってこい。そこのビンの金持っていけば」と二十世紀最大の英雄・具志堅用高にちなんで美しく名づけた長女に提案したところ「……バカタレ」と驚くべき模倣語を返され、反抗期全般についていずれ担任教師に相談する必要をいよいよ感じて……主《あるじ》は寝支度を始めた。

　聖家族などどうでもよくなってくる翌日は、私のための黄金《きん》曜日。

　徐々に親友になりつつある日江井君とまた一緒であるが、もう一人乗車した元鳶のひょろひょろしたハゲジジイ影沢さんが突然下痢を訴えたのが大誤算だった。（直前まで若ぶってコーラをがぶ飲みしていたくせに。）トイレのあるコンビニ方面へ引き返したため、九時四十五分の女と会えなくなる危機に我々は直面した。コースを変えてまであの一通に入り込む気はさすがにない。大人しくバス通りのマンション前で順路どおりの収集に汗流していた。………と、その時、というか次の集積所への移動中、一通からバス通りへとあの女が歩き出てきたではないか！　九時五十三分。当然バス停のある方へ曲がるかと思えた彼女は、逆に折れてこちらへ来た。私と日江井君は不元気な真ん中座席の元鳶を挟んで「予想外の展開だぁぁ」と狼狽ぎみに大きくはしゃいだ。彼女は走る車の後方へ消えていく。

　バス通りのその辺りには民家や駐車場ばかりが多く、徒歩の彼女の目的地っぽい場所はといえば、大きめの金物屋と歯科医院、それに二つのコンビニだけだった。通いの家政婦でもしていない限り彼女の職場はほぼその四カ所に絞られる！　「時給八百そこそこのコンビニってことはないよな。歯医者だな」「歯医者なら受付か」「でも医者って普通、九時前には仕事始まってんじゃないの？」「時差出勤かもしれない。歯科衛生士か助手だろ」……そこに息吹き返した下痢ジイサン影沢がこう意見した。「金物屋のレジだと思う。職人相手の店って意外に若い姉さん多いから。前によく足袋買ってた店の看板娘、えらい美人だったよ」さすが馬齢は重ねていない。事故・エロ・デブの私と違って。

　内心褒めたのも束の間、その日の二台目、別の幹線道路沿いのゴミを次々拾っていくその何度目かの降り場所で、端の座席にいた下痢沢は、慌てる必要などないのに細長い手足がもつれたのかパッカー車の高いドア内から歩道へ転げ落ちた。私も日江井君も「大丈夫ですかぁぁ」と声張り上げながら助けには行かず座席で腹を抱え、後続トラックの造園作業者風の人たちもまた苦しげに笑っているのをミラーでちらちら確認した。

　しかし、女やら大笑いやらが咲き溢れたのも三時台のコンビニでのお茶までで、詰《つ》め所《しょ》（わが社には事務所がなく、ただの六畳ワンルームアパートに十二人と仕事道具が詰め込まれるそこは本当のぎゅうぎゅう詰め所《しょ》だった）に戻ったら、なぜか滅多に皆の前に顔を出さない老女社長が来ていた。私はどうもこの太っていて鼻の穴がいつも見えて化粧が臭《くさ》い、そして頭に赤茶色いカップめん大量にかぶせたようなセミショートのクラゲパーマの、おまけに短気な彼女が主任以上に苦手だ。入れ歯なのかあい

なるから今日はメシ要らない」と電話し、家庭ゴミの中にちょくちょくある危険物としての串を思い屋へ一人でさらに太るべく自転車で直行し、そこから妻に非常に不機嫌な声で「ミーティングで遅く

着替えてひけた私はコンビニのATMから非常用の万札一枚を引き出し、うまいと聞いていた焼鳥

「大体一・八ぐらいです」「眼がいいんなら、お腹が悪いんだね。脂肪つきすぎで」「…………」

「頼むよー」「はい、かしこまりました」「ほんとにねー」「はい」「あなた眼悪い？　視力いくつ？」てもらいたいな」「はい。あ、申し訳ありません。今後取り残しのないようになお一層頑張ります」で野底さんが入ってることがやたら多いんだから」「……は、はあ」「ゴミのプロとしてきちんとやっ出てるんだから言い訳はできないね。二人や三人の共同責任っていっても、そのつど顔ぶれ変わる中んだよ。そしたら、野底さんの乗車した車が一番取り残しが多かった。あなただよ、あなた。数字にもあるんだけど、たまさか暇でもあったからここ一カ月間の取り残しリストと配車表を分析してみたってみんなに怒る前にと思って、それはゴミ取った後のネットの片づけとかが雑で文句言われてるのの連絡が清掃センターから入ってんのはわかるでしょ。多すぎるわけ。それで昨日ね、たるんでるよたね、取り残しがやたら多いってやっぱり自覚してないね」「は、……あ」「ここんとこ毎日取り残しって感じ？」「はい、おかげ様で何とかやってます」「バカ言ってんじゃないよぉ！」「………」「あなあなた、野底さん」と私を外へ連れ出した。……「どう、調子は？」「まあまあです」「仕事に慣れたーす」と彼らに言われてそのまま去るのかと思ったら、入り口付近にいた私に目を留め、「ちょっと

社長は主任およびほかの一人と仕事上の大事そうな話を引き続き数分間し、「じゃあ、お疲れ様でかわらずフガフガ喋るのも臭み一杯だ。

出したりとしばらくいろいろ内向した後、酒を一滴も飲めない日江井君にメシだけでもと誘いの電話をかけたが「今日は恋人《ノンチャン》と逢う日だよ。さっき言っただろ」と叱られ、一番の近場に住む酒好きの年配社員を呼び出そうとしたがまた断わられ、やけくそでしばらく遠ざかっていた地元のスナックに歌いに入った。

少しは親しい奄美出身の十九才の女の子が未出勤だったので、五十代のママと「俺、臭《くさ》い?」などとぼそぼそ喋ったり、キスチョコを食べ尽くしてそのお代わりを出してもらったりしてだらだらすごした。ほかの年増女との喋りにも飽き、睡魔が襲い始めた十時半頃、電話が今度は日江井君の方から笑い含みの声でかかってきた。「会社に四十一才の沖縄出身の変な人がいるってノンに詳しく言ったらウケたよ。『布団が吹っ飛んだ』の話でほんとに笑ったよ」「よし。会いたいって言ってる?」「それは全然言ってない。ヘンタイで不まじめなのにゴミ取る姿だけは誰よりも真剣って教えたら、『きっとその人、ゴミが好きなんだね』だって。『何言ってんだ、ゴミ取って町を綺麗にすんのが好きなだけだよぉ』って注意しといた。俺は何もかも嫌いだけどね」………奄美の歌姫がまだ来ないので、ママに苦情を言ってわずかに安くしてもらって自転車でよろよろ帰った。

飲みすぎだった。ぬるい風呂だけ入ってほかに何もせず妻の隣の布団へ倒れ込んだ。一度何とか起き上がり、娘二人の寝顔を覗きに行くぐらいはした。動かぬお月様たちはとても……小さくて可愛い。

厭だ。社長のクラゲパーマと金縁メガネの奥の据わった目と鼻の穴がまだ脳裏から消えてくれないのはどうしたわけか。走っても走ってもお腹のヘルメットが萎《しぼ》まない野底さん。しかし例えば、休日にK市の隣のそのまた隣のわが町などを歩いていて、野底さんは無意識に目がゴミ置き場を方々に嗅ぎ取ってしまう。すなわちコンクリ塀の途切れとか電柱の陰とか駐車場の脇など集積所がありそうな地点を感知し、実際ゲージ箱や木箱や緑色のネットや市の設置した看板を（好きでなくとも）見つけ出せる、そんな程度にまでは既に体がゴミのプロのつもりだった。仕事日は仕事日で、ゴミがすべて片づいて町が（綺麗にというより）軽くなったのを午後給油等へ向かうパッカー車の窓ごしに眺めれば心も必ず羽を持った。……クソババァのいうプロとは？　あいつだってポリバケツ体形だ。取り残しがどうのこうのケチつける前にもっと給料上げないか！　ムニャムニャムニャムニャ。

不幸は続く。チョコを貪ったまま歯磨きせず寝てしまったその五月十三日の金曜日が悪かったらしく、翌週月曜、私ははっきりとした歯痛を気にしだした。右上の特に奥歯辺りの歯茎が腫れている。気になってしょっちゅう触るものだからますます口の中がしくしくと傷んでいる感じ。手遅れかもしれないが何度も念入りに歯磨きし、昼のコンビニで大金はたいて買ったデンタルリンスでゆすぎもした。やはり痛みは治まらなかった。

午後、仕事ぶりを結局は誰よりも認めてくれている日江井君が虫歯の件を聞きつけて言った。「あそこの歯医者行けばいいじゃん。九時四十五分の女の」「あ、そうか。……金物屋説も有力だけど、ひょっとしてあんな若くて実は女医だったりしてね」「女医はないでしょ。やっぱ歯科衛生士だよ。ということは、あの美人に口の中触りまくってもらえるわけだね。いきなりビミョーじゃん。あ、それと！　口掃除してもらってる間って、歯科衛生士のおっぱいが俺らの頭とかによくくっつくよな」「そうかそうか」「行け、エロオヤジ！」「エロじゃないけど行くぞ！」

痛み自体は悲しかった。口の中が気になって作業に集中できない時がある。休んだらクビ、とも噂される水曜（毎回毎回天下分け目の決戦的アドレナリン分泌を強いられる）までに治しておかねば、と私は月曜のうちに１０４でそのバス通り沿いのマリア歯科医院を調べ、ものすごく痛いんですけどぉぉ、と緊急事態的に嘘を言って通常四、五日先からしか予約を入れられないところを翌火曜の午後に無理矢理入れてもらった。電話切ってから、もしかして今の優しい声の受付はあの女ではないかと心燃やしたが、声も言葉遣いも十倍高飛車であろうあの約二十一才は多分歯科衛生士だと最後決めつけた。よし頭におっぱいカムォン！

そして翌日、収集が全部終わって順々に洗車するところを私だけ日江井君らに「いい報告待ってるよー」と冷やかされながら早退させてもらい、とにかくマリア歯科へ。そうしたら、事務の女はやはり彼女ではなかった。待合室で漫画本や相田みつをの『にんげんだもの』をめくりながらそわそわそわそわする。骨と歯の丈夫さには昔から自信ある。子供時代には犬に噛みついてやったこともあるんだ。「綺麗な歯ですね」ってあの女に褒められたりして。当院での受診は初めてですか？／ええ、でもあなたとはいつもお会いしてますよ／え？／いつも汚いパッカー車が道占領しててすみませんねー／あら、あなたがあの……実は私も気になってたんです！　でも恥ずかしくってついついツンツンしてしまって、ゴメンナサイ。今夜はお詫びにご一緒いたしますけど。そうよ作業員の中でアナタが一番気に懸かってた。若い人たちよりも誰よりも…………ムニャムニャ。（妄想ごめん。でも男だもの男だもの。）

一度「〇〇さん、どうぞー」と現れた薄ピンク衣に水色エプロンの女が彼女だったのかはうっかり観察しそこねた。大きなマスク着けていたし。十五分ほど待たされて、さあ、私の番。…………

ん？　全然似ていない。マスクのために眼と鼻柱の上辺りしかわからないが、彼女ではないようだ！これはこれで美人っぽくはあるが。背も一回り小さいし、胸もどうやらぺったんこ………。ほかに衛生士とかがいるかどうか見回した。女医が向こうにいる。オバサンだ。ほかに職員がもう一人、助手か何かわからないがいる。………やはり彼女ではないようだ。騙された。医院を替えようか。いや、痛いから来たのであって！…………

とりあえず座らされた。そこそこパッチリぎみの眼をした歯科衛生士に症状を話すと、「お口の中を、見てみますね」と歯間チェックなどいろいろされた。「大分汚れてるようですので、先生に診てもらう前にまず掃除しておきましょう。そのあとレントゲン撮ります」「……お願いします」

恐ろしい機械音開始、と思ったらすぐ中断。そして尖った細い手動の器具で一番痛い辺りをほじくられて何か掻き出され、「これですよ、ほら」と話しかけられた。「え？」「歯と歯の間に大きいのが強く詰まってました」……何なのかわからない黄色いものを器具の先につけたまま見せられる。「繊維質ですね。パイナップル、かな。そういうの少し前に食べませんでしたか？」「あ、はい……」「もっときちんと磨いて糸ようじとかも使った方がいいです。汚れをほっとくとより重い歯周病になりますよ。何度でもまた腫れると思います」「はあ……すいません」

再び口開けさせられて手動の掃除続行。続いては反対側の左上奥歯と二番目の間からも「ほら、これはお魚か何かでしょうね。こっちももうじき痛くなるところだったかもしれませんね」と詰まりものを取られた。ホラ・ホラって歯科衛生士のくせに砕けた言い方するな、それにパイナップルだの昨日のサバだのといちいち人んちのメニューに口出しするな、俺のことデブのヒゲ濃いパグだと思ってバカにしてんだろ、多少（眼だけ）綺麗だからって威張るな、お前なんかお前なんかもらってやんないぞ…………などと苦しがっている間にキィキィキィとかズヲヲヲとかギュルギュルギュルギュルウウとか厭な音の、まるで歯そのものを意味なく削るようなわけのわからない拷問行為や糸を使った気持ち悪い見えないミニチュアの大工仕事みたいなことをされたりし、眼を再び閉じてしまっている身としては、彼女の胸か腹かが額の上の方や頭頂に触れたり離れたりするのもほとんど慰めには感じず、痛みと口開けの疲れに参り、へとへとになったところで右奥に巨大な厚紙を突っ込まれてレントゲン。吐きそうになってしまって二度も撮影に失敗し、「頑張ってください」と複数の職員に励まされて恥をかき、時間もかかった。

女医が消毒しに来た時にはもはや静物画中の一物体のように眠りかけており（そんな比喩が今浮かんだのはその診察室に野菜数個と丸ごとのハムソーセージを描いた大きな油絵がなぜか飾ってあったからだが）、レントゲン結果は、虫歯なし。歯槽膿漏もぎりぎりまだなし。歯垢と歯石が多量についてただけですね、磨きが甘いですよ、タバコかコーヒーのせいでしょうか大分色もまだ着いてます、それでは今日は上の奥と前歯を主に掃除しましたので、次回は下の残りと、あと歯ブラシ指導も受けていただきましょう、お疲れ様でした…………云々。

金払って次回の予約取ってからよろよろとマリア《サタン》医院を出て、歯ブラシなんてバカ、指導さしてやんねえぞ、とふてくされて自転車を漕ぐでもなく押して歩いて、元々の歯茎の痛みが口全体の緊張とともにまだ続いているのが悔しく、そこに金物屋があったので当然という気持ちで入った。レジにいるのはオバァチャンと男だった。そのバァの顔を穴の開くほど見つめ、「……何をお探しでしょうか？」と声かけられると同時に店を駆け出た。まるで九時四十五分の女にあざ笑われているみたいで、だんだん腹立ってきた。お前なんてお前なんて、逃げてばっかりいていい女でも何でもないぞ。……お高いあの白壁ホテルのビーチでも、本土の一部高級小娘《どくきのこ》様方はお日焼けを恐れてパラソルの下からあまり出ておいでにならなかったものでございますよ……。ははーん、ＯＬみたいなふりしてただ毎朝散歩だけしてんだろ、お前無職《プー》だろ、俺はしっかり汗水垂らしてお前らの出すゴミにまみれて働いてるんだぞ、どっちが偉いかざまーみろアッハッハ。悔しかったらゴミ出すな。…………ん？　逃げ中なのは俺もだったっけ？

　帰宅して風呂に入って出てきたところで、妻に「カッテージチーズ急いで買ってきて。ついでに無洗米も」と命じられた。そんなの帰宅前にケータイに言ってこいよ、と顔を暗くし、買いには行ったが夕日が鮮血に似て美術的だったので、自転車で西方面へわざと遠回りして空や林や散歩犬や主婦を眺め眺め帰ったら、途中二カ所が工事中で、救急車のサイレンには脅かされ、さらなるコース替えなどしたところ道に迷ってしまった。四年も住んでいる町で今さら迷ってしまって赤面気分でやっと帰宅すると、案の定「遅かったわねえ」と低い威《おど》し声で出迎えられた。

　ともかくも食卓にはいつになく多品目のおかずが並んでいた。私は茶碗一つ運ぶのにも協力せず、まず夕刊を隅々まで読もうと思った。社会面で交通事故の見出しがわりと幅を利かせていた。ふと顔を上げると、女力士が不気味なほどやわらかな笑顔でそこに仁王立ちしていた。「ご馳走《ちそう》だと思わない？」「え……」大中の鉢や大皿や各小皿などに多少色とりどりの料理が並べられ済みだが、どれが何だとかいう興味はあまり惹かない。「テンプラ、だよね」「牛スジ肉とパイナップルのテンプラよ」

「はっ」「それにパイナップルたっぷり入りスブタに、パイナップルグラタン、パイナップルのサラダ。一遍に作ってみたの」「はっ」「カーテージチーズ今からのせるからね。カレーライスじゃなくカレーパイン食べる人なんだから、全部感激でしょ。送ってきたやつまだあと一個あるから、傷んじゃう前にどんどん食べましょ。デザートにはパイナップルゼリーを用意イタシマシタ」「………」愛情なのか諧謔《かいぎゃく》なのか憐れみゆえのからかいなのか妻の真意がわからずに、というか疲れていた私は放心ぎみに自分に一番近いテンプラ皿をただ見ていた。パイナップル好きっていっても……歯に詰まらせて恥かいた今日のところはもうそんなには食べたくもないんだけどよぉ……。娘二人は「パインパイーン」とオモチャでも与えられたように踊っている。「ちゃんとパイナップルと言いなさい。パインは松のことだ」と深い教えを垂れてから、とにかく私は素直に食べ始めた。

テンプラはとりあえず合格だった。もうあと何度か試行錯誤すればどんな賓客にも出せる宮廷料理(ただし琉球の)にまで高まる可能性はあると思った。しかし、スブタという料理自体が元々好きではない(酸っぱいのが厭だ)し、グラタンにとどまらず玉子スープにまでパイナップルが甘ったるく入り込んでいると知った時には、やはり妻にからかわれているのだと思った。黙々と食べ続けた。だんだんうんざりしてきた。テレビもまた埼玉のその玉つき事故を報じていた。……五人もの命が奪われたらしい。

いつしか次女が、先にすっかり飽きて食事中だというのに子供部屋にアンパンマンを取りに行った。長女は「ママ、これとこれおいしくないよー」と率直に言い、そのうちに妻が台所に立った隙に「オウエ……」とふざけて吐く真似をした。その数分後、パイナップルゼリーを食べ始めた次女が長女に咀嚼《そしゃく》中の口の中をがばっと広げて見せた。どこでそんなのを教わってきたのか、三才児は時々驚くほど下品なことをする。この夜は小二も負けておらず、もっと大きな口を開けて対抗し、それから姉妹はゼリーやサラダを掻き込んでは噛むだけ噛んで呑む前に見せ合うという遊びに没頭した。「汚いわよ。やめなさい。石垣のおじいちゃんおばあちゃんに失礼でしょ。や、め、て」と妻が注意しても、聴かない。ふとスープを飲み干した時にはっきりマズカッタと感じた途端、私はもう自分を含むすべてへの恕《ゆる》しがたさが沸騰し、割れ声で怒鳴って左の平手を卓袱台に垂直に叩きつけた。

「お前たちもう食べるな！」

叩いたつもりが指の二本ばかりの先がティッシュ箱の角に当たってびっくりした拍子に何もかもわからなくなって、次の動きで卓袱台をガッチャチャーンンと娘たちの方へ引っくり返してしまった。二人三人のけたたましい悲鳴をも聞き、私は無数の叱り言葉をなお並べ立てたのだが、次女の大泣き声と妻の立ち上がっての「何やってんのよォーッッッッ！」の大絶叫が交じって、抜け目ない長女は部屋から逃げ、私は興奮と腹の重みのあまり背中から倒れそうになり……………………………………気づいたら、私は一人で畳上のすべてを片づけて洗い物もすべてやるはめになり、「一生懸命作ったんだからね」と泣きさえした妻は就寝時まで一切口利いてくれず……………………………………以後一週間もの間昼飯代兼お茶代兼タバコ銭兼小遣いを一日三百五十円にまで減らされることが翌朝一方的に決められたのであった。控訴断念。

思い有りてシークヮーサー

2005年作

「平和祈念館で泣いちゃった。館内の空気がね、洞窟の中みたくひんやり止まってるのに何か震えてた。震えてるって感じ取ったら私もう駄目だった。同じ十七才で死んだ人も沢山居たの。そんでね、誰とも全く喋れなくなって明るい中庭に出たら、陽の光が夏みたく肌に刺さってきて、花壇のサルビアとかがとても綺麗で、『……平和が痛い』って思ったよ」

孫の愛理《あいり》は夕べの長風呂を終えたこの爺を常以上に利発さの漲る眼で捉えるなり、いささか彼女らしくない静かで強い大人びた声で修学旅行報告を始めたのだった。ほんの十分前に帰り着いたらしかった。出発前夜に昂奮のあまり一睡も出来なかった、そんな迄に憧れていた美しき守礼《しゅれい》の邦《くに》から。

「そうかい、痛い位に今の平和が有り難過ぎるんだね？」

「……ショックで感覚が混乱しちゃっただけかも知れないけど。とにかく昼間暑くてね、汗ばっかり掻いて過ごしたの」

「ふむ」

「那覇空港で飛行機から出るなりもう重いあったかい空気にじわぁっとくるまれたよ。一瞬寧ろ『雪景色かな？』って思う程通路の外が白っぽく光ってるって云うか、空港の地面全体掃いたみたく鮮やかで、サングラス持ってきてないのを後悔した。あと何日かで十二月なのに！　うん、ダイビング教室も寒くなかったよ。海透明だった！　事前学習一緒に頑張った班員みんなと四日間ずっと仲良く過ごせて、恋の真似事から一つのソフトクリーム迄ふざけて分かち合えた。琉装のプリクラとか一杯撮ったから後で見せてあげるね」

「愛理は普段の行いが善いから天気に恵まれたのだろ」

「でも雨も二度ばかり降ったよ。広い国道のね、右側の街が晴れてて左側が雨、国道の真上には虹が架かってるなんて云う風景も在った」

「そりゃ絵画のようだなぁ。あんたの話はフフ、描写が中々憎いしなあ」

「そう？　何処に行っても空が広くて、曇りの時も明るくて、その熱い空を椰子の樹なんかがちょんちょんつついてて本当にトロピカルだった。でも、実は東京の秋空の方が、もっと青が濃くって切なくて好きだな。まあ澄みきってればどっちでもいいか。そう云えば、沖縄には紅葉する樹が殆ど無いってバスガイドさんが云ってたの。でも、バスの窓から結構赤っぽいのも初中終《しょっちゅう》見えたから『あそこ紅葉してんじゃん』『あっちの山も』『紅葉だらけだよ』って生徒が質問したら『あれは全部、松喰い虫にやられた松です。最近沖縄本島の数多い琉球松が被害に遭ってるんです』だって。どうもアメリカ軍が木箱とかでその害虫大量に持ち込んじゃったようなの。だから嘉手納基地が在る中部の被害が一番ひどいって。軍隊って本当に厭ね」

「おう、どの国の軍も邪魔者と……最終的には云わざるを得ん」

「でもね、アメリカ兵一杯見てきて、兵隊なのかは知らないけど白人のカップルに擦れ違いざまに『ハウドゥユドゥー』って友達が話し掛けて、女の人の方が眼丸くして『オーハロー』って答えてくれたりとかして、そういうのは楽しかった。台湾人のパン屋さんともお喋りしたし。やっぱ沖縄はいい意味でも半分外国だねぇ。お祖父ちゃんがずっと前に旅行した時はパスポート使ったんだったよね？」

「うん、パスポートだよ。あの頃はお金がドルで、車もアメリカと同じ右側通行だったよ。十何年か前の知り合いの話によれば、復帰後の変更直後の沖縄では交叉点での事故が多発したらしい。『無理に本土に合わせるべきではなかった。左通行の方が世界標準なのに』とその沖縄人は云ってたよ」

「何時行ったんだっけお祖父ちゃん」

「……三十と、五、六年は経ったかな」

「三十五年昔かぁ。それ以来沖縄行ってないなんて絶対勿体ない。又行きなよ。来年か再来年の夏に一緒に行く？　うん戦跡巡りしに行こう。沖縄戦で死んじゃった全ての人の為にお花持っていきたいなって思う。お祖父ちゃんは終戦の時九才だったんだよね。同じ位の年の人で、胸に銃弾の痕が有るお婆さんが居たの。とっても熱かったって。『あんた達若い人にはあの痛みは分からんだろうね』って。やっぱりさ、どんな神聖な理由が有っても人殺しだけはやっちゃいけないね。今回姫百合の乙女の生き残りのお婆さんのガイド聴いたりして、色々考えさせられた。当時本当にまだ十代の身で、病院だって云う洞窟に潜んで負傷兵を看護して、切断された怖い手足運んだり、敵の居る危険な外へ水汲みとか死体埋めとか行かされたりして、まともな睡眠時間も無くて、ありつける食事はって云うと一日にピンポン玉大の握り飯一個だったんだって！　ピンポン玉一個だよ！　毎日が極限状態だから生理もみんな止まっちゃって、それに兵隊の中には横柄な人や頭が可訝《おか》しくなってる人も居たって云うし、真っ暗な中で衛生兵に今で謂うセクハラみたいなこともされてたかも知れないし、それと学徒隊に限らず言葉が通じにくいから沖縄の人は何か有るとすぐスパイ容疑掛けられて時と場合によっては殴られたり殺されたりしたらしいし、もっと信じらんないのは、米軍に白旗揚げて保護された沖縄の人達が、夜中に忍び込んだ日本軍に『この裏切り者』って処刑されたなんて事件だよ。ひどいよねひどいよね」

「知っとるよ。向こうの県民はそういうのを忘れはせんだろう。我々が、日本人全体が、白人による有色人種蔑視の結果であるヒロシマ・ナガサキを永久に覚えていようとしてるのと同じに。或はそれ以上にか。より弱き者の尊厳が保たれてこそ八紘一宇なのに、あ、いや、八紘一宇と云うのは凡《およ》そ『世界は一つ』の意味だけれども、現実は正反対になりがちだ。あの負けると判っていた戦争を始めた大馬鹿者は誰なのか。そして始めさせた悪魔は誰なのか。少なくともルーズベルトは悪魔の一人だが、しかしこの世界に於て一体平和な民族と血生臭い民族と云う色分けなど出来るのか。滅多に云わんが、私も未だに叫びを胸に秘めているんだよ。一番上の兄さんの死を決して無駄にしてなるものか、と云う何処に向けたらいいか判らぬ大きな叫びをな。昭和十九年秋の戦死だよ。台湾のバシー海峡で。今でも兄さんには、会いたい」

「………」

「そしてあんたが今、この年齢で沖縄の被害を、本土の微妙な立場も含めてしっかり知識に加えたと云うのは、意義有る事だ。これからも平和学習を続けなさい」

「でも、関係無いけど姫百合の塔そのものにはね、どっちかって云うとがっかりした。塔って呼べる高い物が何処にも無かったから。いや、そんなのどうでもいいんだけどね。一寸喋った地元の三十過ぎの男の人に訊いたら、その人が子供だった頃には今以上に何も無くて樹が繁ってて、砲撃受けた大きな穴が開いてて、人骨の頭とか見えてたりして怖かった場所らしいよ。そんでね、さっき云った平和祈念資料館の中のお堂みたいな部屋に、乙女達の大っきな顔写真が全員分並べられてたんだけど、私がハンカチ濡らしてる横で、クラスの男子の何人かが『どの子が可愛いか』とか何とか不謹慎な言葉交わしてるの聞いて、すっごいムカついて、ボコってやろうかと思ったの！　あれ以上云ってたりしたら本当フルボッコよ。男子って云えばさ、行く先々でナンパの話ばっかりする奴等《ら》が多くてさぁ、行きの飛行機の中からもう『四日の内に絶対上原多香子（みたいな子）ナンパするぞ』『俺は涼子（国仲）ちゃんだ』とか大声で宣言し合ってて煩《うるさ》い煩い。女の大浦先生迄『じゃあ、私はフィンガーファイブ探そう』なんて云ってみんなに退《ひ》かれちゃてるの。だって誰も知らないもん。ナンパと云えば、『糸満《いとまん》には美人が多いらしい。住民が昔からオランダ系だから』とか『今帰仁《なきじん》にも美人が多いって聞いた』とかそういう何処かから仕入れた噂信じてわざわざ糸満の港や今帰仁城を班行動のコースに入れる男子の班が多かった。実際どうだったかは知らないけど。それよりさぁ、私の班も那覇で二回もナンパされたよ！　神戸からと埼玉からの修学旅行生で、カフェして写真撮ってメール教え合っただけだけど、やっぱドキドキ。本当はISSAみたいな地元の格好いい男の子が声掛けてくれたら完璧だったんだけどそういうのは無かったなぁ。あ、でも神戸の一人は関根君に一寸だけ似てたの。いいやいいやそんな事。そんでさぁ、男子って図々しいの。ホテルで夕食は部屋食だったんだけど、ステーキが出たと思ったら私達女子グループの部屋巡って『肉分けて、肉分けて』って乞食しに来て、その食い意地張った男子の一人がカレって云う子が班に居たり、片思いしてる相手に可愛く思われたいって考えちゃう子が続出したりして、みんなかなりの肉上げてた。女の子もああいう時は弱いね。ウザかったけど私も弾みで一切れ上げちゃった。本当は関根君が来てくれればよかったんだけどクラス違うし旅行中殆ど接点無くて、超残念だった。それでねそれでね、」

「え、えーと、ナンパって云うのは何だっけかな？　ボッコは？」

　孫娘の眼は最早いつもと同じに甘く細めの金魚形に寛いでいる。戸惑いがちに頬笑む爺に続いて声を挟んだのは、嫁だった。

「愛理、あんまり一遍に話したら、お祖父ちゃん疲れちゃうでしょ。それにまずちゃんと手洗って、着替えなさい。風呂入るなら入って。嗽《うがい》もしてないでしょ。後で改めてゆっくり家族みんなに聞かせて頂戴。沖縄で何処の牛肉食べてきたのか知らないけど、今日は寒いから湯豆腐にするから」

「手は確か洗ったから話の続きさせてくれる？　豆腐と云えばさ、お祖父ちゃん、沖縄の島《しま》豆腐って云うのすっごく美味しかったよ。滑らかなのにゴワゴワして味っ気が多くて、あれは木綿の一種なのかな。そんでね、ゴーヤチャンプルに入れるお豆腐は、庖丁使わずに手で千切って入れた方が味がよく滲みるんだって。市場《いちば》の親切なオバアにそう聞いたの。今度チャンプル作ってあげるね。市場は凄いよ。豚の顔面とか青い魚とか東南アジア風の蟹《かに》なんか売ってるし、建物の外でも海蛇とか蛇皮線とか黄色い人参とか訳の分かんない沖縄菓子とか珍しい物の店が多くて、私等《ら》時間かけて歩き廻った。それでオバア達とも一杯知り合った訳なの。乾燥物って云って魚の干物売ってたオバアなんだけど、『東京の高校生？　あんたの顔はウチナーンチュに近いね』って褒めてくれたの。褒められたんだよね？　そんでそのオバアと私仲良くなっちゃって、班の子達巻き込んで〝ブクブクー茶〟って云うソフトクリームっぽいお茶の話とか曾孫の話、百年前や四百年前の面白話迄一杯聴いてきたよ。あ、別にその人が四百年生きてるって訳じゃあないからね。八十九才で超元気だった！　そんでそんで調子こいて別のとこで、モヤシのひげ取ってるお婆さんに『ねえオバア何してんの？』って一人が気安く呼び掛けたら『初対面の人をオバアって呼ぶのは失礼なんだよ。お婆ちゃんと云いなさい』ってピシャリ云われて、びっくりして私達シュンとしちゃった。でも叱られて後でやっぱり有り難いなって思ったの。だってこれからは他の沖縄のお年寄りに不愉快な思いさせないで済むでしょう？　そしてね。」

古稀の私にこんなにも張り付いて止まない高校二年生は、そもそも爺にとって溺愛せずにいられぬ初孫である。何処がどう派手と云うのでもないが、近い将来化粧映えしてきそうな予感を親馬鹿ならぬ爺馬鹿の爺に抱かせる爽やかで温かみの有る顔立ちは、何とかと云う中堅女優に似ている。確かあれは沖縄出身だったかしら？

嫁に再度促され、家族一の饒舌家は旅垢を落とすべく風呂場へ向かった。午後の杖つき散歩を頑張り過ぎてもいた私はテーブルと椅子に抱かれ、お気に入りの安日本酒の冷《ひや》を湯呑に注いでテレビつけ、湯豆腐を待った。やがて最近スロットの好調が続いているらしい息子が病院の夜勤明けの長遊びから帰り、「そうか、愛が帰ってきたか。おーぅい、愛太郎お帰りーっ。海で真っ黒になってきたかーっ」と風呂場のドアに向かって声張り上げた。

「もう大変。ドロポン並みよーぅ」

楽しき大嘘が湯音越しに返る。ドロポンは昨年拾って飼い始めた我が家の黒猫である。

「お父さん仕事お疲れ様、すぐに私出るからねー、あと五分したら脱ぎ始めてぇー」と気を廻すことも忘れない。啜り泣く学徒の霊達への共振を含む、彼女のこういう賑やかだが煩くない部分が……つれない関根君とやらに卒業迄に何とか伝わるのを私は最近お節介ながら望んでいる。

烏の行水派の息子も入浴を済ませ、もう一人の孫・中学二年の大樹《ひろき》が最後に自分の小部屋から居間へ下りてきて、いざ五人で湯豆腐と云う時に、愛理は乾かしきっていない髪を片手で弄《いじ》りながらテーブル前の椅子でなく隅のソファー上に胡座かいた。

「じゃあ、お土産渡すから」

首を伸ばし、瞬《まばた》き少なく皆を見廻した。傍らに予め旅のバッグと紙袋が置かれてある。

「うーんと、これはお母さんの。はい！」

コンロの位置決め途中だった嫁は、立ち上がった愛理から渡された複数の小さな包みを見、即開け始めた。能面になりがちな顔を無論崩して。

「免税店とか云うのはよく分かんなかった。沖縄限定美肌用品で我慢して」

ウコンローション云々の文字は私の目にも楚々と入り込んだ。意匠も寸法も違うが上品さのみ似通っている器を三箱から出していっては読み取った嫁は、礼の連なりに続いて四十過ぎに相応し過ぎる冗談を繰り出した。

「よーし愛理、これで私若返るからね。二人で街歩いてて『姉妹ですか』って云われるように、綺麗になる」

其処に息子や孫息子の否定的軽口が加わり、食事は今暫く始まらず、紙袋に突っ込まれた愛理の腕だけが多分全視線を集めている。

「……お父さんの為には、云われてメモった通りに買ってきた」

「え、もしかして」

「すっごく探したよ。たまたま市場近くの土産屋通りの店で特別に売られてた。お一人様一本限りの最後の一本だよ」

「本当にそれ、」

「ラベル読めば？」

「泡、おお！　泡波《あわなみ》！」

「未成年だと売ってもらえないって気付いて、たまたま通り掛かってくれた先生に手合わせて相談して、先生の買い物って事でこっそり特別に許可してもらったの。一番話の分かる仲いい先生だから出来た事よ。四月からあの人の授業中だけは私午後一でも居眠りしないで背筋伸ばしてきたし、本当お父さんの為に春から頑張ったようなもんなんだから。泡盛ってそんなに美味しい？」

息子は喜色を伝え過ぎる半開き口のまま首を細かく縦に振り、手渡された三分の一リットル程度の壜を壜自体に宝石的価値でも有るかの如く抱いて摩《さす》ってうっとり眺め、尚暫く言葉を失くしたままでいた。

そもそもこの、恰幅の良い息子が発端である。沖縄訪問回数が五に届く食い飲み道楽の彼は、旅の準備に精出す愛理に「沖縄行くんだったら、波照間《はてるま》島の〝幻の酒〟買ってきて欲しいな。ずっと前波照間一人旅して二日間探し歩いたけど何処にも売ってなかった酒だから、本島の普通の店なんかにゃまず無いだろうけど。無けりゃまあ、適当な古酒《クース》でいいよ」と云い出したのだ。嫁も又「沖縄いいなあ。一度は行きたいわぁ。私には愛ちゃん、免税品店が在るそうだからブランド物の口紅かトートバッグをリクエストしてもいい？」などと悪ふざけともとれる重みを掛けたので、お前達は何だ物欲の塊ではないかと少々戒めてやりたくなった、それが先週の私だ。

家の改築費用が老夫婦の資金力を上廻るとは五年前に知った。頼りたくはなかったが一男二女に相談し、未だ持ち家の無かった長男夫婦との久し振りの同居が選択肢に挙がったその矢先に、嫁と折り合いの悪かった糟糠の妻が急死した。以後広くはない二階家にて、やたらめったら内外装に凝る夫婦に負けた形で新設ロフトへの昇り降りを余儀無くされ、盆栽半数以上明け渡してのゴルフ練習用芝生植えを息子に認めさせられ、その他カーテン柄からトイレの小窓の形に至る迄主に嫁の悪趣味（？）に覆われてしまった。幸い孫の一人がお祖父ちゃんお祖母ちゃん子であった事に支えられつつ、普段家の事には口出しせず、囲碁・川柳・植木鉢集め・歴史散歩等で自らを慰めている。

しかし、その支えの愛理が親達に困らされている図に先週は見え、不潔な微笑を消さぬ二人組を戒める代わりに、私はこう最愛の孫娘にのみ言葉掛けたのだ。「私はな、愛理、土産なんて要らんぞ。あんたが憧れの沖縄をとっても楽しんで、異色の文化や島の人情や自然の素晴らしさに触れてきてくれたらそれでいいんだ。土産なんかよりも、素敵な土産話をこそ聴かせてくれるなら。おう、そうだ、たっぷりの土産話を私は楽しみにしとるからな」——

「お祖父ちゃんにはね、」

おやおや、今宵は可愛い愛理が私を柔らかく凝視しているではないか。当然、土産か。それはそうだろう。

「これよ。シークヮーサー。知ってるよねぇ？」

テーブル上に置かれたそれは、小さな小さな青蜜柑一個だった。

「え、シー？」

「シークヮーサー。ほら、テレビで前やってた」

「あ、はい、シー」

「『シーカーサー下さい』って云ったらば店のおばさんに『シークワーサーですよ』って強調して正されちゃった。大人が酎ハイに入れたりするヒラミレモンだよ。高血圧治すのにすごくいいって云ってたよねぇ。おばさんにもしっかり聴いてきた。ノ、ノ、えぇと、ノビ、レチンだっけぇ。うん、ノビレチンって云う成分が血圧降下作用持ってるんだって。特にさ、緑色の皮にたっぷり含まれてるって。お祖父ちゃん毎日何種類も薬呑んでて見てて辛いし、これで少しでも健康取り戻してね」

私は、頭はっきり下げながらも、言葉は出せなかった。確かにそれは……沖縄特産の特殊檸檬に違いない。実はつい最近も碁会所の廊下に置いてあった健康雑誌で写真付きで見た。大して効かぬ処方薬を眩暈・ふらつき・気力減退等の副作用に痛めつけられながら命綱にし続けている私にとって、必須の柑橘とさえ云えるだろう。しかし、……目の前に在るのはたった一個。気品有る陶器や壜に詰められた化粧品そして大層高価らしき幻の酒に続いたのが、この長径三センチ・短径二センチ半程も無い、皮の所々がくすんだり凹んだりしている青切り果実一顆きりだとは！　きっと四、五十円もしないであろう！　何故にか。

異常を察してくれて嫁が「お祖父ちゃんにはソレしか無いの？　一口で食べちゃいそうだけど……」と三種のクリーム・ローション類の一つを未だ弄びつつ訊く。やや顰めっ面に変わったソファー上の愛理は、再び胡座かいて無言で片手をバッグの中に突っ込んだまま、「俺には？」と云われたことで上半身を少し弟の方に向けた。その大樹の声量は不安げに小さかった。そしてそれきり居間を、家人達でなくテレビの騒々しい喋りだけが重苦しく覆った。畢竟、ピンポン玉よりもちっぽけなシークヮーサー一顆が私への全土産であると確定したから。

さよう、他には無し。

血圧の恐ろしい上昇を知覚しつつ私はこれは冗談か、少女ならではの罪無き遊戯かと必死で思考した。

土産でなく土産話だけを宜しくと賢者ぶったのは私自身。そして、愛理は背中を掻いてと爺が頼めば痒みのツボをミリ単位で探し当ててくれる程に一貫して素直な子であるからして、先程の、私一人を掴まえての怒濤の土産話は正に……私の要求通りではあるまいか。このピンポン蜜柑は最大限の付録と云う事か。姫百合学徒隊の、日にピンポン飯一つにしかありつけなかった話の挿絵代わりか。

いや聴け、このわしだって、大東亜戦争中には育ち盛りにも係わらず極少量の芋と水団《すいとん》のみで耐えたのだよ。そして地獄の雑木運び！　学級一のチビだった九才にも満たぬ私が、お国の為にひねもす勤労奉仕。山で切られたかなり大きな木を波止場迄何里も担いで歩いた。体格や強さに関係無く一人一本ほぼ同じ重さを必ず！　泣く気力も無く何百回も立ち止まり、もう駄目だと倒れかけ、神に助けを求め求め足を前に進めたのだ。吸い吐きの気管の音は終始けたたましく濁り、級友達の幾人もが何事かと私を返り見た。空襲は無かったが……故郷でのあの苦役の日々の所為でわしは今頃になって脊椎滑り症に苦しんでおる。降圧剤の仕業も有って歩きにくい。そして最も信頼していた長兄の悲劇！小一から高等科迄ずっと級長をやった、清く正しく弟妹思いだった十二才上の正一郎兄さん。輸送船上での爆死と云うが、その遺骨が金鵄勲章と共に帰って四、五年してもまだ市場等大人の大勢居る場所でわしは兄の姿を探さずにはいられなかった。殊に銭湯では、銭湯ではグルリと廻ってはもしやと一人ひとりを覗き込んだ……。北鮮へ軍医として派遣され、南鮮よりも安全と云われていた筈のその地で早々機銃掃射で亡くなったのは、これ又人柄好かった郁爾叔父。………いやいやいや、平和で豊かな国に育った今の子等にこんなおどろおどろした話はすまい。子孫の幸福に眼を細め、死しては尚一層の確かさで彼等を守護するのこそが我々老境に在る者の残された役目だ。……………だが、だがひょっとして、私は何かしら愛理の気に障る事を最近立て続けに口走ったりした所為で今報復されておるのか。そんな覚えは無いが。土産の極端な少なさに不満を訴えようものなら「無いよりは遥かに増しでしょ？」と睨まれるのだろうかの。おおお、可愛い振りして心は鬼じゃ！　いや鬼に非ずの、愛理よ愛理、何時だって云うが初孫がおまえ。その後孫の人数が五、六に増えようがわしには遺伝子与えた気のする相手と云えばおまえだけなのだ。愛理こそが我が人生の花実。曾て最初の同居時代、おまえさんの襁褓《おしめ》をわしが都合五十回位は替えてやったのを忘れたか？　おまえの母親は当時インテリアコーディネーターなる職に熱中し夜毎遅くに帰宅したのだ。父は父で、大手リネン会社で若くして出世したのは自慢だが抱っこ以外に子育てせずのこれ又悠々人。家庭は数年間わしと祖母さんの二人で死守したのだぞ！　全く記憶に御座いません？　然らば訊こう、祖母さんと二人で七、八回も各店に足を運び、見繕う迄一箇月もかけたあの十一段飾りの雛人形は？　畳二枚の場所を生む為に祖母さんはまだ使えた骨董ミシンを処分し、わしは蔵書を五十余冊棄てた。さて金額の事は云うまい！　これからも何だって買い与え続けよう。年金から！　あれは、あれも忘れ去ったか？　赤いランドセルだけでは厭だと泣いたおまえの為に親達の反対を「式典用に」と寄り切って桃色のランドセルを特別に贈ったのを覚えておらぬか？　然り、おまえさんは時々ひどく我が儘でもあったのだ。……我が儘でもいいぞ。オイタや長泣きをする愛理をわしも祖母さんも「ウーウーが来るよ」と宥め諭した。あれは幼きおまえが一時期遠くから来る消防車のサイレンを非常に恐れる癖が有ったので、良い子にさせる為に脅したのだが、おまえの母親には「消防車に対して誤った観念持ってしまうから止《や》めて下さい」とよく叱られた。祖母さんは珍しくすぐ聞き入れたが、当時まだ浮ついた所の有ったわしはそれでも何かと「ウーウーが」と半ばふざけて怖がらせ続けたものだ。本当に悪かった。おまえは妖精だ。悪かった。三才のおまえがいつも流の一時の別居に繋がったのやも知れん。本当に悪かった。おまえは妖精だ。悪かった。三才のおまえがいつも流しで手を洗おうとして背が届かぬ為漬け物壺の上に乗る習慣を持っていて、そうして両親の居ない或る午後、引っ繰り返って後頭部をぶつけ、頭蓋骨迄覗く大怪我をして近所中に響き渡る声で泣き続けた、その可哀相なおまえをおんぶして徒歩二分の所に在る病院に全速力で駆け、気が抜けた帰路にて躓いて足を挫いた、あんなわしの必死さえ忘れてしまったのか？　だが縫った頭の古傷は消えておらぬだろ。いやあれについても、愛理は女の子だ、間違っても十円玉大でも禿げさせてはならんとわしは方々の神社に足を運んで平癒を祈り、牧師の手迄握りに行ったのだぞ。いや、いやいや、覚えておらぬでよい。愛は見返りを求めぬもの！　ただ、……わしは切ないのだ。わしを嫌いになったのなら忌み嫌えばよい。もうわし無しの人生・わし無しの家庭がよいと云うならこの爺は養老院へと消え行こう。どうせ息子夫婦にも煙たがられておる旧《ふる》い人間なのだ。ただ愛理よ、嫌いなら大嫌いともっとはっきり口にしてくれ。この耳が衰えぬ内に。小出しの虐待は止めろ。本当に疎ましいか？　何の迷惑を普段掛けてきたのか自分では思いつかないが、きっと相当おまえさんに忍耐を強い続けてきたのだろう。謝ろう。何もかも謝ってやる。口臭がきついか？　皺が見苦しいか？　同じ質問をつい何度もしてしまう近頃の集中力不足が恕せんか？　夏場の風呂上がりに汗が退く迄素っ裸で金玉ぶらぶらさせながら居間や廊下を歩くのが厭で堪らぬか？　しかし、最後に一緒に湯船に漬かったのはまだほんの六、七年前ではないか。「お祖父ちゃん、大好き」と毎日わしの頬に接吻しに来た幼稚園の頃の優しさを失ってしまったのか。……………ひょっとして、私は隣家の主人や史談会の梅田さんのように既に惚け始めており、実際はザボンなる毬大の柑橘を贈られているにも係わらず正確な大きさを感じ取れておらぬだけなのか。いや、そんな事は有り得ない……。…………………

……………………………………………………………

……………………………………………………………

千々に思い乱れていたのは何十秒、将又《はたまた》ほんの十数秒の間だっただろうか。

さても我に返れば、愛理は疾《と》うに弟から私の方に向き直り、それ所か立って近付いており、予想だにしなかった嵩の物をテーブル上に載せた。

「はい、一個の訳無いじゃん。少し食べたからバッグの中でばらけちゃって。まだ拾いきれてないかも知れない」

シークヮーサーだった。口の開いた緑色のネットを、大漁のシークヮーサーが丸い不思議な貝類風に膨らましまくっている！
四、五十個は有る！
それだけではない。

大口開けて不動の姿勢でいる私の真ん前に、小型ペットボトル迄置かれゆくではないか。シークヮーサー果汁である事は即判る。一本、二本、三本。日持ちのする物もと云う配慮である。

嗚呼、私は、私という男は――――。

「いいなあ、飲みたぁい」

「俺も。ドキドキする酸っぱさって聞くからな」

息子夫婦が当然の如くボトルの一つ二つに手を伸ばしてきた。少女は莞爾たる沈黙へと少し休んでいる。孫を烈しく疑いなどした浅ましき老いぼれは息子等の方に、実に可憐に青果実の犇めくネット袋をぎこちなく両手で持っていきかけ、理由無き逡巡なんぞ散らしてしまう愛理の次なる言葉を畏《かしこ》まって聴いた。

「みんなお祖父ちゃんに分けてもらえばいいよ。食べるとこ少ない蜜柑だから、二つに切って搾ってさ、柚子《ゆず》や酸橘《すだち》みたく料理の薬味に使ったりするのがいいね。お祖父ちゃん焼き魚も好きなんだから、どうぞじゃんじゃん使ってね。一箇月分位は有ると思う。とにかく本当に体にいいらしいのよ。これ食べてジュースも飲んで、長生きしてね」

「長生きなんて！――――――――」

私は両眼に遂に奇々怪々な水を溜め、今や神々しくさえある高校生を直視する勇気が無く、顎下げて目も落として何とか言葉を継いだ。

「わしはもう……年寄り思いの孫娘にこんなに迄大切にしてもらって、何時死んでもいいよ」

「ナー二云ってんのお祖父ちゃん、沖縄で習ったけども、『命《ぬち》どぅ宝《たから》』――命こそ宝――よ。冗談でもそう簡単に『死ぬ』とか云っちゃ駄目。何時何時迄も元気でいて」

「はいよ、愛理の白無垢の花嫁姿拝む迄は絶対死なないよ」

「早速一個位齧ってみたら？　皮ごとさ」

かようにして平和学習の成果を光らせる愛理の素直さに倣い、私は洗いもせず青切りシークヮーサーの一つを丸ごと口に入れた。破裂的な、だが極少量の果汁を一噛みで感じたと思ったら、酸味と皮ばかりにもう口内を占められていた。後はこの皮を袋滓と一緒に奥歯で砕いて呑むのみ。転がる三、四の種に邪魔されつつ。呆気無い中で美味さは……判らずだ。しかし、優しく細まった贈り主の眼と見詰め合えば、血圧の急下降は食道辺りからもう始まっていると信じられる。

「――姉ちゃん、俺の土産は？」

申し訳無い事にすっかり私の視野外へ消えてしまっていた大樹が、頬のニキビを掻きながら青蜜柑風とも云える幼い低声で割り込んだ。今度こそじっくり味を知ろうと私は二個目をやはり皮ごと噛み、サラリと広がるそう強くはない酸っぱさに口辺の皺をそれでも一、二本程度は増やしつつ、亡き家内譲りの尖り顎が互いによく似ている姉弟を勝手な余裕に満ちて見守った。

「大君《ひろ》はね、拾った貝殻十個で我慢してね」

「えーっ、そりゃ無いよぉー。俺にだけは一銭もかけてないのかあ。ふざけろー。弟虐待で人権相談センターに訴えてやる」

「バーカ。買ってきてやったに決まってんでしょ、はい、沖縄限定インディーズ。国際通りの有名な店で三十分もかけて選んだよ。あんたが気に入りそうなのが何かよく判らないからジャケットで決めた。この女の人仲間由紀恵みたくなぁい？」

大樹は音楽ＣＤ二枚を受け取って幸福そうに姉の手をも取り、その種の行為にはとんと縁無しの、からかい及び口喧嘩大好きの彼だから、手を取ってしまってからハテと困ったようで、感謝ばかりを込めてだろうが愛理の手を舐め始めた。死にたがったりねぶったりと我が家には妙ちきりんな感謝の表し方をする者が多い。無論姉は、引っ込めた手を布巾で一頻《しき》り擦《こす》っていた。

嫁の得意料理の一つ・湯豆腐が煮立った。シークヮーサーはやはり水菓子でなく薬味として味わうがよいとなり、各自に取り敢えずお裾分けの半個ずつが渡って「頂きまぁす」が唱和された。

義務を全うした遣琉使はどっと三泊四日の疲れが出たらしく、二口絹ごしを食べたと思ったらテーブルを又もや離れて長ソファーの上に仰向けになった。その不行儀を特に難ずる者は居らず、私も釣られて、と云うより先程の独り相撲で幾分か脱力してしまっていたので、今一つのソファーに寝転びた。愛理は「何か体のあちこちが痛ぁい。誰か腰揉んでぇ」と気持ち良さそうに云い、よし、この爺がしなやかな愛ちゃんの体を久し振りに撫で撫でじゃ、と私は力回復して勢い良く起き上がった。が、言葉を受け忠実に駆け付けたのか、それともコノボクニモオ土産ヲと要求したいのか、完全忘却されていた我が家の残る構成員、丸っこい牡猫ドロポンが既に愛理の腹の辺りに黙々と重みを掛けている所であった。

‘そろそろ夏の終わりが来るみたい。でもワタシたちのナツは続くよ’

◆著者紹介◆

孝岡真理

1965年　東京・渋谷生まれ。
早稲田大学第一文学部文芸専修中退。
沖縄には1998年から６年半居住した。

主な執筆歴は———
「水瓜《すいか》」(1988年／未発表)
「苺《いちご》」(1990年／郁朋社より刊行)
「林檎《りんご》」(1998年／郁朋社より刊行)
「$\frac{1}{4}$メロン」(2000年／郁朋社より刊行)
「たんかん」(2002年／未発表)

バナナボーイズ・カフェ　——南国《なんごく》果実《かじつ》小説《しょうせつ》集《しゅう》——

2006年8月16日　第1刷発行

著　者 —— 孝岡《たかおか》真理《まさみち》

発行者 —— 佐藤 聡

発行所 —— 株式会社 郁朋社《いくほうしや》

〒101-0061　東京都千代田区三崎町2-20-4
電　話　03（3234）8923（代表）
ＦＡＸ　03（3234）3948
振　替　00160-5-100328

印刷・製本 —— 日本ハイコム株式会社

落丁、乱丁本はお取り替え致します。

郁朋社ホームページアドレス　http://www.ikuhousha.com
この本に関するご意見・ご感想をメールでお寄せいただく際は、
comment@ikuhousha.com までお願い致します。

ISBN 4-87302-358-0 C0093